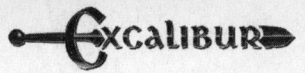

EXCALIBUR

Herausgegeben von
Melissa Andersson
und
Gerd Rottenecker

Melissa Anderson &
Jennifer Roberson (Hrsg.)

JENSEITS
VON
AVALON

Mit Geschichten von Marion Zimmer Bradley,
Diana Gabaldon, Eric Van Lustbader, Terry Pratchett,
Jane Welch, Kristen Britain und vielen anderen.

Knaur

Besuchen Sie uns im Internet:
www.knaur-fantasy.de

*Eine Verbeugung
vor zwei der Besten:
Danny Baror & Russ Galen,
die dieses Buch
erst möglich gemacht haben.*

INHALT

Laura Resnick
TÖDLICHE WUNDEN

»Tröste dich selbst«, sagte der König,
»denn von mir ist kein Beistand
mehr zu erwarten;
denn ich will zur Insel Avalon,
um Heilung zu suchen
von meiner schmerzlichen
Verletzung.«

Thomas Bulfinch:
The Age of Chivalry

Die Qualen der Verletzung raubten ihm alle Kraft, aber er durfte nicht aufschreien. Ein König sollte nicht wimmernd wie ein Kind sterben. Er biß die Zähne zusammen gegen die Pein und spannte die Halsmuskeln an, um die Schmerzenslaute zu ersticken, die ihn bei jeder ruckartigen Bewegung der Sänfte, in der er starb, zu zerreißen drohten.

Sie trugen ihn irgendwohin. Fort von dem Schlachtfeld. Fort von den Trümmern all ihrer Träume. Fort von dem bitteren Schicksal all dessen, was er mit seinem Leben erreicht hatte. Mit seinem in Blutschande und Ehebruch begonnenen Leben als königlicher Bastard.

»Traa ... traa ... *tragt mich weg.*«

»Sire ...«

Er hörte Zweifel und Schwäche in der Stimme.

»Lucan?« fragte er unbestimmt. Lucan trug seine Sänfte? Nein, gewiß nicht. Lucan war verwundet worden. Daran erinnerte er sich, das wußte er genau. Waren seine Truppen derart verringert worden, daß ein Verwundeter die Sänfte des Königs tragen mußte?

»Ja.« Das Wort war nur ein gequältes Zischen. »Sire ... ich bin nicht ...« Dann fügte er mit verzweifeltem Schmerz und Panik in der Stimme hinzu: »Bedivere!«

Lucan fiel auf die Knie. Die Sänfte schlug auf den Boden, und Arthurs Selbstbeherrschung löste sich in Nichts auf, während ihn der Schmerz mit Haut und Haaren verschlang, ihn gierig in seine feurigen Eingeweide einsog. Seine Schreie hallten überall um ihn herum wider, aber sie waren nicht laut genug. Nicht laut genug, um die Qualen auszusperren, die ihn verschlangen. Nicht laut genug, um Gram, Niederlage und Pein zu übertönen. Nicht laut genug ...

Das Trommeln von Pferdehufen auf Stein verwirrte ihn. Er war, als sie ihn fallen ließen, in den Schlamm gerollt. Dennoch schienen die Hufe seinem Kopf ganz nah zu sein – gefährlich nah. Er drehte den Kopf ein wenig zur Seite. Spürte die Pflastersteine unter seinem Schädel. Das konnte doch nicht sein? Wäre sein Schädel nicht geborsten, wenn er statt auf Erde auf Stein aufgeschlagen wäre? Rastlos bewegte er die Hände und ertastete harten Stein unter sich – wo noch vor einem Augenblick kalter Schlamm gewesen war.

»Bitte, Sir, geht es Euch wohl?«

Er spürte, daß Licht über sein Gesicht strömte.

Aber ... es ist Nacht.

Er starb. Starb in Dunkelheit und Schlamm. Wie war es möglich, daß er da im Sonnenlicht auf Pflastersteinen lag?

Und der Schmerz ... Wo war der Schmerz?

Er riß die Augen auf – nur um sie sogleich wieder zu schließen, da sie in dem gleißenden Strahlen des Sonnenlichts zu tränen begannen. Er hob die Hand, um die Augen zu beschatten ... Und erstarrte, als ihm bewußt wurde, daß er sich gerade ohne den geringsten Schmerz bewegt hatte.

Es tut nicht weh.

Es müßte weh tun. Es war eine tödliche Verletzung. Das Schlachtfeld in Camlan hatte mehr von seinem Blut und seinen Eingeweiden zurückbehalten als sein Körper.

»Bitte, Sir, seid Ihr unwohl?«

Es war die Stimme eines Jungen, die in der ungewissen Spanne zwischen Kindheit und Mannesalter unbeholfen hin und her schwankte. Verwundert schlug Arthur die Augen auf und blinzelte im Sonnenlicht. Er wäre beinahe zusammengezuckt, als er direkt in ein junges, besorgt dreinblickendes Gesicht schaute.

»Bitte, Sir, seid Ihr …«

»Ja, ich habe dich gehört.« Seine Stimme schien seinem Körper seltsam fern zu sein. Er schluckte und gestand: »Ich bin mir nicht sicher.«

Dann wandte er den Kopf von dem Jungen ab, um seine Umgebung in Augenschein zu nehmen. Er schien auf dem Marktplatz einer Stadt zu liegen. Um ihn herum wimmelte es nur so von einfachen Leuten. Einige Männer ritten an ihm vorbei, was das Hufgeklapper erklärte, das ihn geweckt hatte. Der scharfe Geruch von Vieh drang an seine Nase. Ein vorüberziehender Hausierer wetteiferte mit seinem rhythmischen Geschrei mit allen möglichen anderen Geräuschen, Klagen und Bitten, die von Mensch und Tier gleichermaßen kamen. Arthur, der sich nun etwas aufmerksamer umsah, bemerkte, daß einige Leute ihn mit Argwohn oder Mißfallen anstarrten, während die meisten es vorzogen, ihn zu ignorieren und ihren eigenen Geschäften nachzugehen.

Es ging ihm durch den Sinn, daß kein König – nicht einmal ein sehr verwirrter – wie ein Trunkenbold auf einem Marktplatz liegen sollte, wo alle Welt ihn sehen konnte. »Hilf mir auf, Junge.«

»Ja, Sir.«

Der Bursche war kräftig und zog Arthur praktisch ohne die Mithilfe seiner zitternden Glieder auf die Füße. Der König stützte sich schwer auf die Schulter des Jungen und schnappte, während die Welt sich vor seinen Augen drehte, heftig nach Luft. Geräusche kratzten über seine Haut, Farben brannten in seinem Mund, und Gerüche umschlangen ihn wie eine rauhe Decke. Was in Gottes Namen geschah mit ihm? Er atmete tief ein, immer noch verblüfft, daß es nicht schmerzte. Vor wenigen Minuten noch war jeder

Atemzug eine unaussprechliche Qual gewesen, die ihn dem Tod um einen Schritt näher brachte.

Nach und nach beruhigte sich die aus den Fugen geratene Welt wieder, seine Beine hörten auf zu zittern, und er konnte aufrecht stehen wie ein Mann, statt sich wie ein gerade erst entwöhntes Kind an dem Knaben festzuklammern.

»Ich danke dir«, sagte er zu dem Jungen, der ihm geholfen hatte. »Es geht mir jetzt besser.«

»Wollt Ihr, daß ich Euch …« Der Junge hielt inne und zuckte unsicher mit den Schultern. »Daß ich Euch zu Euren Leuten zurückbringe?«

»Zu meinen Leuten?«

»Oder wo auch immer Ihr hingehört?«

»Ich gehöre …« Arthur, in dessen Sinne nun ein wenig Ruhe trat, sah sich um. Während er seine Umgebung einer genaueren Musterung unterzog, nahm eine Erinnerung langsam Gestalt an. »Ich kenne diesen Ort.«

»Wenn es Euch nun bessergeht, Sir …«

»Diese Stelle … Dieser Markt …« Arthur nickte langsam. »Ja, das habe ich schon einmal gesehen.« Aber wann? Und wo? »Und wie bin ich hierhergekommen?«

»Ich fürchte, ich bin bereits überfällig«, sagte der Junge entschuldigend. »Kay wird böse sein, wenn ich ihn noch lange warten lasse.«

»Kay!« Arthur riß den Kopf herum. »Dann ist er … Er ist also doch nicht tot?« Nein, das war unmöglich. Kay lag tot auf dem blutgetränkten Schlachtfeld zu Camlan.

»Tot? Nein, gewiß nicht, Sir.« Der Junge sah ihn verwirrt an. »Kennt Ihr meinen Bruder?«

»*Deinen* Bruder?«

»Er ist mein Stiefbruder«, räumte der Junge ein.

Nein, es war also doch nicht Kay. Nur der Stiefbruder dieses Jungen … Ein seltsames Gefühl stahl sich in seine Knochen. »Ich hatte auch einmal einen Stiefbruder namens Kay.«

»Ich verstehe, Sir. Und er ist …«

»Ja. Tot.«

Dieser Ort, so vertraut. Das Gesicht des Jungen. Ebenfalls so vertraut, wie ihm jetzt aufging; an sich vertraut, nur aus einer unvertrauten Perspektive betrachtet. *Mein Gott …* »Ar … *Arthur?*«

»Ja, Sir!« Der Junge lächelte. »Vergebt mir, Sir. Sind wir uns schon einmal begegnet?«

Höflich, ja. Sein Stiefvater hatte ihm Wohlerzogenheit eingebleut. Groß. Kräftiger als die anderen Jungen seines Alters. Ihm würden rechtzeitig starke Glieder wachsen, um gegen die Sachsen zu kämpfen … Arthur setzte sich ziemlich unvermittelt auf das harte Pflaster.

»Sir!« Der Junge ging neben ihm in die Knie. »Ihr seid *sehr* unwohl!«

Hm, ja, ich sterbe … Er begann zu lachen.

»Wir müssen jemanden finden, der sich um Euch kümmert«, sagte der Junge besorgt.

Das Schwert, schoß es Arthur durch den Kopf.

»Könnt Ihr gehen?« fragte der Junge.

Dies war der Ort, an dem alles begann. Dies war der Ort, an dem er das Schwert aus dem Stein gezogen hatte. Das Schwert, das ihn gezeichnet, das ihn gesegnet hatte … *Das mich verflucht hat …* als König.

»Das Schwert«, flüsterte er dem Jungen zu – *Arthur –*, während sich ihm erneut alles vor Augen drehte.

»Macht Euch keine Gedanken wegen des Schwertes, das ich für Kay suchen soll. Er kann warten«, erklärte der Junge mit fester Stimme. »Ihr braucht Hilfe.«

Alles könnte anders sein. Dies war seine Chance, alles zu ändern, was er je bewirkt hatte. »Das Schwert in dem Stein …«

»Ich werde einen Heiler suchen. Kann ich Euch für ein paar Minuten allein lassen?«

»Nicht … nicht …«

»Es tut mir leid, Sir. Es geht nicht anders. Ihr könnt Euch nicht bewegen, und ich vermag Euch nicht zu helfen.«

»Nein, du verstehst nicht.« Er streckte die Hand nach dem Arm des Knaben aus. Der junge Arthur wich ihm mit einer Schnelligkeit und Flinkheit aus, die ihm in vielen Schlachten das Leben retten würde – gerettet hatte.

»O doch, Sir, ich verstehe durchaus, aber ich werde zurück sein, bevor Ihr Euch verseht. Bleibt nur ganz still liegen. Sorgt Euch nicht.«

Nein! Aber der junge Arthur war gegangen, ohne die Worte zu hören, die ihn hätten retten können.

Du darfst das Schwert in dem Stein nicht anrühren.

Geh heim, Junge, geh heim und führe ein normales Leben. Du darfst nicht zu dem Mann werden, dem Tausende in den Tod folgen werden. Du darfst dieses Land nicht mit dem Blut deiner Freunde tränken wie mit dem deiner Feinde.

Arthur machte Anstalten, sich abermals zu erheben, aber seine Beine wollten ihn nicht tragen. Das Bild, das er sah, verschwamm, wurde an den Rändern bereits dunkel. Das Sonnenlicht schwand, während Formen zu Schatten wurden, Stimmen sich in Echos verwandelten und die Düfte seiner Jugend von der Sommerbrise davongetragen wurden …

Der Schmerz durchbohrte ihn mit brutaler Gewalt. Hohl klingende Geräusche schimmerten durch zuckendes Licht und Dunkelheit. Übelkeit überwältigte ihn, aber wo schon das bloße Atemholen zu schmerzhaft war, schien der Gedanke, sich zu übergeben, schier unerträglich.

»Er ist wach!«

Bediveres Stimme. Erschöpft und verbittert, aber immer noch aufrechtgehalten von dem Mut und dem klugen Verstand, die ihn über so viele Jahre hinweg zu einem der engsten Vertrauten Arthurs gemacht hatten. Sein liebster und teuerster Freund … Bis Lancelot gekommen war.

Lancelot, den es wie einen Hauch frischer Luft nach Camelot geweht hatte, Lancelot, der die Phantasie und visionäre Kraft besaß, die Bedivere fehlte, auch wenn er es, was Mut betraf, nicht mit dem anderen aufnehmen konnte. Der Ritter, der sehen konnte, was Arthur sah, der Mann, der besser als jeder andere begreifen konnte, welche Vision Arthur vor Augen stand, was er aus dem Scherbenhaufen, den er nach den Sachsenkriegen geerbt hatte, zu schaffen und zu gestalten sich erhoffte. Lancelot, sein liebster Freund, sein talentiertester Feind ... »Ja, ich bin wach«, murmelte Arthur.

Jetzt war er wach. Aber wie real der Traum gewirkt hatte! Und wie sehr sein verwirrtes Traum-Ich sich danach verzehrt hatte, sein Geschick zu ändern.

Ah, ja, wenn die Dinge nur anders sein könnten – anders gewesen wären. Wenn er nur mit seiner eigenen Halbschwester nicht einen verbitterten Sohn gezeugt hätte, nicht König eines zerrissenen, vom Krieg verwüsteten Landes geworden wäre, wenn er nur nicht die Frau geliebt und zu seinem Weib gemacht hätte, die sich hilflos in seinen besten Freund verlieben sollte. Wenn nur, wenn nur, wenn nur ...

Nun, jetzt war alles vorüber. Und welcher Mann hatte schon nichts zu bereuen? Welcher König wäre nicht in Bedauern ertrunken?

»Sire«, sagte Bedivere und beugte sich über ihn. »Wir müssen Euch auf die Fähre heben.«

»Und das wird schmerzen«, vermutete Arthur.

Ein müdes Lächeln ließ Bediveres grimmig verkniffenen Mund zucken. »Nur, wenn Ihr lacht.«

»Oh, in diesem Fall ...«

Er spürte, wie Bedivere in der Dunkelheit für einen Augenblick seine Hand umfaßte. »Avalon ist nun nicht mehr weit, Sire.«

»Wir brauchen nur noch das Wasser zu überqueren. Ah, wenn ich doch nur auf dem Wasser gehen könnte ...« Er schloß die

Augen, und Kummer verdrängte einen Herzschlag lang den Schmerz. »Nein, wir hätten dennoch verloren.«

Bedivere sagte nichts. Keine leeren Prahlereien von der nächsten Schlacht. Für sie würde es keine nächste Schlacht mehr geben. Sie waren am Ende. Bei Camlan zu nichts zerschlagen. Der Traum war vorüber.

»Lucan?« fragte Arthur.

»Tot«, erwiderte Bedivere knapp. »Während Ihr bewußtlos wart.«

»So viele Tote, so viele.« Jedes Wort tat weh, und doch hatte er das Gefühl, ihre Namen laut aussprechen zu müssen, wenn auch nur, um sie ein letztes Mal zu hören. Einige von ihnen würden nun keine andere Grabrede mehr bekommen. »Gawain. Kay. Lucan.« Alle seit Tagesanbruch gestorben. In dieser kurzen Zeit … »Gareth. Gaheris.« Sie waren bei dem Versuch gestorben, Lancelot daran zu hindern, Guenevere zu retten, die zum Feuertod verurteilt worden war.

Die ich verurteilt hatte. Guenevere, Guenevere …

Denk nicht darüber nach. Nicht jetzt. Möge der Tod mich holen kommen, bevor ich mich noch einmal daran erinnere.

»Galahad«, fuhr er laut fort. Lancelots Sohn war auf der Suche nach dem Gral gestorben. »Percival.« Nun, *irgend jemand* mußte ihn finden.

»Das ist lange her.« Bediveres Stimme klang angespannt. »Ihr denkt jetzt besser nicht länger darüber nach.«

»Elaine.« Die lilienweiße Fee von Astolat, gestorben aus Liebe zu Lancelot, gestorben für die Leidenschaft einer Königin und wegen der mangelnden Einsicht eines Königs. »Torre.« Der Bruder, der für die zerstörte Ehre und die vergeudete Liebe der toten Elaine gekämpft hatte. »Ambrosius.« So lange her. »Uther.« Könige starben schwerer, so schien es.

»Sire?« Bediveres Stimme klang besorgt.

Er spürte eine Hand auf seiner Stirn. *Er denkt, der Fieberwahn hat mich ergriffen.*

»Ich bin noch da«, sagte Arthur. *Aber nicht mehr sehr lange.*

»Versucht auszuhalten, bis wir nach Avalon kommen.«

Warum?

»Wir werden Euch jetzt auf das Boot heben«, erklärte Bedivere.

»Sagramore, Lionel, Bohort, Hector, Blamor, Lawayn …« Alle waren tot.

Bedivere richtete das Wort nun an einen anderen. »Seid vorsichtig mit ihm! Die Wunde ist …« Dann fügte er leiser hinzu: »Seid vorsichtig mit ihm.«

»Tristan … Oder vielleicht auch nicht.« Wer wollte das mit Sicherheit wissen? Wenn irgend jemand ewig leben konnte, dann Tristan.

»Ganz ruhig jetzt«, sagte Bedivere.

Arthurs Kehle krampfte sich zusammen, als er den Namen hinzufügte, der mehr als alle anderen schmerzte. »Mordred.«

Gestorben durch meine Hand.

»Wenn wir ihn nur eher getötet hätten«, sagte Bedivere.

Dies war, so überlegte Arthur, während seine Sänfte gefährlich zwischen Land und Boot schwankte, genau die Handlungsweise, die Bedivere stets bevorzugt und angemahnt hatte. Und vielleicht gab Bedivere Arthur die Schuld an dem Unheil, das Mordred zu guter Letzt über sie gebracht hatte, Mordred, dem zu leben gestattet und dem sogar königliche Macht gewährt worden war.

»Das Schwert in dem Stein …«, murmelte er mit einem Seufzer, als seine Gedanken zu seinem Traum zurückkehrten.

»Was ist damit?«

»Der Augenblick, in dem ein Junge zum Mann wird«, sagte Arthur. »Der Augenblick, in dem sich sein Schicksal offenbart.«

»Das Schwert in dem Stein«, wiederholte Bedivere.

»Mir wurde mein Schicksal gewährt. Mordred wurde das seine verwehrt.« Er knirschte mit den Zähnen, als der Schmerz mit brennenden Fingern in sein Fleisch stach. »Daher trachtete er es zu finden, so gut er es vermochte.«

»Sucht nicht nach Entschuldigungen für ihn«, fuhr Bedivere seinen König an. »Nicht jetzt.«

»Genügt es nicht, daß ich ihn getötet habe? Genügt es nicht, daß sein Blut an meinen Händen klebt?« Arthur blickte in den nächtlichen Himmel auf und versuchte, hinter den Wolken die Sterne zu sehen. »Darf ich mich nicht zumindest in Liebe meines Sohnes erinnern?«

»Wie konntet Ihr ihn lieben, diesen …«

»Ihr wart niemals Vater. Ihr versteht nicht.«

Lancelot hatte verstanden. Irgendwo da draußen in der trostlosen Nacht verstand er sogar jetzt noch.

Trotz seiner Geburt in Blutschande und Inzest war Mordred Arthurs Sohn. Sein Kind. *Sein Fleisch.* »Ein Kind ist … ein Geschenk Gottes.«

»Vergebt mir, Arthur, aber kein christlicher Gott hat Mordred geschaffen.«

»Ich hätte Euch schon vor Jahren die Zunge abschneiden lassen sollen«, sagte Arthur nachsichtig.

»Die Nacht ist noch jung.«

»Ein Geschenk Gottes, ich sage es Euch.« Das Sprechen fiel ihm schwerer, und jeder Atemzug wurde peinigender. »Ein vollkommenes Geschöpf bei der Geburt. So unschuldig.« Er schloß die Augen wieder. »Dann formt uns das Leben nach seinem Willen.«

Er hörte laute Rufe. Es ging um einen Baumstamm, der ihnen den Weg versperrte. Bedivere ließ ihn allein. Ein schriller Schrei kreischte über seine Haut. Das Fährboot neigte sich leicht zur Seite, während der Steuermann versuchte, dem Hindernis auszuweichen. Arthur erstickte schier an dem Geräusch, das er sich nicht über die Lippen kommen lassen wollte, während seine Gedärme sich mit dem Kahn auf die andere Seite warfen.

»Nein!« Bediveres Stimme.

Dann der Ruck und das Erschrecken und der Schmerz und das Geräusch seiner eigenen Schreie …

Das Kissen unter seiner Wange war aus Samt. Er roch Bienenwachskerzen und frische Binsen. In der Ferne hörte er das Schlagen der Wellen. Eine sanfte Brise streifte sein Gesicht und wehte ihm den Duft des Meeres entgegen.

Kein Geruch mehr von Blut oder Schweiß. Kein Schmerz.

Er riß die Augen auf. Er lag in einem großen, wohlausgestatteten Turmzimmer, und kräftige Mauern wölbten sich um erlesene Möbelstücke. Langsam setzte er sich auf, die Welt drehte sich vor seinen Augen, und ihm schwindelte von der Wucht der Farben, Geräusche und Gerüche.

Ich war schon einmal hier.

»Ja, Ihr wart schon einmal hier«, sagte eine trockene Stimme.

Er versteifte sich, denn er erkannte diese Stimme trotz all der Zeit, die verstrichen war. »Merlin«, sagte er, noch während er sich zu dem anderen Mann umdrehte.

Der alte Zauberer saß in einer Ecke, und sein wildes weißes Haupt- und Barthaar wallte über sein zerknittertes Gewand aus schlichter, grober Wolle. In seinen bemerkenswerten blauen Augen standen noch immer all das Leben und die Leidenschaft, die Arthur in Erinnerung geblieben waren. Er zog an einer Seite den Mundwinkel leicht in die Höhe – seine Version eines Lächelns. »Hallo.«

Eine Flut von Gefühlen schlug über Arthur zusammen, während sein Blick auf dem Magier ruhte, der ihm während seiner Jugend und seiner frühen Mannesjahre Vaterfigur, Freund, Ratgeber und Gewissen gewesen war. Merlin und seine Lehren hatten Arthur mehr geprägt als jeder andere Mensch und jede andere Erfahrung in seinem Leben. Von all jenen, die er in diesen letzten Stunden so verzweifelt vermißt hatte, schmerzte Merlins Abwesenheit ihn am meisten.

»Ist das ein Traum?« fragte er.

»Nein. Das ist eine Lektion.«

Arthur lächelte traurig. »Ich bin zu alt für Lektionen, Mer …«

»Man ist nie zu alt für eine Lektion!« brauste Merlin auf.

19

Die Szene war so vertraut, daß Arthur auflachte. »Es muß aber ein Traum sein. Ihr wurdet verzaubert und … habt uns verlassen. Ihr habt mich sogar gewarnt, daß etwas Derartiges geschehen würde.«

»Ja«, pflichtete Merlin ihm bei. »In Eurer Zeit, in der Ihr nach Camlan im Sterben liegt, bin ich schon viele Jahre fort. Aber hier in meiner Zeit liegt das noch viele Jahre in der Zukunft. Ihr seid noch nicht einmal geboren.«

»Nicht geboren? Aber ich …« Er hielt inne, sah sich erneut um und begriff. Er stand auf, trat ans Fenster und blickte auf die von der See ausgehöhlten Klippen und den Ozean unter sich herab. Nur um sicherzugehen, obwohl er es bereits wußte. »Das hier ist Tintagel!«

»Genau.«

Er fuhr zu Merlin herum. »Warum habt Ihr mich hierhergebracht?«

»Weil Ihr Eure Begegnung mit dem jungen Arthur so gräßlich verpfuscht habt.«

»Was?«

»Ihr habt nichts von seiner Begeisterung und seinem Feuer gesehen, nichts von seinem Ehrgeiz, andern zu helfen und seine Welt zu verändern. Ihr seid einfach im Morast Eures eigenen Bedauerns versunken.« Merlin schüttelte den Kopf. »Der junge Arthur ist seiner Jugend gemäß leicht zu beeindrucken – das heißt, er wird es sein. Und natürlich sehr höflich. Er hätte vielleicht auf Euch gehört. Vielleicht hätte er dann das Schwert nicht aus dem Stein gezogen. Und wo wäre Britannien dann heute?«

Arthur setzte sich wieder hin und spürte das Gewicht seines Alters. »Welchen Sinn hatte es dann, mich dorthin zu schicken, Merlin?«

»Ich wünsche nicht, daß Ihr verzehrt von Reue und Gram und Selbstmitleid sterbt.«

Arthur sah ihn wütend an. »Ich schwelge nicht in …«

»Selbstmitleid«, wiederholte Merlin. »Ihr sterbt also in Schmerzen und seht, wie Euer ganzes Werk sich zu etwas anderem umgestaltet – oder vielleicht sogar vollends auseinanderfällt.«

»Ja!«

»Ihr seid ein *König*, Arthur. Was habt Ihr erwartet? Habt Ihr eine Vorstellung, wie viele Könige auf diese Art gestorben sind und wie viele es noch tun werden? Habt Ihr geglaubt, *Euer* großes Geschick würde das erste sein, daß keine Opfer verlangt?«

Arthur, der jäh die Wahrheit begriff, sog scharf den Atem ein. »Und Ihr habt es *gewußt*, nicht wahr? Ihr habt es die ganze Zeit über gewußt!«

»Natürlich.«

»Aber warum dann? Warum habt Ihr es mich tun lassen? Warum …«

»Ich habe dich gar nichts *tun lassen*, du Lausbub!« fuhr Merlin ihn an.

Arthur dachte ein wenig schmerzlich, daß dieser Ausdruck nicht einmal vor zwanzig Jahren auf ihn gepaßt hatte, als Merlin ihn das letzte Mal benutzte.

Merlin fuhr fort: »Ich habe Euch lediglich gelehrt und ermutigt, all Eure Möglichkeiten im Leben auszuschöpfen, Euer Schicksal zu suchen und zu erfüllen, zu schaffen statt zu zerstören und – nachdem Ihr etwas geschaffen hattet – es wohl und weise zu verwalten.«

Arthur, der immer ein gerechtigkeitsliebender Mann gewesen war – eine Eigenschaft, die ihm übrigens von Merlin nahegebracht und eingebleut worden war –, dachte, daß dies wohl die Wahrheit sei. Merlin hatte ihn unterwiesen und ihn geleitet, aber er selbst und sein Lebenswerk entsprangen seinem eigenen Tun, seiner eigenen Entscheidung. Er rieb sich die Stelle, an der in seiner eigenen Zeit seine Lebenskraft in einem Strom von Blut aus seinem Körper floß. »Aber warum habt Ihr mich nicht gewarnt?« fragte er mit klagendem Tonfall.

»Warum hätte ich das tun sollen?« fragte Merlin.

»Damit ich …« Er konnte den Satz nicht beenden.

»Damit Ihr zu Hause geblieben und ein normales Leben geführt hättet?«

»Ja!« Er wand sich unter der Verachtung in Merlins Stimme, aber er wollte es nicht leugnen.

»O Arthur.« Merlin verzog abermals den Mund, diesmal jedoch voller Bekümmerung. »Vielleicht habt Ihr vergessen, wie ein normales Leben aussah, als Ihr auf die Welt kamt. Erinnert Ihr Euch nicht mehr, wie sehr Ihr Euch wünschtet, das ›normale Leben‹ der Menschen zu verbessern, als Ihr jung wart? Seht Ihr nicht, wie groß Euer Triumph war, daß Euch dies gelungen ist?«

»Und nun …«

»Sie kommt.« Merlin erhob sich plötzlich. »Vielleicht wird das Gespräch mit ihr Eure Erinnerung auffrischen.«

»Aber ich …«

»Geht mit Gott, Arthur. Wir werden uns wiedersehen … Hm, nein, ich werde Euch wiedersehen, aber Ihr werdet mich niemals mehr sehen. Das heißt, falls nicht all dieser priesterliche Quatsch über den Himmel und das Jenseits zufällig der Wahrheit entsprechen sollte.«

»Merlin, wartet!«

»Sterbt wohl, Arthur. Das ist alles, was Euch noch bleibt.« Er hielt inne und fügte dann sanfter hinzu: »Es ist das, was ich Euch zu geben versuche. Das erste und das letzte, was ich für Euch tun kann. Mein einstiges und zukünftiges Geschenk.«

»Wartet, ich will …«

Aber Merlin wartete nicht. Er verschwand einfach und ließ Arthur allein zurück. So allein. Aber nur für kurze Zeit.

Er erkannte sie, sobald sie die Kammer betrat. Sie war viel jünger als damals, als er sie getroffen hatte – hm, treffen würde. »Igraine«, murmelte er. Die Gemahlin von Gorlois. Uther hatte sie bis zum Wahnsinn geliebt und Merlin dazu gebracht, ihm dabei zu helfen, sich mit einem Zauber in Gorlois' Abwesenheit auf die Burg Tintagel zu schleichen, damit er sich mit der schönen Frau des Herzogs vereinigen konnte. Merlins Preis für dieses Werk war das Kind gewesen, das aus der ehebrecherischen Verbindung jener Nacht entstehen sollte. Igraine, der es bestimmt war, den Bastard unterm Herzen zu tragen, war die einzige, die nichts von den Übereinkünften jener lang vergangenen, schicksalsschweren Nacht gewußt hatte.

Wie typisch für Uther.

Erst jetzt ging Arthur auf, daß das Ganze offensichtlich auch ziemlich typisch für Merlin gewesen war.

Nachdem die zu diesem Zeitpunkt bereits verwitwete Igraine das Kind auf das Beharren der beiden Männer hin aufgegeben hatte, heiratete sie mit dem leeren Versprechen auf viele weitere Kinder Uther. Sie würden jedoch niemals ein Kind bekommen, und fünfzehn Jahre später – in fünfzehn Jahren von jetzt an – sollte Uther Merlin den Befehl geben, Arthur hierherzubringen, damit er zum ersten Mal seine wahren Eltern sah. Es war das einzige Mal, daß Arthur seiner eigenen Mutter je begegnete.

Uther war dann binnen eines Jahres gestorben, und Igraine hatte ihn nicht lange überlebt. Aber Arthur hatte niemals vergessen, wie sie aussah. Und er hatte auch Tintagel nicht vergessen, die dunkle windgepeitschte Burg, auf der er geboren worden war.

Nun sah Arthur, daß Igraine hochschwanger war. Ihm wurde klar, daß Gorlois bereits einige Monate tot sein mußte, denn ihre Niederkunft stand nun offensichtlich unmittelbar bevor. Die Geschichten, die sich um die Geburt und das plötzliche Verschwinden des Kindes ranken würden, sollten erzählen, daß es sich um Gorlois' totgeborenen Sohn gehandelt habe. Uther, der versuchte, sich an die Spitze eines zerrissenen Bündnisses unbedeutender Könige und Fürsten in einem von Wirren und Krieg zerrissenen Land zu setzen, hatte seiner zukünftigen Frau erklärt, daß er sich keinen Erben leisten könne, dessen Abkunft in Frage gestellt werden konnte. Und da Igraine Gorlois' Gemahlin gewesen war, als sie dieses Kind empfing …

Nun, Könige mußten häufig gnadenlos sein, selbst ihren eigenen Frauen gegenüber, wie Arthur mit erneuertem Kummer begriff.

Um das Reich zu schützen, das zu erbauen er versuchte (ein Versuch, bei dem er scheitern sollte), hatte Uther seine Gemahlin gezwungen, ihr einziges Kind herzugeben. Arthur, der seine eigene Gemahlin zum Tod auf dem Scheiterhaufen verurteilt hatte, ebenfalls in dem vergeblichen Versuch, sein zerfallendes Reich zu retten, befand sich kaum in der Position, die Entscheidung seines Vaters zu kritisieren.

Igraine sah ihn mit einem wachsamen, prüfenden Ausdruck in ihren blauen Augen von der anderen Seite des Raumes an. »Er sagt, ich müsse mit Euch sprechen.«

»Wer sagt das?«

»Merlin.« Ihr Lächeln war so bitter, daß es im Grunde gar kein Lächeln mehr war. »Als hätte ich nicht schon mehr als genug versprochen.«

»Ihr sprecht davon, daß Ihr das Kind hergeben wollt?«

»Das hat er Euch erzählt?« fragte sie überrascht. »Ich dachte, es soll ein Geheimnis bleiben.«

Arthur zögerte. »Hat er Euch verraten, wer ich bin?«

Sie schüttelte den Kopf. »Er sagte nur, daß Ihr mir etwas über die Zukunft erzählen könntet. Über die Zukunft meines Kindes.«

»Oh. Hm. Ja. Da hat er recht.«

Sie nahm Platz, anmutig, trotz ihres schwellenden Leibes, und bedeutete ihm, sich ebenfalls zu setzen. Sie schien erst Mut fassen zu müssen, bevor sie schließlich wieder das Wort ergriff: »Ihr wißt ... Ihr wißt bereits, daß dieses Kind der Sohn eines Königs ist?«

»Ja.«

»Er hat Besseres verdient als ein Leben in Verborgenheit und in der Obhut fremder Leute«, sagte sie verbittert. »Sein Schicksal sollte ein größeres sein.«

»Das wird es«, versicherte Arthur ihr.

»Uthers Sohn sollte ein großer Krieger, nicht irgendein …«

»Um die Wahrheit zu sagen«, unterbrach Arthur sie, »er *wird* ein großer Krieger sein.«

Ihr Gesicht leuchtete auf vor Überraschung und Freude. »Seid Ihr Euch sicher?«

Dies war wahrscheinlich nicht der rechte Augenblick für Bescheidenheit. »Ich bin mir sicher. Ein sehr großer Krieger.«

»Wir brauchen große Krieger«, sagte sie grimmig.

»Ja, die braucht Ihr«, erwiderte Arthur langsam. »Nicht wahr?«

»Vortigern hat uns ein Land hinterlassen, das durch Krieg, Armut und Chaos geteilt ist.« Ihr Tonfall war genauso bitter wie ihr Lächeln zuvor. »Die Felder liegen brach. Die Straßen verfallen. Vagabundierende Scharen Gesetzloser legen Feuer, plündern, vergewaltigen und morden, und niemand ist stark genug, ihnen Einhalt zu gebieten.«

»Ich erinnere mich …«

»Die Menschen hungern. Bettelnde Waisen füllen jede Stadt und jedes Dorf.«

Wie konnte er das vergessen?

»Und wir kämpfen gegeneinander, geben unseren Feinden jede Gelegenheit, unser Heimatland zu erobern und uns alle zu vernichten.«

Aber *er* hatte vergessen. Als er sterbend und verzweifelt daniederlag, hatte er vergessen, daß er all das verändert hatte. Er hatte die hoffnungslose Verzagtheit und sinnlose Gewalt der Epoche vergessen, in der er geboren und zum jungen Mann herangewachsen war. Er hatte vergessen, wie dringend dieses gequälte Land seiner Vision und seiner Kraft bedurft hatte.

»Was soll nur aus uns allen werden?« murmelte Igraine. »Was soll aus meinem Kind werden?«

»Die Dinge werden sich ändern«, sagte Arthur. Igraine würde die Zukunft, die er gestalten sollte, nicht mehr erleben, aber er wollte, daß sie es wußte. Er wollte sie mit der Wahrheit trösten. »*Er* wird die Veränderung bringen.«

Sie blickte auf ihren geschwollenen Leib herab. »Seid Ihr gewiß, daß es ein Junge sein wird?«

»Ich garantiere es.«

»Ein großer Krieger?«

»Daran kann kein Zweifel bestehen.«

»Wie wird er die Dinge ändern?« fragte sie herausfordernd.

»Er wird den Sachsen Einhalt gebieten. Er wird die Insel Britannia einigen. Nach jahrelangen Kriegen wird er in einem Zeitalter des Friedens und des Wohlstands herrschen, bis …« Nein. Warum ihr auch davon erzählen? Heute abend lagen sein Scheitern und sein Tod noch in undenkbarer Ferne und waren nicht besonders wichtig im Vergleich zu dem, was er in der Zwischenzeit erreichen würde. »Die Menschen, die unter seiner Herrschaft geboren werden …« Er machte eine Handbewegung, die all die Verzweiflung und das Chaos einschloß, das Igraine beschrieben hatte. »Sie werden von diesen Dingen nichts mehr wissen, es sei denn, aus den Geschichten alter Leute über diese dunklen Zeiten.«

Sie sah ihn durchdringend an. »All das wird er zuwege bringen?«

Er nickte.

»Wenn ich ihn wie versprochen Merlin gebe, wird er all das fertigbringen?«

»Ja.«

Sie legte sich schützend eine Hand auf den Bauch. »Und was ist, wenn ich ihn Merlin nicht gebe?«

Zum ersten Mal begriff er mit dem einzigen Gefühl der Zuneigung, das er je für seine Mutter gehabt hatte, daß es sehr hart für sie gewesen war, ihn wegzugeben. »Dann weiß ich nicht, was geschehen wird.«

»Ich verstehe.« Sie blickte wiederum auf ihren Bauch herab. »Aber wenn ich ihn weggebe …«

»Dann verspreche ich Euch, daß all das, was ich Euch beschrieben habe, Wahrheit werden wird.« Er spürte, wie der Schmerz langsam und pulsierend in seinen eigenen Leib zurückglitt.

»Dann …« Sie seufzte und nahm zögernd die Hand von ihrem Bauch, von dem Kind unter ihrem Herzen. »Ich werde mein Versprechen halten. Wenn er geboren ist, werde ich ihn Merlin geben. Und ihn nie wiedersehen.« Ihre Entschlossenheit war unübersehbar.

Der Schmerz, der sich einen Weg zurück in seine Sinne bahnte, machte seine Glieder schwach und seinen Atem zur Qual. »Oh, aber Ihr werdet ihn wiedersehen. Ein einziges Mal.«

»Wirklich?«

Die Hoffnung in ihrer Stimme trieb ihm die Tränen in die Augen. Vielleicht war es aber auch nur der Schmerz. Der seine Kraft aufzehrte, sich durch sein Fleisch brannte … Er krümmte sich, kämpfte dagegen an.

»Was ist los?«

Ihre Stimme schien aus großer Entfernung zu kommen, während sein Körper ihn in seine eigene Zeit zurückrief zu den letzten Stunden seines eigenen Schicksals …

»Was ist los?« Die Stimme eines Fremden.

»Was glaubst du denn, du Idiot?« Bediveres Stimme. »Die Hälfte seiner Gedärme liegt noch bei Camlan. Versucht bitte, mit diesem elenden Kahn auf nichts mehr aufzulaufen, ja?«

»Tut mir leid. Es ist dunkel und …«

»Wenn ich Ausreden hören will, bitte ich darum.«

»Gemach, Bedivere«, schalt Arthur schwach. »Wer wird sich um mich kümmern, wenn Ihr diesen Mann zwingt, Euch in den See zu werfen?«

»Ah, Ihr seid wieder bei uns.« Die Worte klangen schroff, aber Bediveres Stimme brach.

»Vorübergehend.«

»Sire, auf Avalon wird man Euch heilen. Man wird …«

»Ich werde tot sein, wenn der neue Tag herandämmert.«

»*Arthur.*«

»Aber …« Er erinnerte sich an diese Szene. Merlin. Igraine. Die dunkle Welt, in die er hineingeboren worden war und die er wieder zu einem strahlenden Land voller Wohlstand gemacht hatte. »Aber wir haben gute Arbeit geleistet, nicht wahr, Bedivere?«

»Aber ja doch. Habt Ihr daran gezweifelt?«

»Nun, daß ich heute bisweilen ein wenig unsicher war«, antwortete er. »Aber ...« Er hatte die Vision, die Kraft und den Willen gehabt, zu schaffen statt zu zerstören, eine neue Welt zu errichten und zur Blüte zu bringen. Wie hätte er einem solchen Geschick den Rücken kehren können? »Ja, was hätte ich sonst tun sollen?«

Zieh das Schwert aus dem Stein, Junge. Geh und such dein Schicksal.

»Er mußte getötet werden, Arthur«, sagte Bedivere, der ihn falsch verstand. »Es war eine Schlacht, es herrschte Krieg.«

Armer Mordred. »Das war es nicht ... woran ich ... dachte.« Es wurde langsam schwierig, genug Atem zum Sprechen zu finden. Er wurde schwächer, benommener, kraftloser. Aber zumindest hatte der Schmerz ein wenig von seiner Schärfe verloren und fraß nicht mehr mit solcher Gewalt an seiner Seele, wie er es zuvor getan hatte. Der Tod kam mit jedem Augenblick näher.

Er hatte Mordred in blinder Leidenschaft und vollkommener Ignoranz gezeugt und war später mit seiner Scham und seiner Reue verfahren, wie die meisten Männer mit solchen Dingen verfuhren – voller Torheit. *Du mußt ihn verstecken, den Bastard, den deine eigene Halbschwester dir geboren hat.* Ja, er hatte seine Scham und seine Reue – in Gestalt seines einzigen Sohnes – versteckt, bis so viele Fehler, die er als Mann gemacht hatte, schließlich die vielen großen Taten überwogen, die ihm als König gelungen waren.

»So viel ist zu bedauern ...«

»Nun denn ...« Bedivere zögerte, bevor er weitersprach: »Sie mußte verurteilt werden, Arthur. Der Ehebruch einer Frau ist, wenn es sich um eine Königin handelt, Hochverrat. Sie kannte das Risiko.«

»Ja ...« In der Tat, so viel ist zu bedauern.

Welcher Kummer und welche Einsamkeit mochten Guinevere dazu getrieben haben, ein solches Risiko einzugehen? Sie hatten einander einst geliebt. Er erinnerte sich gut, obwohl es lange Vergangenheit war. Sie waren so jung gewesen. Aber diese simple Gattenliebe der Jugendjahre war nicht stark genug gewesen, um die Forderungen der Königswürde zu überleben, die Demütigung einer unfruchtbaren Königin und ihre unausgesprochene, aber unübersehbare, innige Zuneigung zu einem anderen Mann. Als ihr vielbeschäftigter und über lange Zeit abwesender Gemahl endlich begriff, hatte sie sich bereits von ihm abgewandt um der Liebe zu einem anderen willen …

Zu der Zeit kümmerte mich nur noch, daß sie verschwiegen war und das Geheimnis wahrte. Arme Guinevere. Es muß der Gipfel der Demütigung gewesen sein, daß ihr eigener Mann sich kaum noch etwas daraus machte, als sie sich in einen anderen verliebte.

Nun, wenn sie schon ihren Gemahl betrügen wollte, erschien es Arthur nur angemessen, daß sie sich zu diesem Zweck den besten Mann Britanniens suchte, den besten Mann, den sie beide jemals kennen würden.

»Und es war doch Liebe …«

Eine Liebe, die Lancelot unfruchtbar und ohne Nahrung jahrelang in seinem Herzen verschlossen gehalten hatte. Eine Liebe, die für kurze Zeit in Guineveres strahlendem Gesicht aufleuchtete, bevor Eifersucht, Kummer und Enttäuschung einen Mißton in die Gefühle brachten, die sie miteinander teilten. Eine Liebe, die Heimlichtuerei, gegenseitige Beschuldigungen und Argwohn überlebt hatte, die schwere Bürde der Schuld und – am Ende – sogar öffentliche Schande.

Wenn es Arthurs Leben an etwas Großem gemangelt hatte, dann war es eine Liebe, wie sie seine Frau mit seinem besten Freund verband.

»Liebe …«, wiederholte er.

Bedivere sagte nichts, ganz wie Arthur es erwartet hatte. Die Treulosigkeit war nur deshalb über Jahre hinweg unenthüllt geblieben, weil niemand darüber sprechen wollte. Nicht, bis Mordred und Agrivaine (Gott sei gedankt, daß auch diese Viper inzwischen tot war) begannen, Schwierigkeiten zu machen. Nicht, bis Arthurs frühere Sünden ihre ersten langen Schatten über Camelot warfen. So viel ist zu bedauern. Und keine Zeit mehr, zu bewahren, was aufzubauen er sich sein ganzes Leben lang bemüht hatte; das mußte ein anderer tun, wenn es denn getan werden sollte. Daß er es aufgebaut hatte, mußte genügen. Jetzt blieb ihm nur noch die Zeit für eine einzige weitere Pflicht: gut zu sterben. Selbst darin sollte ein König jenen, die ihn umgaben, seinen Mut beweisen.

Es blieb ihm nur noch ein einziges, das er gern tun wollte, ein einziger Mensch, den er noch sehen wollte, bevor er starb. Eine letzte schmerzliche Wunde zu heilen …

Er erkannte Joyeuse Garde, Lancelots Heimstatt, weil er es vor nicht allzulanger Zeit belagert hatte. Er wußte, daß er wieder in der Vergangenheit war; die hohen Steinmauern und das sie umgebende Land wiesen nichts von der Zerstörung auf, die er ihnen jüngst zugefügt hatte, als er gezwungen war, Lancelot hierher zu verfolgen, nachdem der Ritter Guinevere gerettet hatte.

Und während ich hier war, hat mein Sohn mir meinen Thron gestohlen.

Und hier hoffte er nun die Kraft zu finden, gut zu sterben, wie Merlin es ihm geraten hatte.

»Wer da?«

Arthur, der die Stimme erkannte, wandte sich ihm zu.

»Lancelot«, murmelte er. So jung, so voller Elan und Gier nach Leben. So voller Träume, Visionen und nobler Pläne.

Der junge Mann, bewaffnet mit Köcher und Bogen – und offensichtlich einer morgendlichen auf Jagd auf dem Rückweg nach Hause –, trat an ihn heran. »Ja.« Lancelot musterte ihn und sah – wie Arthur wußte – einen viel älteren Mann. »Ihr seid ein Freund meines Vaters?«

»Ja. Aber ich bin nicht gekommen, um ihn zu sehen.«

Lancelot legte den Kopf zur Seite und machte keinen Hehl aus seiner Neugier. »Dann seid Ihr meinetwegen hier?«

»Ja. Ich … Ich habe gehört, Ihr wolltet Euch Arthur anschließen.«

»Ja!« Eine Woge der Begeisterung schlug ihm entgegen. »Mein Vater möchte, daß ich hier bei ihm bleibe, aber ich – ich möchte mich dem jungen König anschließen, um dem Volk Freiheit und Einheit zu bringen, um eine gerechte und noble Welt zu schaffen!«

»Und wenn ich Euch sage, daß es Elend, Verlust und Gram geben wird?«

»Dann sage ich: Ich werde gebraucht!« Sein Eifer war wie ein ungezähmtes Pferd.

Arthur spürte, wie der Schmerz abermals seinen Körper durchdrang, selbst hier in Merlins magischem Reich. Der Tod war schon sehr nahe. *Warte, warte, gib mir Zeit, nur noch wenige Augenblicke mehr …* Er ließ sich langsam auf eine Steinbank sinken und bedeutete Lancelot, es ihm nachzutun. Die Energie des jungen Mannes war so anstrengend.

»Seid Ihr krank?« fragte Lancelot.

»Nur … eine Verletzung. Sie ist noch nicht verheilt.« Womit er die Wahrheit sprach.

»Ihr müßt mit auf die Burg kommen!«

»Nein.« Er schüttelte den Kopf. »Ich muß gleich weiterziehen.«

»Aber …«

»Ich komme in Arthurs Namen.«

Jetzt hatte er Lancelots volle Aufmerksamkeit. »Der König schickt Euch? Zu *mir*?«

»Nicht direkt, aber er braucht gute Männer. Und er … er vertraut darauf, daß ich sie zu erkennen vermag.«

»Dann … denkt Ihr, ich soll nach Camelot gehen?«

Er seufzte. »Verratet mir eins, Lance. Was hofft Ihr, in Camelot zu finden?«

»Große Werke«, antwortete der junge Mann prompt. »Die Möglichkeit, Ungerechtigkeit zu bekämpfen und die Schwachen zu verteidigen. Dem Ruf edler Taten zu folgen und schwierige Siege zu erringen.«

»Oh, all das werdet Ihr finden«, erklärte Arthur, »das und mehr.«

»Werde ich den König kennenlernen?« fragte er hoffnungsvoll.

»Ja.« Weshalb ihm das verschweigen? »Tatsächlich werdet Ihr sein teuerster Freund werden.«

»Nein! Wirklich?« Er runzelte die Stirn. »Aber wie könnt Ihr das wissen?«

»Das spielt im Augenblick keine Rolle. Aber ich muß eines von Euch erfahren. Welchen Preis seid Ihr zu zahlen bereit?«

»Welchen Preis?«

»Ich meine ...« Arthur biß die Zähne zusammen, als das Pochen in seinem Leib schlimmer wurde. »Welches Opfer ist dieses Schicksal Euch wert?«

»Jedes Opfer!«

»Selbst wenn ich Euch sagen würde ... daß Ihr vergeblich lieben und Camelot eines Tages in Schande verlassen werdet?«

Lancelot starrte ihn an, und Entsetzen bewölkte seine scharfgeschnittenen, jungen Gesichtszüge. Einen Augenblick darauf fragte er: »Wird der König mich verdammen? Wird Arthur mich schmähen?«

»Nein. Was auch geschieht, Arthur wird Euch lieben bis zum Tag seines Todes.«

»Und ... es *wird* große Werke geben?«

»Ja.«

»Ich werde Ungerechtigkeit bekämpfen und die Schwachen verteidigen?«

»Ja.«

»Es wird edle Taten geben?«

Er dachte an den Gral. »Ja.«

Lancelot schöpfte Atem. »Dann muß, was mir geschieht – Kummer und Schande –, gewiß unwichtig sein. Ich werde meinem Schicksal an der Seite des Königs folgen.«

»Seid Ihr Euch dessen sicher?« fragte Arthur. Die Jugend konnte so arrogant sein, so selbstsicher, so einfältig. »Seid Ihr Euch sicher?«

»Ja.«

»Euer Unglück wird groß sein. Euer Leiden grenzenlos.«

»Ich bin mir sicher«, sagte Lancelot.

Und Arthur sah, daß er die Wahrheit sprach.

»Da wäre noch etwas«, fügte Arthur hinzu. »Was wir erbauen … Ich meine, was Ihr Arthur zu erbauen helfen werdet – es wird vielleicht nicht von Dauer sein.«

»Alle Dinge haben irgendwann ein Ende«, sagte Lancelot. »Selbst Rom ist schließlich gefallen.«

»Das stimmt«, gab Arthur zu; ihm vergingen vor Schmerz und Schwindel beinahe die Sinne.

»Aber wenn wir all das tun, wovon Ihr gesprochen habt, dann wird man das, was wir erbauen, gewiß in Erinnerung behalten.«

»Erinnerung? Ist das wichtig?«

»Natürlich!« Lancelot lächelte ihn an. »Und die Erinnerungen werden jene, die nach uns kommen, dazu beflügeln, ihrerseits etwas zu schaffen. Meint Ihr nicht auch?«

»Ich … Dieser Gedanke ist mir noch gar nicht gekommen«, stellte Arthur voller Überraschung fest. Er war zu sehr mit dem Versuch beschäftigt gewesen, seine Welt zusammenzuhalten. »Das hatte ich nicht bedacht.«

»Das solltet Ihr aber«, antwortete Lancelot schlicht.

»Ja«, pflichtete Arthur ihm bedächtig bei. »Ja. Das sollte ich.«

»Ich glaube, Euer Kommen ist das Zeichen«, sagte Lancelot.

»Das Zeichen?«

»Daß es Zeit für mich ist, fortzugehen, an Arthurs Seite zu eilen.«

»Ja«, pflichtete er ihm nach einer kurzen Pause bei. »Ja, ich glaube, die Zeit ist gekommen.«

»Werdet Ihr mich begleiten?«

»Nein«, sagte Arthur, und eine Woge des Bedauerns erfaßte ihn. Es waren goldene Tage gewesen – goldene Jahre –, aber man konnte sein Leben nur einmal leben. »Geht nun. Ich muß dorthin zurückkehren, wo ich hingehöre. Meine eigene ... Aufgabe harrt nun meiner.«

»Wie Ihr wünscht.« Lancelot erhob sich, um Arthur allein zu lassen. Nach einigen Schritten drehte er sich zögernd noch einmal um und sagte: »Ich möchte Euch danken für Euren Besuch. Danke, daß Ihr mir die Wahl gelassen habt. Aber seht ...« Er zuckte die Achseln. »Eine andere konnte es nicht sein.«

»Ja.« Arthur sah Lancelot an, wie er dort stand, geschmückt vom Morgenlicht der Jugend und der Hoffnung. »Ja, das sehe ich nun auch.«

Für keinen von ihnen hätte es eine andere Entscheidung gegeben.

Und die Erinnerungen werden jene, die nach uns kommen, dazu beflügeln, ihrerseits etwas zu schaffen ...

»Avalon?« fragte Arthur schwach.

»Direkt voraus, Sire«, versprach Bedivere.

Bedivere, einer der wenigen Überlebenden. Einer der wenigen, die noch übrig waren nach dieser dunklen Nacht, weiterzumachen, die kühle Morgendämmerung zu erleben und die Fackel ihrer Träume zu tragen.

»Alles, was wir taten ...«, begann Arthur.

»Ermüdet Euch nicht«, riet Bedivere.

»Hört mich an.« Es war der Befehl eines Königs, gewichtig trotz seiner körperlichen Schwäche.

»Ja. Ja, natürlich.« Bedivere beugte sich tief über ihn, um sein atemloses Flüstern zu hören.

»Unser Werk ... war jedes Opfer ... wert.«

»Jawohl, Sire. Das weiß ich.«

Er hörte die unterdrückten Tränen in Bediveres rauher Stimme.

»Ah, weint nicht ... mein Freund.« Er rang nach Luft. »Es ist ein guter Tod.« Er kämpfte gegen die Bewußtlosigkeit. »Nur ... eine Aufgabe ... noch.«

»Welche ist das?«

»Begrabt den Traum nicht … mit mir.«

»Was wollt Ihr …«

»Excalibur«, stöhnte er. »Ins Wasser … Gebt es … der Herrin vom See …«

»Aber Sire!«

»In ihre Obhut … Für den, der eines Tages kommen wird, es wieder zu ergreifen …«

»Arthur, bitte …«

»Jemand wird kommen …« Mit letzter Kraft griff er nach Bediveres Hand. »Ich verspreche … dies ist nur … eine Pause … Das Ende, nein … Ich verspreche …«

Ein König sollte anderen selbst im Tod noch Mut machen.

»So nehmt denn … das Schwert … und schleudert es hinaus …«

»Jawohl, Arthur. Jetzt?«

»Jetzt«, bekräftigte er.

Er spürte, wie das Gewicht Excaliburs behutsam von ihm genommen wurde. Für eine Weile trieb er durch das unstete Reich zwischen Leben und Tod, zwischen Wachen und letztem Schlaf. Es schien lange Zeit zu vergehen, bis er ein schwaches Klatschen im Wasser hörte. Er war zu schwach, um die Augen zu öffnen, als er spürte, daß Bedivere an seine Seite zurückgekehrt war.

»Ihre Hand«, sagte Bedivere von Staunen erfüllt. »Sie hat sie aus dem See gestreckt, um das Schwert zu fangen und mit sich herabzuziehen.«

»Die letzte Aufgabe …« Er war zu schwach, um zu lächeln. »Ein guter Tod … Ein gutes Leben … Alle Wunden geheilt … bis auf die *eine* …«

»Und das ist die eine, die zählt«, sagte Bedivere in tiefer Verzweiflung.

»Nein, mein Freund, nein …« In der letzten Sekunde seines Lebens brachte er doch noch die Kraft auf, kurz zu lächeln. »Es ist nur die eine, die mich zu meiner Ruhe bringt …«

Marion Zimmer Bradley
und Diana L. Paxson
DAS HERZ DER FELSEN

M orgaine spricht ...
Die Zeit geht einen seltsamen Gang in Avalon, aber ich blicke nicht länger in den Spiegel, um zu sehen, was sich jenseits der Nebel tut, die es von der Welt trennen. Arthur ist tot und Lancelot ebenso, und auf der anderen Insel beten christliche Nonnen für Vivianes Seele. Die Sachsen haben das Land überrannt, und die Zahl der Priesterinnen hier ist geringer als zu der Zeit, da ich als kleines Mädchen hierher kam. Aber ab und an schicken die kleinen dunklen Leute aus dem Sumpf immer noch Boten, die uns von der Ankunft einer Tochter des alten Blutes Kunde geben.

Eine solche wurde heute morgen zu mir gebracht. Ildierna wird sie genannt, und sie ist die Tochter eines Häuptlings aus den walisischen Bergen, wo man noch immer die alten Sitten bewahrt. Ich weiß nicht mehr, was ich zu ihr sagte – und zweifellos war sie so überwältigt von Ehrfurcht, daß sie mich gar nicht richtig hörte. In der Außenwelt glaubt man gemeinhin, meinesgleichen müsse lange tot sein, und so war sie zu erstaunt, um mir die geziemende Achtung zu erweisen. Aber ich spürte die Kraft in ihr, und mir kam der Gedanke, daß sie ein Kind von der Art sei, wie ich es vielleicht gehabt hätte, hätte ich Accolon eine Tochter geboren, und ich fragte mich, ob ich wohl das Mädchen vor mir haben mochte, das eines Tages an meine Stelle treten wird.

Aber jetzt denke ich, daß sie mich weniger an Accolon erinnert als an ein anderes Mädchen, das ich vor langer, langer Zeit kannte, als meine Brüste noch kaum gewachsen waren. Dieser Tage fällt es mir schwer, mir die jungen Priesterinnen zu merken, die mir dienen, und manchmal verwechsele ich die eine mit der anderen, oder ich verwechsele sie mit Mädchen, die lange tot oder erwachsen sind, aber an jene, die in Avalon ausgebildet wurden, als ich damals dort ankam, an jene erinnere ich mich ganz deutlich.

An ein Mädchen namens Gwenlian erinnere ich mich besonders gut. Ich weiß nicht, warum sie mir ausgerechnet jetzt in den Sinn kommt. Vielleicht, weil dieses neue Mädchen ihr ähnelt, mit ihren kräftigen Knochen und ihrem leuchtenden braunen Haar, oder weil sie mir eine Lektion erteilte, die zu lernen ich dringend nötig hatte.

»Das ist eine Arbeit für Diener oder Sklaven!« rief Gwenlian, während sie die einfache Strohbürste aus der Kalktünche nahm und zusah, wie die weißen Tropfen wieder in den Eimer platschten. »Eine Aufgabe für eine Prinzessin oder eine Priesterin Avalons ist es jedenfalls gewiß nicht!« Sie zog eine Grimasse und ließ die Bürste los.

Morgaine streckte schnell die Hand aus, um die Bürste aufzufangen, und sprang gleichzeitig einen Schritt zurück, um nicht von den Spritzern getroffen zu werden, denn selbst in verwässertem Zustand konnte die Substanz noch brennen.

»Aber wir sind weder das eine noch das andere«, antwortete sie spitz. »Wir sind nur Novizenpriesterinnen, die im nächsten Winter sehr froh darüber sein werden, wasserdichte Mauern zu haben.«

Die Mauern des Hauses der Maiden zu tünchen, dieses mit Lehm beplackte Flechtwerk, war eine alljährliche Pflicht. Die Mischung aus gebranntem Kalk und Fett war wasserabweisend, aber sie mußte regelmäßig erneuert werden. Es war Morgaine nicht in den Sinn gekommen, sich gegen diese Arbeit aufzulehnen, genausowenig, wie sie sich gegen das Spinnen auflehnte, das zu den ständigen Beschäftigungen aller jungen Priesterinnen zählte, wenn sie sich im Hause aufhielten. Wie Viviane sie einst gewarnt hatte, konnte das Leben einer Priesterin hart und bitter sein, aber die Härten dieser Arbeit, die sie zumindest hinaus ins Freie, in

Sonne und Luft, brachten, waren ihr nie als Teil ihrer Bürde erschienen.

»Du bist ja so mustergültig!« rief Gwenlian spöttisch. »Die perfekte kleine Priesterin, die Angst hat, auch nur einen Atemzug zu tun, den Viviane nicht gestattet. Aber ich wurde dazu erzogen, meine eigenen Entscheidungen zu treffen.«

»Sie, die eine Sklavin ihres eigenen Willens ist, hat eine Närrin zur Meisterin …«, hatte Viviane oft gesagt, und doch lehrte man sie auch, daß eine Priesterin bereit sein mußte, die Verantwortung für ihre eigenen Taten zu tragen. Schon bald würde Morgaine ihr Jahr des Schweigens beginnen, und danach mußte sie sich dem Martyrium der Initiation stellen. Sie war beinahe eine Frau und beinahe eine Priesterin – schon. War es vielleicht an der Zeit für sie, wie eine solche zu denken?

Sie tauchte ihre Bürste in die Tünche und klatschte das Gemisch auf den harten Lehm der Mauer. »Und wie, Prinzessin, würde Eure Entscheidung aussehen?« Ihr Tonfall war schneidend, aber nicht wirklich höhnisch.

Gwenlian war groß von Gestalt und hatte helle Haut, ein Kind des Sonnenvolkes. Neben ihr fühlte Morgaine sich einmal mehr an ihre eigene geringe Körpergröße erinnert, an ihre schmalen Knochen und die Haut, die sich so bereitwillig bräunte, wenn sie eine gewisse Zeit im Freien zubrachte. Morgaine von den Feen wurde sie genannt, aber im Augenblick fühlte sie sich mehr wie ein Wichtel. Und doch hatte man, als das jüngere Mädchen seinerzeit ins Haus der Maiden gebracht wurde, Morgaine zu seiner Beschützerin gemacht, und trotz ihrer Unterschiedlichkeit – vielleicht aber gerade deswegen – hätte Morgaine von allen Mädchen Gwenlian am ehesten als ihre Freundin bezeichnet.

Gedankenverloren tauchte nun auch Gwenlian ihre Bürste wieder in den Eimer. »Ich würde lernen …«, sagte sie im Flüsterton. »Die Fähigkeiten nutzen, die die Göttin mir geschenkt hat, statt mit den kleinen Mädchen dazusitzen und Listen aus der alten Lehre herzusagen.«

»Indem wir die alte Lehre studieren, bilden und disziplinieren wir unseren Geist ...«, begann Morgaine, bevor ihr bewußt wurde, daß auch sie damit lediglich wiederholte, was sie von Viviane gehört hatte. Dem Gedächtnis gewaltige Mengen an Informationen einzuverleiben – das war die klassische Methode der Druiden, aber kreatives Denken wurde auf diese Weise nicht gefördert. Viviane sprach häufig von der Notwendigkeit, die ihr Fesseln anlegte – hatten die traditionellen Methoden ihr Denken derart eingeengt, daß sie es nicht einmal dann ändern konnte, wenn es sie danach verlangte?

Schockiert stellte Morgaine fest, daß sie drauf und dran war, die Herrin von Avalon zu kritisieren. Sie verharrte in ihrem Tun und biß sich auf die Unterlippe, so daß milchweiße Tropfen aus der Bürste zu Boden fielen, aber aus irgendeinem Teil ihrer selbst, über den sie keine Macht hatte, kamen die Worte.

»Was würdest du tun?«

»Die Steine des Weges der Prozession tünchen, damit wir nicht stolpern, wenn wir im Dunkeln den heiligen Berg hinaufsteigen?« Gwenlian schüttelte den Kopf und lachte. »Nein – das wäre ein Kinderspiel. Ich möchte etwas *Wirkliches*. Während des Meditierens hatte ich Visionen. Der Eierstein, der *Omphalos,* ruft mich. Wenn ich ihn berühren könnte, eins mit ihm werden könnte, würde ich die Macht im Herzen des Berges berühren, und dann würde ich wissen ...«

»Was würdest du wissen?« fragte Morgaine schwach.

»Was ich wahrhaft bin ... was zu sein mir bestimmt ist ...«

Gwenlian irrte sich natürlich. Es gab keine Abkürzungen, keine Magie abseits simpler, geduldiger, harter Arbeit und Disziplin in der Ausbildung einer Priesterin. Das jedenfalls redete Morgaine sich ein, aber in den folgenden Tagen konnte sie nicht umhin, über die Worte des anderen Mädchens nachzudenken. Ihr Kopf sagte ihr, daß Gwenlians Ungeduld mit ihrer Ausbildung der Verdrießlichkeit eines Kindes entspringe, aber in den seltsamsten

Augenblicken mußte sich ihr Herz auch fragen, ob es vielleicht doch wahr sein konnte, was Gwenlian gesagt hatte.

Und wenn selbst sie ihre Zweifel hatte, was mußte da in Gwenlians Kopf vorgehen? In den Tagen, die nun folgten, fand Morgaine Mittel und Wege, das andere Mädchen im Auge zu behalten, wann immer sie dies unauffällig tun konnte. Sie sagte sich, daß sie Gwenlian beobachtete, um sie vor einer möglichen Dummheit zu bewahren, daß sie sich dafür verantwortlich fühlen würde, falls dem anderen Mädchen etwas zustieße. Ob sie sonst noch Beweggründe hatte, erforschte sie nicht weiter, nicht bis zu dem Abend, an dem sie erwachte und eine weiße Gestalt erblickte, die gerade durch die Tür des Hauses der Maiden schlüpfte, ein Anblick, der ihr das Blut heiß durch die Venen jagte.

Und dann war keine Zeit mehr für irgendwelche Überlegungen, nur noch der kurze Moment, um ihren eigenen Umhang und ihre Sandalen zu suchen und der Gestalt in der gleichen geisterhaften Stille zu folgen. Wolken verhüllten den größten Teil des Himmels, aber die wenigen Sterne, die sie sehen konnte, sagten ihr, daß es kurz nach Mitternacht sein mußte. Die Druiden, deren Aufgabe es war, die verborgene Sonne zu empfangen, mußten ihre Gebete im Tempel mittlerweile beendet und sich zur Nachtruhe begeben haben. Es war keiner von den großen Festtagen, an denen die meisten Mitglieder der Gemeinschaft die Nacht durchwachten; all jene Priesterinnen, deren Aufgaben es ihnen zu dieser Nachtzeit nicht gestatteten zu schlafen, verrichteten ihr Werk einsam und im verborgenen.

Ansonsten war die Insel Avalon in Schlummer gehüllt. *Wenn ich Gwenlian schnell einhole, wird niemand es je erfahren!* dachte Morgaine, als sie den Pfad hinuntereilte.

Die Säulen des Sonnentempels waren helle, verschwommene Flecken in der Düsternis, aber zwischen ihnen erblickte sie einen noch helleren Fleck. Was konnte Gwenlian nur dort suchen? Dann, zwischen einem Schritt und dem nächsten, fiel Morgaine wieder ein, daß im Sonnentempel der *Omphalos*-Stein aufbewahrt wurde.

Die Druiden zogen es eigentlich vor, ihre Huldigung unter freiem Himmel darzubringen, aber der Tempel war von den Zauberern aus den versunkenen Ländern von jenseits des Meeres erbaut worden, und er war immer noch der Ort, an dem die Druiden die Rituale durchführten, die sie von ihnen erlernt hatten.

Es wird schon nichts geschehen, sagte sie sich. *Ohne die entsprechenden Riten, ohne die Berührung des Priesters, die ihn erweckt, wird der* Omphalos *nicht mehr sein als ein eiförmiger Stein.* Trotzdem zwang sie sich zu einem beschleunigten Schritt.

Die Angeln der schweren Holztür waren stets gut geölt, damit sie während der Rituale nicht knarrten. So blieben sie auch jetzt stumm, als Morgaine in den Tempel schlüpfte. Die Öllampe, die man im Allerheiligsten stets brennen ließ, tauchte den Raum in schwaches, flackerndes Licht. Ihr Schein glitzerte auf den bunten, in den Granitfußboden eingelassenen Steinen und lenkte den Blick auf die Bilder der Wandteppiche, deren Farben die Zeit hatte verbleichen lassen.

Morgaine hielt inne, und ihr wurde schwindlig. Sie war erst wenige Male hier gewesen, wenn man eine Maid brauchte, die bei den Riten diente, und bei diesen Gelegenheiten hatte sie sich so sehr darauf konzentriert, ihre Rolle in allen Punkten richtig auszufüllen, daß sie für ihre Umgebung kaum einen Gedanken übrig hatte. Aber ihre Ausbildung hatte gerade den Punkt erreicht, an dem es um die Kunst ging, Informationen aus einer Umgebung herauszulesen, und die harte, helle, maskuline Identität, die jeder einzelne Stein hier verströmte, überwältigte sie schier.

Als Novizenpriesterin war sie eine Initiantin der Mysterien der Dunkelheit, des kühlen Leuchtens des Mondes. Hier sprachen alle Dinge von der Sonne und dem Sohn, dem nördlichen Apollo der Apfelinsel, und selbst in den Tiefen der Nacht war der Gesamteindruck sinnverwirrend. Sie brachte ihre Atmung unter Kontrolle, verwurzelte ihr Bewußtsein in der Erde – die zumindest war immer noch dieselbe –, bis sie wieder sehen konnte.

Ein Ächzen, das tiefer Anstrengung entsprang, zwang ihre

Aufmerksamkeit in eine andere Richtung. Im Zentrum des Mosaiksterns, der in den steinernen Boden eingelassen war, lag der *Omphalos,* ein flacher, eiförmiger Stein etwa von der Länge ihres Armes. Gwenlian kniete neben ihm und drückte die Hände auf den Stein. Hastig eilte Morgaine an ihre Seite.

»Einen Augenblick lang habe ich es gespürt, Morgaine!« wisperte Gwenlian. »Der Stein prickelte unter meinen Händen!« In ihren Augen leuchtete eine Mischung aus Enttäuschung und Furcht.

Morgaine riß das andere Mädchen an den Schultern herum. »Du hast den Eierstein gefunden – jetzt fort von hier, bevor man uns entdeckt.«

»Aber ich habe ihn doch gar nicht gefunden!« jammerte Gwenlian. »Die Kraft ist erloschen.«

Im nächsten Augenblick gab Gwenlian widerstandslos nach, und Morgaine taumelte einen Schritt rückwärts. Aber es war nicht Gwenlian, die sich bewegt hatte, sondern der Stein. Der Sockel, auf dem er ruhte, hatte sich verschoben, um eine Öffnung und eine Treppenflucht preiszugeben, die in die Dunkelheit hinabführte.

»Ein Gang …«, hauchte Gwenlian. »Dann ist es also wahr. Es gibt Tunnel, die in den Berg führen.«

»Oder sonstwohin …«, wandte Morgaine ein. Aber auch ihr Herz hämmerte. »Jetzt weißt du es also – komm mit, *fort* von hier!«

Gwenlian erhob sich, und Morgaine lockerte ihren Griff, aber statt sich umzudrehen warf das Mädchen sich nach vorn in die Öffnung hinein. Einen Augenblick lang konnte Morgaine ihr nur mit offenem Mund nachsehen. *Sie hat kein Licht – sie wird gleich zurückkehren,* dachte sie, aber Gwenlian kam nicht. Mit flauem Gefühl im Magen wurde Morgaine bewußt, daß sie ihr würde folgen müssen.

Sie nahm eine noch nicht abgebrannte Fackel aus deren Halter an einer der Säulen und entzündete sie mit zitternder Hand an dem Altarlicht. Kein Blitzstrahl aus dem Himmel bestrafte ihre

Respektlosigkeit. Mit einem letzten Blick über die Schulter folgte sie dem anderen Mädchen in den Gang.

Die Luft in dem Tunnel war feucht, aber das war nicht der Grund für das Beben in Morgaines Knochen. Die Druiden waren Meister des Holzes, nicht des Steins. Als sie einen Blick auf die mächtigen Blöcke warf, aus denen der Tunnel bestand, wußte sie, daß dieser Gang schon alt gewesen war, als die ersten Volksstämme britischer Zunge übers Meer kamen. Die alten Zauberer, die den Sonnentempel erbaut hatten, hatten auch diesen Gang im Berg geschaffen. Morgaine erzitterte vor Staunen und vor Furcht, denn sie war keine Initiantin dieser Mysterien.

Sie rechnete halb und halb damit, Gwenlian an der ersten Biegung des Gangs in der Dunkelheit wimmernd und in sich zusammengekauert vorzufinden, aber sie ging eine ganze Weile weiter, ohne das andere Mädchen zu entdecken, und als der Tunnel sich verzweigte, wurde ihr bewußt, daß die Angelegenheit schwieriger als erwartet sein könnte. Symbole waren in den Stein gemeißelt, um die Abzweigungen zu markieren. Welchen Weg hatte Gwenlian genommen?

Das andere Mädchen hatte sich mit solcher Schnelligkeit bewegt – etwas mußte sie angezogen haben. Wenn im Herzen des Berges wirklich ein *Omphalos* verborgen lag, war sie vielleicht durch die Berührung seines Abbildes oben im Tempel für seine Ausstrahlung empfänglich gemacht worden. Aber Morgaine besaß keine solche Verbindung zu dem Stein – nur zu Gwenlian. Sie schloß die Augen und ließ ihren Atem, wie man es sie gelehrt hatte, in stetigem Rhythmus ein- und ausfließen, um ihr Bewußtsein nach innen zu lenken.

Gwenlian, wo bist du? Gwenlian, denk an mich, und ich werde zu dir kommen ... Sie erschuf das Bild ihrer Freundin mit den starken Gesichtsknochen und dem braunen Haar und warf ihren ganzen Willen diesem Ziel entgegen.

Zuerst wühlte ein Durcheinander verschiedener Eindrücke ihren Geist auf: Gwenlian, die einen Wettlauf gewann, Kalktünche auf die Mauer klatschte, Haferbrei aß, Gwenlian mit im Ritual hoch erhobenen Händen. Morgaine ließ jedes Bild Gestalt annehmen, damit es sein Wesen dem Ganzen hinzufüge; dann schickte sie es wieder fort, während ihr Bewußtsein immer tiefer und tiefer sank, bis all die Bilder sich zu dem mächtigen Strom verschmolzen, der Gwenlians wahre Identität darstellte. Dieser Strom zog sie unausweichlich an, und Morgaine setzte sich wieder in Bewegung, wobei sie die Augen zu schmalen Schlitzen öffnete, damit ihr Bewußtsein die Biegungen des Gangs registrieren und ihrem Gedächtnis einverleiben konnte.

So nahm sie wahr, daß die Steinquader massivem Fels Platz machten – sie mußte sich unter dem *Tor* selbst befinden! An dieser Stelle wurden die mit dem Meißel in das Gestein gehauenen Markierungen seltener, und ihr wurde klar, daß es sich bei diesem Tunnel um einen natürlichen Korridor handelte, den fließendes Wasser aus dem Stein gewaschen hatte. Tatsächlich glänzten die Mauern von Feuchtigkeit, und ein Wasserrinnsal schuf sich einen neuen Kanal in dem unebenen Boden. Jetzt zeigte die Fackel ihr feuchte Fußabdrücke, aber sie brauchte sie kaum noch. Sie konnte Gwenlian vor sich *fühlen* – Gwenlian und noch etwas anderes, das in der Luft pulsierte und im Stein selbst atmete.

»Göttin, schütze mich!« wisperte sie, denn sie hatte nun auch mit der Seele begriffen, was ihr Verstand bereits akzeptiert hatte, daß nämlich Gwenlian mit ihrer Vermutung recht hatte.

Eine Veränderung in der Luft sagte ihr, daß sie sich einen Augenblick vor der letzten Biegung des Tunnels einem größeren Raum näherte. Sie machte noch einen Schritt und hielt inne; blinzelnd betrachtete sie im Fackellicht die tausend Kristallteilchen in den Felsmauern, die sie umringten. Und dann konzentrierte sich, als seien all diese Teilchen Spiegel, das gesamte reflektierte Licht auf die Mitte des Raumes und entfachte wie zur Antwort ein weiteres Licht tief im Kern des eierförmigen Steins.

Morgaine stand starr vor Staunen da, denn der Stein war so durchscheinend wie geronnener Kristall. Sie konnte sich nicht vorstellen, von welch fernem Ort man ihn hierher ins Herz des Berges gebracht hatte, falls er überhaupt aus irgendeinem Teil der menschlichen Welt kam.

Und ihre Magie hatte sie nicht in die Irre geführt, sondern geradewegs zu Gwenlian, die sich über den Eierstein geworfen hatte und ihn mit beiden Armen umfing. Sie hatte die Augen geschlossen, aber die Spannung in ihren Armen war deutlich sichtbar; Morgaine glaubte nicht, daß sie träumte; sie vermutete eher, daß sie unter dem Bann einer Vision stand. Morgaine schob ihre Fackel in einen der eisernen, in die Wand eingelassenen Halter und ging auf ihre Freundin zu, um sich behutsam neben sie zu knien.

»Gwenlian …«, flüsterte sie, »Gwenlian, komm zurück zu mir …« Sie bekam keine Antwort. Stirnrunzelnd schnippte Morgaine direkt neben Gwenlians Kopf mit den Fingern und blies ihr in die Ohren. Gwenlian bewegte sich daraufhin ein wenig, aber ihre Augen blieben fest geschlossen. Wenn sie Wasser gehabt hätte, hätte Morgaine es ihr ins Gesicht gespritzt oder sie sogar damit übergossen – mit dieser Methode ließ sich selbst die tiefste Trance durchbrechen.

Offensichtlich konnte man Gwenlian nicht ins Bewußtsein zurückholen, solange sie den Stein berührte. Im allgemeinen galt die Regel, daß man Menschen in Trance besser nicht berührte, aber jetzt blieb ihr keine andere Wahl. Mit einem tiefen Atemzug legte Morgaine die Arme um ihre Freundin, um sie wegzuziehen.

Das erste, was ihr auffiel, war die Tatsache, daß Gwenlians Arme, obwohl ihr Körper sich bewegte, nach wie vor fest auf dem Stein lagen. Dann spürte sie, daß die Macht, die den *Omphalos* durchpulste, durch Gwenlians Körper lief, und nun konnte Morgaine diese Macht in ihren eigenen Gliedmaßen spüren. Wenigstens konnte sie immer noch loslassen, aber ein körperlicher Kontakt würde es ihr deutlich erleichtern, eine psychische Verbindung aufzubauen. Sie war zu klein und zu zierlich, um Gwenlian hochzuheben, und selbst einem ausgewachsenen Krieger wäre es schwergefallen, das Mädchen *und* den Stein zu tragen. Die einzige Möglichkeit, wie sie Gwenlian retten konnte, bestand darin, selbst in die Anderwelt zu gehen, in der der Geist ihrer Freundin jetzt umherirrte, und sie zu suchen.

Aus ihrem Innern war eine andere, unzufriedene Stimme zu hören.

»Törichtes Kind, diese Aufgabe übersteigt sowohl deine Kraft als auch deine Fähigkeiten. Laß das Mädchen hier zurück und geh zu den Druiden. Sie werden wissen, wie man sie freibekommt …«

Es klang nach Viviane. Hatte die Herrin von Avalon sich irgendwie in ihre Träume eingeschaltet? Gewiß nicht, denn wenn sie es getan hätte, wären die Druiden bereits da. Nein, es war nur ein Teil ihrer selbst, der Vivianes gewissenhaftester Schüler gewesen war und mit der Stimme der Herrin sprach, um sie auf dem rechten Weg zu halten. Wenn Merlin zugegen gewesen wäre, hätte sie vielleicht nach ihm gerufen, denn er war immer gut zu ihr gewesen, wie der Großvater, den sie nie gekannt hatte, aber er war fort, beim König.

Kein Wunder, daß Viviane mich frei herumlaufen läßt, ohne mich zu überwachen! Ich trage sie in mir und tue sogar dann ihren Willen, wenn sie nicht da ist!

Plötzlich erschien es Morgaine unerträglich, daß ihr eigener Verstand sie zur Sklavin von Vivianes Willen gemacht hatte, und das, ohne sie jemals nach ihrem Einverständnis zu fragen. Wenn die Druiden kamen, würde man Gwenlian zumindest in Schande heimschicken, falls man sich nicht gar auf etwas Schlimmeres besann, das man ihr antun konnte. Morgaine war fast schon Priesterin; wenn Viviane sie wirklich gut ausgebildet hatte, sollte sie in der Lage sein, die umherirrende Seele ihrer Freundin zu finden und aus der Anderwelt zurückzureißen. Sie verschloß ihren Geist gegen die mahnende innere Stimme und griff abermals nach Gwenlians Armen.

Sie konnte die Kraft des Steins spüren, die pulsierend über ihr Bewußtsein strich, aber sie wiederholte die Verse, die man sie gelehrt hatte und mit deren Hilfe sie die Dinge unter Kontrolle halten konnte. Die Arme fest um Gwenlian geschlungen, lauschte sie dem Atem des anderen Mädchens, bis ihr eigener Rhythmus derselbe geworden war. Dann machte sie sich daran, dem Pfad in die Anderwelt zu folgen, und ein Bild trat an die Stelle des nächsten, während sie den Heiligen Weg ging. Ein kreiselndes Leuchten ließ die äußeren Umrisse ihrer geistigen Bilder verschwimmen, und sie wußte, daß dies die Macht des Steins war, aber sie ging weiter, bis sie an die graue Ebene gelangte, wo nur hier und da der Schatten eines halb erinnerten Hügels oder Menhirs den Weg markierte.

Und selbst die Nebel dieser Ebene waren durchschossen mit wogenden Farben. Aber sie suchte immer weiter, rief ihre Freundin bei ihrem geheimen Namen und wurde endlich belohnt: Vor sich sah sie eine kräftige Gestalt, die von Lichtblitzen umspielt wurde. Morgaine eilte auf sie zu.

Das Abbild Gwenlians streckte die Hand aus. Morgaine wußte, daß es irgendeinen Grund gab, diese Hand nicht zu ergreifen, aber ihre Freundin wirkte so glücklich, so eifrig in ihrem Wunsch, daß sie ihre Freude mit ihr teilen möge … Als Morgaine sie berührte, sich auf den inneren Ebenen mit ihr verband, wie ihrer beider Gestalt aus Fleisch und Blut jetzt verbunden waren, trat die Überwelt in ihrem Bewußtsein zurück, und sie war eins mit Gwenlian in deren Vision, sah mit deren Augen.

Als zwei Seelen in einem einzigen, männlichen Körper standen sie auf einer Brustwehr über einer mächtigen, aus weißem Stein gebauten Stadt. Der Himmel war so blau, wie er es nur unter südlicher Sonne sein kann, und die bittersüßen Rufe von Möwen hallten durch die Luft. Jenseits des Hafens erhob sich ein spitzer Berg, von dessen höchstem Gipfel sich Qualm träge in die Luft emporwand.

»Siehe die Insel von Atlantis, wie gewaltig ihre Werke sind, wie strahlend ihre Weisheit«, erklang eine innere Stimme, oder vielleicht war es auch eine Erinnerung. Aber als die Worte verblaßten,

spürte der Mann, dessen Körper sie bewohnten, eine schwache Vibration unter seinen Füßen. Als sie abflaute, kam aus den Straßen unter ihm ein wildes Durcheinander von Fragen. Er blickte wiederum auf und sah, wie der Rauch über dem Gipfel sich verdichtete und sich den dicken grauen Wolken entgegenblähte.

Ein weiteres Beben, viel stärker diesmal, erschütterte den Turm. Nun konnte er Schreie hören. Er taumelte auf den Treppenaufgang zu. »Zum Tempel …«, erscholl ein Schrei von unten, »wir müssen die Heiligen retten! Wir müssen den Stein retten!«

In diesem Augenblick wurde ihm klar, daß dies die Pflicht war, die man ihm auferlegt hatte. Die Vision begann zu zerfallen, während er sich nach unten weiterkämpfte, aber vielleicht war es auch die Insel, die sich selbst in Stücke riß, während der Berg in Asche und Flammen zerbarst. Irgendwie gelangte er schließlich zu den Ruinen hinunter, die einst der Sonnentempel gewesen waren. Der Stein lag inmitten der Trümmer und leuchtete durch den Staub, der die Luft erfüllte. Einige wenige andere hatten es geschafft, sich ihm anzuschließen – gemeinsam hoben sie den Stein in eine Truhe und schleppten ihn aus der untergehenden Stadt heraus.

Der Hafen war ein einziges Chaos schlingernder Schiffe und halb wahnsinniger Menschen. Einige der in der Nähe vertäuten Boote hatten sich ineinandergeschoben, andere kenterten unter dem Gewicht der Männer, die an Bord zu stürmen versuchten. Aber es gab eine versteckte Bucht – seinen Umhang übers Gesicht gezogen, um die vom Himmel fallende Asche fernzuhalten, half er, die schwere Truhe an den Ort zu tragen, an dem sein eigenes Vergnügungsboot vor Anker lag.

Die Bilder waren jetzt noch verworrener. Sie taumelten an Bord, gaben ihr Letztes, um aus der Bucht herauszukommen, droschen mit den Rudern auf die kabbelige See ein. Sie erreichten die offene See, und die Wellen rollten unter ihnen hinweg. Das Feuer des Berges erfüllte den Himmel.

Feuer … Dunkelheit … das glasige, flammendurchschossene

Rund des Meeres ringsum ... eine winzige Stimme erhob am Rande von Morgaines Bewußtsein ein leises Jammern: *Das geschieht nicht wirklich, das ist nicht meine Erinnerung, das bin ich!* Und mit mehr Kraft, als zu besitzen sie sich hätte vorstellen können, riß sie sich los, als der Berg mit einem Tosen, das jedes andere Geräusch überstieg, explodierte.

Morgaine schlug die Augen auf und zuckte vor den flackernden Flammen zurück. Der Vulkanausbruch hallte noch immer in ihrem Gedächtnis wider – ihr Kopf schmerzte, und sie brauchte einige Augenblicke, um zu begreifen, daß hier alles still war.

Oder doch beinahe. Ein schwaches, unheimliches Stöhnen drang einer Vibration gleich aus den Felsmassen, die sie umgaben. Dann ließ ein Beben das *Tor* erzittern. Einen Augenblick lang machte das Entsetzen sie starr. Einen Herzschlag später zeigte ihr das Glimmen sich bewegenden Lichts den *Omphalos,* der auf seinem Sockel schwankte, und Gwenlian, die lang ausgestreckt direkt hinter ihm lag.

Morgaine hauchte ein Dankgebet für die ihr unbekannte Macht, die sie aus der Vision befreit und es ihr ermöglicht hatte, auch Gwenlian mit sich zu ziehen. Sie ergriff die Fackel und warf sich dann mit ungeahnter Kraft Gwenlians schlaffen Körper über die Schulter, um sich taumelnd aus der Höhle zu entfernen.

Während sie sich durch die Tunnel zurückkämpfte, erschütterten weitere Beben den Berg, von denen eines stark genug war, um sie zu Boden zu werfen. Minutenlang lagen sie und Gwenlian in einem Gewirr verschlungener Glieder da, während Morgaine darauf wartete, daß die herniederprasselnden Steine sie zerschmetterten. Aber mittlerweile befanden sie sich in dem letzten, geraden Abschnitt, der zum Tempel führte, und obwohl etliche Kieselsteine auf sie herabprasselten, hatten die Alten ihre Bauten doch sehr umsichtig angelegt, und die großen Steine lösten sich nicht aus ihren Verankerungen.

Die Fackel war bei ihrem Sturz erloschen, aber nun konnte

Morgaine sich an den Steinen entlangtasten, und schon bald schien das schwache Glimmen der Lampe im Tempel durch die Öffnung, so daß sie die Trittstufen erkennen konnte. Als sie ihre Last auf den glatten, glänzenden Fußboden sinken ließ, bebte die Erde nicht mehr, aber von draußen konnte sie Schreie hören. Zitternd vor Erschöpfung, schob sie die Steinplatte wieder über die Öffnung, faßte dann Gwenlian unter beiden Armen und zerrte sie zur Tür hinüber.

Morgaine hätte Viviane sofort alles erzählt, aber in der Zeit gleich nach dem Erdbeben war die Herrin von Avalon von Priestern und Druiden, die Anweisung begehrten, gleichermaßen umlagert, und sie hatte keine Möglichkeit, sich Gehör zu verschaffen. Der junge Priester, der ihr half, Gwenlian zu den Heilern zu tragen, ging davon aus, daß das Mädchen bei dem Erdbeben verletzt worden war. In gewisser Weise, dachte Morgaine, entsprach das wohl auch der Wahrheit.

Aber als sie neben ihrer Freundin saß und zusah, wie diese zuckte und vor sich hin murmelte, während sie den langen Weg zurück zu wacher Bewußtheit bewältigte, gingen ihr doch verschiedene Fragen durch den Sinn. Hatte das Beben, das den Berg erschüttert hatte, Gwenlians Vision auf den Untergang von Atlantis gelenkt? Oder waren die in dem Stein festgehaltenen Erinnerungen geweckt worden, so daß sie im *Tor* eine gleichsinnige Vibration hervorgerufen hatten?

Als Gwenlian endlich das Bewußtsein wiedererlangte, verbot sie Morgaine, davon zu sprechen. Vivianes eiserne Ruhe hatte dazu geführt, daß die Ordnung schnell wiederhergestellt war, und obwohl das Beben unten bei den Wohnhäusern einiges durcheinandergebracht hatte, waren die Steinhallen zu massiv und die Rundhäuser aus mit Lehm bepacktem Flechtwerk zu elastisch, als daß die Erdstöße ihnen hätten großen Schaden zufügen können. Und die Priester, die den Sonnentempel unter ihrer Obhut hatten, schienen nichts Besonderes an ihrem Stein entdeckt zu haben.

Morgaine sagte sich, daß kein Schaden entstanden sei. Erst ganz allmählich wurde ihr bewußt, daß Gwenlian sich zwar körperlich wieder erholte, aber verändert war. Als Morgaine es endlich wagte, sie zu fragen, was ihr von ihrer Vision im Gedächtnis geblieben sei, weigerte das andere Mädchen sich, davon zu sprechen. Auch kam sie ihren Studien nicht mehr mit derselben Freude nach, wie sie sie früher an den Tag gelegt hatte. Es war, als sei jener Teil von ihr, den es nach den Dingen des Geistes verlangte, ausgebrannt worden. Nun kamen Gwenlians Antworten so stockend, als sei sie eine der Greisinnen, und nach dem Mittwinterfest bat sie darum, Avalon verlassen zu dürfen.

Aber damals hatte Morgaine ihr Jahr des Schweigens bereits begonnen. Als für Gwenlian die Zeit kam zu gehen, schlang sie weinend die Arme um ihre Freundin. Aber sie konnte nicht einmal Lebewohl sagen.

Ich habe Gwenlian nie wiedergesehen. Obwohl ich schließlich hörte, daß sie sich verheiratet habe. Mag sein, daß dieses Mädchen Ildierna ein Kind aus ihrer Sippe ist. Wenn ja, dann wird es so sein, als sei Gwenlian selbst zurückgekehrt, um mir zu vergeben. Ich habe in meinem Leben Unterwürfigkeit und Rebellion kennengelernt, Stolz und Zorn und Verzweiflung. Jetzt, da ich mich dem Ende dieses Lebens nähere, ist Vergebung ein Geschenk, das es mich zu geben wie zu empfangen gleichermaßen verlangt.

Noch lange Zeit, nachdem Gwenlian uns verlassen hatte, machten meine Schuldgefühle mich noch empfänglicher für Vivianes Befehle, als ich es je zuvor gewesen war. Hätte ich ihr und den Druidenpriestern erzählt, was geschehen war, hätten sie dann Gwenlians Seele wiederherstellen können? Rückblickend bin ich gewiß, daß Viviane das, was meiner Freundin widerfahren war, als gerechte Strafe erachtet und mir versichert hätte, daß Priesterinnengeborene immer wieder zu ihren eigenen Kräften zurückfinden würden, wie ich selbst es schließlich auch getan hatte.

Wenn ich nun über Gwenlians Tragödie nachdenke, frage ich

mich, was ich daraus hätte lernen sollen. Welcher Mangel in unserer Ausbildung trieb sie dazu, etwas zu wagen, das über ihre Kraft ging? Was trieb mich, die Schuld dafür auf mich zu nehmen, so daß ich jeden Willen verlor, mich kritisch mit Viviane auseinanderzusetzen? Wenn ich der Herrin von Avalon nicht gestattet hätte, sich in mein Leben einzumischen, würde Arthur dann noch herrschen? Ich habe meine Rolle in dieser Geschichte gespielt und es aufgegeben, mich in die Angelegenheiten der äußeren Welt einzumischen. Wenn ich dieses Kind, das da zu mir gekommen ist, irgend etwas lehren muß, dann, daß jede Seele die Last ihres eigenen Schicksals tragen und die bestmöglichen Entscheidungen treffen muß. Meine Vision zeigt mir nicht, welche Gefahren dieses Mädchen bestehen muß, oder auch nur ob Avalon überleben wird. Aber ich werde sie nach bestem Vermögen lehren, jedwede Fähigkeiten, die die Göttin ihr geschenkt hat, zu nutzen.

Tricia Sullivan
DIE GEHEIMNISVOLLEN BLÄTTER

In der Nacht, in der ich beschloß, dich zu erobern, wisperten sich im Wald von deinem Haus die Blätter ihre Geheimnisse zu. Du warst mit Schreiben beschäftigt, und ich – um die Worte zu gebrauchen, mit denen du mich bei jeder Gelegenheit zu ermahnen pflegtest – *übte mich in Stillschweigen*. Ich erinnere mich, daß ich ein brennendes Räucherstäbchen hochhielt, während du schriebst, in dem Wunsch, du mögest von deiner Arbeit aufblicken, mich sehen, mich wahrnehmen – etwas für mich empfinden. Ich bestand aus nichts als Sehnsucht. Ich hielt das Räucherstäbchen in den Luftzug und sah zu, wie sich der Rauch in der Dunkelheit zwischen uns kräuselte und auflöste. Niemals, weder vorher noch hinterher, habe ich irgend etwas so sehr begehrt, wie ich dich damals begehrte.

Meine Cousine Morgan hat immer gesagt, Magie ist lediglich eine Form von Sex. Ich weiß nicht. Ich weiß nur, daß es mich durchzuckte, als ich dir zusah, wie du beim Schreiben versuchtest, deine Kunst in Worte zu fassen, die niemals auch nur ein Quentchen deiner Kraft enthalten würden. Vollkommen vertieft über das Blatt gebeugt, den Federhalter in der zitternden Hand, kritzeltest du hastig die Wörter aufs Papier. Du erinnertest mich an einen kleinen Jungen, obwohl dein Haar von grauen Strähnen durchzogen war, und ich wußte, daß ich dich wie ein Mantel einhüllen, durch meine Poren aufsaugen und in mir aufnehmen konnte, was das Pergament niemals enthalten würde; ob ich *dich* wollte oder deine Kraft, werde ich nie wissen, denn die beiden sind und waren untrennbar miteinander verbunden.

Sie werden sagen, daß du mir zum Opfer gefallen bist. Es wird aussehen, als hätte ich dich beraubt. Diejenigen, die das behaupten, waren nicht dabei, als du dich in mich einbranntest wie ein Schwert, das sich in mein Fleisch bohrt. Sie haben nicht gesehen, wie du in Tiergestalt vor mir geflohen bist. Sie waren nicht da, als ich mich in die Vertiefung legte, die du im Boden hinterlassen hattest, als ich in deinem Körperabdruck lag und fröstelte, bis ich das Bewußtsein verlor.

Nun stehe ich hier auf dem verschneiten Hügel, und die Nachmittagssonne beleuchtet den Himmel wie eine Kerze ein buntes Glasfenster: ein Bild für die Ewigkeit. Deine Rinde fühlt sich herrlich rauh an unter meinen kalten Fingern, und ich weine bittere Tränen in den Wind. Du fehlst mir.

Als ich zum ersten Mal herkam, war es Frühling. Der Regen war so dicht, daß ich kaum etwas sehen konnte. Ich hatte meine Periode, außerdem hatte ich unterwegs zuviel heißen Wein getrunken, so daß ich ein dringendes Bedürfnis verspürte, und ich schniefte. Ich war damals vierzehn. In diesem Jahr gab es besonders schwere Regenfälle, und ich war nicht gerade dafür bekannt, besonders geduldig zu sein oder mit meinen Problemen allein klarzukommen. In den endlosen Stunden, in denen ich auf dem Pferd saß, der Regen von meiner Kapuze tropfte und von Gemmas Hals der Dampf aufstieg, während sie durch den Morast stapfte, kam es mir vor, als stünde diese Reise zu meiner Cousine im Norden irgendwie unter einem schlechten Stern. Wir hatten gezwungenermaßen einen Umweg durch das walisische Grenzland machen müssen, wo es dichte Wälder gibt, die Berge im Westen aufragen wie vermummte Gestalten und überall Krähen sind. Ich jammerte ununterbrochen vor mich hin.

»Du tätest gut daran, endlich den Mund zu halten«, sagte Madeleine. Sie hatte sich unter ihrem Mantel zusammengekauert, so daß ich nur noch ihre rote Nasenspitze und ihre schmalen weißen Hände, die die Zügel hielten, sehen konnte, aber ich wußte bereits, was sie als nächstes sagen würde, und murmelte die Worte schon vor mich hin, als sie sie aussprach: »Du kriegst nie einen Mann, wenn du nicht lernst, Ruhe zu geben.«

»Man sollte mal den Krähen sagen, daß sie Ruhe geben sollen«, bemerkte ich mißmutig, schob meine Kapuze zurück und legte den Kopf in den Nacken, um zu sehen, was die Vögel so aufgeregt hatte. Wir ritten durch einen Wald aus Stechpalmen und Eschen, angeblich auf einer Straße, die aber nach römischem Standard in Wirklichkeit nicht einmal die Beschaffenheit eines Pfades hatte. Cator drehte sich dauernd in seinem Sattel um und versuchte, für uns die Äste zurückzuhalten, was sich als vergebliche Liebesmüh erwies, da sie doch immer im letzten Moment zurückschnellten und uns mit einer Ladung Wasser bespritzten. Ich fand das lustig, ganz im Gegensatz zu Madeleine. Anscheinend regnet es in der Bretagne nicht derartig heftig; ich erinnere mich nicht mehr, denn ich war erst drei Jahre alt, als wir zu Lancelot nach England kamen, wo ich dann die nächsten elf Jahre meines Lebens unter der Fuchtel von Elaine zubrachte.

»Fräulein Nina hat ja selber etwas von einer Krähe«, sagte Cator. »Du Satansbrut solltest lieber aufpassen, daß keine Krähe angeflogen kommt, die deine blanken schwarzen Knopfaugen mit Münzen verwechselt und sie dir aushackt!«

Ich war verärgert darüber, Satansbrut genannt zu werden, auch wenn ich in diesem Moment gerade damit beschäftigt war, das Hinterteil seines Hengstes mit einer Weidengerte zu traktieren, an deren Ende ich eine besonders große, stachlige Klette befestigt hatte. Sobald Cator mir den Rücken kehrte, ärgerte ich das Pferd, das daraufhin unvermutet hin und her tänzelte und mit dem Schwanz schlug. Madeleine war zu tief in ihrem Mantel vergraben, um etwas von meinen Streichen zu bemerken.

»Meine Augen sind viel mehr wert als deine«, gab ich zurück. »Die verwechseln die Krähen bestimmt mit Fuchsspuren oder toten Kröten, wenn sie nicht …«

Madeleine kreischte, ihr Pferd scheute und meins und Cators

auch, wie es Pferde so an sich haben, wobei sie im Matsch wegrutschten.

»Was ist los, du dummes Weib?« fragte Cator scharf und ungehalten. Mit kreischendem Gezeter erhob sich ein Schwarm Krähen aus den Bäumen, kreiste ein paarmal über unseren Köpfen und ließ sich dann nicht weit entfernt wieder nieder.

»Ich habe einen Wolf gesehen«, sagte Madeleine. »Da zwischen den Bäumen. Ich wußte, daß es stimmt. Wales ist ein Land voller böser Geister.«

»Die Pferde riechen nichts«, sagte Cator. »Reite weiter, du hast eine blühende Phantasie. Elaine und ihr Hokuspokus haben dir den Kopf verdreht.«

»Elaines Liebestränke und Jungbrunnenzauber sind purer Schwindel«, erklärte ich. »Nur durch Morgans Zauberspruch ist Elaine zu ihrem Mann gekommen; sie hat nie selber irgend etwas dazu getan.«

»Halt den Mund, du kleine Hexe«, fuhr Cator mich an. »Lancelot hätte dich in ein Kloster stecken sollen, wo sie dich zum Schweigen gebracht hätten, wie es sich für ein Mädchen gehört. Du verdienst es gar nicht, daß sie dich zu deiner Cousine schicken.«

»Cator hat recht«, fügte Madeleine hinzu. »Du hast Glück gehabt, daß sie dich nicht für deine Bösartigkeiten umgebracht haben.«

Ich sagte nichts, sondern dachte darüber nach, wie ich ihnen ihre Gemeinheiten heimzahlen könnte. Aber ich verfügte genau wie Elaine über keinerlei Zauberkräfte und hatte so keine Möglichkeit, mich an ihnen zu rächen. Es war absolut unfair, daß man mich eine Hexe nannte, obwohl meine Cousine Morgan mir selbst gesagt hatte, ich hätte keine Zauberkräfte. Als Morgan Elaine besuchen kam, erklärte sie mir, wie Elaines sogenannter Zauber funktionierte, nämlich durch Täuschung und Wunschdenken, und ich war angeekelt von der Vorstellung, daß jemand auf einen so durchsichtigen Trick hereinfallen konnte, der lediglich auf der eigenen Gutgläubigkeit beruhte.

»Ich will echte Magie erlernen«, sagte ich zu Morgan, aber sie schüttelte nur den Kopf.

»Du bist schon zu alt«, sagte sie. »Wenn du begabt wärst, hätte es sich inzwischen gezeigt. Außerdem sagt Elaine, daß du ein ungezogenes Kind bist und immer etwas im Schilde führst, und meine Kunst erfordert Disziplin und Bescheidenheit.«

Ich war wütend über Morgans Zurückweisung, aber als sie wieder fort war, beschloß ich, trotzdem die Zauberei zu erlernen. Also nahm ich die wenigen Grundprinzipien, die sie mir erklärt hatte, und begann damit, sie auszuprobieren. So kam es, daß ich das Gift fabrizierte, das um ein Haar Elaines Neffen umgebracht hätte. Das war natürlich ein Unfall. Ich hatte unvorsichtigerweise das Glas mit dem Gift herumstehen lassen in der Absicht, es später noch ein bißchen zu verdünnen, und der Junge hatte es ausgetrunken, weil er dachte, es wäre Honigwein. Deshalb verbannte man mich aus Elaines Haus und schickte mich zu Morgan, der einzigen anderen Verwandten, die ich besaß.

Es tat mir leid, daß der Junge so krank wurde, aber er war nur ein Jahr jünger als ich und hätte eigentlich nicht so dumm sein dürfen, etwas zu trinken, ohne zu wissen, was es ist. Aus solchen Gründen konnte ich die Magie nicht aufgeben, und bereits während unseres Rittes schmiedete ich einen Plan, wie ich der unerfreulichen Heirat entgehen konnte, die man, dessen war ich sicher, noch in diesem Jahr für mich arrangieren würde. Ich sah mich im Geiste schon wegen Mordes an meinem Ehemann auf dem Scheiterhaufen verbrennen, nur weil irgendein idiotisches Mannsbild aus Versehen wieder einmal mein experimentelles Gebräu getrunken hatte. Das war durchaus nicht unvorstellbar, die Leute sind manchmal so blöd.

Ohne ersichtlichen Grund zuckte Gemma plötzlich unter mir zusammen und machte einen Satz zur Seite. Ich hielt mich krampfhaft an ihrem Hals fest, aber ich hatte sie nicht mehr unter Kontrolle. Sie befand sich in blinder Panik. Weiter vorn sah ich, wie Cators Pferd sich aufbäumte und mit den Hufen durch die Luft fuhr. Es drehte sich im Kreis und ging auf die Bäume los, und Gemma machte es ihm nach. Ich hing noch immer an ihrem Hals und preßte das Kinn gegen die Brust, um mich gegen die über mir zusammenschlagenden Äste zu schützen. Ich hörte Cator rufen und glaubte, etwas Graues an seinem Pferd vorbeifliegen zu sehen, während er durch den Farn brach. Das Pferd bäumte sich auf, und Cator flog durch die Luft. Dann fing Gemma an zu bocken, und ich verlor den Halt.

Ich landete kopfüber im Morast und rollte mich zusammen, als Hufe über mich hinwegfegten. Beide Pferde hatten sich ins Gestrüpp gestürzt, wobei sie umgeknickte und zertretene Äste hinter sich ließen. Ich rappelte mich auf und benutzte die Beschwörungsformeln, die ich das Küchenpersonal immer hatte hersagen hören, wenn Lancelots Hunde ein Ferkel gestohlen hatten. In der Ferne hörte ich Madeleine schreien wie am Spieß.

»Cator? Cator?« Ich war grün und blau und von oben bis unten voller Matsch, aber ich fand es lustig, um die Wahrheit zu sagen. Ich sah einen roten Fleck, der Cators Mantel sein mußte, also kämpfte ich mich zu ihm durch. Er war halb über einem umgestürzten Baumstamm gelandet, sein Kopf war unnatürlich verdreht, und seine Augen standen offen. Sein Körper zuckte noch immer.

Ich machte kehrt und rannte weg. Als ich außer Sichtweite von Cator war, hockte ich mich in die Büsche und erleichterte mich. Zitternd erhob ich mich wieder.

»Madeleine?« Ich lauschte, konnte aber weder Pferd noch Mensch hören. Es regnete unaufhörlich. Ich lief zurück zu dem reglosen Körper, sah Cator an und hoffte auf ein Wunder. Er hatte sich das Genick gebrochen, das konnte selbst ich sehen. Ich wandte mich ab und erbrach Wein und Teegebäck. Dann suchte ich nach den Pferden.

Zuerst war ihre Spur leicht auszumachen, und ich hoffte, sie bald irgendwo stehen und auf mich warten zu sehen, denn alles in allem waren sie empfindsame Tiere. Aber obwohl ich lief und lief, konnte ich sie offenbar nicht einholen.

Dann führte der Wald auf ein offenes Feld. Der Wind peitschte mir den Regen ins Gesicht, als ich es überquerte, voller Hoffnung, sie endlich zu finden. Aber da waren jetzt viele Spuren in dem langen Gras, von Wild wie von Pferden, und der Wind hatte ganze Abschnitte niedergedrückt. Ich wußte nicht, welchen Weg sie genommen hatten, und konnte keinen Hinweis auf sie finden.

Zu meiner Rechten lag ein Hügel, der von mächtigen Eichen gekrönt wurde. Ich beschloß hinaufzuklettern, in der Hoffnung, einen Aussichtspunkt zu bekommen, und machte mich auf den Weg den Hang hinauf, während ich mit zusammengebissenen Zähnen gegen mein Zittern ankämpfte und betete, daß Madeleine nicht irgend etwas Dummes getan habe wie zum letzten Dorf zurückzureiten aus Angst vor den bösen Geistern.

Eine Stimme ließ mich innehalten. Direkt über mir stand ein dunkelgekleideter Mann auf den Felsen. Er sagte etwas in walisischer Sprache, was ich nicht verstand, und dann, ungeduldig, in Englisch: »Ihr lauft in die falsche Richtung. Schnell, zurück zu Eurem Begleiter.«

Ich konnte seinen Dialekt nicht genau lokalisieren, aber er war kein Bürgerlicher, da war ich sicher. Seine Kleider waren abgetragen und immer wieder geflickt, aber die Stiefel waren gute Handwerksarbeit, und das Messer an seinem Gürtel hatte einen silbernen Griff. Sein schwarzes Haar zeigte ein paar graue Strähnen, aber sein Gesicht war nicht älter als das von Arthur.

»Er hat sich das Genick gebrochen«, sprudelte ich hervor. »Es sind nur noch Madeleine und ich übrig. Wir werden ganz hilflos sein.«

»Das da ist Euer Weg«, sagte er und zeigte in eine Richtung. »Beeilt Euch, sonst werdet Ihr Euch verfehlen. Bleibt nicht zu lange in diesem Wald, sondern reitet zum nächsten Dorf, bevor es dunkel wird. Wenn Ihr erst einmal die Hauptstraße erreicht habt, seid Ihr in Sicherheit. Arthur, der dumme Bengel, hat wenigstens dafür gesorgt, daß die Landstraßen für Damen ohne Begleitung sicher sind.«

»Ihr solltet nicht so respektlos von unserem König reden«, protestierte ich empört.

»Ich rede von dem kleinen Bastard, wie es mir, verdammt noch mal, gefällt«, sagte der Fremde. »Wenn Ihr ihn seht, könnt Ihr ihm das ruhig sagen.«

»Das werde ich ganz sicher nicht tun«, fauchte ich ihn an. »Ich bin sehr in Versuchung, ihm zu sagen, daß er ein paar seiner Männer losschicken soll, um Euch Flegel Manieren beizubringen.«

»Ja«, lachte er. »Erzählt Arthur, Ihr hättet im Wald einen Flegel getroffen, der ihn beleidigt hat und sich dann in einer Rauchwolke aufgelöst hat.«

Damit war er verschwunden. O nein, ohne Rauch. Aber eben war er noch da, und im nächsten Moment war er fort, und nur das leise Zittern eines winzigen Zweiges verriet, daß jemand dagewesen war.

Wie kam er darauf, daß ich Arthur besuchen würde? Wir waren alle drei einfach gekleidet, um keinerlei Aufmerksamkeit auf uns zu ziehen, und obwohl ich sicher nicht wie ein Bauernmädchen aussehe, hatte ich doch nichts an mir, was darauf hingedeutet hätte, daß ich den König persönlich kannte. Wie auch immer, wir waren jedenfalls in die entgegengesetzte Richtung geritten.

Unwillkürlich bekreuzigte ich mich und hielt plötzlich inne. Ich war wütend. Ich hatte gesehen, wie Cator zu Tode stürzte, ich hatte Gemma verloren, und meine Schmerzen wurden immer stärker, als würde jemand meinen Unterleib in seiner Faust zusammendrücken, um das Blut herauszuquetschen. Als der Krampf kam, krümmte ich mich und keuchte, bis er wieder nachließ. In all den anderen Monaten hatte ich nie solche Schmerzen gehabt.

Ich stolperte vorwärts in die Richtung, die er mir gewiesen hatte, und zitterte dabei vor Angst und Unsicherheit. Ich stand kurz davor, die Nerven zu verlieren. Ich war noch nie allein im Wald gewesen, und alles erschien mir feindselig und erschreckend. Die Stille um mich herum zusammen mit meiner Unerfahrenheit ließen mich glauben, die Bäume wollten, daß ich mich verirre – und lachten insgeheim über meine Verzagtheit und Hilflosigkeit. Mir war, als würde mich irgend jemand beobachten, aber als ich nach Madeleine rief, erhielt ich keine Antwort. Ich war nicht sicher, wie weit ich inzwischen von der Straße abgekommen war.

Ich drehte mich hin und her, und dann wurde mir klar, daß ich tatsächlich beobachtet wurde. Nur wenige Meter von mir entfernt strich ein grauer Wolf gemächlich durchs Farnkraut und starrte mich dabei die ganze Zeit aus Augen an, wie ich sie mein Lebtag noch nicht gesehen hatte. Bis zu diesem Moment hatte ich mir bei dem Gedanken an Wölfe immer riesige Zähne und geifernde bluttriefende Mäuler vorgestellt, aber in diesen silbrigen Augen verspürte ich so etwas wie Verstand. Ich konnte erkennen, wie das Tier überlegte und kleine Veränderungen in ihm vorgingen, während es mit zitternder Nase meine Witterung aufnahm. Dann blieb die Wölfin respektvoll genau mir gegenüber stehen. Ihr Blick war fest und eindringlich, sie hielt den Kopf mit aufgestellten Ohren gesenkt, den Körper leicht gekrümmt, als würde sie jeden Augenblick einen Satz auf mich zu machen. Ich stand da wie angewurzelt. Minuten verstrichen, ohne daß ich mir einen Gedanken erlaubte. Ich hielt einfach nur still und ließ mich von ihr erforschen. In meinem kurzen, aber rebellischen Leben hatte ich den Blicken von Kindermädchen, Lehrern, Nonnen und Gräfinnen standgehalten, sie aber gab mir das Gefühl, mich bereits in ihren Fängen zu halten und verschlungen zu haben: Ich war der Wölfin ausgeliefert, und wir wußten es alle beide.

Dann setzte sie zum Sprung an. Ich rannte los, fiel hin, rannte weiter. Sie blieb mir auf den Fersen. Ich hetzte vorwärts, vorübergehend ermutigt von der Tatsache, daß ich ihre Zähne noch nicht zu spüren bekommen hatte; ein unbändiges Gefühl der Stärke ergriff mich und trieb mich an. Damals wurde mir klar, daß der Schrecken keine abstrakte Angelegenheit ist, sondern so greifbar wie ein Stein oder der Erdboden. Ich war von ihm besessen und lief, besinnungslos vor Angst, ohne mich umzusehen und ohne einen Gedanken zu fassen. Erst als ich stolperte und hinfiel, merkte ich, daß sie nicht mehr hinter mir her war, denn als ich mich wieder aufrappelte, war ich allein. Ich wußte nicht, wo ich war, zitterte am ganzen Leib und fühlte mich hundeelend. Der Regen prasselte hernieder. Plötzlich wurden mir die Knie weich, und ich griff nach einem Schößling, um mich auf den Beinen zu halten.

Ich versuchte, meine Orientierung wiederzugewinnen, aber ich war nicht einmal sicher, aus welcher Richtung ich gekommen war, als hätte man mir die Erinnerung an die letzte Stunde, in der ich durch den Wald gewandert war, genommen. Ich wußte noch, daß ich mich durch Unterholz und Farn hindurchgekämpft und unter Ästen geduckt hatte, aber ich konnte mich nicht orientieren. Ich fing an, hysterisch zu werden, denn ich war überzeugt, daß mein Blut den Wolf angezogen hatte, mein Blut, für das Cator gestorben war und jetzt vielleicht auch noch Madeleine, mein Blut, das mich ins Verderben gestürzt hatte. Ich spürte, wie es jetzt kräftiger und völlig ungehindert durch meine Adern strömte.

Plötzlich bewegte sich etwas Großes zwischen den Bäumen. Ich hörte mich einen hohen, keuchenden Ton ausstoßen. Krampfhaft hielt ich mich an dem schwachen Schößling fest. Der Regen wurde lauter, und das Tier kam näher. Es war Gemma, die herumschnupperte und nach Gras suchte. Ruhig sprach ich sie an, und sie blieb mit einem ungestümen Schnauben stehen.

»Ach, Gemma«, stammelte ich. »Ich bin ja so froh, daß du da bist. Komm her, mein Schatz! Komm zu mir!«

Gehorsam wollte sich das Tier in Bewegung setzen, aber es hatte sich mit den Flanken in den Zweigen verfangen, die es wie Schlangen umwunden hielten. Sie stemmte sich mit allen vieren dagegen und versuchte den Rückzug, aber sie steckte fest und verdrehte die Augen.

»Ruhig, Gemma! Alles in Ordnung, das haben wir gleich …«

Aber Gemma war zu aufgeregt. Sie tänzelte im Halbkreis um

den Baum herum, der unter ihren Bewegungen heftig schwankte. Es donnerte krachend. Gemma warf den Kopf nach hinten, und der Ast brach. Sie bäumte sich auf und ging durch, wobei sie Erdklumpen und Blätter mit ihren Hufen nach allen Seiten versprengte. Dann setzte sie über einen Baumstumpf und brach mit Macht durch das Dickicht, bis sie im strömenden Regen verschwunden war.

Ich wollte hinterherlaufen, aber meine Beine gaben nach, und ich sank in den Morast. Jetzt war es vorbei mit meiner Beherrschung, in hilfloser Verzweiflung warf ich die Arme zu Boden. Ich atmete den Geruch von Gras und Verwesung, und mein Zittern mischte sich mit meinem Schluchzen. Blut lief mir die Beine hinunter, begleitet von einem heftigen Ziehen in meinen Eingeweiden. Ich biß die Zähne zusammen vor Schmerz. Ich konnte jetzt jede Einzelheit mit unerträglicher Deutlichkeit sehen, und es erschien mir, als könnte ich meine Hand in die Welt strecken wie in ein Spinnennetz, das an mir klebenbleiben würde, und dann hätte ich etwas sehr Kostbares zerstört, und auf der anderen Seite wäre nichts mehr.

Ich hörte seine Stiefel im Morast glucksen, aber ich war zu erschöpft, um zu reagieren. Er redete leise mit mir wie mit einem scheuen Pferd und legte mir die Hände auf den Rücken.

»Kommt, steht auf, wenn Ihr könnt«, murmelte er. »Ihr werdet Euch noch erkälten.«

Er versuchte, mich hochzuziehen, aber ich wand mich und schlug um mich. Als er die Arme um mich legte, um mich aufzuheben, biß ich ihn. Doch sosehr ich mich auch wehrte, er bändigte mich scheinbar ohne große Mühe.

»Ist das nicht ein hübscher Leckerbissen, Wolf?« sagte er. »Sollen wir ihn kochen oder am Spieß braten? Die Priester im vorigen Jahr waren doch köstlich, was?«

Ich strampelte, aber ich war mit meiner Kraft am Ende.

»Du hast recht, Wolf – bei dem Regen kriegen wir nie und nimmer ein richtiges Feuerchen an. Aber ich habe furchtbar schlechte Laune, und der Regen paßt ausgezeichnet dazu. Ich glaube, ich werde es mindestens noch ein Jahr lang regnen lassen.«

Meine Aufregung hatte sich gelegt. Ich schloß die Augen und ließ mich in seinen Armen fallen. Mit selbstverständlicher, gelassener Miene trug er mich davon wie ein verirrtes Schaf. Ich konnte nicht denken, aber ich spürte das Kratzen der feuchten Wolle an meiner Wange, das warme Blut, das an der Innenseite meiner Oberschenkel klebte, den Geruch seiner Haut, das Auf und Ab seiner Beine und die Erschütterung, wenn er auftrat. Er war weniger kräftig gebaut als irgendeiner von Arthurs Männern, und doch schien es ihm nicht viel auszumachen, daß er mich den steilen Berghang hinauftragen mußte. Ich hörte die Schritte des Wolfes, der durch Dornengestrüpp, Farnkraut und abgestorbene Äste neben uns herlief, und schließlich durch einen düsteren Hain. Ich hörte von Wind und Regen abgerissene Eicheln zu Boden fallen. Dann duckte er sich, und als ich die Augen aufmachte, waren wir in einer Höhle.

Drinnen war alles nicht ganz gerade, aber das naturgegebene Gefälle des Berges teilte den Stein in einzelne stufenförmige Quader, und als Ergebnis hatte die Höhle einen natürlichen Schornstein und ebensolche Ablageflächen und Möbel. Da hingen Bündel von Kräutern und gepökeltes Fleisch, und in Wandnischen waren Flaschen aller Größen und Formen verstaut. Im Dunkel waren unzählige Schachteln gestapelt, die, wie ich später erfahren sollte, seine Schriften enthielten. Obenauf lagen lose Blätter und sorgfältig zusammengerollte Pergamente, und über den Fußboden waren angespitzte Taubenfedern verstreut. In der ganzen Höhle thronten auf Vorsprüngen alle möglichen Tierschädel, und an einem Stück Darm hing ein gewaltiges Schlangengerippe.

Er setzte mich auf einem nassen Bündel neben dem Eingang ab und legte Holz ins Feuer.

»Hier ist eine Decke«, sagte er und warf sie mir zu. »Ich denke, es sind nicht allzu viele Flöhe drin. Nehmt das Wasser im Eimer zum Waschen.« Meine Röcke waren mir bis zu den Knien hochgerutscht, und sein Blick fiel auf die Blutflecken an meinen Beinen. Er zeigte auf den Kamin. »Es wird kalt heute nacht. Ihr schlaft am besten beim Feuer.«

Dann ging er weg. Draußen war die Sonne herausgekommen, und der höllische Tag verwandelte sich in einen herrlichen Frühlingsabend, begleitet von der Melodie der tropfenden Bäume.

Ich war es gewöhnt, daß mir Madeleine beim An- und Auskleiden und beim Frisieren half, und ich war heißes Wasser zum Waschen gewöhnt. Außerdem hatte ich Hunger. Voller Selbstmitleid richtete ich mich her so gut es ging und rollte mich schließlich nackt unter der rauhen Decke zusammen. Es war noch immer hell draußen, als mich der Schlaf überfiel wie ein Donnerschlag.

Am nächsten Morgen kam er herein, brachte Eier mit und sagte, ich solle sie zubereiten. Während ich damit beschäftigt war, kramte er zwischen seinen Papieren herum. Ich war nervös, denn er hatte eine Ausstrahlung, die mich einschüchterte. Ich kam mir so dumm vor. Als ich ihm die Schüssel mit den schlecht verrührten Eiern reichte, schüttete er die Hälfte auf einen anderen Teller und gab ihn mir. Dann trat er in den Eingang der Höhle, schaute hinaus und aß. Er sagte nichts über meine Kochkünste, aber es kann ihm nicht besonders geschmeckt haben. Ich schaufelte meine halb verbrannte Portion in mich hinein.

Dann hörte ich mich stammeln: »Seid Ihr etwa ... Ihr seid Myrddin, nicht wahr?«

Er antwortete nicht, aber das Flackern in seinen Augen sagte: *Ja, offensichtlich.*

Schließlich stellte er seine Schüssel ab. »Wer hat Euch geschickt und mit welcher Absicht?«

Ich plapperte viel zu hastig und mit piepsiger Stimme drauflos wie eine dumme Göre. »Wir wollten zu meiner Cousine Morgan. Die Straßen sind so schrecklich, und dann der Wolf ...«

»Ach so«, rief er aus, und ich verstummte und starrte ihn an. Seine Augen waren von ungewöhnlicher Farbe: Bei einem bestimmten Licht waren sie braun, bei einem anderen grün und jetzt in der schrägen Morgensonne bernsteinfarben. »Hat Morgan Euch erzählt, daß wir Feinde sind?«

»O nein! Sie hat eine sehr hohe Meinung von Euch.«

»Und doch hat sie mir Arthur abspenstig gemacht, als sie ihn verführte, um Mordred zu empfangen. Jetzt fürchtet sich Arthur vor seinem eigenen Blut und hat sich von den Priestern bekehren lassen, und sein blödsinniger Gral wird ihn noch umbringen. Morgan! Seid Ihr wirklich ihre Cousine?«

»Ja«, sagte ich kläglich. Ich kann sonst ausgezeichnet lügen, aber er setzte mich außer Gefecht.

»Also«, sagte er in etwas freundlicherem Tonfall. »Ihr kommt besser mit. Ich traue Euch nicht, wenn Ihr hier allein bleibt. Mein Buch liegt hier, und Morgan hat Euch geschickt, damit Ihr es stehlen sollt.«

Er nahm Pfeil und Bogen und bugsierte mich aus der Höhle hinaus. Die Wölfin war nirgends zu sehen. Als ich ihn nach ihr fragte, sagte er: »Sie ist ein eigenständiges Wesen. Sie kommt und geht so wie ich, und das macht unser Zusammenleben so friedlich. Trotzdem hat sie manchmal so ihre Einfälle.«

Er sah sich nach mir um, und Neugier flackerte in seinen Augen.

»Ihr müßt ungefähr so alt sein wie Arthur, als er sich das Schwert holte«, sagte er. »Mit anderen Worten: zu jung, um zu irgend etwas nütze zu sein.«

Er blieb stehen und legte einen Pfeil ein.

»Aber er ist König geworden, nachdem er das Schwert aus dem Stein gezogen hatte!«

»Pssst! Still.« Ein Schwarm Vögel flog von dem Baum über unseren Köpfen auf. Er schoß den ersten Pfeil ab und gleich darauf einen zweiten, und einen Augenblick später fielen zwei Waldtauben direkt vor unseren Füßen zu Boden. Myrddin ging hin und zog die Pfeile heraus. Er hob die Vögel auf und strich über ihr Gefieder, als würde er eine Katze streicheln. »Ihr solltet nicht soviel reden«, sagte er zu mir. »Ich wollte sie schießen, ohne sie zu erschrecken, damit sie sanft sterben.«

»Wozu? Sterben müssen sie sowieso«, sagte ich herzlos. Ich dachte an Cator. Wenn ich ihn auch nicht gemocht hatte, so ärgerte ich mich doch über das, was geschehen war.

Ich war erstaunt über sein bekümmertes Gesicht. »Wenn Ihr ein Vogel gewesen wärt, wüßtet Ihr, was fliegen für ein Gefühl ist.«

Ehe ich ihn fragen konnte, was er damit meinte, war er schon wieder weitergegangen, und ich mußte ihm folgen. Dann redete er weiter über Arthur, als hätte uns nichts unterbrochen.

»Er ist nur schon als Knabe König geworden, weil ich ihn dazu gemacht habe. Ich habe die Kraft in ihm entwickelt, die ihm zu dem Schwert verholfen hat, während andere, die doppelt so groß waren wie er, es nicht schafften. Ich habe ihn die Kunst der Verstellung gelehrt und ihm beigebracht, wie man über seinen Geist gebietet, was nur jene können, die einen wachen Verstand haben. Ich habe ihm die Macht des Wahrnehmungsvermögens gezeigt und seinen Mut geweckt. Das hat so wenig mit irgendwelchem Hokuspokus zu tun wie der Wolf mit Guineveres verdammtem Schoßhündchen.«

»Daran kann ich mich noch gut erinnern«, lachte ich. »Ich hab mir immer gewünscht, daß es an einem Hühnerknochen erstickt, weil es manchmal viel bessere Sachen zu essen bekam als wir und außerdem jeden in den Finger biß.«

»Arthur hat zu viele Legenden über mich verbreitet«, sagte Myrddin. »Das macht es mir unmöglich. Niemand würde mich jetzt mehr so sehen, wie ich bin. Alle erwarten das überirdische Wesen, zu dem mich Arthur gemacht hat, weil er nicht begriffen hat, was ich ihm beibringen wollte. Die Leute denken, ich wäre nicht fähig, eine Waffe zu führen, sie glauben, ich könnte nicht kämpfen, nur weil sie es nie gesehen haben. Ihr habt ja meine Pfeile gesehen: Seid Ihr auch dieser Meinung?«

»Mir kommt Ihr ausgesprochen irdisch vor«, sagte ich. Ich stand hinter ihm und betrachtete seine Beine, die einen durchaus bodenständigen Eindruck machten. Ich keuchte ganz schön bei dem Versuch, den steilen Felshang hinauf mit ihm Schritt zu halten.

»Ich hätte Uther auswringen können wie einen nassen Lappen, und das wußte er«, erklärte Myrddin mit einem knappen Lächeln über die Schulter. »Aber beim Regieren geht es nicht ums Kämpfen, sondern immer nur um Diplomatie, und dafür habe ich herzlich wenig Talent. Ich dachte, Uther Pendragon wäre mein Freund. Ich habe nicht nur dafür gesorgt, daß er Igraine bekam, sondern auch noch seinen Jungen auf den Thron gesetzt – und was war der Lohn dafür? Man erklärte mich für verrückt und ließ mich links liegen. Und doch war Arthur wie ein Sohn für mich. Ich hätte ihm alles beigebracht, was ich weiß.«

»Und warum habt Ihr es nicht getan?«

»Ich hab's versucht, und das war ein Fehler. Ich habe es ihm zu leicht gemacht, und so wußte er gar nicht zu schätzen, was ich ihm anbot. Ich hätte es ihn selber herausfinden lassen sollen, dann wäre er jetzt eine ernstzunehmende Größe. Er hätte ein bedeutender Mann werden können – besser als ich in jeder Hinsicht –, wenn er nur richtig hingehört hätte. Er aber will lediglich sein Land ausdehnen und bei seinem Weib liegen, das ihm keine Kinder schenkt.«

»Er sollte Mordred anerkennen«, sagte ich und griff damit Morgans Meinung auf.

»Mordred wird sein Untergang sein«, erwiderte Myrddin. »Jetzt hat der Tod für ihn Hände und Füße und wartet nur darauf, daß er strauchelt. Er hätte sich besser beherrschen sollen. Mit der eigenen Halbschwester ins Bett zu gehen – das war pervers.«

Ich war verärgert. Schon wieder hatte er Morgan denunziert. »An Arthurs Hof bezeichnet man Euch als geschlechtliches Neutrum«, entfuhr es mir, und mein Gesicht glühte. Ich lief immer noch ein paar Schritte hinter ihm her und starrte seinen Körper an. Das da war zweifellos ein Mann.

Aber Myrddin lachte nur: »Ja, ja, und ich bin die Ausgeburt eines Dämons, sagen sie. Das ist das Geheimnis meiner Jugend.«

»Was meint Ihr damit?« fragte ich scharf, denn ich hatte mich schon gefragt, wie er Arthurs Lehrer sein konnte, obwohl Arthur und er gleichaltrig aussahen. Seine Antwort war rätselhaft.

»Was auch immer mich zur Welt gebracht hat, war kein sanftes Wesen, sondern ein Dämon in Frauengestalt, voller Macht und Grausamkeit. Um ihm zu entkommen, mußte ich einen starken Willen und einen kräftigen Körper entwickeln – zu stark, um gezähmt zu werden. Meine Macht besteht in meiner Abgeschiedenheit. Und dann muß ich außerdem mein Schicksal in Betracht ziehen.«

»Euer Schicksal?«

»Arthur ist nicht der einzige, dessen Tod in Menschengestalt auf dieser Erde herumläuft. Vor langer Zeit hat man mir einmal prophezeit, daß mein Ende in Form einer Frau kommen wird, die mich für alle Ewigkeit in eine Eiche bannt. Daher kommt es, daß ich Frauen aus dem Weg gehe.« Er schwang sich einen steilen Felsvorsprung hinauf, drehte sich dann um und zeigte nach rechts. Beiläufig sagte er: »Nehmt diesen Weg, das ist einfacher für Euch.«

Er hatte all das ohne jede Ironie gesagt, als wäre ihm gar nicht bewußt, daß ich auch eine Frau war. Nun ja, jedenfalls hatte ich das bis dahin geglaubt. Meine Blutung hatte über Nacht aufgehört, und das sollte erst der Anfang sein. Sobald ich in seiner Nähe war, war ich verwirrt und desorientiert, denn er erfüllte die Luft mit solcher Hitze, daß ich bald selbst das Gefühl hatte, zur Fata Morgana geworden zu sein.

Auf der Höhe des Berges brach der Wald ab. Am Rande stand eine Reihe riesiger alter Eichen, und dann fiel das Land in sanften Wellen ab bis hinunter zu einer Wiese, in der ich den Ort unserer ersten Begegnung von gestern wiedererkannte. Im hohen Gras standen drei Pferde: Cators Grauer, ein schweres schwarzes Schlachtroß, das Myrddin gehören mußte, und meine Gemma, die daneben wie ein Pony aussah.

»Das ist Eure Stute, gesund und munter und mit vollem Bauch«, sagte Myrddin.

»Gehen wir jetzt nach Madeleine suchen?« fragte ich. Ich überlegte, wie ich es anstellen könnte, Madeleine in Sicherheit zu wissen, ohne den Rest der Reise in ihrer Gesellschaft verbringen zu müssen. »Ich habe Geld und kann in der nächsten Stadt eine Eskorte anheuern.«

Er lachte. »Das könnt Ihr halten, wie Ihr wollt. Ich gehe jedenfalls nirgends hin.«

»Aber wie soll ich denn ohne Begleitung zu Morgan kommen?«

Myrddin zuckte die Schultern. »Das weiß ich nicht, aber glaubt mir – Ihr würdet Euch nicht gern mit mir sehen lassen. Ah, seht nur, da ist die Wölfin, und sie hat ein Kaninchen gejagt.«

Damit hatte sich das Thema meiner Abreise erledigt. Wir sprachen nie darüber, was ich bei ihm zu suchen hatte, wie lange ich bleiben durfte oder was ich zu tun hätte. Die Tage vergingen, und er brachte mir einige Dinge bei. Zuerst machte ich sie nicht besonders gut. Ich hackte Holz, ich fing Fische, nahm sie aus und kochte sie. Ich fertigte Kerzen an und sammelte Grünzeug, Arzneikräuter und Pilze, aus denen ich verschiedene Tinkturen herstellen sollte. Ich lernte, Pfeile zu machen, und nach einiger Zeit auch, damit zu schießen. Während ich mit all diesen Dingen beschäftigt war, ging Myrddin summend auf und ab, schrieb ohne Ende Stellen aus seinem Buch ab oder lag am Ufer des Flusses in der Sonne, rollte einen Grashalm zwischen den Lippen und stellte so alberne Fragen wie: »Woher weiß die Spinne, wie das Netz, das sie spinnt, aussieht, wo sie doch viel zu klein ist, um es jemals von weitem zu betrachten? Und wie kriegt sie die Ecken so genau hin? Hat sie etwa einen Kompaß auf dem Rücken?«

Wenn ich dann versuchte, diese Fragen ernsthaft mit ihm zu erörtern, wie es meiner Meinung nach ein Lehrling tun sollte, wurde er nur immer absurder. Wenn die Wölfin da war, ergingen sie sich in Balgereien, bei denen sie sich anknurrten und miteinander rangelten und das Laub vom vorigen Jahr hereinschleppten. Wenn ich mit einer Aufgabe beschäftigt war, die besondere Konzentration erforderte, konnte ich darauf gefaßt sein, etwas vorgesungen zu bekommen oder von winzigen Geschossen abgelenkt zu werden, die irgendwoher aus einem Blasrohr kamen. Er trieb gern Schabernack und Rollenspiele: Dabei war Camelot für gewöhnlich der Gegenstand seines Spottes und Guinevere seine Lieblingszielscheibe. Ich lachte mich fast tot über seine Parodien, in denen er sowohl die sündige Königin als auch den Beichtvater spielte. Dabei war er einfach hinreißend, und ich konnte den Blick nicht von ihm wenden.

Ich fand ihn schön. Je alberner er auftrat, desto attraktiver wurde er. Vielleicht, so dachte ich, war das ja seine Zauberkunst. Denn ich wartete noch immer darauf, daß er irgendwelche Anzeichen eines großen Magiers zeigte, aber das einzige, worin er groß war, war seine Faulenzerei, während ich arbeitete. Ich machte einmal so eine Andeutung, und er sagte in geheimnisvollem Tonfall: »Wenn man zu angestrengt sucht, findet man nie etwas«, und sah mich dann von oben bis unten an, um festzustellen, ob ich ihm glaubte oder nicht.

Manchmal hatte er auch schlechte Laune. Er hatte eine Vorliebe für Blitze, und ein paar Tage, nachdem er über Arthur, die Priester und die Ritter geredet hatte und ihre Dummheit, nach dem Gral zu suchen, während sie sich – wie Myrddin sagte – lieber damit beschäftigen sollten, etwas über die Welt herauszufinden, nachdem er sich also auf diese Weise schön in Rage gebracht hatte, ging er hinaus in den Wald. Angesteckt von seinem Zorn, konnte ich mich den ganzen schwülwarmen Nachmittag lang auf nichts mehr konzentrieren. Dann kam das abendliche Gewitter, und in seinen Nachklängen hörte ich, wie Myrddin und die Wölfin sich über die Berge hinweg anheulten.

So seltsam die Situation auch war, so brauchte ich doch nicht lange, um zu dem Schluß zu kommen, daß es für mich allemal besser war, hier zu bleiben, als mit irgend jemandes jüngstem Sohn verheiratet zu werden. Myrddin schien es nicht zu stören, daß ich ein Mädchen war; soweit ich das beurteilen konnte, hat er es nicht einmal bemerkt. Im Spätsommer nahm er mich mit in den Wald und erzählte mir alles mögliche über Pflanzen und das Verhalten der wilden Tiere, woher man weiß, wo sie sich aufhalten, nicht durch Zauberei, sondern indem man die Flugrichtung der Vögel beobachtet. Welche singen und welche nicht. Über die Tageszeit, das Wetter, die Trinkgewohnheiten des Wildes, das Verhalten der Insekten, die Flughöhe der Schwalben und – wie er es nannte – das Schweigen der Bäume.

»Sie sehen alles«, sagte er versonnen. »Ich wünschte, ich könnte mich mit ihnen unterhalten. Stellt Euch einmal vor, was sie alles wissen müssen!«

»Mit den Bäumen reden?« Das war nicht vernünftig. »Verehrt Ihr sie denn? So wie die Druiden? Glaubt Ihr, sie haben eine Seele?«

»Ich weiß nicht.« Er nahm ein Ahornsamenblättchen in die Hand, eines von denen, die wie Flügel zu Boden kreiseln, spaltete es und setzte es sich mit dem einen Ende auf die Nase. »Wenn ja, dann bezweifle ich, daß ihre Seele sich für uns Menschen interessiert. Sie haben bestimmt etwas Besseres zu tun.«

»Was zum Beispiel?«

»Was? Na, sie sind doch die Brücke zur Sonne. Und in Winternächten kann man sehen, wie sie ein Fangnetz über die Sterne legen. Sie sind Sternenfänger.«

»Was machen sie mit ihnen, wenn sie sie gefangen haben?«

Der verträumte Ausdruck in seinen Augen war einem Anflug von Schabernack gewichen. »Fang *mich* lieber!« sagte er und hüpfte davon. Ich ließ die Glockenblumen, die ich gerade pflückte, fallen und jagte ihm nach zwischen den Bäumen hindurch, um abgebrochenes Dornengestrüpp herum und schließlich über einen Bach hinweg – dann verlor ich ihn aus den Augen. Keuchend blieb ich stehen und lauschte. Etwas Großes bewegte sich in dem Gebüsch neben mir. Ich hob einen Stecken auf, mit dem ich ihm eins überziehen wollte, wenn ich ihn gefunden hätte.

Plötzlich sah ich einen Zipfel braunes Fell durch das Brombeergestrüpp blitzen, und eine Hirschkuh brach aus dem Dickicht und rannte auf mich zu, als wäre ich gar nicht da. Sie lief ein paar

Schritte in meine Richtung und blieb dann stehen. Ich rührte mich nicht. Einen Augenblick später setzte ein Dreiender über das Dornengestrüpp hinter ihr her, und weg war sie. Ich erwartete, daß sie so schnell wieder im Wald verschwinden würden, wie sie gekommen waren, aber da irrte ich mich. Die Hirschkuh war noch nicht weit voraus, da drehte sie sich um und machte kehrt, und der Hirsch folgte ihr in einigem Abstand. Er machte keinerlei Anstalten, sie einzuholen, versuchte lediglich, sie nicht aus den Augen zu verlieren. Die Hirschkuh ihrerseits hatte es nicht eilig, ihm zu entkommen. Sie sprang leichtfüßig über einen herunter-gefallenen Ast, drehte sich um, lief in die entgegengesetzte Rich-tung, machte wieder kehrt, trottete weiter … Wenn ein Geräusch oder eine Witterung sie aufschreckte, blieb sie reglos stehen, und der Hirsch ebenfalls. Er wartete, bis sie sich gefangen hatte und sich bewegte, und lief dann wieder hinter ihr her, wobei er den Kopf stets suchend leicht nach vorn reckte. Es war, als wären die beiden mit einer unsichtbaren Schnur verbunden und machten sich einen Spaß daraus, diese abwechselnd zu straffen und wieder lockerzulassen.

Was Myrddin betraf, so wollte er anscheinend nicht mehr spielen. Er war nirgends zu finden, und sobald die Tiere sich getrollt hatten, rannte ich wieder zurück nach Hause. Ich kam an der Wiese unterhalb der Höhle vorbei, wo die Rehe zwischen wilden Blumen in der Sonne dösten, und ein Habicht kreiste über mir. Als ich mich umdrehte, um ihm nachzuschauen, stand Myrddin plötzlich hinter mir.

»Es war mir zu langweilig, zu warten, bis du mich eingeholt hast«, sagte er. »Darum bin ich schnell nach Hause gegangen und habe Feuer gemacht für die Suppe, und dann bin ich wiederge-kommen. Du mußt schon ein bißchen schneller werden, wenn die Sache Spaß machen soll.«

»Sehr komisch«, sagte ich. Er konnte unmöglich vor mir zur Höhle gelangt und ungesehen um sie herumspaziert sein, um dann auf einmal hinter mir zu stehen. Ich hatte dem Wild nur ein paar

Minuten lang zugesehen und war außerdem völlig außer Atem, während er nicht einmal schwitzte. »Wo warst du?«

»Ich hab mich verwandelt.« Pfeifend machte er sich auf den Weg, an den Eichen vorbei den Berg hinauf.

»Was meinst du damit?«

»Denk mal nach.«

Ich kletterte hinter ihm her. Wir kamen in die Höhle, und genau wie er gesagt hatte, war das Feuer angezündet, und ein Topf mit Pilzsuppe brodelte einladend vor sich hin.

»Wie hast du das angestellt?«

Er trällerte vor sich hin, füllte die Suppe in zwei Schüsseln und gab mir die meine. Mißtrauisch beäugte ich sie. Soviel Zeit konnte er einfach nicht gehabt haben! Ich probierte, die Flüssigkeit war kochend heiß.

»Ich kann mich in Tiere verwandeln«, stellte Myrddin fest. »Hast du das immer noch nicht erraten?«

Er setzte sich mit übergeschlagenen Beinen hin und pustete in seine Suppe. Als die Wölfin hereinkam und sich neben ihn setzte, hielt er ihr die Schüssel hin. Sie steckte die Nase hinein und machte erschrocken einen Satz rückwärts, weil sie sich verbrannt hatte, genau wie ich. Myrddin entschuldigte sich bei ihr. Sie saß auf den Hinterbeinen und sah mich an.

Ich hob an, ihm Fragen zu stellen, aber Myrddin wollte davon nichts wissen.

»Wirst du wohl still sein«, sagte er. »Du wirst niemals lernen, wie man sich verwandelt, wenn du immerzu redest. Hör lieber zu und schau dir ab, soviel du kannst. Du hast mehr Möglichkeiten in dir, als du weißt.«

Ich wollte ihm ja zuhören, aber alles lenkte mich ab, seine Augen und die vielen Wesen darin, die mich alle gleichzeitig ansahen. Seine Augen waren groß und neugierig und schienen ständig nach Einverständnis und Seelenverwandtschaft zu suchen. Ich sagte mir, daß ich eine dumme Gans wäre, zu glauben, er könnte sie bei mir finden, und doch erwachten meine Lenden unter seinen Blicken zum Leben, und ich spürte, wie meine Zuneigung wuchs.

»Was starrst du mich denn so an«, sagte er ungeduldig. »Ich hab dir doch gesagt, du sollst *zuhören*, Nina!«

Bis zum heutigen Tage verstehe ich meine Gefühle für ihn nicht. Junge Mädchen spielen doch sonst nur mit dem Verlangen. Sie flirten mit hübschen blonden Knaben und laufen dann weg, um miteinander zu kichern. Erwachsene Männer nehmen sie kaum wahr. Und Myrddin war mehr als ein Mann – er war steinalt und konnte in jeden Winkel meiner Seele blicken, und ich fing an zu ahnen, daß er mir gefährlich werden konnte. Vor Myrddin hätte ich mich fürchten müssen, und das tat ich auch. Aber gleichzeitig sehnte ich mich nach ihm, und ich habe nie so genau auf meine Angst gehört, wie ich es hätte tun sollen.

»Was starrst du da so an?« sagte er noch einmal.

»Dich«, sagte ich mit sanfter Stimme.

»Ja, und was ist los?« seufzte er ungehalten. »Hast du nicht genug Suppe abbekommen? Ich bin nicht sehr gut auf Gäste eingerichtet.«

»Findest du mich eigentlich häßlich?«

Er blinzelte ein paarmal hintereinander kurz und neigte leicht den Kopf, als würde er scharf nachdenken. Dann zuckte er die Schultern.

»Nicht direkt.«

Ich brach in Tränen aus.

»Was ist denn los? Warum heulst du denn, du verdammtes Weibsbild, ich versteh dich nicht. Was gibt es da zu heulen?«

Ich schluchzte heftiger.

»Was ist los? Nina!«

»Nichts«, schniefte ich. »Nichts. Laß mich in Ruhe.«

Er versuchte, mir seine Zauberei beizubringen, die er Verwandeln nannte, aber ich war keine sehr gute Schülerin. Nach all dem Gezeter, das ich bei Elaine immer um diese Sache gemacht hatte, war ich jetzt, wo ich diesen Mächten tatsächlich gegenüberstand, nicht mehr sicher, ob ich sie überhaupt anfassen sollte. Ich wünschte mir, es wäre noch irgend jemand anders bei mir, jemand mit echter Begabung oder jemand mit einer Prophezeiung wie damals bei Arthur und dem Stein. Denn es fraß mich auf, daß Arthur Myrddins Herausforderung nicht angenommen hatte, sich dieses Wissen anzueignen. Hätte er es getan, dann wäre ich jetzt nicht diejenige gewesen, auf die sich Myrddins ganzes Streben erstreckte.

Aber letzten Endes hatte ich gar keine Wahl. Ich wußte, daß es falsch wäre, Myrddins Angebot nicht anzunehmen, auch wenn ich starke Bedenken hatte, was dabei herauskommen würde. Und ich begehrte ihn. Mein Körper begehrte ihn, und dafür hätte ich alles getan.

Mit der Zeit schien es mir, als schaffte ich immer weniger von meiner Arbeit. Immer wieder unterbrach er mich, und wir gingen im Wald spazieren, manchmal begleitete uns die Wölfin, manchmal waren wir allein. Ich fühlte mich wohler, wenn die Wölfin dabei war, denn sie heiterte Myrddin auf.

»Wenn du dich verwandeln willst, mußt du verstehen, wie das Leben vor sich geht«, sagte er. »Es hängt mit der Sonne zusammen. Verstehst du?«

»Nein.« Ich hoffte, er würde es aufgeben, mich belehren zu wollen, aber das tat er nie.

»Die Blätter verwandeln das Sonnenlicht in Materie, denn nur so können sie wieder zu ihr emporwachsen. Die Sonne steht in Verbindung mit sich selbst durch die Blätter, durch die Luft, ja, durch uns. Spürst du es nicht, Nina? Diese Blätter bergen in sich alle Geheimnisse aus Urzeiten. Hör doch!«

Ich lauschte. Da war tatsächlich ein ständiges Geräusch auf diesem Berg, in dem Myrddin hauste, ein Geräusch wie das

Rauschen des Meeres. Ich glaube, der Wind hörte niemals wirklich auf. Die Blätter, die an den Sternen rüttelten, fanden keinen Schlaf, sie schwatzten bei Nacht und seufzten bei Tage.

»Wir wollen uns hierher setzen«, sagte er. Nebeneinander ließen wir uns auf der Wiese neben der Höhle nieder und schauten hinauf zum Bergkamm mit den in Reih und Glied stehenden Eichen. Mir war, als müßten sie hundert Jahre alt sein und als hätte eine jede von ihnen eine eigene Persönlichkeit.

»Den da mag ich am liebsten«, sagte ich und zeigte auf eine riesige Eiche, deren Äste verdreht waren, als würde sie sich im Kreis drehen. Sie neigte sich verwegen über den Abgrund, mit ausgestreckten Gliedern, als würde sie ihre Lebenskraft direkt aus dem Himmel beziehen. Bewegung getarnt als Stillstand. »Er erinnert mich an dich.«

»Wie ein Seiltänzer«, sagte Myrddin nachdenklich. »Immer auf der Kippe.«

Ich lächelte. »Und doch nie abgestürzt.«

»Sei jetzt still und sieh mir zu«, befahl er mir, plötzlich ernst geworden. »Ich verwandle mich zuerst. Ich werde eins der Kaninchen. Wenn du mich siehst, dann lauf mir nach.«

»Morgan hat gesagt, ich kann nicht gut zaubern«, erzählte ich.

»Mach dir nichts draus. Versuch es einfach. Los!«

»Aber ...«

»Psst!«

Ich beobachtete die Kaninchen. Der Berg unterhalb der Eichen war perforiert mit ihren Löchern, und wenn sie zum Fressen herauskamen, sah es aus, als kullerten sie den Hang hinab. Ich sah ihnen lange zu, bis mir unter den Jungen eins auffiel, das mir irgendwie bekannt vorkam. Ich schaute nach Myrddin neben mir, und er war fort.

Wie sollte ich ihm folgen? Ich heftete meinen Blick auf ein anderes Kaninchen und versuchte, in dieses hineinzuschlüpfen, aber ich konnte nicht mit ihm verschmelzen – offenbar war ich zu sehr in meinem eigenen Kopf gefangen. Es war zum Verzweifeln. Myrddin hoppelte weiter vergnügt im Gras herum. Ich gab mir alle Mühe, aber ohne Erfolg.

Auf einmal hatte ich das Gefühl, daß hier irgend etwas nicht stimmte, Gefahr lag in der Luft.

Noch immer in meinem menschlichen Körper gefangen, schaute ich um mich. Aus dem Unterholz an der Bergspitze tauchte die Wölfin auf. Sie strich im Schatten zwischen den Baumwurzeln herum, wo nichts mehr wuchs. Am Berghang erstarrte Myrddin zu einem runden Knäuel und legte die Ohren so flach an den Körper an, daß er aussah wie ein Stein. Die Wölfin kam näher, bereits auf dem Sprung.

Ob sie wußte, daß er es war? Sie konnte es ja nicht wissen. Die Wölfin war auf der Jagd wie immer, und Myrddin war nur eine kleine runde Fellkugel, die man essen konnte. Ich spürte Myrddin und wollte aufspringen und schreien, wollte irgend etwas tun, um die Wölfin von ihm abzulenken, aber wie üblich in Alpträumen konnte ich keinen Finger rühren.

Die Wölfin machte einen Satz. Die Kaninchen stoben auseinander und suchten Unterschlupf. Mit vorgestrecktem Kopf und hochaufgerichtetem Schwanz stürzte sie sich in die Menge und scheuchte sie in alle Windrichtungen zu ihren Löchern. Mit grauenvoller Zielsicherheit suchte sie sich Myrddin aus.

Wo die Mühe versagt, siegt am Ende die Not. Die Angst um ihn katapultierte mich in die Gestalt der Winzlinge, und dann flohen Myrddin und ich vor den Fängen der Wölfin. Wir schossen wie ein geölter Blitz im Zickzack den Hang entlang. Es roch entsetzlich, und überall um uns war die Gegenwart des Todes und dann die Dunkelheit der Erde. Als wir uns zwischen die abgenagten Wurzeln und kalten Würmer kauerten, war ich das Kaninchen. Warum mir die Verwandlung erst gelungen war, als ich ihn in Gefahr sah, kann ich nicht sagen. Es erscheint verkehrt herum. Ich konnte diesen Zustand jedoch nicht aufrechterhalten, nachdem die Angst vorüber war. Ich konnte mich nicht unsichtbar machen wie Myrddin, und das Kaninchen stieß mich bald wieder ab. Ich spürte, wie ich aus ihm entwich und zurückblieb, als es hinter den anderen her in seinen Bau schlüpfte.

Da geriet ich in Panik. Ich wußte nicht, wohin. Das erste, was ich anfaßte, war ein Stück abgeschabte Wurzel – also wurde ich zu dieser, und so geriet ich ins Innere des Baumes. Es war ein absolutes Versehen.

Ich kann gar nicht beschreiben, wie es war. Ich glaube, ich kann mich nicht einmal mehr erinnern – doch, ich erinnere mich, aber ich will nicht hinsehen –, nein, ich weiß nur noch, daß Myrddin mich irgendwann so kräftig schüttelte, daß mir der Schädel brummte.

Irgendwie muß er mich in die Höhle zurückgeschafft haben, wo das Feuer brannte. Meine Finger waren blau angelaufen, und Myrddin rieb sie, während er mich schüttelte. Ich lag eingerollt in seinem Schoß wie ein Igel und hatte keine Ahnung, was vor sich ging.

»Du bist also doch ein Dämon«, sagte er leise.

»Warum siehst du mich so an? Ich habe nur getan, was du mir gesagt hast«, schluchzte ich. »Du hast es gesagt. Du hast es gesagt!« jammerte ich immer wieder. Ich war durcheinander, aber es stimmte. Warum hatte er verlangt, daß ich mich verwandeln solle, wenn er nicht wußte, wie die Sache ausgehen würde? Ich wußte jetzt, daß es beinahe mein Ende gewesen wäre, in den Baum zu schlüpfen. Ich konnte es an seinem Verhalten ablesen, an der Art, wie er kreidebleich wurde und wie er mich in seinem Schoß festhielt, als könnte ich auf andere Weise wieder verschwinden. Da fing ich aus Selbstmitleid und Schock an zu weinen. Er legte mir seine Hände auf den Kopf und drückte mich an sich.

»Ich hätte so etwas nie für möglich gehalten.« Seine Stimme hallte in meinem Körper wider. »Du bist schnurstracks in den Baum marschiert, das konnte ich spüren. So etwas habe ich nie gewagt. Ich hätte nicht einmal im Traum daran gedacht.«

»Es war ein Versehen«, würgte ich heraus. »Ich war durcheinander. Ich hatte Angst. Es war keine Absicht.«

»Wenn *du* in den Baum schlüpfen konntest, könnte ich es doch auch! Was sollte ich wohl sonst werden, unter den Tieren? Ich könnte mich in einen Baum verwandeln, ich könnte die umgewandelte Sonne in seinen Blättern spüren und die Bedeutung der Sonne verstehen. Es wäre fast wie sich in die Sonne selbst zu verwandeln.«

Ungläubig hörte ich auf zu weinen. Ich hatte gedacht, ich hätte einen Fehler gemacht, ein Gesetz übertreten, dabei hatte ich tatsächlich zum ersten Mal etwas richtig gemacht. Es war mir egal, was das war und was es bedeutete, das einzige, was zählte, war, daß er mich im Arm hielt. Ich war erfüllt von blinder Glückseligkeit.

Meine Lippen wanderten an seinem Hals entlang, meine Finger fuhren durch sein Haar. Meine Schenkel spürten die Wärme seiner Haut, und mein Bauch schien sich zu heben und zu senken und zu krümmen wie ein gespannter Bogen. Er aber bemerkte es gar nicht, sondern redete nur über unsere Entdeckung. Ich ließ meine Hand zwischen seine Kleider gleiten und tastete die Formen seines Körpers ab, die Muskeln und Knochen. Ich atmete den Duft seiner Haut. Eine Hand hatte er auf meinen Hinterkopf gelegt, mit der anderen streichelte er mir beiläufig und fast unbewußt über die Hüfte. Wo immer ich ihn berührte, hielt mein Körper begierig den Atem an. Die Hand, mit der er meinen Kopf kraulte, war warm und zuverlässig und groß genug, um meinen ganzen Schädel zu umfangen. Ich schloß die Augen.

Seine Stimme verlor sich in der Ferne, und unser beider Herzschlag flatterte in ansteigenden Synkopen umeinander wie Taubenflügel im Wald. Durch die Berührung seiner Fingerspitzen hindurch spürte ich, wie er allmählich begriff, was passierte. Und doch war ich überrascht, als plötzlich sein Atem mein Gesicht streifte und er seine Lippen auf die meinen preßte und sie mit seiner Zunge teilte.

Zum ersten Mal in meinem Leben war mein Kopf vollständig leer. Da stieß er mich auf einmal zurück. »Nein, das darf ich nicht.«

Benommen versuchte ich, ihn festzuhalten, aber ich griff ins Leere. Er war aufgesprungen und lief so unruhig hin und her, daß ich ihn nicht mehr sehen, geschweige denn berühren konnte.

»Du willst mich in die Falle locken«, sagte er. »Du willst mich aushorchen. Du mit deinem Gerede und deinen endlosen Fragen, und jetzt auch noch das. Ich mache dir keinen Vorwurf, du kannst nichts dafür. Aber ich will mich nicht einsperren lassen.«

»Ich versuche nicht, dich in die Falle zu locken«, protestierte ich, aber er schien mich nicht zu hören.

»Wenn ich dir ein Kind mache, werde ich in deinem Körper gefangen sein. Ich muß frei bleiben. Um meine Gestalt zu wechseln, um zu einem Tier zu werden, darf ich keinen eigenen Körper haben. Ich bin nichts und niemand. Ich kann dich nicht lieben und mich binden.«

»Aber ich …«

»Nein, Nina! Sei still. Ein Mann, der es geschehen läßt, daß er sich in die nächste Generation fortpflanzt, muß eines Tages hinübergehen und sterben. Ich will nicht sterben. Ich kenne das Geheimnis des Werdens und Vergehens, und das erlaubt es mir, mich zwischen den Dingen zu bewegen, aber das kann ich nur, weil ich keine Bindungen habe. Ich hinterlasse keine Spuren, ich nehme das Geheimnis mit mir.«

»Und was ist mit deinem Buch?«

»Das ist etwas anderes.« Er blickte finster drein. Ich verstand nicht, was daran anders sein sollte.

»Ich will nichts mehr lernen«, schluchzte ich. »Ich will keine Zauberkräfte. Das einzige, was ich will, bist du. Ich will nur noch dir gehören.«

»Das geht nicht. Man kann nicht beides haben, das funktioniert nicht.«

»Aber ich will ja gar nicht beides. Bitte, Myrddin! Laß uns aufhören mit den Verwandlungen, ich will das nicht lernen. Ich werde auch ganz still sein, das verspreche ich dir. Komm nur einen Moment her, ich halte das nicht aus. Myrddin! Sieh mich an!«

Er wandte sich ab.

»Wenn du einen Mann und ein Kind willst, mußt du in deine eigene Welt zurückkehren.«

»Das hier ist meine Welt«, sagte ich. »*Du* bist meine Welt.«

»Ich bin gar nichts«, sagte er noch einmal. »Ich dachte, du hättest das begriffen. Ich dachte, du wolltest genauso werden wie ich und etwas *lernen*.«

Er sah so verwirrt und enttäuscht aus, daß ich mich schuldig fühlte, weil ich ihn liebte. Ich wußte, daß er jetzt an Arthur dachte, der ihn im Stich gelassen hatte, und spürte, daß ich seine Hoffnung enttäuscht hatte.

»Ich weiß nicht«, sagte ich schnell. »Ich weiß es nicht. Es tut mir leid.«

Und dann sah ich ihn wieder an und dachte an den Kuß und an das Gefühl seines Körpers, der mich diese wenigen Augenblicke lang umschlungen gehalten hatte, und ich sah ein, daß er sein Leben lang gezeichnet war von der Angst vor diesem Fluch und daß ich die Verkörperung dessen war. Das wilde Tier, das mir eben noch aus der Hand gefressen hatte, sah schon den Käfig vor sich, und dieser Käfig war ich.

Bevor ich einen weiteren Atemzug tun konnte, war er schon draußen, und die Wölfin folgte ihm auf den Fersen. Ich stolperte hinter ihnen her in die pechschwarze Sommernacht, aber sie waren nicht mehr da. In den Bäumen hatte sich Cassiopeia verfangen, die gerade am Himmel aufstieg, und ich atmete den Duft meiner eigenen Erregung und verstand das alles doch nicht. Dann setzte ich mich nieder und hielt mir die Ohren zu, um das Rauschen der Bäume nicht zu hören.

Damals dachte ich wirklich, ich hätte ihn verloren. Tagelang war ich allein, und es wurde mir fast zuviel, verlassen in dieser Höhle zu sitzen, umgeben von all seinen Sachen und mit seinem Geruch, der noch immer in der Luft hing, und dem Abdruck seines Körpers in seinem Bett. Ich sagte mir, daß ich alles tun würde, wenn er nur wieder zurückkäme. Ich würde ihn nie wieder anfassen, ihm nie wieder in die Augen schauen, ich würde mich aufführen wie eine kleine Nonne. Doch er blieb verschwunden. Aber am vierten Tag kam die Wölfin und besuchte mich, und nachher spürte ich, daß sie noch in der Nähe war und mich bewachte. In der vierten Nacht kam sie und legte sich zum Schlafen neben mich, und der Geruch ihres Fells erfüllte meine Träume. Als ich am fünften Tag mit meinem Eimer von der Quelle zurückkam, saß er da und schrieb. Er blickte auf und lächelte, als wäre nichts geschehen. Ich war überglücklich, ihn zu sehen.

»Das mit dem Baum«, sagte er. »Ich wünschte, ich könnte machen, daß es anhält. Es ist eine völlig neue Dimension. Man kann soviel mehr sehen.«

»Ach, da warst du also?« Ich war wütend. Ich hatte geglaubt, er wäre vor mir weggelaufen, und hatte mir Vorwürfe gemacht und mich schuldig gefühlt, und dabei hatte er nur wie verrückt geübt, sich zu verwandeln. Und jetzt lachte er mich so pfiffig an, als gäbe es nichts Wichtigeres auf der Welt als seine Suche nach der Wahrheit.

»Ich habe die Wölfin hergeschickt, damit sie auf dich aufpaßt«, sagte er abwehrend, denn er spürte meinen Zorn. »Ich hätte dich nicht ohne Beschützer hiergelassen.«

»Ich hatte keine Angst«, sagte ich unwirsch, denn es verdroß mich, daß er mich wie ein Kind behandelte. Ich öffnete den Mund, um weiterzureden, dann schloß ich ihn wieder, weil mir einfiel, daß ich still sein sollte. Als er das sah, nickte er zustimmend und fuhr dann fröhlich pfeifend mit seiner Arbeit fort. Ich schmollte, denn ich hatte bereits vergessen, daß ich keine unkeuschen Gedanken mehr haben wollte. Dann entzündete ich Weihrauch und rollte mich vor dem Feuer zusammen, denn ich wollte schön sein, auch wenn er nur Augen für das Papier vor seiner Nase hatte. Voller Enttäuschung sah ich zu, wie er alles niederschrieb, was ihm über den Baum durch den Kopf ging. Es dauerte Stunden. Der Rauch schlängelte sich um ihn herum, während er arbeitete, und ich saß am Feuer wie betäubt. Myrddin konnte an nichts anderes denken als an die Ewigkeit, und ich konnte an nichts anderes denken als an Myrddin.

Es war eine Qual, mich so zurückzuhalten, denn ich liebte ihn und begehrte ihn. Aber ihn zu verführen hätte bedeutet, seine Kraft zu brechen, und was hätte darin für eine Befriedigung liegen können? Ich war ohnehin nicht sicher, daß es mir gelungen wäre; bis jetzt hatte er mir immerhin widerstanden. Vielleicht würde er aus dem Wald marschiert kommen und mir aus der Hand fressen, wenn es ihm so gefiel, doch er würde sich niemals zähmen lassen, und wahrscheinlich hätte ich das auch gar nicht gewollt. Die bittere Konsequenz war, wenn ich ihn wirklich liebte, dann durfte ich nicht versuchen, ihn für mich zu gewinnen.

Und doch ging da noch etwas anderes vor sich. Obwohl er gesagt hatte, daß er weder mir noch irgendeiner anderen Frau angehören wolle, brannte ich, unbeeindruckt von seiner Zurückweisung, lichterloh. Ich war vierzehn und er ein alter Mann, ungeachtet des schwarzen Haars und des geschmeidigen Körpers. Verzauberte er mich oder ich ihn? Vielleicht hatten wir es beide nicht in der Hand. Vielleicht waren wir alle beide von irgend etwas gefangen.

Während ich darüber nachdachte, merkte ich, daß die Wölfin mich fixierte. Ich erschauerte unter dem Blick dieser silbrigen Augen, und es lief mir kalt den Rücken herunter. Auf einmal schoß sie mit hocherhobenem Schwanz und angelegten Ohren hinaus. Myrddin schaute erschrocken auf und lachte nervös. »Was ist denn in sie gefahren?«

»Sie hat meine Gedanken gelesen«, sagte ich.

»Woran hast du denn gedacht?« fragte er. »An Geister und Kobolde?«

»An den Tod«, sagte ich, denn ich dachte, das hörte sich klüger an als *an Liebe*.

»Ziemlich nah dran! Geh schlafen, du Satansbraten«, sagte er zärtlich.

Ich legte mich nieder, aber ich konnte nicht einschlafen. Die ganze Nacht lang hörte ich den Bäumen zu.

»Am ersten Tag, an dem ich hier war, hast du gesagt, ich wüßte nicht, wie es ist, zu fliegen«, meinte ich am nächsten Morgen zu Myrddin. Ich hatte inzwischen gelernt, meine Worte sorgfältig zu wählen, denn ich wußte, daß er große Reden nicht sehr schätzte. »Ich möchte gern fliegen lernen.«

»Oho!« rief Myrddin aus. »Was ist das denn auf einmal? Ich denke, du wolltest dich nicht mehr verwandeln.«

Ich schwieg.

»Warum sagst du nichts? Ah, ich verstehe! Du übst dich im Schweigen, was? Na schön.« Er drehte sich um und stolzierte davon, als wäre er beleidigt. Ich folgte ihm, denn ich durchschaute sein Spiel. So liefen wir eine Weile vor uns hin.

»Ich bin auf der Pirsch«, flüsterte Myrddin mir schließlich verschwörerisch zu und zeigte nach oben. Im Blattwerk über mir sah ich ein paar graue Waldtauben sitzen. Ich drehte mich um und wollte sehen, was er tat, aber er war bereits verschwunden.

So versuchte ich es ihm gleichzutun. *Wir werden uns in Tiergestalt vereinen,* dachte ich und richtete mit dieser Motivation all meine Kräfte auf die Tauben. Ich verschmolz mit ihnen, ich spürte sie, und doch war ich immer noch an die Erde gebunden. Also blieb mir nichts anderes übrig als loszurennen. Sie überholten mich. Als ich den Waldrand erreichte, schwebten sie bereits mit ausgebreiteten gestreiften Flügeln über die Wiese und wieder zurück und ließen sich dann eine nach der anderen in den großen Eichen nieder. Ich hörte sie über mir, und mein Herz war voller Sehnsucht, aber ich war immer noch ich selbst.

Dann fiel Myrddin vom Himmel, purzelte in seiner menschlichen Gestalt über den Baumstumpf und hielt sich den Bauch vor Lachen. »Ach, macht das Spaß!« schwärmte er, und seine Augen leuchteten verlockend. »Warum kannst du Dummerchen das nicht? Nein, sag nichts!«

Er legte mir den Finger auf die Lippen, und sekundenlang sah ich sprachlos zu ihm auf. Ich kann mich nicht erinnern, daß ich es bewußt tat, ich stürzte mich einfach nur auf ihn.

Er war viel zu verblüfft, um zu reagieren, und das war mein großer Vorteil. Und auch ich konnte nicht mehr denken, wie sich bald herausstellen sollte. Aber es war zu spät, es gab kein Zurück mehr. Wir hingen bereits aneinander wie die Kletten.

Die Baumrinde schnitt mir in das weiche Fleisch zu beiden Seiten meines Rückgrats, und ich verspürte den Geruch von Moos und Ameisenstraßen, und unsere Körper zerdrückten die Ranken, während wir gemeinsam hinabglitten zwischen die Baumwurzeln. Ich blickte nach oben, wo das Laub die Sonnenstrahlen aufsplitterte und in tausend winzigen Stückchen herabregnen ließ. In den Zweigen hingen Spinnennetze, und durchsichtige Insekten schwärmten durch die Sommerluft, und als er in mich eindrang, verspürte ich einen seltsamen Schmerz. Ich schlang meine Beine um seinen Rücken und zog ihn an mich. Aber es war nicht das, was ich mir erhofft hatte. Es war nicht dasselbe, als wenn zwei Rehe in ausgelassenem Paarungstanz unter den Bäumen hindurchfliegen, es war anders als alles, was ich bisher kannte, und ich hatte Angst davor, biß mir auf die Lippen, um nicht aufzuschluchzen, und hielt wie zur Beruhigung seinen Kopf in meinen Händen, aber er sah mich gar nicht mehr, denn er war schon viel zu weit fort. Er sah oder fühlte nur etwas ganz tief in mir, etwas, das ich weder kannte noch beherrschen konnte und das zu ihm sprach, ohne daß ich es überhaupt bemerkte. Als er zum Höhepunkt kam, lag ein Ausdruck der Hilflosigkeit auf seinem Gesicht, und ich wußte, er hatte sich ergeben, aber nicht mir, obgleich es den Anschein hatte, sondern seinem *Schicksal.*

Nachher sah er schläfrig und ein bißchen erschöpft aus, und ich erlaubte mir, ihn zu küssen, meine Hände über seinen Körper gleiten zu lassen und seinen Kopf an meine Brüste und meinen Bauch zu drücken, wie ich es mir die ganze Zeit sehnlichst gewünscht, aber nie gewagt hatte. Er schien jetzt kleiner und wirklicher zu sein, und was ich bisher für kompliziert gehalten hatte, war in Wirklichkeit so einfach: Unsere Hände tauschten Zärtlichkeiten, und unser Atem floß hinab zur Erde, wir waren wie zwei Wolken, die sich nach dem Sturm niederlassen. Meine Lippen küßten ein paar weiße Haare auf seiner Brust, und mein ganzer Körper sehnte sich schmerzlich nach ihm, obgleich ich mich eigentlich hätte vollkommen befriedigt fühlen müssen. Daran sehe ich, daß ich ihn wirklich liebte.

Wir lagen auf dem Berg unter dem Seiltänzerbaum, und nach einer kleinen Weile kehrte Myrddins Verstand wieder zu seiner rastlosen Tätigkeit zurück.

»Dieser Baum ist ein Vermittler zwischen Himmel und Erde. Sieh nur, wie er versucht, hinaufzureichen! Mit diesem Ast hat es nicht geklappt, also läßt er statt dessen zwei neue hinaufwachsen. Er ringt mit dem Wind und allen möglichen Hindernissen, er beherbergt Vögel und klettert unermüdlich. An der Form seines Holzes kann man seine Lebensgeschichte ablesen.«

»Es muß ein sehr alter Baum sein«, murmelte ich.

Myrddin sagte: »Das spielt keine Rolle. Die alten sind genau wie die jungen, nur haben sie schon mehr Schritte zum Himmel hinter sich.«

»Und kommen doch nie dort an!«

»Woher weißt du das?« Er stützte sich auf einen Ellbogen und sah mich aus dunkelgoldenen Augen an. »Hast du versucht dahinterzukommen?«

»Nein«, sagte ich. »Das will ich auch gar nicht. Jedenfalls nicht heute.«

Er schlang die Arme um mich und streichelte mir den Rücken. Immer umgab ihn so ein metallischer Geruch wie nach Stahl, den man ins Feuer hält, vermischt mit dem vertrauten Duft seines eigenen Körpers. Dieser Geruch berauschte mich.

»Los«, sagte er. »Laß uns eine kleine Reise machen. Ich bin neugierig. Nur einen Moment.«

Er wußte, daß ich ihm nichts abschlagen konnte. Ich blinzelte an dem Baum hinauf. Es war mein Lieblingsbaum …

»Du kannst es besser, du fängst an« drängte er mich.

Ich seufzte, streckte lustlos den Arm nach oben und berührte den Stamm. Myrddin hielt die Fingerspitzen meiner anderen Hand fest, und durch seine Berührung hindurch spürte ich, wie er in den Baum hineinglitt. Mein Kopf war völlig leer, und ich schoß in dem Baum empor, wie Wasser zur Sonne aufsteigt. Im Innern des Baumes waren wir eins. Es zog uns mit Urgewalten aufwärts, wir wurden zu etwas Urwüchsigem und Erhabenem zugleich, und in diesem Augenblick der Selbstauflösung benutzte er mich als Zugpferd. Da ich nicht bei mir war, merkte ich nicht, wie er mir entglitt. Ich kann mich nicht daran erinnern, wie sich unsere Fingerspitzen verloren, und da wir uns im Augenblick des Geschehens nicht in unseren Körpern befanden, sehe ich uns bis heute nackt unter dem Baum liegen und unsere Fingerspitzen aneinanderpressen als Zeichen ewiger Verbundenheit.

Doch wir wurden auseinandergerissen. Im Innern des Baumes versuchte ich ihn festzuhalten, als er an mir vorüberglitt. Aber es war sein Spiel, war es immer gewesen. Er war fort.

Dann fiel ich wieder aus dem Baum heraus, lag nackt am Boden und sah erstaunt in die Zweige hinauf. Ich war allein.

»Myrddin!« schrie ich. »Das ist unfair! Komm zurück! Komm zurück!«

Es kam keine Antwort, weder aus dem Baum noch von dem Abdruck seines Körpers im Waldboden. Verzweifelt warf ich mich darüber hin und preßte meine Lippen auf die Erde in dem Wunsch, daß er es sei.

Als ich seine Sachen durchsah, schlug ich auch das Buch auf, das er so ängstlich gehütet hatte. Die vielen Blätter waren gefüllt mit Myrddins unleserlicher Handschrift, alle Zeilen waren vorwärts und rückwärts beschrieben, und dann auch noch quer von oben nach unten, so daß dreimal so viele Wörter wie üblich auf einer Seite Platz fanden.

Der Text war überhaupt nicht zu entziffern.

Ich nahm es in die Hand, drückte es an die Brust und beugte mich darüber. Es roch nach ihm.

Die Wölfin habe ich nie wiedergesehen, dabei wünschte ich mir verzweifelt, sie möge zu mir kommen, denn so hätte ich wenigstens irgend jemanden gehabt, mit dem ich reden konnte, jemanden, der miterlebt hat, was zwischen mir und Myrddin geschehen war. Aber ich nehme an, wie traurig sie auch sein mochte, es war nicht dieselbe Traurigkeit, die ich empfand, und man muß sie wohl auf ihre eigene Weise trauern lassen.

Und so verließen Gemma und ich Wales, und wir wußten nur zu gut, was Einsamkeit ist. Und anstatt zu Morgan zu reisen, ging ich an König Arthurs Hof, erzählte ihm die Geschichte und zeigte ihm das Buch, das niemand lesen konnte, und Arthur sagte: »Ist er denn nun tot oder lebendig? Wohin ist er gegangen?«

»Dahin, wo niemand ihn finden kann«, antwortete ich. »Er ist nicht tot.«

Guinevere wandte sich zu Arthur um und meinte: »Sie ist die, die man Satansbrut nannte und die Elaine aus Lancelots Haus verbannt hat.«

»Dann ist sie wie Myrddin«, erwiderte Arthur, und ich dachte bei mir, daß er dabei sehr zufrieden aussähe. »Er war nie aus dem gleichen Holz geschnitzt wie wir. Wahrscheinlich war er kein Sterblicher. Sag mal, hat er dir seine Zauberkunst beigebracht?«

»Er war mein Geliebter.«

Guinevere und ich sahen uns an. Ich konnte das Mißtrauen und den Haß von ihrem Blick ablesen, vor allem aber die Angst vor mir, denn ich war eine Unbekannte. Sie muß geahnt haben, daß Myrddin und ich von derselben Art waren, daß unsere Seelenverwandtschaft uns eher einander ähnlich gemacht hatte, als unsere verschiedenen Geschlechter uns einander entfremdeten – so daß ich in einer Hinsicht überhaupt keine Frau mehr war.

»Du dummes Ding!« schimpfte Arthur und lief vor Ärger rot an. »Es ist allgemein bekannt, daß Myrddin niemals mit einer Frau zusammensein durfte, damit ihn sein Kräfte nicht verlassen. Du hast den größten Mann in diesem Lande mit deiner Hinterlist zugrunde gerichtet. Bis jetzt hatte er jeder Versuchung widerstanden. Du hast ihn seiner Kraft beraubt, das sieht man ganz deutlich. O ja, je länger ich dich ansehe, desto mehr erkenne ich seine Art in dir. Du hast Myrddin seine Kraft gestohlen, du Hexe!«

Ich sagte: »Sie war es wert! Besser, ich habe sie und ehre ihn damit, statt ihn verschwinden zu lassen, wie Ihr es vorhattet.«

»Er war unmöglich! Wenn du ihn kanntest, weißt du auch, welche Forderungen er stellte und was er für Schwierigkeiten machte.«

Ich reckte das Kinn in die Luft, um deutlich zu machen, daß er mich nicht beeindruckte.

»Du wirst mir dienen«, befahl mir Arthur. »Sonst lasse ich dich umbringen, ob du nun ein Mädchen bist oder nicht – hast du verstanden? Ich habe Myrddin geliebt, Gott ist mein Zeuge.«

»Er hat Euch einen dummen Bengel und einen kleinen Bastard genannt«, bemerkte ich.

Arthur erhob die Hand, als wolle er mich schlagen, dann fing er plötzlich an zu lachen. Er lachte, bis ihm die Augen tränten.

»Ja«, keuchte er. »Das hört sich ganz nach Myrddin an.«

Ich wollte Arthur eigentlich verachten, so wie es Myrddin schließlich getan hatte, aber ich brachte es nicht fertig, jemandem völlig gram zu sein, der Myrddin einmal nahegestanden hatte. Arthur allein konnte vielleicht verstehen, was Myrddin mir bedeutet hatte.

Was Arthur nicht wußte, war, daß es mir nie gelungen war, Myrddins Kraft an mich zu nehmen. Alle Kraft, die ich besaß, war meine eigene, und ich hatte sie nur erlangt, indem ich ihn gefunden und dann wieder verloren hatte. Aber ich wollte meine Leidensgeschichte nicht vor dem König ausbreiten, und es war sicher nützlicher, mit dem Teufel verglichen zu werden, als einfach die verlassene Geliebte zu sein, die ich in Wirklichkeit war.

So ließen sie mich wenigstens in Ruhe. Ich wollte mich nicht in der Rolle eines Ersatzes für Myrddin wiederfinden, denn die allgemeine Meinung hätte sich doch nur gegen mich gewandt. Über kurz oder lang wäre der zuerst undurchsichtige und gefährliche Myrddin zu einem guten, hilfreichen Zauberer geworden, und mich hätten sie zu dem bösartigen Raubtier gemacht, das ihn verführt und in die Falle gelockt und für immer in eine Eiche gebannt hat. Die Auffassung, ich sei böse, verschaffte mir Ansehen, und obwohl ich kein einziges Wort in dem Buch lesen konnte, hob ich es doch auf und gab vor, es zu konsultieren, wenn Arthur mich unter Druck setzte. Mit den Jahren habe ich versucht, den König so zu beraten, wie ich annahm, daß Myrddin es getan hätte, allerdings gehe ich sanfter dabei vor, nenne ihn nicht einen Bastard und drohe ihm nicht mit einer Tracht Prügel – jedenfalls nicht offen. Aber ich bin an seinem Hof niemals glücklich gewesen – so wie ich es unter den Eichen oder auf der Wiese war. Und ich habe mich nie verheiratet. Und so endet mein Abschnitt der Geschichte, und es ist keine großartige Legende.

Es ist Winter, und selbst die Eichen liegen in tiefem Schlaf. Schläfst du auch? Ich möchte mit dir reden. Die Unterhaltung geht weiter, und du bist jetzt in der Sonne und in den Blättern und der Erde und dem Wasser. Gleichzeitig bist du in keinem dieser Dinge, sondern lediglich in dem Muster, das sie im Äther irgendeiner anderen Welt hinterlassen. Und vielleicht bist du auch die geballte Energie in den Eiern, die die Vögel in deinen Zweigen in ihre Nester legen. Vielleicht steckst du auch in den Vögeln selbst und den Bahnen, die sie am Himmel ziehen, oder du bist der Lichtfaden, der sich endlos aufräufelt, und verwandelst dich immer aufs neue, sichtbar und unsichtbar, im Wechsel zwischen Tag und Nacht bis in alle Ewigkeit.

Ich finde keinen Trost, und ich würde alle Weisheit und alle Kraft dieser Eiche, alle überirdischen und alle göttlichen Dinge eintauschen für einen Nachmittag im Matsch und Dornengestrüpp mit dir.

Ja, ich möchte mit dir reden, aber wenn ich die Hände an die Eichenrinde lege, höre ich dich nicht. Es ist schon spät. Die Schatten im Schnee sind lang, und deine Äste zittern unter dem Gewicht des kleinen Jungen, der in ihnen herumturnt. Er ist jetzt zehn, hat schwarzes Haar und bernsteinfarbene Augen, und wie er so in der Eiche herumklettert, denkt er nicht an die Metaphysik der Sonne, sondern schaukelt einfach und hangelt und macht sich die Kleider schmutzig und gehorcht nicht, wenn ich ihm sage, er solle herunterkommen. Ich recke den Hals, damit ich diesen Wildfang zwischen den kahlen, herumwirbelnden Zweigen sehen kann. Ich rufe ihn noch einmal, und er hört nicht auf mich. Er wird herunterfallen und sich weh tun. Ich erhebe meine Stimme und fange an, auf ihn einzureden.

Sei doch still. Fast spüre ich, wie dein Atem mein Ohr streift. *Willst du wohl ein einziges Mal still sein und zuhören, Nina.*

Na gut.

Jane Welch
JENSEITS VON AVALON

Die Welt war nicht mehr als eine ferne Ahnung, durch Nebel, der in die Irre führte, dem restlichen Leben entzogen.

Die Luft über dem Wasser war kühl und feucht, und Kyran wünschte, er hätte seinen Mantel getragen. Sein langes rotblondes Haar klebte ihm an den Wangen, und das Metall seiner Ringe lag kalt auf der nackten Haut seiner Arme. Er fragte sich, ob sie wohl vom Kurs abgekommen waren. Die heilige Insel war nach Einbruch der Dunkelheit, wenn sie in der Anderswelt aufgegangen zu sein schien, stets schwierig zu finden. Doch dann ragte ohne jede Vorwarnung der steile Bergrücken auf, erhob sich jäh im wabernden Nebel und zeichnete sich schwarz vor dem lodernden Rot der untergehenden Sonne ab, mit dem schmalen Torbogen auf dem Gipfel, düster vor dem lodernden Himmel. Flammen züngelten am Fuß des Tores, und Funken stoben zum Firmament empor.

»Sieh doch nur, Kyran! Sie haben schon das Leuchtfeuer entfacht!« rief der Gewürzhändler fassungslos, und seine Stimme klang erstaunlich laut über die vom Nebel gedämpften Marschen. »Ich weiß, ich seh's«, erwiderte der junge Mann gedankenschwer. »Aber das ist eine Woche zu früh. Die Woche vor der Sonnenwende ist für mich immer am einträglichsten. Nun, da ich sieben Tage Handel verliere, werde ich dir nicht mehr soviel bezahlen können. Das verstehst du doch, oder?«

Kyran nickte und zuckte mit den Achseln. Geld interessierte ihn nicht sonderlich; sein Schwertarm hatte ihm viel davon eingebracht, und er hatte genug gespart. Er hatte schon die Entscheidung getroffen, daß er zum letzten Mal mit dem Händler gereist war; er vermißte dieses Sommerland zu sehr und war froh, wieder zu Hause zu sein. Dennoch blickte er mit gerunzelter Stirn zur lodernden Flamme hinauf, die den heiligen Berg krönte, und fragte sich, weshalb das Leuchtfeuer schon so früh entfacht worden war.

Auf dem Gipfel der Insel Avalon dachte eine junge Kräutersammlerin gerade das gleiche. Obwohl der Abend warm und ruhig war, umfächelte Apple hier oben eine sanfte Brise und spielte mit ihren Haarsträhnen. Ihre Haut prickelte von der Hitze der Flammen, und sie trat in die dichten Schatten zurück, fort von dem Leuchtfeuer und dem großen Skelett, das schon lange von Gras überwuchert war. Auch wenn die Knochen der Flügel und Beine fort waren, so steckten die Rippen doch noch im Boden und ragten hoch über ihren Kopf auf. Der häßliche Schädelknochen, der beim Sturz der Kreatur zerbrochen war, lag mit den Kiefern an einem Steinaltar am Fuß des Torbogens. Verblüfft sah sie, wie verärgert die Priesterin über Merlins plötzliche Ankunft am Drachenschrein so früh vor dem Mittsommerfest war.

Die sieben auserwählten Frauen schickten eilends ihre Wasserträger und männlichen Diener los, um aus dem nächsten Dorf weitere Ziegen zu holen. Dann stellten sie sich im Kreis um das Leuchtfeuer herum auf und tranken von ihrem heiligen Wein, während Apple unbehaglich an den Körben mit Kräutern nestelte, die sie für die Sonnenwende gesammelt hatte. Merlin war mißmutig und knurrte unwillig die alte Geiß an, die an einem großen Bronzering zerrte, der unter dem Drachenbogen in den Steinaltar eingelassen war. Weshalb war er nur so früh gekommen? Sie wünschte, die Wasserträger und männlichen Diener würden sich beeilen.

Sie hielt nach ihnen Ausschau. Sie wußte, daß es an einem klaren Tag möglich war, oben vom Tor aus über den seichten See zu blicken, über Marschland und sumpfige Ebenen bis zum Ring der fernen Moore, die Sommerland umschlossen. Nun konnte sie wegen der treibenden Nebelschwaden nur wenig von den Streifen stillen Wassers zu Füßen des Tors erkennen, und im Dämmerschein waren lediglich die gewölbten Kuppen von fünf kleinen Inseln sichtbar, die sich wie schwarze Buckel in dem weißen Gespinst abhoben.

Sie war schon oben auf den Hängen des Tors gewesen, bevor das bange Wort von Merlins Ankunft die Runde machte und die Priesterinnen aufgeregt zum Schrein rief. Sie hatte gen Westen in die zunehmende Dunkelheit geschaut und auf das Eintreffen eines anderen gewartet, eines Gewürzhändlers, der ihre Insel viermal im Jahr anläßlich der größeren Feuerfeste besuchte. Er pflegte stets unmittelbar vor den Feierlichkeiten zu kommen, und sie war sicher, daß er sich beim Anblick des Leuchtfeuers so schnell wie möglich zum Schrein hinaufbegeben würde.

Sie, eine Kräutersammlerin, hatte immer gern mit dem Mann gesprochen. Als Dienerin der Priesterin war es ihr verboten, mit den Dorfbewohnern zu verkehren, und außer zu ihrer Herrin und deren übrigen Dienerinnen hatte sie nur zur Zeit der Feuerfeste und des Pilgerstroms zum Schrein mit anderen Menschen Kontakt. Sie sehnte sich stets nach Gesellschaft, und unter dem Vorwand, dann mehr über die Eigenschaften seltener Gewürze zu erfahren, bemühte sie sich ständig neu um die Erlaubnis von den ältesten Priesterinnen, mit dem Gewürzhändler Umgang haben zu dürfen. Doch nun kam noch ein weiterer Grund hinzu, weshalb sie nach ihm Ausschau hielt; er würde nicht allein kommen. Die Straßen waren gefährlicher geworden, seit die plündernden Engländer so weit in den Westen Britanniens vorgedrungen waren, und er hatte zu seinem Schutz einen jungen Mann aus einem der abseits gelegenen Dörfer dabei. »Kyran«, formten Apples Lippen zärtlich seinen Namen.

Obwohl sie den Gewürzhändler im Laufe des vergangenen Jahres gut kennengelernt hatte, war es ihr unmöglich gewesen, mit Kyran zu sprechen, der pflichtgetreu an der Seite seines Herrn gestanden hatte; sie hatte einfach nie so recht gewußt, was sie ihm sagen sollte. Sicher würde er sich nicht für Kräuter interessieren, und er hatte nicht gerade Entgegenkommen gezeigt, was ein Gespräch anging. Sie hatte immer den Eindruck gehabt, als sei er völlig in den Anblick der drei jüngsten Priesterinnen versunken, die alle ausnehmend hübsch waren, so daß sie sich im Vergleich zu ihnen sogar noch unscheinbarer vorkam.

Der Wind wechselte und wehte ins Feuer. Flammen loderten knisternd auf, dürres Holz knackte und zerstob zu Funken, die von der aufsteigenden Hitze nach oben getragen wurden, so daß die Helligkeit das umgebende Indigoblau des Himmels zu stockfinsterer Nacht verdunkelte. Die Priesterin kniete sich nieder, die Arme nach den tanzenden Flammen ausgestreckt. Apple wurde sich plötzlich einer Energiewoge bewußt, die aus dem Erdreich aufstieg.

»Hier ist Macht!« Die älteste Priesterin frohlockte über den Energiestrom, der dem Schrein zugeführt wurde. »Es ist Macht in Avalon, wo die Kräfte der Erde so stark gebündelt sind.«

Merlins Hände zitterten von der Wirkung der rituellen Tränke, als er, halb nackt, mit seinem Stock in den Abgrund vor Avalon stocherte. »Seht, wie er unser Land bedroht«, wütete er. Wild um sich schlagend, sprang er vom Altarstein und stürzte zu Boden, raufte sich das lange geflochtene Haar. Apple starrte ihn furchtsam an und hätte den Gerüchten fast Glauben geschenkt, daß er in seiner Wohnstatt, dem Wald Neroche, schneller als das Wild lief und es mit bloßen Händen riß und seine Innereien verschlang, während es noch lebte, und sein warmes Blut schlürfte, damit dessen Geist auf ihn überging.

Endlich kehrten die Wasserträger und männlichen Diener mit drei Ziegen zurück, einer weißen und zwei schwarzen. Merlin band die eine, die am Bronzering befestigt war, los und kroch auf allen vieren zu ihnen hinüber, um die neuen Opfergaben zu begutachten, die seltsamerweise völlig reglos vor ihm standen, während er ihnen sinnlich über den Rücken strich und ihnen das Gesicht ableckte. Allmählich beruhigte er sich, obwohl der Eindruck von einer verborgenen Energie in ihm, die jederzeit ausbrechen konnte, die Priesterin veranlaßte, sich auch weiter in Schweigen zu hüllen. Sie warteten, ihre dicken Mäntel fest um sich gezogen; doch Apple interessierte sich nicht mehr für sie oder den wilden Mann. Die

Flammen des Leuchtfeuers züngelten hoch auf in den dunkler werdenden Himmel, und sie verspürte eine tiefe Gewißheit, daß Kyran bald eintreffen würde.

Um bereit zu sein, strich sie sich das wirre Haar aus dem Gesicht und setzte ein liebliches Lächeln auf, von dem sie hoffte, daß es ihre zu runden und rötlichen Wangen nicht übermäßig betonte, obwohl es keine Möglichkeit gab, ihr Doppelkinn zu verbergen. Ihre von Kräutern befleckten Hände zupften an dem verlotterten Gewand aus Sackleinen, drehten es herum, um die Grasflecken verschwinden zu lassen, die entstanden waren, als sie sich beim Sammeln von Färberwaid hingekniet hatte, und sie trat unruhig von einem barfüßigen Bein auf das andere, sich schmerzlich ihrer dünnen Knöchel bewußt. Sie hatte Kyran seit fast drei Monaten nicht mehr gesehen, und ihr Herz raste vor Erwartung.

Doch wem wollte sie etwas vormachen? Wie käme er dazu, sie zu bemerken? Ein so weitgereister und gutaussehender Mann wie Kyran würde nie einen Blick auf eine bescheidene Kräutersammlerin vergeuden, wenn die drei jüngeren Priesterinnen ihn so innig bewunderten. Sie sprachen oft über ihn, zählten seine Vorzüge auf und stimmten darin überein, daß er zwar nicht größer als irgendein anderer Mann aus den Seedörfern war, dafür aber das schönste Gesicht hatte, eine breite Brust und kräftige Arme. Sie dürsteten nach Neuigkeiten über ihn und redeten oft darüber, wie er als Jüngling angeblich einmal einem wütenden Eber im Weg gestanden und ihn ganz allein niedergerungen habe.

Apple glaubte diese Geschichte nicht. Kyran war nicht so dumm, so etwas zu versuchen. Sie scherte sich nicht um diese Eigenschaften, die den Priesterinnen offenbar so wichtig waren. Am meisten mochte sie an ihm sein tiefes Selbstvertrauen und das helle Funkeln in seinen blauen Augen, das von einem heiteren Geist kündete.

»Die Weiße!« zischte Merlin und stieß mit seinem Stock in Richtung der Ziege. »Auch wenn wenigstens ein Ochse erforderlich wäre, um diesem Anlaß gerecht zu werden.«

»Du bist früh dran«, verteidigte die Hohepriesterin sich. »Natürlich haben wir nach dem besten Ochsen in Sommerland geschickt, und auch nach einem Pferd, doch es wird einige Tage dauern, bis sie eintreffen.«

Apples Blick richtete sich auf den furchteinflößenden Mann, dessen Recht es war, einmal im Jahr das Opfer auszuwählen und durchzuführen. Er nahm einen lodernden Ast aus dem Feuer, trug ihn zum Altarstein und stieß ihn in den Schädel des Drachen, so daß das flackernde Licht aus Augen und Mund schien und der Rauch durch die Sprünge in den Wirbelknochen emporkräuselte. Die Sonne ging hinter den fernen Mooren unter, doch noch immer stach eine Lichtnadel herüber und fädelte sich durch den Bogen seines Brustkorbs zum Altarstein. Merlins auswärts schielende Augen leuchteten im Widerschein des Lichts rosa auf.

Die älteste Priesterin trat vor und räusperte sich leise. »Merlin, wenn schon alles so schlecht bestellt ist, daß du vor der Zeit eingetroffen bist, willst du dann nicht mehr erwählen als nur eine Geiß?« erkundigte sie sich heiser, und ihre alte Stimme stellte krächzend die Frage, die so beängstigend in ihnen allen widerhallte.

Das Gesicht des Mannes verzog sich zu einem breiten, düsteren Grinsen, und nachdem er sich abermals auf alle viere hatte fallen lassen, krabbelte er um die Beine der Priesterin und hob den Kopf, schnüffelte an Waden und Schenkeln.

Zum ersten Mal in ihrem Leben war Apple von Herzen froh, keine Priesterin zu sein, und fragte sich, welche der sieben Frauen, die sich um den Drachenschrein kümmerten, er wohl erwählen würde. Auf Merlins Befehl streiften die Priesterinnen, jung und alt, ihre Mäntel ab. Bis auf Goldketten um die Taillen, ihren Kopfschmuck aus weißen und blauen Federn und Halsketten, an denen Hasenpfoten hingen, standen sie splitternackt da.

Der Mann sprang wieder auf den Altarstein und schnippte mit den Fingern. Die Priesterinnen setzten zu einem wirbelnden Tanz an, der sie in den Brustkorb der uralten Bestie führte und wieder hinaus, dieser Bestie, deren einziger Nachfahre sich nun in den tieferen Sümpfen des Feuchtlands suhlte. Merlin wandte seine Aufmerksamkeit einen Moment lang wieder der Geiß zu. Apple fand nichts Schauriges an seinem Tun; die Stämme von Sommerland wählten in regelmäßigen Abständen Schafe und Ziegen aus, um den Riesenwurm zu nähren und davon abzuhalten, ihre Herden zu plündern, und dieses Ritual war nicht viel anders. Es erlaubte ihnen nämlich, den Festen Weg zu gehen, den einzigen ständigen Pfad, der durch ihr Sommerland führte und ohne den sie ihr Vieh nicht zu den Winterweiden treiben könnten.

Vier der Priesterinnen nahmen die weiße Geiß bei den Hörnern und bogen ihr den Kopf zurück, bis ihre Kehle unter Merlins Hand straff gespannt war. Seine schlanken Finger krallten sich um die Luftröhre des Tiers, zogen und zerrten, bis er den Knorpel in der Faust hielt. Er wölbte die Hände und fing das herausgischtende Blut auf und verschmierte es auf seiner bloßen Brust. Die Priesterinnen lösten ihren Griff, ließen die Geiß taumeln und stürzen, dann verendete sie mit schwach zuckenden Beinen. Das lange Haar des Mannes, zu dreizehn dünnen Zöpfen geflochten und mit Knöchelbein anstelle von Perlen verziert, schimmerte vom Blut. Er sog es von seinen Fingern und sprach leise zu der älteren Priesterin, deren welker Leib und Bauch, der vom Austragen so vieler Kinder gedehnt war und durchhing, in der dunkler werdenden Nacht weiß wie Drachengebein glitzerte. Ihre Hände und Füße, von Färberwaid tiefblau gefleckt, waren im Dunkeln fast überhaupt nicht zu sehen und erweckten den Anschein, als spräche er zu einer gliederlosen und enthaupteten Gestalt.

»Pendragon, wahrlich!« schnaubte Merlin verächtlich. »Ein Titel, den sein Vater erfand, um uns für sich einzunehmen. Er liebt uns nicht! Doch er ist ein kluger Mann und weiß, wie man die Herzen der Menschen gewinnt. Ein Name! Ist das alles, was es braucht, damit ihr ihn für tapfer, tugendhaft und eins mit unserem Wesen haltet? Ihr seid törichte Weiber, ihr alle, wenn ihr das glaubt! Ja, er ist ein Krieger, ein Stratege und hat uns die Einheit gebracht; doch er befleißigt sich auch der römischen Lebensart und wird uns Straßen, Gebäude und Handwerk bringen. Wenn wir dem nicht Einhalt gebieten, wird unser Land verschwinden, verschlungen von seinen emsigen Bauern.«

»Ich behaupte noch immer, daß wir keinen Fehler gemacht haben!« Die alte Priesterin deutete mit dem knöchernen Finger mehrmals auf den wilden Mann aus Neroche. Als sie das tat, strich eine Bö vom Feuchtland herauf und fegte um die steil aufragenden Seiten des Tors, so daß ihr Haar aufwirbelte.

Merlin fuchtelte verärgert mit den Armen und heulte wie eine Eule. Er schien sehr wütend zu sein, obwohl seine Worte nach kalter Vernunft klangen. »Du warst eine Närrin, altes Weib, daß du Arthur hierherbrachtest, um ihn von seinen Wunden zu heilen. Wahrlich, Herrin von Avalon, niemand könnte ihn besser heilen als du, und es könnte keinen besseren Ort dafür geben als diese heilige Stätte, an der deine Kunst die Energie aus der Erde zieht. Aber Arthur herzubringen! Irrsinn! Ich habe lange über ihn gewacht und ihm mit gutem Rat zur Seite gestanden, damit er unseren heiligen Stätten fernbleibt und unserer Art zu leben nicht schadet. Dann bringt ihr närrischen Weiber ihn auf unsere geweihte Insel! Wohin auch immer er geht, werden andere ihm folgen. ›Ein Wunder!‹ rufen sie. ›Der König war schwer verwundet, die Totenglocke läutete schon, doch nun wandelt er wieder unter uns.‹ Sie werden die Insel zu ihrem Schrein machen, und es wird nicht mehr unser Land sein. Nun seht! Seht zum Fuß des Tors! Ihr wißt, was kommen wird. Unsere Lebensweise ist dem Untergang geweiht.«

Die Priesterin bebte vor kaum verhohlenem innerem Aufruhr. »Merlin, ich achte deine Worte – es heißt, du hast uns seit der Zeit des Eisens auf unseren Wegen begleitet –, doch er ist unser König. Hätten wir ihn einfach sterben lassen sollen, wir, die wir die Macht besitzen, ihn zu retten? Hier, wo die Weide stark und ihre Rinde dick ist, wo wir heilende Kräuter sammeln?«

»Er ist nicht unser König! Er ist ein Großkönig von Britannien, ein König der geeinten Stämme, doch er ist nicht eins mit dem Land. Die Menschen, die er um sich schart, entstammen einer neuen Ära, einer neuen Zeit, und wissen unser Sommerland nicht zu schätzen. Sie werden es uns fortnehmen.« Die Stimme des Mannes brach, und er schluchzte wie ein Kind.

»Das ist absurd, Merlin. Du bist zu lange wild durch die Wälder gerannt«, wiegelte die alte Priesterin ab.

»Tatsächlich? Nun, was lauert dann dort in der Finsternis?« Er deutete mit seinem langen Stock die steile Flanke des Tors hinab zu einem Obsthain dicht am Fuß des Berges, wo die Gewässer des Binnenmeeres am Saum der heiligen Insel leckten. »Seht! Er hat schon einen großen Bereich kahlgeschlagen und mit Ruten aus unseren Haselnußsträuchern und Hölzern aus unseren Weiden seinem fremden Gott einen Tempel erbaut. Ich eilte mit großer Sorge und Wut hierher, um zu sehen, wer in unser Sommerland gekommen war, um auf unserer heiligsten Insel einen Tempel für ihn zu errichten. Und ich stellte fest, daß es der König war! Ich habe dieses Land von Norden bis Süden, von Osten bis Westen durchstreift, weit über Sommerland hinaus, und die Menschen jubeln, er sei ein großer König, der uns alle einen und den feindlichen Ansturm der Engländer zurückschlagen wird. Doch unter einem anderen Banner waren wir schon geeint, unter der Eiche und der Esche, unter der Sonne, dem Mond und den Sternen. Wir sind alle Kinder der Erde, und es verlangt uns nicht danach, von diesem König in ein anderes Leben eingeführt zu werden. Pendragon, wahrlich!«

Ernüchtert blickte die Priesterin auf ihre bloßen Füße hinab. Sie lachte verächtlich auf. »Und wie willst du es schaffen, ihn zu stürzen? Er mag dich ja für einen großen Wunderwirker halten, Merlin, doch wir kennen dich schon länger. Du kannst nicht aus heiterem Himmel eine Armee herbeizaubern, die seinen Rittern und Kohorten siegreich entgegentritt.«

Blut sickerte aus Merlins Mundwinkel, und er starrte lange und eindringlich den aufgeschlitzten Kadaver der Opferziege an, die sie den Göttern dargebracht hatten, damit sie ihnen am heutigen Tag Führung zuteil werden lassen. Er antwortete nicht, sondern vergrub sein Gesicht statt dessen in der blutigen Bauchhöhle des Tiers und zerrte, riß wie ein ausgehungerter Hund knurrend an dem rohen Fleisch. Apple wich zurück, als er herumfuhr und reihum in die Gesichter blickte, von Angst erfüllt über den Wahnsinn, den sie in seinen Augen glitzern sah.

Hastig fuhr die Priesterin fort: »Wir haben ihn mit seinen Rittern gesehen, die auf unserem Festen Weg hin und her eilen. Was meinst du wohl, wie viele von uns mit unseren Weidenstöcken nötig wären, um ihn zu Fall zu bringen? Merlin, das ist Irrsinn.«

Fassungslos lauschte Apple dem Gespräch, und ihre Arme ermatteten vom Gewicht des Korbs an ihrem Ellenbogen, der mit Färberwaid gefüllt war, das auf den steilen Anhöhen des Tors üppig gedieh. Sie war dieses schielenden Mannes überdrüssig, dessen bloßer Rumpf mit Streifen und Kreuzen bemalt war, die sicher von großer magischer Bedeutung waren, obwohl sie ihr nichts sagten.

»Wir können ihn nicht mit Pferd, Lanze und Schwert bekämpfen«, gab Merlin zu. »Doch ich habe schon lange sein Vertrauen gewonnen. Wir kamen vor vielen Jahren überein, daß es uns mit mir an seiner Seite vielleicht gelänge, ihn auf einen besseren Pfad zu leiten; doch nun dies! Das ist zuviel, und ich konnte ihn nicht aufhalten!«

Apple mochte seine weißen Augen nicht, die weit auseinander standen, und die Art, wie er nervös zuckte, als wäre er ein Lamm, das ständig in Angst vor Wölfen lebt. Selbst von dort aus, wo sie stand, konnte sie ihn noch riechen. Er stank nach Blut und verwesten Kräutern, eine eigenartige Mischung, und sein Gesicht ... wegen der Linien aus Färberwaidrunen, die Wangen und Kinn bedeckten, war es kaum möglich, darin zu lesen. Er schlug mit dem Stock auf die nächste Drachenrippe, und alles verstummte.

»Ich bin unter ihnen gewandelt.« Merlin sprach leise, und der Blick seiner seltsamen Augen huschte über den Boden und mied alle anderen. »Seine Stärke liegt in seiner Macht, Menschen auszuwählen. Er kann gut delegieren. Britannien ist zu groß, seine Feinde zu zahlreich, als daß ein Mann allein es verteidigen könnte, und das weiß er. Die Ritter, die er von jenseits des Wassers holte, sind für ihre Treue bekannt. Er versteht es, sich zu brüsten, und hält seine Freundschaft mit allen hoch. Sein Volk liebt ihn wegen seines gerechten Wesens und seiner Unbestechlichkeit. Er liebt seine Männer und sein Weib, und sein Glaube an die eigene Redlichkeit hält alle anderen bei ihm. Wir müssen seinen Glauben an sich selbst erschüttern!«

»Aber wie? Wie willst du es schaffen, daß jemand, der so unerschütterlich ist wie Arthur, an sich zweifelt?« fragte die alte Priesterin beißend.

Ein Lächeln breitete sich langsam auf Merlins furchterregender Miene aus.

Apple achtete kaum noch auf das Gespräch, das sie nicht betraf, sondern sah in die züngelnden Flammen des Leuchtfeuers und erinnerte sich an das letzte Fest, das Frühlingsfest, bei dem die jungen Männer ihre Bräute auswählen. Sie erinnerte sich, wie das Licht des heiligen Leuchtfeuers auf den hellen Silberringen getanzt hatte, die er an den Armen trug. Sein langes rotblondes Haar war mit Silberfäden durchwirkt gewesen, und Färberwaid hatte die Umrisse seiner Muskeln nachgezeichnet. Er hatte gut ausgesehen, und sie bezweifelte nicht, daß er gute Kinder zeugen würde. Sie hatte ihn gewollt – und über den Aberwitz ihres Verlangens gelacht. Er war kühn, gutaussehend und hatte die freie Wahl; sie war mager, unauffällig und durfte nicht auf ihn hoffen. Er hatte keinerlei Anstalten gemacht, sie zu erwählen, sondern den Blick nicht von den drei jungen Priesterinnen nehmen können, die halb nackt einen wilden Tanz aufführten und sich bemühten, die Männer in Lust zu versetzen, damit sie zu Ehren des ergötzlichen Frühlings mit ihnen schliefen.

Die Arglist in Merlins Stimme holte sie für einen Moment zurück. »Seine Königin ist ganz vernarrt in ihn, und von seinen bevorzugten Rittern liebt er niemanden mehr als Lancelot. Wenn sie ihn betrügen würden ...«

»Ach, und ist das vielleicht wahrscheinlich?« sagte die Priesterin verächtlich. »Es gibt keinen Kessel in Britannien, der einen so bitteren Trank brauen könnte, daß die Königin sich dadurch gegen ihn wenden würde. Du hast uns Tausende von Malen erzählt, daß er sie, obwohl sie ihm keinen Sohn gebärt, leidenschaftlich liebt und ihr stets treu geblieben ist. Oder hast du etwas vor?«

»Das habe ich in der Tat«, sagte Merlin leise, und angesichts seines eisigen Tonfalls lief Apple ein Schauder über den Rücken. »Lancelot und Guinevere«, sinnierte er seufzend. »Lancelot, der bestaussehendste Mann im Reich, der beste, tapferste Ritter. Bald werden die Menschen sich fragen, weshalb es ihnen nicht schon früher auffiel. Bald werden sie sagen, daß sie es *natürlich* haben kommen sehen. Schließlich ist ihr Herr häufig fort, und dann bleibt Guinevere die Führung der Burg überlassen. Und Lancelot ist so ein gutaussehender Ritter. ›Was für ein törichter König!‹ werden die Menschen sagen. Seine Macht wird gebrochen sein, das versichere ich dir.«

»Ein guter Plan«, schnaubte die Priesterin spöttisch. »Oh, nur hast du eines vergessen: Alle wissen, daß Lancelot ebenso loyal wie tapfer ist und Guinevere ebenso treu wie schön! Daran läßt sich nicht rütteln«, tat die Priesterin sein Vorhaben ab und wandte sich wieder dem Tor zu, richtete den Blick auf die schlichte Kirche aus Flechtwerk und Lehm, die sich unten an die Bergflanke schmiegte. »Sein Gott wird kommen, und unser Land wird gehen. Sie werden befestigte Straßen durch unsere Marschen bauen, und Tausende werden zu seinem Tempel pilgern, um ihren Gott zu preisen, dem sie die wundersame Genesung von seinen Wunden zuschreiben werden. Ha! Und das nach all meinen Mühen! Die Pilger werden kommen, und einige werden beim Anblick unseres herrlichen Sommerlands bleiben und sogar noch größere, prächtigere Kathedralen bauen. Anschließend werden sie unseren Schrein niederreißen.«

Merlin stand auf und hob mit bebendem Arm den Stock. »Wir müssen dem Drachen huldigen, und eine muß erwählt werden.« Er musterte die Priesterinnen reihum, seine Augen ein trübes Weiß und verhangen, als seien die Scheite eines Feuers niedergebrannt und hätten nur Rauch zurückgelassen, der nun über seiner Seele hing.

Steif ging er zwischen ihnen umher und hielt vor jeder der drei jüngsten Priesterinnen kurz inne. »Zu üppig, zu kräftig, zu groß«, beklagte er sich. Die vier übrigen hielten den Atem an. Alle fürchteten seine Macht – sein Recht, das Opfer zu erwählen. Dann hallte sein Triumphgeschrei weithin über das Tor und verklang in den Nebeln. Er stieß die Priesterinnen beiseite und schleuderte eine zu Boden, weil er nicht schnell genug Apple erreichen konnte.

»Du!« schrie er entzückt. Er zerrte sie nach vorn und hielt sie vor der Hitze des Feuers an ihrem mageren Arm fest. »Du bist perfekt!« lachte er froh. »Ein sehr schlichtes Gesicht, doch einerlei. Für das Gesicht kann ich viel tun, doch wenig für den Körper; dein Körper hat die richtige Zartgliedrigkeit. Und mir gefallen die Augen. Du hast Kampfeslust im Blick, Kräutersammlerin.«

Sie wollte laut aufschreien: »Bitte nicht! Nein! Nicht ich!« Aber sie tat es nicht. Merlin hatte das Vorrecht der Wahl; niemand würde seine Entscheidung in Zweifel ziehen, und sie wollte sich weder durch Sträuben noch durch Feigheit herabsetzen. Innerlich schrie sie auf und flehte ihn an, eine andere zu erwählen, doch ihr blieb nichts weiter übrig, als den Mund vor ihrem Schrei zu verschließen und das Kinn vorzuschieben, obwohl sie nicht verhindern konnte, daß ihr die Hände zitterten.

Er ergriff diese Hände und band eine Lederschnur um die Gelenke, damit sie nicht fliehen konnte. Durch die Finsternis zerrte er sie stolpernd und taumelnd den glitschigen Pfad vom Gipfel in den Nebel hinab.

Und da war er! Wie ein schwarzer Schatten im Nebel eilte Kyran den gewundenen Pfad herauf, begleitet von dem alten Gewürz-händler, der von dem anstrengenden Aufstieg schon ganz außer Atem war.

»Aus dem Weg!« zürnte Merlin, als sie näher kamen.

Der Gewürzhändler sprang zur Seite, doch der junge Mann zögerte und sah von Merlin zu Apple. Ihre Blicke trafen sich.

»Kyran«, murmelte sie, und der Ansatz eines Lächelns zeigte sich auf ihrer entsetzten Miene.

Merlin hob seinen Stock und stieß dem Mann damit gegen die Brust. Dieser folgte dem Beispiel des Händlers und trat zur Seite, während er verdutzt von Apples gefesselten Händen zu ihrem Gesicht sah. Merlin riß sie vor sich, und sie stolperte. Als sie seinen Blick zurückwarf, hatte der Nebel die Männer schon wieder verschlungen.

Als sie die Terrassen mit den Obstbäumen hinter sich gelassen hatten und sich im Dickicht der Haselnußsträucher und Erlen befanden, deren Wurzeln ins Wasser ragten, stieß der schielende Mann sie in ein Boot mit flachem Boden, und sie glitten lautlos durch die Felder der Schößlinge, Pflanzungen junger Weiden, die um das Tor herum dicht an dicht standen. Sie trieben durch die Dunkelheit, an den auf kleinen Inseln gelegenen Dörfern vorbei auf die stille Weite des mondbeschienenen Wassers hinaus.

Der Morgen kam nur langsam, eine schwache Sonne, die kaum fähig war, den nächtlichen Nebel zu durchdringen, der in hellen, trüben Schwaden über dem blaugrauen Wasser hing. Ab und an erhoben sich dunkelgraue Erdhügel über den Nebel. Dann kamen wieder Schilfröhricht und Erlenbäume, als sie in seichteres Wasser glitten. Während Merlin das Boot mit einem langen Stab über den schlammigen Grund stakte, fragte sich Apple, welches Ziel sie wohl hatten. Im großen und ganzen nahmen sie südlichen Kurs, doch er schlängelte sich von einer kleinen Insel zur nächsten und arbeitete sich durch den dichten Sumpf, statt sich ans tiefere Wasser zu halten, in dem man leichter navigieren konnte.

Merlin bemerkte ihren Blick und schien ihre Gedanken zu lesen.

»Um die Magie aus dem Land hervorzuholen, dieser Wiege der Legenden, müssen wir die Reise von einer Kraftquelle zur nächsten machen.« Er nickte in Richtung der runden, brustartigen Hügel, die sich über das seichte Wasser erhoben, jeder mit einer einzelnen Eiche bepflanzt, die den Energiefluß durch die Erde bündelte.

Das Boot lief auf Grund. Merlin zerrte sie heraus, und Apple empfand keinen Schmerz, als die schwieligen Sohlen ihrer nackten Füße sie über den Pfad führten, der aus Flößen miteinander verschnürter Weidenrutenbündel bestand, die man flach auf dem sumpfigen Boden ausgelegt hatte. Die Weidenpfade, über zahllose Generationen hinweg angelegt, stellten den einzigen sicheren Weg durch die trübgrauen Seen und Sumpfgebiete dar.

Sie wandte den Kopf, um einen Blick zurück auf das hoch aufragende Tor zu werfen, das auf Kilometer hinaus sichtbar war und durch den riesigen Steinbogen und die Knochen des Drachen auf dem Gipfel noch imposanter wirkte. Die Skelettüberreste stammten vom Vorfahren ihres Drachen, der jetzt die Seen bewachte; die Seen, die Tore zur Anderswelt bildeten, der Drache, der den nebligen Odem des Todes aushauchte.

Der Weidenpfad stieg sanft zu einem niedrigen Grat und dem Steinweg hin an, der als Fester Weg bekannt war. Fluchend überquerte Merlin ihn auf Zehenspitzen und zerrte Apple hinter sich her, lotste sie zu einem anderen Weidenrutenpfad, der durch ein mit Dorngestrüpp überwachsenes Haselnußdickicht anfangs nicht zu sehen war.

Er knurrte sie an, sich zu sputen. Benommen vor Angst leistete sie seinem Zerren keinen Widerstand und folgte ergeben. Während er sich lautlos wie eine Bergziege dahinbewegte, zeigt er ihr Wege, die ihr in all den sechzehn Jahren, die sie nun schon seltene Kräuter sammelte, verborgen geblieben waren, und nur wenige Minuten, nachdem sie den Festen Weg hinter sich gelassen hatten, war ihr jede Orientierung genommen.

Der Pfad neigte sich abwärts, als sie sich dem Herzen des schalenförmigen Sommerlands näherten, diesem Kessel der Le-

genden, dem Ursprung aller irdischen Magie in Britannien. Allmählich wichen die Weidenbündel einem festeren Pfad, und sie
schritten auf Knochen dahin, mächtigen groben Ochsenknochen,
von denen Apple wußte, daß sie von den alljährlichen Sommer-
opfern stammten.

Ihr Mund war trocken und ihre Kehle ausgedörrt, als sie willen-
und wehrlos hinter Merlin hertrottete, der mit weit ausgreifenden
Schritten ging. Sie wußte sofort, daß sie etwas Bedeutendes vor
sich hatten, als sie die großen Trauerweiden sah, die sich in einen
gewaltigen Steinkreis hinabneigten, von dem dichter Nebel auf-
wallte. Merlin riß sie an seine Seite und starrte sie mit weißen
Augen an, deren Winkel von geplatzten Äderchen rot schimmerten. Seine Nasenflügel bebten.

»Zeig keine Angst. Das riecht sie, und es haftet stark an dir.
Besiege deine Furcht.«

Seine Worte vergrößerten nur ihre Panik, bis sie vor Entsetzen
stocksteif war. Die weiche Erde bewegte sich unter ihren Füßen,
und ein leises Rumpeln drang durch den Nebel; auf einmal war
ihr schrecklich kalt. Merlin ließ den Kopf herumschnellen, so daß
seine Zöpfe ausfächerten und die kleinen Knöchelbeine, die wie
Perlen in jede Locke eingeflochten waren, durch die Bewegung
rasselten. »Du stinkst nach Angst«, warnte er sie.

Der Boden wölbte sich vor ihr.

Merlin streckte seinen Stock hoch und schrie: »Große Würmin
aus dem Schoß der Erde, wir grüßen dich!« Er wandte ein wenig
den Kopf und zischte Apple zu: »Sie riecht deine Furcht. Beherr-
sche dich! Du riechst wie ein Opfer.«

»Aber ich bin doch eines!«

»Heute nicht«, sagte er patzig und zog sie in den weißen Nebel
hinein.

Ihre Knie gaben vor überwältigender Erleichterung nach, und
sie sackte zusammen, konnte sich gerade noch an einer Weide
abstützen. Doch ihre Furcht war nicht verschwunden; der Drache
war noch da. Sie biß die klappernden Zähne zusammen und krallte

sich fester an den Baum. Irgendwie hatte sie den Eindruck, daß das feuchte Laub der Weide ihr neue Kraft verlieh, und sie dachte an Kyran. Er hätte keine Angst gehabt. Er hätte erhobenen Hauptes dagestanden. Sie stellte ihn sich an ihrer Seite vor, wie er ihre Hand hielt, und hob das Kinn. Sie war eine Tochter dieses Landes; einen Sprößling der Mutter konnte sie nicht fürchten – egal wie groß er war.

Merlin blickte Apple mit selbstzufriedener Bewunderung an. »Ich wußte ja, daß du mich nicht im Stich läßt.«

Der Drache erhob sich, und ein Strom von Schlick und Wasser ergoß sich von seiner langen Schnauze. Große rote Augen glühten neben der knorrigen Nase, die bis auf eine dünne Schicht lederartiger Haut, die sich straff über das Antlitz spannte, nur aus Knochen bestand. Der Kiefer schien für die Zahnreihen und das doppelte Paar gewaltiger Hundefänge fast zu klein zu sein. Ein dorniger Schädelkamm ragte zwischen spitzen Ohren auf, und eine wabbelige Hauttasche unter der Kehle schwankte bei jeder seiner Bewegungen. Die Augen schielten nach vorn und erfaßten sie. Merlin verbeugte sich. Apple hielt es für klug, desgleichen zu tun, doch ihr Körper wollte nicht reagieren.

»Sie ist ja wunderschön«, flüsterte sie erstaunt und sah, wie sich das Sonnenlicht in goldenen Tupfern auf den grünen Schuppen brach.

»Große Herrin unserer Seen«, wandte Merlin sich an den Drachen, »wir sind hier, um unser Land von einem Mann zu befreien, der die Absicht hat, im Kreis Eures geheiligten Reichs Straßen und Tempel zu bauen – einem Mann, der die Marschen trockenlegen will.«

Eine Dunstwolke entströmte dem Maul des Wurms und verdichtete noch die Nebelschwaden, die Apple umgaben. Merlin watete in den Sumpf hinein und sprach in einer alten Sprache, die das Mädchen nicht verstand, weitschweifig auf den Drachen ein, der geduldig lauschte. Dann riß der Mann Apple zu sich heran und stieß sie vor der Schuppenbestie auf die Knie. Sie unterdrückte einen Aufschrei, als die Schnauze vorschoß. Soviel von dem Drachen war noch im schlammigen Sumpf verborgen, daß Apple sich seiner eigentlichen Ausmaße nicht sicher war, doch der Kopf allein war schon so groß wie ihr ganzer Körper. Wieder schoß die Schnauze vor, und die Bestie sog Luft ein; das Maul klaffte wie bei einer zum Zuschnappen bereiten Riesennatter. Eine riesige gespaltene Zunge zuckte in dem dunkelroten Maul.

Apples Welt verschwamm, und ferne Lichtpunkte tanzten vor ihren Augen, während ein Schwächeanfall ihre Sinne benebelte. Sie wappnete ihren Geist gegen die Furcht und bekam sich soweit wieder in die Gewalt, daß sie gegen ihre Ohnmacht ankämpfen konnte, obwohl sie sicher war, daß sie jeden Augenblick eine Flamme verzehren würde. Der wabbelige Hautsack an der Kehle des Drachen blähte sich von Gasen, die aus seinem Bauch heraufstiegen, doch kein Feuer schoß aus seinem Maul hervor, und sie seufzte erleichtert auf. Statt dessen drang ein flauer Luftzug heran, der nach kaltem Rauch roch und ihr Gesicht umfächelte und zum Kribbeln brachte, so daß sie niesen mußte. Es war eine seltsam sanfte und liebevolle Erfahrung, und Apple stand mit geschlossenen Augen da, als genösse sie eine kühle Brise an einem schwülen Tag.

Schließlich wehte der Rauch davon, und Apple blinzelte den Drachen an, der offenbar anerkennend zurückblinzelte, bevor er lautlos wieder in den Pfuhl zurücksank. Die Wasser schlossen sich über seinem Schädelkamm, bis nur noch ein Kräuseln an der Oberfläche von seiner einstigen Anwesenheit zeugte. Im nächsten Moment erhob sich ein gezackter Schwanz bis weit über die Wipfel der Weiden, bevor er wieder hinabpeitschte und sie mit Wasser übergoß. Apple schnappte nach Luft und spotzte.

Merlin lachte. Er hämmerte mit seinem Stock auf den Boden ein und johlte wie ein Kind. »Komm, meine Lady«, sagte er mit sattem Hohn, »uns steht noch Arbeit bevor.«

Er führte sie aus der Senke hinaus, zurück auf die Weidenpfade und durch seichtes Wasser von einer Buckelinsel zur nächsten. Als sie eine erreichten, auf der sich drei Hügelgräber erhoben, beschloß er, soweit wie möglich hinaufzusteigen, und deutete dann mit seinem Stock über das wäßrige Land ringsum. »Das sind unsere heiligen Gefilde, und wir müssen sie retten.«

Apple schaute auf die Welt hinab, die sie liebte, eine Welt der Ottern und Dachse und riesigen Kraniche, deren Schwingen sie mit leichten Schlägen mühelos von einem Tümpel zum nächsten trugen.

Bei Tagesanbruch erreichten sie Cadbury Hill. Und auf dem Gipfel des Bergs stand Camelot, eine Bergfestung, aus den Eichen der Stammesinseln erbaut und aus dem Flechtwerk ihrer Haselnußsträucher und Weiden. Spitze Stangen ragten an allen Seiten heraus, und Männer mit ledernen Uniformröcken und Kettenhemden marschierten auf den Wällen, sicher in ihrem Militärposten, der ihnen weithin Sicht über das Land gewährte. Merlin warf Apple einen dicken Mantel um, und keiner der Soldaten sprach den wilden Mann aus Neroche an, denn er war Merlin, Berater des Königs, und sie waren an seine seltsame Art gewohnt.

Er nahm sie in seine Unterkunft mit, wo er ihr den Mantel herunterzerrte und den hinteren Teil ihres Kleids aufriß. Er hob den Stab.

»Bleib stehen!« befahl er.

Sie versuchte, sich auf den Beinen zu halten, fand sich jedoch bald zusammengekrümmt auf dem Boden wieder, die Arme um den Kopf geschlungen, um sich zu schützen, als er sie dreimal schlug, zweimal auf den Rücken und einmal auf die Schenkel. Als er damit fertig war, zog er sie hoch und lächelte zufrieden über die bläulichen Striemen, die sich auf ihrer Haut bildeten.

Zitternd vor Schmerzen, verbrachte sie den ganzen Tag eingesperrt in Merlins karger Zelle, den Mantel eng um sich geschlungen. Ihre Finger achteten nicht auf die Schwellungen, sondern strichen besorgt über ihr Gesicht, das noch vom Odem des Drachen kribbelte. Bis auf einen verrosteten Kessel, einen Stapel flohverseuchter Häute und einen Tisch mit einem Silberkrug und einem

Teller war die Zelle leer. Der Krug enthielt Wasser, und auf dem Teller lag Brot, doch sie rührte nichts davon an.

Schließlich kehrte Merlin zurück, in ein reich besticktes Gewand gekleidet und mit hauchdünnen Sachen für sie zum Wechseln. »Du wirst sehen, es paßt wie angegossen.«

Ernst streifte sie sich das Sackleinen vom Leib, wütend darüber, daß er ihr keinen Respekt entgegenbrachte, sondern unverhohlen starrte, als sie halbnackt im Zwielicht stand. Hastig zog sie sich die vornehme Kleidung an.

Als sie angekleidet war, lächelte er. »Du siehst gut aus, sehr gut sogar.« Er bückte sich, um ihr dabei zu helfen, ihre Füße mit den rauhen Sohlen in ein Paar Kalbslederpantoffeln zu zwängen, bevor er ihr das Haar flocht und es mit einer silbernen Nadel am Hinterkopf zu einem Knoten aufsteckte. Er ging zum Tisch hinüber, ließ das Brot vom Teller rutschen und hielt ihn so vor sie, daß Apple ihr Ebenbild bewundern konnte.

Sie keuchte und hätte fast aufgeschrien, als sie in dem polierten Silber deutlich ihr Spiegelbild sah. »Das bin nicht ich! Das ist nicht mein Gesicht!« Ihr war übel vor Schreck. Vor ihr stand eine große und schöne Dame, deren seidiges Haar zu einem Zopf gebunden war. Die sahnige Gesichtshaut wies keine Spur von den Schrammen oder der rötlichen Farbe auf, die ein hartes Leben bei Wind und Wetter mit sich brachte. Ihre Augen strahlten, und ihr Kinn war wohlgeformt.

Merlin verbeugte sich. »Meine Königin, Euer Lord weilt auswärts auf einem Kriegszug, und eine Staatsangelegenheit von größter Wichtigkeit fordert Eure Aufmerksamkeit.«

»Aber – aber was, wenn ich der wahren Guinevere begegne«, stammelte sie.

Er schüttelte den Kopf. »Was meinst du wohl, weshalb ich dich so lange hier habe warten lassen? Ich mußte sie erst aus dem Weg schaffen, sie sicher verwahren, bis es an der Zeit ist, sie zurückzubringen.«

Mit steifem Rücken folgte Apple Merlin zur Festung hinaus. Ein oder zwei Diener verbeugten sich ehrerbietig, als sie vorbeiging. Sie tat ihr Bestes, um freundlich zu lächeln, und zum Glück waren nicht mehr Personen unterwegs, da es schon spät war. Sie folgte Merlin in die Wälder hinaus, die Cadbury Hill umgaben. Es war eine helle, warme Nacht, und der Mond hing voll und groß am Himmel, von starker Magie erfüllt. Er führte sie zu einer hohen Eiche, die allein auf einer Lichtung stand. Ein prächtiges kremfarbenes Pferd mit wallender Mähne und herrlichem Schweif reckte seine Schnauze ins Gras und kaute ruhig, die Zügel um einen Stumpf gelegt. Der mit silbernen Beschlägen versehene Sattel funkelte im fahlen Licht der Göttin.

Merlin stieß sie nach vorn. »Du weißt, was du zu tun hast, Mädchen. Alle Macht liegt in deinen Händen.«

Wie vom Odem des Drachen getragen, ging sie auf den großen Ritter zu, der im langen Gras lag und zum Mond hinaufstarrte. Sie stand über ihm; er blinzelte sie an und sprang dann auf die Beine.

»Lady Guinevere!« Lancelots sanfte Stimme klang zärtlich, aber auch besorgt. »Merlin sagte mir, daß es hier eine Angelegenheit von größter Wichtigkeit gebe, um die ich mich kümmern solle. Ihr dürft nicht bleiben. Ich werde Euch sicher in die Burg zurückbegleiten.«

»Nein, Lancelot, ich bin die Angelegenheit von größter Wichtigkeit«, sagte sie sanft mit einer Stimme, die nicht die ihre war. Sie löste ihr Gewand und warf es zur Seite; seine Augen weiteten sich, als er die schlanke jugendliche Gestalt betrachtete, verführerisch sichtbar im Mondschein, der durch die dünnen Nebelschwaden drang. Sie sah, wie er schluckte, und bebte vor Freude, daß sie nun endlich ein Mann, und noch dazu ein so vortrefflicher Ritter, mit dermaßen offensichtlichem Verlangen ansah.

»Nein, nicht, Lady!« Hastig ergriff er ihre Hand und hinderte sie daran, auch noch das hauchdünne Gewand abzustreifen. »Lady, nein! Euer Lord ist mein bester Freund.«

»Er braucht es nicht zu erfahren«, versicherte Apple ihm. »Der Mond ist voll; es ist eine Nacht für die Liebe.« Sie mußte sich nicht

sonderlich verstellen, denn er war ein bemerkenswert gutaussehender Mann mit kräftigen Händen und offenbar von aufrechter
Art. Doch sie war keine Verführerin und hegte wenig Zweifel, daß
Lancelot durchaus geübt darin war, unerwünschte Annäherungs-
versuche abzuwehren. Sie wußte, daß sie mehr Arglist aufbringen
mußte, um ihn in die Falle zu locken.

Sie preßte Tränen hervor und ließ sie diese kremweißen Wangen
hinabrollen. »Er liebt mich nicht wirklich, Lancelot. Ich sehne mich
schon lange nach einem Augenblick der Zärtlichkeit.« Sie begann
zu schluchzen, und der Ritter trat eifrig einen Schritt näher und
legte aufmunternd die Arme um sie, strich ihr über den Kopf, als
wäre sie ein verängstigtes Kind. Dann schien er sich zu besinnen
und hielt sie sanft von sich.

Er lachte nervös. »Ihr seid hier, um meine Loyalität gegenüber
Arthur auf die Probe zu stellen. Teure Königin, ich kann das
Vertrauen nicht zerstören, das mein König und bester Freund in
mich setzt.«

Sie blickte zu seinem Gesicht hoch, auf dem die Schatten der
Nacht spielten, und blinzelte. »Mein Lord, wenn Ihr die Kälte
kennen würdet, die er mir schon seit langen Jahren entgegenbringt, nur dann zur Liebe bereit, wenn er nach der Hitze und Lust
der Schlacht heimkehrt und seine anderen Siege noch mit meiner
Eroberung krönen will ...«

»Nicht doch, nicht doch! Weint nicht!« Verwirrt legte er ihr die
Hand an die Wange und zog sie an sich. Die silberne Nadel löste
sich, und er strich ihr das seidenweiche und lange Haar glatt, als
der Knoten sich löste. Bei seiner sanften, doch festen Berührung
durchlief sie ein Beben. Sie drängte sich dicht an ihn und schluchzte an seiner Brust. Fürsorglich und mitleidsvoll küßte er ihr
gesenktes Haupt. »Es ist wahr, Guinevere, ich habe Eure Schönheit
schon lange verehrt und nichts von Eurem Leid geahnt, doch Euer
Gatte ist der König.«

Sie riß das Gewand auf und ließ es von den Schultern über die
Brüste bis auf die Taille gleiten und wandte sich um, so daß das

Mondlicht auf ihren Rücken fiel. Der Ritter keuchte auf, und seine kühle starke Hand strich zärtlich über die schwieligen Striemen, wobei seine bebenden Finger jede Linie nachzeichneten.

»Holt mich fort von ihm, Lancelot«, flehte sie ihn an. »Nur Ihr, mein Held, könnt mich retten.« Sie nahm seine Hände, preßte sie auf ihre nackten Brüste und spürte, wie er erbebte.

»O Guinevere!«

Sie blickte mit großen, feuchten Augen zu seinem Gesicht hoch, und er wischte ihr die Tränen von den Wangen. Sie beugte sich sachte vor, um ihn auf die Lippen zu küssen. Er küßte zurück, hingebungsvoll und zärtlich, und nun liefen Apples wahre Tränen, weil sie dachte, daß niemand sie jemals in ihrem wahren schlichten Selbst lieben würde. Sie zog ihn ins warme Gras hinab, und seine Küsse wurden heißer; seine Hände strichen umher und schoben den Saum ihres Gewands über die Taille, während er sich auf sie preßte. Einen Moment lang ging sie in der Woge der Leidenschaft auf, verstrickt in das Drama, erregt durch das wundervolle Gefühl der ritterlichen Arme, die sie fest umfingen, kräftig und stark vom Tragen des Schwerts. Er richtete sich auf, kniete über ihr und streifte sich das Hemd ab. Im Mondschein sah Apple staunend die Narben der Schlacht auf seiner Brust; violette Wunden, die Male der Hiebe von Schwert und Axt.

Sein Pferd schnaubte erschreckt. Apple erstarrte.

Dann erklang Merlins Stimme: »Ich sage euch, sie sind unter dem Eichbaum. Seht den Mistelzweig in den Ästen. Das ist Verrat! Und das, wo unser großer König fort ist!«

Fackeln loderten in der Nacht, und Pferde stampften auf dem Rasen. Ein brennendes Holzscheit wurde ihnen vors Gesicht gehalten. Apple blinzelte ängstlich.

»Ergreift sie!«

»Oh, Lancelot!« schrie jemand auf. »Die Schande!«

Grimmig fielen sie über sie her und rissen sie hoch. Einer schlug ihr ins Gesicht, so daß sie herumgeschleudert wurde und wieder ins Gras stürzte. »Hure! Ehebrecherin!« Ein anderer packte sie an den Handgelenken und schlang eine Schnur drum herum, bevor er sie am Rücken seines Pferds befestigte. Lancelot befreite sich mühsam aus dem Griff zweier Ritter und unternahm einen kühnen Versuch, die Frau mit den bloßen Fäusten zu verteidigen. Eine Schwertspitze wurde ihm an die Brust gehalten.

»Parzival, Guy, nicht«, protestierte Lancelot. »Ihr wurde übel mitgespielt.«

»Durch dich, Lancelot, wie es scheint.«

Der Ritter ließ beschämt seine Waffe fallen. »Ich weiß nicht. Ich weiß nicht, wie es geschah ... ich kann es nicht erklären.« Er war sprachlos, und Apple empfand bei alledem großes Mitleid mit ihm.

Angemessen schluchzend und heulend, wurde sie zur Festung davongeschleppt. Das Gebrüll nahm kein Ende, man schrie nach ihrem Blut, doch Apple war frei von Angst; sie hatte dem Drachen ins Antlitz gesehen, und Merlin würde sie beschützen.

»Nein!« Endlich griff Merlin ein. »Unser Herr kehrt morgen in aller Frühe zurück. Wir werden sie bis dahin eingesperrt halten. Soll Arthur selbst über sie richten.«

Sie zerrten sie stolpernd durch den Schmutz und warfen sie in die Arrestzelle. Mit großer Erleichterung sah sie, daß Merlin die Schlüssel an sich nahm. Doch im Laufe der Nacht machte sie sich immer mehr Sorgen und fragte sich, wann er wohl zurückkehren würde, um sie zu holen.

Die kalten Nachtstunden verliehen ihrem Verstand Schärfe, und je länger sie wartete, ohne daß er kam, desto klarer erkannte sie, daß es für Merlin zu riskant war, die wahre Guinevere herbeizuschaffen, damit sie ihren Platz in der Zelle einnahm. Ja, das war ihr nun ganz klar. Sicher hatte Merlin die ganze Zeit vorgehabt, sie hier der Rache des gehörnten Königs zu überlassen, eines Mannes, der an das Gemetzel der Schlacht gewöhnt war und den jetzt sein bester Freund betrogen hatte. Sie hatten die Einheit der Tafelrunde zerstört. Es war vollbracht, und sie würde den Preis dafür bezahlen. Apple war vielleicht nicht zu Füßen des Drachen gestorben, doch sie sollte nichtsdestotrotz geopfert werden.

Bald nachdem das dunstig graue Licht der Dämmerung durch die Holzstäbe ihrer Zelle sickerte, hörte sie das ferne Klagen eines Horns und ganz in der Nähe den groben Trompetenstoß einer Fanfare als Antwort. Sie wußte, daß der König fast zu Hause war. Ihr Herz raste. Wo war Merlin? Sicher würde er sie noch holen kommen. Doch wenn er nicht kam, so fragte sie sich, ob wohl Arthurs sagenumwobenes Schwert Excalibur ihrem Leben ein Ende bereiten würde.

Die Tür knarrte, und sie wandte sich würdevoll um, aufrecht und entschlossen. Sie hatte dem Drachen ins Auge geschaut; sie konnte auch dem hier begegnen. Doch es war noch nicht ihr Scharfrichter. In der fast völligen Dunkelheit blinzelten ihr zwei wunderschöne, wenngleich verwirrt dreinblickende Augen in einem nahezu kalkweißen Gesicht entgegen. Apple keuchte auf. Sie hatte dieses Gesicht schon einmal im Widerschein eines Silbertellers gesehen. Es war das Gesicht von Lady Guinevere, die über ihre Lage entsetzt war, doch ihren Stolz bewahrte. Also hat Merlin mich doch nicht vergessen, dachte Apple und wartete darauf, daß er der Königin in die Zelle folgte. Aber die Hand, die die Königin in den finsteren Raum schob, gehörte nicht Merlin.

»Kyran! Doch wo ist Merlin?« fragte Apple erstaunt.

»Er eilte dem König entgegen, um an seiner Seite zu sein, wenn alles offenbart wird, und hat die schmutzigen Handlangerdienste wie gewöhnlich anderen überlassen. Er betraute mich mit der Aufgabe, dafür zu sorgen, daß unsere holde Lady hier nach Avalon gebracht wird, damit sie nie mehr die heilige Insel verläßt, doch ich wußte, es bedeutet, daß dich hier ein grausames Schicksal trifft.«

»Du bist meinetwegen gekommen?«

Er nickte. Er stieß Guinevere in den hinteren Bereich der Zelle und streifte Apple hastig die Kleidung ab, ohne auch nur einen Gedanken an Anstand zu verschwenden, dann warf er ihr die sackartige Kluft zu, die man im Feuchtland trug. »Beeil dich!« drängte er und zerrte Apple hinter sich her, der kurz durch den

Kopf schoß, daß er vielleicht nicht ganz so gut aussah wie Lancelot, aber sicher ebenso tapfer war.

Mit einem flüchtigen Blick schaute sie noch einmal zu Guinevere und sah ihre Not. Die Königin starrte in äußerster Wut und Verwirrung zurück, schwieg jedoch hoheitsvoll, und Apple wußte, daß Guinevere stark sein mußte, um das, was vor ihr lag, zu überstehen.

Apple und Kyran schlichen sich durch das Lager und blieben unbemerkt, weil aller Augen auf die Ankunft des Königs gerichtet waren. Sie schlitterten zwischen Bäumen die Hänge von Cadbury Hill hinab und ließen sich ins Feuchtland gleiten, wo sie vor dem König sicher waren. Sie gingen auf geheimen Weidenpfaden bis zu den wabernden Nebelschwaden, von denen Apple nun klar war, daß es sich um den Odem des Drachen handelte.

»Arme Königin«, murmelte sie. »Sie war so schön, so furchtsam, so unschuldig.«

Der junge Mann nickte. »Jedes Jahr muß dem Drachen ein Opfer dargebracht werden. Dieses Jahr solltest du es sein, doch nun ist sie es. Das ist der Preis, den wir für unsere Sicherheit bezahlen müssen. Das Opfer einer Königin könnte die alte Würmin auf viele Jahre hinaus zufriedenstellen.«

»Aber du hast soviel gewagt! Weshalb solltest du mich retten wollen?« fragte Apple mit bitterem Zweifel. »Vorher hättest du mich nicht angesehen, doch nun habe ich dieses liebliche Gesicht, das dich veranlaßt, mir sofort zur Seite zu stehen. Doch das ist nicht mein Gesicht, weißt du?«

»Schau ins Wasser«, sagte er ruhig und deutete auf einen Tümpel am Rand des Pfads.

Sie blickte auf die Wangen, rot wie Äpfel, auf das Doppelkinn und die kleinen Augen, und sie war froh über das vertraute Gesicht.

Kyran strahlte sie an. »Ich sah deinen Mut, als du Avalon barfuß verlassen hast, süße Lady, und das war jedes Wagnis der Welt wert.«

John Marco
MORDRED VON DEN FEEN

Mordred le Fay ist, wie die meisten meiner Titel, kein Name, den ich mir selber gab. Hier am Hof des Königs bin ich unter so vielen Namen bekannt, unter so vielen unerquicklichen Benennungen, daß ich mich nur mit Mühe daran erfreuen kann. Auf altsächsisch heiße ich Elbenpfeil. Unter Arthurs Rittern nennt man mich Hagestolz, und im heimlichen Getuschel werde ich Bankert genannt. Meiner Mutter Morgana bin ich ein ›Sohn‹, doch nur der Sache nach, und für meinen Vater, der sie schwängerte, ohne es zu wissen, bin ich *Sir* Mordred, eine Ehrung, die ich ihm auf eine Weise abtrotzen mußte, die für jemanden von königlichem Geblüt sehr unziemlich ist. Ich heiße Gwydion von Geburt und ›Mordred von den Feen‹ aus Unwissenheit, und die Sippschaft, bei der ich aufwuchs und die mich als einzige wahrhaft liebt, nennt mich ›Bruder‹. Doch unter all diesen Namen gibt es einen, bei dessen Nennung ich noch immer zusammenzucke.

Gwenhwfar nennt mich ›Heide‹.

Und es ist nicht so sehr das Wort, das ich hasse, sondern eher die Art, wie sie es ausspricht. Oder vielmehr, daß ich es überhaupt von ihren Lippen vernehme. Man hat mir mein Lebtag lang Mißtrauen entgegengebracht, zumeist habe ich es verstohlen in den Augen von Verwandten und Feinden gleichermaßen aufblitzen sehen. Doch nie mit soviel Boshaftigkeit wie bei den Gelegenheiten, wenn sie mich so nennt. Und das tut mir weh.

Hier an Arthurs Hof wird viel Aufhebens um Gwenhwfar gemacht. Sicher, sie ist eine Königin und man schenkt ihr die Aufmerksamkeit, die ihrem Titel gebührt, doch ich meine etwas anderes. Es gibt welche in Camelot, die nicht genug für sie tun können. Ich habe erlebt, wie meine eigene Mutter, eine Priesterin der heiligen Insel, ihre Überzeugungen in den Wind schlug, nur um Gwenhwfar zu gefallen. Undenkbar? Ihr hättet recht, wenn Gwenhwfar einfach irgendeine Frau wäre. Doch Gwenhwfar ist ein Miststück und befleißigt sich, besonders mir gegenüber, einer spitzen Zunge. Sie kann auch liebevoll und sanftmütig sein, besonders zu Arthur und seinen braven christlichen Rittern, und sie ist so schön anzusehen, daß die meisten ihre Grausamkeit überhaupt nicht wahrnehmen. Ihre honigsüße Stimme und ihr herrliches Haar blenden alle. Mit ihren vollendeten Brüsten und ihrem gewaltigen Ehrgeiz ist Gwenhwfar so unaufhaltsam wie ein Leviathan. Manchmal herrscht sie über den Hof, obwohl Arthur es nicht weiß. Sie ist kraftvoll und kühn, und auch ich habe mich ihr gegenüber so ritterlich wie möglich gezeigt, um ihr Wohlgefallen zu finden.

Ja, das gestehe ich.

Aber dafür habe ich meine Gründe, wißt Ihr? Sie hat mich nicht betört, und anders als Lancelot vergehe ich nicht vor Sehnsucht danach, mit ihr das Lager zu teilen. Sie kann einen Mann dazu bringen, daß sein Speer sich aufrichtet und sein Verstand sich umwölkt. Und sie kann einen Mann dazu bringen, daß er sich gegen seinen Bruder wendet. Manchmal ohne besonderen Grund. Obwohl sie mich haßt, ist ihr Haß doch der einzige, der mich berührt. Wenn sie mich einen Bankert schimpft, was ihr auch wortlos gelingt, so ist das für mich immer wie ein Dolchstoß. Selbst als ich den Ritterschlag erhielt und zu einem *Sir* in Arthurs Diensten wurde, selbst da verachtete sie mich noch. Sie haßt mich, weil ich Arthurs Bankert bin. Schlimmer noch, ich komme aus Avalon, einem Ort, den sie fürchtet und verabscheut. Sie, die Jesus Christus verehrt, zeigt keinerlei Großmut gegenüber uns von der heiligen Insel, und unser Anblick, selbst der Anblick meiner Mutter, der sie, glaube ich, wahrhaft Liebe entgegenbringt, versetzt etwas in ihr in Unruhe. Etwas, was selbstgemacht und selbstzerstörerisch ist, wofür sie aber trotzdem uns die Schuld gibt.

Und so nennt sie mich aus all ihrer Unwissenheit und Boshaftigkeit heraus einen Heiden.

Heute abend war es furchtbar, ganz besonders furchtbar. Dies sind die wenigen Stunden, in denen sogar Camelot schläft. Doch ich bezweifle nicht, daß Gwenhwfar zu dieser Stunde wach liegt, mich verflucht und mir die Schuld an etwas gibt, was überhaupt nicht meine Schuld ist. Sie ist eine abergläubische Frau, diese Anbeterin Christi, ohne den Verstand Merlins oder auch nur ihres Gatten. Mein Vater gibt mir an den Schrecknissen des Tages nicht die Schuld, das weiß ich, doch ich sehe ihm an, welche sehnsüchtigen Erwartungen er in meine Zukunft legt. Ich bringe ihn in Verlegenheit, unablässig. Indem er mich zum Ritter schlug, glaubt er, mir einen großen Gefallen erwiesen zu haben, den ich ihm vergelten müsse. Doch ich will meine Vergangenheit nicht wie er verleugnen oder Avalon oder auch nur meiner elenden Mutter den Rücken kehren, obwohl Morgana ein Luder ist, das es sogar mit Gwenhwfar aufnehmen kann. Arthur besitzt noch immer Avalons Schwert, und ich bin noch immer entschlossen, es ihm zu nehmen.

Doch nicht heute. Nicht, wenn soviel Kummer in der Burg herrscht. Das Heute war einmal, der Göttin sei Dank. Dieses Pfingsten, Gwenhwfars unseligster aller heiligen Tage, hat mich nachdenklich gemacht. Niemals werde ich hier auch nur einen weiteren Tag willkommen sein, soviel ist klar! Doch ich schwöre, es waren gute Absichten, die mir heute das Verderben brachten. Törichte, aber gute Absichten, die ich mir nimmer als Schuld auslegen lassen werde.

Es war ein großer Freudentag.

Mordred von Avalon, neuernannter Sir, kleidete sich in seine teuersten, prächtigsten Gewänder, entschlossen, in den Augen seines Vaters in jeder Hinsicht wie ein Ritter auszusehen. Am Hof herrschte gewaltiger Jubel für den König und besonders die Königin, und Arthurs Ritter und die ihm ergebenen Könige zogen von überall in Britannien nach Camelot, um Gwenhwfars frohe

Kunde zu feiern. Nach langer Unfruchtbarkeit und vielen Unbilden der Schwangerschaft trug die Königin wieder ein Kind im Leib. Die Heilkundigen des Hofs hatten das bestätigt, und Camelots Gerüchteküche brodelte von hoffnungsvollem Getuschel und Segenswünschen für die Königin, die schon zwei Fehlgeburten hinter sich hatte und sich nun rasch einem Alter näherte, in dem ihr Schoß verdorrte. Arthur, der noch immer keinen rechtmäßigen Erben hatte, war entsprechend stolz auf seine väterliche Leistung und hatte ein Festessen anberaumt, für das er alle Lords und Ladies an seinen Hof bat. Es sollte Speise und Tanz geben und Obolusse für die Königin, und einer nach dem anderen sollten Arthurs Ritter den Bauch der Lady berühren und dem neuen Wesen die besten Wünsche mit auf den Weg geben.

Mordred hielt sich schon seit Wochen in Camelot auf. Tatsächlich fürchtete er sich davor, die Burg zu verlassen. Er besaß den Titel eines Ritters, doch den Respekt, den dieser Titel mit sich bringen sollte, enthielt man ihm vor, und oft hörte er das Getuschel hinter seinem Rücken, er sei ein Bankert, der Absichten auf Arthurs Thron habe, er sei ein Elf, dem man besser nicht über den Weg traute. Es tat nichts zur Sache, daß er in des Königs Diensten gekämpft und getötet hatte, es tat nichts zur Sache, daß er das einzige Lebewesen mit Arthurs Blut in den Adern war oder daß er Lancelot, den Liebling der Königin, im Duell bezwungen und so Arthur keine andere Wahl gelassen hatte, als ihn zum Ritter zu schlagen. War Lancelot denn nicht der Beste? Hatte er, Mordred, sich diese Ehrung nicht verdient?

Wie so vieles war auch sie ihm nur widerwillig zuerkannt worden. Selbst seine Mutter Morgana war unzufrieden mit ihm gewesen und sagte, er habe die Ritterschaft von der Königin erschlichen. Und Gwenhwfar, nun ja … Es brach ihr das Herz, Lancelot bezwungen zu sehen. Mordred war sich sicher, daß sie ihm das niemals verzeihen würde. Obwohl sie dem Christengott huldigte, schien sie die Tugenden, die sie so lautstark verkündete, nicht zu besitzen. Und wie die Königin, so der Hof, und so blieb

Sir Mordred auch weiterhin Mordred le Fay und Mordred der Heide, trotz seiner Taten und Mühen. In Gwenhwfars Augen würde er nie ein anderes Äußeres annehmen. Er war *einer von denen,* im Spiegel klein, dunkel und hager. Ein Geschöpf Avalons. Etwas, das es zu meiden oder herabzusetzen galt.

Mordred beschloß, in Gwenhwfars Augen kein Heide mehr zu sein. Ihm war klar, daß die Männer ihr nachstellten und sie anbeteten, und die Verachtung, die sie auf seine jungen Schultern herabrief, war einfach unerträglich, denn er hatte schon soviel davon durchlitten und wußte nicht, wieviel Kränkungen sein Stolz noch ertragen konnte. Ein Kind der Blutschande war immer verdächtig. Manche hielten ihn schon für leidend im Kopf. Eine wilde, verzehrende Entschlossenheit erfüllte ihn, es ihnen allen zu zeigen. Eines Tages würde er über Britannien herrschen. Arthur wußte es noch nicht, leider, doch das Schicksal würde wieder in Britanniens Speichen greifen, und so, wie es Arthur auf den Thron gebracht hatte, würde es ihm den Thron eines Tages auch wieder nehmen. Er, der das Schwert Excalibur trug, tat dies auf Geheiß der Göttin, nicht aus freien Stücken, und das war ein Bündnis, das niemals gebrochen werden durfte. Doch bis zu jenem Tag, wann immer die Göttin den Zeitpunkt für geeignet hielt, war Mordred ein Ritter der Tafelrunde. Und er wollte dort willkommen sein.

An jenem Abend trafen Arthurs Ritter, wie von ihm angeordnet, auf Camelot ein, um die Schwangerschaft der Königin zu feiern. Alle waren anwesend, bis auf den stets fehlenden Lancelot, dessen leerer Stuhl an der Tafelrunde eine schmerzliche Erinnerung daran war, daß etwas nicht stimmte. König Pelinore war gekommen und König Ban und der alte Lot mit seinen Orkneymännern und all die anderen, die dieser Tage unter dem Drachenbanner von Arthurs Britannien marschierten. Auch der Merlin Taliesin war da. Er war schon unglaublich alt, ging gebeugt und mit krummem Rücken, doch seine zitternde Stimme war Mordreds Ohren eine immerwährende Freude. Außer seiner eigenen Sippschaft war der Merlin Mordred von allen Menschen der liebste. Gwenhwfar saß königlich auf ihrem hohen Stuhl an Arthurs Seite und hielt hof wie eine goldene Löwin. Kalt und unnahbar für Mordred, starrte sie ihn an, als er in seinen prächtigen Kleidern eintrat, und warf ihm einen mißmutigen Blick zu, der den anderen in dem großen Saal nicht verborgen blieb.

Besonders nicht Bischof Konstantin.

Der Christ, der sich stets in Gwenhwfars Nähe aufhielt, rechnete sich ihre gute Hoffnung zu Unrecht als Verdienst an. Sicher stellte es eine Überraschung dar, daß sie empfangen hatte, doch Konstantin verlieh recht nachhaltig seiner Behauptung Ausdruck, er habe inbrünstig für einen Thronerben gebetet und Gwenhwfars frommes Leben und Hingabe an alle christlichen Belange hätten Gott Freude bereitet, so daß Er mit Wohlgefallen auf sie geblickt habe.

Mordred haßte Konstantin. Er war der Lehrmeister der Königin in allen religiösen Dingen und empfand einen Zorn auf das Volk von Avalon, der sogar noch glühender war als der von Gwenhwfar. Doch Mordred erwiderte die Blicke des Bischofs nicht. Er nahm seinen Platz im Festsaal ein, ganz für sich allein, und bemühte sich nach Kräften, dem Starren von Gwenhwfar und ihrem düsteren Priester auszuweichen. Und als es für Arthurs Ritter an der Zeit war, der Königin ihre Segenswünsche darzubringen, versteifte Mordred sich ein wenig in Erwartung dessen.

Sie wird mich nicht wollen, dachte er verbittert. *Sie wird es für ein schlechtes Omen halten, wenn ich sie berühre.*

Doch er kam zu dem Schluß, daß Gwenhwfars Wille nicht zählte. Er mußte einen Beweis erbringen. Er würde ihren verhaßten Bauch berühren und ein paar nette Worte sagen, obwohl das Wesen, das in ihr heranwuchs, wenn es ein Sohn werden würde, sich eines Tages als Gefahr für ihn herausstellen konnte. Aber eines Tages war noch lange hin, beruhigte er sich. Er würde vorher König werden.

Das seltsame Ritual nahm seinen Anfang, und einer nach dem anderen verbeugten sich Arthurs Ritter vor ihrer Königin und

124

streckten die christlichen Hände nach dem Bauch mit dem Kind aus, berührten ihn und murmelten einstudierte Gebete. Gareth trat vor sie und dann Galwain, der hinkende Kay, der Franzose de Maris und Baudwin, bis schließlich alle durch waren, bis auf Mordred. Als die Reihe an ihn kam, verdüsterte sich das frohe Leuchten, das eine Stunde lang Gwenhwfars Gesicht erhellt hatte, sichtlich, und sie beugte sich zu ihrem Gatten hinüber und flüsterte etwas so laut, daß Mordred es hören konnte.

»Ich will nicht, daß er mich berührt«, sagte sie mit echter Furcht. »Er ist ein Heide und könnte dem Kind in mir Schaden zufügen. Erlaube das nicht, mein Gatte.«

Doch Arthur sagte, trunken vom Wein und der neugewonnenen Hoffnung für seinen Bankert: »Er ist ein Ritter dieser Tafel, Gwenhwfar. Und kein solcher Heide, daß er dir etwas antäte. Laß ihn seine Worte vorbringen. Um des Frohsinns willen, der uns heute hier vereint.«

Einen Moment lang hatte Mordred das Gefühl, daß Bischof Konstantin protestieren wollte, doch der König hatte so entschieden gesprochen, daß jeder Widerspruch im Keim erstickt wurde und die Lords und Ladies im Saal, die des Rituals schon überdrüssig geworden waren, sich Gwenhwfar nun mit erneuter Aufmerksamkeit zuwandten. Mordred wappnete sich, spürte tausend Blicke in seinem Rücken und setzte das strahlendste Lächeln auf, das er für dieses giftige Weib, das ihn so sehr haßte, aufbringen konnte.

»Meine Königin«, sagte er ehrerbietig. »Laßt mich Euch und Eurem Ungeborenen die gebührende Ehre erweisen und uns für Euch und das ganze Reich hoffen, daß es ein Sohn wird, damit Ihr glücklich werdet.«

Er streckte die Hand aus, um sie zu berühren. Gwenhwfar wurde blaß, und als er die Stelle berührte, an der sein Rivale heranwuchs, setzte Mordred hinzu: »Mögen die Götter, die ein einziger Gott sind, selbst Euer Gott, diesen Tag und das Kind in Euch segnen.«

Gwenhwfar sagte kein Wort mehr. Mordred zog seine Hand zurück und begab sich wieder an seinen Platz. Ihm war heiß, und er fragte sich, ob er errötet war. Doch es war vorbei. Und welche Überraschung, dachte er höhnisch, daß ihr das Baby nicht aus dem Schoß fiel!

Wahrhaftig, eine heidnische Berührung, sinnierte er verbittert. Sie war noch am Leben, mit dem Kind in ihrem Leib, und Mordred wußte, daß er rein gar nichts bewiesen hatte. Er setzte sich wieder vor seinen Weinkelch, leerte ihn auf einen Zug und verlangte nach mehr – genug, hoffte er, um sich darin zu ersäufen.

Eine Stunde oder länger saß er so da, achtete nicht auf seine Umgebung, trank Wein und Ale und ignorierte die leise Stimme in ihm, die ihn bat, es nicht zu übertreiben. Es war noch früh am Abend, und schon hatte er sich dem Trunk ergeben, doch das war ihm egal. Gwenhwfars eisige Aufnahme seiner Worte nagte an ihm, beschämte ihn, und er wollte das unbehagliche Gefühl loswerden. Dann schlenderte Taliesin zu ihm herüber und setzte sich neben ihm auf die Bank. Der alte Merlin schien das Gelage satt zu haben und sich ein wenig Ruhe mit einem anderen Sproß Avalons gönnen zu wollen. Nicht weit entfernt lachten Gwenhwfar und ihre höfischen Ritter ausgelassen.

»Du trinkst schnell, Mordred«, bemerkte der alte Merlin. »Wie ein Mann, der Sorgen hat.«

Mordred hatte den Blick auf Gwenhwfar gerichtet, versuchte ihre Lippen zu lesen. Er ignorierte Taliesins Bemerkung und sagte: »Wovon schwatzen die da drüben nur? Weshalb lachen sie so?«

Nun lachte auch der Merlin. »Du bist ja mißtrauisch. Sie sprechen nicht von dir, Mordred.«

Taliesin erklärte ihm, daß Gwenhwfar und Arthur sich über Pfingsten unterhielten und daß die anderen Ritter sich alle auf diesen Tag freuten. Es reichte nicht, daß sie heute nacht eine Orgie feierten, sie wollten das auch in drei Wochen tun, am heiligen Tag der Christen. Gwenhwfar, sagte Taliesin, freute sich schon auf Pfingsten. Sie war für Gottes Geschenk dankbar, und dieses Jahr würde es wie jedes Jahr eine gewaltige Feier geben. Mordred hörte ihm kaum zu, Gwenhwfar und ihr Jesusfeiertag waren ihm egal. Doch dann sagte Taliesin etwas, was ihn erstaunte.

»... den Wandteppich. Einen, wie sie ihn noch nie gesehen hat.«

Taliesin war schon sehr alt und müde, und Mordred war sehr betrunken, weshalb er schlecht hörte. Er forderte den Merlin auf, ihm die Geschichte noch einmal zu erzählen, darüber, wie Konstantin in einem alten Kloster einen herrlichen Wandteppich sah und Gwenhwfar bei der Nachricht ganz aus dem Häuschen geriet und sich auch etwas so Schönes wünschte, doch leider gab es niemanden in Britannien, der geschickt genug gewesen wäre, so etwas anzufertigen. Der Wandteppich zeigte das Christuskind, sagte der Merlin, in den Armen der Mutter Maria. Mordred sog die Geschichte durch einen Schleier der Trunkenheit in sich auf.

»Und wo befindet sich diese Kirche?« fragte er. »Und dieser Wandteppich?«

Der Merlin blickte ihn an, böse darüber, auch das wiederholen zu müssen. »In Fenbury«, sagte er. »In einem Kloster. Weit weg von hier. Du ...«

Ein Ruf des Königs verhinderte, daß Taliesin zu Ende sprach. Arthur strahlte seinen alten Lehrmeister an und winkte ihn herbei. Taliesin lächelte Mordred an.

»Man verlangt schon wieder nach mir«, sagte er mürrisch, erhob sich mühsam von seinem Platz und ließ Mordred allein, der weiter über den Wandteppich nachgrübelte. Er starrte die Königin an, die wie immer beim Anblick des Merlins ihre ebenmäßige kleine Nase in die Höhe reckte. Die alte Wut stieg wieder in Mordred auf. Taliesin, Morgana; in kleinen Mengen nahm sie sie großmütig hin, ließ zu, daß sie ihr Haar berührten und mit ihr von einem Tablett aßen. Doch nicht bei Mordred. Der Sohn von Morgana, der Priesterin von Avalon, sah in seinen Kelch mit Wein und starrte sein rubinrotes Spiegelbild an. Nichts Häßliches blickte ihm entgegen.

Als er sich so ansah, beschloß Mordred, daß er das kommende Pfingsten zu etwas Besonderem für Gwenhwfar und in geringerem

Maße auch für sich selbst machen wollte. Er hatte nicht alles gehört, was Taliesin ihm gesagt hatte. Doch er wußte, wo Fenbury lag, und glaubte in seinem Hochmut, daß das alles war, was er zu wissen brauche. Ein Teil von ihm beschloß, diesen Wandteppich zu holen und ihn der Königin zu überreichen, als Geschenk an sie und das Kind, das sie trug. Doch sein rotes Spiegelbild sagte ihm die ganze Wahrheit. Er wollte, daß die Königin ihn endlich anerkannte. Wenn Gwenhwfar ihn mit neuen Augen betrachtete, dann täten das gewiß alle. Auch Arthur.

Er wußte, wie töricht das erschien. Doch er hatte nun lange genug die Namen Bankert und Heide hinnehmen müssen, besonders von Gwenhwfar, und glaubte, daß niemand wirklich begriff, wozu solche Flüche einen Mann treiben konnten. Und Pfingsten kam rasch näher. Gareth und die anderen würden ebenfalls mit Geschenken für die Königin aufwarten. Kay würde die Vorbereitungen für diesen Tag treffen und Arthur die überschwengliche Laune beisteuern. Wenn er sich hier zu Pfingsten sehen lassen wollte, konnte er nicht mit leeren Händen auf dem Fest erscheinen, ohne wieder Gwenhwfars vernichtenden Blicken ausgesetzt zu sein. Alle seine sogenannten Mitstreiter von der Tafelrunde wären wieder hier, und er hätte erneut Gelegenheit, ihnen seinen Wert zu beweisen. Wenn sie die Anerkennung in den Augen der Königin sahen, mußte sie das dann nicht überzeugen?

Und so zog er denn aus, um den Wandteppich für die Königin zu finden.

Zwei Tage nach der Zusammenkunft verließ Mordred Camelot. Es geschah an einem grauen Morgen, noch ehe der Hof zum Leben erwacht war, und ein leichter Nieselregen verbarg seine Flucht. An die Unwägbarkeiten seines Sohns gewöhnt, hatte Arthur sich von Mordred den Grund seines Aufbruchs nicht erklären lassen, ein Entgegenkommen, für das der junge Mann dankbar war. Er sagte seinem Vater lediglich, daß er bis Pfingsten zurück wäre. Fenbury lag sehr weit entfernt, an den zerklüfteten Ufern nahe Tintagel, dem Geburtsort seiner Mutter. Es war eine ziemliche

Strecke Wegs, und es würde eine Weile dauern, um dort hinzugelangen und das Kloster zu finden, das den von ihm gesuchten Wandteppich barg. Viele Tage und Nächte ritt Mordred allein, durchquerte Täler und Dörfer, verhüllte sein Gesicht vor den Neugierigen und ertrug die entfesselten Stürme, die so weit nördlich in Britannien trotz des nahenden Frühlings noch wüteten. Und während er ritt, dachte er über seine Absicht nach und fragte sich, ob der Aufwand die Mühe überhaupt wert war. Gwenhwfar besaß schon viele Reichtümer und schöne Sachen, und Camelot verfügte über etliche Wandteppiche, von denen einige atemberaubend waren. Doch dieses Geschenk, wenn es wirklich so großartig war, wie Konstantin behauptet hatte, wäre das ideale Mittel, um Gwenhwfars kaltes Herz zu erwärmen. Wenn ein Heide ihr so ein heiliges Geschenk überreichte, dann war er ja vielleicht gar kein Heide. Vielleicht – nur vielleicht – war er es dann ja wert, am runden Tisch zu sitzen und sich des Respekts der Gleichrangigen zu erfreuen.

Während des Ritts ging Mordred durch den Sinn, daß seine Mutter sich seiner schämen könnte. Sie hatte keinen Grund dazu, doch möglicherweise glaubte sie wie Arthur, daß er Avalon betrog. Das war ein bestechendes Argument, das Mordred veranlaßte, mit den Zähnen zu knirschen. Er gehörte mit Leib und Seele Avalon, in allem, was er jemals getan hatte oder noch tun würde. Mordred verstand, welchen Platz er in der Waagschale des Lebens einnahm, und nahm es hin. Doch im Moment schadete es keinem, einfach nur ein Mann zu sein und sich an den Dingen zu erfreuen, an denen ein Mann sich erfreuen sollte. Er aß Fleisch und trank Wein, doch deshalb fühlte er sich nicht weniger Avalon zugehörig als der Merlin. Weshalb, fragte er sich, sollte er nicht nach dem Respekt anderer Menschen trachten, und seien es auch Christen? Wenn er eines Tages ihr Anführer sein wollte, war er auf ihr Wohlwollen angewiesen. Und Morgana, zum Teufel mit ihr, sollte wenigstens *das* verstehen.

All diese Dinge dachte Mordred, als er durch den Regen Nordbritanniens ritt. Gelegentlich, wenn eine seltene glückliche Erinnerung in ihm aufstieg, lächelte er. Doch meistens war er ernst und von Entschlossenheit erfüllt, diesen Wandteppich zu finden und ihn einer Frau zu bringen, die ihn haßte. Seine Gedanken waren so ausschließlich auf dieses Ziel gerichtet, daß er kaum merkte, wie in einem Kreislauf von Hunger und Schlaf die Tage vergingen, und als er endlich die Ortschaft Fenbury erreichte, die zwischen fünf Bergen in einem Tal verborgen lag, war die erschöpfende Reise im Nu vergessen. Doch sein Körper schmerzte und ermahnte ihn, daß er der Ruhe bedurfte, und das häßliche Fenbury war für ihn ein erstaunlich willkommener Anblick. Es war ein trostloses Dorf aus Steinquadern und Schatten; das Sonnenlicht schien Mühe zu haben, mit seinen Strahlen durchzudringen. Die Gassen waren hier eng und die Steine abgenützt, die Luft war dünn und schwer vom Salz aus dem nahen Ozean, der gegen Klippen brandete. Wachsam ritt Mordred durch Fenbury. Es war sehr alt, wie sein Nachbar Tintagel, und nicht einladender als der monolithische Geburtsort seiner Mutter. Nur wenige Menschen waren auf den Straßen und blickten zu ihm auf, als er vorbeiritt, und lediglich Kinder schienen neugierig auf ihn, sein weißes Pferd und die funkelnde Rüstung zu sein. Die Erwachsenen, soweit er überhaupt welche sah, mieden gekonnt seinen Blick. Mordred war froh darüber. Er war es gewohnt, daß man sich von ihm fernhielt, und nicht in der Stimmung, Fragen zu beantworten. Doch er hatte selber Fragen und stellte sie einer sanftmütig wirkenden Frau auf der Straße.

»Ich suche nach einem Kloster«, sagte er zu ihr. »Ich hörte, hier in der Nähe soll eines sein. Kannst du mir sagen, wo ich es finden kann?«

Die alte Frau sah ihn aus schmalen Augen an, musterte seine Rüstung und den Federbusch. Als sie erkannte, daß er ein Ritter des Königs war, erbleichte sie. »Warum?« fragte sie. »Warum sucht Ihr nach dem Kloster?«

»Ich bin auf einer Queste für die Königin«, entgegnete Mordred.

»Und nur dort kann ich finden, wonach ich suche.« Dann runzelte er die Stirn und fragte: »Was plagt dich, Alte? Sollte ich diesen Ort besser nicht finden?«

Die Frau wandte den Blick ab. »Ihr seid auf einer Queste«, meinte sie. »Ich werde Euch sagen, wo das Kloster ist.«

Sie hielt ihr Versprechen und beschrieb Mordred den Weg zu einem Ort hinter den Bergen, wo er das Kloster und, wie er hoffte, den Wandteppich für die Königin finden würde. Mordred folgte sorgfältig ihrer Beschreibung und ritt die Hauptstraße hinunter, bis er das Dorf hinter sich gelassen hatte und sich auf einer gewundenen Straße befand, die in Serpentinen einen Hang hinaufführte und verschwand. Auf der anderen Seite des Hügels, hatte die Alte behauptet, werde er das verlassene Kloster und den Abt finden, der dort noch lebe. Mordred hatte der Frau keine weiteren Fragen gestellt. Er hatte nicht erwartet, daß diese Stätte verlassen war, und auch nicht, daß ein einzelner Einsiedlerabt sie bewohnte, doch er nahm an, das machte nichts weiter aus, sofern er den Mann überzeugen konnte, ihm den Wandteppich zu schenken oder zu verkaufen. Zu diesem Zweck hatte er Gold dabei, fast alles, was er besaß. Und Diener des Christengottes waren in der Regel ganz versessen auf Münzen. Mordred war sich sicher, daß er den Preis des Mannes bezahlen konnte, egal wie kostbar und einzigartig der Wandteppich sein mochte.

Es dauerte nicht lange, bis er die Hügelkuppe erreicht hatte und auf der anderen Seite die Überreste des Klosters sah, alt und zerfallen, ein ungeliebtes Relikt, vom Wetter gebeutelt und vom endlosen Regen und Wind glattgeschliffen. Beherzt trieb Mordred sein Pferd die Böschung hinunter und gelangte zum Eingang der Stätte. Er stieg ab, drückte die Klinke herunter und fand die Tür unverschlossen, und als er die Pforte aufstieß und Sonnenlicht hineinfiel, blickte er einen Mittelgang mit Bänken entlang, der an einem verstaubten Altar endete. Kein Laut war zu hören. Mordred ließ sein Pferd draußen und betrat wachsam die Kirche. Dort an der Westmauer hing der Wandteppich, von dem der Merlin ge-

sprochen hatte, eine große, prächtige Brokatarbeit mit den einge-
stickten Gestalten des Christuskinds und seiner Mutter, die von
den Christen Maria genannt wurde. Mordred stand da und starrte darauf, und vor Ehrfurcht stand ihm der Mund offen. In all
dieser Ödnis war es ein Werk makelloser Lieblichkeit und Voll-
endung.

Die Zeit verstrich, während er in der Dunkelheit dastand, den
Wandteppich bewunderte und sich fragte, wie er ihn für die
Königin erringen solle, und dann hörte er die Stimme des Abts,
die Stimme, die zu hören er gehofft und erwartet hatte. Sie kam
aus der Nähe des Altars.

»Ist er nicht herrlich?« sagte der Mann. Er war klein und dürr,
bei weitem kleiner als Mordred, und stolz trug er sein verschlisse-
nes Meßgewand und drückte die Brust durch, als er sah, daß ein
Ritter Arthurs sich in seiner Kirche befand. Mordred blickte ihn
neugierig an, nicht sicher, was er denken sollte. Sie waren ein
seltsames Völkchen, diese Männer Christi. Und gewöhnlich setzten
sie eine viel ernstere Miene auf als dieser hier. Ein Lächeln
umspielte seine Lippen, das Mordred willkommen zu heißen
schien.

»Wer seid Ihr, Herr?« fragte er höflich. »Ihr tragt den Federbusch
des Königs. Gehört Ihr zu seinen Leuten? Was wollt Ihr dann hier?«

»Sir Mordred ist mein Name«, entgegnete Mordred, und seine
Stimme hallte überraschend laut in dem Gemäuer wider. »Von
Camelots Hof, auf einer Queste nach diesem Wandteppich, Father.«

»Abt«, berichtigte der Mann. »Ich bin kein Father der Kirche,
Sir Mordred.« Er sann über den Namen nach, und dann sah
Mordred ein Gewahrwerden in seinen Augen. »Ich kenne Euren
Namen, Herr. Selbst hier in Fenbury haben wir schon von Euch
gehört.«

»Ohne Zweifel ist mein Name Euch unangenehm, Abt«, sagte
Mordred. »Doch ich bin, der ich bin, ein Ritter des Reichs. Ich habe
einen langen Weg zurückgelegt, um diesen Ort und diesen Wandteppich zu finden, von dem ich sicher bin, daß er das Herz meiner

Königin erfreuen wird. Er wäre das herrlichste Geschenk für sie. Zum kommenden Pfingstfest will ich ihn ihr überreichen.«

»Man nennt Euch Mordred le Fay«, sagte der Abt. »Ihr seid von der Insel Avalon, kein Christ.«

Mordreds Miene verdüsterte sich. »Der Wandteppich«, wiederholte er. »Was müßte ich Euch geben, damit Ihr ihn mir überlaßt? Für meine Königin, vergeßt das nicht. Und zu Pfingsten, Eurem eigenen Feiertag.«

»Und Ihr wißt nichts über mich?« drängte der Abt. »Oder über diesen Ort? Ihr seid aus Avalon?«

Lodernde Wut stieg in Mordred auf. Weshalb wurde er so ausgefragt, überall, wohin er kam? Weshalb spielte seine Herkunft immer so eine große Rolle? Er schluckte eine harte Erwiderung herunter, wollte sich nicht mit diesem Christen streiten oder sich ihm erklären, der in ihm sicher dasselbe wie Gwenhwfar sah – einen Heiden.

»Nennt mir den Preis, und es soll gut sein«, sagte Mordred. »Denn dieser Wandteppich ist wunderschön, und mein Weg war zu weit, um mit leeren Händen zurückzukehren. Ich entrichte jeden annehmbaren Preis. Doch hütet Euch, versucht nicht, mich zu betrügen.«

Zu Mordreds Erstaunen feilschte der Mann nicht. Er war nur zu willig und erklärte, daß der Wandteppich das letzte kostbare Gut war, das er besaß, und welche Ehre es für ihn wäre, ihn für die Königin herzugeben. Mordred, den die ersten Worte noch so aufgebracht hatten, vernahm die anderen gar nicht mehr. Er wußte lediglich, daß seine Queste vorbei war und daß Königin Gwenhwfar, so hoch ihr Thron auch sein mochte, nicht mehr auf ihn würde herabschauen können. Voller Ungeduld, sich wieder auf den Weg zu machen, bot er dem Abt Gold für den Wandteppich, was der Abt mit den frommen Worten ablehnte, es sei ihm Lohn genug zu wissen, daß sein kostbarer Wandteppich in Camelot hängen und der Königin Freude bereiten werde, der er, wie er sagte, nie begegnet sei, von der er jedoch gottergebene Dinge gehört habe. Mordred widersprach dem Abt nicht.

Soll er sich weiter dieser Täuschung hingeben, dachte er. *Ich kenne das wahre Wesen der Königin. Ihr Herz ist eine Mörder-grube.*

Also nahm Mordred den Wandteppich ab und verstaute ihn behutsam in einem Ledersack, den er klugerweise zu diesem Zweck mitgebracht hatte, und ritt stolz von dem trostlosen Fenbury fort, um Gwenhwfar seine Trophäe zu bringen.

Mordred ritt hart und schnell und ohne Unterlaß, bis er die Moore von Kenn erreichte. Dort ruhte er sich in einer Grafschaft aus und brach am nächsten Morgen wieder auf, sich zu sehr des Kalenders bewußt, um seinen Ritt zu verlangsamen. Bis Pfingsten war es nicht mehr lange hin. Die Lords und Ladies vom umliegen-den Britannien waren auf den Straßen unterwegs und verstopften den Weg nach Camelot. Mordred war von einer unbändigen Entschlossenheit erfüllt, vor ihnen allen einzutreffen, um sie von seinem Platz im Turm aus ankommen zu sehen und zu beobachten, welche Geschenke sie der Königin brachten, überzeugt davon, daß keines der ihren seines überflügeln könnte. Diesmal wäre nicht einmal die blasse Gwenhwfar in der Lage, die Nase über ihn zu rümpfen.

Wie erwartet traf Mordred zwei Tage vor Pfingsten an Arthurs Hof ein. Er zeigte niemandem seine Trophäe und beantwortete auch keine Fragen über seine Abwesenheit. Allein in seinen Räumen, wartete er auf den großen Tag. Und als dieser kam, war es warm und hell, und alle Christen am Hof sagten, daß Gott ihnen wahrlich wohlgesinnt sei, und empfanden tiefe Genugtuung dar-über, daß es ihren Gott gab, im Gegensatz zur Göttin von Avalon. Wie jedes Jahr bereiteten Kay und sein Riesenaufgebot an Dienern für den Festtag ein gewaltiges Bankett vor und stellten für die vielen Hunderte, die nach Camelot gekommen waren, auf dem Anwesen Zelte auf. Gwenhwfar, noch immer schwanger und mit erheblich größerer Leibesfülle, saß neben Arthur auf einem Podest und schaute auf den Paradeplatz und die Standarten hinaus, bedachte die bewundernden Lords, die sich vor ihr verbeugten, mit ihrem süßesten Lächeln. Als Mordred sich verbeugte, schenkte sie ihm kein solches Lächeln.

Zur Feier des Tages war auch Lancelot nach Camelot zurückgekehrt, und bei seinem Anblick hellte Gwenhwfars Miene sich vor Freude noch weiter auf. Es war ein großer Augenblick für die Ritter, die den Besten unter ihnen zutiefst vermißten und seine langen Abwesenheiten oft beklagt hatten. Arthur umarmte seinen Favoriten herzlich und bot ihm einen Platz an seiner Seite auf dem Podest an, und weil er so ein großer Prahlhans war, erfreute Lancelot die Menge mit Darbietungen seiner Reitkunst, setzte sogar die schwangere Gwenhwfar auf ein Pferd und ritt mit ihr behutsam über den Platz, eine Tollheit, die Mordred erstaunte und in Wut versetzte. Wenn es um Lancelot ging, schien ihr alles egal zu sein, selbst das Kind, das sie gefahrvoll in ihrem alternden Bauch trug. Doch die Menge liebte Lancelot und seine Possen, und selbst der stoische Bischof Konstantin applaudierte Lancelot von seinem Platz auf dem Podest unweit der Königsfamilie aus zu.

Als der Tag dem frühen Abend wich, blickte Mordred auf die Ritter und das Volk von Camelot mit seinen vollen Bäuchen und plappernden Mäulern und beschloß, daß die Zeit gekommen war, sein großes Geschenk zu überreichen. Er entschuldigte sich überaus höflich, kehrte in seine Räume zurück und holte den Wandteppich aus dem Ledersack. Als er sich wieder zum Festort begab, bemerkte er zu seinem großen Verdruß, wie aufgeregt er war. Doch er bezähmte seine Furcht, forderte sein Herz auf, ruhig zu sein, und just als Gwenhwfar und Arthur ein Tablett mit einem Fasan leergeräumt hatten, ging er zum Podest und verbeugte sich vor den beiden. Gwenhwfar sah ein wenig leidend aus.

»Meine erhabene Königin«, sagte Mordred laut und gefaßt, und auf seinen ausgestreckten Armen lag der Wandteppich. »Darf ich Euch ein Geschenk überreichen? Es ist etwas ganz Besonderes, das Euch sicher Freude bereiten wird.«

Gwenhwfars Neugier schien geweckt zu sein, jedenfalls so weit, daß sie ihn sogar näher zu treten bat. Zu Mordreds Entzücken waren aller Blicke auf ihn gerichtet, selbst der des Bischofs. Er trat näher an das Podest heran und versuchte die Königin anzulächeln.

»Was habt Ihr denn da, Sir Mordred?« fragte die Königin. Ihre Stimme verriet, wie gespannt sie war.

»Einen Wandteppich«, entgegnete Mordred. »Den prächtigsten, den ich für Euch finden konnte. Ein Geschenk, um den Tag und Euer heranwachsendes Kind zu ehren. Ich bin auf eine Queste gegangen und habe ihn gefunden, und nun überreiche ich ihn Euch mit meinen besten Segenswünschen.«

Gwenhwfar fächelte sich in der Sonne Luft zu. »Zeigt mir diesen Wandteppich, Sir«, wies sie ihn an. »Denn Euer Geschenk macht mich sprachlos, und ich kann es kaum erwarten, ihn zu sehen. Bitte zeigt ihn mir jetzt.«

Auch Mordred fieberte danach, die gewaltige Webarbeit zu entfalten. Er legte ein Ende auf das dürre Gras vor dem Podest, dann rollte er sie bedächtig wie einen Teppich aus. Erst kam das Antlitz Marias zum Vorschein, strahlend und erstaunt, dann ihr heiliges Kind, der Jesus Christ. Als er den Wandteppich vollständig ausgerollt hatte, wagte Mordred es, den Blick zu Gwenhwfar zu erheben, und sah, daß sein Geschenk sie überraschte.

»Sir Mordred«, sagte sie atemlos. »Das ist wunderschön.« Ihre Wangen waren noch rot vom Ritt und der Wärme des Tages, und das Geschenk hatte sie sichtlich überwältigt. Arthur erfaßte ihre Hand, um sie zu beruhigen.

»Mordred, mit deinem Geschenk hast du uns alle, selbst mich, beschämt«, sagte der König. »Es ist wahrlich beeindruckend.«

Für einen Moment glaubte Mordred sich vom Lob der Welt umschmeichelt. Gwenhwfars Haar erschien ihm so licht und weich, daß er hätte weinen können. Eine Menge hatte sich um den Wandteppich versammelt und starrte darauf, und alle bewunderten die herrliche Arbeit und sagten das auch, und alle blickten Mordred aus Augen an, die von Staunen erfüllt waren. Mordred lächelte stolz und sah für sich eine bessere Zukunft als die Vergangenheit voraus. Und als Bischof Konstantin sich schließlich von seinem Platz erhob, um nachzusehen, was die Menge in solches Entzücken versetzt hatte, errötete Mordred vor Aufregung. Er sah, wie der Ausdruck auf Konstantins Gesicht sich von Neugier in Interesse wandelte und dann zu Mordreds Grausen in Entsetzen.

»Das?« bellte der Bischof. »Dieses verfluchte Ding! Dieses böse Etwas!«

Gwenhwfar, die ohnehin schon schweratmig gewesen war, schaute zu Konstantin und wurde totenbleich. Auch Mordred starrte den tobenden Mann an, der auf den Wandteppich deutete, ihn verfluchte und Mordred gleich mit.

»Gott und Maria mögen uns beschützen«, sagte der Priester, bekreuzigte sich und schloß die Augen. Er murmelte etwas auf lateinisch, betete auf römisch und beruhigte sich erst wieder, als Arthur dröhnend eine Erklärung von ihm verlangte. Da schlug Konstantin die Augen auf und erzählte die schrecklichsten Geschichten über einen Abt, der mit jungen Männern das Lager geteilt hatte, und wie er und sein Kloster verdammt worden waren und daß nur eine einzige Sache an dieser für alle Ewigkeit verdammten Stätte zurückgeblieben sei – ein Wandteppich mit dem Christusknäblein und seiner Heiligen Mutter Maria.

Mordred stand reglos und lauschte, ohne zu hören, und die ganze Welt legte sich wie ein Joch auf seine Schultern, überhäufte ihn mit Vorwürfen und anklagenden Blicken. Gwenhwfar erhob sich von ihrem Platz und … weinte sie? Mordred sah lediglich ihr Gesicht, das nicht Wut verzerrte, sondern Erschrecken und Schmerz, ein Schmerz, der tiefer reichte als jede erdenkliche Kränkung. Sie umklammerte ihren Bauch, und der Schweiß, der sich auf ihrer Stirn gebildet hatte, floß nun in Strömen. Den Wandteppich noch zu seinen Füßen, verfluchte Mordred sich laut, so laut, daß Konstantin es hören konnte, und schloß die Augen, um Gwenhwfars hervorquellende Tränen nicht sehen zu müssen.

Es ist Zufall, behaupte ich, daß mir heute so etwas widerfuhr. Welch beispielloses Trauerspiel ist es für mich nach all der Zeit und den Mühen, Gwenhwfar in diesem Augenblick nahe zu sein an diesem Pfingsten, als alle, auf die es ankommt, um mich herumstanden und sie schluchzen hörten. Gwenhwfar flucht wie ein Mann.

Ich habe es mit eigenen Ohren gehört, und so weiß ich, daß es wahr ist, doch Konstantin wird ihr dafür nicht die Beichte abnehmen, nicht für den Kummer dieses unerträglichen Tages. Und der Wandteppich, den Kay jetzt zu Asche verbrannt hat, wird natürlich der perfekte Grund für den Verlust der Königin sein, denn ich verfluchte ihn, müßt Ihr wissen, und bewirkte auf diese Weise, daß sie ihr Kind verlor.

Niemand wird den Aufregungen des Tages oder ihrem rücksichtslosen Ritt mit dem eitlen Lancelot die Schuld geben. Sie werden nicht an den Wein denken, den sie schlürfte, oder an den Fasan, den sie verschlang. Und es ging ihr doch so gut, werden sie sagen. Was sonst als der Fluch eines Heiden hätte das Kind aus ihrem Schoß lösen können?

Doch ich bin kein Heilkundiger, und ich bin auch kein Narr. Jetzt jedenfalls nicht mehr. Heute habe ich erfahren, welch ein Blendwerk die Hoffnung sein kann, und ich weiß endlich, daß ich für Gwenhwfar und diesen verhaßten Hof immer ein Heide bleiben werde.

Mich erklären? Ich habe es nicht versucht und werde es auch nicht versuchen. Arthur verlangt es nicht von mir, weil er allein genug Verstand besitzt, um den Zufall zu erkennen, das unvermittelte Zusammentreffen. Er stammt schließlich aus Avalon, mein Vater, und ich nehme an, ich sollte dankbar für das wenige sein, was er von der heiligen Insel noch in sich trägt. Eines Tages werden er und ich Krieg gegeneinander führen, weil er die Wahrheit leugnet und mich zurückweist, doch heute waren wir einen kurzen Moment lang Verbündete. Ich werde es nicht vergessen. Und ich werde auch nicht vergessen, daß es Gwenhwfar ist, die

Arthur gegen mich und meinesgleichen aufbringt. Das ist etwas, woran ich immer denken werde.

Morgen reite ich von Camelot fort. Es wird mir guttun, nicht mehr hier zu sein. Wenn ich davonreite, werden sie hinter meinem Rücken tuscheln. Sie werden mich einen Heiden nennen. Und vielleicht soll es so sein, denn ich gehöre eigentlich nicht zu ihnen und ihrer kostbaren Tafelrunde. Ich werde immer Mordred le Fay bleiben.

Judith Tarr
AUF GRALSSUCHE

W arum sollte denn keine Frau den Gral finden können?«
fragte Melisende.

»Weil eine derartige Suche den Männern auferlegt wird«, erwiderte Königin Guinevere mit jenem honigsüßen Tonfall der Vernunft, in dem sie jede Frage beantwortete, die man ihr stellte. »Den Rittern. Manchmal sogar den Königen, falls man in ihnen genügend Begeisterung entfacht. Während wir« – sie hielt inne und bewunderte eine weitere vollendete zarte Blume in ihrer Stickerei – »zu Hause bleiben, das Schloß hüten, warten und für die sichere Heimkehr unserer Herren beten.«

Mehrere der Hofdamen der Königin bekreuzigten sich. »Wir beten«, zwitscherten sie einander zu. In dieser Saison war es auf Camelot Mode, Vogelstimmen zu imitieren; in der letzten Saison war es Gelächter wie das helle Klingeln kleiner goldener Glöckchen gewesen. »Wir beten, daß sie zu uns zurückkehren, daß sie unversehrt sind, oder zumindest so unversehrt wie nötig. Und daß sie nicht so bald wieder losziehen – wie es sich für Männer nun einmal gehört –, aber sich auch nicht zu lange Zeit damit lassen.«

Melisende verdrehte die Augen. Da sie das feine Leinen heute bereits schon einmal mit Blut verschmutzt hatte, war sie dazu abkommandiert worden, die Farben für den nächsten Teil des Wandteppichs herauszulegen. Ihr Finger brannte noch immer an der Stelle, wo sich die Nadel hineingebohrt hatte, aber der Schmerz störte sie nicht. Da war es viel schlimmer, hier im Licht eines einzelnen Sonnenstrahls inmitten dieser als Dekoration dienenden Närrinnen sitzen zu müssen, Blutrot von Scharlachrot und von Henna zu trennen und die Fäden ordentlich neben der Hand der Königin aufzureihen.

Auch wenn sie sich noch so große Mühe gab, konnte sie die Geräusche nicht überhören, die aus dem Schloßhof zum Gemach der Königin hinaufdrangen. Die Suche nach dem Gral würde nicht vor dem nächsten Morgen beginnen, aber im Palast herrschte große Aufregung und geschäftiges Treiben, als die Ritter ihre Vorbereitungen trafen. Einige würden mit ihrem Gefolge reisen, mit Knappen und Dienern, dem Versorgungstroß und allem anderen, was ihrer Meinung nach zu einem ritterlichen Unternehmen wie einer Queste dazugehörte. Andere wählten die schlichtere Form, ein Knappe und ein paar Maultiere für die Lasten, nicht mehr als ein oder zwei Ersatzpferde und einen Burschen für das gewaltige Streitroß, das mit seiner Rüstung den Ritter erst zum Ritter machte.

Die Frauen ignorierten den Lärm und plauderten unablässig weiter. Sie würden früh genug weinen und klagen, aber im Augenblick konzentrierte sich ihr Verstand – soviel davon zur Verfügung stand – auf den neuesten Klatsch und einen schrecklichen Skandal: Sir Dinadins Gemahlin hatte auf Pentecosts diesjährigem Fest doch tatsächlich das Gewand vom Vorjahr aufgetragen, wie furchtbar.

Melisende legte den letzten blutroten Faden neben den scharlachroten und den hennafarbenen, direkt neben die Hand der Königin, und machte sich im Schutz des unerhörten Skandals leise aus dem Staub.

Am Vorabend der Gralssuche fand man auf Camelot kaum einen ruhigen Platz, aber den, den es gab, spürte Melisende auf. Er befand sich nicht wie gewöhnlich in einer der Kapellen – in denen drängten sich die Ritter und Knappen, die für den Erfolg der Suche beteten –, sondern in dem Stall unter dem großen Saal. Hier wurden die Pferde des Königs und die Damenreitpferde der Königin sowie ein paar andere Tiere versorgt: die Ponys der Pagen, das Muli des Kaplans und ein bereits älteres, aber einstmals sehr edles Roß, das ehrenvoll unter Lord Merlin gedient hatte.

Melisendes Stute lebte direkt neben dem alten Wallach. Blanca war viel zu eigensinnig, um einen geringeren Gefährten zu dulden. Die beiden blieben in ihrer abgelegenen Ecke des Stalls, teilten sich Heu und geschnittenes Futter und unterhielten sich kameradschaftlich über Händevoll weißer Gerste. Die Stallburschen ließen sie meistens in Ruhe; sie murmelten etwas in der Art, die Stute habe etwas von einer Hexe an sich. Genau wie der Wallach – jeder wußte, daß er ein halber Teufel wie sein Herr war.

Melisende sah nichts Teuflisches an dem älteren und sanften Tier. Der Wallach hatte seltsame Augen, das stimmte, sie waren so bleich wie Glas, und sein Fell hatte die Farbe von geschlagenem Rahm; aber trotz ihrer Ungewöhnlichkeit waren es freundliche Augen, und er hatte tadellose Manieren, wie sich zeigte, als er behutsam die Apfelstücke und den Honigkuchen nahm, die sie als Huldigung mitgebracht hatte. Blanca war da viel ungestümer und bedeutend unhöflicher.

Melisende ruhte sich eine Zeitlang zwischen der Stute und dem Wallach aus. Sie strich Knoten aus Blancas dichter Mähne und rieb den Wallach mit einem Strohbündel ab. Er nagte an ihrem langen Zopf. »Es gibt nichts, weswegen ich mir wünschen würde, als Mann geboren zu sein«, sagte sie zu ihm. »Mit einer Ausnahme: Männer tun alles, was sich in dieser Welt zu tun lohnt.«

Der Wallach schnaubte leise und suchte in seinem Trog nach einem Stück Gerste.

»Aber das tun sie!« beharrte Melisende, als hätte er ihr widersprochen. »Was bleibt einer Frau denn schon übrig, außer zu Hause sitzen zu bleiben, zu warten und zu beten, Wandteppiche zu verzieren, Kriegsumhänge zu weben und wie ein Vogel im Käfig zu zwitschern? Warum kann nicht eine Frau den Gral finden?«

Darauf gab es keine Antwort, die ein Pferd hätte geben können. Melisende knirschte mit den Zähnen, runzelte die Stirn und stürzte sich auf das rahmfarbene Fell, als wäre seine Sauberkeit die wichtigste Sache auf der ganzen Welt.

Während sie sich also daranmachte, Lord Merlins alten Wallach und danach ihre mondsilbrige Blanca in einen tadellosen Zustand zu versetzen, ertönten Stimmen vom Stalleingang. Sie hatte geglaubt, jeder sei an anderer Stelle beschäftigt, aber anscheinend hatten zwei Männer die Gelegenheit gefunden, die Pferde des Königs zu besuchen.

Eine Stimme erkannte sie sofort. Das tiefe, liebliche Schnurren war unverwechselbar. Sir Gawain war den Damen zugetan, das wußte jeder, aber Melisende hatte ihn deswegen niemals weniger geschätzt.

Bei der anderen Stimme dauerte es einen Augenblick länger, und sie benötigte dabei auch einen Blick auf den Schatten ihres Besitzers. Aber natürlich, es war der neue Stallbursche, der für die Pferde des Königs zuständig war, dessen Name Soundso lautete, den aber jeder wegen seiner schönen weißen Hände und seiner hervorragenden Manieren Beaumains nannte. Manche Leute behaupteten, er sei der uneheliche Sohn eines Ritters, dessen Ambitionen bei weitem seine Stellung übertrafen, aber Melisende war nie aufgefallen, daß er sich in den Vordergrund gedrängt hätte. Er war eine hochgewachsene, schlanke und schüchterne Person mit milchweißer Haut und einem Gesicht so hübsch wie dem eines Mädchens, das er unter einer Maske aus Dreck und einer schwarzen Haarmähne zu verbergen suchte.

In diesem Moment war es nicht so geschickt verborgen; tatsächlich starrte es zu dem großen, breitschultrigen Gawain hoch, der mit einem schrecklich finsteren Blick nach unten starrte. »Das wirst du nicht tun«, sagte Gawain.

»Das werde ich doch«, sagte Beaumains so hochmütig wie ein Prinz – und das auch noch zu keinem Geringeren als dem Prinzen von Orkney.

Gawain kommentierte es mit einem noch finstereren Blick, aber er schlug den Jungen nicht für seine Anmaßung und wies ihn auch nicht zurecht. »Diese Suche ist nur für Ritter bestimmt«, sagte er und wiederholte damit die Worte der Königin, was er natürlich nicht wissen konnte. »Nicht für …«

»Ich werde gehen«, sagte Beaumains, »und du wirst mich nicht daran hindern. Es gibt keine Möglichkeit, wie du das schaffen könntest.«

»Keine Möglichkeit?« Gawains Kopf senkte sich zwischen die breiten Schultern, seine Stimme verwandelte sich in ein Knurren. Etwas an der Bewegung und der Art, wie Beaumains seinerseits den Kopf drehte und das Kinn hob, ließ Melisende genauer hinsehen. War es ... Konnte es möglich sein ...?

Nein. Das war ziemlich unwahrscheinlich. Gawain war kaum alt genug, um einen Sohn im Alter Beaumains' zu haben. Also ein Bruder?

Ja, das konnte sein. Gawain war älter, breiter, schwerer, und der schwarze Bart verbarg einen Teil seines Gesichts, aber die Breite der Brauen, das blaue Aufblitzen der Augen unter dem dichten schwarzen Haar – dies sah alles sehr ähnlich aus. Sogar außerordentlich ähnlich.

Sie stritten sich wie Brüder, soviel stand fest, Gesicht an Gesicht und keine Gnade. »Vielleicht kann ich dich nicht aufhalten«, sagte Gawain mit tiefer Stimme. »Aber Mutter dürfte ...«

»Nein«, sagte Beaumains. Kurz angebunden und starrsinnig.

»Glaubst du, ich täte es nicht?«

Beaumains' Kinn rückte noch ein Stück höher. Es war außerordentlich provozierend; Melisende wunderte sich, daß Gawain, immerhin ein großer Ritter und Prinz, den Jungen nicht einfach verprügelte und die Sache damit beendete. Aber Gawain hob die Hand nicht, nicht einmal, als Beaumains sagte: »Du hast nicht genug Zeit, um Mutter zu benachrichtigen. Morgen bei Sonnenaufgang brichst du mit dem Rest auf und jagst ein Ding, von dem du weißt, daß du es niemals finden wirst.«

Gawain zuckte zusammen, als hätte man ihn geschlagen. Das Gesicht über dem Bart war so bleich wie Beaumains'. »Ich habe einen Schwur abgelegt«, sagte er.

»Das hast du«, sagte Beaumains. »So wie die anderen Ritter auch, und zwar jeder von ihnen. Alles Narren und Träumer.«

144

»Du kümmerst dich hier um die Pferde des Königs und willst besser als sie sein?«

»Wer weiß«, erwiderte Beaumains. »Aber ich werde gehen. Ich würde gern sehen, ob ich es schaffe.«

»Nur ein Ritter mit reinem Herzen wird ihn erblicken können«, sagte Gawain. »So lautet die Prophezeiung.«

»Von allen Männern nur ein Ritter mit reinem Herzen«, sagte Beaumains. Er lächelte, und es war ein seltsames, angestrengtes Lächeln, das in seinem bleichen Gesicht wie eine gekrümmte Klinge aussah. »Ich werde gehen, älterer Bruder. Ich werde den Gral finden. Das schwöre ich vor dir, vor Gott und der Mutter Gottes und den prächtigen Pferden des Königs.«

Gawain stieß zischend die Luft zwischen den Zähnen hervor und hob die Hand … aber nicht, um diesen seltsamen und ungehorsamen Jungen zu schlagen, sondern um sich zu bekreuzigen. »Das geht auf dein Haupt«, sagte er, »und sollte dein Leben verwirkt sein, dann möge dich die Mutter Gottes beschützen.«

Beaumains senkte den Kopf, den er für einen Stallburschen bei weitem zu hoch hielt, und murmelte etwas wie ein Gebet. Aber als er wieder aufsah, war er so arrogant wie zuvor. »Du wirst den Gral nicht finden«, sagte er, »aber wenn Gott und die Mutter Gottes mein Gebet erhören, führen sie dich zurück nach Hause, nur etwas trauriger und weiser als zuvor.«

In gewisser Weise war das ein Segen. Gawain senkte den Kopf, um ihn zu empfangen – was so überraschend wie sein ganzes vorheriges Tun war –, drehte sich mit klirrenden Sporen auf dem Absatz um und marschierte aus dem Stall.

Er hinterließ eine große Stille und einen Bruder, der lange Zeit reglos und stumm dastand, die weißen Hände an den Seiten zu Fäusten geballt. Doch plötzlich entspannte sich Beaumains; er fiel nicht unbedingt in sich zusammen, aber er schrumpfte zu dem Stallburschen, den Melisende zu kennen geglaubt hatte: schmächtig, unbeholfen, mit zerzaustem Haar, das zur Hälfte sein Gesicht verbarg. Die Augen, die so hell und blau geleuchtet hatten, verschwanden hinter zusammengekniffenen Lidern. Er atmete leicht zitternd tief ein und drehte sich langsam um, als wüßte er nicht genau, was er mit sich anfangen sollte.

Melisende fiel zu spät ein, hinter Merlins altem Wallach in der Versenkung zu verschwinden und den Jungen in dem Glauben zu lassen, er sei allein. Als ihr der Gedanke endlich kam, schnaubte Blanca und stampfte auf, um ihren Teil von Melisendes Aufmerksamkeit einzufordern.

Beaumains fuhr herum und starrte direkt in Melisendes Gesicht. Oh, diese Augen waren so blau – so blau wie Flachs, so blau wie der Sommerhimmel. Sie hatte noch nie so blaue Augen gesehen.

Sie raubten ihr den Verstand. Sie ließen sie sagen: »Wenn du den Gral finden kannst, dann kann ich das auch.«

Beaumains erwiderte darauf nicht das, was sie erwartete, nämlich daß sich nur ein Mann auf die Suche nach Magie und Geheimnissen begeben könne. Er lachte auch nicht, was sie erstaunte. Er betrachtete sie ernst, als wären ihre Worte es tatsächlich wert, darüber nachzudenken. Und bei einem als Stallburschen verkleideten Prinzen war das eine wundervolle Sache. »Die Königin wird dich gehen lassen?« fragte er.

»Es kümmert mich nicht, ob sie mir die Erlaubnis gibt oder nicht.« Es klang mehr als nur etwas schroff. »Ich will gehen.«

»Dann geh«, sagte Beaumains. Einfach so, als wäre das das Vernünftigste auf der Welt.

Melisende starrte ihn an. »Du hast mich nicht zu bestärken!«

»Warum nicht?« Beaumains schritt langsam den Mittelgang entlang. Die Pferde wieherten ihn an – selbst Blanca, das freche Biest, die ihren schön geschwungenen Hals wölbte und bettelte und dann beinahe vor Behagen schnurrte, als er sie streichelte. Beaumains hatte geschickte und erfahrene Finger. Er konzentrierte sich auf das Streicheln, als wollte er Melisende und Gawain und alle anderen unangenehmen Dinge aussperren.

»Ich will«, sagte Melisende, »den Gral finden.«

»Warum?«

Er hatte sie wieder überrascht; er hörte also doch zu und war sich ihrer Anwesenheit bewußt, selbst mit dem auf Blanca gerichteten Blick.

»Weil ich es will«, sagte sie nach kurzem Nachdenken. »Brauche ich einen triftigeren Grund?«

Beaumains antwortete nicht.

Vielleicht erübrigte sich auch jede Antwort. Aber Melisende fuhr fort, denn sie konnte nicht anders. »Erinnerst du dich an Pentecosts Fest, als sich der König nicht zum Mahl setzen wollte, bevor er ein Wunder sah, und als alle bereit waren, vor Hunger einen Krieg zu beginnen, wie alle diese Vision erlebten? Sogar wir Frauen sahen es – den Kelch voller Licht, der in der Luft schwebte. Das war Magie, ich weiß es; ich sah, wie Merlin sie in den Schatten schuf. Vielleicht haben ihn noch andere gesehen und es gewußt, vielleicht auch nicht. Aber das spielt keine Rolle. Er wirkte für uns alle ein Wunder. Es entfachte in uns das Verlangen, nein, die Sehnsucht nach dem Gral.«

»Ja«, sagte Beaumains, »und Merlin ist zur Hälfte ein Teufel. Vielleicht tat er es ja, um die Tafelrunde zu zerstören und Camelot zu entvölkern, damit er es für seine Feinde öffnen kann.«

»Vielleicht«, sagte Melisende. »Und vielleicht war es der richtige Zeitpunkt … vielleicht langweilten sich die Ritter, wo sie doch all ihre Schlachten gewonnen hatten und keine Feinde mehr da waren, gegen die sie kämpfen konnten, und nichts mehr zu tun war, außer herumzuliegen und zu würfeln und albernen Streitereien zu frönen. Vielleicht brauchten sie eine große Suche. Vielleicht brauchten sie eine Aufgabe, einen Grund, der ihre Existenz rechtfertigt.«

»Das erklärt nicht, warum du es tun willst«, sagte Beaumains.

»Oder du.« Melisende schüttelte den Kopf. »Es gibt keinen guten Grund, oder? Mal abgesehen davon, daß ich den Gral für real halte. Ich glaube, daß es ihn gibt, und er ruft uns – ja, sogar mich. Sogar eine Frau, und dazu noch eine übertrieben junge Frau, die besser mit dem Bogen als mit der Nähnadel umgehen kann, die noch nie irgendwelches Talent für die am Hof nötigen Fertigkeiten hatte und die lieber auf einem Pferd statt in einer Kemenate sitzt. Könnte das der Grund sein? Vielleicht hat die Magie mich ja für einen verkleideten Jungen gehalten.«

Beaumains lachte so plötzlich, daß es ihr die Sprache verschlug. »Vielleicht«, sagte er. »Es gibt so viele Vielleichts auf der Welt. Sollen wir uns also zusammen auf die Suche begeben? Schließlich können zwei stärker sein als einer. Und ich kann schießen und mit einem Schwert umgehen. Auch mit der Lanze.«

»Ich kann mit einem Speer umgehen«, sagte Melisende. »Ich habe mal einen Eber erlegt.«

War das Bewunderung? Oder Unglauben? Vielleicht beides. »Dann wirst du eine vielversprechende Gefährtin sein.«

»Aber kaum eine standesgemäße«, sagte Melisende. Sie sagte es widerstrebend, aber ihre Erziehung war zu tief in ihr verwurzelt, um sie schweigen zu lassen. »Eine Dame von Rang und ein Stallbursche – selbst wenn er in Wirklichkeit ein Prinz ist ...«

»Ich gebe dir meinen feierlichen Eid«, sagte Beaumains, »daß mein Benehmen dir gegenüber niemals anders als in jeder Beziehung anständig sein wird. Das schwöre ich bei der Seele meiner Mutter und bei der Mutter Gottes.«

»Es ist immer noch nicht ...!« Melisende biß sich auf die Zunge. Nein, es würde niemals anständig sein, höchstens ein anständiger Skandal: Graf Bleys jüngste Tochter, die mit einem Tunichtgut von einem Prinzen aus Orkney fortlief, um sich auf die Suche zu begeben. Und doch hatte dieser Prinz einen Eid geschworen. Melisende erwiderte den Blick dieser ach so blauen Augen und wußte, daß er ihn einhalten würde. Er würde so ehrenhaft wie sein Bruder Gawain sein, das war deutlich zu sehen; andererseits fehlte ihm Gawains Schwäche für die Damen.

Vielleicht war er einfach zu jung. Er hatte noch nicht den geringsten Bartwuchs. Seine Wangen waren so glatt wie Melisendes und sichtlich schöner geformt.

Mit pochendem Herzen und stockendem Atem streckte sie die

Hand aus. »Also gut. Jagen wir den Gral gemeinsam. Und wenn wir ihn finden – nun, wir werden ein Skandal oder ein Wunder für Pentecosts nächstes Fest sein. Vielleicht auch beides.«

Beaumains' schöne milchweiße Hand umschloß ihre breitere, plumpere, braunere. So besiegelten sie den Pakt, mit den Pferden als Zeugen. Dann trennten sich ihre Wege; Melisende wollte sich so gut vorbereiten wie nur möglich – ohne ihre Entscheidung dabei auch nur einmal zu bereuen –, und Beaumains würde zweifellos das gleiche tun.

»Bis zum Morgengrauen«, sagte sie.

Beaumains nickte. Dann war er auch schon in den Schatten des Stalls verschwunden.

Melisende war schon lange vor Einbruch der Morgendämmerung fertig. Die Luft war kühl, Dunst verhüllte die Sterne, obwohl kein Regen fiel. Sie schlich sich aus dem Raum, den sie sich mit den restlichen Hofdamen der Königin teilte, in Kleider gewandet, die sie von zu Hause mitgebracht, von denen sie jedoch nicht geglaubt hatte, sie jemals wieder zu tragen. Es war die alte Reitkleidung ihrer Brüder aus abgetragenem Leder und von der Zeit geschmeidig gemachtem Leinen sowie ein Umhang, den sie selbst aus der Wolle der Schafe ihres Vaters gewebt hatte. Sie trug ihren Bogen und den Köcher voller Pfeile und ein Messer, jedoch keinen Speer; ihrer ganzen Tollkühnheit zum Trotz war ihr keine Möglichkeit eingefallen, eine solche Waffe zu verbergen, und sie war nicht mutig genug gewesen, einen aus der Rüstkammer des Königs zu stehlen.

Die Pferde warteten gesattelt, Beaumains stand in der Mitte dazwischen. Das eine Pferd war natürlich Blanca, aber bei dem anderen weiteten sich Melisendes Augen vor Überraschung. Merlins Wallach schnaubte leise in der Stille. Hinter ihm stand ein Maultier, das mit mehr Gepäck beladen war, als Melisende für möglich gehalten hätte. Aber Beaumains war schließlich ein Prinz, auch wenn er den Stallburschen spielte.

Als Melisende näher kam, stieg Beaumains mit der Miene eines Mannes in den Sattel, der jedes Recht dazu hatte, und nahm die Zügel des Maultiers in die Hand. Er ließ ihr kaum genug Zeit zum Aufsitzen, bevor er den Wallach antrieb. Das Pferd, dessen Namen Melisende niemals erfahren hatte – falls es überhaupt einen besaß –, beugte sich anstandslos dem Willen seines neuen Herrn; es schien sich auch in keiner Weise daran zu stören, wieder bei der Arbeit zu sein.

Die Wächter am nächsten Tor schliefen entweder oder waren abwesend, das Tor war nicht versperrt. Beaumains ritt hindurch, als hätte er mit nichts anderem gerechnet. Melisende folgte ihm so dichtauf wie möglich und unterdrückte die sich ihr aufdrängenden Fragen, indem sie sich auf die Zunge biß. Er war, was er war. Nichts von dem, was er tat, sollte sie überraschen – vielleicht mal davon abgesehen, daß er sie als Gefährtin akzeptierte.

Langsam wurde es heller, ein grauer Morgen, aber die Sonne stieg über den Dunst. Melisende konnte es fühlen. Gegen Mittag würden die Wolken alle verschwunden und der Tag so schön sein, wie er auf der Insel Britannien nur sein konnte.

Als der Morgen vollends hereingebrochen war, lag Camelot ein gutes Stück hinter ihnen. Melisende hatte sich längst wieder gefangen und – etwas langsamer – auch ihre Zunge wiedergefunden. »Du reitest Merlins Pferd«, sagte sie in mildem Tonfall.

Beaumains, der ein kleines Stück voraus ritt, blieb weder stehen, noch blickte er zurück, aber die Haltung seiner Schultern verriet, daß er sie gehört hatte.

»Wenn du es gestohlen hast«, sagte Melisende, »könnte Merlin etwas dagegen einzuwenden haben.«

»Merlin hat mir gesagt, ich soll ihn nehmen«, sagte Beaumains.

»Das hat er nicht.«

»Nennst du mich einen Lügner?«

»Nein«, sagte Melisende nach einem Moment. »Aber ...«

Der Wallach blieb stehen. Blanca ritt an seine Seite. Beaumains schien nicht wütend zu sein, aber sein Gesicht war starr. »Mein

Bruder hätte mir ja eines seiner Damenpferde überlassen«, sagte Beaumains, »aber Lord Merlin hat mir statt dessen dieses hier angeboten. Der alte Herr langweilt sich, hat er gesagt, das Eingesperrtsein macht ihn traurig. Ein Abenteuer wird ihm seine Jugend zurückgeben.«

»Wie nett von Lord Merlin«, sagte Melisende.

Beaumains zuckte mit den Schultern, als würden ihre Zweifel ihm nichts bedeuten, und ließ das Pferd weitergehen. Melisende, die Lord Merlin nur aus der Ferne und auch nur in seiner Magierrobe gesehen hatte, versuchte sich eine Welt vorzustellen, in der Zauberer freundliche alte Onkel waren, deren Pferde man sich für eine Suche und einen Ausritt ausleihen konnte. Eine solche Welt hatte sie im Land ihres Vaters nicht kennengelernt. Es war schon schlimm genug gewesen, daß ein wildes Kind wie sie nach Camelot geschickt wurde, um eine Dienerin der Königin zu werden.

Und jetzt war sie mit einem Stallburschen davongelaufen, der zufällig Sir Gawains Bruder war, um den Gral zu suchen, was eigentlich allein Rittern zustand. Ihr Vater würde schrecklich wütend sein. Ihre Mutter würde verzweifelt die Hände in die Höhe werfen. Und die Königin ...

Der Königin würde es egal sein, einmal abgesehen von der Beleidigung, die es für sie darstellte.

Melisende hätte in diesem Augenblick umkehren können. Es blieb genügend Zeit. Sie hätte vorgeben können, einen morgendlichen Ausritt unternommen zu haben, bevor sich die Höfe mit den aufbrechenden Rittern füllten, dabei einfach die Zeit vergessen zu haben und zu spät zurückgekommen zu sein. Ihre Bestrafung würde nicht allzu schwer ausfallen, nicht wo es soviel gab, das die Königin und ihre Damen ablenkte. Nach vollzogener Strafe würde sich niemand mehr an die Missetat erinnern.

Aber Melisende ließ Blanca nicht umdrehen, sie warf nicht einmal einen Blick zurück über die Schulter zu den in der Ferne liegenden Türmen Camelots. Sie blickte resolut nach vorn. Sie würde den Gral finden. Beziehungsweise sie würde zumindest den Versuch unternehmen.

Beaumains ritt nach Westen. Da Melisende keine Eingebung hatte, ließ sie ihn die Richtung auswählen, obwohl sie ihn in einem ihrer ersten Lager fragte: »Warum nach Westen? Die meisten Ritter reisen nach Osten, übers Meer. Es heißt, der Gral sei in Spanien, oder in Rom. Oder in Byzanz, oder im Königreich von Priester Johannes. Nach Westen gibt es doch nur wenig Land, und dann kommt auch schon das Meer.«

»Es heißt, man würde die Heilige Lanze in Spanien aufbewahren«, sagte Beaumains, »und in Rom und Byzanz gibt es genügend Reliquien, und vielleicht ist eine davon sogar der Kelch des Letzten Abendmahls. Aber ich glaube, der Gral ist ganz in der Nähe. Und Lord Merlin weiß, wo er ist.«

»Wenn er das wüßte«, sagte Melisende, »hätte er ihn dann nicht nach Camelot gebracht? Wäre das nicht einfacher gewesen, als all diese Ritter auszuschicken?«

»Vielleicht«, sagte Beaumains. Vielleicht auch nicht. Das sagte er nicht mit Worten, aber Melisende entging es keinesfalls.

»Es überrascht mich, daß er dir nicht gesagt hat, was er weiß«, sagte Melisende ziemlich gehässig, »wo du doch sein Vertrauen besitzt.«

»Niemand besitzt Lord Merlins Vertrauen. Nicht mal der König.« Beaumains stocherte in dem Feuer herum, das zu schnell erlosch, und warf einen trockenen Ast hinzu. Über ihnen raschelten grüne Äste, ein Wald aus Eichen und Eschen, die ihnen Schutz vor dem drohenden Regen boten.

Das flackernde Licht verlieh Beaumains' Gesicht ein seltsames und ziemlich wildes Aussehen. Er schien ein Geschöpf des Waldes zu sein, als wäre auch er zur Hälfte ein Teufel – und wer konnte schon sagen, ob er das nicht auch war? Es hieß, seine Mutter Morgause würde in ihrem kalten Turm auf Orkney mächtige Zauber wirken – obwohl ihre Söhne, die an den Hof gezogen waren, wie ganz gewöhnliche Sterbliche mit menschlichen Begabungen und Fehlern erschienen. Mit Ausnahme von diesem hier.

Vielleicht war das ja ihr Teufelskind, und Lord Merlin hatte die Verwandtschaft erkannt. Und vielleicht war das auch alles völliger Unsinn, und er war nur das, was er zu sein schien: ein hochgewachsener, dünner Junge, der noch nicht zum richtigen Mann herangereift war, noch immer bartlos und mit heller Stimme, aber stark. Er hatte sich Melisende gegenüber nicht einmal ungehörig benommen, war für sich geblieben und hatte nicht den geringsten Versuch unternommen, sie heimlich beim Baden oder beim Ankleiden zu beobachten. Mit seinem angeborenen prinzlichen Charme und seinen zurückhaltenden Manieren war er ein so tadelloser Gefährte, wie ihn sich eine Dame nur wünschen konnte.

Mit jedem verstreichenden Reisetag ging er ihr mehr auf die Nerven. Kein Mann war von so reinem Gemüt. Alles, was er tat, tat er gut: reiten, jagen, ein Lager errichten. Er wußte sich immer richtig zu benehmen, ob in dem kleinsten Dorf oder den Städten, in die sie gelegentlich kamen. Obwohl er keine Sporen trug, hielten die Leute ihn für einen Ritter und Melisende für seinen schmutzigen, braungesichtigen Knappen, obwohl doch wohl jeder, der Augen im Kopf hatte, die weiblichen Rundungen unter dem abgetragenen Reitzeug sehen konnte. Bloß daß keiner hinsah oder zugab hinzusehen. Sie alle waren verzaubert von dem jungen Mann auf seiner phantastischen Suche.

Mit der Zeit war sich Melisende nicht länger sicher, wieviel Tage verstrichen waren, und sie hätte ganz die Übersicht verloren, hätte man in manchem Dorf und mancher Abtei nicht die Heiligen geehrt. Der heilige Johannes, Peter und Paul, der heilige Benedikt von Nursia, die heilige Maria Magdalena, ihre Namenstage kamen und gingen. Sie zogen eine endlose Weile durch das Land, durchquerten mehr vom Westen Britanniens, als Melisende für vorstellbar gehalten hätte. Sie kamen an Orte, die so alt waren, daß die Magie hier noch immer mächtig war, sowie an Orte, die so neu waren, daß die Zimmerleute noch immer an den Dachbalken herumhämmerten oder die Steinmetzen oben in der Apsis schufteten. Dabei erlebten sie nicht einmal eine Vision vom Gral, in keiner der zahllosen Abteien oder Kirchen oder Kapellen erwies sich ein Kelch als das Objekt ihrer Suche. Und selbst wenn man dort auf Magie stieß, war es entweder die Magie einer anderen Sorte, die hauptsächlich aus Träumen und Illusionen bestand, oder ein Schauder, der einem beim Passieren einer alten Ruine den Rücken hinunterlief.

Falls eine Queste so vonstatten ging, dann lief das viel friedlicher ab, als die Ritter jemals zugegeben hätten. Man hätte Melisende und Beaumains in Camelot für schrecklich unheroisch gehalten, denn sie versteckten sich hinter Hecken, als Abteilungen von Rittern vorbeiklapperten, oder mieden Straßen, von denen man wußte, daß sie von Straßenräubern heimgesucht wurden. Ungeheuer begegneten ihnen keine, mit Ausnahme eines Bullen dann und wann und einmal einem Rudel Hunde, das sie verfolgte, bis Blancas gut gezielter Huf den Anführer traf und ihm den Schädel zerschmetterte.

Als das Fest der Gesegneten Jungfrau näherrückte, kamen sie ins Sommerland, die Grenze des alten Lyonesse – was davon noch nicht im Meer versunken war. Teile davon waren noch immer im Versinken begriffen, lange Seen, Moore, Sumpfland und nebelerfüllte und mückenverseuchte Waldlandschaften. Bei den Straßen handelte es sich um alte römische Straßen, die besten der Welt, aber die Pfade, die zu ihnen stießen und von ihnen ausgingen, waren noch viel älter und seltsamer.

Beaumains, der bis zu diesem Zeitpunkt planlos umhergewandert war, schien jetzt endlich eine Richtung gefunden zu haben. Schweigen war ihnen zur Gewohnheit geworden, am Tag ein langer Ritt, in der Nacht ein kurzer Schlaf, kein Geplauder, kein Gesang, kein Laut außer dem Stampfen der Hufe auf römischem Pflaster oder festgestampfter Erde oder grünem Rasen. Es war wie der Ritt durch einen Traum.

Nun nahm der Traum schärfere Konturen an und wurde zugleich noch traumhafter. Beaumains übernahm die Führung, wie er es immer getan hatte, aber mit größerer Eile, als hätte er sich endlich für ein ganz bestimmtes Ziel entschieden, an dem er so bald wie nur möglich ankommen wollte. Es war weder die alte Stadt Isca der Dumnonii oder die Bäder von Suli, der uralten Göttin, die ein römisches Gesicht erhalten hatte; er ritt durch sie hindurch oder daran vorbei. Es handelte sich auch um keines der Klöster, die dieses Land sowohl mit Heiligkeit als auch mit Magie zu füllen schienen.

Am Ende war es etwas ganz anderes. Sie trafen dort an einem Morgen voller Nebel und Sonne ein, am Tag vor dem Marienfest, der Königin des Himmels. Es war eine Insel in einem See aus Glas, auf der sich ein Felshügel wie der Turm eines Schlosses erhob. Auf der Insel roch es nach Blumen, was in dieser Jahreszeit unmöglich war, dennoch war der Duft unmißverständlich: Apfelblütenduft, stark und himmlisch süß.

»Avalon«, sagte Melisende, als sie am Ufer des Sees standen. »Du hast uns nach Avalon gebracht.«

Beaumains nickte. Sie war etwas überrascht. Er hatte den Eindruck erweckt, so tief in sich selbst vergraben zu sein, daß er seine Umwelt nicht länger wahrnahm. Aber seine Augen blickten völlig klar, als er sie ansah.

»Du glaubst doch wohl nicht, daß er hier ist«, sagte sie.

»Warum nicht?« fragte er, was, wenn man darüber nachdachte, gar nicht so abwegig war.

Sie schaute über das Wasser, das so grau wie Glas war, in einen Nebel, der sich nicht klären wollte, obwohl sie ihren Blick anstrengte, bis es schmerzte. »Das ist eine Insel von Frauen. Selbst ich weiß das. Wenn die Suche für Ritter bestimmt ist, und nur für Ritter, dann wird der Gral bestimmt nicht an einem Ort sein, den kein Mann betreten darf.«

»Sollte man denken, nicht wahr?« sagte Beaumains sanft und, soweit es Melisende beurteilen konnte, ohne jede Ironie.

»Du bist verrückt.«

»Und ein Narr.« Er setzte sich in Bewegung und ging das Ufer entlang, mitten durch das Schilf.

Die Pferde folgten, als wäre Furcht ihnen fremd. Melisende schloß sich ihnen an. Es gab Geschichten über diesen Ort, im Flüsterton erzählte Andeutungen. Hier gab es ein Haus heiliger Frauen, hieß es, Nonnen, die der Königin des Himmels Treue geschworen hatten. Welche Riten sie ausübten oder inwieweit sie Jesus Christus oder seinen Vater ehrten, war das Hauptthema einer offenen Debatte am Hof. Einige Leute vertraten die feste Überzeugung, daß es anständige Christenfrauen waren, die ihr Gelübde einem heiligen Orden abgelegt hatten, tadellos in ihrer Frömmigkeit. Andere wiederum vertraten – wenn auch behutsam – die Meinung, daß es an diesem Ort schon heilige Frauen gegeben hatte, lange bevor der Herr Jesus Christus geboren wurde – und daß es hier eine starke Magie gab. Eine sehr starke sogar.

König Arthurs Schwestern hatten hier gelebt, Morgana, genannt le Fay, und Morgause, die zur Königin von Orkney aufgestiegen war. Was Beaumains mit Sicherheit bekannt war; und Melisende stellte sich langsam die Frage, was er sonst noch wußte.

Während sie über all das nachgrübelte, blieb Beaumains stehen. Sie stieß beinahe mit ihm zusammen. Er war auf etwas gestoßen, das offensichtlich ein Fährplatz war. Er war so klein, daß er kaum den Namen verdiente: ein winziges Stück Sand und Stein, und ein umgedrehtes Coracle, ein Boot aus Häuten und Weidengeflecht. Das Coracle war klein und schäbig, aber es schien seetüchtig zu sein. Darunter lagen Paddel, die genauso abgenutzt wie das Boot, aber ebenso brauchbar waren.

Es gab keinen Fährmann – oder eine Fährfrau, wie es hier wohl üblich war. Es blieb ihrer Entscheidung überlassen, ob sie übersetzten oder nicht.

Beaumains schob das Boot ins Wasser und hielt es fest, während er darauf wartete, daß Melisende ein Paddel ergriff und hineinkletterte. Es fehlte nicht viel, und sie hätte sich geweigert, hätte sich abgewandt.

Aber sie war nicht so weit gekommen, hatte alles hinter sich gelassen – Ehre und Pflicht –, um sich nun von dem abzuwenden, was wahrscheinlich nicht mehr als eine Übernachtung unter einem Klosterdach war. Und sollte es mehr sein ...

Sie stieg vorsichtig in das Boot. Es stellte kaum mehr dar als eine Hülle aus Weiden und Häuten; rund und leicht neigte es dazu, bei der geringsten Gewichtsverlagerung wild zu kreiseln. Beaumains hatte einiges Geschick darin, ein solches Ungetüm zu steuern. Melisende nicht, aber sie konnte mit seinen Paddelschlägen mithalten. Während sie schwankend auf den See hinausfuhren, schnaubten die am Ufer zurückgelassenen Pferde, schüttelten die Köpfe und stürzten sich ins Wasser. Der Wallach übernahm die Führung. Blanca folgte ihm. Melisende öffnete den Mund, um sie zu tadeln, dann schloß sie ihn wieder. Natürlich mußten sie mitkommen. Sie waren zu gut, um zurückgelassen zu werden, stellten wertvolles Diebesgut dar.

Das Leder der Sättel und der Geschirre würde schon wieder trocknen, nahm sie an. Nach einer Weile. Mit Öl und Polieren und viel Hilfe würde es das Bad vielleicht sogar intakt überstehen.

Der Nebel hüllte sie ein. Zuerst ziemlich dünn, gewann er zusehends an Dichte. Als Melisende einen Blick zurückwarf, stieß sie zischend die Luft aus. Hinter ihr gab es nichts als eine graue Leere. Sie konnten nicht sehen, wo sie hergekommen waren oder wo sie hinfuhren. Die ganze Welt bestand nur noch aus dem Boot und den beiden Pferden und dem Nebel. Er zog das Plätschern der Paddel und das Schnauben der Pferde in sich hinein, machte die Geräusche weicher und begrub sie in Stille.

Beaumains kniete vor ihr, den Rücken kerzengerade, als wäre ihm jede Angst fremd. Vielleicht war es ja tatsächlich so. Er war das Kind einer Hexe. Vielleicht waren für ihn solche Dinge ja so gewöhnlich wie das Tageslicht.

Sie paddelten eine Stunde lang oder möglicherweise auch

länger; vielleicht einen halben Tag lang, oder das halbe Leben. Der See konnte nicht so groß sein. Sie mußten im Kreis fahren.

Zuerst glaubte Melisende, sie hätte es sich eingebildet. Geflüster. Ein Gemurmel, das an Stimmen erinnerte oder an fließendes Wasser. Der See, der so unbeweglich wie Glas gewesen war, kräuselte sich, obwohl es keinen Wind gab. Die Kräusel verwandelten sich in kleine Wellen. Die kleinen Wellen verwandelten sich in große Wellen. Wellen, die das Boot emporhoben und es fallen ließen, von denen jede höher stieg als ihre Vorgängerin.

Melisende hörte auf zu paddeln. Die Wellen trugen sie vorwärts. Beaumains hatte ebenfalls innegehalten und bewegte sich nur, um zu verhindern, daß das leichte Fahrzeug sich zu drehen begann. Er erschien so ruhig wie immer.

Sie legte ihr Paddel ab, hielt sich an den Seiten fest und betete. Sie konnte die Pferde nicht sehen. Soweit sie wußte, waren sie ertrunken.

Dann, als sie die Blicke umherschweifen ließ, sah sie einen bemähnten Kopf neben dem Boot auftauchen, der zusammen mit ihm die Welle abritt. Blanca schwamm ohne Angst, der Wallach war hinter ihr.

Die Pferde flößten Melisende etwas Zuversicht ein in diesem Alptraum aus rauschendem Wasser. Und noch immer gab es keinen Wind und keinen Sturm, sondern nur den Nebel und diese schreckliche Stille.

Dann kam der Wind, als hätten Melisendes Gedanken ihn herbeibeschworen. Er traf sie wie eine Faust aus Luft und Wasser, hob sie hoch, schleuderte sie nach unten und trieb sie kopfüber ins Nichts.

Melisende war über das Beten hinaus. Das Wasser raubte ihr die Sicht, der Sturm ihr den Atem; sie zitterte krampfhaft. Nichts auf der Welt spielte noch eine Rolle, außer sich an diesem Boot festzuklammern, das mit der Fähigkeit eines jeden Coracles gesegnet war, trotz unablässigen Herumwirbelns in jedem Mahlstrom an der Oberfläche zu bleiben. Sie mußte ihm vertrauen. Sie mußte sich ruhig verhalten, obwohl ihr Geist ihr zukreischte, etwas zu tun, irgend etwas, egal wie sinnlos es auch war, egal wie groß die Gefahr auch war.

Sie verhielt sich ruhig. Und der Wind erstarb. Langsam, und zwar so langsam, daß sie es gar nicht bemerkte, bis ihr klar wurde, daß sie wieder etwas sehen konnte. Das Boot ritt die Wellen ab, aber auch die hatten an Kraft verloren. Und dann warfen sie das Boot mit einem Laut wie ein Seufzen ans Ufer, das so grau wie der Nebel und doch hart genug war, um Melisende den Atem zu rauben, als sie darauf geschleudert wurde.

Endlich war Ruhe eingekehrt, echte Ruhe. Melisende lag mit dem Rücken auf nassem Sand. Sie war nicht tot, obwohl sie es sich beinahe wünschte. Ihr Körper fühlte sich an wie eine einzige große Prellung.

Stöhnend setzte sie sich langsam auf. Das Coracle lag nicht weit von ihr entfernt. Ein Stück dahinter regte sich ein nasses Bündel, murmelte und entfaltete sich zu der schlanken Gestalt Beaumains'. Und da kamen die Stute und der Wallach aus den sich auflösenden Nebelschwaden. Sie trugen noch immer Geschirre und Sättel – und waren wunderbarerweise trocken, als wäre die wilde Reise nur ein Galopp über eine Wiese gewesen.

Sie konnten sich an keinem irdischen Ort befinden. Der Nebel lag dicht auf dem Wasser, aber auf dem Land wurde er dünner und löste sich auf. Eine grüne Insel, die nach Äpfeln und Apfelblüten roch. Es war derselbe unmögliche Duft, der zu ihr über den See von der Insel Avalon herübergeweht war.

Jenseits des Ufers stand ein Obstgarten, und die Bäume darin trugen schwer an Blüten und Früchten. Und doch fühlten sie sich fest an, der Boden unter ihren Füßen war grün und fruchtbar, und der Nebel verschmolz mit einem Himmel, an dem die Sonne stand.

Jenseits des Obstgartens erblickte Melisende den Felshügel und an seinem Fuß die niedrigen dunklen Umrisse des Nonnenklosters. Für einen so magischen Ort war es ein bemerkenswert prosaisches Gebäude aus einfachem, behauenem Stein und mit hölzernen

Türen. Die Dächer der Außengebäude waren mit Stroh gedeckt und das des Zentralgebäudes mit Schiefer, und dann war da noch der rechteckige Turm der Kapelle.

Melisende stand am Rand des Obstgartens und starrte hinüber. Blanca trat an ihre Seite; die Stute graste mit zielstrebiger Entschlossenheit, ihre Kiefer bewegten sich mit einem Geräusch, das in der Stille laut klang. Hier sangen keine Vögel, wehte kein Wind. Der See war so flach wie eine Scheibe.

Sie ergriff die Zügel, bevor sie unter Blancas achtlose Hufe gerieten. Die Stute führte sie. Der Wallach folgte, dann kam Beaumains, der leicht unsicher auf den Beinen war, als wäre er erschöpft.

Der Kontakt mit der Erde unter ihren Füßen belebte sie, genau wie die süße Luft. Melisende traute sich nicht, einen Apfel von einem Baum zu pflücken, obwohl einige reif waren. Ihr Herz warnte sie, nichts zu berühren. Vielleicht war das dumm, aber wer konnte schon wissen, welche Magie hier lauerte? Unter Umständen pflückte sie den Apfel Edens und erfuhr es erst, wenn es zu spät war.

Je näher sie dem Kloster kamen, desto gewöhnlicher erschien es. Die Sonne trocknete und wärmte sie; es war die ganz normale Sommersonne Britanniens. Der Obstgarten war genauso, wie er sein sollte, grüne und unreife Äpfel, keine Blüten; nichts, was im Hochsommer an den Frühling erinnerte.

Beaumains überholte sie. Sie versuchte nicht, ihn daran zu hindern. Schließlich war er der Prinz und würde einmal ein Ritter sein. Es war seine Suche, zumindest war das ihre Meinung. Frauen begaben sich nicht auf die Suche. Hatte die Königin das nicht gesagt?

Solche Bitterkeit. Sie wußte nicht, wo sie herkam. Sie unterdrückte sie und ging schneller, hielt sich dicht hinter Beaumains. Eine Frau konnte auf die Suche gehen. Melisende hatte es getan. Und was auch immer sie gefunden hatte, sie hielt es für wert, gefunden zu werden.

Das Klostertor war verschlossen, dahinter herrschte Stille, obwohl es ungefähr Zeit für den Angelusgesang war. Beaumains trat auf die Glocke zu, die neben dem Tor hing. Es war eine ganz gewöhnliche und ziemlich häßliche Eisenglocke, aber ihr Läuten war so süß wie der Himmel.

Es erstarb mit bebendem Nachhall. Beaumains wartete. Melisende hatte keine bessere Idee und folgte seinem Beispiel.

In dem großen Tor öffnete sich eine kleine Tür. Eine Gestalt trat hervor. Wie das Kloster hatte sie ein sehr irdisches Aussehen; klein, rundlich und schwarz gekleidet. Die Stimme, die hinter dem Nonnenschleier hervorkam, war eine Frauenstimme mit westlichem Akzent, gedehnt und kein bißchen königlich. »Ihr Fremden, seid willkommen im Haus Unserer Herrin des Sees.«

Beaumains neigte den Kopf. Melisende entging nicht, daß er sich nicht bekreuzigte. »Ich suche Unterkunft«, sagte er. »Um der Liebe der Königin des Himmels willen.«

»Suchen dürft Ihr«, sagte die Pförtnerin so wie zuvor, »aber nur die Herrin kann Euch dazu die Erlaubnis geben.«

»Und, darf man sie darum bitten?« fragte Beaumains erstaunlich unbewegt.

»Das ist ein Haus der Frauen«, erwiderte die Pförtnerin.

Beaumains lachte. Es war ein seltsamer Laut, hell und kalt. »Und Ihr traut Euren Augen, ehrwürdige Schwester?«

Die Pförtnerin blickte durch ihren Nonnenschleier. Genau wie Melisende, nur daß sie durch Schleier aus Unverständnis und Erwartungen und – vor allem – Erstaunen blickte. Aber er konnte doch nicht ... doch, er konnte ... aber sie ...

Warum sollte das keine hochgewachsene junge Frau sein, deren Gestalt keine ausgeprägten Rundungen aufwies? Diese weißen Hände, dieses feingeschnittene Gesicht – kein Wunder, daß beides so hübsch anzusehen war, wenn es sich tatsächlich um eine Frau und nicht um einen Jungen handelte.

Beaumains, die überhaupt kein Prinz, sondern eine Prinzessin war, breitete diese weißen Hände aus und verbeugte sich vor der

Pförtnerin. »Sicherlich darf eine Frau ein Haus heiliger Frauen betreten. Selbst eine Frau, die wie ein Mann reitet.«

»Sicherlich darf sie das«, erwiderte die Pförtnerin, ohne auch nur die geringste Überraschung zu zeigen. Sie trat zurück, bat sie herein – selbst den Wallach, wie Melisende bemerkte. Doch waren an den Höfen von Königinnen nicht auch Eunuchen willkommen?

Man empfing sie im Haus Unserer Herrin vom See als Gäste und wies ihnen Unterkünfte zu, wie man sie in jeder Abtei vorgefunden hätte, einfach und schmucklos, aber bequem. Die Kost war einfach, braunes Brot und gelber Käse, Holzbecher voll Ale und ein Korb mit Äpfeln. Für die Pferde gab es im Stall süßes Heu und für jedes eine Handvoll Gerste. Es war keiner da, der sich um die Pferde kümmerte, wie auch keiner die Mahlzeit auftragen würde. Alle Schwestern würden in der Kapelle sein, wo der Gesang begonnen hatte. Er war hoch und von durchdringender Lieblichkeit.

Beaumains machte keine Anstalten, die Kapelle zu betreten. Nachdem er – sie – den Wallach und Melisende ihre Stute versorgt hatten, setzten sie sich zu Tisch und aßen und tranken schweigend. Melisende fand keine Gelegenheit, das Schweigen zu brechen. Worte waren genügend da, sogar mehr als genügend. Es waren zu viele. Eines übertönte das andere, bevor sie es aussprechen konnte.

Die Stille erwies sich als gar nicht so schlecht. Sie betrachtete Beaumains verstohlen und sah, was jetzt, wo sie es wußte, offensichtlich war: die zarten Gesichtszüge, die leichte Haltung, und ja, die schönen Hände.

Als Melisende endlich das Wort ergriff, sagte sie: »Kein Wunder, daß du bereit warst, mich mitzunehmen.«

Beaumains aß den Apfel auf und legte das Kerngehäuse auf seinen – ihren – Teller, ganz behutsam, als wäre es aus Glas. »Du hast es wirklich nicht gewußt?«

»Ich bin eben eine Närrin.«

Beaumains lachte. »Ja, das bist du. Aber eine entschlossene Närrin. Und eine vertrauensselige. Wäre ich der Mann, der ich vorgab zu sein, glaubst du nicht, ich hätte versucht, deine Situation auszunutzen?«

»Du nicht«, erwiderte Melisende, und es war ihr ernst damit. »Ich glaube, ich würde dich als eine Person mit reinem Herzen bezeichnen.«

»Oder eine ausgemachte Närrin.« Beaumains legte den Kopf schief, ihre blauen Augen verengten sich etwas, als würde sie Melisende abschätzen und ... ja, welches Urteil fällen? War sie unzulänglich? Nein. Das war sie nicht. »Mein Name ist Elaine«, sagte sie.

»Hattest du vor, in Camelot deine Identität aufzudecken?« fragte Melisende.

Sie zuckte mit den Schultern. »Vielleicht. Eines Tages.«

»Oder deine Brüder hätten es für dich getan.«

»Nicht meine Brüder«, sagte Beaumains, dessen Name Elaine war.

»Die wissen es besser.«

»Aber wenn der Gral hier ist, müssen sie es doch wissen ...«

»Der Gral ist hier«, sagte sie. »Spürst du es denn nicht? Ich war mir nicht sicher, nicht bis ich hier eintraf – sonst wäre ich auf geradem Weg hergereist und hätte nicht den ganzen Westen Britanniens durchkreuzt. Aber jetzt gibt es keinen Zweifel mehr. Und warum nicht? Warum sollte der Gral nicht das Geheimnis einer Frau sein? Meine Brüder wissen, was Männer wissen. Und nur das.«

»Die Männer sind auf die Suche nach dem Gral geschickt worden.«

»Das sind sie«, sagte Beaumains. »Einige von ihnen werden männliche Dinge finden, da bin ich mir sicher. Heilige Lanzen, verzauberte Schwerter. Der eine oder andere wird möglicherweise sogar einen Kelch finden, aber wer kann schon sagen, was für einen Kelch? Mein Herz verrät mir, daß der wahre Kelch sich hier befindet. An diesem Ort. Wo es nur Frauen gibt.«

»Und werden wir ihn zu Gesicht bekommen?« wollte Melisende

wissen, noch immer voller Zweifel, die sie nicht so ohne weiteres verbergen konnte.

Beaumains breitete die Hände aus. »Wenn wir reinen Herzens sind«, sagte sie, »und unsere Herrin es erlaubt. Und wenn nicht ...« Sie zuckte mit den Schultern. »Dann nicht. Wir können es nur versuchen.«

Mehr hatte Melisende nie zu hoffen gewagt. Und doch war das Gefühl hier viel stärker, im Angesicht dessen, weswegen sie gekommen war. Wenn das der Ort war. Wenn Beaumains' Herz die Wahrheit verkündete.

Aber warum sollte es nicht? So gern sich Melisende auch vorstellte, wichtig zu sein – wenn sie sich die Wahrheit eingestand, war sie ein sehr kleiner Tropfen in dem riesigen Meer, das die Welt darstellte. Beaumains war nur aus Eigeninteresse gekommen und dabei großzügig oder träge genug gewesen, Melisende folgen zu lassen. Sie würde keinen Nutzen in einer Lüge sehen.

Der Gral war hier. Melisendes Herz fing heftig an zu pochen, so heftig wie Beaumains'. Er war *hier*. Endlich wußte sie es. Wußte auch sie es.

»Ruh dich aus, wenn du kannst«, sagte Beaumains und unterbrach Melisendes ziellose Gedanken. »Schlaf, wenn du möchtest. Die Schwestern leben hier nach dem Tagesablauf der Mönche. Sie stehen kurz nach Mitternacht auf. Falls er gezeigt werden sollte, welch besseren Tag gäbe es dafür als den Tag, an dem man unserer Herrin gedenkt?«

Melisende nickte. Sie verstand. Oder glaubte es zu verstehen. Sie wußte nicht, ob sie schlafen konnte, aber sie konnte sich ausruhen.

Der Tag schlich dahin. Die Schwestern markierten seinen Verlauf mit den Stundengesängen und lieblichem Glockenklang. Gegen Sonnenuntergang brachte eine kleine, schüchterne Novizin eine weitere Mahlzeit, die wieder aus Brot und Käse bestand, dazu gab es noch eine Schüssel mit etwas Nahrhaftem voller Wurzeln und

Kräutern und einem winzigen Hauch von Fleisch. Ein Bauernessen, genau wie der Rest, aber ausreichend. Melisende konnte es schlecht verschmähen, und Beaumains machte sich mit so gutem Willen darüber her, als wäre sie nie als Prinzessin geboren worden. Melisende hätte schwören können, daß sie niemals Schlaf fände – nicht so nahe am Ende ihrer Suche. Sie erwachte schlagartig und mit steifem Hals und bemerkte, daß sie an ihrem Platz eingeschlafen war, über einem halb gegessenen Stück Brot und einem Rest Käse.

Beaumains war nirgendwo in Sicht. Sie rappelte sich auf und begab sich dorthin auf die Suche, wo sie hoffte – nein, wußte –, Beaumains zu finden.

Es war tiefe Nacht. Der Himmel war sternenübersät, als sie ihren Weg über den Klosterhof ertastete. Der Felshügel erhob sich dunkel über allem, eine Säule, die den Himmel stützte.

Ein einsames Licht schimmerte in der Dunkelheit, eine Fackel, die neben dem Eingang zur Kapelle an der Wand hing. Melisende lenkte ihre Schritte darauf zu.

Im Inneren herrschte Stille. Es war eine Kapelle, wie sie sie von ärmeren Abteien her kannte, nackter, ungeschmückter Stein, mit wenigen Gemälden oder Steinmetzarbeiten, die Schönheit verbreiteten. Der Altar war schlicht, das ihn bedeckende Leinentuch mußte hier im Kloster gewoben worden sein. Dort stand kein Kreuz, nur ein mit einem Leinentuch von derselben selbstgewebten Sorte verhüllter Gegenstand, der ein Kelch sein mußte.

Vor dem Altar kniete nur eine Gestalt, die Melisende wohlvertraut war: gerade Schultern, die für einen Mann zu schmal und für eine Frau zu breit waren, dichtes schwarzes kurzgeschnittenes Haar und die undefinierbare Ausstrahlung, die jemanden von königlicher Geburt auszeichnete. Melisende, die zwar von ähnlicher Abstammung, aber weder mit Schönheit noch Anmut gesegnet war, lächelte schmal, dann zuckte sie mit den Schultern. Sie war, was sie war. Es reichte aus.

Sie trat durch die Tür in die Kapelle.

Feuer. Es brannte wie Feuer. Es war wie das im See aufsteigende Wasser, wie der Wind, der aus einem übernatürlichen Gefilde gekommen war, um ihnen den Weg zur Insel Avalon zu versperren. Auch das hier war unnatürlich, jenseits der Natur.

Und es war eine Prüfung. Melisende war einfach zu dumm gewesen, um zu erkennen, was die anderen Geschehnisse dargestellt hatten. Die hier erkannte sie. Vor ihr wurde eine Mauer errichtet, die versprach, Fleisch von den Knochen zu schälen und die Knochen zu verbrennen.

Die Kapelle war leer und zugleich voller Stimmen. Hohe Stimmen, übernatürlich lieblich.

Selig die Sanftmütigen, denn sie werden das Land besitzen.

Selig die Gnadenvollen, denn sie werden Erbarmen finden.

Selig die lauteren Herzens sind, denn sie werden Gott schauen.

Mit jedem Vers brannte das Feuer heftiger. Melisende wußte, daß sie nichts davon war: nicht sanftmütig, nicht gnädig, nicht mal reinen Herzens. Sie war so sterblich wie jedermann, von der Sünde tief befleckt. Sünden, die sie bereute, wie es einer guten Christin zukam, aber hier war kein Priester, der ihr Absolution erteilen konnte. Hier war niemand außer Beaumains, von deren Reinheit das Feuer überzeugt sein mußte, denn die Prinzessin von Orkney hatte diese Tür unbeschadet durchtreten und war sogar bis zum Altar gekommen.

Melisende war nicht würdig genug.

Herrin, wir sind nicht würdig, sangen die Stimmen, *aber sage nur ein Wort, und unsere Seele wird gesund.*

Herrin?

Beaumains hielt sich gar nicht allein in der Kapelle auf. Hinter dem Altar, wo Melisende gewohnt war, einen Priester zu sehen, stand eine Gestalt. Eine in Weiß gekleidete Gestalt. Aber eine Frau konnte kein Priester sein, und das hier war unzweifelhaft eine Frau. Sie hätte mit Beaumains verwandt sein können, so hochgewachsen und schlank wie sie war; ihre Augen hatten die blaue Farbe von Ehrenpreiskraut, und das ergrauende Haar war einst zweifellos schwarz gewesen. Ihre Hände waren so lang und schön wie Beaumains', aber selbst aus dieser Entfernung konnte Melisende sehen, daß sie rauh und gerötet waren wie durch ein Leben voller Arbeit.

Also war sie sterblich und erdverbunden, auch wenn das Licht, das sie einhüllte, von keiner einfachen Kerze oder Lampe stammte. Sie verbeugte sich, wie ein Priester sich in der Messe verbeugt hätte, und legte die Hand auf den Schleier, der den Kelch verbarg.

Melisende verschlug es den Atem. Wegen dieses Gegenstands war sie gekommen. Das Feuer in ihrem Herzen, das nicht länger zu brennen schien, sondern sie wärmte wie ein Kaminfeuer in einer Winternacht, verriet es ihr. Sie durchschritt es ohne nachzudenken, hinein in das flüsternde Innere der Kapelle.

Die Frau am Altar hatte innegehalten, oder Melisende hatte keine Zeit gebraucht, um die Distanz zu Beaumains zurückzulegen und sich wie sie versunken vor den Altar und das Licht niederzuknien.

Der Schleier lüftete sich. Da war keine Pracht. Es war nicht einmal ein richtiger Kelch. Nur eine Schale aus Holz, vom Alter dunkel gefärbt, weder wunderschön noch aufwendig gefertigt. Solch eine Schale hätte dazu dienen können, den Haferbrei eines Bauern aufzunehmen oder die Almosen eines Bettlers. Es war ein armseliger Gegenstand, ein gewöhnlicher Gegenstand, ein Ding ohne jeden Wert oder Pracht.

Sie hätte beinahe aufgelacht. Aber wenn sie das tat – wer konnte schon sagen, was dann aus ihr wurde? Es hieß, daß eine Frau über Christus den Herrn gelacht hatte, als er auf seinen Tod zugetaumelt war, und einem schrecklichen Fluch zum Opfer gefallen war. Melisende würde nicht lachen. Auch nicht weinen. Eine so lange Suche zu bestehen, sich so große Hoffnungen zu machen – um einen so unwürdigen Gegenstand zu finden.

Die Frau – eine Priesterin? Eine Äbtissin? – hob den Kelch dem

Licht des Himmels entgegen. Selbst das konnte ihn nicht nach mehr aussehen lassen, als er war.

Es war der Kelch eines armen Mannes, eines Tischlers, eines Untertans, der einen Verbrechertod gestorben war. Nicht für einen König gedacht, nicht mal für einen Prinzen.

In dieser Welt war er nichts von beiden gewesen.

Ehrfurcht befiel sie. Ihre Last drückte sie nieder. Ein einfacher Kelch. Ein Kelch aus Olivenholz, nicht besonders kunstfertig geschnitzt.

»Er kam«, sagte eine leise, liebliche Stimme, »aus dem Heiligen Land, Jahre nach seinem Tod. Ein alter Mann brachte ihn, ein Mann, der sein Freund gewesen war, der ihm seine eigene Gruft zur Verfügung gestellt hatte, um darin zu ruhen – doch er ruhte nur drei Tage, bevor er sich erhob und ging. Der Kelch wurde diesem guten Mann anvertraut, dessen Name Joseph war, damit er ihn in Sicherheit aufbewahrte. Aber als er alt wurde, rief ihn eine Stimme an. ›Geh‹, hieß sie ihn, ›zum Ende der Erde. Und wenn du dort eintriffst, nimm meinen Kelch. Gib ihn jenen, die warten, deren Obhut er überlassen werden soll. Sie werden ihn in Sicherheit aufbewahren. Tu es, und vergiß mich nicht.‹«

»Hier?« Eigentlich hätte Melisende es nicht gewagt, ein Wort zu äußern, aber sie wagte es noch weniger, sich anders zu verhalten. »An diesem Ort? Aber … wenn nur Frauen …«

Die Priesterin lächelte. Ja, sie war mit Beaumains verwandt; sie ähnelten einander auf wunderbare Weise. »Welch besseren Ort gibt es, einen solchen Gegenstand sicher aufzubewahren? Männer würden nach Gold und Juwelen Ausschau halten, nach dem Kelch eines Königs. Frauen würden Bescheid wissen. Daß er ein armer Mann war. Daß er außer seinem Leben nichts von Wert besaß. Und das war fast zu Ende, als er diesen Kelch in die Hände nahm.« Melisende sagte langsam: »Ich kann verstehen, warum dies so ein Geheimnis ist. Aber wenn die Ritter ausgeschickt werden, ihn zu suchen … dann …«

»Kein Mann hat hier Zutritt«, sagte die Priesterin mit einem

Blick und einer Geste, die alles um sie herum mit einschloß, sowohl das Oben wie auch das Unten, die Erde und den Himmel. »Gott ist nicht nur der Vater, mein Kind. Sie ist auch die Mutter. Dieser Kelch gehört ihrem Sohn. Würde sie irgend etwas tun, um ihn zu entehren?«

Dem konnte Melisende nicht widersprechen. Aber sie sagte: »Ihr werdet uns nicht zurückkehren lassen – nicht mit dem Kelch. Und nicht mit Eurem Geheimnis.«

»Der Gral ist kein menschliches Besitztum«, sagte die Priesterin. »Er war niemals dazu bestimmt, vor Prinzen in einer Prozession herumgetragen zu werden.«

»Und selbst wenn wir es täten«, sagte Melisende ziemlich ironisch, »würden sie bloß lachen.«

Die Priesterin lächelte. Sie trat vom Altar herunter, mit ausgestreckten Händen, die den Kelch hielten.

Melisende stockte der Atem. »Das könnt Ihr nicht tun ...«

»Nehmt ihn«, sagte die Priesterin.

Melisende blieb keine andere Wahl, oder die Frau hätte ihn fallen gelassen. Er war ein einfacher Gegenstand, glattes Holz, alt, mit einem beginnenden Sprung, von nur geringem Gewicht. Und doch lag in ihm die ganze Welt. Melisendes Hände hatten niemals etwas so Heiliges gehalten.

Sie konnte ihn behalten. Sie konnte fortgehen. Wer wollte sie aufhalten?

Sie gab ihn zurück. Sie legte ihn in diese langen, schönen Hände und verbeugte sich darüber. Ihr Herz war unermeßlich voll.

Es spielte keine Rolle, was sie bei ihrer Rückkehr erwartete – welche Strafe man ihr für ihr Weglaufen auferlegte, dafür, daß sie ihrem Stand entsagt hatte, sie so getan hatte, als könnte sie wie ein Mann und Ritter den Gral suchen. Es war nicht mal mehr von Bedeutung, daß sie keinem in Camelot von ihrem Erfolg erzählen konnte. Sie hatte ihn gefunden. Sie hatte den Gral gesehen, ihn berührt.

Sie hatte es getan. Das reichte aus.

»Ein Mann würde das nie verstehen«, sagte sie.

Die Priesterin lächelte. Beaumains lachte. »Nein«, sagte die Prinzessin, die sich als Stallbursche ausgegeben hatte und es mit Sicherheit auch weiterhin tun würde. »Das würde er nicht. Männer begeben sich auf die Suche, um nach seltenen und magischen Dingen zu suchen, manchmal sogar heiligen. Aber Frauen«, sagte sie mit Zufriedenheit, »Frauen finden sie.«

Allan Cole
DIE TOCHTER DES SCHMIEDS

Nessas Tag begann Stunden vor dem ersten Hahnenschrei. Die Sterne hingen noch wie juwelengeschmückte Mütter der Nacht am Himmel, als sich das Mädchen von seiner Pritsche erhob und vor Schmerz zusammenzuckte.

In der Ecke ihrer Flechtwerkhütte murmelte ihr Vater im Schlaf vor sich hin, was ihr das Herz stocken ließ. »Frieden«, nuschelte er durch die geschwollenen Lippen. »Nur ein wenig Frieden.«

Ihr Leib tat von den Prügeln weh, die er ihr gestern nacht verabreicht hatte, und so wartete sie lange, bevor sie sich erneut bewegte, bis sie sich versichert hatte, daß er noch immer im Netz seiner trunkenen Benommenheit gefangen war.

In ihrem dünnen, oft geflickten Unterkleid zitterte sie, und ihr Magen beschwerte sich über den säuerlichen Geruch, den ihr Vater von sich gab und der den ganzen Raum erfüllte.

Nachdem sein ruheloses Herumfuchteln geendet hatte, zog sie sich rasch ein Kleid über und schlich auf nackten, schlanken Füßen aus der Hütte. Sie wusch sich am Brunnen und trug anschließend einen Eimer Wasser zu dem offenen Schuppen, der die Schmiedewerkstatt ihres Vaters darstellte.

Der alte Hund, der dort sein Heim hatte, winselte bei ihrem Näherkommen, als er jedoch bemerkte, daß es nur Nessa war und nicht sein Herrchen, wedelte er zum Gruß mit dem Schwanz. Nessa streichelte ihn und flüsterte ihm tröstende Worte zu. Das arme Tier hatte etliche brutale Tritte erdulden müssen, bevor Cobb seinen Zorn seiner Tochter zugewandt hatte.

Für gewöhnlich hätte Nessa nun zuerst die Tiere gefüttert: Körner für die Hühner, Reste für die Schweine, ein bißchen Heu für die Kuh – die allerdings seit einem Monat keine Milch gegeben hatte, und so sparte sich das Mädchen diese Aufgabe. Heute mußte sie zunächst das Durcheinander in der Werkstatt ihres Vaters in Angriff nehmen, bevor sie sich um die Bedürfnisse der Tiere kümmern konnte.

Unter den hellen Sternen des Frühjahrs sah sie recht deutlich, wo überall die Werkzeuge verstreut lagen. Sie richtete den Kühltrog auf, den er umgestoßen hatte, und füllte ihn mit frischem Wasser. Daraufhin sammelte sie die Werkzeuge ein, säuberte sie und legte sie an ihren jeweiligen Platz. Zum Schluß hob sie die zersprungenen Teile des Schwertes auf, das er ruiniert hatte, und warf sie in die Kiste für Schrott.

Die zerbrochene Klinge hatte den Zorn ihres Vaters ausgelöst. Von Lord Owain, dessen Burg wie eine Kröte auf dem Hügel jenseits des Weilers auftragte, in Auftrag gegeben, hätte das Schwert längst fertig sein sollen. Und die anderen von Cobbs Arbeiten ebenfalls. Man brauchte nur die Kuh zu betrachten. Sie gab keine Milch, weil ihr Vater die neuen Wagenräder für einen Bauern nicht fertiggestellt hatte, der im Austausch dafür dem Schmied seinen Bullen leihen wollte. Natürlich schob er dafür der Kuh die Schuld zu, nicht seiner Leidenschaft für starkes Bier. Jetzt drohte er damit, das dürre Tier wegen des bißchen Fleisches zu schlachten, das es auf den Rippen trug. Wie sie danach Milch und Käse bekommen sollten, wußte Nessa nicht. Wahrscheinlich mußte er wieder anschreiben lassen, vermutete sie, mit dem Versprechen auf mehr Arbeit, die nie erledigt werden würde.

Einer Sache war Nessa gewiß: Jeder Fluch, den er für eine unbezahlte Rechnung ernten würde, brächte ihr einen Hieb ein.

Das zerborstene Schwert bot dafür das beste Beispiel. Cobb hatte den größten Teil des Nachmittags bis spät in den Abend hinein das wenige Geld, das sie noch besaßen, in der Schenke vertrunken und mit dem Schwert angegeben, das Lord Owain ihm zur Reparatur überlassen hatte.

Nessa vermochte sich die allzu vertraute Szene ohne Schwierigkeiten vorzustellen. »Mein Ruf als Schmied ist im ganzen Land bekannt, Leute, weit und breit«, so begann er meistens seine Prahlereien. Darauf folgte: »Na, selbst Lord Owain persönlich vertraut diesen Händen sein Leben an.« Damit zeigte er seine dicken Finger herum, die knorrig und verrußt wie Teufel waren. »Hat mich gefragt, ob ich das Schwert für seine persönliche Waffenkammer herrichten könnte, das hat er. Wenn unser Herr also das nächste Mal für den König in die Schlacht zieht, wird es das gute Eisen von Cobb sein, das unseren Feinden eine Heidenangst einjagt.«

Bald wären die Männer seiner Angeberei zunehmend müde geworden. Cobb war groß – der stärkste Mann im Dorf. Trotzdem hatte er sich schon vor langer Zeit als Feigling erwiesen, und die Männer hätten ihre Zunge nicht im Zaum gehalten. Irgend jemand hätte zur Sprache gebracht, wie lange die Auslieferung des Schwertes bereits überfällig war. Ein anderer hätte angemerkt, Lord Owain habe damit gedroht, den Auftrag zurückzuziehen und die Erstattung des Vorschusses für Material zu verlangen. Daraufhin wäre eine Reihe spöttischer Scherze auf Cobbs Kosten gefolgt, in denen es hieß, er sei besser als betrunkener Nichtstuer denn als Schmied bekannt.

Schließlich hätte er es nicht mehr ertragen, hätte sich auf die wankenden Beine erhoben und gerufen: »Kann denn ein Mann nicht einmal sein Bier in Frieden trinken?« Und wie ein alter Bär, um den bellend die Hunde des Dorfes herumspringen, wäre er losgetorkelt. »Das ist doch alles, um was ich in diesem Leben je gebeten habe«, hätte er gejammert. »Nur ein wenig Seelenfrieden. Und was habe ich bekommen: ein kaltherziges Weib, das auch noch, verdammt sei sie, seit sechs Jahren tot ist. Und meine Tochter ist um nichts besser. Zänkisch wie die Mutter und genauso faul; kein Wunder, daß der arme Cobb nicht anständig arbeiten kann. Da besuche ich also am Ende eines langen Tages das Bierhaus, um einen Schluck zu trinken. Und meine Freunde gebärden sich schlimmer als die Teufel der Hölle.«

Nach diesen Worten wäre er schwerfällig hinausgegangen,

wobei ihn die Rufe seiner Trinkgenossen begleiteten: »Seelenfrieden! Seelenfrieden! Laßt dem alten Cobb doch seinen Seelenfrieden!«

Und das hatte ihr Vater gestern abend beim Nachhausekommen vor sich hin gemurmelt: »Ist das denn zuviel verlangt: ein wenig Seelenfrieden?«

Nessa wußte, jetzt war sie dran. Dennoch hatte sie voller Angst ihr Bestes gegeben, um ihrem Vater alles recht zu machen, und gegen jedes Wissen gehofft, sie könnte das Unvermeidliche abwenden. Das letzte Fleisch und ein großes Stück Brot, das sie sich beim Frühstück vom Munde abgespart hatte, tischte sie ihm auf. Und doch verfluchte er sie nur und befahl ihr, ihm in die Schmiede zu folgen – mitten in der Nacht – und den Balg zu betätigen. Er hatte es sich in den Kopf gesetzt, Lord Owains Klinge endlich fertigzustellen. Aber in seiner Trunkenheit zerstörte er mit dem ersten Schlag seines Hammers die Arbeit eines ganzen Monats.

Überallhin flogen Eisensplitter – einer traf seine Stirn, so daß ihm das Blut übers Gesicht lief. Das Heulen des armen Hundes zerriß Nessa das Herz, während sie loslief und Tücher und Wasser holte, mit denen sie die Wunde ihres Vaters säubern wollte.

Und dann, in dem Augenblick, da sie ihm ein feuchtes Tuch reichte, packte er sie an der Kehle und brüllte: »Das ist alles nur deine Schuld, du faule Hure! Du hast das Feuer nicht heiß genug gemacht.«

Daraufhin hatte er sie zu Boden gestoßen, sich einen schweren Stock gegriffen und einen Hagel von Schlägen auf sie niedergehen lassen – Nessa rollte sich zu einem Ball zusammen und versuchte, Gesicht und Kopf zu schützen. Der Stock war auf ihrem Rücken zerbrochen, und Cobb hatte Nessa verflucht, als trüge sie auch daran die Schuld, während er nach einem Gegenstand suchte, mit dem er die Bestrafung fortsetzen konnte. Die Prügelei hatte angedauert, bis die Nachbarn aus ihren Hütten gelaufen kamen und ihn warnten, er würde seine Tochter noch umbringen. Dann würde er sich vor dem Gesetz verantworten müssen.

Nessa wußte nicht, ob es die Nachbarn waren, die ihren Vater gebremst hatten, oder ob er schlicht zu müde geworden war. Eines stand jedoch fest: Augenblicke, bevor die Tortur geendet hatte, spürte sie, wie ihr Geist den Körper verließ.

Ein zweites Ich beobachtete die Quälerei plötzlich von außen. Und sie hörte die vertraute Stimme einer Frau rufen: »Nes-sa. Nes-sa. Komm zu mir, Nes-sa.« Ihr Herz sehnte sich danach, diese versprochene Zuflucht des Trostes und der Liebe zu erreichen. So sanft und süß: »Nes-sa. Komm zu mir, Nes-sa!«

Dann war ihr Vater verschwunden, und sie wurde in die fürchterliche Wirklichkeit ihres Lebens zurückgeholt. Zu benommen, um zu schreien, hatte sich Nessa aufgerappelt und gedemütigt die starren Blicke der Nachbarn ertragen müssen. Obwohl sie Angst vor ihrem Vater hatte, haßte sie dieses Mitleid sehr, und so flüchtete sie in die Hütte. Gnädigerweise war ihr Vater in Schlaf gefallen. Während sie die ganze Nacht wach lag, warf er sich ständig herum und murmelte: »Frieden. Nur ein wenig Frieden.«

Nessa verschloß die Schrecken der vergangenen Nacht in dem kleinen Kästchen in ihrem Kopf, das sie für solche Zwecke bereithielt. Sie schaute sich um, ob sie nicht irgend etwas übersehen hatte. Zu ihrem größten Entsetzen entdeckte sie, daß ihr Vater die Kohlen nicht abgedeckt hatte und das Feuer ausgegangen war. Gewißlich würde er ihr die Schuld für die verlorenen Arbeitsstunden zuschieben, während derer das Feuer zur richtigen Temperatur niederbrannte.

Ihr blieb kaum genug Zeit, um eine weitere Tracht Prügel abzuwenden. Sie rannte zur Esse und gab sich alle Mühe, ein neues Feuer in Gang zu bringen. Aber das Holz war von dem heftigen Schauer, der in der letzten Nacht heruntergekommen war, naß und weigerte sich stur, sich zu entzünden.

Nessa spürte die kalte Panik, die sie erfaßte. Als letzte Rettung kniete sie sich hin und richtete das hübsche, dreizehn Jahre alte Gesicht zum sternenübersäten Himmel, um die Hilfe von Maria, der Mutter Unseres Lieben Herrn Jesus Christus, zu erflehen.

Antwort erhielt sie keine. Wie das feuchte Holz erwies sich ihre Seele den Funken des Gebets gegenüber als unempfänglich. Sie versuchte, sich auf das Bild der Heiligen Jungfrau zu konzentrieren, das in der Kapelle der Burg hing, wo sie an jedem Sabbat mit den anderen Dorfbewohnern den Gottesdienst feierte. Das Bild entglitt ihr immer aufs neue, und statt dessen tauchten die verschwommenen Gesichtszüge einer anderen Frau der Legenden auf.

Doch diese durfte sie, wie die Kirche behauptete, nicht anrufen. Denn vor ihrem inneren Auge sah Nessa das Antlitz von Morgaine. Zumindest dachte sie, es gehöre Morgaine. Von ihr gab es weder in der Kirche noch sonstwo Statuen, von dieser legendären Hohenpriesterin der Mutter Göttin. Die Religion der Alten war aus Lord Owains Königreich verbannt worden. Todesstrafe lautete das sofortige Urteil für einen jeden, den man verdächtigte, diesen Glauben zu praktizieren.

Aber den Tod fürchtete Nessa im Vergleich mit dem Leben, zu dem sie gezwungen wurde, wenig. Zu ihrer geheimen Freude – und Scham – stellte sie sich in den letzten Tagen vor, sie sei die geliebte Stieftochter der mystischen Morgaine.

Morgaine! Seit über einem Monat erschien ihr jeden Morgen der Geist aus den Nebeln.

Begonnen hatte es an dem schrecklichen Tag ihrer ersten Menstruation. Wie von einem Messerstich schmerzte ihr Bauch, während sie am Flußufer Wäsche wusch. Helles Blut befleckte ihr Kleid, ähnlich dem Blut, welches aus ihrer Mutter hervorgesprudelt war, in der Nacht, da ihr Vater die Ahle zur Hand genommen hatte. Er hatte sie der armen Frau geradewegs in den schwangeren Bauch geschoben. Nessa war schockiert Zeugin dieses Mordes geworden, eine schweigende Komplizin wider Willen, derweil ihr Vater den Tod zu einer tragischen, wenngleich durchaus häufigen Folge der Schwangerschaft erklärte. Auf diesem nebligen Ufer dachte Nessa nun stöhnend, ihr Vater könne jeden Moment mit der Ahle in der Hand auftauchen.

Der dichte Dunst wirbelt und fügt sich zu einem silberblauen Bild zusammen. Freundliche Augen betrachten sie. Der sanfte Mund öffnet sich: »Fürchte dich nicht, Kind. Ich bin Morgaine. Ich spreche für die Mutter, die für dich mehr Liebe empfindet, als die ganze Welt zusammen kennt.«

Nessa blickte in diese wunderbaren Augen, hörte die tröstende Stimme, und aller Schmerz war gelindert.

Dann hatte Morgaine gesagt: »Komm zu mir, Kind. Du gehörst nicht hierher. Komm, und gemeinsam werden wir uns für das Gute einsetzen. Diese Arbeit wird dich mit Stolz erfüllen.«

Und sie streckte die Hand aus, schlanke, ranke neblige Finger, die nach Nessa langten. Aber in diesem Augenblick verlor das Mädchen die Nerven. Verängstigt rannte sie davon. Später tat ihr diese Reaktion leid. Seitdem kehrte sie jeden Tag an den Waschplatz zurück und suchte nach der Vision. Und Morgaine enttäuschte das Mädchen nicht. Sie erschien, richtete die gleiche Bitte an sie, nur brachte Nessa niemals den Mut auf, den Fingern die Berührung zu erlauben.

Um die Wahrheit zu sagen, fühlte sich Nessa der Zuwendung der Mutter Göttin unwürdig. Von ihrem Vater, der sie wie das Vieh verprügelte und verhöhnte, geschmäht, hatte sie eine schlechte Meinung von sich selbst. Und deshalb entzog sie sich auch den mitleidigen Blicken der Dorfbewohner, statt bei ihnen um Hilfe zu bitten. Deshalb verriet sie ihnen nicht, daß der Tod ihrer Mutter kein Unfall, sondern Mord gewesen war.

An diesem Tag hingegen, da sie im perlengleichen Sternenlicht nicht zur Jungfrau Maria, sondern zu Morgaine betete, wurden alle ihre Ängste und ihr mangelndes Selbstwertgefühl hinweggefegt. Plötzlich flammte in der Esse das Feuer auf. Und dieses Feuer verwandelte sich in eine Kugel blauen Lichts, die kurz in der Luft schwebte und dann aus der Schmiede kam und das Mädchen einhüllte.

Die Energie, die sie erlebte, war herrlich. Nessa erhob sich, betätigte fachmännisch den Balg und legte Holz nach, bis die

Flammen golden heiß brannten. Ach, war das ein Feuer. Ein Feuer, das für große Dinge bestimmt war.

Eine seltsame und erregende Inspiration erfüllte sie. Die Tochter des Schmieds wandte sich der Schrottkiste zu. Ein Wille – nicht ihr eigener – ließ sie das zerborstene Schwert herausholen. Sie legte die Metallstücke ins Feuer und ging zum Balg, pumpte, pumpte, und jeder Luftstoß verlieh ihr eine Kraft, als sei sie selbst das Feuer. Funken tanzten vor ihren Augen wie Feen in einem Flammenring.

Rasch, so rasch, schmolzen die Eisensplitter. Bei all ihrer Erfahrung hätte sie das verwundern sollen, doch Nessa goß das flüssige Metall einfach in seine Form. Eine Ahnung befahl ihr, darauf zu pusten, und so tat sie das. Ihr Atem schoß rauchig kalt hervor wie der eines Eisgottes im tiefsten Winter.

Nessa brach die Form auf und zog die vollkommene Klinge heraus. Sie hielt das Schwert hoch und begutachtete die Länge des blauen Stahls mit dem geübten Auge der Tochter eines Schmieds.

Bei der Mutter Göttin, wie schön sie war! Grazil und stark und rasiermesserscharf, voll der Versprechen für alle Dinge, die gut sein können. Ihr kam es nicht in den Sinn, daß solche Perfektion nicht so mühelos zu erreichen wäre.

Sie hielt die heiße Klinge mit der Zange und tauchte sie in den Wassertrog. Dampf blies rauschend auf wie ein Sommersturm und schoß ihr ins Gesicht. Tropfen bildeten sich auf ihrer Haut. Sie fühlte sich so sauber. Rein und stark – niemand konnte mehr ihr Herr sein.

In der Holzkiste suchte sie, fand jedoch kein einziges passendes Stück Eiche für ein Heft. Ganz gleich, sie holte das Schnitzmesser ihres Vaters hervor, schnitt einen Griff und befestigte ihn am Schwert. Sie rieb das Holz mit rauher Wolle ab, und plötzlich glänzte es. Jede Linie der Maserung stach heraus, als sei sie von der Mutter Göttin gesegnet.

Die Vollkommenheit des Metalls in Verbindung mit dem Holz

erstaunte sie. Im Herzen noch immer ein Kind, kicherte sie. Denn sie war doch nur Nessa, die Tochter des Schmieds. Stolz, wie ein Kind sein kann, hielt sie das Schwert vor sich. Die Dämmerung brach an, und die Strahlen der Sonne spiegelten sich wunderschön auf der neuen Klinge. Nessa lachte vor Glück. Hätte jemand aus dem Dorf sie gehört, wäre es vermutlich das erste Anzeichen von Vergnügen gewesen, das man seit langem von ihr mitbekommen hatte.

Dann bemerkte sie eine kleine Unvollkommenheit – eine rauhe Stelle an der Schneide. Stirnrunzelnd legte sie das Schwert zurück in das Schmiedefeuer und betätigte den Balg, bis die blauen Flammen tanzten. Daraufhin hob sie die glühende Klinge auf den Amboß. Einmal, zweimal, dreimal traf der Hammer. An ihrem schlanken Arm schwollen Muskeln an, die für ein Kind von dreizehn Jahren überraschend große Kraft aufwiesen.

Nessa tauchte die Klinge ins Wasser, und abermals genoß sie den Dampfstoß. Diesmal war das Schwert perfekt.

Eine schwere Hand fiel ihr auf die Schulter, und eine rauhe Stimme fragte: »Was zum Teufel tust du da, Mädchen?«

Die Hand drehte sie herum, und das Herz sprang Nessa in den Hals, während sie mit Augen aufschaute, in denen sich mehr angstvolles Weiß denn Blau zeigte. Ihr Vater hatte sich vor ihr aufgebaut. Blutunterlaufene Höhlen statt Augen. Atem wie ein fauliger Wind, der über ein offenes Grab weht.

»Ich … ich … wollte nur helfen, Vater«, stotterte Nessa und hielt ihm das Schwert hin.

Cobb riß ihr die Waffe aus der Hand. Er betrachtete das Werkstück, und der Mund stand ihm ob seiner Vollkommenheit offen.

Etwas verwegener sagte Nessa: »Du kannst es jetzt Lord Owain bringen, Vater. Dann können die Männer nicht mehr über dich lachen. Und du hast endlich deinen Frieden, Vater. Endlich Frieden!«

Cobbs Gesicht rötete sich in plötzlichem Zorn. »Du wagst es, mich zu verspotten, Tochter?« brüllte er. »Lächerlich willst du mich machen!«

Und er schlug mit der scharfen Klinge nach ihr, als wäre sie ein bewaffneter Mann, der auf seine Zerstörungswut vorbereitet war. Im letzten Moment duckte sich Nessa auf wackligen Beinen, und das Schwert krachte gegen den Amboß.

Die Wucht des Hiebs war so stark, daß die Klinge hätte zerspringen müssen, statt dessen schnitt sie durch das Metall. Sie zerlegte das dicke Eisen wie ein Rad Sommerkäse.

Während die beiden Hälften des Ambosses zu Boden fielen, grunzte Cobb verwundert. Er hob das Schwert und bestaunte es. Nessa hingegen entging nicht, wie das Feuer der Rage abermals entfacht wurde; trotzdem fand sie den Mut, vorzuspringen anstatt zurück.

»Es gehört mir«, rief sie. »Du darfst es nicht haben!« Und sie riß ihm das Schwert aus den dicken Fingern.

Er brüllte vor Wut, worauf sie sich unter dem Hieb seiner schweren Faust duckte und davonlief.

Sie rannte durch das Dorf, ihr Vater jagte ihr hinterher und schrie: »Ich bring dich um! Ich bring dich um!«

Verschlafen traten die Menschen aus ihren Hütten und beobachteten die seltsame Darbietung. Das kleine Mädchen sauste in die Felder davon, ihr wütender Vater torkelte hinter ihr her und stieß lauthals Drohungen aus.

Und was hielt Nessa da in der Hand? Ein Schwert?

Neugierig folgten sie den beiden.

Nessa rannte durch die Furchen der Felder, und die Drohungen ihres Vaters hallten ihr in den Ohren wider. Dann erreichte sie den kleinen Fluß, an dem die Frauen wuschen.

Am anderen Ufer erhoben sich die Morgennebel aus dem morastigen Grund.

Sie blieb stehen und reckte das Schwert in die Höhe. Sonnenlicht tanzte auf der hellen Klinge.

»Es ist für Euch, Lady Morgaine«, rief sie. »Ein Geschenk von der kleinen Nessa. Jetzt könnt Ihr mich mit Euch nehmen. Nun bin ich Eurer Liebe würdig.«

Aber sie war von Schweigen umgeben. Niedergeschlagen rief Nessa erneut: »Bitte, meine Dame! Nehmt mein Geschenk entgegen! Ich flehe Euch an!«

Noch immer nichts.

Sie hörte die schweren Schritte ihres Vaters näher kommen. Er war außer Atem und konnte nicht länger brüllen.

Verzweifelt trat Nessa ihm entgegen.

»Hab ich dich also«, keuchte er und ging auf sie zu. »Wolltest einen Narren aus mir machen, du kleine Hure!«

Doch zum ersten Mal in ihrem Leben fürchtete sich Nessa nicht vor ihrem Vater. Sie stand mit beiden Füßen fest auf dem Boden da und fühlte sich groß und stark.

»Du hast meine Mutter getötet«, warf sie ihm vor.

Erstaunt über ihren plötzlichen Mut zögerte Cobb. »Was behauptest du da, Mädchen?«

»Ich habe dich gesehen«, erwiderte Nessa ruhig. »Du hast sie umgebracht, und ihr ungeborenes Kind dazu!«

Betroffen antwortete Cobb mit erschütterter Stimme: »Das war nicht meine Schuld. Sie hatte mich wütend gemacht. Aus gutem Grund.« Er schüttelte den Kopf. »Und so habe ich ihr gezeigt, wie der Hase läuft.«

Nessa hatte ein unbeherrschbarer Zorn ergriffen. Sie hob das Schwert in die Höhe. Seltsamerweise duckte sich Cobb.

»Dafür wirst du bezahlen. Du mußt bezahlen!« schrie Nessa.

Sie wollte die Klinge schwingen. In diesem Augenblick jedoch ertönte eine Stimme aus dem Nichts: »Warte, Kind!«

Nessa hielt inne. Sie sah sich um und entdeckte eine neblige Gestalt, die über den Fluß schwebte. Es handelte sich um eine Frau mit langem Haar, gertenschlanker Figur und wunderschönem Antlitz.

»Morgaine!« keuchte Nessa. »Endlich kommt Ihr!«

Die Gestalt Morgaines schwebte nun zwischen Nessa und Cobb.

Der Schmied war angesichts der Erscheinung erstarrt.

»Wie sehr du deinen Vater auch hassen magst«, erklärte Morgaine, »du darfst ihm nichts zuleide tun.«

»Aber er hat meine Mutter getötet«, protestierte Nessa. »Dafür muß er zahlen.«

»Nur ist es nicht an dir, den Preis für sein Verbrechen festzulegen«, entgegnete Morgaine. Sie streckte die Hand aus. »Gib mir das Schwert, Kind.«

Mit einem Mal spürte Nessa ein Glühen der Richtigkeit, der Reinheit. Willig überreichte sie die wundersame Klinge.

Die nebelhafte Gestalt wandte sich Cobb zu. Der Schmied jammerte voller Angst und Furcht. »Tut mir nichts«, winselte er, »ich wollte es nicht. Das Ganze war ein … ein … Unfall! Genau, ein Unfall!«

»Ich bin nicht gekommen, dich zu bestrafen, mein Freund«, sagte die geisterhafte Gestalt Morgaines, »sondern um dir eine Gunst zu erweisen.«

Cobb starrte sie überrascht an. »Eine Gunst?« fragte er. »Was meint Ihr damit?«

»Ich nehme deine Tochter mit mir«, erklärte sie. »Zu einem Ort, an dem sie es viel besser hat als hier. Und zum Ausgleich gewähre ich dir einen Wunsch, worin auch immer er bestehen mag.«

Cobb schluckte. »Worin immer er bestehen mag?«

Morgaine nickte. »Nur vergewissere dich«, warnte sie, »daß er dem tiefsten Sehnen deines Herzens entspringt.«

Cobb seufzte. »Alles, was ich mir je gewünscht habe, war ein wenig Frieden.«

»Dann sollst du deinen Frieden erhalten«, antwortete Morgaine.

Sie winkte mit der schlanken Hand. Und Cobbs Wunsch war erfüllt.

Kurz darauf erreichten die Dorfbewohner die Stelle und fanden Cobb, der am Ufer lag und in den klaren Morgenhimmel starrte. Er war reglos, dennoch lebendig. Nessa war nirgends zu sehen. Sie suchten den ganzen Tag nach ihr und auch den größten

Teil der Nacht, aber von dem Mädchen hat man nie wieder etwas gehört.

Was den Schmied betraf, so trugen sie ihn zu seiner Hütte und legten ihn auf seine Pritsche. Dort lebte er noch zwanzig Jahre lang, obwohl er niemals nach Essen oder Trinken verlangte.

Und in all der Zeit rührte er sich nicht, ja, blinzelte nicht einmal.

Und die einzigen Worte, die er jemals sprach, lauteten: »Frieden. Nur ein wenig Frieden.«

David Farland
UNTER DER SICHEL DES
JUNGEN MONDES

Am Abend eines schwülen Sommertages erschienen drei Reiter auf der Straße südwestlich der Burg Tintagel am Waldrand. Die Wachtposten hatten sie nicht den schlammigen Weg heraufreiten sehen, der von Beronsglade zur Burg führte. Die Ritter tauchten einfach auf, gerade als die Sonne im Meer versank, als hätten sie sich bei einer Reihe von Buchen aus dem Nebel gebildet.

Die Art und Weise ihres Erscheinens schien an diesem Tag der Merkwürdigkeiten nicht weiter merkwürdig zu sein. Der Tidenstand war sehr niedrig, und das Meer lag friedlich da wie ein Bergsee. Den Bewohnern der Burg, die an das ständige Anstürmen der Brandung auf den zerklüfteten Felsen jenseits der Burgmauern gewöhnt waren, erschien die Stille ohrenbetäubend. Selbst die Möwen hatten ihr unablässiges Kreischen aufgegeben und hockten jetzt unten auf den Felsen, wo Muscheln und grüne Seespinnen ihnen eine mühelose Mahlzeit bescherten.

Rings um die Burg war die Luft trüb. Der Rauch von Kochfeuern, Kerzen und Fackeln waberte in blauen Fahnen um die vier Türme Tintagels. Die Atmosphäre war bleiern.

So kam es, daß die Wachen, als sie die drei Ritter erspähten, sich zunächst nur über die sonderbare Tracht der Männer wunderten. Der Anführer des Trios trug einen phantastischen Helm, der die Form eines Drachenkopfs hatte, und sein emaillierter Kettenpanzer glänzte wie Drachenschuppen. Er ritt ein gewaltiges schwarzes Streitroß, und auf dem blanken Eisenschild, den er seinem Zelter aufgebunden hatte, war keine Spur eines heraldischen Zeichens zu sehen. Neben ihm ritt ein großer Kerl in geöltem Kettenpanzer, während der dritte Ritter nichts als einen Brustharnisch aus gekochtem Leder trug, dabei aber soviel Gelassenheit und Selbstbewußtsein ausstrahlte, daß er bedrohlicher wirkte, als käme er an der Spitze einer Sachsenhorde angeritten.

»Es ist Uther Pendragon!« rief einer der Jungen an der Burgmauer als erster. Dann hob er seine Hellebarde, als wolle er ausholen, trat jedoch sogleich erschrocken einige Schritte zurück.

Pendragon war natürlich der schlimmste Alptraum der Wachen. Während des Osterfestes hatte König Uther Pendragon Herzog Gorlois' Gemahlin, der Lady Igraine, unverhohlen den Hof gemacht. Er hatte sie in Anwesenheit ihres Gatten mit der ganzen Anmut und dem Feingefühl eines Bullen umworben, der versuchte, eine Kuh zu besteigen. Zu guter Letzt sah sich der Herzog gezwungen, sich mit seiner Gemahlin durch Flucht der Gesellschaft des Königs zu entziehen. Der König verlangte, Gorlois sollte mit seiner Gattin zurückkehren, aber Gorlois wußte, daß er, wenn er jemals wieder einen Fuß in des Königs Palast setzte, seinen Kopf verlieren würde. Also sperrte er seine Frau wohlbehütet in Tintagel ein, machte sich daran, seine Burgen zu befestigen, und betete, daß er noch rechtzeitig genügend irische Söldner zu seiner Unterstützung in Dienst nehmen konnte, bevor der König ihn angriff.

Nach den letzten Gerüchten hatte Herzog Gorlois sich wie ein Dachs in seiner Festung in Dimilioc verkrochen, die von Uther Pendragon belagert wurde. Es hieß auch, Pendragon habe für den Sturm auf die Festung walisische Bergarbeiter angeworben und geschworen, binnen vierzig Tagen die Burgmauern zu untergraben und Gorlois das Fell abzuziehen.

Als daher der Junge auf der Burgmauer Pendragon zu erkennen glaubte, hob unverzüglich jemand ein Horn an die Lippen und begann, wild zu blasen, um nach Verstärkung zu rufen, obwohl wahrscheinlich keine benötigt werden würde. Tintagel war eine kleine Festung nahe dem Meer, auf schroffen Felsen gelegen, die nur über einen schmalen Damm zu erreichen waren. Es hieß, drei Männer allein könnten es gegen eine Armee jedweder Größe halten, und im Augenblick waren nicht weniger als zwei Dutzend Männer auf der Mauer postiert.

Der Hauptmann der Wache, ein beleibter alter Ritter namens Sir Ventias, der wegen eines lahmen Beines nicht länger reiten konnte, blinzelte durch den Rauch, der die Burg umwaberte. Irgend etwas war anders, als es sein sollte. Er kannte die Gesichtszüge des dicken Königs Pendragon recht gut, und als er nun durch das trübe Licht spähte und der Rauch ihm in den Augen brannte, sah er sofort, daß es nicht Pendragon war, der auf diesem Roß saß. Es war ein junger Mann mit flachsfarbenem Bart und scharfgeschnittenen Zügen.

Ventias kniff die Augen zusammen und versuchte, den Nebel zu durchdringen, bis er seiner Sache sicher war: Es war Herzog Gorlois. Er ritt in der Gesellschaft seines treuen Freundes Sir Jordans und des stämmigen Ritters Sir Brastias.

Ventias lächelte. »Bringt der Herzogin Kunde, daß ihr Gemahl zurückgekehrt ist.«

Das Fest an jenem Abend war etwas Besonderes. Der Wimpel des Herzogs wurde an der Mauer hochgezogen, und überall herrschte Jubel. Sir Brastias persönlich trug die wunderbare Geschichte von ihrer Flucht vor – wie sie ausgekundschaftet hatten, daß Pendragon den Schauplatz der Belagerung verließ, und wie der Herzog mit seinen Rittern aus der Burg herausgesprengt war. Nach einer kurzen Schlacht hatte Gorlois Pendragons Linien durchbrochen und war gen Tintagel geeilt, nur um sodann, nach einigen Meilen Weges, Pendragon selbst zu entdecken, der sich gerade in einem kleinen Tümpel mit irgendeiner Jungfer vergnügte. Da König Pendragon nackt und unbewaffnet war, war es ihnen ein leichtes, den Lüstling mitsamt Waffen und Rüstung gefangenzunehmen und zur Unterwerfung zu zwingen.

Und so kam es, daß Gorlois in Pendragons Rüstung nach Hause ritt.

In Tintagel wurde sogleich alles für ein großes Fest vorbereitet. Ferkel wurden gespickt und im Burghof über offenem Feuer geröstet, während jeder Bursche, der sich auf das Spiel von Dudelsack oder Trommel verstand, aus Leibeskräften musizierte. Frisches Bier floß wie goldener Honig in die Trinkbecher. Junge Knappen fochten Scheingefechte aus, um ihren Herrn zu beeindrucken und das Publikum zu unterhalten. Und überall begannen die Leute zu tanzen.

Doch Herzog Gorlois konnte an alledem keinen Gefallen finden. Statt dessen ging er, bevor die Festlichkeiten begannen, in den Rittersaal und betrachtete seine prachtvolle junge Frau mit einem verdrossenen Blick. Nicht einmal für einen kurzen Augenblick nahm er seinen Platz am Kopf der Tafel ein. Statt dessen musterte er sein Weib nur flüchtig, bevor er eine ihrer Brüste umfaßte, wie man eine Hand umfassen würde, um sie in ihr Bettgemach zu führen.

Dies tat er vor den Augen von gut achtzig Leuten. Als der Priester sich mit leisem Tonfall ob dieser Unziemlichkeit beim Herzog beklagte, sagte Gorlois, für gewöhnlich ein überaus zurückhaltender Mann, nur: »Sollen die Leute sich vergnügen, wie es ihnen gefällt, und ich vergnüge mich, wie es mir gefällt.«

Obwohl diese Grobheit alle in Erstaunen versetzte, wagte doch kein anderer als der Priester seine Stimme dagegen zu erheben. Selbst Sir Jordans, ein Mann, der dafür bekannt war, sein gerechtes Urteil in allen Dingen freimütig zu äußern, saß lediglich im Rittersaal und aß nicht einen einzigen Bissen. Statt dessen spielte er mit seinem schweren, mit einem schlangenförmigen Griff geschmückten Dolch, den er wieder und wieder neben seinem Schneidbrett in den hölzernen Tisch trieb.

Dann zerrte Herzog Gorlois seine Gemahlin gegen ihren Willen die Treppe hinauf, wobei er sich noch auf dem Weg seiner Rüstung entledigte.

Zumindest ist das die Geschichte, wie meine Mutter sie erzählt, und sie sollte es wissen, denn sie war eine der jungen Frauen, die seinerzeit bei den Tischen aufwarteten.

Es scheint überraschend, daß niemand etwas Merkwürdiges daran fand.

Der Abendstern leuchtete in dieser Nacht so rot wie ein Blutstein, und sämtliche Hunde brachten es irgendwie fertig, sich leise durch die Burgtore zu stehlen.

Nach Neumond stand die erste schmale Mondsichel am Himmel, und obwohl die Menschen tanzten, verloren sie schon bald die Lust. Irgendwie waren ihre Füße schwer, und das Fest schien der Mühe kaum zu lohnen, so daß die Menge sich zu zerstreuen begann.

Einige gingen nach Hause, während die meisten mehr darauf bedacht waren, sich sinnlos zu betrinken. Und doch wurde zu diesem Zeitpunkt niemandem die seltsame Stimmung bewußt, die auf Burg Tintagel herrschte.

Recht spät in jener Nacht entdeckte meine Mutter Sir Jordans immer noch auf seiner Bank, wo er stundenlang reglos dagesessen hatte. Er ließ die Flamme einer Kerze an seinem linken Zeigefinger lecken, und das mit einer Gleichgültigkeit, die meine Mutter entsetzte und ihr Herz hämmern ließ.

Dutzende von Rittern lagen betrunken und schnarchend überall um ihn herum auf dem Boden, während zwei Katzen auf dem Tisch an den Knochen eines gerösteten Schwans nagten.

Meine Mutter fragte sich, ob Sir Jordans diese bemerkenswerte Tat um ihretwillen vollbrachte, wie es junge Männer oft tun, wenn sie versuchen, eine junge Frau zu beeindrucken.

Wenn ja, war er zu weit gegangen. Sie fürchtete um Sir Jordans' Gesundheit, und so lief sie lautlos auf die lange eichene Tafel zu. Sie roch kein brennendes Fleisch – nur Bier und Fett und frische Brotlaibe –, obwohl Sir Jordans seinen Finger nun schon eine geschlagene Minute lang in die Flamme hielt.

»Was tut Ihr da?« fragte meine Mutter voller Erstaunen. »Wenn Ihr Euch schon bei lebendigem Leibe rösten wollt, brennt draußen auf dem Burghof immer noch ein helles Feuer!«

Sir Jordans saß einfach dort, auf seinem Platz an der Tafel, die

Kapuze seines Reisemantels tief über die Stirn gezogen, und hielt seinen Finger in die flackernde Flamme. Das Kerzenlicht schimmerte in seinen Augen. Meine Mutter fand sein Schweigen merkwürdig, denn in der Vergangenheit war Sir Jordans stets ein redseliger Bursche gewesen, ein Mann, dessen Lachen wie die winterliche Brandung klang, die gegen die Felsen unter dem Fundament der Burgmauern schlug.

»Hört Ihr mich? Ihr werdet den Finger verlieren«, warnte meine Mutter ihn. »Seid Ihr betrunken – oder toll?« fragte sie und überlegte, ob sie einen der betrunkenen Ritter auf dem Fußboden wecken solle, damit dieser ihr half, den Mann zur Vernunft zu bringen.

Sir Jordans blickte mit träumerischem Lächeln zu ihr auf. »Ich werde meinen Finger nicht verlieren und mich auch nicht verbrennen«, sagte er. »Ich könnte ihn die ganze Nacht so in die Flamme halten. Es ist im Grunde ein recht einfacher Trick. Ich könnte ihn dich lehren – wenn du es wünschst?«

Etwas an seinem Benehmen machte meiner Mutter angst. Sie war damals sehr schön. Obwohl sie nicht mehr als eine Küchenmagd war, war sie im Alter von vierzehn Jahren von großem Liebreiz – mit langem, rabenschwarzem Haar, Augen von der Farbe des Rauchs und einer stattlichen Gestalt, die den Männern anerkennende Blicke abnötigte. Sir Jordans sah sie nun mit unverhohlener Bewunderung an, und ihre Furcht wuchs.

Sie bekreuzigte sich. »Das ist kein Trick, das ist Hexerei!« bezichtigte meine Mutter ihn. »Es ist böse! Wenn der Priester es entdeckt, läßt er Euch Buße tun.«

Aber Sir Jordans lächelte nur, als sei sie noch ein Kind. Er hatte ein breites, angenehmes Gesicht, das niemanden zu kränken vermochte. »Es ist nicht *böse*«, versicherte er ihr mit vernünftig klingender Stimme. »Hat Gott nicht die drei gerechten Israeliten gerettet, als die Ungläubigen sie ins Feuer warfen?«

Da geriet meine Mutter ins Nachdenken. Er hatte natürlich recht. Sir Jordans war ein frommer Mann, das wußte sie, und wenn

Gott Menschen retten konnte, die bei lebendigem Leib ins Feuer geworfen wurden, dann mußte Sir Jordans rechtschaffen genug sein, um Gott zu veranlassen, seinen Finger zu verschonen.

»Ich will es dich lehren«, flüsterte Sir Jordans.

Meine Mutter nickte, immer noch furchtsam, aber in Bann gezogen von seinem sanften Wesen.

»Der Trick«, sagte Sir Jordans, während er den Finger aus der Kerzenflamme zog, »besteht darin, zu lernen, das Feuer in sich selbst aufzunehmen, ohne sich zu verbrennen.«

Er hob den Finger, damit sie ihn in Augenschein nehmen konnte, und meine Mutter trat näher, um in dem schwachen Licht festzustellen, daß er weder Blasen noch Eiter zeigte.

»Sobald du gelernt hast, das Feuer in dir festzuhalten«, flüsterte Sir Jordans, »mußt du lernen, die Flammen loszulassen, wann – und wie – du es willst. So …«

Dann streckte er den Finger aus und berührte die Haut zwischen den üppigen Brüsten meiner Mutter. Sein Finger selbst fühlte sich kalt an, so kalt, daß es sie erschreckte. Doch nachdem er ihn wieder weggezogen hatte, war ihr, als wallten Flammen in ihr auf, die in Wellen durch ihre Brüste pulsten und tief in ihrem Innern Schlacken heiß brennender Lust entfachten. Eine unvorstellbare Glut, so heiß wie die Kohle im Feuer eines Schmieds, erwachte in ihren Lenden zum Leben.

Als die Flammen sie in Besitz nahmen, stöhnte sie erstaunt auf, so unerbittlich entbrannt im Feuer der Lust, daß sie sich in Qualen auf die Knie sinken ließ und kaum mehr fähig war, ihre Schreie zu unterdrücken.

Sir Jordans lächelte sie an und fragte neckend: »Du bist noch Jungfrau, nicht wahr?«

Stumm vor Schmerz nickte meine Mutter nur, während sie, schwitzend und keuchend vor Verlangen, vor ihm kniete. Das ist die Hölle, dachte sie. So wird es sein, ich werde brennen, unter Begierden von solch überwältigendem Ausmaß, daß sie nie gestillt werden können. Dies ist mein Schicksal, jetzt und für alle Zeit.

»Ich könnte dich noch mehr lehren«, wisperte Sir Jordans, als er sich über sie beugte. »Ich könnte dich lehren, wie man liebt, wie man jedes Verlangen der Sinne befriedigt. Das alles sind Künste, die man erlernen kann – Wonnen, die deine kühnste Phantasie übersteigen. Nur wenn *ich* dein Lehrer bin, können die Feuer in dir gelöscht werden.«

Meine Mutter nickte nur, sprachlos vor Kummer und Verlangen. Sie hätte alles gegeben für einen einzigen Augenblick der Erlösung, für auch nur die geringste Befriedigung. Sir Jordans lächelte und beugte sich vor, bis seine Lippen die ihren berührten.

Bei Sonnenaufgang erwachte meine Mutter wieder. Sie lag mit ausgestreckten Gliedern und nackt wie ein Menschenopfer draußen vor der Burg auf einem schwarzen Felsen am Meeresufer.

Die ganze Welt war still, erfüllt von einer Stille, so allumfassend, daß sie schwer wie ein Stück Blei auf ihrer Brust zu liegen schien. Das einzige Geräusch kam von den Möwen, die schreiend über die Türme der Burg zogen, als fürchteten sie sich davor, zu landen.

Sie mußte lange suchen, bis sie ihre Kleider fand, dann kehrte sie in die Burg zurück.

Zwei Stunden später kamen Reiter von Dimilioc herangeprescht. Sie brachten die böse Kunde, daß Herzog Gorlois am Tage zuvor in der Schlacht erschlagen worden sei. Unter den Toten waren auch Sir Brastias und Sir Jordans gefunden worden.

Die Menschen von Tintagel nahmen die Neuigkeit voller Ehrfurcht auf und versuchten, den Ereignissen einen Sinn abzugewinnen, obwohl sie heimlich das Böse erkannten.

»Es war ein Schatten«, sagten sie. »Herzog Gorlois liebte seine Gemahlin so sehr, daß er bei Sonnenuntergang heimkehrte, um sie ein letztes Mal zu sehen.«

Selbst die Lady Igraine wiederholte diese Geschichte von Schatten, als sei es die Wahrheit, denn ihr Gemahl hatte sich noch vor Sonnenaufgang aus ihrem Bett gestohlen, als sei er wahrhaftig ein

Schatten, genauso wie die anderen toten Männer, die in seinem Gefolge gekommen waren.

Aber meine Mutter glaubte diese Geschichte nicht. Der Mann, mit dem sie in der Nacht zuvor geschlafen hatte, war ein Wesen aus Fleisch und Blut gewesen, und sie spürte das Brennen seines lebendigen Samens in ihrem Schoß. Sie wußte, daß sie von Zauberei verführt worden war, verführt unter der Sichel des jungen Mondes.

Zwei Kinder wurden in jener furchtbaren Nacht empfangen. Ich war eines davon, das Mädchen.

Von dem Jungen habt ihr gewiß gehört.

König Uther Pendragon zwang die verwitwete Igraine schon bald, sich mit ihm zu vermählen, und ließ sie nach Canterbury bringen. Als der Junge geboren wurde, riß Pendragon den neugeborenen Sohn von der Brust seiner Mutter und gab ihn einem helläugigen walisischen Zauberer, der ihn sich über den Rücken warf wie ein Bündel Feuerholz und mit ihm im Wald verschwand.

Es wurde erzählt, Igraine befürchtete, der Zauberer werde den Säugling lebendig begraben, und habe daher unablässig gebetet, Gott möge das Herz des Zauberers erweichen, damit dieser das Kind aussetzte, statt ihm Böses anzutun.

Manche sagten auch, Igraine habe sich im Laufe der Zeit zu dem Glauben verleiten lassen, ihr Sohn werde von Bauern oder Wölfen großgezogen. Oft sah man sie über die Jahrmärkte wandern, wo sie tief in die Augen eines jeden Knaben blickte, als versuche sie, etwas von sich oder dem Herzog Gorlois dort zu finden.

Meine Mutter floh von Tintagel, lange bevor ihr Leib sich zu wölben begann. Sie liebte einen Stalljungen auf der Burg und hatte sich ihm sogar schon zur Ehe versprochen, so daß es sie hart ankam, fortzugehen und sie sich eines Nachts, ohne einem einzigen Menschen Lebewohl zu sagen, davonstahl.

Denn sie lebte in der beständigen Furcht, der falsche Sir Jordans könne zurückkehren. Schließlich ist es allenthalben bekannt, daß

Teufel es nicht über sich bringen, ihre eigenen Nachkommen in Frieden zu lassen.

Dreihundertdreiunddreißig Tage später setzten bei meiner Mutter die Wehen ein, nach einer so langen Schwangerschaft, daß sie wußte, daß ich kein normaler Säugling sein konnte.

Meine Mutter nahm sich keine Hebamme, denn sie fürchtete zu Recht, daß ich als Ungeheuer geboren würde. Ich würde einen Schwanz haben, dachte sie, und einen Ziegenpelz und statt Füßen Teufelshufe. Sie fürchtete, daß ich vielleicht sogar mit Hörnern geboren werden könnte, die sie auf meinem Weg aus ihrem Schoß zerreißen würden.

Kein Priester hätte einen Bastard getauft oder ein mißgestaltetes Ungeheuer, das wußte sie, und sie hoffte, daß ich tot geboren oder doch bald sterben würde, so daß sie sich dieses Beweises ihrer Sünde entledigen könnte.

Also ging sie in den Wald, noch während die Schmerzen der Geburt sie in ihren Fängen hielten, und sie grub ein kleines Loch, in dem sie mich begraben wollte. Dann legte sie einen großen Steinblock daneben, um mich, falls es soweit kam, damit zu zerschmettern.

Schließlich hockte sie sich zwischen die Farne unter einer Eiche. So fiel ich dann in die Welt hinein, und die einzigen Schreie, die an jenem Tag aus dem Wald hallten, waren die meiner Mutter.

Denn als ich die weiche Erde berührte, lag ich einfach nur still da und sah mich um. Meine Mutter blickte in furchtsamer Erwartung zwischen ihren Beinen zu Boden und sah sogleich, daß ich kein gewöhnliches Mädchen war. Ich war auch nicht so alltäglich, wie ihre Sünde es gewesen war. Und ich war nicht mit einem Pelz oder einem verzerrten Antlitz geboren worden.

Statt dessen, erzählte sie, sei ich ein strahlendes Geschöpf gewesen, mit Haut, die nach süßem Geißblatt roch, und Augen so bleich wie Eis. Ich war nicht mit dem käsigen Überzug eines Neugeborenen bedeckt, auch klebte an meinem Leib nicht das Blut meiner Mutter.

Ich blickte zu ihr auf, als sei ich sehr alt und weise und wissend, und ich weinte nicht. Statt dessen streckte ich die Hand aus und umfaßte ihre blutige Ferse, als wolle ich sie trösten, und ich lächelte.

Als meine Mutter selbst noch ein kleines Mädchen war, so erzählte sie mir, habe sie oft versucht, sich die Engel vorzustellen, die so rein waren und so gut, so weise und schön, so unschuldig und mächtig, daß der Geist sich gegen den Versuch auflehnte, sich ein Bild von ihnen zu machen. Nun umfaßte ein neugeborener Engel ihre Ferse, und es brach meiner Mutter das Herz.

Kein menschliches Kind hatte je so helle Haut besessen oder Haar, dessen Farbton dem einer Rose so nahe kam.

Daher wußte meine Mutter, daß ich ebensosehr ein Feenkind war wie ein Bastard, geboren unter dem neuen jungen Mond, und obwohl sie mich liebte, wagte sie es nicht, mir einen Namen zu geben. Obwohl ich keinen Höcker auf dem Rücken trug wie ein Buckliger und auch sonst keinerlei Entstellung aufwies, die mich monströs oder häßlich erscheinen ließ, rief sie mich daher nur »Mondkalb«.

Wenn Schönheit und Weisheit als Fluch gelten können, war niemand schlimmer verflucht als ich.

Meine Mutter bangte um mich. Sie hatte Angst vor dem, was lüsterne Männer mir antun mochten, falls ich je entdeckt würde.

So mied sie denn Dörfer und Burgen und zog in eine leerstehende Hütte tief in den bewaldeten Bergen, und vielleicht war es so das beste. Die Sachsen drangen immer weiter nach Norden vor, und nach ihren seltenen Wanderungen ins nächste Dorf kehrte sie stets voller Unruhe über die Neuigkeiten dort zurück.

Des Nachts konnte ich sie hören, wie sie wach dalag; die Perlen ihres Rosenkranzes klapperten leise, während sie sich mit geflüsterten Gebeten an ihren rachgierigen Gott wandte, weil sie hoffte, er werde mich heilen. Ich wußte schon damals, daß ihre Gebete vergebens waren, daß ihr Gott nichts mit mir zu tun hatte.

Mutter zog mich allein groß. Wieder und wieder bat sie mich flehentlich: »Geh niemals zu weit von der Hütte weg. Laß niemals dein Gesicht sehen, und laß niemals irgendeinen Mann dich berühren!«

Ihre Liebe zu mir war wild und tief. Sie lehrte mich Spiele und gab mir zu essen, so gut sie es vermochte. Sie strafte mich, wenn ich ungehorsam war, und des Nachts im Schlaf hielt sie mich fest umschlungen.

Aber wenn sie mich überhaupt zum Spielen nach draußen ließ, so tat sie dies immer nur kurz, und selbst dann mußte ich mich stets mit einem Umhang und einem Schal bedecken, so daß mein Gesicht verborgen blieb.

Manchmal kniete sie sich am Abend unter ein Kreuz, das sie vor der Hütte aufgebaut hatte, und erhob die Stimme, um zu ihrem Gott und dessen Mutter zu beten. Sie flehte um Vergebung und bat ihn, mich zu heilen und zu einem ganz gewöhnlichen Kind zu machen. Manchmal schnitt sie sich auch ins Fleisch oder riß sich ihre eigenen Haare aus, oder sie geißelte sich ohne jede Gnade, weil sie hoffte, ihr Gott werde ihr dafür Barmherzigkeit zeigen.

Ich gebe zu, daß auch ich bisweilen zu der Gesegneten Jungfrau betete, aber nie für mich selbst – ich tat es nur meiner Mutter zum Trost.

Sie tat alles, um mein Gebrechen von mir zu nehmen. Sie rieb mich mit heilkräftigen Blättern ein, so zum Beispiel mit Venuskraut und Zauberwurz.

Als ich drei Jahre alt war, unternahm meine Mutter eine lange Reise von mehreren Tagen, die erste und einzige, die sie je mit mir gemeinsam unternahm. Sie hatte im Dorf erfahren, daß ein heiliger Mann gestorben sei, ein Bischof, der allenthalben im Rufe stand, ein Mann von gottgefälligem Lebenswandel zu sein, und dessen Knochen wollte sie unbedingt für mich verbrennen.

Also zog sie mich warm an und trug mich durch die endlosen Wälder. Ob sie dabei mehr Schweiß vergoß, als sie Gebete sprach, war schwer auszumachen.

Fast eine Woche lang wanderten wir, mieden mit Bedacht Dörfer und Städte und waren überwiegend des Nachts im Licht der Sterne und eines zunehmenden Mondes unterwegs, bis wir endlich an eine Abtei gelangten. Meine Mutter fand die letzte Ruhestätte des Mannes und hatte alle Mühe, den Stein von seinem Grab zu stemmen. Ob der Bischof ein wahrhaft guter Mensch war, das weiß ich nicht. Sein Geist hatte jedenfalls den Ort bereits verlassen.

Aber wir fanden seinen verwesenden Leichnam. Meine Mutter trennte ihm die Hand ab; dann eilten wir in die Nacht davon. Der Abt muß jedoch seine Hunde auf uns angesetzt haben, denn ich erinnere mich, daß meine Mutter mit mir auf dem Rücken durch einen Bach platschte und die Hunde hinter uns bellten.

Zwei Nächte später, als der Mond sich ganz gerundet hatte, fanden wir eine Kuppe weitab jeder menschlichen Behausung, und meine Mutter schichtete Holz zur Verbrennung der Knochen auf. Wir schichteten drei Äste aufeinander und legten Grasbüschel zu einem großen Kreis aus, und während wir dies taten, betete meine Mutter die ganze Zeit über um meinetwillen zu ihrem Gott.

»Gott kann dich heilen, Mondkalb«, murmelte sie wieder und wieder. »Gott liebt dich und kann dich heilen. Er kann es fügen, daß du wie ein ganz gewöhnliches Kind aussiehst, dessen bin ich gewiß. Aber um seine größten Segnungen zu erlangen, mußt du deine Gebete sprechen und durch das Feuer aus Knochen gehen. Nur dann werden der allmächtige Vater und seine Magd Maria, während der Rauch zum Himmel aufsteigt, deine innigsten Gebete erhören.«

Mir schien das Ganze mit ziemlich viel Mühe verbunden zu sein. Ich war ein glückliches und unbeschwertes Kind. Meine größte Sorge galt meiner Mutter; nachdem sie sich meinetwegen soviel Arbeit gemacht hatte, willigte ich zu guter Letzt ein.

Als das Feuer am hellsten brannte und seine Rauchsäulen dem Himmel entgegenstoben, warf meine Mutter die abgetrennte Hand des Bischofs mitten hinein, und wir warteten, bis wir sein angesengtes Fleisch riechen konnten.

Dann sagten meine Mutter und ich unsere Gebete, und meine Mutter hieß mich, durch das Feuer zu springen.

Ich folgte ihrer Bitte und erflehte, während ich sieben Mal durch Flammen sprang, den Segen der Heiligen Jungfrau.

Schon als Kind hatte mich das Feuer nie verbrannt. Bis zu jenem Zeitpunkt schätzte ich mich glücklich deswegen.

Aber obwohl das Feuer so heiß war, daß meine Mutter es nicht wagte, sich ihm zu nähern, sprang ich unversehrt hindurch, unberührt von der Hitze.

Bei meinem letzten Versuch, als ich sah, daß das Knochenfeuer mir noch immer kein menschliches Aussehen geschenkt hatte, sprang ich einfach mitten in die Glut und blieb dort stehen.

Ich hoffte, die Flammen würden mich verletzen und Narben hinterlassen, damit ich vielleicht ein wenig mehr Ähnlichkeit mit einer Sterblichen bekäme.

Meine Mutter schrie in panischem Schrecken und versuchte, in meine Nähe zu gelangen, mich aus dem Feuer zu ziehen, aber sie trug nur böse Brandwunden davon.

Ich schrie laut zur Heiligen Jungfrau und erflehte ihren Segen, aber obwohl die Flammen mir die Kleidung vom Fleisch leckten, so daß sich meine Röcke und mein Umhang in faserige Asche verwandelten, krümmte das Feuer mir kein Haar.

Ich wartete fast eine Stunde, bis die Flammen langsam erstarben und ich des Spiels müde wurde. Dann half ich meiner Mutter zum Bach hinunter, damit sie ihr verbranntes Fleisch kühlen und ihre Qualen lindern konnte.

Sie weinte und betete verzweifelt, und bei Sonnenaufgang zeigte sich, daß sie nicht in der Lage war, den Rückweg anzutreten. Sie hatte gewaltige schwarze Striemen im Gesicht und Bläschen unter der Haut, und ihre Haut war ganz rot geworden – alles, weil sie glaubte, mich vor den Flammen retten zu müssen. Aber meine Haut zeigte nicht die kleinste Verbrennung. Wenn überhaupt, sah sie noch durchscheinender aus als zuvor. Meine Mutter schluchzte und bestätigte meine Befürchtungen. »Du siehst noch reiner aus als zuvor.«

So kam es, daß ich für uns beide auf Nahrungssuche ging, und nach einigen Tagen machten wir uns geschlagen und schleppenden Schritts auf den Heimweg.

Danach schien meine Mutter jedwede Hoffnung verloren zu haben, mich jemals heilen zu können. Einige Tage später teilte sie mir dann ihren Entschluß mit. »Ich werde für dich sorgen, bis du dreizehn bist«, sagte sie. »Aber danach kann ich nichts mehr für dich tun.«

Sie wollte ein eigenes Leben haben.

Sie ging jetzt häufiger ins Dorf, und ich wußte, daß sie sich verliebt hatte, denn wenn sie zurückkehrte, erwähnte sie recht oft einen jungen Müller, der dort lebte, einen Mann namens Andelin, und manchmal verfiel sie dann in Schweigen, blickte versonnen in die Ferne und lächelte.

Ich bin mir sicher, daß sie ihre verfluchte Tochter ihm gegenüber nie erwähnte, und ich vermute, daß er gar nicht anders gekonnt hätte, als meine Mutter zu lieben, wie es sich gehörte.

Eines Nachts, es war gegen Ende des Sommers, kehrte meine Mutter weinend aus dem Dorf zurück. Ich fragte sie nach dem Grund für ihre Tränen, und sie sagte, Andelin habe sie um ihre Hand gebeten, sie aber habe ihn abgewiesen.

Warum, das sagte sie mir nicht. Sie glaubte, ich sei noch zu jung, um zu verstehen, daß ich es war, die ihrer Liebe im Wege stand.

Später in jener Nacht kam Andelin selbst in den Wald geritten und rief nach meiner Mutter, suchte nach unserer Hütte. Aber sie lag weitab von dem einsamen Pfad, der durch den Wald führte, und meine Mutter war stets sorgsam darauf bedacht, keine Spuren zu hinterlassen, so daß er uns nicht fand.

Obwohl es mir für meine Mutter leid tat, war ich doch froh, als Andelin es aufgab, nach uns zu suchen.

Der Gedanke entsetzte mich, daß meine Mutter mich eines Tages vielleicht verlassen könne. Sie war meine treueste Gefährtin, meine beste Freundin.

Aber wenn ich auch als Kind allein großgezogen wurde, so ist die Wahrheit doch die, daß ich mich nur selten einsam fühlte. In einem dunklen, engen Tal, keine Viertelmeile von meinem Heim entfernt, gab es eine unfruchtbare Stelle, an der einst die Hütte eines Waldbewohners gestanden hatte. Ein kleiner Junge, Daffyth, war in dieser Hütte gestorben, und sein Schatten verharrte noch immer in der Nähe, denn er sehnte sich nach seiner Mutter, die niemals zurückkehren würde.

Außer an den allersonnigsten Tagen konnte ich jederzeit mit ihm sprechen, und er lehrte mich viele Spiele und Reime, die er auf dem Schoß seiner Mutter gelernt hatte. Er war ein unglücklicher kleiner Junge, verloren und voller Angst. Er brauchte meinen Trost dringender, als ich je des seinen bedurfte.

Denn ich konnte nicht nur mit ihm und mit meiner Mutter sprechen, sondern auch mit den Tieren. Ich lauschte den hungrigen Plaudereien der Forellen im Bach, dem nutzlosen Geplapper der Eichhörnchen und den furchtsamen Grübeleien der Mäuse. Die Saatkrähen, die im Schatten des Schornsteins auf unserer Hütte lebten, beschimpften mich zwar oft und schalten mich, ihnen ihr Essen zu stehlen, aber dann kicherten sie nur um so lauter, wenn es ihnen gelang, mir ein leuchtendes Stückchen blauer Kordel aus meinem Kittel zu stehlen, um es ihren Nestern hinzuzufügen.

Aber nicht die kleinen Tiere waren es, die mir die größte Freude schenkten. Als Kind von vier Jahren lernte ich eine struppige alte Wölfin lieben, die freundlich und gesellig war und die mich warnte, wenn Jäger oder Gesetzlose durch den Wald streiften.

Wenn ich in jenen Jahren meiner Mutter erzählte, was die Vögel und Füchse so sprachen, weigerte sie sich stets, mir zu glauben. Sie dachte, ich sei einsam und spönne mir daher meine eigenen Märchen. Wie jedes andere Kind neigte ich zu unablässigem

Geplapper, und es war nur natürlich, daß ich Gesellschaft suchte, wo ich sie finden konnte.

Vielleicht aber wagte sie es auch nicht, sich selbst einzugestehen, daß sie wußte, wozu ich imstande war.

Fest steht, daß sie eine gewisse Ahnung gehabt haben muß.

Ich weiß, daß sie mir schließlich Glauben schenkte, als ich fünf wurde, denn das war das Jahr, in dem ich den weißen Hirsch traf.

Er war alt und ehrwürdig und weiser selbst als der Wolf oder die Eulen. Er war es auch, der mich lehrte, mich unsichtbar zu machen, und der mir die leuchtenden Pfade in der Luft zeigte, die zu der Leuchtenden Lady führten.

»Du bist eine von ihnen«, sagte er. »Wenn die Zeit gekommen ist, mußt du zu ihr gehen.« Aber in jenem frühen Alter fühlte ich den Ruf der Göttin noch nicht.

Es war in ebendiesem Jahr, daß meine Mutter an einem trüben Mittwintertag krank wurde – tödlich krank, obwohl ich den Tod damals nicht verstand. Wenn sie hustete, spritzten kleine Bluttröpfchen aus ihrem Mund, und obwohl ihr Fleisch von einem inneren Fieber verzehrt wurde, zitterte sie heftig, obwohl ich schon all unsere Decken und Mäntel über ihr ausgebreitet und sie neben das hell lodernde Feuer geschoben hatte.

»Hör mich an«, rief meine Mutter eines Nachts, nachdem ein schwerer Hustenanfall die Decken um ihren Hals rot gefärbt hatte. »Ich werde sterben«, sagte sie. »Ich werde sterben, mein geliebtes Mondkalb, und ich fürchte, daß das auch dein Tod sein wird.«

Ich hatte den Tod natürlich schon gesehen. Ich hatte die kalten Leiber von Eichhörnchen gesehen, aber ich hatte später auch ihre Schatten fröhlich und vollkommen sorglos durch die Bäume hüpfen sehen. Ich teilte die Angst meiner Mutter nicht.

»Na gut«, sagte ich und akzeptierte den Tod.

»Nein!« schrie meine Mutter und rang um Atem. Tränen strömten aus ihren Augen. »Es ist nicht gut.« Ihre Stimme klang unglaublich heiser und so voller Schmerz. »Du mußt mir versprechen, am Leben zu bleiben. Essen. Wir haben jede Menge zu essen.

Aber du mußt das Feuer in Gang halten, damit du warm bleibst. Im Frühling mußt du nach Norden in das Nonnenkloster am Waldrand gehen.«

»Na gut«, antwortete ich gleichmütig, bereit zu leben oder zu sterben, ganz wie es ihr Wunsch war.

Sie wurde sehr schnell schwächer.

In jenen Tagen wußte ich nur wenig von Kräuterkunde oder Magie. Wenn ich damals gewußt hätte, was ich heute weiß, wäre ich vielleicht über den Pfad zum Endlosen Sommer gegangen und hätte Lungenkraut und Holunderblüten geholt, um ihren Husten zu bekämpfen, und Weiden- und Katzenminze, um ihren Schmerz zu lindern und das Fieber behutsam ausschwitzen zu lassen.

Aber als Kind konnte ich nur mit ihr beten. Sie betete um das Leben, ich betete um ein schnelles Ende ihrer Qualen.

Ihr Gott erhörte mein Gebet – das einzige meiner Gebete, das er je erhörte –, und binnen weniger Stunden starb sie.

Aber die Qualen meiner Mutter fanden mit ihrem Tod noch kein Ende. Ihr Schatten war rastlos und sehnte sich danach, über mich zu wachen. Sie glaubte, ich müsse den Preis für ihre Sünde zahlen. So blieb sie denn bei mir in diesem Haus und wehklagte in ihrem Gram. Jede Nacht war ein neuer Anfang für sie, denn wie die meisten Schatten, pflegte sie alles zu vergessen, was sich in der Nacht zuvor zugetragen hatte. Manchmal nahm ich sie zu Daffyth mit, weil ich hoffte, die beiden könnten einander vielleicht Trost spenden, aber meiner Mutter gaben diese Bemühungen nichts.

Sie verfluchte sich für ihre Schwäche, daß sie sich von Sir Jordans hatte verführen lassen, und oft schwor sie ihm mit heiserer Stimme Rache.

Sie liebte mich und weinte um mich, und ich konnte sie nicht trösten. Ebensowenig machte ich mich jemals auf den Weg zu dem Nonnenkloster, denn meine Mutter schien mir so lebendig zu sein wie eh und je.

Ich lebte und wuchs. Die Wölfin brachte mir Hasen und Ferkel und junge Rehe zu essen, bis sie selbst alt wurde und starb. Ich sammelte Pilze vom Boden des Waldes auf, und der weiße Hirsch zeigte mir, wo noch ein alter Obstgarten lag, so daß ich mir Vorräte aus Pflaumen und Äpfeln anlegte, die mir durch jeden Winter halfen.

Ich ging selbst auf Nahrungssuche und versorgte mich mit allem, was ich benötigte. Auf diese Weise begann ich, die Wälder zu durchstreifen und zu erkunden. Manchmal blieb ich tagelang unserer alten Hütte fern und ließ meine Mutter in ihrer Qual allein. Bei solchen Gelegenheiten irrte auch sie umher, suchte nach ihrem kleinen, verlorenen Mädchen. Ganz allmählich verflüchtigte sich ihre Existenz, sie wurde vergeßlich, und wenn sie mich dann fand, erkannte sie mich manchmal nicht mehr.

Einmal entdeckte ich sie am Rand des Dorfes, wo sie mit starrem Blick Andelins Haus betrachtete. Der Müller war älter geworden und hatte ein Mädchen geheiratet, das mit meiner Mutter nicht zu vergleichen war. Im Haus weinte ihr Kind, und meine Mutter wagte es nicht, sie zu stören.

Und doch stand sie, genau wie ich, dort am Rand des Waldes und verzehrte sich nach der Berührung eines anderen Menschen.

Ich blieb auf meinen Reisen oft unsichtbar, und ich gestehe, daß es mir zuzeiten gefiel, mich an Wilderer und Gesetzlose heranzu-schleichen, die sich im Wald versteckten, einzig, um sie zu beobachten, um zu sehen, wie gewöhnliche Menschen aussahen, wie sie sich benahmen, wenn sie sich allein wähnten.

Aber in meinem vierzehnten Sommer beging ich einmal den Fehler, auf einen Zweig zu treten, während ich einen hübschen jungen Mann beobachtete, der sich durch hohen Farn an den weißen Hirsch heranpirschte. Der Junge fuhr herum und ließ seinen Pfeil so geschwind vom Bogen schnellen, daß ich keine Zeit hatte, seinem Schuß auszuweichen.

Die kalte Eisenspitze seines Pfeils streifte meinen Arm. Obwohl die Wunde nur geringfügig war, hatte das Eisen meinen Zauber doch zerstreut, so daß ich plötzlich vor ihm stand – nackt, denn ich brauchte ja keine Kleider. Mein Herz hämmerte vor Furcht und Verlangen.

Plötzlich stellte ich mir vor, was der Junge jetzt, da er mich gesehen hatte, wohl tun mochte. Ich stellte mir seine Lippen auf meinen vor, seine Hände, die mit festem Griff meine Hüften umfaßten, stellte mir vor, daß er mich schänden würde. Schließlich hatte meine Mutter mich Nacht um Nacht vor dem gewarnt, was Männer tun würden, wenn sie mich sähen.

So erwartete ich denn, daß er sich mir nähern würde. Tatsächlich stellte ich mir in jenem Augenblick vor, daß ich vielleicht sogar in ihn verliebt war, und beschloß daher, seine Leidenschaft zu ertragen, wenn nicht gar mich an ihr zu erfreuen.

Aber als er mich plötzlich nackt dort stehen sah, fiel er zu meinem Entsetzen lediglich in Ohnmacht. Obwohl ich fast eine Stunde lang versuchte, ihn wiederzubeleben, blickte er mich jedes Mal, wenn ich Erfolg hatte, nur voller Ehrfurcht an, um dann erneut das Bewußtsein zu verlieren.

Als die Nacht sich herabsenkte, hüllte ich mich in einen Mantel aus Unsichtbarkeit und ließ ihn wieder zu sich kommen. Dann folgte ich ihm zu seinem Haus am Rand eines Dorfes. Immer wieder horchte er auf meinen Schritt, und er bat mich, ihm nicht zu folgen, weil er mich für einen Sukkubus oder sonst einen Dämonen hielt.

Er schlug das Kreuzzeichen, um sich gegen mich zu schützen, und ich bat ihn, doch zu verweilen. Aber er schoß Pfeile auf mich ab und schien solche Angst auszustehen, daß ich es nicht wagte, ihm weiter zu folgen, um seinetwillen wie um meinetwillen.

Kurze Zeit darauf begegnete ich Wiglan, der weißen Frau aus dem Hügelgrab. Sie war ein schwerfälliges altes Geschöpf, beinahe wie ein Baumstumpf mit Armen. Sie war damals vierhundert Jahre tot gewesen, und ihr Geist war nicht flackernd erloschen und verblaßt, wie es bei so vielen geschieht, sondern vielmehr zu etwas Verzerrtem und Fremdartigem und Unheimlichem gereift. Überdies wurde sie im Gegensatz zu dem Schatten meiner Mutter tagsüber auch nicht vergeßlich, und so konnte sie mir eine ebenbürtigere Gefährtin sein.

Eines Nachts, unter den leuchtenden, ewigen Sternen, erzählte ich Wiglan von meinem Problem, von dem verzweifelten Wunsch meiner Mutter, daß ich das Aussehen einer Sterblichen erlangen möge, von diesem Wunsch, der nun auch der meine war. Die Gesellschaft kalter Schatten und die Gespräche mit Tieren konnten mir keinen Trost mehr schenken. Es verlangte mich nach der Berührung eines echten Menschen, dem Kuß warmer Lippen, der Zärtlichkeit und der Wildheit körperlicher Liebe.

»Vielleicht«, erwiderte Wiglan, »solltest du die heilenden Teiche im Norden aufsuchen. Wenn die Göttin dich überhaupt heilen kann, dann ist das der Ort, an dem du ihren Segen finden wirst.«

»Von welchen Teichen sprichst du?« fragte ich, und mein Herz hämmerte, erfüllt von einer Hoffnung, wie ich sie nie zuvor so heftig verspürt hatte.

»Es gibt uralte Teiche oben in Wales«, sagte sie. »Man nennt sie den Jungfrauenborn. Als ich noch lebte, erbauten die Römer eine Stadt dort, eine Stadt namens Caerleon. Ich hörte, sie hätten den Quell mit Mauern umgeben und einen Tempel für ihre Göttin Minerva errichtet. Der Quell verfügt über große Macht, und die Römer huldigten der Göttin auf ihre Weise, aber selbst damals war das eine Sünde, denn indem sie der Göttin huldigten, trachteten sie danach, ihrer Macht Grenzen zu setzen.«

»Das war vor Hunderten von Jahren«, wandte ich ein. »Bist du sicher, daß dieser Quell auch heute noch sprudelt?«

»Es ist der Lady und jedem der Ihren ein heiliger Ort«, sagte Wiglan. »Er wird immer noch dort sein. Geh im Licht eines neuen Mondes dorthin und bitte sie um das, was du willst. Du mußt ihr ein Opfer aus Wasserlilien und Lavendel bringen. Vielleicht wird dir deine Bitte gewährt werden.«

Von einer brennenden Hoffnung erfüllt, machte ich mich unverzüglich auf den Weg. Ich folgte dem Lauf des Flusses oder den Sternen und wanderte viele Tage über Felder und Hügel, durch sumpfige Wälder und über die stinkenden Torfmoore. Des Nachts fragte ich bisweilen die Toten nach dem Weg, die in jenen Tagen der Unrast so zahlreich waren, bis ich nach vielen Wochen endlich den verfallenen Tempel erreichte.

Die Sachsen waren vor einigen Jahren in Caerleon gewesen und hatten die Stadt niedergebrannt. Unweit des alten Tempels stand eine Burg, aber die Dörfer um Caerleon herum waren verbrannt und geplündert worden, ihre Bewohner ermordet. Nur wenig war stehengeblieben, und im Augenblick war die Burg nur von einer Handvoll Soldaten bemannt, die sich angsterfüllt auf ihren Mauern zusammenkauerten.

Der Tempel auf den Hügeln oberhalb der Festung war in noch schlimmerem Zustand als die Burg selbst. Einige seiner Säulen waren eingestürzt, und die Mondscheibe über seiner Fassade lag in Trümmern auf dem Boden. Vielleicht hatten die Sachsen hier die Macht der Lady gespürt und versucht, ihr ein Ende zu machen oder sie zumindest zu besudeln.

Die Teiche waren überwuchert und verschilft, und Eulen schrien und flogen auf lautlosen Schwingen zwischen den wenigen noch stehenden Säulen umher.

Dorthin brachte ich meine Opfergaben und schickte mich an, unter dem Halbmond zu baden.

Ich kniete in dem feuchten Schlamm über dem warmen Teich nieder, warf eine Handvoll Lavendelblätter in das brackige Wasser und stand schließlich mit einer weißen Wasserlilie in meiner linken Hand da. Ich brachte der Göttin flüsternd meine Gebete dar, dankte ihr für die Gaben, mit der die Erde mich beschenkte, für ihre Brüste, die Hügel waren, für die Früchte des Feldes und des Waldes. Bevor ich ihr meine letzte Opfergabe, die Lilie, überantwortete, flehte ich um ihre Gnade und nannte mein Begehr.

Während ich noch betete, erklang hinter mir eine Männerstimme. »Sie ist nicht mehr so stark wie damals. Der neue Gott gewinnt immer mehr Macht über dieses Land, und die Große Mutter verbirgt sich. Du erbittest einen machtvollen Zauber, einen, der das Wesen dessen verändern wird, was du bist – und das geht über ihre Macht. Vielleicht solltest du einen kleineren Segen erflehen, sie um etwas Einfacheres bitten, wie eine Veränderung der Zukunft? Die ist formbar und stetem Wandel unterworfen. Doch bete zu ihr, wie du beten möchtest. Es schadet nichts, und ich bin froh, daß es immer noch jene gibt, die zu ihr sprechen.«

Ich drehte mich um, sah in die eishellen Augen eines Walisers und erkannte in seinem Gesicht sofort meine eigenen Züge. Er war mein Vater. Es überraschte mich nicht, ihm hier zu begegnen. Schließlich hatte meine Mutter mich gelehrt, daß Dämonen stets ihre eigenen Kinder aufspüren, um sie zu peinigen.

Er starrte mich an, und sein Blick liebkoste mein nacktes Fleisch, obwohl ich mich zuvor unsichtbar gemacht hatte.

»Sir Jordans?« fragte ich. »Oder habt Ihr einen wahreren Namen?«

Der Mann lächelte wehmütig und schlug seine Kapuze zurück, so daß ich sein silberüberhauchtes Haar sehen konnte. »Ich habe mich bei diesem Namen genannt – aber nur ein einziges Mal. Wie geht es deiner Mutter? Sie ist wohlauf, hoffe ich.«

»Sie ist tot«, antwortete ich und wartete dann in kaltem Schweigen auf irgendeine Reaktion seinerseits.

Als er begriff, daß es an ihm war zu sprechen, sagte er schließlich: »Nun, das ist der Lauf der Dinge.«

»Bei der Leuchtenden Lady«, verlangte ich zu wissen, »wie ist Euer Name?« Ich wußte nicht, ob die Göttin ihn zwang, mir seinen Namen zu enthüllen, weil wir an diesem Teich standen, oder ob er ihn mir ohnehin genannt hätte, aber jedenfalls antwortete er.

»Merlin. Einige nennen mich Merlin, den Propheten, oder Merlin, den Seher. Andere heißen mich einen Magier.«

»Nicht Merlin, den Kuppler? Nicht Merlin, den Verführer? Nicht Merlin, den Unbarmherzigen?«

»Was ich tat, tat ich nur ein einziges Mal«, sagte Merlin, als könne er sich damit ein gewisses Maß an Verzeihen erkaufen. »Die Vorzeichen standen gut in jener Nacht für einen Mann, der

Nachkommen zeugen wollte, die sich auf die alten Mächte verstanden. Es war schließlich der erste junge Mond des jungen Sommers.«

»Ist das der einzige Grund, warum Ihr meine Mutter nahmt? Weil der Mond richtig stand?«

»Ich war nicht in eigener Sache auf Tintagel«, verteidigte Merlin sich. »Uther Pendragon wollte die Herzogin Igraine, und er hätte ihren Gemahl dafür getötet. Du magst mich einen Kuppler nennen, wenn du so willst, aber ich habe nur versucht, das Leben des Herzogs zu retten – und dabei habe ich vorhergesehen, daß Pendragons Lenden einen Sohn hervorbringen würden, der ein wahrerer und größerer König würde sein können, als Uther dies je vermöchte.«

»Igraines Sohn? Ihr habt den Jungen nicht getötet?«

»Nein, Arthur lebt jetzt bei mir und folgt mir auf meinen Wanderungen. In ein oder zwei Jahren wird er erfahren, was sein Schicksal ist«, sagte Merlin. »Er wird ganz England vereinen und die Sachsen zurücktreiben, und er wird dieses schwierige Reich mit sanfter Hand regieren ...« Er hockte sich in das hohe Gras am Teich und blickte gedankenvoll in das Wasser, das Mond und Sterne widerspiegelte.

»So habt Ihr aus einem noblen Grund geholfen, die Lady Igraine zu verführen, aber warum habt Ihr meine Mutter verführt?«

»Für dich!« sagte Merlin, und seine Stimme klang überrascht, als sei die Antwort offensichtlich. »Ich sah in jener Nacht, daß in den Adern deiner Mutter Feenblut floß, und alle Omen standen günstig. Ich sah, daß du weise und schön sein würdest, und mir kam der Gedanke, daß Arthur eine liebreizende Jungfrau an seiner Seite brauchen würde. Das alte Blut fließt machtvoll durch deine Adern; du hast es sowohl von mir als auch von deiner Mutter. Wenn du Arthur Pendragon heiratest, können wir gemeinsam vielleicht ein Reich gründen, in dem neben den neuen Göttern auch die alten verehrt werden.«

»Habt Ihr denn nicht nachgedacht, bevor Ihr sie bestiegt?« fragte ich. »Habt Ihr Euch nicht ausdenken können, daß Ihr sie damit zerstören würdet?«

Merlin sagte: »Ich habe den Pfad entlanggeblickt, den ihre Zukunft nehmen würde. Sie hätte einen Stalljungen geheiratet und ihm fünf prächtige Söhne und zwei Töchter geschenkt. Sie wäre vielleicht glücklicher gewesen – aber sie hätte *dich* nicht gehabt!«

»Deinetwegen ist meine Mutter in Qualen gestorben!« schrie ich. »Sie ist im Wald gestorben und allein, weil sie Angst hatte, daß irgend jemand mich zu Gesicht bekommen könnte. Sie starb ohne Freund, weil ich noch zu jung und zu dumm war, um zu wissen, wie ich sie hätte retten können. Ihr Geist leidet noch heute Qualen!«

»Ja, ja«, entgegnete Merlin mit schmeichelndem Tonfall, als hätte ich irgendeinen bedeutsameren Teil des Ganzen immer noch nicht recht verstanden. »Gewiß, das alles muß dir als eine Tragödie erscheinen, aber du bist hier, nicht wahr? Du …« Und er begann von einer möglichen Zukunft zu plappern, einem Britannien, das in Frieden vereint wäre, während ich an Arthurs Seite regierte; er redete von seinen Visionen, der Ausdehnung des Reiches bis auf den Kontinent und darüber hinaus, redete über die Unterwerfung ferner Nationen. Er schien wie gebannt zu sein von seinen großen Plänen – verliebt in seine eigenen Ideen, versklavt von seiner Vision.

Da begriff ich, daß er mir nicht zuhören würde, daß all das Leid meiner Mutter, ihre Einsamkeit und ihre Schande ihm nichts bedeuteten. Sie war nicht mehr als ein Bauer auf dem Schachbrett, etwas, das um größerer Ziele willen geopfert werden mußte.

Und da wußte ich, daß ich ihn haßte und daß ich auf keinen Fall zulassen durfte, daß Merlin jemals wieder seine Macht auf solche Weise gegen eine Frau wandte. Plötzlich erblickte ich eine Sternschnuppe am Himmel, und ich wußte, daß ich die Macht besaß, daß das alte Blut stark genug in meinen Adern pulsierte, um ihn aufzuhalten.

»Vater«, unterbrach ich ihn und hob die Lilie, die ich noch immer in der linken Hand hielt, in die Höhe. Merlin schloß den Mund. »Im Namen der Leuchtenden Lady verfluche ich dich: Du wirst in tiefer Liebe zu einer Frau entbrennen, aber je größer dein Verlangen nach ihr wird, um so schwächer sollen deine Lenden sein. Niemals wieder wirst du ein Kind zeugen. Niemals wieder wirst du eine Frau als Spielfigur mißbrauchen oder deinen Samen als Werkzeug.«

Ich trat durchs Schilf an den warmen Teich vor Minervas verfallendem Tempel und spürte die lebendige Macht der Göttin dort, als meine Zehen das Wasser berührten.

»Nein«, schrie Merlin und hob die Hand, wobei er mit dem kleinen Finger und dem Daumen ein Horn formte, als versuche er, meinen Zauber abzuwehren.

Aber entweder brauchte er zu lange dafür, oder der Zauber war zu stark für ihn. Wie dem auch sei, ich warf die weiße Lilie in das stille Wasser.

Während winzige Wellen von der Lilie ausgingen und anmutig gegen die Ufer des Teichs rollten, schrie Merlin gepeinigt auf und schlug sich die Hände vors Gesicht.

Ich glaube, daß er in seine eigene trostlose Zukunft blickte, als er voller Entsetzen aufschrie: »Nein! Nein! Nein!« Ich werde es niemals mit Sicherheit wissen. Vielleicht habe ich irgendeinen großartigen Plan zerstört. Und doch wünschte ich mir nur das eine – daß er lieben möge, so aufrecht lieben, wie meine Mutter es getan hatte, und niemals die Frucht dieser Liebe kosten.

Ich kniete nieder, tauchte meine Hand sieben Mal in den Teich ein, schöpfte das Wasser auf und ließ es mir über die Brüste und zwischen den Beinen hindurch rinnen.

Dann erhob ich mich und ging einfach davon.

Manchmal, wenn der Sonnenaufgang nah ist, erwache ich und denke, daß ich noch immer Merlins Schreie in meinen Ohren hallen hören kann. Dann lausche ich und lächle ein Feenlächeln.

Nach einiger Zeit kehrte ich in meine Hütte im Wald zurück, und ich erzählte dem Schatten meiner Mutter von allem, was sich ereignet hatte. In jener Nacht schien sie ruhiger und friedlicher denn je, und so stellte ich sie bei Tagesanbruch abermals dem Kind Daffyth vor.

Daffyth sagte ich, sie sei seine Mutter, und den Schatten meiner Mutter überzeugte ich davon, daß Daffyth ein vergessener Sohn sei, geboren aus ihrer Liebe zu einem Mann namens Andelin.

In der Stille der Nacht lockte ich die beiden an den Rand der Wälder und ließ sie gehen.

Als ich sie das letzte Mal sah, wanderten sie Hand in Hand über die Straße nach Tintagel.

Was mich betrifft, ich lernte zu gegebener Zeit, die Göttin für ihre Güte zu preisen und ihr zu danken für das, was ich bin und immer zu sein hoffe – ein Mondkalb und keines Menschen Spielfigur.

Rosemary Edghill
DER SOHN DER EULENPRIESTERIN

Meine Mutter war nördlich des Walls eine Königin, Tochter derselben Mutter wie die Gemahlin des Südlichen Königs und damit rechtmäßig seine leibliche Schwester. Hätte ihre Schwester im Gedächtnis behalten, daß die im Süden Fremde waren und allesamt erfüllt von den Lügen der Wanderpriester des Toten Gottes, hätten sich die Dinge für uns alle besser entwickelt.

Der König – damals nicht mehr als ein Kriegskönig – hatte sie in ihrer beider Jugend für sich gefordert, damals, als er es sich gerade in den Kopf gesetzt hatte, Rom aus dem Land zu vertreiben. Sie war die Eulenpriesterin, genauso wie ihr Onkel der Pferdekönig und ihre Mutter, dessen Schwester, die Kornmutter war. Der Kriegskönig wurde Ator genannt, was in der alten Sprache »Rad« bedeutet, und trug auf seinem Schild das Silberne Rad der Göttin zum Zeichen dafür, daß er ihr Kämpe war.

In jenen Tagen waren die schwarzen Pferde, die wir Rom gestohlen und weitergezüchtet hatten zu kräftigen, glänzenden und gewaltigen Rössern, unser ganzer Stolz. Und wenn der südliche Kriegsherr sie wollte, dann mußte er auch die *Guen-hwyfar* haben, um den Handel mit einer familiären Bindung zu besiegeln. Das Volk wußte damals noch nicht, daß die Männer aus dem Süden wahnsinnig waren. So bekam denn der Ator seine Pferde und eine Gemahlin und zog fort. Ihre Schwester, meine Mutter, wurde nun ihrerseits Eulenpriesterin, um mit Eulenaugen die Zukunft zu schauen und dem Pferdekönig Rat zu geben, auf welche Weise er sich am besten die Gunst der Kornmutter erhielt; die Kornmutter war es, durch deren Gnade auf Wiesen und in Tälern üppiges Gras wuchs. Und mit der Zeit hörten wir, daß der junge Kriegsherr sich König nannte, aber – wie die Schwester meiner Mutter vorhergesagt hatte, als sie *Guen-hwyfar* war – uns von der anderen Seite des Walls bereitete er keinerlei Schwierigkeiten.

Neuigkeiten erfuhren wir von den Priestern des Toten Gottes – den seine Anhänger Den Weißen nannten –, die zu uns kamen, um uns von ihrem seltsamen fremden Gott zu erzählen. Wir töteten sie nicht, denn es bringt Unglück, den Wahnsinnigen ein Leid anzutun, und so erfuhren wir auch, daß die älteste Tochter der Kornmutter jetzt im Süden Königin war; man nannte sie wegen des Titels, den sie einst bei uns getragen hatte, Janiffer.

Es gab in Logres Weiße Priester fast schon länger, als es dort Legionen gegeben hatte, und in diesen Tagen schien es, als hätte Rom uns für jede seiner Legionen, die es zurückzog, hundert Priester gesandt. Ein jeder von ihnen war wahnsinnig, und daß sie auf einem Gott bestanden, der keine Mutter hatte, bewies es. Schlimmer noch, sie sagten, ihr Gott sei ein sterblicher Mann, der ermordet worden sei, und aus diesem Grund huldigten sie ihm in der Hoffnung, daß er zurückkehren werde.

Obwohl der Pferdekönig große Macht unter den Menschen hat, stirbt er, wenn es der Kornmutter gefällt, und ich habe nie von irgendwelchen Königen Unter Den Hügeln gehört, die zurückgekommen wären. Wer würde schon zurückkehren und dafür auf endlose Feste in der großen Halle verzichten, auf nächtliche Ritte und das Glück, auf den Knien der Großen Mutter schlafen zu dürfen? Wenn der Tote Gott einen Hügel hat, in den er sich zurückziehen kann, dann mögt ihr gewiß sein, daß es seinen wahnsinnigen Priestern mit all ihrer Magie nicht gelingen wird, ihn dort wegzulocken. Und wisset auch, daß er kein Gott ist, denn er hat weder Schwestern noch Mutter, jedenfalls, soweit ich gehört habe; er hat nur einen Vater. Sie sagen, es sei der Vater des Toten Gottes, der ihn getötet hat, und das ist meines Wissens von all den Behauptungen der Weißen Priester die einzige, die überhaupt einen Sinn ergibt. Die Jahre verstrichen, und meine Schwestern wurden geboren. Im Norden sagen wir, der Nordwind sei für jede Stute der Hengst, und so war es bei meiner Mutter und bei ihrer

Mutter davor. Kein lebendes Wesen kannte den Vater irgendeines der Kinder Grainnes, meiner Mutter. Mit einer Ausnahme.

Aber die Südliche Königin hatte keine Kinder, was nicht weiter erstaunlich war, da der Nordwind vielleicht nicht so weit bis südlich des Walls wehte. Und der Südliche König hatte keine Schwestern, daher gab es auch keinen Neffen, den Ator vielleicht zum Kriegskönig hätte ernennen können, und Ator wurde langsam alt.

Endlich erreichte meine Mutter eine Nachricht von ihrer Schwester. Sie kam aus dem Munde eines der Priester des Toten Gottes, und so ergab sie nicht viel Sinn, aber meine Mutter war die Weitseherin des Volkes und bedurfte nicht der Worte eines Wahnsinnigen, um zu wissen, was sie zu tun hatte. Sie fing den Nordwind in einem Becher ein, wickelte den Becher in einen Umhang und machte sich auf den Weg zu ihrer Schwester.

Nun muß ich euch von diesem Becher erzählen, der für unser Volk ein großes Wunder und ein Schatz war, lange bevor er (wie ihr noch sehen werdet) in die Hände des Toten Gottes und seiner Priester gelangte. Er war, soviel steht fest, magisch, denn wie sonst hätte jemals ein Becher es vermocht, während der ganzen langen Reise nach Süden einen Teil des Nordwindes in sich zu bergen? Und seine Geschichte ist diese:

Vor langer Zeit lebte das Volk hinter der aufgehenden Sonne in einem fernen Land in einer großen Stadt an einem mächtigen Fluß, wo man die Menschen wie Sklaven behandelte. Dieses Land besaß einen einzigen großen Schatz, einen Stein, der vom Himmel gefallen war – einige sagen, der Sohn der Großen Mutter habe ihn gestohlen und den Menschen geben wollen, damit sie zu Macht kämen. Dieser Stein war grün wie Wasser und leuchtend wie Glas, und auf seiner Oberfläche stand alle Weisheit geschrieben, die es auf der Welt je geben würde. Er war der größte Schatz des Landes, und ohne seine Magie hätte der Fluß niemals die Rufe der Priester beantwortet, und das Korn wäre verdorrt, oder vielleicht wäre er auch aus seinem Bett geflossen, um sie alle zu ertränken – man war sich nicht sicher, welchen dieser Wege, die beide von Übel waren, der Fluß wählen würde.

Und die Menschen, die keine Sklaven sein wollten, wußten all diese Dinge, so daß sie eines Nachts den Stein fortholten und ihn zerschlugen, so daß er in drei Teile brach. Aus einem dieser Teile machten sie eine Schwertklinge, aus einem anderen einen Halsschmuck und aus dem dritten machten sie einen Becher. Und jedes dieser Stücke gebot über ebensoviel Magie wie der Stein zuvor, aber keines von ihnen war der Stein. Als also die Priester zum Volk gingen, um den Stein zu suchen, konnte jeder Mann antworten: »Nein. Euer Stein ist nicht hier.«

Und als die Priester mit ihrer Suche am Ende waren, ergriffen die Menschen das Schwert, den Kelch und den Halsschmuck und riefen den Fluß, damit dieser alles Land ertränke. Und dann gingen sie fort, folgten dem Pfad der Untergehenden Sonne. Aber sie waren zu viele, um gemeinsam zu wandern, weil sonst ihr Vieh keinen guten Weidegrund gefunden hätte. Daher nahm ein jeder Teil des Volkes einen Teil des Steins, und einer ging nach Norden, und einer ging nach Süden, und einer ging mit dem Becher in den äußersten Westen.

Ich habe guten Grund, diesen Becher genau zu kennen, so daß ich euch folgendes zu erzählen vermag: Seine Schale hat die Form zweier gewölbter, aneinandergelegter Hände, und er ist grün wie das Meer, klar wie Wasser und leuchtend wie Glas. Zwischen seiner Entstehung und dem heutigen Tag ist er in edles Rotgold gefaßt und mit Achaten und Perlen besetzt worden, auf daß er prächtig und kostbar und nobel sei. Vor allem aber ist er magisch. Magisch genug, um den Nordwind bis in den Süden zu tragen.

Ich war zu jener Zeit noch nicht geboren, aber ich kenne die ganze Geschichte gut. Wie Königin Janiffer Grainne, ihre Schwester, mit Freude empfing und umarmte und wie Grainne Janiffer den Becher gab und Janiffers Platz im Bett des Königs einnahm, damit der

Becher nicht besudelt würde. Aber nach einem Jahr und einem Tag entdeckte Ator durch die Hexerei der Priester des Toten Gottes die Wahrheit und rief nach Grainne, der falschen Janiffer, und begehrte die Rückgabe seiner wahren Gemahlin.

Grainne ging zu ihrer Schwester, um den Becher zurückzunehmen, aber ihre Schwester weigerte sich, ihn wieder herzugeben – obwohl der Nordwind ihr ein Kind gegeben und ihren Leib hatte schwellen lassen. Sie war zu lange im Süden gewesen, und der Becher hatte ihr angst gemacht; daher hatte sie ihn einem der Priester des Toten Gottes gegeben, damit dieser ihn weit fortbringe.

Und so belegte meine Mutter ihre Schwester mit einem gewaltigen Fluch, daß sie in vollem Bewußtsein ihrem eigenen Ende entgegengehen und doch nicht die Macht haben solle, es zu verhindern. Sie verfluchte das Kind im Schoß ihrer Schwester, sagte, es werde ihr Untergang sein, und nannte es Ancel, was Diener bedeutet. Und dann, weil sie mehr nicht tun konnte, floh meine Mutter zur Mauer zurück, wie ein Rehbock vor den Wölfen flieht. Und alle Männer des Königs vermochten nicht, sie zu finden oder aufzuhalten.

Und als sie ihrerseits entdeckte, daß sie ein Kind trug, gab es nur eine Möglichkeit, wie sie dazu gekommen sein konnte, nämlich den Mann Ator, der Kriegskönig im Süden gewesen war.

Meine Geburt hatte die Bande von Klan und Verwandtschaft, die sie mit dem Volk verband, durchschnitten, so daß Grainne nicht länger Eulenpriesterin war; mein Vater lag wie ein eisernes Messer im Netz der verwandtschaftlichen Beziehungen. Meine Mutter, obzwar immer noch Königin, lebte das ganze Jahr über allein in dem großen Haus, in das das Volk und die Herden kamen, um in der großen Dunkelheit ihr Dasein zu fristen, die jedes Jahr aufs neue das Silberne Rad Arianrhods spann. Ich, ihr spätes und letztes Kind, hatte mit meiner Geburt dafür gesorgt, daß es keine weiteren Kinder geben würde. Und ich hatte – da mein Vater bekannt war – keinen Anteil an dem Leben der Frauenkinder, die vor mir ihrem Schoß entstiegen und die wahren Töchter des Nordwindes waren.

Im Süden tat der König Buße für seine Sünde und die Königin mit ihm, denn der König verurteilte sie zu einem Leben zwischen den Priestern des Toten Gottes auf der Gläsernen Insel und sagte, das Kind in ihrem Schoß sei kein Kind von ihm. Und als die Magier zu dem König, meinem Vater, gingen, um ihm von meiner Geburt zu künden – die, wie man mir später erzählte, von den hellen Wintersternen, die still im Zenit verharrten, jenen Sterndeutern enthüllt wurde –, sandte er seine Armee in den Norden quer durch die Länder, über die er im Schatten Roms ein so ungewisses Zepter führte, um alle saugenden Kinder zu töten, die sie finden konnten.

Es ist hart, ein Sohn zu sein, der nur einen sterblichen Vater aus Fleisch und Blut besitzt, und schlimmer noch zu wissen, daß dieser Vater gegen das Kind seiner Schwester die Hand erhoben hat – wenn auch nicht gegen mich allein, denn jedes Kind, das zwischen Samhain und Mittwinter geboren und im Schatten des Walls zu finden war, sollte nach seinem Willen getötet werden.

Ich entkam diesem Verhängnis, weil meine Mutter mich in einem Binsenkorb unten am Fluß versteckte, wo ich von einem Mohnsaft betäubt schlief, während die Soldaten unser Haus niederbrannten und meine Schwestern vergewaltigten. Es war böse, was mein Vater damals getan hat, eine Tat, die auf seiner Herrschaft lastete, wie seine Vaterschaft auf meinem Leben lastete, und die Menschen nannten ihn dafür den Herodes des Nordens.

Ich nannte ihn anders.

Ich nannte ihn Saul, und jedem Saul wird irgendwann ein David geschickt.

In der Blüte meiner jungen Mannesjahre begab ich mich an seinen südlichen Hof.

Zu jener Zeit war sein Hof das Zentrum der ganzen Welt, und Rom war es nicht mehr, denn die Ewige Stadt blickte nun nach

Osten und nach innen, wie die ganz Alten es tun, und seine Legionen drangen nicht länger nach Westen vor.

Die Stadt des Südlichen Königs lag am Ufer eines großen Stroms, und selbst ich, der mehr Grund hatte, ihn zu hassen, als alle anderen, mußte zugeben, daß diese Stadt wunderbar war. Ihre Mauern ragten höher hinauf als alles Menschenwerk, das ich je gesehen hatte: Sie waren aus Ziegelstein und getüncht mit Kalk, und die ganze Stadt glitzerte in der Sonne wie die Hohen Hügel an Mittwinter. Ihre Tore standen von Sonnenaufgang bis Sonnenuntergang offen, und an den Hohen Heiligen Tagen hieß es, ein jeder dürfe sich dem König nähern und vor ihm stehen, um zu sprechen. Ich brachte etwas Derartiges nicht fertig, obwohl ich mir sicher war, daß Ator mich nicht erkannt hätte. Er hatte mich nie gesehen und wußte nur aus Gerüchten, daß es mich je gegeben hatte. Mit Sicherheit hielt er mich mittlerweile für tot, gestorben mit all den anderen Kindern, die seine Soldaten ermordet hatten, und aus diesem Grunde wähnte er sich in Sicherheit vor dem Volk.

Es scherte mich nicht, was das Volk dachte, denn durch seine Vaterschaft hatte Ator mich von den Menschen abgeschnitten, so wie das Todeskind aus dem Leib seiner Mutter geschnitten wird, und ich war als ein Geschöpf, das stets abseits stand, zum Mann herangereift. Mit dem Tod meiner Mutter endete, was mit meiner Geburt begonnen hatte, und die Bande waren endgültig durchschnitten. Und als sie ihren letzten Atemzug getan hatte, ging ich hinaus zu den Herden und nahm die Brautstute und alle mit, die ihr folgen wollten. So kam es, daß ich nun großen Reichtum besaß – und mir ein Leben unterhalb des Walls einrichten mußte, denn wenn ich jemals nach Norden zurückkehrte, würden der Pferdekönig und das ganze Volk meinen Tod verlangen.

Als ich nach Süden ging, verkaufte ich alle Pferde bis auf die Braut. Sie war alt und stark und weise, und die Herde würde ihren Rat sehr vermissen, aber ich hatte bereits begriffen, daß die Menschen hier im Süden nur mit den Augen sahen, und alles, was diese Menschen sehen würden, war, daß sie nicht länger jung war.

Ich brauchte lange für meinen Weg nach Süden, denn ich verspürte kaum den Wunsch, als Mondkalb zu gehen, ohne die Klugheit einer Mutter, die mich erhalten konnte. Ich lernte die Sprache der Südleute, wusch mir die Farbe von der Haut und den Ton aus dem Haar und vertauschte die mit Waid und Kalk grün gefärbten Rehfelle gegen gesponnene und gewobene Tuche. Als ich schließlich in Sichtweite der Flußstadt kam, hätte man mich für einen der Ihren halten können, und ich hatte viele Dinge gelernt.

Ator hatte Janiffer, nachdem sie sieben Jahre lang unter den Priestern des Toten Gottes auf der Gläsernen Insel Buße getan hatte, wieder als seine Königin zu sich geholt. Er mußte das tun, um den Norden zu halten, denn obwohl der Pferdekönig tot war – in einem Hungerjahr gemordet von der Kornmutter und ersetzt durch ihren jüngsten Sohn –, hatte der Handel immer noch Gültigkeit, und Ator würde dieses Abkommen nicht auf eine härtere Probe stellen, als er es im Jahr meiner Geburt getan hatte.

Von dem Kind der Königin, empfangen durch den Nordwind, sprach niemand, und man glaubte, daß sie es, sofern es als Junge lebendig zur Welt gekommen war, schnell erdrückt haben mußte. Vielleicht hatte sie dem König nichts von den Worten gesagt, die Grainne – meine Mutter – über ihrem Leib gesprochen hatte, aber meine Mutter hatte sie mir bei Sonne und Mond und Feuerschein wiederholt, und ich wußte, daß das Kind Ancel lebte, ganz gleich, was die Königin sagen und das Volk glauben mochte.

Da war noch etwas, das meine Mutter mir erzählt hatte; der Grund, der mich hierherführte und der mich vielleicht eines Tages wieder zurück in die wahre Welt nördlich des Walls führen würde. Da war der Becher.

Janiffer hatte ihn den Weißen Priestern gegeben. Die Weißen Priester hatten ihn den Menschen aus den Augen geschafft, so daß seine Magie ihrem seltsamen, gestorbenen Gott dienen konnte. Aber er gehörte ihm nicht, und im Namen des Volkes würde ich ihn zurückholen … Obwohl ich ihn zuerst finden mußte.

Als erstes ging ich zur Gläsernen Insel, die Ator den Weißen Priestern als Heimat gegeben hatte. Das war ein schlechter Handel, denn im Sommer ist die Insel gar keine Insel, sondern liegt in jenem Teil von Logres, den man im Süden das Sommerland nennt, weil man ihn zu den übrigen Jahreszeiten nicht sehen kann. Im Winter, im Frühjahr und im Herbst stehen die Wiesen um den Hügel herum unter Wasser und sind unpassierbar, denn das Wasser dort ist zu seicht für ein Boot und der Schlamm darunter zu tief für ein Pferd. So kommt es, daß dieser Ort die schlimmsten Nachteile von Insel und Feld verbindet, ohne dafür die Vorzüge des einen oder des anderen zu besitzen, und so keines von beidem wirklich ist. Aber die Priester des Weißen Mannes waren nicht klug genug, um das zu begreifen, und fühlten sich geschmeichelt von den Aufmerksamkeiten eines Königs.

Ich glaube, der König – mein Vater – hoffte, sein Geschenk werde die wahnsinnigen Priester an einem Ort und fern der Menschen festhalten – und in Wahrheit war die Insel in einer Hinsicht doch ein großzügiges Geschenk, denn im Hochsommer, wenn das Land trocken genug ist, um über die Weiden zu reiten, ist sie einer der schönsten Plätze in ganz Logres –, aber die Weißen Priester waren bekannt für kühne und unbehagliche Reisen und verließen die Gläserne Insel winters wie sommers, um ihre nimmer endenden Geschichten über ihren glücklosen Gott zu verbreiten.

In dem Jahr, in dem ich sie aufsuchte, hatten sie eine neue Geschichte.

Sie erzählten von einem Becher.

Er sei ein großes Wunder, dieser Becher, und könne überdies viele Wunder wirken. Natürlich gehörte er Dem Weißen, denn diesen gelüstete es genausosehr nach Magie wie jeden wahren Gott. Was mich betrifft, ich dachte nur, daß die Königin die Geschichte des Bechers auch in den Süden gebracht haben mußte und die Priester sich bemüßigt fühlten, das Ganze noch auszuschmücken. Denn da meine Mutter keinen Narren geboren hat, vermutete ich schon, seit mir das erste Mal Gerüchte über diese Geschichten zu Ohren gekommen waren, daß die Weißen Priester vielleicht den ihnen von Janiffer anvertrauten Becher als ihren eigenen ausgaben.

Aber obwohl ich während meines Aufenthalts auf der Glasinsel viele von ihnen befragte, sagte mir ein jeder dasselbe: daß der Becher des Toten Gottes bei Dem Weißen unter dem Hügel liege; man habe ihn zuerst mit seinem Leichnam in einer reichgeschmückten Höhle über dem Meer bestattet, dann habe sein Vater ihn zusammen mit seinem gesamten Körper in das Land gebracht, das kein Lebender betreten konnte.

Wo auch immer sich dieser Becher nun also befand, hier auf der Gläsernen Insel war er nicht, aber die Priester sagten mir noch etwas: Sie sagten, ihr Becher sei an einen Ort gebracht worden, den ein Sterblicher durchaus erreichen konnte, sofern er den Becher nur leidenschaftlich genug begehrte, denn in diesem Fall würde er vor ihm erscheinen, um ihm den Weg zu weisen. Das war es, was mich davon überzeugte, daß sie nicht von dem Becher sprachen, der einst ein Stein gewesen war, denn kein Sterblicher hatte je den innigeren Wunsch gehabt, diesen Becher wiederzusehen, als ich, dessen Mutter man ihn gestohlen hatte. Und dennoch war er mir nie erschienen.

Später begriff ich, daß die Priester dieses Wunder mit ihren eigenen Zungen geschmiedet hatten, und als ich in die Flußstadt ging, um den König zu sehen, verstand ich auch, warum. Aber zu jener Zeit war ich einfach verwirrt.

Ich war indes nicht zur Gläsernen Insel gezogen, um den Becher zu suchen, sondern um meinen Bruder zu finden, aber obwohl es viele Akoluthen unter den Weißen Priestern gab, war Ancel nicht unter ihnen.

Im Süden gab es unerwünschte Kinder, ein Umstand, von dem ich nie etwas gehört hatte, bevor ich hierhergekommen war. Sofern die Kinder Jungen waren, nahmen die Weißen Priester sie auf und zogen sie groß. Mädchen nahmen sie nicht, zum Zeichen dafür, daß der Tote Gott seinen Tod durch den Verrat einer Frau gefunden hatte. Es waren nicht viele dort, die mein Alter hatten, denn die Rote Ernte des Königs war so gründlich gewesen, daß auf einige Jahre hin selbst Bauernjungen eine rare und kostbare Sache waren, und unter den kahlgeschorenen Akoluthen sah ich keinen von meinem Blut. Ein Junge, mit dem ich mein Essen teilte, erzählte mir, daß das Kind der Königin unter dem heiligen Altar ihrer Kirche begraben liege. Er war durchaus bereit, mich dort hinzuführen, und ich war bereit, mir den Ort zeigen zu lassen, mußte aber feststellen, daß ich nicht eintreten konnte.

Es war ein runder Steinturm, wie ihn die Römer auf dem Wall errichtet hatten, um über uns zu wachen, aber als ich im Eingang stand und dorthin blickte, wo über einem hölzernen Tisch die Lampen brannten, erfaßte mich tief innerlich eine so fürchterliche Angst, daß ich keinen Schritt weiter konnte. Selbst wenn es mein Leben gegolten hätte, hätte ich nicht einzutreten vermocht, in diese düstere Kammer, die so große Ähnlichkeit mit der Höhle hatte, in der wir eines Tages alle liegen müssen. Es war ein Gefühl, als trüge ich das Dach selbst auf meinen Schultern, so daß sein Gewicht mich erdrückte. Ich mußte fort, obwohl der Junge mich seltsam ansah, aber das zählte nicht. Welche mitleiderregenden Knochen auch unter diesem Altar begraben liegen mochten, mein Bruder war es nicht. Dafür war der Fluch meiner Mutter viel zu stark.

Ich hatte den ganzen Sommer gebraucht, um zu lernen, was ich gelernt hatte. Und bevor die Braut und ich über den Winter dort festsaßen, ging ich fort von diesem Ort des Spuks und wandte den Kopf meiner Stute der Weißen Stadt zu.

Nach Caliburn und zum König.

Vierzehn Jahre waren vergangen, seit Ator seine Königin von der Gläsernen Insel zurückgerufen, einundzwanzig, seit er sie dorthin geschickt hatte, und mehr Jahre benötigt ein Mann nicht, um alt zu werden. Und kein einziges Mal in all dieser Zeit rundete sich der Leib der Königin noch einmal über einem Kind.

Ator hätte eine weitere Ehe eingehen können, aber nachdem er seine Männer mit Schwertern ausgesandt hatte, die Kinder an der Brust ihrer Mütter zu ermorden, wollte keiner der Könige unter dem Hohen König ihm seine Schwester zur Ehe geben, damit es nicht noch einmal zu einer solchen Roten Ernte kommen konnte. Aus Furcht vor Rom hielten sie über all diese Jahre hinweg unter seiner Herrschaft still, deshalb und weil Ator sie alle in seinem Würgegriff hielt. Jetzt, in den Jahren seines Alters, verließen den König die Kräfte, seine Königin war kinderlos, und es gab keinen Kriegskönig im Land, obwohl man unter vielen hätte wählen können, die nach dieser Ehre hungerten.

Als der König seinerzeit den Hohen Thron bestieg, hatte er die erstgeborenen Söhne all seiner Prinzen zu sich geholt und sie in Caliburn, der Flußstadt, großgezogen. Er ließ sie nicht gehen, solange ihre Väter noch lebten, aber ein jeder von ihnen zog nach dem Tod seines Vaters heim in sein Königreich, die Armee des Königs hinter sich, um seinen Thron zu besteigen. Im Süden waren die Männer nun Könige aus eigenem Recht, ganz so wie es in den Ländern der Weißen Priester Sitte war – Ator hatte dieses Bestreben unterstützt, damit die Schwestern seiner Prinzen sich nicht gegen ihn stellen konnten.

Und während sie auf den Tag der Rückkehr warteten, wurden Jagden und Feste veranstaltet, und die Söhne der Könige saßen an einem Tisch in der Form des Glückszeichens des Königs, des Silbernen Rades. Es wird euch alles, was ihr über meinen Vater wissen müßt, verraten, daß er das Abzeichen seiner Herrin selbst dann noch trug, als er schon Ränke schmiedete, Sie zu stürzen und Ihre Kinder zu töten. Diese Eigenschaft seines Herzens war genausosehr wie jeder Pakt der Grund dafür, daß er Janiffer zurückgerufen hatte, nachdem Grainne Schande über ihn brachte: Was Ator sich nahm, gehörte ihm, und niemals würde er es wieder hergeben. Aber am Ende wollte ich ihn zwingen, alles herzugeben, was er besaß. Und so kam ich nach Caliburn, der Weißen Stadt am Fluß Tame.

Es war ein Festtag: genau wie ich es beabsichtigt hatte. Ich weiß nicht, um welches der vielen Feste des Toten Gottes es sich handelte, aber es war kurz vor dem Tag, an dem der Hirschfürst und der Bullensohn ihren Platz tauschen und die Sonne am Himmel stillsteht, um ihnen dabei zuzusehen. Ich ging nicht in die Große Halle, wo der König für alle, die kamen, hofhielt, sondern in die Küchen, die die Feiernden mit Speise versorgten, und dort bat ich demütig um eine Arbeit.

Ihr fragt vielleicht, warum ein Prinz und der Sohn einer Königin mit dem guten roten Gold in der Tasche und Mord im Herzen sich zu dem Abfallhaufen seines großen Feindes begeben sollte, um sein Brot zu erbitten, aber ihr seid nicht inmitten des Volkes groß geworden, so daß ihr nicht verstehen könnt, daß Rache wie feine Wolle auf dem Webstuhl gewoben werden kann. Ich verdingte mich in Ators Küchen, und schon bald begannen die Leute von der großen Bosheit zu sprechen, die der König im Herzen trug und die es ihm verwehrte, das Kind zu bekommen, das dem Land in späteren Jahren Sicherheit geben würde. Sie sprachen von dem Becher, der dem Weißen Mann gehörte, dem Becher, der jede Sünde zu heilen vermochte, und sie erzählten sich, daß der König diesen Becher erringen müsse, auf daß das Volk seines Landes gedeihe.

Und so wurde es Frühling. Auf dem Fest, das dem Tag am nächsten war, an dem die Kornmutter ihre Höhle verläßt, um abermals zwischen den Menschen zu wandeln, ritten Ators Ritter, allesamt stolze Prinzen, aus Caliburn heraus, um nach Grainnes Becher zu suchen. Um des Ruhmes willen und um des Königs willen.

Wenn einer von ihnen den Becher finden sollte, hätte ich ihn ihm gestohlen, aber keiner fand ihn. Aus dem Frühling wurde Sommer, und es kamen Nachrichten, wenn auch keine Ritter:

Berichte, die ohne Ausnahme von Fehlschlag kündeten. Die Männer starben, oder sie ließen ab von ihrer Suche, und jeder, der dies tat, war ein Pfeil in Ators Seite, denn es war von Anfang an sein Plan gewesen, die jungen Könige unter seiner Kontrolle zu behalten. Dies würde ihm nun nicht möglich sein – und außerdem konnte ein jeder sehen, daß er seine Ritter zu einem vergeblichen Abenteuer ausgeschickt hatte, als er von ihnen verlangte, in die Welt der Menschen zurückzuholen, was, wie die Weißen Priester sagten, so ausdrücklich und für alle Zeit in das Reich der Götter gehörte. Im Westen und an den Grenzen nahmen sich die Männer solche Lektionen zu Herzen und rüsteten sich zum Krieg.

Das war der Zeitpunkt, da ich aus der Küche heraus einer weiteren Geschichte Flügel gab: daß nur ein in seltener Tugend empfangener Mann den Becher in die Welt zurückbringen könne. Diese Geschichte ließ ich auch Janiffer zu Ohren kommen, denn ich wußte, daß sie immer noch die Tochter ihrer Mutter war. Die Idee war mir gekommen, als ich das erste Mal über meinen Bruder nachdachte: daß Ators Königin zu sehr Sproß des Volkes war, um ein Kind ihres Leibes den Weißen Priestern zu überlassen, und daß sie sich mit dem Geschenk des Bechers bei jenen, die die Gläserne Insel in Besitz hielten, in dieser Angelegenheit Schweigen und mehr erkauft hatte. Und ich beobachtete und war bereit, als ihr Bote im Schutz der Nacht forttritt, und ich legte meine Satteldecke der Braut über den Rücken und folgte ihm.

Wir ritten tief hinein ins Westreich, wo das Land zu drei Seiten ans Meer grenzt und alle Männer jung sterben. Die Bewohner des Südens nennen die Leute, die dort leben, »Fremdländer«, obwohl sie mehr Recht auf das Land haben als ihre Unterdrücker. Sie leben dort von Vieh und Raubzügen, so daß ein jeder Mann dem anderen feind ist. Wo könnte man ein Kind, das keine Freunde hat, besser verstecken als in einem Land voller Feinde?

Ich schlich mich in der Nacht an den Boten an und stahl ihm die Botschaft der Königin und das Gold, das er bei sich trug, und ritt dann an seiner Stelle hügelwärts. Ich weiß nicht, was danach aus ihm wurde; wenn er bei Verstand war, begab er sich zurück ans Feuer seiner Mutter und mischte sich fortan nie wieder in die Angelegenheiten von Königinnen ein.

Das Kind der Königin war ein wahrer Sohn des Volkes, empfangen durch den Nordwind. Und so war er dunkel, wo ich rothaarig war, hatte dunkle Augen, während meine grau waren. In den Hügeln des Westens waren die Leute ebenfalls dunkel, aber von ganz anderer Art, und so war er immer als Fremder zu erkennen gewesen, wurde als Geisel gehalten für ein ungewisses Schicksal. Sie nannten ihn Dubvh, was in ihrer Sprache Der Schwarze bedeutet, und sie ließen keinen Tag verstreichen, ohne ihn daran zu erinnern, daß er nicht zu ihnen gehörte.

Es war mir ein leichtes, seine Freundschaft und seine Liebe zu gewinnen, denn auch ich war ein Außenseiter. Ich hielt die Botschaft, die ich gestohlen hatte und in der die Königin darum bat, daß man ihr ihr Kind zurückgebe, verborgen und harrte mit ihm während des langen Winters im Feindesland aus. Ich hatte mir eine Aufgabe gestellt, für die sich die Jahreswende vollenden mußte. In jener Nacht ist die Welt gleich einer Tür, die weder offensteht noch geschlossen ist; viele Dinge gleichzeitig und auch die Geister, die alles sehen, können sich ungehindert durch die Welt bewegen. Und der Sohn der Eulenpriesterin kann so manches vollbringen, sofern er ein williges Werkzeug hat und sofern sein Beschluß gefaßt ist.

Dubvh war ein solches Werkzeug, denn er liebte mich, und ich hatte ihm geschworen, daß ich ihm zu seinem rechtmäßigen Namen verhelfen würde. Er wußte nichts über seine Geburt, nur daß er von königlichem Geblüt war, und hatte sein Leben ebenso wie ich in dem Wissen gelebt, daß es in der Welt einen ihm angestammten Platz gab, den zu erreichen er jedoch außerstande war.

Aber wenn Blut zu Blut ruft, dann ruft auch List zu List, und ich wußte, daß er ein Sohn des Bechers war. Und in dieser Nacht versetzte ich ihn in einen tiefen Schlaf und zwang ihn, mir von dem Becher zu erzählen und von seiner Zeugung. Und ich sah, wonach Ators Ritter so vergeblich gesucht hatten, sah die Magie, die der dritte Teil des grünen Himmelsteins gewesen war.

Ancel, genannt Dubvh, zeigte mir, daß der Becher in einem Brunnen auf der Gläsernen Insel lag. Der Priester, der ausgesandt worden war, ihn seinem Herrn zu überbringen, hatte ihn in seiner heillosen Angst dort hineingeworfen. Er war in tollwütigem Wahnsinn gestorben, bevor der Mond sich abermals gerundet hatte, und so wußte die Königin nicht, daß ihr Geschenk ohne Wirkung geblieben war, ebensowenig wie die Weißen Priester wußten, daß man ihn in ihre Obhut gestellt hatte. Die Geschichte des Bechers hatte sich dennoch ausgebreitet, und die Priester hatten sie mit einer eigenen Geschichte gekrönt, um zu erklären, warum sie ihn nicht besaßen: daß nämlich der Becher aus eigenem Antrieb in die andere Welt zurückgekehrt sei. Dennoch war die Macht des Bechers in der Welt verblieben, denn der Brunnen, in dem er lag, galt nunmehr als heilig, und tatsächlich hatte auch ich aus ihm getrunken, als ich dort war.

Auf die große Dunkelheit folgte der Winter, dann der Frühling, und ich nahm Ancel mit nach Caliburn, wo er an meiner Seite in den Küchen schuftete, denn er hatte nur sein eigenes Wort zum Beweis dafür, daß er von stolzem Geblüt war, und es gab so manchen, der dasselbe von sich behaupten und bessere Beweise vorlegen konnte. So erzählte ich ihm – und dies zumindest war die reine Wahrheit –, daß er in den Küchen zunächst einmal die Schande und die Merkwürdigkeit seiner Abkunft verstecken und sich die Gunst des Königs erwerben könne.

Und als das Rad sich abermals drehte, um den Mai zu bringen, schickte ich meinen Bruder zu Ator an die Runde Tafel, damit er ihn um den Segen der Ritterschaft und die Anerkennung seines noblen Standes bitte. Und sein Ansinnen wurde ohne Zaudern gewährt, denn Ator wagte es nicht, auch nur einem einzigen seiner Schwüre zuwiderzuhandeln. Der Hof gewöhnte es sich an, seinen neuen Ritter Ancel zu nennen, weil er einst in den Küchen gedient hatte, und niemand dachte weiter über seinen Namen nach, denn die Tage der Falschen Janiffer waren lange vorüber. Und nur ich wußte, wer er war und woher er kam – nicht einmal Ancel kannte die ganze Geschichte.

Die Königin schloß ihn sofort ins Herz, auch wenn sie nicht wußte, warum sie ihn liebte. Sie wußte nur, daß Ancel direkt zu ihrer Seele und ihrer Haut sprach. Sie hatte sich lange abgemüht unter dem Mißfallen ihres Gemahls und sehnte sich nach einem Spiegel, der nur ihr Verlangen zeigte. Und Ancel begehrte sie wirklich, denn sein Herz war so gemacht, daß es sich in aller Unschuld nach der Liebe einer Frau sehnte.

Im Laufe der langen Sommertage reifte ihre Liebe, denn es gab keine Ritter bei Hofe, die es vielleicht verhindert hätten, und der König war so oft fort, um Krieg zu führen, da er niemanden hatte, den er an seiner Statt hätte entsenden können. Ich sah sie ineinander vernarrt und tollkühn, bis die Königin schließlich davon sprach, Ancel zum Kriegskönig zu machen, und dabei doch eine ganz andere Krone im Sinn hatte.

Und nach einer gewissen Zeit schickte sie, genau wie ich es erwartet hatte, nach Norden, nach ihren Verbündeten, die daran erinnert werden sollten, was sie vor langer, langer Zeit geschworen hatten.

Nun erreichte auch meine Rache ihren Gipfel. Das Volk zürnte seinem König wegen dessen Nachlässigkeit und der Unruhe an den Grenzen – denn Ators rebellische Prinzen richteten ihre Raubzüge nach Norden wie nach Süden – und entschloß sich, mit dem südlichen König zu brechen, denn es war stets und immerdar der Königin gefolgt und hatte ihr Treue geschworen, nicht dem König. Sie kamen mit ihren schwarzen Pferden nach Süden, um sich auf die Seite der Königin und jener Prinzen zu stellen, die sich um ihr Banner scharten. Und als ich sah, daß die Königin und Ancel es wirklich ernst meinten, ritt ich zum Lager des Königs.

Ich brauchte keine gute Geschichte, um mir Eintritt zu seinem Zelt zu verschaffen; das Kunststück, mich mit dem Schatten zu bewegen, das Grainne mir hinterlassen hatte, genügte vollauf. Für Ator schien es, als sei ich aus Luft und Dunkelheit erschienen, und so war er geneigt, meinen Worten Beachtung zu schenken.

In jener Nacht erzählte ich Ator, daß der Pferdekönig sein Bündnis gebrochen und sich auf Bitten der Königin hin gegen ihn erhoben habe. Ich erzählte ihm, daß sie Ancel an seiner Stelle zum König erwählt habe, und ich erzählte ihm, daß Ancel der Königin eigener Sohn sei, empfangen durch den Becher, den man ihr aus dem Norden gebracht hatte. Weil dies eine Sitte des Volkes ist, gilt sie bei den Weißen Priestern als große Sünde, und Ator würde sie nun nie mehr zurücknehmen, noch aus Respekt vor dem Bett, das sie geteilt hatten, auf eine Schlacht verzichten. Ich erklärte ihm, daß ich zu ihm gekommen sei wegen einer Vision, die mir zuteil geworden war: eine Vision des Bechers, nach dem seine Ritter so erfolglos gesucht hatten, in seinen eigenen zwei Händen. Ich erzählte ihm, daß ich keinen größeren Lohn wünsche als den, mit ansehen zu dürfen, wie er dieses Wunder zuwege brachte, und mit ihm zu reiten, wenn er gegen seine verräterische Königin ritt.

Und er glaubte mir, denn er war wütend und leichtsinnig und alt. Und er glaubte mir, weil sie alle wahnsinnig sind im Süden.

Ich wußte, daß das Volk nicht kämpfen würde, wenn es den Becher in Ators Händen sah, und wenn die Leute nicht kämpfen, wird es wahrlich eine Rote Ernte geben, denn die Soldaten des Königs werden sie nicht verschonen, weil sie den Menschen aus dem Norden die Schuld an all ihrem Mißgeschick geben. Das Volk wird im Süden sterben, ob nun beim Rückzug und durch die Armee des Königs oder an dem Anblick ihres großen Schatzes in den Händen eines Mannes aus dem Süden – das ist mir gleich –, und die Armee des Königs wird jene niederreiten, die sich auf seiten Ancels und Janiffers gestellt haben.

Inmitten der Schlacht wird niemand auf mich achten, wenn ich zum Schlag aushole, um Ator das Leben zu nehmen, so wie er Grainne, meiner Mutter, ihre ganze Familie genommen hat, um mich zu dem Schicksal eines wurzellosen Wanderers auf Erden zu verdammen. Ich habe lange und hart gearbeitet, um die Fäden von Grainnes Fluch zu einem starken Garn zu spinnen, und mit diesem großen Streich wird mein Spinnen und Weben sich vollenden.

Die Morgensonne ging auf, als ich zu ihm sprach, und zum ersten Mal sah Ator mir ins Gesicht. Tiefes Erstaunen erfaßte ihn – zweifellos sah er etwas von sich selbst in mir und nannte es ein Wunder –, und endlich fragte er mich, wer ich sei und zu welchem Zweck ich gekommen wäre. Und mit den Worten, die ich so viele Monate lang in meinem Herzen getragen hatte, antwortete ich ihm:

»Man nennt mich Parsifal, Mylord, und hat mich zu Euch gesandt, Euch den Gral zu zeigen.«

Terry Pratchett
EINST UND IMMERDAR

Der Kupferdraht. Es war der Kupferdraht, der mir Schwierigkeiten bereitete.

Darum ging es letztendlich – um den Kupferdraht. Die alten Alchimisten suchten nach Gold. Wenn sie gewußt hätten, was ein Mann und eine junge Frau mit einem Kupferdraht anstellen können ...

Und einer Flutmühle. Und zwei ordentlichen Stangen aus weichem Eisen.

Hier bin ich nun, mit diesem lächerlichen Stab in der Hand und dem Schalter unterm Fuß. Ich warte.

Wenn sie mich doch nur nicht Merlin nennen würden. Ich heiße Mervin. Inzwischen habe ich herausgefunden, daß es tatsächlich einen Merlin gab: ein irrer alter Knabe, der in Wales lebte und vor Jahren starb. Legenden rankten sich um ihn, und jetzt überträgt man sie auf mich. So was passiert dauernd, schätze ich. Vermutlich handelt es sich bei vielen Helden um Leute aus der Provinz, die von einem Balladensänger verherrlicht wurden. Erinnern Sie sich an Robin Hood? Nun, ich sollte eigentlich gar nicht imstande sein, mich an ihn zu erinnern. Immerhin wird es noch einige Jahrhunderte dauern, bis der erste Schlingel mit diesem Namen zur Welt kommt – falls überhaupt ein Robin Hood dazu bestimmt ist, in diesem Universum zu existieren. In einem solchen Zusammenhang dürfte es zumindest grammatikalisch nicht ganz korrekt sein, von *Erinnerungen* zu sprechen. Kann man sich an Dinge erinnern, die noch gar nicht geschehen sind? Ich schon. Fast alle Dinge, an die ich mich erinnere, sind nicht passiert. Tja, so ist das eben in der Zeitreisebranche. Heute fort und morgen hier ...

Oh. Da kommt wieder jemand. Ein strammer Bursche. Beine

wie Bierfässer, Schultern wie ein Ochse. Wahrscheinlich hat er auch ein Gehirn wie ein Ochse, würde mich überhaupt nicht wundern. Die Hand wie ein Bananenbüschel. Sie greift nach dem Schwert.

O nein, mein Junge. Du bist nicht der Richtige. Sosehr du auch mit den Zähnen knirschst – du bist nicht der Richtige.

Und da geht er wieder. Die Schmerzen im Arm lassen sicher erst in einigen Tagen nach.

Nun, ich sollte Ihnen besser von diesem Ort erzählen.

Und von dieser *Zeit*.

Wann immer sie auch ist …

Ich bekam eine besondere Ausbildung fürs Zeitreisen. Das wirklich große Problem dabei besteht darin, herauszufinden, *wann* man ist. Wenn man die Zeitmaschine verläßt, begrüßen einen keine Hinweisschilder mit Aufschriften wie: »Willkommen im Jahr 500 A. D., Beginn des Dunklen Zeitalters, Bevölkerung 10 Millionen und schnell abnehmend.« Manchmal darf man nicht einmal hoffen, im Umkreis eines Tagesmarsches jemanden zu finden, der weiß, welches Jahr man schreibt, welcher König auf dem Thron sitzt und was es mit Königen überhaupt auf sich hat. Man lernt also, nach bestimmten Dingen Ausschau zu halten: Kirchenarchitektur, Art des Ackerbaus, Form von Pflugscharen und dergleichen.

Ja, ich weiß, daß Sie Filme mit hübschen alphanumerischen Displays gesehen haben, die exakt Auskunft über Zeit und Ort geben …

Vergessen Sie's. Es gibt bestenfalls vage Berechnungen. Die noch dazu recht primitiver Natur sind. Man beginnt mit der Untersuchung von Sternenkonstellationen, wobei man ein kleines Dingsbums verwendet. Der Grund: Angeblich sind die Sterne dauernd in Bewegung. Wenn man durch das Instrument blickt und feststellt, wie sehr sie sich bewegt haben, so bekommt man eine ungefähre Vorstellung von der Zeit. Aber falls man die einzelnen Sternbilder nicht voneinander unterscheiden kann … In dem Fall sollte man loslaufen und sich irgendwo verstecken, weil man damit rechnen muß, bereits von einem gut zehn Meter großen Schuppenmonstrum gejagt zu werden.

Außerdem bekommt man einen Leitfaden über ausgebrannte Supernovae und »Stoflers Mondkrater, aufgelistet nach geschätzter Entstehungszeit«. Mit etwas Glück kann man seinen Aufenthaltsort im Zeitstrom auf plus minus fünfzig Jahre feststellen. Für die Feinabstimmung greift man auf planetare Positionsmuster zurück. Stellen Sie sich die maritime Navigation zur Zeit von Kolumbus vor. Sie glänzte nicht gerade durch Genauigkeit, oder? Mit der temporalen Navigation verhält es sich ähnlich.

Man hält mich für einen großen Zauberer, weil ich soviel Zeit damit verbrachte, gen Himmel zu blicken.

Ich wollte einfach nur feststellen, wo ich bin.

Das Firmament meint, dies sei etwa das Jahr 500 A. D. Aber warum ist die Architektur normannisch? Und warum scheinen die Rüstungen aus dem fünfzehnten Jahrhundert zu stammen?

Augenblick ... Hier kommt schon wieder einer ...

Nun, er ist nicht gerade Einstein, aber vielleicht ... O nein. Wie er nach dem Schwert greift, und dann der *Zorn* in seinem Gesicht ... Nein. Er kommt nicht in Frage.

Pech gehabt.

Nun ... Wo war ich stehengeblieben? In letzter Zeit ist mein Gedächtnis wie ein Sieb.

Ja, die Architektur. Und dann spricht man hier eine Art Mittelenglisch, wofür ich eigentlich dankbar sein sollte, denn damit komme ich zurecht – weil ich einmal im Jahr 1479 festsaß. Bei jener Gelegenheit begegnete ich Johannes Gutenberg, dem Erfinder des Buchdrucks. Groß, mit langem Bart. Schuldet mir noch immer zwei Pfennige.

Nun, zurück zu *diesem* Ausflug. Von Anfang an lief alles schief. Eigentlich sollte ich im Jahr 800 A. D. die Krönung Karls des Großen beobachten, aber statt dessen fand ich mich im falschen Land wieder, noch dazu dreihundert Jahre zu früh, wenn man den

Sternen trauen kann. Ich habe immer wieder darauf hingewiesen, daß solche Zwischenfälle eigentlich unvermeidlich sind; es wird noch mindestens fünfzig Jahre dauern, bis wir derartige Fehler vermeiden können. Dreiundfünfzig Jahre, um ganz genau zu sein. Das weiß ich von dem Burschen, den ich 1875 in einer Bar kennenlernte. Der Typ stammte hundert Jahre aus der Zukunft und sagte es mir. Ich wies die Jungs vom Stützpunkt darauf hin, daß wir uns viel Mühe sparen könnten: Wir brauchten einfach nur einen Kollegen aus der Zukunft bestechen und uns von ihm die Konstruktionsunterlagen für das verbesserte Modell zu besorgen. Die Antwort lautete, wir dürften auf keinen Fall gegen die Gesetze von Ursache und Wirkung verstoßen. Wenn wir damit anfingen, könnte das Universum ganz plötzlich zu einer winzigen, 0,005 Ångström durchmessenden Blase kollabieren. Ich bin trotzdem der Ansicht, daß es einen Versuch wert ist.

Wie dem auch sei, der Kupferdraht bereitete mir ziemliche Probleme.

Was keineswegs heißen soll, daß ich inkompetent bin. Ich bin in jeder Hinsicht ein durchschnittlicher Mann – sieht man einmal davon ab, daß ich zu den etwa zehntausend Personen gehöre, die durch die Zeit reisen können, ohne dabei komplett überzuschnappen. Ich bekomme davon nur leichte Kopfschmerzen. Ich verfüge über ein gutes Sprachtalent, und ich bin ein guter Beobachter. Glauben Sie mir: Ich habe viele seltsame Dinge beobachtet. Die Krönung Karls des Großen sollte eine Art Urlaub für mich sein. Für die Kosten meines zweiten Trips in jene Epoche kamen Historiker von irgendeiner Universität auf. Der Bericht, den ich nach der ersten Reise bei meinen Auftraggebern ablieferte, führte zu einigen Fragen, die gründlichere Nachforschungen verlangten. Ich wußte schon, wo ich stehen wollte, um zu vermeiden, mich selbst zu sehen. Und selbst wenn ich mir selbst begegnet wäre: Bestimmt hätte ich mich irgendwie herausreden können. In unserer Branche lernt man schnell, sich ein flottes Mundwerk zuzulegen.

Und dann brannte eine Diode durch oder ging gar nicht erst an, und hier bin ich, irgendwann.

Ich kann nicht zurück.

Äh, worüber sprachen wir gerade?

Übrigens: Das andere Problem mit dem Kupferdraht betrifft die Isolierung. Schließlich wickelte ich ihn in dünnes Tuch, und wir bestrichen jede Schicht mit der Farbe, die man hier für Schilde verwendet – offenbar hat es seinen Zweck erfüllt.

Und ... hm ... ich glaube, Zeitreisen beeinflussen die Erinnerung. Das Gedächtnis scheint zu ahnen, daß es über Dinge Bescheid weiß, über die es noch gar nicht Bescheid wissen sollte. Und deshalb kommt es durcheinander. Es gibt ganze Abschnitte in der Geschichte, an die ich mich nicht mehr erinnere. Wenn ich doch nur wüßte, was es damit auf sich hat.

Wenn Sie mich bitte entschuldigen würden ... Da kommt noch einer. Ein älterer Bursche. Scheint recht helle zu sein. Ja, ich wette, er kann seinen eigenen Namen schreiben. Aber ich weiß nicht. Ihm fehlt ...

Ihm fehlt ...

Jetzt weiß ich nicht mehr, was ihm fehlt.

Charisma. Ja, genau. Ich wußte doch, daß ich es nicht völlig vergessen haben konnte.

Na schön. So sah meine Situation aus: dreihundert Jahre von der richtigen Zeit entfernt, und nichts funktionierte. Haben Sie jemals eine Zeitmaschine gesehen? Wahrscheinlich nicht. Das Etwas, in dem man unterwegs ist, läßt sich nur dann erkennen, wenn das Licht in einem bestimmten Winkel einfällt. Die eigentlichen Apparaturen befinden sich im Stützpunkt *und gleichzeitig* in der Maschine. Man reist also gewissermaßen in einem mechanischen Phantom – in dem, was von einer Maschine übrigbleibt, wenn man alle ihre Teile fortnimmt. Dann hat man die *Idee* einer Maschine.

Stellen Sie sich die Zeitmaschine als einen großen Kristall vor. Einen solchen Eindruck bekämen Sie von ihr, bei günstigem Licht.

Ich erwachte in etwas, das man vermutlich als Bett bezeichnen muß – eine Ansammlung aus Stroh und Heidekraut. Die Decke bestand aus zusammengenähten Stoffstreifen und kratzte fürchterlich. Und dann gab es da noch eine junge Frau, die mir Suppe anbot. Versuchen Sie nicht einmal, sich mittelalterliche Suppe vorzustellen. Dafür verwendet man Dinge, die niemand essen würde, wenn sie auf einem Teller lägen. Und glauben Sie mir: Hier ißt man Dinge, die man nicht einmal in einen Hamburger stopfen würde.

Später fand ich heraus, vor drei Tagen eingetroffen zu sein. Davon wußte ich überhaupt nichts. Im Wald war ich umhergeirrt, sabbernd und nur halb bei Bewußtsein. Eine Nebenwirkung des Zeitreisens. Wie ich schon sagte: Normalerweise bekomme ich nur leichte Kopfschmerzen, aber meine wenigen Erinnerungen deuten auf folgendes hin: Es muß mindestens eine Million Mal schlimmer gewesen sein als ein schlimmer Jetlag. Wenn ich hier im Winter erschienen wäre, hätte ich sicher nicht überlebt. Wenn es irgendwo hohe Klippen gegeben hätte, wäre ich bestimmt in die Tiefe gestürzt. Nun, der Zufall wollte es, daß ich gegen einige Bäume stieß. Wenigstens bin ich den Wölfen und Bären aus dem Weg gegangen. Oder vielleicht verhält es sich genau umgekehrt: Möglicherweise erkannten mich die Wölfe und Bären als einen unverdaulichen Irren, den man besser meidet.

Der Vater der jungen Frau arbeitete als Holzfäller oder Köhler, was in der Art. Hab's nie herausgefunden. Ich erinnere mich daran, daß er jeden Tag mit einer Axt loszog. Er fand mich und brachte mich nach Hause. Wie ich nachher erfuhr, hielt er mich für einen vornehmen Mann, und zwar wegen meiner guten Kleidung. Zu jenem Zeitpunkt trug ich eine ausgewaschene Jeans – das dürfte Ihnen eine ungefähre Vorstellung vermitteln. Er hatte zwei Söhne, die ebenfalls jeden Tag mit Äxten in den Wald zogen. Es gelang mir nie, ein richtiges Gespräch mit ihnen zu führen – bis zum Unfall ihres Vaters. Vielleicht lag es daran, daß ich einfach nicht genug über die Äxte wußte.

Aber Nimue ... Eine faszinierende Frau. Sie war nur ... äh ...

»Wie alt warst du, als wir uns begegneten?«

Sie wischt sich die Hände an einem Lappen ab. Wir mußten die Lager mit Schweinefett schmieren.

»Fünfzehn«, sagt sie. »Glaube ich. Hör mal, das Wasser über der Mühle reicht noch für eine Stunde, aber ich fürchte, der Gennirator hält nicht solange durch. Er zittert schon jetzt ziemlich stark.«

Sie blickt nachdenklich zu den vornehmen Leuten.

»Was für ein Haufen von Feingepinkelten«, meint sie.

»Du meinst feine Pinkel.«

»Ja.«

Ich zucke mit den Schultern. »Einer von ihnen wird dein König sein.«

»Nein, nicht *mein* König, Mervin«, erwidert Nimue und lächelt. »Ich werde nie einen König haben.«

Diese Worte weisen darauf hin, daß sie in den vergangenen zwölf Monaten viel gelernt hat. Ja, ich habe gegen die Regel verstoßen und ihr die Wahrheit gesagt. Warum auch nicht? Ich verstoße gegen alle Regeln, um dieses verdammte Land zu retten, und das Universum scheint trotzdem nicht zu beabsichtigen, zu einer winzigen Kugel mit einem Durchmesser von 0,005 Ångström zu kollabieren. Zunächst einmal: Ich glaube nicht, daß dies unsere Zeitlinie ist. Einige Dinge passen einfach nicht zusammen. Ich glaube, ich bin im Zeitstrom auch zur Seite getrieben und dadurch in eine andere Geschichte geraten. Vielleicht ist es eine Geschichte, die nur in den Köpfen der Leute existiert, ohne jemals eine reale Grundlage zu haben. Möglicherweise ist sie ebenso phantastisch wie Reisen durch die Zeit. Mathematiker reden immer wieder von imaginären Zahlen, die doch real sind. Also könnte dies ein imaginärer Ort sein, der aus realen Dingen besteht. Oder etwas in der Art. Woher soll ich es wissen? Vielleicht wird etwas Wirklichkeit, wenn genug Leute daran glauben.

Es verschlug mich nach Albion, was ich allerdings erst später herausfand. Es handelt sich weder um Britannien noch um England, sondern um einen sehr ähnlichen Ort, an dem vieles ebenso beschaffen ist. Vielleicht befinden sich die beiden Welten so dicht nebeneinander, daß Lecks entstehen, durch die Ideen und Vorstellungen von einer Seite zur anderen gelangen. Aber eins steht fest: Es handelt sich in jedem Fall um einen eigenständigen Ort.

Irgendwo ging etwas schief. Jemand fehlte. Es hätte hier einen großen König geben sollen – Sie wissen schon, wen. Er ist irgendwo dort draußen, in der Menge. Kann von Glück sagen, daß ich gekommen bin.

Möchten Sie, daß ich diese Welt beschreibe, Ihnen von Turnieren, Wimpeln und Schlössern berichte? In Ordnung. Das gibt es alles. Aber der ganze Rest trägt einen dünnen Film aus, nun, Schlamm. Der Unterschied zwischen der Hütte eines durchschnittlichen Bauern und einem Schweinestall besteht darin, daß ein guter Bauer gelegentlich das Stroh im Schweinestall wechselt. Bitte verstehen Sie mich richtig: Niemand wird unterdrückt, soweit ich das beurteilen kann. Es existiert keine Sklaverei im engeren Sinne. Allerdings werden die Leute von der Tradition unterjocht, und die kann sehr streng sein. Ich meine, die Demokratie ist vielleicht nicht perfekt, aber wenigstens lassen wir uns nicht von den Toten überstimmen.

Da ein starker Mann fehlt, der sich um alles kümmert, gibt es in jedem Tal einen kleinen Möchtegernkönig, der den größten Teil seiner Zeit damit verbringt, gegen andere Möchtegernkönige zu kämpfen. Die Folge: Überall im Land findet eine Art halbherziger Krieg statt. Und alle gehen stolz durchs Leben und stellen sich bei vielen Dingen ungeschickt an, weil sich auch ihre Vorfahren ungeschickt anstellten, und niemand freut sich richtig über etwas, und Unkraut wuchert auf guten Feldern ...

Ich habe Nimue gesagt, ich käme aus einem anderen Land, was durchaus stimmt.

Ich habe viel mit ihr gesprochen, weil es weit und breit keine vernünftigere Person gab. Klein und dünn war sie und so wachsam wie ein Vogel. Ich habe darauf hingewiesen, daß ich gegen die

Regeln verstieß, um dieses Land zu retten, doch wenn ich ganz ehrlich sein soll: Eigentlich ist Nimue der Grund. Sie war das einzige Schöne in einer Welt aus Dreck. Sie bietet angenehme Gesellschaft, lernt schnell und ... Nun, ich weiß, wie die Frauen hier aussehen, wenn sie dreißig sind. So etwas sollte niemandem passieren. Wir unterhielten uns, und sie hörte mir zu, während sie die Hausarbeit erledigte – die vor allem darin bestand, den Schmutz so lange hin und her zu bewegen, bis er verschwand.

Ich habe ihr von der Zukunft erzählt. Warum auch nicht? Was könnte es schaden? Nun, Nimue war nicht sehr beeindruckt. Wahrscheinlich wußte sie nicht genug, um beeindruckt zu sein. Menschen auf dem Mond – solche Vorstellungen unterschieden sich kaum von Geschichten über Feen und Heilige. Aber Wasser in Leitungen weckte Nimues Interesse, denn jeden Tag mußte sie mit zwei Holzeimern und einem Tragjoch zur Quelle gehen.

»Jede Hütte hat so etwas?« fragte sie und musterte mich aufmerksam über den Besen hinweg.

»Ja.«

»Nicht nur die Reichen?«

»Die Reichen haben mehr Badezimmer«, sagte ich. Anschließend mußte ich ihr die Badezimmer erklären.

»So etwas wäre auch hier möglich«, fügte ich hinzu. »Man braucht nur Quellwasser in den Bergen aufzustauen und dann von einem ... Schmied oder so Kupferrohre herstellen zu lassen. Zur Not könnte man auch welche aus Blei oder Eisen verwenden.«

Nimue blickte wehmütig in die Ferne.

»Mein Vater würde es nicht erlauben«, entgegnete sie leise.

»Er müßte doch die Vorteile eines solchen Leitungssystems einsehen«, sagte ich.

Nimue hob und senkte die Schultern. »Warum? Er muß nicht jeden Tag Wasser von der Quelle herbeischleppen.«

»Oh.«

Sie begleitete mich, wenn ihre Arbeit es zuließ. Ihr Verhalten bestätigte etwas, das ich schon seit langer Zeit vermutete: Frauen haben größeres Interesse an der technischen Entwicklung als Männer. Andernfalls würden wir noch immer auf den Bäumen leben. Wasserleitungen, elektrischer Strom. Öfen, in die man nicht ständig Holz hineinschieben muß ... Ich schätze, hinter den größten Erfindern der Geschichte stecken Ehefrauen, die ihre Männer dazu antrieben, ihnen die Arbeit im Haushalt zu erleichtern.

Nimue folgte mir wie ein Schatten, als ich durchs Dorf wanderte. Wenn man überhaupt von einem Dorf sprechen kann. Die Ansammlung von Hütten sieht eher wie etwas aus, das die letzte Eiszeit zurückließ. Oder wie etwas, das von einem Dinosaurier mit ernsten Verdauungsproblemen stammt. Sie kam auch in den Wald mit, wo ich zwischen Dornbüschen die Zeitmaschine fand. Eine Reparatur ist ausgeschlossen. Meine einzige Hoffnung besteht darin, daß jemand kommt und mich abholt. Vorausgesetzt natürlich, im Stützpunkt findet jemand heraus, wo und wann ich mich befinde. Was nie der Fall sein wird, wie ich bereits weiß, denn andernfalls wäre ich längst nicht mehr hier. Selbst wenn es zehn Jahre dauern würde, um meinen Aufenthaltsort zu bestimmen: Der Rettungstrupp könnte problemlos das Hier und Heute erreichen, ohne irgendeine Verzögerung. So ist das eben mit Zeitreisen: Man hat alle Zeit der Welt.

Ich saß fest.

Allerdings haben erfahrene Zeitreisende wie ich immer eine kleine Notausrüstung dabei, nur für den Fall. Unter dem Sitz steckte ein großer Karton, der folgendes enthielt: einige kleine Goldbarren (eine Währung, die man überall akzeptiert, so wie gute Kreditkarten); Pfeffer (über Hunderte von Jahren hinweg mehr wert als Gold); Aluminium (ein seltenes und kostbares Metall in einer Ära, die sich nicht durch billige und leicht zugängliche Elektrizität auszeichnet). Und Samen. Und Stifte. Und genug Arzneien, um eine Apotheke auszustatten. Kommen Sie mir bloß nicht mit Heilkräutern und dergleichen. Über Jahrhunderte hinweg haben Menschen an Zahnabszessen gelitten und alles Grüne ausprobiert, das irgendwo im Schlamm wuchs, ohne daß ihre schmerzerfüllten Schreie dadurch leiser wurden.

Nimue beobachtete mich interessiert, während ich im Karton kramte und dabei den Zweck der einzelnen Medikamente erläuterte.

Am nächsten Tag schnitt sich ihr Vater mit der Axt das Bein auf. Die beiden Söhne trugen ihn nach Hause. Nimue sah mir zu, als ich die Wunde behandelte und nähte. Eine Woche später war ihr Vater wieder auf den Beinen, anstatt den Rest seines Lebens als Krüppel verbringen zu müssen oder gar an Wundbrand gestorben zu sein. Ich wurde dadurch zu einem Helden. Besser gesagt: Ich wurde zu einem Zauberer, weil mir die Muskeln für einen Helden fehlten.

Normalerweise grenzt so etwas an Wahnsinn. Man soll sich nicht einmischen. Aber ich sah die Dinge aus einer anderen Perspektive. Ich saß in dieser Zeit fest, und es gab nicht die geringste Aussicht für mich, nach Hause zurückzukehren. Unter solchen Umständen scherte ich mich nicht mehr um irgendwelche Regeln und Vorschriften. Ich konnte heilen, was fast ebensoviel Macht bringt wie die Fähigkeit, andere Leute zu töten. Ich lehrte die Bedeutung von Hygiene. Ich erzählte von Rüben, fließendem Wasser und einfacher Medizin.

Der Boß des Tals war ein einigermaßen anständiger alter Ritter namens Sir Ector. Nimue kannte ihn, was mich überraschte – obwohl es mich gar nicht überraschen sollte. Ector stand nur eine Stufe über den Bauern und schien sie alle zu kennen. Er war nicht einmal viel reicher, sah man davon ab, daß ihm seine Vorfahren ein verfallendes Schloß sowie eine rostige Rüstung hinterlassen hatten. Einmal in der Woche stattete Nimue dem Schloß einen Besuch ab, um dort für die Tochter die Kammerzofe zu spielen.

Ich zog dem alten Ector einen kariösen Zahn, der ihm das Leben zur Hölle machte, woraufhin er ewige Freundschaft schwor und mir in seinem Herrschaftsbereich freie Hand ließ. Ich lernte seinen Sohn Kay kennen, einen großen, freundlichen Burschen, ausgestattet mit Kraft und Intelligenz eines Ochsen. Und dann gab es da noch die Tochter, der mich niemand richtig vorstellen wollte, weil sie sehr attraktiv war, auf eine stille Art und Weise. Wenn sie einen ansah, hatte man das Gefühl, ihr Blick reiche bis an die Innenseite des Hinterkopfs. Nimue und sie kamen wie Schwestern miteinander aus. Ich meine wie Schwestern, die gut miteinander auskommen.

Ich wurde zu einem wichtigen Mann in der Gegend. Es ist erstaunlich, was man mit einigen Medikamenten, elementarer Wissenschaft und guten Beziehungen erreichen kann.

Der gute alte Merlin hatte eine Lücke hinterlassen, die ich ebenso füllte wie Wasser eine Tasse. Im ganzen Land gab es niemanden, der nicht auf mich hören würde.

Und Nimue folgte mir, wenn sie Zeit erübrigen konnte, beobachtete alles mit der Aufmerksamkeit einer Eule.

Zu jenem Zeitpunkt war ich vielleicht naiv genug, davon zu träumen, die primitive Gesellschaft ganz allein ins zwanzigste Jahrhundert zu führen.

Genausogut könnte man versuchen, mit einem Besen das Meer beiseite zu fegen.

»Aber die Leute machen, was du ihnen sagst«, meinte Nimue. Ich glaube, zu jenem Zeitpunkt half sie mir im Laboratorium. Ich nenne es »Laboratorium«, obwohl es nur ein Zimmer im Schloß ist. Dort versuchte ich, Penizillin herzustellen.

»Genau«, bestätigte ich. »Und was nützt das? Wenn ich mich von ihnen abwende, kehren sie sofort zum alten Trott zurück.«

»Du hast mir doch erklärt, daß sich die Leute in der Dimmokratie so verhalten, wie es ihnen gefällt«, sagte Nimue.

»Es heißt Demokratie«, verbesserte ich. »Es gibt nichts daran auszusetzen, wenn sich die Leute so verhalten, wie es ihnen gefällt – vorausgesetzt, sie verhalten sich so, wie es richtig ist.«

Nimue biß sich nachdenklich auf die Lippe. »Das klingt nicht sehr vernünftig.«

»So funktioniert es aber.«

»Und in einer Demokratie sagen alle, wer König sein soll?«

»Etwas in der Art, ja.«

»Und was machen die Frauen?«

Ich dachte über die Frage nach. »Oh, sie sollten ebenfalls wählen dürfen«, antwortete ich. »Nach einer Weile. Ich glaube, Albion ist noch nicht bereit für das Frauenwahlrecht.«

»Dafür ist hier alles bereit für das Frauenqualrecht«, kommentierte Nimue mit für sie ungewöhnlicher Bitterkeit.

»Ich meine das Recht, die Stimme abzugeben.«

Ich klopfte ihr auf die Hand.

»Außerdem kann man nicht sofort mit der Demokratie beginnen«, fuhr ich fort. »Zuerst muß man sich durch Dinge wie Tyrannei und Monarchie hocharbeiten. Wenn das Volk dann die Demokratie erreicht, ist es so erleichtert, daß es daran festhält.«

»Die Leute machten das, was ihnen der König sagte«, entgegnete Nimue, während sie Brot und Milch in flache Schüsseln gab. »Der große König, meine ich. Alle befolgten seine Anweisungen. Selbst die geringeren Könige.«

Ich hatte bereits vom großen König gehört. Alles deutet darauf hin, daß zu seiner Zeit Milch und Honig in solchen Strömen flossen, daß die Leute mit Watstiefeln herumstapften. Von solchen Dingen halte ich nicht viel. Dazu bin ich viel zu praktisch eingestellt. Wenn jemand von einer großartigen Vergangenheit schwärmt, so versucht er meistens nur, von der mittelmäßigen Gegenwart abzulenken.

»Eine solche Person könnte durchaus etwas zustande bringen«, räumte ich ein. »Aber irgendwann sterben derartige Könige, und die Geschichte zeigt ...« Besser gesagt: Die Geschichte *wird* zeigen. Aber so konnte ich es Nimue gegenüber natürlich nicht ausdrücken. »... daß die Dinge anschließend noch schlimmer sind als vorher. Glaub mir.«

»Gehört dies zu den Dingen, über die du Bescheid weißt, Mervin?«

»Ja.«

»Es gab ein Kind, heißt es. Es wurde vom König versteckt, bis es groß genug geworden war, um sich selbst zu schützen.«

»Wurde es von bösen Onkeln und so weiter bedroht?«

»Von Onkeln weiß ich nichts. Ich hörte, wie Männer darüber sprachen, daß viele Könige die Macht des Uther Pendragon verabscheuten.« Nimue stapelte das Geschirr auf der Fensterbank. Eigentlich hatte ich überhaupt keine Ahnung, worauf es bei der Herstellung von Penizillin ankommt. Ich ließ Dinge einfach nur schimmelig werden und hoffte.

»Warum siehst du mich so an?« fragte die junge Frau.

»Uther Pendragon? Aus Cornwall?«

»Kanntest du ihn?«

»Ich, äh … ja. Ich habe von ihm gehört. Er hatte ein Schloß namens Tintagel. Und er war der Vater von …«

Nimue bedachte mich mit einem durchdringenden Blick.

Ich versuchte es erneut. »Er war hier König?«

»Ja!«

Ich wußte nicht, was ich sagen sollte. Nach einigen Sekunden des Schweigens trat ich zum Fenster und sah nach draußen. Eigentlich gab es nur Wald zu sehen. Aber es war kein lichter Wald, in dem man damit rechnen kann, Tolkiens Elben zu begegnen, sondern ein dunkler, feuchter Wald, der zum größten Teil aus Moos und verfaulendem Holz zu bestehen schien. Allmählich dämmerte es mir. Es paßte alles zusammen. Zu viele kleine Kriege. Zu viele Sterbende. Nicht mehr genug Menschen, um die Felder zu pflügen. Und irgendwo dort draußen gab es einen wahren König, der wartete. Auf seine Chance. Auf …

Mich?

Der König. Nicht irgendein alter König. Nein, *der* König. Arthur. Artus der Bär. Einst und immerdar. Die Tafelrunde. Das Zeitalter des Rittertums und der Ritterlichkeit. Er hat nie gelebt.

Aber vielleicht gab es ihn hier.

Vielleicht existierte er hier, in dieser Welt, die man mit einer defekten Zeitmaschine erreichte, die weder Geschichte ist noch aus Erinnerungen oder Phantasie stammt ...

Und nur ich wußte, welchen Verlauf die Legende nahm.

Ich. Mervin.

Unter meiner Führung und mit meiner, äh, Erfahrung ... Was für ein Team.

Ich musterte Nimue. Ihr Gesicht wirkte nun ganz offen, und ernste Sorge zeichnete sich darin ab. Sie befürchtete, daß der alte Mervin wieder krank wurde.

Ich erinnere mich daran, mit den Fingern auf die kalte Fensterbank getrommelt zu haben. Keine Zentralheizung in dem Schloß. Bald begann der Winter, und er würde sich verheerend auf das heruntergekommene, ruinierte Land auswirken.

Schließlich sagte ich: »Uuuuuuh.«

Nimue zuckte unwillkürlich zusammen.

»Habe nur geübt«, erklärte ich und versuchte es noch einmal. »Uuuu*uuuu*uuuh, hört mich an, hört mich an.« Nicht schlecht. Gar nicht schlecht. »Hört mich an, ihr Menschen von Albion, o hört mich an. Ich bin es, Mervin – mit einem ›v‹ –, der zu euch spricht. Verkündet im Land, daß ein Zeichen geschickt wurde, zu beenden die Kriege und zu bestimmen den rechtmäßigen König von Albion ... Uuuu*uuuuuuh*-äh.«

Inzwischen war Nimue der Panik nahe. Zwei Bedienstete spähten herein; ich schickte sie fort.

»Na, wie war ich?« fragte ich die junge Frau. »Beeindruckend, nicht wahr? Es könnte klappen, oder?«

»Was ist ein Zeichen?« hauchte Nimue.

»Üblicherweise ein Schwert im Stein«, erwiderte ich. »Und es kann nur vom rechtmäßigen König herausgezogen werden.«

»Aber wie ist das möglich?«

»Keine Ahnung. Ich muß mir etwas einfallen lassen.«

Seitdem sind Monate vergangen.

Die einfachste Möglichkeit bestand aus einem Verriegelungsmechanismus ...

Nein, ich glaubte natürlich nicht an die Existenz irgendeines mystischen Königs dort draußen. Das sagte ich mir immer wieder. Aber es war sehr wohl möglich, daß es einen jungen Burschen gab, der gut auf einem Pferd aussah und genug Grips hatte, um den Rat eines weisen alten Zauberers zu beherzigen. Wie gesagt: Ich neige zu einer praktischen Einstellung.

Wie dem auch sei … Worüber sprachen wir gerade? Oh, ja. Mechanische Vorrichtungen kamen nicht in Frage, und deshalb blieb nur Elektrizität. Eigentlich seltsam: Es ist viel einfacher, einen primitiven elektrischen Generator zu konstruieren als eine primitive Dampfmaschine. Kompliziert wird's nur bei den Lagern.

Und beim Kupferdraht.

Nimue fand schließlich eine Lösung für dieses Problem.

»Ich habe vornehme Frauen mit teurem Schmuck gesehen, in dem auch Gold- und Silberfäden glänzten«, sagte sie. »Die Männer, die sie hergestellt haben, wissen sicher auch, wie man Drähte aus Kupfer macht.«

Da hatte sie natürlich recht. Ich habe einfach nicht daran gedacht. Man zog Metallstreifen immer wieder durch kleine Löcher in widerstandsfähigen Stahlplatten, bis Drähte entstanden, die dünn genug waren. Ich begab mich nach London und fand dort einige Drahtspezialisten. Danach wandte ich mich an einen Schmied und bat ihn um mehr Zieheisen: Ich brauchte keine Drähte in Schmuck-Mengen, sondern in industrieller Quantität. Inzwischen hatte ich mir bereits einen guten Ruf erworben, und deshalb fragte mich niemand, wozu ich die Dinge benötigte. Ich hätte antworten können: »Nun, die Hälfte wird beim Bau des Generators verwendet, und den Rest brauche ich für die Elektromagneten im Stein.« Was hätte jemand aus dieser Zeit mit solchen Hinweisen anfangen können? Einen anderen Schmied beauftragte ich mit der Herstellung von weichen Eisenkernen und Lagern. Anschließend verbrachten Nimue und ich Stunden damit, den Draht aufzuwickeln und jede Schicht mit Schellack zu bestreichen.

Hinsichtlich der Antriebskraft ergaben sich keine besonderen Schwierigkeiten. Es herrschte kein Mangel an Mühlen, und ich wählte eine Flutmühle, wegen ihrer Zuverlässigkeit und weil dies ein sehr beeindruckender Küstenabschnitt ist. Nach der Legende sollte es eigentlich in London oder Winchester oder einem anderen namhaften Ort geschehen, aber ich mußte auf die Energiequelle Rücksicht nehmen, und außerdem wirkte es recht gut an der Küste, mit der donnernden Brandung und so.

Der Stein war kein Problem. Seit den alten Römern gab es eine einfache Betontechnik. Ich möchte mich nicht selbst loben, aber der Stein, mit dem wir die Elektromagneten umgaben, sieht wirklich gut aus. Damit wurden wir lange vor dem Tag fertig, an dem der große Wettstreit stattfinden sollte. Wir umgaben ihn mit einem großen Leinenschild – obwohl die Einheimischen nicht einmal für ein Vermögen bereit gewesen wären, sich in die Nähe des »Steins« zu wagen.

Nimue betätigte den Schalter, während ich das Schwert hineinschob und wieder herauszog.

»Das bedeutet, du bist der rechtmäßige König«, sagte sie und lächelte.

»Nein, ich komme nicht in Frage. Mir fehlen bestimmte Eigenschaften, die für gutes Regieren erforderlich sind.«

»Was ist denn für gutes Regieren erforderlich?«

»Das wissen wir, wenn wir es sehen. Wir suchen einen jungen Mann, bei dem man eine Aura der Autorität spürt. Ich meine einen jungen Mann, dem diese kriegsmüden Leute folgen.«

»Und du bist sicher, einen solchen jungen Mann zu finden?«

»Wenn nicht, sollte sich dieses Universum einen neuen Verwalter zulegen.«

Nimue kann auf eine recht seltsame Weise schmunzeln. Ihr spezielles Lächeln ist nicht in dem Sinne spöttisch, aber es weckt Unbehagen in mir.

»Und er wird auf dich hören?«

»Das sollte er besser. Immerhin bin ich hier der Zauberer. Im ganzen Land gibt es niemanden, der es mit meiner Intelligenz aufnehmen könnte, gutes Kind.«

»Wenn ich doch nur so klug wäre wie du, Mervin«, sagte Nimue und lächelte erneut.

Dummes kleines Ding …

Und jetzt zurück zur Gegenwart. Reisen durch die Zeit! Dabei kommt man wirklich durcheinander. Zurück zur Felsenküste. Und zum Stein mit dem Schwert.

Einen Augenblick … Moment mal …

Ich glaube …

Ja.

Der sieht nach dem Richtigen aus.

Ein schlanker junger Mann, der nicht wie die anderen stolziert, sondern selbstbewußt herbeischlendert und völlig sicher zu sein scheint, Erfolg zu haben. Zerlumpte Kleidung, aber das ist kein Problem, nein, überhaupt kein Problem. Diese Sache können wir später in Ordnung bringen.

Die Leute weichen beiseite. Es ist geradezu unheimlich. Man kann sehen, wie sich das Schicksal entfaltet, einem Liegestuhl gleich.

Unter der Kapuze ist kaum was zu erkennen. Es handelt sich um eine der großen, weiten Kapuzen, wie sie die Bauern tragen, aber ich spüre, daß er mich ansieht.

Ahnt er etwas? Ist er wirklich der große König?

Ich frage mich, wo er sich all die Jahre über versteckt hat.

Egal, spielt keine Rolle. Es kommt darauf an, die Chance zu nutzen. Ich beuge mich ein wenig vor und verlagere dadurch mein Gewicht. Der rechte Fuß löst sich vom verborgenen Schalter, und dadurch wird die Stromzufuhr zum Stein unterbrochen.

Meine Güte, er strengt sich nicht einmal an. Ohne die geringste Mühe zieht er das Schwert aus dem Felsen.

Und alle jubeln, und er hebt das Schwert hoch in die Luft, und die Sonne zeigt sich, und die Klinge reflektiert ihr Licht auf eine Weise, die ich nicht vorbereiten konnte. *Ting.*

Damit ist es vollbracht. Jetzt müssen die Bürger von Albion damit aufhören, sich ständig zu streiten. Sie haben einen König, und niemand kann Einwände erheben, denn alle wurden Zeugen des Wunders. Eine strahlende Zukunft kündigt sich an. Und so weiter, und so fort.

Natürlich braucht der neue König jemanden, der ihm gute Ratschläge gibt. Mit anderen Worten: Er braucht jemanden wie mich. Und jetzt streicht er die Kapuze zurück und … Und ihr blondes Haar kommt zum Vorschein, und eisiges Schweigen senkt sich auf die Menge herab.

Wir sprechen hier nicht über eine Maid oder ein Edelfräulein. Sie lächelt wie ein Tiger, und etwas an ihr läßt keinen Zweifel daran, daß sie mit dem Schwert erheblichen Schaden anrichten könnte.

Sie sieht *gebieterisch* aus.

Langsam läßt sie den Blick über die Menge schweifen, und niemand wagt zu protestieren.

Sie wirkt nicht wie eine Person, die gute Ratschläge braucht. Die Augen verraten viel mehr Intelligenz, als mir lieb ist. Sie erweckt noch immer den gleichen Eindruck wie bei unserer ersten Begegnung in Ectors Schloß: Ihr Blick scheint bis in die Seele eines Mannes zu reichen.

Wehe den kleinen Königen, die nicht bereit sind, sich ihr *sofort* zu fügen.

Ich sehe zu Nimue. Ihre Lippen deuten ein unschuldiges Lächeln an.

Ich bin mir nicht sicher. Sie hat von einem »Kind« gesprochen, daran erinnere ich mich. Aber hat sie jemals einen *Sohn* erwähnt?

Ich dachte, den Mythos zu kontrollieren. Aber vielleicht bin ich selbst nur eine Schachfigur gewesen.

Ich beuge mich näher zu Nimue heran.

»Nur aus Neugier«, flüstere ich. »Wie heißt sie? Beim ersten Mal habe ich ihren Namen nicht verstanden.«

»Ursula«, antwortet Nimue und lächelt noch immer.

Ah. Vom lateinischen Wort für Bär. Ich hätte es mir denken können.

Na schön. Jetzt ist es passiert. Ich sollte besser feststellen, ob sich genug ordentliches Holz für eine Tafelrunde auftreiben läßt, obwohl ich mir beim besten Willen nicht vorstellen kann, wer daran Platz nehmen soll. Bestimmt nicht nur einige dickschädelige Ritter in Blechhosen, soviel steht fest.

Ohne meine Einmischung hätte sie nie eine Chance bekommen, und welche Chance hat sie überhaupt? Welche *Chance?*

Ich bin ihrem Blick begegnet und habe in ihren Augen die Zukunft gesehen.

Wie lange mag es noch dauern, bis wir Amerika entdecken?

Katharine Kerr
DIE UNSICHTBARE WELT

*S*ie stehen um eine lange Tafel aus poliertem Holz herum.
In dem Traum kann er weder ihre Anzahl noch ihre Gesichter
erkennen. Es sind unbewegliche Gestalten, in graue Gewänder
gehüllt wie in Leichentücher. Nur die Tafel kann er deutlich sehen.

*Auf der Tafel liegt ein großer Bogen von römischem Papyrus.
Er hat bisher nur alte Papyrusrollen gesehen und wußte gar nicht,
daß ein Blatt so groß sein kann – es bedeckte die halbe Tischplat-
te – und so weiß. Darauf befinden sich Linien, Zeichen – es ist
eine Landkarte.*

Als Myrddin erwacht, ist das Laken auf seiner mit Stroh
ausgestopften Matratze mit kaltem Schweiß getränkt. Die Decke
liegt neben seinem Bett auf dem Steinfußboden. Er setzt sich auf,
streckt die Arme aus und ist, wie immer, erstaunt über die
Furchen, die sich tief in seine Hände eingegraben haben, und die
braunen Altersflecken. Im Traum sieht er sich noch immer als
jungen Mann. Der Rücken tut ihm weh von der unruhigen Nacht,
und als er aufsteht, protestieren seine Kniegelenke spürbar. Er
zieht ein Paar Sandalen und eine Tunika aus Leinen an, geht zum
Fenster seines runden Turmzimmers und zieht den ledernen Vorhang beiseite.

Die Morgensonne strömt wohltuend über seinen Körper. Er setzt
sich auf die breite steinerne Fensterbank und wendet sein Gesicht
zum Himmel, wo sich Regenwolken teilen und gen Osten davon-
jagen. Von der Bergfeste unter ihm steigen der Duft von Holzfeuer
und frisch gebackenem Brot und der Gestank von Schweinen und
Pferdemist zu ihm auf wie der Weihrauch von einem Altar und
ziehen seine Aufmerksamkeit auf das geschäftige Treiben dort
unten. Dienstboten eilen mit Feuerholz und Wassereimern hin und

her und schlittern dabei über den feuchten Morast. Stallburschen führen Pferde zur Tränke.

Eine Handvoll Männer aus König Arthurs Troß, in ärmellosen Hemden und weiten Kniebundhosen, stehen vor dem steinernen Bergfried beieinander. Sie streiten so lauthals über irgend etwas, daß er fast ihre Worte verstehen kann. Zwei von ihnen gehen aufeinander los, erheben die Fäuste und brüllen sich so wütend an, daß sie überhaupt keine Worte mehr bilden. Mit einem Schrei kommt Cei, der Seneschall, angerannt und wirft sich zwischen die beiden. Über den Winter ist Cei behäbig geworden, und sein Haar ist von grauen Strähnen durchzogen, aber als einer dieser Grünschnäbel ihn anknurrt, packt ihn Cei, dreht ihm den Arm um und zwingt ihn in die Knie, daß er sich im Dreck windet. Johlend zerstreuen sich die übrigen Männer, und Cei macht sich auf zu den Ställen. Der Gemaßregelte steht verlegen auf und trollt sich.

In diesem Sommer wird das Heer die Grenze entlangziehen und auf saxonisches Territorium vordringen, aber es wird keine Schlachten geben. Tiefer Friede liegt über Camulodd. Wie lange wird es dauern, fragt sich Myrddin, bis König Arthurs Männer anfangen, sich gegenseitig zu befehden? Die Reiter unter seinen Kriegern mögen über Ceis Befehle murren, aber am Ende gehorchen sie ihm, lassen voneinander ab, entschuldigen sich und verbringen den restlichen Tag als Freunde.

Die edlen Lords, König Arthurs Vasallen und Gefährten zugleich, hören auf niemanden, wenn ihr Ehrgefühl die blutige Peitsche schwingt. Mit der Zeit wird sich das Problem natürlich von allein lösen. Das demoralisierte Saxonien wird einen neuen Anführer finden, ein neues Heer aufstellen und erneut über die Überreste der Provinz Prydain einfallen und sie verwüsten. Am Ende werden sie siegen. Erst in vielen Jahren, sicherlich, aber sie werden siegen. Myrddin würde sich eher mit heißen Eisen zu Tode foltern lassen, als Arthur die Wahrheit zu sagen, aber sie lastet Tag für Tag auf seiner Seele.

Der Traum. Wenn Myrddin die Augen schließt, treibt das Bild der weißen Landkarte im roten Feld seiner sonnenbeschienenen Augen dahin. Weist dieser Traum mit den puppenhaften Gestalten, die die Landkarte studieren, also auf Saxonien hin? Er öffnet die Augen und blickt hinaus über die steinernen Mauern von Camulodd. Hier auf der Ostseite fällt der Hang steil ab zu den Feldern, auf denen mattgolden der Winterweizen heranreift, eingerahmt vom silbernen Band des Flusses. Auf der Landkarte aus seinem Traum gibt es eine Linie von der Form der Flußwindungen, aber die restlichen Markierungen sagen ihm wenig. Gerade als er versucht, sie genauer zu betrachten, verblaßt das Bild.

Myrddin zuckt mit den Schultern und wendet sich vom Fenster ab. Wenn der Traum eine Botschaft enthält, wird er wiederkommen. Die langen Jahre, in denen er schon an der Grenze zur unsichtbaren Welt lebt, haben ihn das gelehrt. Die Träume, Visionen und Vorzeichen, die Stimmen, die zuweilen aus Feuern zu ihm sprechen – er kann sie nur in die sichtbare Welt einladen, befehlen kann er ihnen nicht. Im Augenblick hat er, wie jeder gewöhnliche Mensch, erst einmal Hunger, und der Traum muß warten bis nach dem Frühstück.

Im vergangenen Jahr hat König Arthur auf Camulodd einen Bankettsaal bauen lassen, auf der Rückseite des Bergfrieds neben den Küchenbaracken. Mit seinen sonnigen Fenstern und hellen Wandbehängen und Bannern ist der lange, holzverkleidete Saal so einladend geworden, besonders im Vergleich zu den feuchtkalten Turmgelassen, daß mit dem Frühling hier der Alltag der Festung Einzug gehalten hat. Als Myrddin an diesem Morgen den Saal betritt, sitzt der Feldherr höchstselbst am Kopf einer langen Tafel. Anders als seine Mannen hat Arthur eine Vorliebe dafür, sich in diesen siegreichen Tagen auf römische Art zu kleiden, mit einer einfachen Tunika und Sandalen, die mit Bändern die Beine hinauf geschnürt werden. Ein kurzer roter Mantel hängt achtlos über der Rückenlehne seines Stuhls. Zu seiner Rechten sitzt Paulus, der Priester, der die Burgkapelle versieht, in trostloses Braun gekleidet. Paulus ist ein hagerer kleiner Mann, und in seinem Haar ist von einem Ohr zum anderen ein Streifen kahlgeschoren.

»Sieh da«, ruft Paulus aus, »unser letzter Heide!«

Myrddin schmunzelt über den altbekannten Scherz und durchquert den Saal, um sich zu ihnen zu gesellen. Durch die Fenster in der Nähe der balkengestützten Decke fällt Sonnenlicht über das helle neue Holz der Wände und flackert auf den polierten Tischen *wie Flammen, die an den Brettern entlangzüngeln. Die Balken fangen Feuer wie Holzscheite im Kamin, das Dach gibt nach und kracht in einem roten Funkenregen hernieder. Schreie übertönen das Tosen des Feuers,* und die vertraute dunkle Stimme von König Arthur sagt: »Was gibt es? Was ist passiert?«

Myrddin wird klar, daß er auf dem Boden des Bankettsaals liegt und Arthur neben ihm kniet. Gewöhnliches Sonnenlicht flutet herein und läßt das Grau in des Königs braunem Haar aufscheinen. Als Myrddin seine zittrige Hand zum Gesicht führt, spürt er etwas Nasses, Schleimiges – sein Bart trieft vor Speichel von dem Anfall. Über Arthurs Schulter hinweg sieht Myrddin Paulus, der ihn betrachtet, *wie die anderen ihn betrachten. Er kann sie nicht sehen, aber er spürt ihre Blicke.*

»Holt mir Met!« ruft Arthur jemandem außerhalb von Myrddins Gesichtsfeld zu. »Steht nicht herum wie die Tölpel!«

Ein Diener taucht mit einem Weinpokal auf, den er vor sich hin hält, als würde er für irgendeinen neuen Gott eine Messe zelebrieren. Myrddin stützt sich mit dem Ellbogen auf den Boden und versucht, sich aufzurichten, aber er kann sich nicht rühren, bevor Arthur ihm seinen kräftigen Arm unters Kreuz schiebt und ihn anhebt. *Die Beobachter bleiben. Auf den Wänden entstehen Augen, Gesichter bilden sich in den Bannern über ihm.*

»Saxonien – Zauber«, flüstert Myrddin. »Spione.«

Als hätten sie ihn gehört, verschwinden die Augen. Myrddin lacht in sich hinein. Er hat richtig geraten, und indem er den Schrecken beim Namen nannte, hat er ihn ans Licht gebracht. Nun wird er ihn vernünftig untersuchen können, mit Hilfe des Wissens, das er aus der jahrelangen Ausübung seiner eigenen Zauberkunst gewonnen hat.

Der Ohnmachtsanfall hat jedoch seinen Körper geschwächt. So läßt Myrddin es sich gefallen, daß Arthur ihn bemuttert und Paulus für ihn betet, trinkt ein wenig Met und ißt etwas Brot, um jene zu beruhigen, die ihn brauchen, um ihr unvermeidliches Verhängnis aufzuschieben. Weil Arthur ihm unbedingt helfen will, erlaubt Myrddin ihm und Cei, ihn die lange gewundene Treppe zu seinem Turmzimmer hinaufzutragen, obwohl er sich auf seinen eigenen zwei Beinen viel sicherer gefühlt hätte. Diener folgen ihnen mit einem Krug voll verdünntem Bier und einem runden Brotlaib in einem Korb. Sie wuseln in seiner Kammer herum, bis er die Geduld verliert.

»Ich brauche nichts mehr«, fährt er sie an. »Laßt mich jetzt allein. Ich kann mich bei diesem Lärm nicht ausruhen.«

Die Diener flüchten, und Cei folgt ihnen. Myrddin hört ihre Holzschuhe wie Hufe die ganze Steintreppe hinunterklappern. Arthur bleibt noch einen Augenblick lang in der Tür stehen.

»Ich bin wirklich noch am Leben und völlig heil«, sagt Myrddin.

»Du hast mir einen ganz schönen Schrecken eingejagt.«

»Tatsächlich? Kein Grund zur Beunruhigung. Es war nur eine lange Botschaft aus dem Annwyn.«

Arthur geht und zieht die schwere Holztür hinter sich zu. Stille breitet sich über Myrddin und trägt ihn auf einer hohen Welle aufs Meer hinaus, wo seine Gesichte dahinfließen im Rhythmus der Gezeiten der unsichtbaren Welt.

Sie suchen ganz Prydain ab. In den Nebeln kann er Männer sehen, die über grüne Wiesen gehen und nach etwas suchen. Sie belegen die Erde mit Zaubersprüchen. Er kann sehen, wie sie mit gesenktem Haupt Entfernungen abschreiten; den einen Arm in die Luft gestreckt, bewegen sie sich langsam und vorsichtig Schritt für Schritt vorwärts, als würden sie durch einen Sumpf waten. Sie stecken das Land mit Draht ab. Er sieht, wie sie Holzpflöcke an den Ecken eines Feldes in die Erde treiben und dann dazwischen

Drähte spannen, um einzelne Vierecke abzuteilen. Was mag wohl
darunter liegen? fragt er sich. Ein Schatz vielleicht. An einer der
Außenseiten steht ein Mann mit einem langen flachen, schwarz-
weiß gestreiften Stab in der Hand. Von Zeit zu Zeit ruft er den
Drahtziehern Befehle zu.

Als Myrddin erwacht, flutet Sonnenlicht vom westlichen Fenster herein und zeigt ihm, daß er den halben Tag in Trance gelegen
hat. Er spürt noch immer die Blicke der Späher, auch wenn ihm
an Wänden und Decke keine Augen mehr erscheinen. Er setzt sich
auf, läßt sich auf die Bettkante plumpsen, seine fleckigen Hände
baumeln zwischen den dürren Beinen. Manchmal fragt er sich, ob
er eigentlich jemals jung war, einfach weil seine Jugend so weit
zurückliegt. Er schüttelt den Kopf über solchen Unsinn, steht auf
und setzt sich an den Tisch, um von dem wäßrigen Bier zu trinken
und von dem Brot zu essen, das sie ihm dagelassen haben.

Essen beruhigt seinen Verstand. Sein Gefühl, daß die Festung
beobachtet wird, ist nun mehr als ein bloßes Kribbeln auf der Haut,
ein kalter Schauer zwischen den Schulterblättern, es ist schlichte
Gewißheit. Die Saxonen haben eigene Zauberkräfte, auch wenn
Paulus darauf beharrt, daß sie ihre Macht von bösen Geistern
bekommen. Wenn Paulus recht hat, werden sich diese Geister
irgendwann gegen die Zauberer wenden und sie versklaven, aber
bis dahin ist ihr Zauber gefährlich genug. Er fragt sich, wonach
sie wohl suchen mögen. Jedermann weiß, wo König Arthur seine
Burg gebaut hat. Der Feldherr nennt sie vielleicht lieber »Castrum«,
so wie er sich gern als »Dux Bellorum« gibt, anstelle des Cavridoc,
aber ihre Tore stehen so weit offen wie das Anwesen irgendeines
britannischen Häuptlings und lassen Dienstboten und Fliegen,
Besucher und Hunde ungehindert ein und aus gehen. Wenn also
diese Schnüffler König Arthur besuchen wollen, können sie wie
jeder andere hinaufgeritten kommen.

Aber da sind ihre bösen Geister, diese Daemones, wie Paulus sie
nennt. Es liegt nicht in ihrer Macht, in der sichtbaren Welt
irgendwelche Entfernungen zu überwinden, denn sie können kein

fließendes Gewässer überqueren, sei es der mächtige Strom Tamesis oder ein kleines Rinnsal. Sie müssen den Weg durch die unsichtbare Welt nehmen, wenn sie im Auftrag ihrer saxonischen Meister Unheil stiften wollen. Es kann gut sein, daß es so etwas ist, was auf der Landkarte verzeichnet war und was die silbernen Drähte markieren, ein Wegweiser für die Dämonen durch die unsichtbare Welt, ein geheimer Pfad, auf dem sie mitten in Camulodd landen und über König Arthur hereinbrechen können.

Myrddin bricht das Brot entzwei und nimmt ein Stück davon mit zum Westfenster. Er setzt sich auf die Fensterbank und schaut hinaus. Hier am sanften Hang des Berges ist vor den Toren von König Arthurs Burg ein Städtchen aus dem Boden gewachsen, das sich bis in die Ebene hinunter erstreckt. Dahinter liegen honiggelbe Weizenfelder im Licht des Spätnachmittags. Sie verlieren sich im Westen im Dunst des Sonnenuntergangs über dem fernen Dumnonien.

Im grauen kalten Nebel stapfen blonde Männer in indigoblauen Hosen durch die Felder. Kühe heben ihre Köpfe, als sie an ihnen vorbeikommen, dann grasen sie weiter. Auf einem Hügel entdecken die Männer einen gravierten Stein, der auf der Seite liegt. Er sieht, wie sie lachen, als sie neben ihm niederknien. Mit der Handfläche wischt einer der Männer Moos und Staub fort. Die eingravierten Buchstaben sind deutlich zu lesen: Drustan.

Na also! Die Zauberkraft der Saxonen hat König Arthurs Vetter mit dem Fluch belegt, der sein Schicksal besiegelte. Myrddin kehrt zurück in die sichtbare Welt und merkt, daß er sich gefährlich weit aus dem Fenster gelehnt hat, als wenn er in Trance den Hals gereckt hätte, um weiter blicken zu können. Ganz langsam und vorsichtig verlagert er sein Gewicht rückwärts, wendet sich wieder seiner Kammer zu und bringt sich in Sicherheit. Als er noch jung war, hat ihn das Zweite Gesicht niemals soweit gebracht, daß es die sichtbare Welt völlig verschwinden ließ und ihn in Gefahr begab. In der einen Hand hält er noch immer das Stück Brot. Jetzt legt er es in den Korb zurück. Heute nacht muß er eine Reise in die unsichtbare Welt machen, und Essen würde ihn dabei nur behindern. Nicht lange nach Sonnenuntergang geht der Mond zu seiner vollen Größe auf. Myrddin legt sich aufs Bett und kreuzt die Arme über der Brust. Im silbrigen Licht auf seiner Wand sieht er die Visionen des Tages vorüberziehen: den Papyrus mit der Landkarte darauf, die Flammen, die Augen, die drahtumzäunten Felder, Drustans Stein. Die Nebel und das Mondlicht vermischen sich vor seinen Augen, dann wird es hell.

Die Gestalt kniet auf der nackten Erde vor den Resten einer eingestürzten Steinmauer. Myrddin weiß sofort, daß es ein Saxone ist, denn sein langes blondes Haar hängt in zwei Zöpfen zu beiden Seiten des Gesichts. Er hat kaum etwas an – ein Paar zerrissene indigoblaue Kniehosen, wie sie bei den Saxonen üblich sind, und eine schmutzige Tunika, die so kurz ist, daß sie ihm kaum bis über die Taille reicht. Er gräbt mit irgendeinem Werkzeug wie einem winzigen Spaten und versucht, am Fuß der Mauer eine Furche zu ziehen. In der glühenden Sonne hält der Saxone inne und legt das Werkzeug aus der Hand, um sich sein schweißnasses Gesicht am Ärmel abzuwischen. Nein – ihr Gesicht. In der Erscheinung sieht ihn die Gestalt direkt an, und Myrddin erkennt mit eisigem Schrecken, daß es eine Frau ist.

Wieder liegt er wach auf dem schmalen Bett im Turmzimmer. Der Mond ist jetzt an seinem Fenster vorbeigezogen, im Raum ist es dunkel, aber er hat alles gesehen, was er sehen mußte. Dann sind die Gerüchte also wahr, daß bei den Saxonen auch Frauen in die Lehre eingeweiht sind und Zauber bewirken können. Und was anderes kann sie getan haben, als Kräfte in Bewegung zu setzen, die eines Tages die Mauern von Camulodd untergraben werden?

Wie oben, so unten. Wie hier, so dort. Wie diese Mauer, so die Mauer von Camulodd. Das Wasser fließt in Lloegr ebenso bergab wie in Prydain, und der Zauber der Saxonen wird sich in gleicher Weise durch die unsichtbare Welt hindurch fortpflanzen. Die Furche sagt ihm alles, was er über den Schadenszauber der Frau wissen muß. Zuerst hat sie eine kleine Mauer gezogen, stellvertretend für die große Mauer von Camulodd. Ohne Zweifel ist sie bereits dreimal im Mondlicht um ihre Steine herumgelaufen, diese Wicca-Frau, und hat dabei den Namen von König Arthurs Burg vor sich hin gebetet. Vielleicht hat sie einen Priester ihrer seltsamen Götter dazu gebracht, einen Ochsen zu schlachten und sein Blut auf das Mäuerchen zu sprengen, während sie den Namen von Camulodd ausgerufen hat. Und jetzt gräbt sie darunter herum, um die Seelen der Steine zu lockern, die es in der Erde verankern.

Wie hier, so dort. Die Augen ihrer bösen Geister spähen Camulodd aus. Er hat sie von den Fahnen in König Arthurs großem Saal herabblicken sehen; er hat gesehen, wie sie ihn, den Schutzschild von Camulodd, beobachteten. Myrddin erhebt sich von seinem Bett und lächelt. Er weiß, was er tun muß, um ihren Zauberbann zu brechen. Er wird seine eigenen Zauberkräfte einsetzen, um diese Augen zu blenden, und einen Schutzschild errichten, der Camulodd für immer vor solcher Entdeckung schützt. *Wie hier, so dort.* Im Dickicht des Waldes wird er sich selbst den Namen Camulodd geben und sich dessen Wesen zu eigen machen. Er selbst wird Camulodd sein. Und in einer uralten Eiche wird er sich und Camulodd dem Zugriff der unsichtbaren Welt der Geister und Dämonen entziehen. Wenn Arthur einmal stirbt und die Festung ihrem unausweichlichen Schicksal anheimfällt, werden sie sich dort mit ihm vereinen und für immer vor beiden Welten, der unsichtbaren wie der sichtbaren, verborgen bleiben.

Es wird ein mächtiger Zauber sein, der letzte seines Lebens.

»Verdammter Mist!« Margaret Grüner läßt sich auf die Fersen zurückfallen und wirft ihre Kelle auf die Erde. »Das war's dann wohl.«

In der Sonne klebt ihr das T-Shirt am schweißnassen Rücken. Ihre langen blonden Zöpfe sind nach vorn gefallen und baumeln lose neben ihrem Gesicht. Sie wirft sie über die Schultern, und im Aufstehen schüttelt sie den Kopf und schlägt nach einer Fliege.

Wer hätte vermutet, daß es in England so verdammt heiß wird, denkt sie. Die über das Ausgrabungsfeld in Somerset verstreuten Studenten drehen sich zu ihr um, und ihr Kollege Bob Harris kommt angetrabt.

»Irgendwas nicht in Ordnung?«

»Mit mir vielleicht. Paläographie ist nicht gerade meine Stärke, hoffen wir also, daß ich mich im Zeitalter verschätzt habe. Aber ich hab die erste Schicht Steine saubergemacht und eine Inschrift gefunden. Sieh mal!«

Mit der Spitze ihrer derben Wanderschuhe deutet sie auf den betreffenden Stein. Harris geht in die Hocke und zieht einen Kamelhaarpinsel aus der Tasche. Er bürstet den Sand von den lange verschütteten Wörtern, betrachtet sie mit zusammengekniffenen Augen von der Seite und sieht das Mädchen von unten herauf an. Seine Augen verschwimmen hinter den dicken Brillengläsern, aber an seinen herabhängenden Schultern erkennt sie seine Enttäuschung. Er steht auf, schüttelt den Kopf und sucht in der Tasche seiner Khaki-Shorts nach Zigaretten.

»Das ist allerhöchstens siebtes Jahrhundert«, sagt Harris. »Verdammter Mist, wie du so schlau bemerkt hast, verdammt noch mal! Wer auch immer diese Mauer gebaut hat, muß sie aus irgendwelchen sächsischen Überresten zusammengeklaubt haben.«

Harris kämpft mit einer Schachtel Streichhölzer, reißt eines an und zündet sich mit ein paar kräftigen Zügen die Zigarette an. Margaret flucht kurz und tritt ein paar Schritte beiseite, um seinem Rauch auszuweichen.

»Langsam glaube ich, Alcock hatte recht«, fährt Harris fort. »Vielleicht ist es doch Cadbury Castle.«

»Das bezweifle ich. Ehrlich gesagt, fange ich an zu bezweifeln, daß es Camelot überhaupt jemals gegeben hat. Wenn es existiert hätte, wäre es nicht so verdammt schwer zu finden. Zum Teufel, der Mann war schon zu seiner Zeit eine Berühmtheit.«

Harris zuckt mit den Schultern und bläst eine lange Rauchfahne in die Luft, die sich in der Sonne aufwärts kräuselt und im Wind verflüchtigt. Wie der Ruhm der Menschen, denkt Margaret. Wie der Ruhm von König Arthur für immer entschwunden in den Weiten des Himmels. Auf einmal fährt ihr ein seltsam kalter Schauer ins Genick.

»Was ist los?« fragt Harris und bläst eine neue Ladung Rauch von sich. »Ist dir eine Laus über die Leber gelaufen?«

»Vielleicht. Das ist eine verdammt komische Sache, aber ich hab das Gefühl, wir werden beobachtet.«

Jennifer Roberson
DAS PFERD, DAS KÖNIG
SEIN WOLLTE

Mein Herr hatte ein Problem. Er wußte es. Ich wußte es. Sonst aber wußte es niemand. Und dabei mußte es bleiben.

»Du bist ein Zauberer«, ermutigte ich ihn. »Mach ein bißchen Firlefanz mit Rauch und Spiegeln, dazu eine Prise Fingerfertigkeit und Simsalabim, und keiner wird was merken.«

In Britannien war es ein strahlend heller Morgen, die halbherzige Sonne war die verwaschen kupferfarbene Verheißung eines Tages, der nicht recht in die Gänge kommen wollte. Vögel sangen. Bienen summten. Mäuse raschelten. Im Lager am Fluß des Hügels bellte ein Hund.

Mein Herr – ein Bild des Jammers und der Verzweiflung – ließ sich auf dem umgestürzten Baumstamm am Rand der Hügelkuppe nieder, bedenklich nahe an einem Ameisenhaufen. Die Ameisen zeigten einstweilen keinen Tatendrang, mein Herr bedauerlicherweise auch nicht.

»Zauberer!« murmelte er gekränkt. »Ich bin der große *Merlin*, du Dummkopf.«

Ich erwog, ihn höflich darauf hinzuweisen, daß die Nähe des Ameisenhaufens und der Umstand, daß er, sei's auch nur für eine Weile, ausgerechnet den Baumstamm zum Ruheplatz erkoren hatte, unangenehme Folgen haben könne, kam aber zu dem Schluß, daß das andere Thema vordringlicher sei. Mein Herr hält sich, von rührend anmutendem Stolz erfüllt, viel darauf zugute, der berühmteste, kundigste und mächtigste Zauberer zu sein, den Britannien je gehabt hat, und verteidigt diesen Ruf mit einer an Besessenheit grenzenden Leidenschaft; man muß daher jedes Wort, aus dem er, berechtigt oder nicht, Zweifel an seiner Autorität heraushören könnte, auf die Goldwaage legen.

»Wer wüßte das besser als ich«, erinnerte ich ihn mit mildem Tadel in der Stimme; da uns eine lange und besondere Beziehung verbindet, darf ich mir ab und zu gewisse Freiheiten herausnehmen. »Du hast viele qualvolle Jahre auf dich genommen, um der zu werden, der du jetzt bist, und dir das Ansehen zu erwerben, das dir gebührt. In ganz Britannien gibt es keinen, der nicht wüßte, wer du bist.«

Der gequälte Blick, mit dem seine dunklen, ahnungsvollen Augen mich maßen, war halb von wucherndem, ungekämmtem, allzulange nicht mehr geschnittenem Haar verhängt. »Genau da liegt der Hase im Pfeffer«, jammerte er. »Ich bin das Opfer meines eigenen Erfolges. Ich darf mir keinen Fehler erlauben.«

Ich schnaubte. »Es gibt keinen Grund zu der Annahme, daß dir diesmal kein Erfolg beschieden sein sollte.«

»Keinen Grund!« Die Qual in seinen Augen verwandelte sich in heiligen Zorn. »Alle erwarten, daß ich Britannien den größten, heldenhaftesten König beschere, den das Land je erlebt hat, und du sagst so unbekümmert daher ...« Bei dem leisen, eisigen Ton, den er anschlug, hätte es zartbesaitetere Gemüter als mich von den Beinen gerissen. »... es gäbe keinen Grund zu der Annahme, daß mir kein Erfolg beschieden wäre?«

Ich ließ mich weder durch den Tonfall noch durch seinen unterschwelligen Spott beeindrucken. »Absolut keinen. Vertrau mir.«

Merlin starrte mich finster an. »*Dir* vertrauen!«

Solche verbalen Spitzfindigkeiten prallen erst recht an mir ab. »Ja.« Worauf mein Herr mit der ihm eigenen Vorliebe für klare Worte feststellte: »Du bist ein *Pferd*.«

Eine müßige Bemerkung, keiner Erörterung wert. Ich warf den Kopf herum und verlagerte die dunkelgraue Mähne so nach oben, daß sie sich zwischen den beredt aufgestellten Ohren bauschte.

»Ich bin zuversichtlich, daß du jemanden für die Aufgabe finden wirst.«

Merlin mahlte mit den Zähnen und spie mir seine Antwort mit so mühsam beherrschter Erregung hin, daß seine ganze Frustration deutlich wurde. »Es darf nicht bloß *irgendwer* sein, geht das nicht in deinen Pferdeschädel? Es muß jemand Besonderes sein. Jemand, der den Respekt aller genießt. Der die Gabe hat, Britanniens zerstrittene Stämme zu einigen, damit das Land fremde Eroberer mit vereinten Kräften abwehren kann.«

Ich sah ihn verdrießlich an, was mir besser gelingt als ihm, da meine Nase beträchtlich länger ist. »Du brauchst einfach jemanden, der was davon versteht, anderen in den Hintern zu kriechen«, sagte ich. »Obwohl ich nicht begreife, wieso alle darauf aus sind, daß ihnen jemand um den Bart geht, wenn es ein Pferd gibt, das für die Aufgabe wie geschaffen ist.«

»Sei nicht so arrogant«, rüffelte mich Merlin. »Schließlich war ich's, der dich geschaffen hat.«

»Und ich werde mich als dein Geschöpf erweisen.« Ich blickte hinunter zum Feldlager. Rauch hing wabernd zwischen den Bäumen. Ich hörte Gelächter, Sticheleien, gutmütigen Spott, laute Zurufe und das Klirren von Schwertern, da übte wieder mal einer einen Waffengang. Die Luft roch nach Qualm, gebratenem Fleisch und ungewaschenen menschlichen Leibern. »Wir haben noch nie versagt. Uns wird schon etwas einfallen.«

Merlin seufzte tief und zupfte gedankenverloren an einem losen Faden seines zweitbesten Magiergewandes. »Nicht einfach *irgendwas*. Es muß etwas Ausgeklügeltes sein. So fein gesponnen, daß es alle überzeugt. Ich kann nicht auf irgendeinen x-beliebigen zeigen und sagen: Wißt ihr nicht, daß dieser Mann der vom Schicksal erkorene rechtmäßige König von Allengland ist?«

Ich hob den Huf und stand habtacht. »Warum nicht?«

»Das riecht nach Willkür. Das nehmen sie mir nicht ab. Diese Männer wollen Zeichen und Wunder sehen, ein Omen. Sie sind sehr abergläubisch und verzichten nicht gern auf ihren rituellen Hokuspokus, mag er auch so wohlfein und leicht verfügbar sein wie ein Mädchen für die Nacht.« Er sah mich finster an. »Ich freilich kann mir keins kaufen. Was ich dir zu verdanken habe. Wessen Idee war's denn, daß Merlin sich in keuscher Enthaltsamkeit üben muß?«

»Du mußtest dir ein unverwechselbares Image zulegen, um sie zu beeindrucken«, erinnerte ich ihn. »Keiner nimmt Anstoß, wenn du nächtelang mit den Edelsten des Landes Wein säufst, irgendwelche Lieder grölst und ungereimten Unsinn vor dich hin brabbelst. Was einen Mann in diesen sittenlosen Zeiten von anderen unterscheidet, ist keuscher Lebenswandel.«

Er schlug nach einer vorbeifliegenden Biene. »Du hättest mir etwas Leichteres auferlegen können. Oder könntest zumindest erlauben, dich zu kastrieren, dann wären wir quitt.«

Diesen Vorschlag überhörte ich geflissentlich. »Was die Zeichen und Wunder und den rituellen Firlefanz angeht – du warst es, der jahrelang nicht genug davon kriegen konnte.«

Er riß den losen Faden ab und betrachtete ihn griesgrämig. Wenn er so weitermachte, war der Stoff bald so brüchig, daß das Gewand allenfalls als drittbeste Garnitur taugte. »Ich muß sie glauben machen, daß sie selbst etwas damit zu tun haben ... oder es zumindest so offenkundig erscheinen lassen, daß sie von selber zu dieser Schlußfolgerung kommen.«

»In solchen Fällen empfiehlt sich ein Wettstreit. Dabei werden die schwachen Kandidaten automatisch aussortiert.«

Er verzog die Lippen. »Ich finde es gräßlich, die Frage der Königswürde über ganz Britannien vom Ausgang eines Wettstreits abhängig zu machen.«

»Warum? Es ist genauso sinnvoll, wie Namen aus einem Topf zu ziehen.« Ich scharrte im feuchten Gras und riß prompt ein Stück heraus. Wir haben eben alle unsere kleinen Unarten. »Zu guter Letzt bist sowieso du es, der im Königreich das Sagen hat.«

Merlin dachte darüber nach. »Ich brauche den richtigen Mann.

Einen ganz speziellen Typ Mann. Einfältig genug, um sich manipulieren zu lassen, aber klug genug, um seine Grenzen zu erkennen. Jung genug, daß man ihm Idealismus zutraut, und groß genug, daß er was hermacht.«

Ich pickte mit den Zähnen ein Stück Grasnarbe auf, schüttelte den Lehm ab und begann nachdenklich darauf herumzukauen. »Da käme Artie in Frage.«

Namenlos verblüfft, starrte Merlin mich voller Entsetzen an. »Das kann nicht dein Ernst sein.«

»Er macht sich doch gut dabei, dir dein Gepäck nachzutragen und mir pünktlich mein Futter zu geben.«

»Artie ist nicht ganz richtig im Kopf.«

»Um so besser für dich.« Ich lächelte, damit er mal sah, was ein richtiges Pferdegebiß ist. »Er ist jung genug, groß genug, mit Sicherheit einfältig genug ... und er gehorcht dir.«

»Weil er weiß, daß ich ihn, wenn er's nicht tut, in einen Frosch verwandle.«

»Nein, das tust du nicht. Artie hat die Unschuld der Einfältigkeit. So einem könntest du nie etwas zuleide tun.«

Merlin beschränkte sich auf einen finsteren Blick; er kann's nicht leiden, wenn ich ihm unter die Nase reibe, daß er nicht der Unmensch ist, den er gern herauskehrt.

Ich ließ den Schwanz kreisen. »Es ist eine gute Idee, und du weißt das. Er hat sich unauffällig verhalten, seit wir hergekommen sind, so daß keiner viel über ihn weiß. Er sieht Uther immerhin so ähnlich, daß er als dessen Bastard durchgehen könnte. Uther ist tot, ihn stört's nicht mehr.«

Merlin knurrte: »Und wer ist dann seine Mutter?«

Ich ließ einen Augenblick lang ein paar Möglichkeiten Revue passieren. »Wie wär's mit dieser Frau drüben in Cornwall? Die am Rand der großen Einöde lebt, bei Tintagel? Der sagt man doch ebenfalls nach, daß sie nicht ganz richtig tickt.«

»Gorlois' Witwe?« Die dunklen Brauen senkten sich. »Ygraine heißt sie. Die hat seit Jahren keiner zu Gesicht bekommen. Lebt mit ein paar Bediensteten und einem Haufen Katzen in dem alten Schloß.«

»Das ist es ja, was ich meine. Die wird keinen großen Wirbel machen. Und wenn doch, schickst du ihr Kaufleute mit ganzen Warenladungen schöner Sachen ins Schloß. Sobald's was einzukaufen gibt, vergißt sie alles andere.«

»Uthers Bastard – gezeugt mit Ygraine.« Merlin nagte an der Unterlippe. »Das könnte klappen.«

»Natürlich klappt das.«

»Ich muß ein Gespinst aus absurden Märchen voller Magie und übersinnlichem Unsinn weben, um den Zeugungsakt glaubwürdig und ehrenhaft erscheinen zu lassen.«

»Uther hat die Hälfte aller britannischen Frauen im Bett gehabt.«

»Aber er war allergisch gegen Katzen. Zu Ygraine wäre er nie ins Bett gestiegen, sonst hätte er einen Monat lang geniest.«

Ich wackelte mit den dunkel gefärbten Ohrenspitzen. »Du läßt dir bestimmt was einfallen. Dir ist bislang immer was eingefallen.« Dank meiner Hilfe, versteht sich, aber das will ich nicht ständig betonen.

»Und es muß was sein, was Artie würdig erscheinen läßt.« Er knabberte an einem eingerissenen Fingernagel herum. Was ich für eine *große* Unart halte. »Das wird der schwierigste Teil.«

Da war ich anderer Meinung. »Richte alsbald einen Wettstreit aus, mit Trommlern, Pfeifern und großem Tamtam, und dann denk dir eine Probe aus, die niemand außer Artie bestehen kann.«

»Ameisen!« schrie Merlin plötzlich, sprang hoch, vollführte einen für den angesehensten Zauberer Britanniens zweifellos unschicklichen Veitstanz, fuhrwerkte wie wild mit beiden Händen an sich herum und brüllte: »Verschwindet! Haut ab!«

Ich fragte mich erschrocken, ob Ameisen in England überhaupt noch eine Überlebenschance beschieden war. Als Merlin sich das letztemal so exaltiert gegeben hatte, waren wir in Irland gewesen, und es war um Schlangen gegangen.

Obwohl, ausbaden mußte das seinerzeit ein anderer.

Mittags kam Artie hoch, um sich um mich zu kümmern. Die anderen Pferde waren in der Nähe der Zelte oder irgendwo unter Bäumen angepflockt, mir aber, dem großen grauen Pferd mit der schwertförmigen Blesse auf der Stirn, gebührte eine Sonderbehandlung, das hatten alle schnell begriffen.

Ich mümmelte einen Gruß, als Artie sich der Hügelkuppe näherte, bediente mich aber der Pferdesprache, für den Fall, daß ein Fremder irgendwo in der Nähe war. Nur Artie und Merlin wußten, daß ich sprechen konnte, und wir hatten vereinbart, daß es dabei bleiben sollte. Der wahre Grund war, glaube ich, daß Merlin das Staunen und Raunen ungeteilt genießen wollte, und wenn die anderen plötzlich etwas von einem sprechenden Pferd gehört hätten, wäre er womöglich nicht mehr die einzige Berühmtheit im Lande gewesen.

Artie trug wieder den verschlafenen, an einen Bauerntrottel mit Maulsperre erinnernden Ausdruck im Gesicht, den alle, einschließlich meines Herrn, als Zeichen für Dummheit deuteten. In Wahrheit war Artie gar nicht so dumm. Er träumte nur oft in den Tag hinein.

Ich habe ihn mal gefragt, woran er eigentlich denke, wenn er alles ringsum vergäße und sich auf die Wanderschaft ins Traumland zwischen Wachen und Schlafen mache. Er hat nur die breiten Schultern nach vorn geschoben und in der für ihn typischen aufreizend unbestimmten Art erwidert: »An Dinge.« Damit war alles gesagt, was er für nötig hielt, wenn auch nichts von dem, was ich hören wollte.

Aber so ist unser Artie, möge Gott ihn behüten.

Für einen Mann seiner Größe und seines Gewichts bewegt er sich erstaunlich lautlos. Ich hörte kaum einen Ast knicken oder einen Stein wegrollen, als er den Hügel heraufkam. Den Pfannkuchen roch ich freilich schon, bevor er ihn aus dem Mantel nahm. Ich blähte die Nüstern und schnaubte ihm mein Dankeschön entgegen.

»Schon gut, schon gut …« Breit grinsend knöpfte er seinen

Mantel auf und fing alle Krümel auf, damit ja nichts zu Boden fiel. Dann, als ich mit den Lippen an dem Pfannkuchen nippte, legten sich seine riesigen Hände sanft auf meine Nüstern.

Nachdem der letzte Bissen heruntergeschluckt war, schob ich ihm eine geblähte Nüster ins Gesicht, und dann bliesen wir uns eine Weile gegenseitig mit unserem Atem an, um so das Band unserer Freundschaft zu festigen. Schließlich gab Artie mir einen Klaps auf die Schulter, daß es nur so klatschte.

»Unten gibt's wieder Schwertkämpfe«, erzählte er. »Heute ist Kay an der Reihe.«

»Und wie steht's mit dir?« fragte ich.

Er zuckte kopfschüttelnd die Achseln. »Nichts für mich.«

»Warum nicht? Ector hat nichts dagegen.«

»Aber Kay.«

»Laß ihn. Merlin zahlt genug für deine Ausbildung zum Knappen, da können sie dir ruhig eine Chance geben.«

Aber Artie schüttelte nur den Kopf. »Ist nicht so wichtig.«

Ich musterte ihn ahnungsvoll. »Die hatten's wieder auf dich abgesehen, stimmt's?«

Wieder ein Achselzucken, während er mir den Hals kraulte.

»Du bist stark genug, es ihnen heimzuzahlen, Artie.«

»So weit wollen sie mich ja nur bringen.«

»Dann läßt du dich also lieber herumschubsen und verspotten, als ihnen Einhalt zu gebieten?«

»Die reden trotzdem, was sie wollen.«

»Wenn du das eine oder andere vom Waffenhandwerk lernen würdest ...«

»Nein.« Unter dem glatten hellbraunen Haar gruben sich tiefe Furchen in seine Stirn. »Ich versteh mich auf meine Arbeit. Ihre muß ich nicht auch noch lernen.«

»Du könntest sie besser verrichten als sie.«

Er schüttelte nur stumm den Kopf.

Ich legte ihm das Kinn auf die Schulter. »Es gibt im Leben höhere Aufgaben, als den Handlanger und Tragesel für Merlin zu spielen.«

Er lachte. »Dasselbe könnte ich dir sagen.«

»Aber ich bin ein Pferd, und es ist nun mal das, was Pferde tun.«

»Und ich bin nur Artie, für mich ist es allemal gut genug.«

Ich schnaubte ihn an. Ein bißchen zu feucht. Aber er wischte sich nur übers Gesicht und sah mich vorwurfsvoll an.

Der Ärger mit Leuten wie Artie ist, daß man nicht mit ihnen diskutieren kann. Schon gar nicht, wenn sie recht haben.

Merlin saß über sein Buch mit Zaubersprüchen und Beschwörungsformeln gebeugt und sah unwirsch hoch, als ich den Kopf in sein Zelt steckte. Als er sah, daß ich's war, hellte sich seine Miene auf. »Was gibt's?«

»Hast du Fortschritte gemacht? Wegen der Probe, auf die Artie gestellt werden soll?«

Er brummelte ärgerlich. Statt des zweitbesten hatte er mittlerweile sein drittbestes Gewand angelegt, was darauf schließen ließ, daß das zweitbeste so fadenscheinig geworden war, daß er es zum drittbesten degradieren und dafür das bislang drittbeste zum neuen zweitbesten erklären mußte.

»Nein«, sagte er kurz angebunden.

»Ich glaube, ich wüßte eine Lösung.«

»Oh?« Er klappte sein Buch zu und legte es auf den dreibeinigen Schemel. »So geruhe denn, *o Roß*, Britanniens größten Magier wissen zu lassen, was er tun soll, um einen König zu küren.«

»Ich hab's dir schon gesagt. Artie müßte …«

Merlin grunzte rüde. »Das ist eine saudumme Idee.«

»Warum? Wär's dir lieber, wenn sich jemand wie Kay als König aufspielt?«

Merlin schnaubte. »Kay ist ein Maulheld. Ein Heißsporn.«

»Wogegen Artie ein freundlicher Mensch ist, der für alle nur das Beste will.«

»Freundliche Menschen geben keine guten Könige ab.«

»Dafür hat er dich. Du in deiner Position kannst alle Defizite wettmachen.«

Wir starrten uns an. Bis Merlin den Blick senkte. »Gut, das reicht. Was hast du vorzuschlagen?«

»Folgendes«, begann ich. Und dann sagte ich es ihm.

Die Nacht war kühl, böig und sehr dunkel, wenn man vom blassen Licht der Mondsichel absah, die sich freilich kaum durchs Geäst der Bäume zu tasten vermochte. Merlin rutschte von meinem Rücken und murmelte leise irgendwas von dummen Ideen und abergläubischem Unfug vor sich hin, klemmte sich das in schwarze Seide gewickelte Zauberbuch, das während des Ritts vor dem Sattel gelegen hatte, unter den Arm und stapfte vor mir her in die Dunkelheit.

»Mehr da drüben«, sagte ich, »hinter dem Baum.«

Er schlug einen Bogen um den Baum und blieb vor einer Gruppe willkürlich angeordneter Felsblöcke stehen. Man hätte sie weder riesig noch klein nennen können, sie waren von mittlerer Größe, von Wind und Wetter glatt geschliffen. »Der da?«

»Nein, der.« Ich tat ein paar Schritte und baute mich neben ihm auf. »Der hat etwas Einzigartiges, findest du nicht?«

»Es ist ein Felsblock.«

»Nicht *ein* Felsblock. *Der* Felsblock. Hast du denn keine Vorstellungskraft?«

»Nun«, brummelte Merlin, »er könnte geeignet sein.«

»Das sollte er auch, wenn du dein Ansehen behalten willst.« Seinen finsteren Blick ignorierte ich. »Du hast gesagt, daß es für alles ein passendes Zauberwort gibt.«

»Oh, ich kann diesen Felsen ohne große Schwierigkeiten schmelzen und wieder fest werden lassen, aber es will mir nicht einleuchten, warum ich das tun soll.«

»Das laß meine Sache sein.«

Er fixierte mich. »Hör mal«, sagte er schließlich, »du hast mir in all den Jahren viele gute Vorschläge gemacht, aber du kannst nicht leugnen, daß du letztendlich nur ein Pferd bist. Wer sagt mir, daß dieser Trick von dir wirklich funktioniert?«

»Es kostet uns beide nichts, das herauszufinden.«

Merlin seufzte tief. »Du stellst dich stur, wie immer.«

Ich schlug mit dem Vorderhuf gegen den Felsblock. »Wenn wir bis zum Morgengrauen fertig sein wollen, sollten wir uns lieber beeilen.«

»Und all das nur für Artie!«

»All das für England – und für dein Ansehen.«

Merlin setzte sich ins Gras, schlug das Buch mit den Zaubersprüchen und Beschwörungsformeln auf und begann darin zu blättern.

»Hier«, krächzte er nach einer Weile, »der könnte passen.«

Es war kurz vor Morgengrauen. »Und jetzt das Schwert«, murmelte ich.

Merlin schreckte hoch. »Schwert? Was für ein Schwert? Davon hast du nichts gesagt, ich hab kein Schwert bei mir.«

»Das ist mein Teil«, beruhigte ich ihn. »Also gut. Schließ die Augen. Bleib ganz still sitzen. Rühr dich nicht, bis ich's dir sage.«

»Weißt du genau, daß das funktioniert?«

»Es wird nicht funktionieren, wenn du nicht genau das tust, was ich dir gesagt habe.«

Merlin mahlte mit den Zähnen. Aber er schloß die Augen. Und saß ganz still da.

»Nicht mogeln«, warnte ich ihn. »Es ist ein sehr störungsanfälliger Zauber.«

»*Ich* bin der Zauberer«, knurrte er. »Ich versteh ein bißchen was von Magie.«

»Pssssst!«

Merlin hielt den Mund.

Es war gar nicht so schlimm. Ich mußte nur ein kleines Stück von mir in etwas anderes verwandeln. Na gut, mein Kopf schmerzte ein bißchen, und die Knie wurden weich, aber am Schluß hatte ich meine Aufgabe ohne viel Getue erfüllt. Ich beugte mich tief hinab, bis mein Kopf dicht über Merlins Schoß war, und ließ das Schwert fallen.

»Jetzt«, sagte ich zu Merlin.

Er fing das Schwert auf, hielt es mit beiden Händen umklammert und sah es staunend an. »Ein Schwert«, flüsterte er. Seine Linke streichelte die Waffe, ohne der Klinge zu nahe zu kommen. »Ein Schwert«, wiederholte er andächtig.

Ich glaubte, etwas wie Habsucht in seinen Augen funkeln zu sehen, und sagte rasch: »Es ist Arties Schwert.«

»Artie …?« Er sah zu mir hoch. Wozu er sich, weil er auf dem Boden saß, den Hals verrenken mußte.

»Arties«, betonte ich. »Und nun bist du dran.«

»Ich?«

Ich zeigte mit der Nase auf den Fels. »Bring ihn zum Schmelzen. Schieb die Klinge so weit hinein, daß der Griff oben herausragt. Und dann laß den Felsblock wieder fest werden.«

Merlin war entsetzt. »Du willst, daß ich das Schwert in dem Fels versenke?«

»Fürs erste.«

»Wozu taugt es dann noch? Wie kann es je benutzt werden?«

»Es taugt dazu, einen König zu küren.«

Das Geräusch, das Merlin tief in der Kehle produzierte, hörte sich nicht sehr fein an. »Und wann soll das geschehen?«

»Morgen«, sagte ich, korrigierte mich aber mit Rücksicht auf den nahen Sonnenaufgang: »Das heißt, irgendwann heute.«

»Das ist das Lächerlichste, was ich je gehört habe.«

»Tu's einfach«, sagte ich. »Wir haben noch einen langen Ritt vor uns.«

Merlin seufzte, legte das Zauberbuch beiseite, kam, indem er sich mit Hilfe des Schwertes hochstemmte, auf die Füße und ging gemessenen Schritts auf den Fels zu. Er schloß die Augen. Reckte das Schwert hoch über seinen Kopf. Und sprach in feierlichem Flüsterton die Beschwörungsformel.

Ein gewaltiges Getöse, die Luft färbte sich blau, mir standen am ganzen Körper die Haare zu Berge. Der Felsblock spaltete sich, begann zu zerfließen, und als Merlin das Schwert abwärts stieß, schluckte der Fels es bis zum Heft. Das flüssige Gestein geriet in wabernde Bewegung, das Schwert schwankte hin und her. Bis Merlin erneut die Stimme erhob. Ein einziges, zischend ausgesprochenes Wort genügte, um aus der wabernden Masse abermals festen Fels werden zu lassen. Und sogleich verebbte das Tosen in der Luft, der bläuliche Spuk war ausgelöscht.

»Das steckt für immer im Fels fest«, keuchte Merlin.

Spreizbeinig schüttelte ich mich, so heftig ich nur konnte, um mich vom lähmenden Schock des Zaubers zu befreien. »Wart's ab, in ein paar Stunden kann alles anders aussehen.«

Merlin hob das Zauberbuch auf, wickelte es in das Seidentuch und sah mich müde aus rotumrandeten Augen an. »Und das soll nun darüber entscheiden, wer König wird?«

»Wenn du Zeichen und Wunder und rituellen Hokuspokus hinzufügst, wird das seine Wirkung nicht verfehlen«, sagte ich.

»Und wie geht's jetzt weiter?«

»Wenn der Morgen dämmert, weckst du alle auf und bringst sie hierher. Und sag ihnen, dir sei offenbart worden, daß derjenige, der dieses Schwert aus dem Felsblock zu ziehen vermag, der vorherbestimmte rechtmäßige König von Allengland ist.«

»Was?« keuchte Merlin.

»Vertrau mir«, sagte ich.

Merlin, weil er eben Merlin war, brachte es tatsächlich fertig, bei Morgengrauen alle an dem Felsblock zu versammeln, wo er ihnen in jener altväterlich gedrechselten, pompösen Sprache, die gewöhnliche Sterbliche um so mehr bewundern, je weniger sie den Sinn verstehen, Gott weiß was versprach.

Artie, weil er eben Artie war, kam durch den Morgendunst auf mich zugestiefelt, blieb stehen und fing an, in den Tiefen seines Mantels nach dem obligaten Pfannkuchen zu kramen.

»Geh rüber zu den anderen«, zischte ich ihm zu ... nur aus dem Maulwinkel, damit es niemand außer ihm hörte.

»Wozu?« fragte Artie, während er das Bündel mit dem Pfannkuchen aufschnürte.

»Tu, was ich sage. Und hör Merlin zu.«

Artie blinzelte mit zusammengekniffenen Augen in den dunstverhangenen Morgen und lauschte kurz dem flammenden Appell, den Merlin an die Versammelten richtete. »Er sagt immer wieder dasselbe«, stellte er schließlich fest. »Das macht er oft.«

»Trotzdem. Du mußt rübergehen und dich zu den anderen stellen.«

»Hier«, sagte Artie unbeeindruckt und hielt mir den arg ramponierten Pfannkuchen hin.

Ärgerlich schob ich seine Hand weg. Der Pfannkuchen plumpste zu Boden und zerkrümelte vollends. »Ich will das verdammte Ding nicht! Geh zu den anderen und warte, bis du an der Reihe bist!«

»An der Reihe?« Artie kauerte sich nieder, las die größeren Krümel auf und schielte zu mir hoch. »Was soll ich denn da drüben?«

»Dein Glück mit dem Schwert versuchen«, sagte ich.

»Welches Schwert? Ach so, das da.« Er kam stirnrunzelnd aus der Hocke hoch. »Wie ist das da reingekommen?«

»Durch Magie«, flüsterte ich. »Willst du dich nun endlich zu den anderen stellen?«

Artie starrte auf das Schwert, das aus dem Felsblock aufragte. »Also, wenn du mich fragst: Da hat sich jemand so viel Mühe gemacht, es in dem Felsblock zu verankern, daß wir's wohl oder übel dort steckenlassen müssen.«

Ich schob ihm die Schnauze in den Nacken und stupste ihn auf den Felsen zu. Er geriet ins Stolpern, fing sich wieder, drehte sich um und starrte mich gekränkt an. Ich versuchte, möglichst unheilverheißend zurückzustarren.

Merlin sah Artie kommen, unterbrach sein prophetisches Wortgeklingel und winkte Artie in Reih und Glied. »Komm schon, komm schon. Hier darf jeder sein Glück versuchen.«

Was Kay die willkommene Gelegenheit gab, wieder mal ein

bißchen zu sticheln. »Na komm, Artie. Oder hast du Angst, dich vor uns allen zu blamieren?«

Ich starrte Kay finster an, Artie aber kratzte sich nur achselzuckend den Hinterkopf.

Wie erwartet, dauerte das Spektakel eine Weile. Jeder durfte einmal an dem Schwert ziehen und zerren, um dann grollend beiseite zu treten und gespannt zu verfolgen, ob die anderen bei ihrem Versuch mehr Erfolg hätten. Bisher hatten alle versagt.

Ich nickte Merlin, der den Wettstreit überwachte, beruhigend zu. Erst als ich das verstörte Funkeln in seinen Augen bemerkte, wurde mir klar, daß irgend etwas nicht stimmen konnte.

Richtig. Artie fehlte.

Ich trottete an Merlins Seite und flüsterte: »Wo steckt er?«

»Ich dachte, du kümmerst dich um ihn«, flüsterte Merlin zurück und bedeutete den Anwesenden, die schon unruhig zu werden begannen, daß er gleich wieder das Wort an sie richten werde.

»Ich hab ihn rübergeschickt und gesagt, daß er sich ans Ende der Reihe stellen soll.«

»Das *ist* das Ende der Reihe. Und ich seh Artie nicht da stehen.«

Verlaß dich auf Artie, und du bist verlassen. »Ich werd ihn irgendwo auftreiben«, murmelte ich grimmig. »Laß die anderen solange Schwertkämpfe austragen oder so was.«

»Den Sums mit dem rechtmäßigen König von Allengland hab ich jetzt schon ein paarmal runtergeleiert«, grollte Merlin. »Was kann ich denen noch sagen?«

Ich wandte mich eilends ab. »Dir wird schon irgendwas einfallen. Ich muß los, Artie suchen.«

Zu guter Letzt war's so, daß Artie *mich* fand. Ich trottete gerade in rabenschwarzer Laune über die Hügelkuppe, rupfte da und dort ein Büschel Gras aus und kaute mißmutig darauf herum. Hunger hatte ich eigentlich nicht, aber irgendwie muß man sich ja die Zeit vertreiben, auch als Pferd.

»Ich brauche ein Schwert«, sagte Artie.

Ich hob den Kopf und musterte ihn vorwurfsvoll. »Wo hast du gesteckt?«

Er zuckte lässig die wie gewöhnlich krummbuckelig nach vorn geschobenen Schultern. »Ich bin ein bißchen rumspaziert.«

»Du hättest aber hier sein müssen und wie alle anderen versuchen sollen, das Schwert aus dem Fels zu ziehen.«

Er kickte einen Stein weg. »Mir war nicht danach.«

»Aber jetzt brauchst du plötzlich ein Schwert.«

»Nicht das da. Ich brauche eins für Kay. Bei seinem ist die Klinge gesprungen.«

Ich schnappte mir mit den Zähnen einen Zipfel seines Mantels und zerrte ihn unsanft ein Stück näher auf den Felsen zu. »Versuch's mit dem da, Artie.«

»Das geht nicht, das steckt in dem Felsblock.«

»Vertrau mir«, redete ich ihm zu. »Kay ist es egal, welches er kriegt.«

Artie seufzte, umfaßte mit seiner riesigen Pranke den Griff des Schwertes und fing an zu ziehen.

Das Schwert rührte sich nicht.

»Versuch's mit beiden Händen«, riet ich ihm.

Artie versuchte es. Wieder ohne Erfolg. »Siehst du?« sagte er zu mir, »es steckt fest. Das soll so sein.«

Bei mir schrillten alle Alarmglocken. »Nein, nein. Versuch's noch mal. Gib dir mehr Mühe.«

Er tat's. Dann brach er seine fruchtlosen Bemühungen ab. »Hat keinen Zweck. Ich werd mich lieber mal umhören, ob mir jemand ein Schwert für Kay leiht.«

»Warte …« Ich erwischte ihn am Mantelkragen. »Tu's mir zuliebe, ja? Guck mal … einfach zupacken und ziehen.« Ich packte den Griff mit den Zähnen und zog das Schwert aus dem Felsen.

Artie blinzelte mich an.

»Nimm's«, sagte ich. Das heißt, ich konnte nur mümmeln, weil ich das Schwert im Maul hielt. »Na los, willst du das Ding endlich nehmen?«

Artie nahm mir brav das Schwert ab.

»Und jetzt lauf, so schnell du kannst, den Hügel runter und zeig Merlin, was du hast.«

»Merlin? Aber *Kay* braucht das Schwert.«

»Du gibst es *nicht* Kay. Bring es zu Merlin.«

»Warum?«

Ich legte ihm das Kinn auf die Schulter. »Hab ich dir je einen schlechten Rat gegeben?«

Artie, weil er eben Artie war, fügte sich ins Unvermeidliche und diskutierte nicht länger herum.

Mit mir und der Welt zufrieden, wartete ich auf der Hügelkuppe darauf, Merlins Prophetenstimme bei der Proklamation des neuen Königs so gewaltig durch Wald und Flur hallen zu hören, daß das Blattwerk der Bäume erbebte und die Schößlinge sich ängstlich zu Boden duckten. Doch nichts dergleichen geschah. Ich hörte überhaupt nichts von Merlin, ich sah ihn nur stolpernd und keuchend um Atem ringend den Hügel heraufgerannt kommen

»Was hast du gemacht?« stellte er mich zur Rede. »Bei Gott, ich hätte gute Lust, dich an die walisischen Bogenschützen zu verkaufen. Die sind darin geübt, Pferde abzuschießen.«

»Nun denn«, sagte ich beruhigend, »gar so schlimm kann's ja nicht sein. Hat Artie dir das Schwert gebracht?«

»Er kam mit einem Schwert angestiefelt, hat was von Kay vor sich hin gebrabbelt und ist weitergegangen. Nach einer Weile ist mir klargeworden, *welches* Schwert das gewesen sein muß, richtig gesehen hatte ich's ja nicht. Jedenfalls hat er's jetzt Kay gegeben.«

»O Gott. Und Kay?«

»Der prahlt vor allen damit, daß er der vom Schicksal erkorene rechtmäßige König von Allengland ist.« Obwohl Merlin immer noch nach Atem rang, konnte er's nicht lassen, einen Vorwurf an meine Adresse dranzuhängen: »Hätt'st du dir nicht eine kürzere Formel für die Kür ausdenken können?«

Meine Gedanken rasten. »Aber du hast ihn noch nicht zum König gekürt? In deiner Eigenschaft als Merlin, der große Magier, meine ich?«

»Offiziell nicht. Ich hab gar nichts gesagt.«

Erleichterung durchrieselte mich. »Dann sind wir fein raus.«

In Merlins Blick glitzerte Irrsinn. »Wieso sind wir da fein raus, Himmeldonnerwetter? Kay *hat* das verdammte Ding, und Artie latscht durch die Botanik und hält nach jungen Kaninchen Ausschau!«

»Er hält nach …? Mach dir nichts draus.« Ich dachte einen Augenblick nach. »Hol's dir zurück.«

»Zurückholen? Das Schwert? Unter welchem Vorwand?«

»Sag Kay, er muß das Schwert noch mal aus dem Felsen ziehen. Vor aller Augen, sonst gilt es nicht. Das ist doch ein faires Angebot, oder etwa nicht?«

»O Gott«, knurrte er, »warum lasse ich eigentlich zu, daß du dich immer in meine Angelegenheiten einmischst?«

»Kümmere du dich darum, daß Kay und alle anderen sich an dem Felsen einfinden, ich sehe zu, daß ich Artie auftreibe.«

»Viel taugen deine Vorschläge neuerdings nicht.«

»Kay und alle anderen«, sagte ich mit fester Stimme.

Zähneknirschend zerrte Merlin an einem lose hängenden Faden seines drittbesten – nein, nach neuestem Stand zweitbesten Gewandes und trollte sich den Hügel hinunter.

»Kaninchen«, murmelte ich versonnen und machte mich in die entgegengesetzte Richtung auf die Hufe.

Ich fand Artie bäuchlings ausgestreckt, mit weltentrücktem Gesichtsausdruck vor einem Kaninchenbau liegen.

»Du hast ihm das Schwert gegeben«, sagte ich.

Artie zuckte zusammen, rollte sich herum und hielt sich dramatisch das Herz. »Du hast mich zu Tode erschreckt!«

»Ich mach noch ganz andere Sachen mit dir, wenn du nicht augenblicklich hoch- und mit mir zurück zu dem Felsen kommst.«

Artie kam langsam auf die Beine und las sich Grashalme und Blätter aus dem Haar und vom Gewand. »Kay hat es gebraucht.«

»Ich hatte dir gesagt, du sollst es Merlin bringen.«

»Das hab ich getan.«

»Du hast damit kurz bei ihm haltgemacht. Das ist etwas anderes.«

»Er hätte bestimmt wieder in seiner Prophetenstimme herumposaunt. Da tut mir jedesmal der Schädel weh.«

»Das muß so sein, damit jeder merkt, daß er etwas Wichtiges zu verkünden hat.«

Wie aufs Stichwort hörten wir Merlins Stimme von ferne durch die Bäume dröhnen. Artie machte sich klein. »Hörst du's?«

Ich rieb meinen Hals an seiner Schulter. »Auf Karnickeljagd kannst du ein andermal gehen. Jetzt gilt's, etwas Wichtiges zu erledigen.«

Als ich mit Artie bei dem Felsblock ankam, machte Merlin den Eindruck, als sei nicht nur sein Gewand, sondern auch sein Nervenkostüm ausgefranst. Er sah uns kommen, hörte auf, weitausholende, bedeutsame Gesten zu machen, und starrte Artie vernichtend an. Kay stand, das Schwert in der Hand, in streitsüchtiger Pose neben ihm.

Ich legte Artie schwer den Kopf auf die Schulter. »Versprich mir eins: diesmal versuchst du, das Schwert rauszuziehen.«

»Hab ich vorhin auch versucht. Hat aber nicht geklappt.«

»Artie – bitte! Wenn du mich liebhast, versuch's.«

Er blieb abrupt stehen, wirbelte herum und schlang mir beide Arme um den Hals. »Natürlich hab ich dich lieb!«

Die versammelten Edlen kicherten. Kay sagte irgend etwas Abfälliges, aber ich kriegte nicht mit, was.

»Schon gut, das ist genug«, zischte ich ihm zu. »Heb dir die große Szene für später auf.«

Artie gab meinen Hals frei, seine Augen schimmerten verdächtig, auf seinen Wangen glitzerte es feucht. Ein weichherziger Narr, unser Artie. »Komm, stell dich zu den anderen«, murmelte ich.

Artie stiefelte brav los und reihte sich am Ende der Warteschlange ein. Was, wie üblich, nicht ohne bissige Kommentare der anderen abging.

Merlin wandte sich den Edlen zu und warf beide Arme in die Luft. Wieder dröhnte seine Prophetenstimme in den Ohren. »Auf daß fürderhin kein Zweifel bestehen möge, wer Britannien regieren soll, sei euch kund- und zu wissen getan, daß derjenige, der das Schwert aus dem Felsen zu ziehen vermag, der vom Schicksal auserkorene rechtmäßige König von Allengland ist.«

Irgend jemand rief aus einer der hinteren Reihen: »Das haben wir schon mal versucht.«

Merlin starrte sie, der Einfachheit halber gleich alle, drohend an. »Dann versucht es NOCH MAL!«

Kay rührte sich nicht.

Merlin sah ihn finster an. »Steck das Schwert zurück.«

Kay zuckte mit keiner Wimper.

»Steck das Schwert zurück.«

Kays Augen verengten sich. »Zwing mich.«

Als Merlin tief Luft holte, fehlte nicht viel, und der Sog hätte die Bäume entlaubt. Die Spannung wuchs ins Unermeßliche.

Merlin tat zwei Schritte auf Kay zu und beugte sich ein wenig vor. Alle hielten den Atem an.

Merlin fing ganz leise an. »Steck – das Schwert – ZURÜCK!«

Das letzte Wort brauste wie Donnerhall durch die Ebene. Alle hielten sich entsetzt die Ohren zu. Bäume stürzten um. Grelle Blitze zuckten übers Firmament. Im Lager bellten die Hunde, die angepflockten Pferde wieherten erschrocken.

Ich wieherte natürlich nicht, ich hatte genug damit zu tun, die Ohren schnell genug gegen die Schallwelle zu drehen.

Kay hatte es plötzlich sehr eilig, zu dem Felsen zu stiefeln und das Schwert wieder in die Kerbe zu stecken. Nicht, ohne ein letztes Mal aufzumucken. »Ich hab den ersten Versuch.«

»Soll mir recht sein«, knurrte Merlin. »Zuerst Kay, dann alle anderen.«

Kay nickte düster.

Britanniens größter Magier aller Zeiten wedelte ungeduldig mit der Hand. »Na los, fang endlich an. Wir haben nicht bis in Ewigkeit Zeit.«

Kay versuchte es. Und versagte kläglich. Dreimal zerrte er ächzend, schweißgebadet, mit hochrotem Gesicht an dem Schwert. Dann packten ihn zwei seiner Freunde an den Armen und zogen ihn weg.

»Der nächste!« rief Merlin.

Jeder durfte sein Glück versuchen. Als letzter kam Artie an die Reihe.

»Da wird nichts draus«, murrte er. »Ich hab's ja schon versucht.«

Merlin baute sich vor Artie auf. »TU'S, zum Donnerwetter!«

Seufzend legte Artie beide Hände um den Schwertgriff und begann zu zerren.

Nichts rührte sich.

»O Gott«, hauchte Merlin, »ich bin ruiniert. Ich bin glatt erledigt. Jetzt ist alles aus und vorbei. Finis …«

»Halt die Klappe!« herrschte ich ihn an. »Er ist noch nicht fertig.« Aber es war so gut wie vorbei. Artie versuchte es noch zweimal. Das Schwert rührte sich nicht.

»Laß deine Hände auf dem Griff«, flüsterte ich ihm rasch zu. Und dann, zu Merlin gewandt: »Deine Prophetenstimme. Los!«

»Was soll ich denn prophezeien?«

»Und laß Nebel wallen. Beeil dich!«

»Nebel? Das ist ein Klacks.«

Stimmte. Fast augenblicklich war die Ebene in Nebel gehüllt.

»Hey!« rief jemand. »Was soll der Quatsch?«

Ich nahm das Schwert zwischen die Zähne und zog es abermals aus dem Felsen. »Hier«, murmelte ich Artie zu, »halt das verdammte Ding.«

»Noch mal?« fragte Artie verdutzt.

»Die Stimme der Verkündigung!« zischte ich Merlin zu. »Britannien hat einen König!«

Merlin hub seinen Verkündigungssermon an.

»Um Himmels willen, laß den Nebel verschwinden!« redete ich verzweifelt auf ihn ein. »So sieht doch kein Aas was!«

Ich hatte noch nicht zu Ende gesprochen, da verzog sich der Nebel, und die Edlen des Landes sahen Merlin mit hocherhobenen Armen dastehen, mich unschuldig blinzeln und Artie – den lieben guten Artie – das Schwert halten.

»DERJENIGE, DER DIESES SCHWERT AUS DEM FELSEN ZU ZIEHEN ...«

»Hör mal«, rief einer, »ich hab nichts gesehen!«

»... VERMAG, IST DER VOM SCHICKSAL AUSERKORENE ...«

»Nicht Artie!« rief Kay gequält aus. »O Gott, nicht Artie!«

»... RECHTMÄSSIGE KÖNIG VON ALLENGLAND!« brachte Merlin sein Sprüchlein zu Ende. »Und das war's.«

»Noch nicht«, sagte ich bedrückt.

»Für mich schon«, schnauzte er mich mit Reibeisenstimme an. »Ich brauch jetzt einen Drink.«

»Artie war das nicht«, rief Kay. »Er hat das überhaupt nicht getan! Ich hab hier gestanden und alles genau gesehen.« Er atmete keuchend. »Merlins Pferd hat das getan!«

Die Stille war bleischwer. Und Kay, der nicht auf den Kopf gefallen ist, kapierte blitzschnell, wie sein Protest bei den anderen ankommen mußte und daß er sich möglicherweise nicht gerade vorteilhaft für ihn auswirken mochte.

Ich aber beschloß in diesem Moment, daß der Huftritt meines Pferdedaseins – anders gesagt: die Spur aus meinen Erdentagen – unauslöschlich in Britanniens Geschichte eingegraben sein sollte.

Kay musterte Artie finster und rief: »Lang lebe der König!«

Aber er rief es nur ganz leise.

Wie ich geahnt hatte, kam Artie mich später besuchen. Ich stand müßig im Mondlicht, schnaubte meinen Gruß und schnupperte einen Hafermehlfladen.

Artie löste den letzten Knoten und hielt mir den Fladen hin. Ich nahm ihn begierig zwischen die Lippen. Und als ich ihn aufgefuttert hatte, fragte ich: »Wo ist das Schwert?«

»Merlin hat's an sich genommen. Er traut mir nicht, sagt er. Ich könnt's Kay geben. Oder sonst einem, dem's nicht gebührt.«

»Na ja, das hast du schon mal getan.«

»Aber verstehst du denn nicht? Mir gebührt es auch nicht.«

»Das Schwert hat anders entschieden.«

»Das Schwert hat gar nichts entschieden. Du hast es aus dem Felsen gezogen.«

Diesmal verzichtete ich auf eine Antwort.

Artie nickte heftig. »Zweimal hast du's rausgezogen.«

»Ja, gut … aber kannst du dir ein Pferd als König von Allengland vorstellen?«

»Kannst du dir *mich* als König vorstellen?«

»Zu spät, Artie. Merlin hat dich proklamiert.«

»Aber ich kann nicht den ›Derjenige-der-dieses-Schwert‹ mimen«, wandte er ein, »das wäre nicht Rechtens.«

»Der rechtmäßige«, murmelte ich. »Aber Artie – so wichtig ist das auch wieder nicht. So werden die Dinge nun mal gehandhabt.«

»Was für Dinge?«

»Die wichtigen Dinge. Da geschieht alles so, wie einflußreiche Leute es geschehen lassen, und andere singen später Balladen und erzählen Geschichten und schreiben darüber, und da hört sich dann alles so an, wie sie es sich wünschen, daß es geschehen wäre.«

»Ich wollte nie ein König sein.«

»Vielleicht ist das der Grund, daß du ein guter sein wirst.«

»Werde ich das?« Er strahlte. »Bist du sicher?«

»Überlaß das Merlin. Er wird dafür sorgen, daß alles seinen rechten Lauf nimmt.«

Artie legte den Arm über meinen Widerrist. »Du bist das beste Pferd, das ich je gekannt habe.«

»Danke.«

»Ich möchte auch etwas für dich tun. Etwas Großes und Weises und Königliches, damit du auf ewig unvergessen bleibst.«

»Man wird mich vergessen, Artie. Ich bin schließlich nur ein Pferd.«

Artie sah bekümmert aus. »Aber du bist so was wie der Leim, der uns alle zusammenhält.«

Ich zuckte zusammen. »Von Leim sollten wir lieber nicht reden, ja?«

»Na gut.« Seine Miene hellte sich auf. »Ich hab's! Ich werd meinen Erstgeborenen nach dir nennen!«

Ich schnaubte. »Nach einem Pferd? Das ist nicht sehr königlich. Und dein Sohn könnte, wenn er älter wird, auch was dagegen haben.«

»Aber irgendwas *muß* ich tun.«

Es lohnte sich nicht, darüber zu streiten. Und schaden konnte es auch nicht. Ich war sowieso gewöhnt, anderen zu Diensten zu sein. »Ganz wie du willst«, sagte ich. »Das wäre dann Excalibur.«

»Dein Name?«

»Ja.«

Artie grinste. »Ich werde dafür sorgen, daß er unvergeßlich wird. Dein Name wird für alle Zeiten fortleben.«

»Artie …« Aber ich gab's auf. »Danke, Artie. Ich weiß das zu schätzen.«

Er schlang mir fest den Arm um den Hals. »Excalibur«, flüsterte er. »Ein schöner Name für ein Pferd.«

»Geh schlafen«, riet ich ihm, »morgen wartet ein harter Tag auf dich.«

»Hab ich schon vermutet.« Er gab mir einen Abschiedsklaps. »Aber morgen früh bring ich dir erst einen Hafermehlfladen.«

Ich wußte, daß er das tatsächlich vorhatte. Aber ich wußte auch, daß er gerade eben den letzten an mich verfüttert hatte. »Jetzt geh«, sagte ich und gab ihm einen sanften Stups.

Artie winkte mir auf dem Weg zum Lager noch einmal zu.

Ich sagte leise: »Die Luft ist rein, du kannst rauskommen.«

Er tauchte wie ein Nachtgespenst aus der Dunkelheit auf. »Du heißt also Excalibur?« fragte er.

»Ja.«

Mit einem Anflug von Vorwurf: »Hast du *mir* nie erzählt.«

»In Namen verbirgt sich die Kraft der Magie. Das solltest du am besten wissen.«

»Aber Artie hat vor, ihn allen bekanntzumachen. Dein Name wird nie mehr ein Teil von dir sein.«

Ich zuckte mit den Ohren. »Und was spielt das für eine Rolle? Ich hab nichts damit zu tun. Soll er damit anfangen, was er will.«

Merlin streichelte mir die Nüstern. »Wir haben England einen König gegeben, alter Freund.«

Seine Finger glitten nach oben, unter meine Stirnlocke, dann schob er sie behutsam beiseite. Als er meine Stirn betrachtete, funkelte im Mondlicht in seinen dunklen Augen das Wissen um alle Magie dieser Welt. »Daher hattest du's also.«

Ich hob nur die Schultern, die alte Sache war abgehakt.

»Ein mächtiger Zauber war das. Ich weiß nicht, ob ich so was riskiert hätte.«

Ich schüttelte die Stirnlocke wieder an ihren Platz. »Spielt keine Rolle mehr, oder? Vorbei und vergessen.«

»So wird's wohl sein.« Er tätschelte mir die Schulter. »Ein guter Plan. Hat mir, wie's aussieht, meinen Ruf gerettet.«

»Und dein Ansehen. Artie und England werden dich brauchen.«

»Und Excalibur«, sagte er. Womit er nicht mehr mich meinte.

Noch ein freundlicher Klaps, und Merlin, der Hüter aller Weisheit, war gegangen. Ich schüttelte noch mal den Kopf, weil ich merkte, daß es an der Stelle unter meiner Stirnlocke, da, wo das schwertförmige Mal gewesen war, ein bißchen juckte.

Ich sah fragend den abnehmenden Mond an. »Ein Königreich für ein Pferd?«

Nein. Ich mußte den Satz umdrehen.

Ein Pferd für ein Königreich.

Cliff Burns
DIE SEELE EINES KÖNIGS

Alle Tage waren in dein Buch geschrieben,
die noch werden sollten und von denen keiner da war.

Psalm 139, Vers 16

Wir von der Alten Armee, die wir Lanzenträger waren,
schufen für sie einen Grabhügel
auf einem Kap über Hellas Wassern,
auf daß er Reisenden ein Mahnmal am Himmel sei,
dieser Generation und allen folgenden.

Homers Odyssee

Es schien, als hätte sich ganz Britannien an einer Stelle versammelt; die weite Grasebene unterhalb von Mount Badon war nun die Heimat einer gewaltigen Zeltstadt, der einst urwüchsige Boden von zahllosen Füßen zertrampelt, mit Unrat beschmutzt, voller Pflöcke und Pfosten und mit einem farbenprächtigen Tuch aus Standarten und Pavillonen bedeckt und Leinen mit tropfender Wäsche.

Die gewaltige Armee aus Männern, Frauen und Kindern sprach einen verwirrenden Mischmasch von Sprachen und Dialekten – und ihr Äußeres war ebenso vielfältig – es reichte vom knorrigen Bergvolk bis zu den hageren, breitschultrigen Muskelmännern der Bündnissachsen, die einst erklärte Feinde waren, nun aber dem König von Britannien und seinen Erben (als *Angeln,* prahlten sie gern bei Hammelfleisch und wäßrigem Bier) ewige Treue geschworen hatten.

Die Landschaft wimmelte von provisorischen Lagern, nach verschiedenen Graden der Fertigkeit errichteten Unterkünften, die vor der drückenden Hitze des Mittsommertages Schutz boten. Doch gnädigerweise versank die sengende Sonne gerade im rätselhaften Westen, ein flammender Streitwagen, der irgendwo dicht hinter dem sagenumwobenen Lyonesse, Ys und Atlas-Alamesios ins unendliche Meer eintauchte.

»Findest du wirklich, daß diese vermaledeite Hitze eine Verbesserung gegenüber dem Sumpf des Sommerlands darstellt?« raunzte Arthur in Lancelots Richtung, als die beiden unter der ausladenden Markise vor Arthurs persönlichem Zelt standen, triefend vor Schweiß und mehr als nur etwas rauhbeinig. »Hat vielleicht *irgendwer* daran gedacht, in der Nähe ein Wasserloch zu sichern?« Er schauderte. »Ganz zu schweigen von der Wirkung dieser höllischen Hitze auf Männer in Eisenkleidung ...«

Lancelot schüttelte beharrlich den Kopf. »Das Gebiet ist für meine berittenen Soldaten trotzdem ein großer Vorteil ...«

»Mögen deine Reiter tapfer kämpfen, Vetter«, bemerkte Gawain hinter ihnen, und als sie sich umwandten, erkannten sie an seiner mutlosen Miene, daß er abermals schlechte Kunde brachte. »Gerade eben macht sich das Elfenvolk kampfbereit, und jeden Tag brechen mehr von Lots *furchtlosen* Soldaten ihre Zelte ab, um nach Hause davonzulaufen, und tragen zwischen den Säbelbeinen eingeklemmt unsere jämmerliche Hoffnung mit sich davon ...«

»Heute nacht im Mondschein suchen vielleicht die Bogenschützen von Avalon das Weite«, flüsterte Lancelot. »Gott steh uns bei, *wer bleibt noch, um zu kämpfen?*«

»Soviel dürfte gewiß sein.« Gawain spie diese Worte aus: »Daß allerwenigstens wir drei morgen ins Feld ziehen, und Gott helfe jedem plattnasigen sächsischen Hurensohn, der es wagt, auch nur in unsere Richtung zu *furzen.*«

»Gut gesprochen, Gawain, obwohl ich zu bedenken gebe, daß Blähsucht wohl kaum ein Grund ist, einen Krieg vom Zaun zu brechen, nicht einmal in diesen wilden Zeiten.« Lancelot grinste über den Spott, doch Gawain war von der Kunde der jüngsten Fahnenflüchtigen noch zu erschüttert, um in seinen Frohsinn einzustimmen.

»Gawain? Gibt's noch etwas?«

»Eure Ratsherren bitten darum, einen Kriegsrat einzuberufen, um die neuesten Entwicklungen zu besprechen.« Gawain wiederholte die Botschaft, die ihm jemand, wahrscheinlich Herzog Markus, eingeschärft hatte.

»Eure Ratsherren klingen wie alte Waschweiber, Sire«, sagte Lancelot bissig. »Oder eher wie Welpen, die nach einer tröstenden Zitze winseln.« Insgeheim pflichtete Arthur ihm bei, doch um den Anschein zu wahren, runzelte er bei den Worten des Freundes tadelnd die Stirn. »Aber natürlich sind das alles erfahrene und kühne Männer, denen einzig und allein das Wohl des Königreichs am Herzen liegt«, räumte Lancelot mit einer leichten Verbeugung in seine Richtung ein. Charmanter Gauner.

»Teile meinen höchst achtbaren Ratsherren mit, daß wir allenfalls auf *mein* Geheiß zusammentreten.« Die Luft kühlte sich ab, es wurde nun langsam Abend, und der Zeitpunkt war noch nicht gekommen, um diesen braven Männern von einer Lage zu berichten, *die von Stunde zu Stunde verzweifelter wurde.* Gawain schien bei seinem barschen Ton ehrlich zusammenzufahren, und sogleich bedauerte Arthur sein Beharren auf Etikette. »Sag ihnen, die Hitze des Tages sei nun vorbei. Ich wünsche, mit meinen vielgeliebten Freunden zu speisen.« Er zog Gawain zu Lancelot hinüber und legte die Arme um die beiden. »Und wenn der Herzog und die anderen dich weiter bedrängen, sag ihnen«, er blinzelte, »und merk dir das gut, Gawain – sag ihnen: Wenn sie Könige sind und die Fische fliegen gelernt haben, dann dürfen sie Ratsversammlungen einberufen, wann immer ihnen der Sinn danach steht ...«

»Drustan! Drustan!«

»Ich bitte dich, guter Mann, denk an meine Nerven ...«

»Tut mir leid ... ehrlich. Verzeiht mir – aber ich muß ... es geht um den König ...«

»Also gut, spuck's aus.«

»Tut mir leid. Der König ... er hat zu Abend gegessen und will nun einen Spaziergang machen, um zu sehen ...«

»Einen *was*?«

»Ausgehen, herumschlendern und – und seine Leute sehen, und ihnen sagen, was Sache ist ... und so.«

»Was ist das wieder für eine Narretei? Weiß Sir Lancelot von diesem unbedachten Vorhaben?«

»Ja, Sir. Und – er ist sich bewußt, daß es welche gibt, die dem König nie vergeben werden, den Großen Drachen gegen das Kreuz eingetauscht zu haben. Manche würden Ihrer Hoheit lieber ins Gesicht spucken, statt ihm die königliche Hand zu schütteln, verzeiht, wenn ich das so sage, Sir.«

»Dann sollten wir einen Trupp beherzter Männer zusammenstellen, nicht wahr? Nur, damit auch allen klar ist, daß man es nicht auf die leichte Schulter nehmen wird, wenn dem König Vorhaltungen gemacht werden.«

»Lancelot sagte, daß Ihr es genauso sehen würdet, Sir ...«

Arthur schäumte und ging mit weit ausgreifenden Schritten umher, blieb gelegentlich vor Lancelot stehen, der auf dem Boden hockte und den sich purpur färbenden Resten eines entschieden unspektakulären Sonnenuntergangs besondere Aufmerksamkeit schenkte, während er den Blick aus den blitzenden grauen Augen seines Königs mied. »Bei Jesus, Mann, bald wird es stockfinster sein! Meine Leute werden nicht mehr erkennen können, wer da zwischen ihnen umhergeht. Das verdirbt mir noch den letzten Rest an Zuspruch, den ich ihnen bieten kann.« Er schielte seinen ergebenen Ritter argwöhnisch an. »Ich wittere eine Verschwörung.«

»Ein Geisteszustand, der allen Herrschern gemein ist, eine Art Schwachsinn unbekannten Ursprungs«, entgegnete Lancelot flink, stets darauf bedacht, den Zorn seines Freundes durch Witz und diesen fast übernatürlichen Charme zu mäßigen. Darüber hinaus waren seine Sinne so scharf wie die eines Wolfes – im Nu war er auf den Beinen und strich sich den Staub von der Kleidung, wobei er ironisch sagte: »Eure grenzenlose Geduld zahlt sich aus, Sire. Eure königliche Ehrenwache nähert sich ...«

Als Arthur sie endlich sah, erfüllte ihn (wie Lancelot vorausgesehen hatte) erst Fassungslosigkeit, dann wurde er wütend. »Großer Gott, Lance, das müssen ja zehn … nein, *fünfzehn* Mann sein, die von Waffen nur so strotzen. Soll das eine Ehrenwache sein, oder ziehen wir zu Felde? Wahrlich, das ist zuviel …«

»Es ist angebracht«, beharrte Lancelot. »Wir müssen stets vor dem Eindringen der Sachsen auf der Hut sein – sie sind … recht beschlagen darin, sich in feindliche Lager zu schleichen und einem Dutzend Schläfern die Gurgel durchzuschneiden, bevor jemand auch nur einen Schrei von sich geben kann.«

Arthur wirkte skeptisch, doch Lancelot würde sich nicht erweichen lassen, und so seufzte er schließlich und bekundete mürrisch sein Einverständnis. Erst da gestattete Lancelot sich, insgeheim erleichtert aufzuseufzen. Er ordnete die Formation der ›Ehrenwache‹, setzte sich selbst an die Spitze, bestimmte den stämmigen Drustan und Gawain zur Nachhut und sorgte dafür, daß der König sicher zwischen seinen zuverlässigsten Rittern ging. Alles wird gut laufen, sagte sich Lancelot; der König wird seinen gewohnten Streifzug unternehmen, ein symbolischer Besuch bei einigen seiner treuesten und *harmlosesten* Anhänger … und dann bugsieren wir ihn zu seinem Zelt zurück, drücken ihm einen Kuß auf die Stoppelwangen und stecken ihn wie ein neugeborenes Baby ins Bett …

Doch das Lager befand sich in Aufruhr, selbst alte Verbündete des Königs stellten öffentlich sein Urteil in Frage, verbittert darüber, daß Arthur mit der alten Lebensweise gebrochen hatte. Zwietracht ist wie ein fauler Apfel, der rasch den ganzen Korb verdirbt. Am Vorabend einer entscheidenden Auseinandersetzung mit den Sachsen würde das entweder zu einem geeinten England oder zu einem ausgebluteten Land führen, das den gräßlichsten Aasfressern in die Hände fiel; die Stimmung auf britischer Seite war düster, die Luft von Gerüchten und Mißfallen erfüllt.

Auf der dunkler werdenden Ebene leuchteten immer häufiger kleine Feuer auf, um die sich schweigend Gestalten drängten, ausdruckslos und gleichgültig. Nur wenige achteten auf die Kompanie Ritter in ihrer Mitte. Mehrmals grüßte Arthur vorbeikommende Untertanen und verwickelte sie in kurze Gespräche, doch die Einfaltspinsel trotteten weiter, ohne den Blick zu erheben oder, zum Henker mit ihnen, sich auch nur respektvoll vor ihm zu verneigen. Und erregte die Anwesenheit des Königs doch irgendwelche Aufmerksamkeit, so beschränkte sich die Aufnahme, die er fand, auf treulose, boshafte Bemerkungen, die ihm wie Kotbrocken aus dem Grau am Rand des Feuerscheins zugeworfen wurden:

»Sagt Eurer Metze von Königin, daß wir nicht für sie kämpfen werden!«

»Der Drache! Ich trinke auf den Drachen ...«

»Schiebt Euch das beschissene Kreuz doch in den königlichen Arsch ...«

Gawain brüllte Flüche zurück, und Lancelot sprang von der restlichen Eskorte fort, zog das Schwert in einer raschen Bewegung aus der Scheide, der versilberte Stahl eine tödliche Verlängerung seiner mordlüsternen Gedanken. Die polierte Klinge blitzte im Licht der Fackeln auf, ein Glitzern von Schlägen und Stößen. »Zeigt euch!« schrie er in die verschwörerische Finsternis. »Zeigt euch, bei Gott, und sterbt wie Männer, weil ihr meinen König und meine Königin schmäht!« Geduckt rannte er hierhin und dorthin, parierte die Schläge flinker Schatten, bedrohte flüchtige Schemen, suchte nach den Verworfenen. Niemand wagte vorzutreten, um seine von wilden Blicken begleitete Herausforderung anzunehmen, und bald gingen die Verwünschungen in griesgrämiges Gemurmel über.

Wahrlich ein furchteinflößender Krieger, dachte Arthur. So galant und gesittet bei Hofe und doch gänzlich grausam und grimmig in der Schlacht; beim ersten Waffengeklirr verwandelte er sich in eine schreiende, wütende Höllenkreatur, eher elfengleich als menschlich, brutal, blindwütig und unbarmherzig. Die Sachsen kannten Lancelot noch gut von früheren Feldzügen her, und zweifellos hatte Colgrim, ihr Feldherr, ein beträchtliches Kopfgeld auf ihn ausgesetzt.

Arthur näherte sich ihm vorsichtig, streckte die Hand aus, um beruhigend die Schulter des Freundes zu drücken – und stellte fest, daß der Mann vor Anspannung bebte, bereit, sich auf den geringsten Anlaß hin sogleich wieder ins Getümmel zu stürzen.

»Lance? Lance, schon gut, du kannst jetzt …«

Da erstarrte Lancelot.

»Lance? Was …«

»Eure Schwerter, meine Herren!« Lancelot stieß einen Pfiff aus, um die restlichen Wachen zu versammeln. Im Nu war der König sicher eingeschlossen, vor jeder Gefahr gefeit … offenbar sehr zu seinem Mißfallen.

»*Uff!* Drängelt nicht so und laßt mich *sehen*, was …«

»Wir sind die Männer des Königs«, rief Lancelot. »Ich verlange, daß du dich zeigst …«

»Ja, ja, guter Ritter«, erwiderte eine gelassene Stimme, »das sehe ich. Alles ganz hervorragende Ritter, bewährte Kämpfer, ein jeder von euch.«

»Wo steckt er?« murmelte Gawain. »Er scheint zugleich vor uns zu sein und …« Er warf rasch einen Blick über die Schulter, auf der Hut vor einem tückischen Dolch oder einem flirrenden Pfeil.

»Schon in Ordnung«, sagte Arthur und zwängte sich zwischen zwei Kolossen in Kettenhemden aus Cornwall hindurch, »das ist ein alter Freund.«

»Es ehrt mich, daß Ihr mich mit diesem Titel bedenkt, Sire«, erwiderte die Stimme geschmeichelt. Ein schaudernder Gawain trat an Arthurs Seite.

»Wo steckt er? Wie kann er …«

»Ein Zauberbann. Er ist in der Nähe. Vielleicht nur eine Armeslänge entfernt.«

»Kluger Junge«, krächzte die umgebende Dunkelheit, »doch beantworte mir dies: Weshalb bewegt sich der König sogar unter seinen eigenen Leuten mit bewaffneten Wachen? Was hat ihm Grund gegeben, sie zu fürchten?«

Arthurs Miene wurde wütend. »Ich fürchte niemanden, Zauberer. Möge der, der sich über mich beklagt, vortreten; er soll gerecht gehört werden. Wenn sein Vorwurf begründet ist und ich einen Fehler beging, so werde ich ihn wiedergutmachen. Das schwöre ich bei meiner ehrbaren Krone.«

»Schöne Worte, großer König.«

»Oh, nun zeig dich schon, du alter Taugenichts, ich habe es satt, ins Leere zu sprechen.«

»Könnt Ihr mir sagen«, fuhr die Stimme unbeirrt fort, »weshalb die Menschen jammern und zetern …« Arthur winkte die anderen zurück und ging allein in Richtung des Zauberbanns, schritt selbstsicher dahin und richtete seine Aufmerksamkeit auf eine bestimmte, eng umgrenzte Stelle in der trüben Dunkelheit. »… die Stämme in Aufruhr sind, ein Pakt gebrochen wurde …«

»Ich brauche mich nicht zu rechtfertigen …«

»… die Herrin vom See vor Wut schäumt, das kleine Volk seine tödlichen Köcher ausgepackt hat …«

… und dann war es, als teile sich vor ihm ein Vorhang, und er stand vor einem hochgewachsenen, schlanken Mann, gebeugt und gebieterisch, alt und doch auf schwer deutbare Weise noch immer gefährlich.

»Druide«, sagte Arthur mit geheuchelter Langeweile, »deine Gaukeleien werden allmählich ermüdend und vorhersehbar. Hat man erst einmal die geistige Disziplin erworben, fällt es einem nicht mehr schwer, deine simplen Trugbilder zu durchschauen.«

Taliesin, der Merlin von Britannien, schnaubte verächtlich. »Ich könnte Euch in einen Frosch verwandeln, ist Euch das klar? Eigentlich ist es eine recht *simple* Formel, eine Prise hiervon, ein Spritzer davon …«

Die persönliche Leibwache des Königs, die gerade miterlebt hatte, wie ihr König anscheinend mit Haut und Haaren von der Nacht verschluckt wurde, stolperte in der fast völligen Dunkelheit umher und rief lauthals nach Arthur – ohne ihn und Taliesin sehen zu können, obwohl aufmerksame Soldaten mehrmals nur Zentimeter an den beiden vorbeikamen. Weit entfernt schrie Lancelot Befehle, und die anderen Soldaten stürzten eilfertig herbei, schwärmten zu einer halbwegs organisierten Suche aus.

»Wißt Ihr, weshalb Ihr mich sehen könnt, die anderen aber nicht?«

Arthur glotzte dumm drein. »Weil du es mir beigebracht hast, Meister …«

»Nein, Arthur. Weil Ihr ein König seid. Ihr wurdet schon als König *geboren*. Wo die anderen nur Dunkelheit sehen, seht Ihr instinktiv das Licht; wo sie das Wagnis sehen, seht Ihr die Gelegenheit. Ihr habt Visionen, während sie …« Er nickte in Richtung der anderen Männer, die wie Eulen im Tageslicht umhertaumelten, manchmal im Grauschwarz mit den Köpfen aneinanderstießen und die Gelegenheit nutzten, um gegenseitig ihre Mütter zu verfluchen. »… *sie* wurden blind geboren.«

Es geschah nicht gerade auf ein Fingerschnippen hin – das war nicht Merlins Stil –, doch mit einer angemessen theatralischen Geste fegte der Druide den Schleier beiseite, der ihn und Arthur verbarg. Für die anderen war es, als erschienen die beiden unversehens in ihrer Mitte. Einige schrien auf und kippten verblüfft hintenüber, und ein Ritter, der namenlos bleiben soll, fiel durch das Übermaß an Aufregung schlichtweg in Ohnmacht.

»Blendwerk«, spie Gawain, der neben dem gebrechlichen, knöchernen Merlin wie ein Berg aufragte. »Hokuspokus. Was kann das schon gegen ein bluttriefendes Schwert ausrichten, frage ich Euch?«

»Das ist einigermaßen harmlos, außer in fachkundigen Händen«, entgegnete Taliesin schroff und ließ Gawain verdutzt stehen, der nun über die mögliche Bedeutung dieser rätselhaften Bemerkung nachsann.

»Wahrlich, Vetter«, sagte Arthur und gab ihm einen Klaps auf den Rücken, wobei er ihn von dem geschmeidigen Druiden fort-

führte, »eine kleine Finesse des Merlins, um unsere sorgenschwe-
ren Gemüter zu erleichtern. Später am Abend ziehen wir vielleicht
einen lebenden Hasen aus Lots Ohr ... oder beschwören für
morgen früh einen großen Sieg herauf.« Die Männer entspannten
sich sichtlich, und Taliesin wurde wieder an Arthurs gewaltige
Ausstrahlung erinnert, seine Fähigkeit, mit ein paar einfachen
Worten jenen um ihn herum Mut zu machen. »Kommt, Freunde«,
befahl Arthur, »setzen wir unseren Spaziergang fort ... wenigstens
noch für eine Weile. Nicht mehr lange, und ich muß wieder an das
Ratsfeuer zurückkehren, wo die Gesellschaft nicht annähernd so
angenehm und achtbar ist. Drustan ...«

»Ja, Sire.« Der junge Mann, den der Herzog von Cornwall stets
aus vollem Halse gelobt hatte, trat hervor, verbeugte sich höflich
erst vor Arthur, dann vor Taliesin.

»Gib diesem hochverehrten Herrn deinen Umhang. Die Kälte
setzt ihm grausamer zu als uns, die wir in der Blüte unserer Jahre
stehen.« Der Druide blickte Arthur finster an, doch Drustan nahm
das Kleidungsstück bereitwillig ab, und Arthur hängte es Taliesin
über das verschlissene blaue Gewand, ohne auf sein wildes Starren
zu achten. »Halt dich warm, du alter Narr«, flüsterte Arthur.

»Eure Majestät sind zu freundlich«, entgegnete der Merlin, und
der Blick, den sie wechselten, war zwar flüchtig, aber nicht ohne
Zuneigung.

»Begleitet mich«, bat Arthur ihn, und Taliesin kam der Bitte
nach, wobei er seine lange, schmale Hand auf die Schulter des
jungen Königs legte und sich leicht auf ihn stützte, während er
sich bemühte, bei seinem flotten Schritt mitzuhalten. Die anderen bildeten eine vorher festgelegte Phalanx und waren so sehr
auf *äußere* Feinde bedacht, daß Arthur und sein ehrwürdiger
Ratgeber sich frei unterhalten konnten, wenn auch in gedämpftem
Ton.

»Habe ich einen Fehler begangen, Taliesin? War es ein Fehler,
mein Vertrauen und mein Königreich in die Hände von Gwen-
hwyfars eifersüchtigem Christengott zu legen ... habe ich eine

schwere Sünde gegen die Wege der Alten begangen und – mein Land nun verwirkt?«

Die Fragen wurden ihm wohlüberlegt gestellt ... doch die Antworten, fürchtete Taliesin, waren voller Risse und Brüche, und Arthur war in so vieler Hinsicht noch ein Kind – *streckt die blutige Hand aus und verlangt winselnd nach Trost.*

Arthur wartete nicht, bis Taliesin auf seine Erkundigungen antwortete; nun war die Gelegenheit gekommen, seinen schon lange nagenden Zweifeln Ausdruck zu verleihen: »Ich habe ein neues Bündnis geschlossen ... und ein altes verraten. Ich habe mein Weib über mein Volk gestellt; Frieden in meinem Haus statt Friede in meinem Königreich.« Das Licht war schlecht, und Arthur hatte das Gesicht abgewandt, doch der Merlin konnte das furchtbare Leid des Jungen *spüren,* einen Schmerz und eine Leere, die dem alten Magier Tränen des Mitleids in die Augen trieben.

Er glaubt nicht mehr an die Legende.

»Ich fühle mich ... verloren«, gestand Arthur. »Selbst ein König ...«

»... muß jemandem ... dienen«, beendete der Merlin den Satz für ihn, und Arthur nickte dankbar.

Nun war es klar: Die Seele des Königs befand sich in großen Schwierigkeiten, sein Wesen lag zutiefst im Widerstreit mit sich selbst, heimgesucht von bohrenden Zweifeln.

Sieh an: *Das* kam gänzlich unerwartet. Der Junge hatte stets eine ungeheure Beweglichkeit und Willenskraft an den Tag gelegt, einen fast verwegenen Glauben, daß ungeachtet der Tagesgeschehnisse, ob er sich durchsetzte oder zurückweichen mußte, das Schicksal zu guter Letzt etwas Großes für ihn bereithielt. Im Gegensatz dazu wirkte diese jüngste Version von Arthur unentschlossen, vielleicht sogar furchtsam. Gewiß keine königlichen Tugenden. Wo war Uthers Elan hin? *War das Feuer des Großen Drachen erloschen?*

»Ach, o Merlin«, seufzte Arthur, »hast du denn gar keine Worte der Weisheit für mich übrig?«

»Viele Worte, Sire«, wich Taliesin aus, »doch nur wenige davon sind weise.«

»Mein Weib sagt mir, ich müsse mich in die Hände des Herrn Jesu Christ begeben, des Sohns des einzig wahren Gottes. Es habe keine anderen Götter vor Ihm gegeben, und Er sei der Weg, die Wahrheit und das Licht.« Er gab die Worte mühelos wieder, jedoch ohne große Überzeugung.

»Und was hält dieser Gott von ... Drachen?« fragte der Druide und verfluchte sich dafür, als er Arthurs Grimasse sah – und spürte, wie seine alte Brust sich erneut vor Mitgefühl verkrampfte.

»Aye, das ist der Haken daran, o Weiser. Was für eine Welt wäre das ohne Drachen? Ohne Avalon ... ohne die Mysterien? Ohne die alten Götter ...?«

Bei der Großen Göttin, staunte der Merlin, er hat ein weiteres Mal die Dunkelheit durchschaut. Aber Arthur war noch nicht fertig: »Morgen teilen das kleine Volk und die Elfen unsere Gefahren, kämpfen und sterben an unserer Seite. Doch danach ...« Eine der Wachen schlenderte mit einer Fackel an ihm vorbei, und die züngelnde Flamme schien Arthur für einen Moment in ihren Bann zu schlagen.

»Sind wir also gescheitert?« fragte Arthur schließlich ganz ruhig, fast jenseits des Hörbaren. »Sind all unsere Bemühungen, das Land zu einen und ein einziges großes Volk hervorzubringen, sind sie ...«

»Ich für meinen Teil habe noch immer Vertrauen in das stete und unerschütterliche Räderwerk des Schicksals«, erwiderte der Merlin. »Ob es Euch behagt oder nicht, Fügung, Vorsehung – wie immer Ihr es nennen wollt – hat die Eigenart, ihre Wünsche fühlbar zu machen.« Der Druide verstummte und dachte offenbar über die enormen philosophischen und erkenntnistheoretischen Folgerungen dessen nach, was er gerade gesagt hatte. Manchmal kam er in solche Stimmung.

Gawain kam herbeigeschlendert. »Einige Eurer einfachen Untertanen wünschen Euch zu sprechen, mein König.« Er beugte sich vor, um den Scherz weiterzutreiben. »Lediglich ein paar alte Weiber, die sich bemühen, ihre Hautsäcke nicht ins Feuer baumeln zu lassen.« Arthur fand das gar nicht lustig.

Lancelot griff schlichtend ein, eifrig bemüht, sich Gehör zu verschaffen. »Doch anschließend, Sire, das lege ich Euch dringend nahe, solltet Ihr schleunigst in Euer Zelt zurückkehren, wo Euer Rat …«

»Alles zu seiner Zeit, mein Hauptmann.« Arthur war schon zu dem kleinen, sauberen Feuer der Frauen unterwegs – den Blick auf die betörenden Flammen gerichtet, die sich wanden, krümmten und zuckten wie …

»Wer ist das? Ist er es? Ich will ihn sehen.« Die Frau, die so häßlich war, daß es sogar Mühe bereitete, auch nur ihr Alter zu erraten, hatte lediglich ein Auge – obwohl die Mißbildung anscheinend von Geburt an bestand, da es auf der entsprechenden Gesichtshälfte nicht einmal eine Vertiefung für die Augenhöhle gab. »Da ist er, da ist der Jungspund ja. Komm schon, na los, komm näher, wir fressen dich nicht auf, Jüngelchen.«

»Zügle deine Zunge, wenn du mit dem König sprichst«, fuhr Gawain das alte Weib an, das jedoch nicht so leicht einzuschüchtern war.

»König? *Ha!* Er kommt vom selben Ort, von dem wir alle kommen, und mit ziemlicher Sicherheit hat ein altes Mädchen wie ich den ersten Atemstoß aus ihm rausgeklatscht. Agnetha und ich, wir haben in unserer Zeit unser Teil an sogenannten ›Königen‹ zur Welt gebracht, nicht wahr, meine Liebe?« Ihre Begleiterin, die gerade ein blankes Stück Metall polierte, nickte unwillkürlich als Antwort.

»Ich warne dich, bei Gott, du wirst dich in Gegenwart des Königs gesittet benehmen …«

»*Ha!*«

»Also, Enid«, rief Agnetha, »wir sollten uns lieber zusammenreißen, falls der wirklich *dick* mit dem König ist.«

»Ich *bin* König Arthur«, verkündete Arthur und stand nun nahe genug, daß er durch seine Hose hindurch die Wärme des Feuers spüren konnte.

»Der ruhmreiche Arthur, König aller Briten, kommt höchstpersönlich zu euch, um sich an eurem Feuer die Hände zu wärmen. Das solltet ihr zwei alten Schönheiten euch jetzt merken und eure spitzen Zungen im Zaum halten.«

»O Lob des Himmels, nicht der König! Ich würde nicht einmal zu *furzen* wagen in seiner erhabenen …«

»Enid, wirklich …«

»*Was fällt dir ein, du … du …*« Arthur ging dazwischen, als es den Anschein hatte, als wolle sein hünenhafter Blutsverwandter die häßlichen alten Weiber an Ort und Stelle in Stücke hauen.

»Danke, Gawain«, sagte Arthur kurz, »du und deine Leute, ihr könnt euch jetzt zurückziehen und eure Posten oder was auch immer beziehen.« Gawain wollte etwas sagen, doch Arthur fiel ihm mit unmißverständlichem Tadel ins Wort. »Ich werde euch notfalls rufen.« Enid krähte vor Vergnügen, als der gedemütigte Gawain die restlichen Wachen zusammenrief und sie nicht weit weg neu formierte.

Arthur stellte fest, daß er vor dem gelben Rauch zurückwich, der aus einem brodelnden Topf über dem Feuer aufstieg. »Schrecklicher Gestank, was?« Enid lupfte den Deckel und stocherte mit einem langen Löffel in dem schlammigen Inhalt herum. »Schlimmer als mit Babyscheiße vermischte Kotze … aber gut gegen Infektionen. Es gibt nichts Besseres.«

Arthur nickte mit plötzlich trockener Kehle. »Dann seid ihr also, äh, Heilerinnen, was?« Er ließ seinen Blick über die Schüsseln und Gläser mit den fleischigen, erotisch gerundeten Knollen und feuchten, schwammigen Moosen und abgeplatzten, rissigen Baumrinden schweifen …

»Manche nennen uns so«, räumte Enid ein. »Ja, manche tun das. Die meisten geben uns aber Namen, die 'n ganzes Stück scheußlicher sind … man kann's ihnen nicht verdenken, den armen

Teufeln. Ist ja nicht *ihre* Schuld, wenn man ihnen 'nen halben Meter Stahl ins Gedärm rammt.«

»Nach diesen Frauen wird in den kommenden Stunden große Nachfrage bestehen.« Irgendwie stand wieder der Merlin direkt neben Arthur, ohne auch nur die Luft bewegt zu haben. Arthur sah erstaunt zu, wie er sich langsam auf dem Boden niederließ und dem jüngeren Mann zunickte, er möge seinem Beispiel schicklich folgen. »Dank Enids und Agnethas Salben, Arzneien und Tränken werden viele unserer Männer ihre Verletzungen morgen überleben ...«

»... um einen weiteren Tag kämpfen zu können«, beendete Enid den Satz mit nacktem Hohn. Taliesin schien die Spöttelei aufrichtig Schmerzen zu bereiten.

Arthur beschloß, auf ihre Unverschämtheit höflich zu reagieren. »Gwenhwyfar, mein liebes Weib, würde sagen, daß ihr Hexen und Dämonenanbeter seid und der Verdammnis anheimfallen solltet. Doch meine ehrwürdigen Freunde erzählen mir, daß ihr das Leben vieler Männer rettet, die sonst dem Untergang geweiht wären. Daher befinde ich mich in einem Dilemma. Und ich frage euch: Wenn ihr König wärt, was tätet ihr dann an meiner Stelle?«

Enid zögerte nur kurz. »Mich scheiden lassen!«

Der Druide zuckte zusammen, und Agnetha hielt kurz im Polieren inne – und Arthur sah zum ersten Mal, daß sie mit einem Leder ein kurzes, kräftiges Sägeblatt polierte, das kleine, gezackte Zähne aufwies, *perfekt geeignet, um sich durch lebende Körper zu fräsen* ... »Wirklich, meine Liebe, du solltest darauf achten, was du sagst. Falls er doch irgendwie mit dem König zusammenhängt.«

»Ich bin König Arthur ...«

Lancelot kauerte sich neben ihn. »Sire, wir sollten wahrlich langsam zurückkehren ...« Er und Arthur sahen zu, wie Agnetha das funkelnde Sägeblatt auf ein sauberes Leinentuch legte, zusammen mit anderen Instrumenten zum Foltern und Heilen, raffinierten Werkzeugen, die rissen und schnitten, schälten, häuteten und abzogen ...

»Gefallen dir unsere hübschen Dingerchen?« fragte Agnetha honigsüß und stellte ihre düstere Ware zur Schau wie der vornehmste Händler in Londinium.

»Was meinst du?«

»Unsere hübschen Dingerchen.« Und dann deutete sie eifrig auf verschiedene Pasten, Salben, Cremes und Einreibemittel und erklärte die Wirkungsweisen von allen; doch die beiden Soldaten hatten lediglich Augen für die scharfzahnigen Geräte – geölt und gereinigt, zur näheren Begutachtung ausgelegt, gebrauchsfertig.

Inzwischen sang Enid leise etwas vor sich hin, während sie eine weitere Zutat in ihren verruchten Kochtopf gab. Sie fing den Blick des Merlins auf, der sie beobachtete, und zwinkerte ihm frech zu.

»... stört euch nicht an Enid, sie hat wieder zuviel von ihrer eigenen Arznei genommen, hehehe.« Agnetha hustete und spuckte ins Feuer. »Sieh zu, daß du diesem deinem König sagst ...« Arthur wollte etwas entgegnen, überlegte es sich dann aber anders. »... sag ihm, daß wir all das Töten und Sterben satt haben. Wir sind schon alte Frauen und haben noch niemals Frieden im Land erlebt. Nicht ein einziges Mal in unserem Leben. Sag ihm das.«

Taliesin merkte, daß ihre Worte Arthur berührten ... der allerdings entschlossen war, sich gegen ihre Anschuldigungen zur Wehr zu setzen. »Aber vielleicht kämpfe ich – dieser euer König – ja nur deshalb, um den Frieden *herbeizuführen,* einen echten Frieden, der jetzt und in alle Ewigkeit andauert ...«

Enid und Agnetha schauten einander an und brachen in Gekicher aus, hielten sich bald die großen Bäuche vor Lachen. »Vielleicht bist du ja doch der König«, räumte Enid ein, als sie wieder zu Atem gekommen war, »du denkst ganz in seinen Bahnen. *Ha!*«

»Sire, diese alte Krähe beleidigt Euch ...«

»Nein, Gawain«, meldete der Merlin sich zu Wort, »schweigt jetzt und stört diese ehrbare Lady nicht mehr.« Enid grinste über das Kompliment und streckte dem hünenhaften Ritter die Zunge heraus, der daraufhin mit den Zähnen knirschte und sich trollte, jedoch nicht, ohne leise in sich hineinzufluchen.

»Klingt, als hättet Ihr wieder Rückenbeschwerden«, wandte Enid sich an Taliesin, »ich kann Euch etwas dagegen geben; dann fühlt Ihr Euch wieder wie ein junger Hirsch.«

»Nichts mit Nachtschatten«, warnte der Merlin, »davon bekomme ich Blähungen.«

»Bringt mir eine Fledermaus – eine lebende Fledermaus, wenn's recht ist – und die Herzen zweier Tauben, dann sind wir im Geschäft.« Sie wandte ihre Aufmerksamkeit wieder Arthur zu. »Doch was *Euch* angeht, Euer Lordschaft ...«

»Bitte, Enid«, flehte der Druide, »er ist noch jung und ...«

»Jung!« kläffte Enid. »Er ist ein *Schlächter,* dieser hier, genau wie sein Vater ...«

»Er hat eine große Bestimmung«, widersprach Taliesin, »sein Volk zu einen, eine Blutlinie zu ...«

»Blut, Blut«, höhnte die einäugige Frau, »etwas anderes gibt es wohl nicht, was? Blut und töten. Und wer bringt die Dinge dann wieder in Ordnung und räumt die Scherben auf, wenn alles aus und vorbei ist? Die armen, heilig zu nennenden Frauen, die allein die Kinder aufziehen und die Felder bestellen und dadurch helfen, die Kriege des Königs zu bezahlen. Und wenn die Zeit gekommen ist, müssen sie ihre kostbaren Söhne hergeben, nur damit sie, die Hände um den rostigen Stab gekrampft, mit einer sächsischen Lanze im Leib verenden ... während ihre Mütter zu Hause mit schmerzendem Busen warten ... und im Grund ihres Herzens ganz genau wissen, was geschehen ist.« Agnetha gähnte gleichgültig, und Arthur stellte fest, daß er den Blick nicht von den Ruinen in ihrem Mund nehmen konnte; sie wackelte anzüglich mit der Zunge: naß, obszön.

»Es reicht, Agnetha.« Enid sprach barsch, bedachte ihre übermütige Begleiterin jedoch mit einem Blick voller Wärme. »Sie war Zeugin von elf Schlachten, die im Namen dieses großen Königs geschlagen wurden, Taliesin. Sie hat Dutzende von Männern im Arm gewogen, während sie schreiend ihr Leben aushauchten, und weder für König noch für Vaterland.« Sie und

Agnetha spien gleichzeitig ins Feuer. »Morgen wird sie sich nicht mehr an dein Gesicht erinnern oder daran, wer du bist ... doch sie wird dir so flink wie ein sächsisches Kriegsbeil den Arm amputieren und nicht zusammenzucken, wenn du fluchst oder schreist.«

»Schnippedischnipp.« Agnetha wedelte mit einem besonders brutal aussehenden Schneidewerkzeug vor ihrer Nase herum, und Arthur und Lancelot hielten sich tapfer, indem sie wenigstens nicht zurückwichen.

Arthur packte Lancelot am Unterarm und beugte sich zu ihm vor. »Ich glaube, du sagtest etwas davon, daß wir ins Lager zurückkehren sollten ...«

»Schwester«, wandte Taliesin sich direkt an Enid, eine seltene Zurschaustellung von Ehrerbietung, »ich bitte dich, auf ein vorschnelles Urteil zu verzichten. Soll die Historie darüber befinden ...«

Lancelot stand auf und wollte die Wache rufen, doch in diesem Moment stieß Agnetha einen lauten Schrei aus und klatschte in die Hände ...

Allein der Geräuschpegel war schon grauenerregend. Da waren Geschrei, Stöhnen, Wimmern, aufs schauerlichste verwundete und sterbende Männer, die überall um sie herum lagen, die Schädel von dicken Beilen gespalten, die Körper von wilden Pfeilen gespickt oder von langen Lanzen mit Eschengriffen durchbohrt; das hysterische, schriller werdende Wiehern von Pferden mit aufgeschlitzten Bäuchen, das Pfeifen durchtrennter Luftröhren, gischtende Fontänen heißen Blutes, das der ausgedörrte Steppenboden gierig aufsog, metallisches Klirren und Scheppern, tiefes, animalisches Grunzen, Einschläge in Fleisch, die nassen, glitschenden Geräusche von Metall, das durch nachgiebige Haut und Sehnen getrieben wurde ...

Enid fuchtelte den Zauber beiseite, eifrig darauf bedacht, ihre Ansicht kundzutun. »Der Große Drache hat nichts als Krieg, Verheerung und Tod gebracht. Aye, Agnetha und ich haben auch unter Lord Uther gedient – du hast deine Blutgier ehrlich erworben, Söhnchen.«

Ermutigt durch ihre Kritik, ergriff Arthur das Wort. »Du hast es zweifellos noch nicht gehört. Ich kämpfe nicht mehr unter dem Drachenbanner. Ich diene der Heiligen Jungfrau und dem Kreuz und dem einzig wahren Gott.«

»Dann«, erwiderte Enid mit offensichtlicher Abscheu, »möge Gott uns allen beistehen.«

Gleich darauf pfiff Lancelot die Wachen herbei und hielt ihnen eine Standpauke, als sie sich für sein Dafürhalten nicht schnell genug formierten.

Taliesin hatte Mühe, wieder auf die Beine zu kommen, und Arthur half ihm dabei. Als er erst einmal stand, vollführte der Alte knarrend eine tiefe, höfliche Verbeugung vor den beiden Frauen, eine Geste, die so unpassend wirkte, daß einige der Männer, die zuschauten, kicherten. Er achtete nicht auf sie. »Freut mich, euch in diesem Leben wiedergesehen zu haben, Enid … Agnetha.«

»Kommt nächste Beltane wieder vorbei«, rief Enid der hinkenden Gestalt nach. »Dann gebe ich Euch was für Euren Rücken.« Arthur wartete höflich, bis auch er sich verabschieden konnte, und endlich sah Enid mit schräggelegtem Kopf in seine Richtung. »Ein kleiner Ratschlag zur Güte, erhabener König: Nicht viele Menschen können sich so glücklich schätzen wie du, weil Elfenzauber sie vor tödlichen Hieben schützt.«

Arthur verbeugte sich unbeholfen und ging davon, konnte es kaum erwarten, ihre Gesellschaft hinter sich zu lassen … doch zu seinem Ärger folgte ihm das hämische Gelächter der alten Weiber auf seinem lustlosen Gang zurück ins Lager und hallte in der kühlen Sommernacht wider …

Die Stimmung um das Ratsfeuer herum war verdrießlich, Arthurs innerer Kreis gespalten und zänkisch – ein Pferdegespann, das in acht Richtungen zerrt und nirgends hingelangt, wie das alte Sprichwort sagt. Die meisten hatten von der rüden Aufnahme gehört, die der König von seinen Männern erfahren hatte, die er weiter unerschrocken »meine Gefolgsleute und Briten, jeder einzelne von ihnen« nannte.

Diese Ritter und Edelleute stellten einen guten Querschnitt durch das Land dar, und ein Spaßvogel bei Hofe hatte ihnen den Namen »die weisen Männer« gegeben. Eine unzutreffende Bezeichnung. Einige von ihnen waren zweifellos weise, einige Heißsporne und wieder andere schlechterdings Narren. Doch Intelligenz zählte hier nicht, nur *Loyalität* – diese Männer hatten ihre erhabenen Positionen unter den widrigsten Umständen erworben, auf den blutigsten Schlachtfeldern, in verwegenen Kämpfen, die weder die Möglichkeit zum Rückzug offengelassen noch eine Chance auf Nachsicht geboten hatten. Alles im Namen des Knabenkönigs mit dem Herzen eines Löwen …

Doch nun war ihr Glaube erschüttert – ihr König hatte einem neuen, rachsüchtigen Gott Treue geschworen und ein lebendiges Bündnis aufgehoben, das sich durch die Zeitalter hindurch bis in die Vergangenheit erstreckte. In ihren Augen hatte man Arthur besiegt, und schlimmer noch, man hatte ihn *bluten* sehen. Die Aura der Unverwundbarkeit war verlorengegangen, und jetzt schien es, als hätte eine wispernde *Psst-psst*-Horde christlicher Ratgeber ihn politisch korrumpiert und als hielte sein ehrgeiziges Weib hinter der Bühne die Fäden in der Hand. Arthur spürte, wie aller Aufmerksamkeit auf ihn gerichtet war, als er sich zwischen ihnen hindurchbewegte. Sein Blick hingegen war offen und selbstbewußt; einer nach dem anderen verbeugten sie sich vor ihm, *obwohl die lärmenden Stimmen in ihm darauf beharrten, daß er es nicht wert sei.* Er nahm seinen Platz auf einer der Bänke ein, die man um das Freudenfeuer herum aufgebaut hatte, und sah belustigt zu, wie Gawain und Lancelot es so deichselten, daß sie in seiner unmittelbaren Nähe Stellung bezogen.

König Uriens gesellte sich dem Kreis hinzu, ein rauher alter Veteran, der unter Arthurs Vater so tollkühn gekämpft hatte, daß Uther ihn als »furchterregendsten Mann aller Inseln« bezeichnet hatte – ein Titel, den er mit großem Stolz trug. König Lot, der blaß wirkte und dem die Gicht stärker zusetzte, als er jemals eingestanden hätte, sowie der listige Herzog Markus von Cornwall waren für strategische Ratschläge zuständig, während es König Leodogranz auf Arthurs besonderes Geheiß hin erlaubt war, sich am Rande herumzudrücken, wo er gelegentlich irgendwelchen Unsinn oder sein *Non sequitur* vom Stapel ließ.

»Ich muß schon sagen«, eröffnete Herzog Markus das diplomatische Spiel, »die Umstände eines Angriffs könnten nicht besser sein. Das Gelände kommt uns sehr entgegen, auf höhergelegenem Terrain kennen wir uns aus …«

Unter den Rittern erklang Gelächter. ›Mount Badon‹ war eigentlich eher ein Hügel, wenig mehr als ein Pickel auf der umgebenden Landschaft; eine Schräge, aber kein Berg. Einige aus dem Elfenvolk waren überzeugt, es handele sich um die Überreste einer Mine aus der Zeit der Alten. Viele weigerten sich, ihre Zelte auf den abfallenden Hängen zu errichten oder die Nacht dort zu verbringen – ein Teil der alten Magie könnte überdauert haben …

»Jede Wette, daß meine berittenen Soldaten morgen eine herrliche Zeit haben werden.« Lancelot meldete sich zu Wort und versuchte, ihnen etwas dringend benötigten Enthusiasmus einzuflößen. »Ich brauche Euch Ehrenleute sicher nicht daran zu erinnern, daß ich viele Jahre auf diesen Augenblick warten mußte. Eine alles entscheidende endgültige Prüfung des Werts berittener Soldaten …«

»Hoffentlich wird sie nicht zu endgültig, mein braver Ritter«, bemerkte Arthur trocken zur Erheiterung aller, auch des genialen Lancelots.

Der Merlin, in einen Zauber der Unsichtbarkeit gehüllt, nickte zustimmend und sah zu, wie die Männer sich dichter um ihren großen Herrscher drängten. Arthur schien selbst einen Zauber zu verbreiten, vor ihren Augen an Größe zu gewinnen und Kraft und Energie auszustrahlen, als er aufstand und vor dem eingedämmten Feuer mit weiten Schritten auf und ab ging.

»Laßt uns ein realistisches Bild der Lage zeichnen, Freunde. Unsere Feinde sind uns um ein vielfaches überlegen. Die Umstände sind wahrlich sehr ernst ... doch das Land gehört uns, wir nennen es unsere Heimat, seit die See es gebar, und wir werden dafür kämpfen, solange noch Leben in unseren Adern rinnt und der Puls in unseren Hälsen hämmert. Ich glaube ...« Er holte tief Luft. »Ich glaube, daß unser Gott uns beschützen und dieses großartige Land für uns bewahren wird. Ich vertraue darauf ...« Er zögerte und suchte nach den richtigen Worten, nicht mehr sicher, wie er fortfahren sollte. »... daß wir durch – durch Seine Heilige Gnade unser ... großes Ziel erreichen werden.« Er beendete den Satz hastig ...

... und plötzlich – und offenbar spontan – zog Arthur, der größte König, den sein Volk jemals gekannt hatte, Excalibur und kniete davor nieder, drückte die Stirn an das Kreuzstück, wo der Knauf auf die tödliche stählerne Klinge traf. Einige der anderen folgten sogleich seinem Beispiel, obwohl deutlich war, daß sie ihren Monarchen nur nachahmten: Es folgte eine unangenehme Pause, in der sie lautlos beteten. Lancelot, der noch immer stand, wirkte selbstbewußt, Lot lediglich verärgert.

Arthur richtete sich auf und schob Excalibur wieder in sein verzaubertes Futteral zurück. Er machte den Eindruck, mußte der Merlin zugeben, als hätten die wenigen Augenblicke der stummen Gemeinschaft ihn verjüngt.

Einen nach dem anderen befragte er seine Männer nach ihrer Meinung und bestand darauf, daß sie völlig aufrichtig sprachen.

Die Neuigkeiten wurden, wie erwartet, schlimmer und schlimmer.

Noch mehr aus dem kleinen Volk packten ihre Habe und begaben sich wieder nach Avalon, widersetzten sich noch den dringlichsten Bitten, weigerten sich, unter dem Kreuz zu dienen. Die tödlichen Bogenschützen unter ihnen würde man am schmerzlichsten vermissen, und es galt, entsprechende Veränderungen an den Schlachtplänen vorzunehmen. Ein schamroter Uriens berichtete von Massendesertionen in seinem Lager, und die meisten anderen bestätigten durch ihre Schilderungen, daß die Moral auf seiten der Briten eine schwere Schlappe davongetragen hatte.

»Und vor Tagesanbruch werden sogar noch mehr desertieren«, knurrte Leodogranz. »Man kann's ihnen nicht einmal verdenken. Jeder, der auch nur eine Spur Grips hat, kann sehen, daß die Chancen für uns schlecht stehen, wieso also nicht den Schwanz einziehen und ...« Dann wurde ihm klar, daß er dieses eine Mal die ungeteilte Aufmerksamkeit der anderen hatte. »Nun ja«, murrte er, »jedenfalls *hört* man solche Worte da und dort ...«

Arthur forderte seinen Schwiegervater mit einem knappen Nicken auf, zu ihm zu kommen, und als Leodogranz nahe genug war, drückte er ihm ein Säckchen in die Hand. Dann wandte Arthur sich an die anderen. »Meine Herren, Euer König bedarf Eurer Börsen.« Unverzüglich rückten alle – auch der mürrische Uriens – sämtliches Geld heraus, das sie bei sich trugen, und auch das drückte Arthur Leodogranz in die Hände, so daß sie vor galizischem Silber und römischem Gold geradezu überquollen.

»Hier habt Ihr es, Sir!« rief Arthur triumphierend. »Wenn Ihr das nächste Mal hört, daß einer dieser schlappschwänzigen Gecken sich nach Heim und Herd verzehrt, sei's drum, dann bezahlt ihm eben in meinem Namen die Rückkehr in seine flohverseuchte Kate.« Leodogranz schien nicht recht zu wissen, was er jetzt tun sollte, und Arthur stimmte in das Gelächter ein, als er sich davonmachte, wobei er unterwegs Münzen verstreute.

Taliesin sah, daß die Männer jetzt aufrechter und stolzer dasaßen, den Rücken durchgedrückt und mit funkelnden Augen, denn etwas regte sich in ihrer Brust: vielleicht noch nicht Hoffnung, doch allemal der inbrünstige Wunsch zu *glauben*.

»Söhne Britanniens, ich bitte euch, mich nun zu verlassen. Kehrt in eure Zelte zurück und ruht euch nur ja gut aus – denn morgen gilt es, viel sächsisches Blut zu vergießen.« Sie grinsten einander an, doch auf den Merlin machte Arthur einen müden Eindruck ... wie am Ende seiner Kräfte. »Ihr seid erstklassige Ritter, Freunde ...

Landsleute. Ich liebe euch alle aus tiefstem Herzen.« Bevor er sie entließ, trat Arthur noch vor, um einem jeden die Hand zu schütteln und ihn zu umarmen – und obwohl die Geste hauptsächlich politisch und symbolisch war, konnte Taliesin hinter seinem durchscheinenden Vorhang hervor sehen, daß keiner von ihnen – *nicht einmal Lot, der alte Meuchler* – die Arme des Königs trockenen Auges verließ.

Kurz darauf war nur noch der unsichtbare Druide im Lager, durchscheinend, doch wachsam; der König saß allein auf der Bank, starrte in die Flammen des wohlgenährten Feuers und stellte sich darauf ein, die lange Nacht zu durchwachen. Nun, da seine Männer fort waren, gab es keinen Grund mehr für Täuschungen; Arthur wirkte kleiner, geistesabwesend, einsam und besiegt.

Unsichtbar und unsicher schwebte der Merlin ängstlich an Arthurs Seite.

Das Problem war, daß er den Jungen zu sehr liebte und wegen dieser großen Nähe zu ihm vielleicht seinen ganzen Weitblick verlor ...

Doch der Merlin war auch davon überzeugt, vielleicht zu Recht, daß Arthurs Krise des Selbstvertrauens nur Stunden vor einer historischen Schlacht, die für die nächsten fünfhundert Jahre Britanniens Zukunft entscheiden konnte, alles in Gefahr brachte, was der Druide und viele andere seit Generationen unter großer Mühsal zu erreichen versucht hatten. Durfte er das zulassen?

Wer bin ich?

Du bist Arthur, Sohn von Uther und Igraine, der Große Drache, der Gehörnte ... ein Heide ...

Nein.

Du bist Arthur, der unerreichte und christliche König, sittsam, müde und langweilig. Das ist das Schicksal, das der gute Erzbischof für dich im Sinn hat ...

... eines, gegen das ich bis zu meinem letzten Atemzug ankämpfen werde.

Also weder Heide noch Christ: Wo ließ das den unglückseligen Sohn? Zwischen hüben und drüben. *Verwaist.* Ohne den Glauben an irgend etwas, nicht einmal an sich selbst.

Nun, der Merlin beschloß auf der Stelle, daß das nicht sein durfte. »Arthur?«

»Merlin – was? Habe ich geschlafen? Ich dachte, ich wäre …«

»Die Flammen scheinen Euch verwirrt zu haben.« Seine dichten Augenbrauen hoben sich vielsagend. »Feuer ist eines der Urelemente.« Er beugte sich weiter vor und flüsterte: »*Magisch.* Ihr müßt es mit Respekt behandeln. Es brennt ohne Unterschied und Bevorzugung … *und ist stets hungrig.*«

Arthur nickte geistesabwesend, noch immer etwas benommen, als er mit schmalen Augen zum Himmel aufsah. »Es ist schon spät«, bestätigte Merlin, »Eure Ritter und Diener haben sich alle zur Ruhe begeben.«

»Mögen sie den Schlaf von Kindern schlafen.« Arthur wirkte sehnsuchtsvoll.

»Das sollte man auch vom König sagen können.«

Arthur lächelte kläglich. »›Der Kopf des Königs ist zu schwer, um lange ruhen zu können.‹ Das habe ich Uther einmal zum Kämmerer sagen hören, und es ist mir auf ewig haftengeblieben.« Arthur sah wieder verloren aus. »Er war *wahrhaft* ein großer Kriegskönig, ein Mann, der sein Volk zu führen verstand.«

»Ich kannte Uther gut, Arthur«, erinnerte der Druide ihn und ließ sich neben ihn auf die Bank gleiten, und dabei zuckte er vor der nahen Hitze zurück. »Er war ein guter König, ja, doch es mangelte ihm an … *Visionen.* Er war ungestüm und heißblütig – er hätte das Volk niemals so einen können wie Ihr. Das muß Euch doch klar sein.« Doch Arthur schüttelte nur den Kopf, zu gleichgültig und erschöpft, um zu widersprechen.

Taliesin zuckte mit den Achseln und versuchte es anders. »Für den, der wartet, dauert die Nacht ewig.«

»Einigen kommt der Morgen viel zu früh.«

»Dennoch«, fuhr Taliesin fort, »ist Warten das Schlimmste.«

Arthur starrte ihn an. »Herrscht der Magier nicht über die Nacht? Genügt es nicht, daß er seinen Zauberstab schwenkt, und schon ...«

Taliesin lächelte ... jedenfalls zuckten seine Lippen. »Wohl kaum. Doch einen *Trank* kann ich Euch anbieten, der es Euch ermöglicht, diese endlose Nacht durchzuschlafen. Ich nehme ihn selber, wenn meine inneren Stimmen mir keinen Frieden lassen.« Er reichte Arthur eine kleine, verkorkte Flasche. »Ihr werdet friedlich einschlummern. Ihr werdet im Bett weder mit den Zähnen knirschen noch Euch hin und her wälzen, noch um Euch schlagen. Er ist ein *Segen*. Und deshalb darf er auch nur nach den besonderen Anweisungen eines alten Zauberers eingenommen werden.« Er dachte nach. »Ein oder zwei tiefe Züge dürften's tun.«

Arthur betrachtete das Gebräu zweifelnd, und als er daran roch, verstärkte das seine Skepsis nur noch. »Wie steht's mit Träumen? Das letzte Mittel, das du mir gegen Magengrimmen verschrieben hast, brachte mir ... unnatürliche Gedanken.«

»Die Nebenwirkungen sind ... geringfügig«, sagte der Merlin unbestimmt und zerstreute seine Besorgnis mit einer Handbewegung. »Und wenn du morgen früh aufwachst, wirst du ausgeruht und voller Selbstvertrauen sein und bereit, die Sachsen eigenhändig zu besiegen.«

»Dann sollten wir es besser an jeden Mann in einigen Meilen Umkreis um diesen erbärmlichen Hügel verteilen«, meinte Arthur spöttisch. Er zögerte noch immer. »Ich bin versucht, und doch ... ich weiß, daß Gwenhwyfar in der Vergangenheit Einwände gegen Heiltränke und derlei erhob ...« Taliesin setzte zu einer scharfen Erwiderung an, hielt seine Zunge dann aber im Zaum. *So möge denn das Schicksal entscheiden.*

»Andererseits bist du kein verrücktes altes Kräuterweib, du bist der Merlin, und da du mir sagst, es diene lediglich meiner Gesundheit ...« Arthur zwinkerte und nahm zwei lange Schlucke aus der Flasche.

Kurze Zeit später entschuldigte der Magier sich – Arthur war schon auf der Bank zusammengesunken und benötigte Hilfe, um in sein Zelt zu kommen.

Er hatte keine Träume … bis auf *einen.*

… Arthur schleppte sich über eine glühende, sandige Ebene dahin, und stets schien ihm die Sonne mitten ins Gesicht, egal in welche Richtung er sich wandte. Und nach einer zeitlosen Ewigkeit, die er verirrt, blind und hoffnungslos durch die archetypische Wüste wanderte, gelangte er an einen langen Pfahl, der in den Sand gerammt war. Und als er hinaufsah, erkannte er ein Kreuz – und ein keuchender Mann hing daran, dem man Nägel durch Hände und Füße getrieben hatte. Jeder Atemzug bereitete ihm große Schmerzen, doch er besaß graue Augen, die Liebe und Frieden ausdrückten. Arthur fiel auf die Knie, und der Erlöser schaute auf ihn herab und machte Arthur ohne ein Wort klar, daß er den Becher nehmen und daraus trinken solle … den *Becher* … und Arthur begriff nicht, bis er den schlichten Pokal sah, den man zurückgelassen hatte, um das Blut aufzufangen, das von Seinen Zehenspitzen tropfte – aus den Wunden der Nägel und dem gräßlichen Schlitz, mit dem Longinus ihn so grob auf die Probe gestellt hatte.

Der Becher war schon halb voll vom süßen Blut des Erlösers, dem reinsten, herrlichsten Labsal des Universums. Er hob ihn hoch … und *trank,* und das Wissen, das er enthielt, rann seine Kehle hinab, durchtoste seinen Leib und erfüllte ihn mit neuerlicher Kraft und einer schrecklichen, mitleidlosen Gewißheit.

Am Morgen war Arthur, König der Briten, wiedergeboren …

Sogar als er schon seit vielen Jahren hinfällig und bettlägerig war, behauptete der große Druide noch, seine Entscheidung nie bereut zu haben, und wies jede Kritik mit einer Wendigkeit des Geistes von sich, die beeindruckend war. »Wie wir sterben, so sterben eines Tages auch die Götter«, erklärte er mir einmal. »Sie werden ihres Volkes überdrüssig und vergessen es und entfernen sich von ihm, um allmählich ganz zu verschwinden.« Britannien, so erklärte er

mir, sei ein neues Land, das einen neuen Glauben brauche, ein
»kriegerisches Glaubensbekenntnis für ein kriegerisches Volk«.

Er behauptete, die Historie werde ihn von aller Schuld freispre-
chen, doch als ich ihn bedrängte, weshalb er denn, wenn sein
Gewissen so rein sei, bis so kurz vor dem Ende gewartet habe, um
dieses letzte Geheimnis zu offenbaren, da wurde er mürrisch und
reagierte ausweichend und beharrte darauf, daß ich mir ein Urteil
über ihn anmaße und nicht lange genug gelebt habe, um etwas so
Kompliziertes wie das Schicksal verstehen zu können. Seine Wut
erschöpfte ihn immer, und da er häufig wütend war, schlief er die
meiste Zeit. Ich kümmerte mich oft um ihn, genoß trotz unserer
großen Ungleichheit meine Zeit mit ihm, und ich versichere euch,
daß ich nicht ein einziges Mal sah, daß ihn Alpträume heimgesucht hätten ...

Doch dafür weiß ich, daß Taliesin, der Merlin von Britannien,
sein Leben lang – oder jedenfalls, solange ich ihn kannte – eine
unnatürliche Abneigung gegen Hitze und besonders gegen offene
Feuer hatte ...

Angela Forster
MOND ÜBER AVALON

Der Vorabend des längsten Tages war da. Die Eiche befand sich auf dem Gipfel der Energie, doch was noch wichtiger war: Hier auf Emain Ablach, der Insel der Apfelbäume, die Avalon ihren Namen gaben, würde die Vollmondin die Glut der Sonne einfangen und sie in ein fahles Feuer verwandeln und ihr mittsommerlicher Glanz die scharfen Farben des Tageslichts in ein sanftes, reines Leuchten hüllen, das alles segnet, was darin wandelt.

Morgaine saß auf der Wiese und betrachtete die lodernde Scheibe, die noch zwei Handspannen breit über dem Horizont hing. Heute nacht würde der schwierigste Abschnitt ihrer Ausbildung zu Ende gehen. Sie würde zum ersten Mal bewußt ihr Gesicht einsetzen und zur Frau werden. *Du wirst Frau sein, wenn die Göttin ihre Hand auf dich legt, doch deine Liebe wird nicht einem Mann gehören, sondern Avalon.* Sie wußte nicht mehr, wer diese Worte gesprochen hatte. War es die Herrin vom See gewesen, Viviane, die über die Apfelinsel herrschte, oder ein Traumgesicht? Jedenfalls konnte sie seit dem Abschied von ihrem Vetter Galahad an nichts anderes mehr denken. Es kam ihr wie ein Orakel aus einem früheren Leben vor. Hatte sie geglaubt, ihre Liebe werde ihm gehören?

Morgaines Blick folgte dem Flug eines Silberreihers, der über den Apfelhainen am Ufer dahinschwebte, ein Schemen vor roten Wolkenschlieren.

Sie wünschte, der hagere Zwölfjährige wäre geblieben. Er war etwas Besonderes, ein Kind der Großen Ehe, in der Priester und Priesterin sich gleichnishaft als Gott und Göttin vereinigen. Welches Erbe konnte stärker und mächtiger sein als der alte Glaube?

Ja, sie vermißte Galahad, doch gleichzeitig empfand sie auch

Erleichterung darüber, daß er die Insel der Großen Mutter verlassen hatte. Es war, als habe er einen Teil von ihr mitgenommen, eine kindliche Einfalt. Hatte auch sie insgeheim zurückkehren wollen?

Wie begeistert war sie gewesen, als sie zum ersten Mal der Herrin vom See begegnete. Kaum mehr als ein Jahr war es her, daß Viviane sie auf ihrer Burg Tintagel besuchte, Viviane, eine kleine dunkle Feengestalt, die Schwester ihrer Mutter – eine Abgesandte der Großen Göttin!

Es dauerte nicht lange, bis Viviane feststellte, daß das Erbe der Großen Mutter auch in Morgaine schlummerte, und ihren Stiefvater Uther Pendragon überredete, sie nach Avalon mitnehmen zu dürfen. Morgaine war nur zu froh gewesen, dem Leben bei Hofe entrinnen zu können. Ständig hatte ihre Mutter sie vor Uther verborgen, dessen jungenhafte Art ihr Herz stets von neuem betörte. Es hatte niemals Gorlois gehört, ihrem leiblichen Vater.

Und Uther strafte sie mit Mißachtung, weil Töchter für ihn nichts galten.

Nein, sie wollte nicht mehr zurück, nicht dorthin, nicht in diese Welt. Morgaine hatte ihr Schicksal der Herrin vom See anvertraut, dem Wirken der Göttin. Jetzt war sie die Tochter der Großen Mutter, und bei diesem Gedanken erfüllte sie Ruhe und grenzenloses Vertrauen in die kommenden Stunden.

Eine Ahnung von Glück stieg in ihr auf.

Sie hörte wieder das helle Angelusläuten der Kirchenglocken, und es erinnerte sie an Vater Columba, der ihrer Mutter immer die Beichte abgenommen hatte. Er hatte ihr erklärt, es sei Engelsgesang, der zum Lobe des Herrn angestimmt werde. Sie schlug die Augen auf.

Vor ihr hockte Galahad.

Das Morgenlicht tauchte die Lichtung, auf der sie lag, in trüben Schein, und die Nässe auf ihren Wangen prickelte. »Was tust du hier?« fragte sie ihn.

Ban von Benwicks Bastardsohn grinste.

Hatte so nicht immer ihr kleiner Bruder gegrinst, ihr Halbbruder Gwydion, der sich jetzt zur Ausbildung in irgendeinem schottischen Kloster befand? Er war genauso eine Nervensäge wie Galahad gewesen und hatte immer an ihren Fersen gehangen wie eine Klette.

»Warum grinst du so?« fragte sie Galahad.

»Deine Nase«, sagte er. »Da sitzt ein Käfer drauf.«

Sie fuhr hoch und wollte das Tier mit der Hand herunterschlagen, traf jedoch nur ihre Nasenspitze. Galahad lachte hell auf.

»Laß gut sein, Morgaine. Die Schwestern haben mich gebeten, nach dir zu suchen.«

»Du hast mich hereingelegt.«

Galahad grinste wieder breit, dann wurde seine Miene ernst. »Du bist gestern abend nicht ins Haus der Jungfrauen zurückgekehrt wie alle anderen, die Johanniskraut und Eichenblüten sammelten. Als Viviane das hörte, fürchtete sie, die Feen hätten dich geholt. Deshalb hat sie mich auf die Suche nach dir geschickt.«

Wieder läuteten die Angelusglocken, und Morgaine hatte nicht den Eindruck, daß man sich große Sorgen um sie gemacht hatte. Das Geläut konnte nicht das heitere Lachen der Frauen übertönen, die vor einer Lehmhütte am Rand des Hains Mittsommerwein herstellten.

»Komm, wir wollen deine Schwestern beruhigen.« Er hielt ihr die Hand hin, um ihr beim Aufstehen zu helfen.

Sie nahm seine Hand und riß ihn zu sich heran, wobei sie geschickt seinen Widerstand ausnutzte, um sich an ihm hochzuziehen. Starr vor Schreck kippte Galahad aufs Gesicht und hätte sich sicher verletzt, wenn der Boden nicht noch weich vom Morgentau gewesen wäre.

Nun war es an Morgaine, herzhaft zu lachen.

»Viel hat man dir in eurer christlichen Provinz aber nicht beigebracht, du Tölpel.«

Galahad wandte den Kopf und funkelte sie wütend an. Dann

stemmte er sich auf beiden Armen hoch, erhob sich und stapfte mürrisch zur Lehmhütte zurück.

Morgaine lächelte.

Er würde nie einen guten Druiden abgeben, dachte sie. *Viviane braucht gar nicht weiter auf ihn einzureden. Es ist besser, wenn er seinem Vater gehorcht und sich in der Bretagne zum Ritter ausbilden läßt.*

Sie blickte zum Himmel hinauf, der für diese Stunde und Jahreszeit entschieden zu trüb war. Als Galahad weit genug entfernt war, huschte sie einige Meter zum Westrand der Lichtung und klaubte die drei Steine auf, die sie dort abgelegt hatte. Es waren Schrittsteine.

Sie war am Vorabend nicht ins Haus der Jungfrauen zurückgekehrt, weil sie ihr eigenes kleines Ritual abgehalten hatte. Während die Schwestern der Sonne geweihte Pflanzen sammelten, hatte sie sich einen Platz auf der Lichtung ausgesucht, den der Dämmer des Abends und Morgens sowie die funkelnde Pracht der Mitternacht ungehindert erreichen konnten. Die Strahlen von Awen sollten auf die Steine der Betrachtung fallen, um ihr Einflüsse aus der Anderswelt zu enthüllen – den silbernen hatte sie am nächsten abgelegt, dann den goldenen, den schwarzen am weitesten entfernt. Vor Einbruch der Dunkelheit hatte sie sich in der Nähe ausgestreckt und war dann in der Hoffnung eingenickt, daß ihr Geist während des Schlafs die Position der Steine in der richtigen Reihenfolge ausfindig machen und dadurch die Fähigkeit des Fliegens erlangen würde. Einen Stein nach dem anderen, Schritt für Schritt ... doch die Schrittsteine hatten Morgaines Geist anscheinend nicht beflügelt. Sie fühlte sich nicht schlauer als am Abend zuvor.

Sicher, die Sommersonnwende markierte einen Einschnitt in ihrer Ausbildung. Soviel wußte sie. Doch mit dem Tag hatte es für sie noch eine andere Bewandtnis: Es war ihr Geburtstag. Und heute jährte er sich für sie zum zwölften Mal. Wußten die Schwestern das? Sie hatte sie raunen hören. Besonders Eitche und Raven hatten sie ständig verschmitzt angeschaut. Was würde auf sie zukommen? Sie würde mündig werden und einen neuen Rang unter den Priesterinnen einnehmen. Würde man ihr anders begegnen, wenn sie erst erwachsen war? Wie war das überhaupt, erwachsen zu sein?

Wenn sie nur wüßte, ob ihr Geist geflogen war. Sie erinnerte sich nicht daran, geträumt zu haben. Ihre Mutter hatte gesagt, im Schlaf verläßt die Seele den Körper und begibt sich ins Land der Träume, in dem alles Lug und Trug ist. Doch manchmal hatte sie ihr auch zugeflüstert, daß der Schlaf einen ins Land der Wahrheit entführt, wenn man nur zu deuten versteht, was man sieht.

Das Land der Wahrheit ...

Viviane hatte es das Gesicht genannt. Doch sie hatte nichts gesehen, und die Vorstellung, wie weit sie offenbar noch davon entfernt war, Antworten auf ihre vielen Fragen zu bekommen, bekümmerte sie.

Sie verstaute die Schrittsteine in den Falten ihres schwarzen Gewands und ging durch das hohe Gras zum Haus der Jungfrauen zurück.

Der Morgenwind trug das Englyn für die Sommersonnwende zu ihr herüber, das die Priesterinnen bei der Weinherstellung sangen. Die reiche, ausdrucksstarke Melodie von *Dalen Gwyr* spiegelte auf betörende Weise die grünen Höhen der Insel im Sommer wider.

»Da bist du ja wieder«, hörte sie eine muntere Stimme, die sie aus der Versunkenheit riß.

Wenige Schritte vor sich sah sie Eitche, die Morgentau für den Wein sammelte. Etwas weiter hinten, in einer Senke, füllten andere Priesterinnen ein großes Gefäß mit grünen Eichenblättern, Schlüsselblumen und Trompetenblüten und gossen kochenden Tau darüber. Wieder andere rührten mit Löffeln in Kesseln voll siedendem Honig und gaben aus schon fertigen Gefäßen die Pflanzenmischung hinzu.

»Wo hast du gesteckt?«

Morgaine lächelte. Von allen Priesterinnen mochte sie Eitche – und natürlich Raven, die allerdings ein Schweigegelübde abgelegt hatte und deshalb nicht sonderlich unterhaltsam war – am liebsten. Raven war ihr etwas unheimlich. Ein blauer Halbmond zwischen den Augenbrauen zeigte an, daß sie nach dem Willen der Göttin leben und sterben wollte. Ihre Entschlossenheit grenzte schon fast an Verbitterung. Eitche dagegen hatte sich ein kindliches Gemüt bewahrt. Außerdem war sie klein und dunkel wie sie selbst, ein Sproß des Alten Volkes. Ab morgen würde Morgaine den beiden in vieler Hinsicht gleich sein, und sie würde abwechselnd mit allen anderen Priesterinnen in Vivianes Haus am See schlafen, um ihr Tag und Nacht dienen zu können …

»Du sagst ja gar nichts.«

»Ich war in Gedanken.«

Eitche zwinkerte ihr zu. »Kein Wunder, für dich ist das heute ja noch ein größerer Tag als für uns. Aber keine Bange, das haben wir alle einmal durchgemacht. Vertrau der Göttin.« Sie nickte in Richtung des Hauses der Jungfrauen, das nur wenige Meter von der Lehmhütte entfernt war. »Such dein Lager auf. Wir haben dir dort eine Mahlzeit hingestellt. Du bist doch sicher ungemein hungrig, was?«

Verdutzt blickte Morgaine sie an. Sie war so sehr mit ihrer Zukunft beschäftigt gewesen, daß sie daran überhaupt nicht gedacht hatte. Ihr knurrender Magen antwortete für sie. Mit einem fröhlichen »Danke!« lief sie an Eitche vorbei zum Haus und stürmte unter den amüsierten Blicken der Priesterinnen hinein.

Tatsächlich!

Da war Wasser zum Waschen, und daneben lag Gerstenbrot und Obst und eine Honigwabe von den eigenen Bienenvölkern, und zur Feier des Tages – ihres Tages! – sogar etwas Fisch aus dem See. Eine Schüssel enthielt kaltes Wasser aus dem Heiligen Brunnen, frisch und köstlich, das Erleuchtungen brachte und den Blick klärte und dabei half, das Gesicht zu gebrauchen und sich die magischen Kräfte dienstbar zu machen, von denen man sonst beherrscht wurde. Morgaine machte sich mit wahrem Heißhunger über die Leckereien her.

Sie war gerade dabei, sich zu waschen, als jemand von draußen rief: »Kann ich dich sprechen, Morgaine?«

Es war Galahads Stimme.

»Komm herein!« sagte sie.

Schüchtern betrat der hagere Knabe den großen Raum mit seinen Lagerstätten, die alle fein säuberlich hergerichtet waren – Morgaines noch vom Tag zuvor.

Er wirkte niedergeschlagen.

»Was hast du?« fragte sie. »Es ist doch Alban Heffyn, Mittsommer, und wir feiern das Eichenfest.«

»Sicher«, begann er. »Auf der Bergspitze brennen auch schon die Notfeuer, um die Energie der Sonne, der großen Lebensspenderin, zu verstärken.«

»Weshalb dann die düstere Miene?«

»Ich habe Nachricht von meinem Vater.«

»Seit wann?«

»Sie kam gerade eben. Der Bote wartet drüben auf der anderen Seite des Sees.«

Morgaine erschrak. Sie wußte, was das bedeutete, wollte es jedoch nicht wahrhaben. Manchmal war der Junge die reinste Pest, seine ständigen Streiche, seit er kurz nach ihr auf die Insel gekommen war …

»Ich soll noch heute mit ihm in die Bretagne zurück.«

Morgaine starrte ihn an.

»Vater hat beschlossen, mich zum Ritter ausbilden zu lassen, und Alban Heffyn … er will nicht, daß ich noch daran teilnehme. Das Fest … es ist ihm zu heidnisch. Er schwört auf den römischen Glauben.« Galahad schluckte. »Ich dachte … vielleicht … ich wollte mich in aller Form von dir verabschieden.«

»In aller Form?« Unwillkürlich mußte sie schmunzeln.

Er blickte sie ernst an. »Durch einen Ritus.«

*So trotzt also der Bastardsohn eines Bretonenkönigs den An-
ordnungen seines Vaters!* dachte sie.

»Und was schwebt dir vor?«

»Die gemeinsame Beschwörung des Drachen.«

Morgaine tauchte ihre Hände wieder ins Wasser und wusch sich
weiter. Ein alter Ritus, gemeinsam mit ihr? Er mußte mehr für sie
übrig haben, als sie angenommen hatte. Oder war es seiner Mutter
Viviane besser gelungen, ihn an die Insel zu ketten, als alle
vermutet hatten? Jedenfalls war seine Wahl angemessen. Dieser
Ritus wurde beim Eichenfest oft abgehalten, und man führte ihn
mittags durch. Er würde ihn stählen, ihm Erleuchtung bringen und
ihn auf seine Berufung vorbereiten. Sie trocknete sich mit einem
Tuch neben der Schüssel Gesicht und Hände ab und nickte kurz.

»Einverstanden. Laß uns gehen.«

Sie verließen das Haus, und erfreut stellte Morgaine fest, daß
die Sonne inzwischen die letzten Morgennebel durchdrungen
hatte und Avalon sich von seiner schönsten Seite zeigte: Grüne
Wiesen erstreckten sich bis hinunter zum Schilf. Schwäne glitten
still über das Wasser. Ein Hochgefühl stieg in ihr auf.

Eitche kehrte vom Tausammeln zurück und gesellte sich zu den
anderen Priesterinnen. Raven begrüßte sie mit einem Klaps auf die
Schulter. Die Frauen schwatzten und lachten, während sie den
Wein herstellten. Das Angelusläuten klang hell vom Kloster herüber, und Morgaine fragte sich, weshalb die Mönche die stille
Erhabenheit des Tages mit Glockengetöse zerstörten. Griffen sie
damit nicht in das Gefüge der Welt ein, die ihr Gott angeblich
erschaffen hatte? Schmälerten sie damit nicht sein Werk?

Sie nahm Galahad am Arm und führte ihn einige Schritte weit
weg, damit ihre Schwestern nicht hörten, was sie zu sagen hatte.

»Wir treffen uns in einer Stunde hier wieder. Ich muß die
erforderlichen Sachen besorgen.«

»Ein Schwert habe ich«, sagte Galahad.

Morgaine schmunzelte. »Immerhin ein Anfang.« Damit wandte
sie sich ab und ging davon.

In einem kleinen Schuppen hinter der nächsten Anhöhe bewahrte die Schwesternschaft getrocknete Heilkräuter und Räucherwerk sowie verschiedene Pulver für ihre Rituale auf. Leichte Beklommenheit erfüllte sie, als sie sich mit allem Notwendigen versah. Doch sie tröstete sich mit Eitches Worten: *Die Eingebung wird dir sagen, wann du einen persönlichen Ritus abhalten mußt. Man kann weder Art noch Zeitpunkt vorherbestimmen. Höre auf die Stimme der Göttin in dir, dann wird Ceridwens Blick stets mit Wohlgefallen auf dir ruhen.*

Es dauerte nicht lange, bis sie wieder am vereinbarten Treffpunkt war. Auch Galahad hatte sich schon eingefunden und trug ein Bündel unter dem Arm, in das sein Schwert eingeschlagen war. Sie gingen einen ausgetretenen Pfad entlang, der zu einer Klippe führte, an deren Fuß sich reglos und spiegelglatt die See erstreckte.

»Was ist das für ein Ort? Was ist Avalon?«

Morgaine hob erstaunt die Brauen. Der Junge stand neben ihr und starrte auf die glitzernde Fläche hinaus, die wie Glas das Sonnenlicht brach.

»Du willst das Drachenauge beschwören und stellst eine solche Frage?«

Der Junge blickte sie an. »Die ganze Welt ist eine Manifestation des Drachen«, sagte er monoton, »und kreuz und quer verlaufen Kraftströme, von der Erde selbst hervorgebracht, das sind die Drachenlinien. An bestimmten heiligen Stellen rollt sich diese Kraft zusammen und windet sich an die Oberfläche. So auch hier.«

»Wenn du das weißt, warum fragst du dann?«

Morgaine war wütend. Er hatte wiedergegeben, was die Druiden lehrten, doch in seinen Worten klangen Zweifel mit. Wie sollte sie ihm das Wesen der Welt erklären, die heiligen Stätten, an denen man der Großen Mutter am nächsten war? Seine Gottheit war die Sonne und ihre die Mondin, so war es seit Menschengedenken zwischen Mann und Frau. Was erlaubte er sich, Zweifel in ihr zu säen, indem er ihr seine eigenen mitteilte? War er schon weitaus mehr ein Christ, als er sich selbst eingestand?

Unwillig wandte sie sich ab und begann faustgroße Steine aufzulesen. Galahad legte sein Bündel zu Boden und sammelte ebenfalls welche auf. Als sie zwölf beisammen hatten, ordneten sie diese in einem Kreis an, dessen Umfang ihrer beider Körpergröße entsprach. Morgaine zog vier kleine Beutel aus ihrem Umhang und reihte sie neben dem Kreis auf. Galahad wickelte das Schwert aus. Dann nahm Morgaine den ersten Beutel und streute ein wenig Eisenstaub in den Kreis, danach den zweiten, aus dem sie eine Prise Goldstaub verteilte. Das Warten begann.

Als die Sonne den höchsten Stand erreicht hatte, riß Morgaine sich vom Anblick des Sees mit den Schilfinseln und kleinen Hügelkuppen los und nahm die übrigen beiden Beutel auf. Sie nickte Galahad zu. Der Junge erhob sich, und gemeinsam betraten sie das Innere des Kreises.

Sie verstreute Räucherkohle aus einem der Beutel und entnahm dem anderen Drachenblutharz. Während sie es in der Kohle entzündete, hielt Galahad das Schwert mit beiden Händen hoch über seinen Kopf, die Spitze nach unten gerichtet. Er sammelte sich.

»Cum Saxum Saxorum«, sprach er mit lauter und fester Stimme, »in duersum montum oparum da – in Aetibulum, in quinatum: Draconis!«

Dreimal.

Dann stieß er das Schwert mit einer raschen Bewegung tief in den Körper des Drachen Erde. Sie setzten sich mit gekreuzten Beinen und schlossen die Augen.

Morgaine fühlte sich nicht wohl in ihrer Haut. Auf die christliche Anrufung war sie nicht gefaßt gewesen. Man hatte sie die alten Rituale der Drachenbeschwörung gelehrt, doch diese moderne Version war vom Einfluß der Römer geprägt. Sie war nicht mehr rein.

Morgaine fühlte sich innerlich zerrissen, die Eingebung ließ auf sich warten, die Schwellenzeit verstrich. Neben ihr atmete Galahad gleichmäßig und tief. Wie sie hatte er das Gesicht dem

See zugewandt, doch es spiegelte Ruhe und Ausgeglichenheit wider.

Morgaine erhob sich, zog das Schwert aus dem Körper des Drachen und verließ den Steinkreis. Der junge Bretone schien davon nichts zu bemerken.

Sie klaubte ihre Sachen zusammen und folgte der Drachenlinie zum Haus der Jungfrauen hinunter.

Wußte er es? Sie bezweifelte das. Und doch war er nicht besser als Vater Columba. Er war ein Christ geworden, weit entfernt von Druidentum und Mondmagie.

Lebe wohl, Galahad!

Als der Glutball der Sonne nur noch eine Handspanne breit über dem See hing und die Abendnebel sich anschickten, die kleinen Schilfinseln mit einem rot leuchtenden Tuch zu bedecken, stand Morgaine auf und schritt über die Wiese, auf der sie gesessen hatte, zum Prozessionsweg. Kein Reiher war mehr am Himmel zu sehen, die Schwäne hatten ihre Schlafplätze aufgesucht. Doch ihr war, als erhöbe sich ein Raunen um sie herum, das von Gräsern und Hainen aufstieg und vom Wasser des gläsernen Sees herandrang, und nicht einmal das Angelusläuten konnte sie mehr beirren, denn sie wußte: *Jene* Welt der Sonne, die Welt der Männer, würde heute ihren Einfluß auf sie verlieren.

Sie schlug den Weg zum Heiligen Hain ein, und immer mehr Frauen in schwarzen Gewändern und mit Hirschlederumhängen gesellten sich zu ihr. Einige waren klein und dunkel wie sie, andere groß und schlank, und das blonde oder rötlichbraune Haar verriet deutlich ihre römische Abstammung. Sie hingegen war ein Feenkind, Wechselbalg hatte man sie sogar geschimpft ... klein und dunkel ...

Morgaine ging schweigend in der feierlichen Prozession mit und verlor jedes Gefühl für Raum und Zeit.

Einmal spürte sie, daß Eitche neben ihr auf dem heiligen Pfad schritt, und sie glaubte sogar, das Lächeln auf ihren Lippen zu sehen, ein anderes Mal schien es ihr, als ginge Viviane vor ihr, die Herrin vom See. Wie lange hatte sie mit der geliebten Tante nicht mehr gesprochen. Bis Morgaine ihr Gesicht zu gebrauchen verstand, durfte sie Viviane nur bei Zeremonien begegnen. Doch heute, heute war der große Tag, ihr Geburtstag, ihre weihevolle Einführung ... und danach – so hoffte sie – würde sie Viviane dienen dürfen wie die anderen Priesterinnen auch, mit Leib und Seele und von ganzem Herzen.

Sie kamen an den grauen Mauern des uralten Sonnentempels vorbei, den das Volk erbaut hatte, das vor Jahrhunderten aus Atlantis gekommen war, und dahinter lag der Große See, von hohem, wogendem Schilf gesäumt. Diese Mauern waren älter als jeder Ritus der Druiden, die sich mit den Christen eingelassen hatten; die Gottesjünger verbreiteten sogar die Mär, Joseph, der Vater des Propheten aus Nazareth, sei einmal auf die Apfelinsel gekommen. Und als sie weiter auf dem heiligen Pfad wandelten, erhoben sich rechts von ihnen grüne Hänge, die bis zu dem Kloster mit dem hohen Turm hinaufführten, das die Römer im Schatten des Heiligen Bergs der Weihung errichtet hatten. Der Erzengel Michael sollte dort die sich schlängelnde Dämonenbrut zurückschlagen, doch die Schwesternschaft hatte dafür nur Verachtung übrig. Die großen alten Götter waren keine Dämonen. *Alle Götter sind ein Gott, und alle Göttinnen sind eine Göttin.* Soviel hatte Morgaine gelernt, und sie sagte sich, daß über allem die Mondin herrschte, seit alters, zeitlos und sanft, huldvoll und mit erhabener Güte.

Die Abenddämmerung warf ihren milden Schein über die Auen und Felsen, während die Schwestern dem spiraligen Pfad zum Gipfel des Bergs folgten. Sie schritten die Ewigkeit ab, um zur Einheit zu gelangen. Nacheinander betraten sie das Plateau, und alle – auch Morgaine – hatten auf dem Weg dorthin beleuchtete Glaskugeln, Pêlen Tâne, aus den tiefen Taschen ihrer schwarzen Gewänder hervorgeholt.

Die Schatten hinter den Ringsteinen verschmolzen schon mit

dem Erdreich. Weit unten dümpelte ein kleines Boot auf dem schimmernden Wasser des Sees. Die Feiernden näherten sich in völligem Schweigen den wenigen Bäumen. Dann hängten sie die Pêlen Tâne an die unteren Äste, was die Stätte mit einem geheimnisvollen Leuchten erfüllte. Nur die mächtige Eiche am östlichen Rand des Plateaus sparten sie aus. Tiefrot strahlte das Licht der Feuerkugeln und betonte das Schwarz der Gewänder, ließ es gespenstisch hervortreten.

Ein leichter Wind wehte, umschmeichelte sie mit seinem sphärischen Leib, nicht faßbar und doch allgegenwärtig. In der Mitte des Steinrings ragte ein unbehauener Menhir auf, mit Gold und Silber bedeckt, das für Sonne und Mond stand, umgeben von zwölf Steinen. Sie standen für den Tierkreis, der sich weit um Avalon herum in den Reliefen wiederfand, die bei Sonnenschein aus den Fluten hervortraten. Das Sommerland, die Inseln und Seen hinter dem See, war selbst an klaren Tagen fast immer in Nebel gehüllt. Jetzt in der Finsternis konnte man ihn lediglich erahnen, den Widerschein des göttlichen Sternbilds ...

Ein Blitz zuckte durch die Nacht, und fernes Donnergrollen kündete von himmlischer Kraft.

Die Frauen verbeugten sich in stummer Ehrfurcht. Dann trat die Hohepriesterin in die Mitte des Steinrings vor den Menhir und hob segnend die Hände.

Jetzt, dachte Morgaine, *jetzt werde ich endlich in ihre Reihen aufgenommen.* Und als wieder ein Blitz aufzuckte und die Umgebung in gleißendes Licht tauchte, schoß ihr ein alter druidischer Lehrsatz durch den Kopf: *Alle Bewußtseine sind im Grunde eins – lediglich getrennt durch den Unterschied an gesammelter Erfahrung.*

Regen prasselte nieder, und monotoner Singsang erhob sich, angestimmt von zwei Dutzend Kehlen. Erst war er leise und zaghaft, dann schwoll er zu einem mächtigen Chor an. War das hier Gorsedd, die Versammlung der Druiden und Barden? Doch dann fiel ihr ein, daß Viviane, die Hohepriesterin, weit im Norden auf der Insel der Druiden, in Anglesey, aufgewachsen war. Sie kannte die Riten der heiligen Männer, war davon geprägt, auch wenn die Überlieferung, die aus der Herrin vom See eine Hohe-priesterin machte, weitaus älter als die der Druiden war. Der Großen Göttin hatte das nichts ausgemacht. Sie hatte sie dennoch ihrer Bestimmung zugeführt, denn das Blut der zur Priesterin Geborenen war allezeit in ihr gewesen.

Viviane war die Schwester ihrer leiblichen Mutter. Floß es auch in Morgaines Adern?

Sie wagte es nicht, das zu beurteilen. Sie strich sich den Regen von Armen und Gesicht und lugte zu Eitche und Raven hinüber, die ihr im Kreis gegenüberstanden. Eitches freundliches Antlitz sprach ihr Mut zu, während Raven ganz in den Gesang vertieft war. Sie hatte zwar ein Schweigegelübde abgelegt, das sie schon seit fünf Jahren einhielt, doch die Ehrung der Großen Mutter entband sie davon. Hier durfte sie am Gesang teilnehmen, an dem Liedzauber, der die Stimmung und Energie des Mittsom-mers einfing, seine Pracht und Urgewalt. Ihr kraftvolles Englyn schwang sich in der mixolydischen Tonart, die von großen Ge-heimnissen kündete, Mutter Mond entgegen.

Als der Singsang verebbte, ließ auch der Regen ein wenig nach, und die Schwestern setzten sich mit verschränkten Beinen. Zwei Priesterinnen stellten Gefäße um den Menhir herum auf, die sie unter Vivianes wachsamen Augen mit einem Trank füllten. Eine Opfergabe für die Große Mutter. Dann nahmen die Priesterinnen selbst von der heiligen Flüssigkeit und verteilten die Gefäße in der Runde, Mittsommerwein aus Trankopfersteinen, großen, flachen, ausgewaschenen Steinen, die als Empfangsgefäße dienten.

Morgaine starrte auf den mächtigen Menhir, der sich deutlich vor der Schwärze der Nacht abzeichnete. Täuschte sie sich, oder verschwammen seine Umrisse wirklich?

Ihr Geist benebelte sich, und die Sterne am Firmament schienen heller zu leuchten, stärker zu gleißen. Das Zeichen der Jägerin brannte sich ihr in den Sinn …

Erneut blitzte es!

Räucherwerk wurde entzündet und ein Kräutersud herumge-
reicht. Morgaine nahm ihn träge entgegen. Ihr Blick schweifte von
dem stehenden Stein über den sonnenverbrannten Boden des
Plateaus zum grauen Schimmer des Sees, der sich um den Berg
der Weihung schmiegte ... Erde und Wasser, dachte sie, Mutter
und Göttin ...

Sie schloß die Augen, spürte den leichten Niesel auf ihrer Haut –
eine steinerne Pforte tat sich vor ihr auf.

Zwei aufragende Felsen mit einem Deckstein, der ein silbernes Apfelzeichen trug: Unsterblichkeit, reines Wissen und Weisheit. Die Pforte war wie Schoß und Grab, ein Sinnbild der
Erdmutter, die alle gebiert und deren dunkles Fleisch einen im Tod
umfängt. Ein mystisches Portal von der Vergangenheit in die
Zukunft. Und dann ... ein liegendes Halbrund, das Zeichen für
Empfänglichkeit, Festhalten und Umfassen. Erde und Wasser ...
ein heiliger schwimmender Salm im See, die perlmutterne Au-
sternmuschel ...

Donnergrollen.

Das Portal zerbrach.

Was ist geschehen? dachte Morgaine entsetzt.

»Ich werde wie eine Purpurwinde auf einer grünen Wiese sein«,
erklang eine Stimme in ihr, »die kreisend zu einer goldenen Sonne
aufsteigt.«

Sie stutzte.

Der Ritus der Aufnahme!

Beinahe hätte Morgaine die Augen aufgerissen, doch da erschien eine sitzende Gestalt vor ihr. Der Himmel loderte in einer
gleißenden Zickzacklinie auf. Kalkweiß zeichnete sich der Umhang
des Mannes ab.

Sie roch den Duft des Räucherwerks und sah, wie die Gestalt
mit einer spiralförmigen Bewegung von Kopf und Oberkörper den
mystischen Vers wiederholte, eine kleine Drehung im Uhrzeigersinn, die sich zu einem großen schwingenden Kreis entwickelte

und schließlich gegen den Uhrzeigersinn wieder zu sich selbst zurückkehrte.

Ich kenne dich, dachte Morgaine.

Er war groß und schlank, ein alter Mann, der sich mühsam aufrichtete. Er faltete die Hände vor dem Gesicht, dann hob er sie segnend vor ihr. Mit einer ernsten Verbeugung, begleitet von Donnergetöse und zuckenden Blitzen, setzte er einen Pokal an die Lippen, ein Mysterium. Er reichte ihn an sie weiter, und sie nahm ihn feierlich entgegen, sprach die Begrüßungsformel. Dann stellte sie das Gefäß ab, und der erhabene Augenblick war vorbei.

Du bist Taliesin, der Merlin von Britannien, Druide und Barde dachte sie. *Du bist mit Viviane an Uthers Hof gekommen, um mich nach Avalon zu holen.*

Erneut verbeugte er sich.

»Du mußt der Ynys Môn und der Ynis Affalon folgen«, sagte er, und seine Zähne blitzten in der Nacht auf, »der Vaterschaft von Anglesey und der Mutterschaft von Avalon. Beides zusammen bildet den Punkt größter Stabilität, der aus dem Punkt größter Unausgewogenheit hervorgeht.« Seine Stimme tönte wie eine eherne Glocke, und sie dachte: *Er liest in der Großen Halle, die nicht in dieser Welt ist, dort ist alles aufgeschrieben.* »Die Glasinsel ist dein weihevoller Zugang. Die größte Unausgewogenheit zwischen Mond und Finsternis findest du in dieser Nacht.«

Morgaine fröstelte. Verstand sie ihn recht? Wies er sie auf ihre Bestimmung hin?

Sie kannte den Weg, den die Traditionen vorschrieben. Wollte ein Mädchen Priesterin werden, so mußte sie nach Avalon pilgern, doch Knaben, die sich geistlich berufen fühlten, gingen nach Anglesey, der Druideninsel. Die Ausbildung der beiden Geschlechter folgte zwei Wegen, die in die gleiche Richtung führten, wie bei allem, was die Welt bewegt. Der Unterschied entsprach lediglich den zwei Seiten einer Münze, einem Januskopf, der sich bemüht, mit sich eins zu werden, zu verschmelzen.

Und Taliesin will, daß ich mit mir eins werde? dachte Morgaine. *Bin ich das denn nicht?*

Sie zog die Brauen zusammen, als ihr Galahad wieder einfiel. Wie sehr hatte sie ihn dafür verurteilt, daß er ihrer Ansicht nach vom Weg abgewichen war. Und dann kam ihr die Große Ehe in den Sinn, in der Priester und Priesterin sich als Gott und Göttin vereinigten, ein Gleichnis. Aus einer solchen Vereinigung von Viviane und König Bran war Galahad hervorgegangen. Im Grunde war er ein Kind der Großen Mutter, nicht einer Sterblichen. Viviane hatte recht. Er sollte Druide werden, nicht Ritter …

Ein jäher Blitz; ihr Unterleib verkrampfte sich.

Kurze Zeit hatte sie den Eindruck, eine Frauengestalt zu sehen, die auf einem Pferd ritt, weit vor ihr, weit unter ihr, irgendwo auf dem düsteren See. Ein Trugbild, vom Gewitter hervorgerufen? Oder ein Kelpie, der sie ins Verderben ziehen wollte, einer der Unholde in Pferdegestalt, die junge Mädchen betörten, um sie dann mit sich in die Tiefe des Wassers zu reißen? Vielleicht war es ja auch Epona gewesen, die Göttin der Fruchtbarkeit? Sie geleitete Tote in die andere Welt.

Tote? Was dachte sie da?

Sie war nicht tot, ganz im Gegenteil. Nie hatte sie sich lebendiger gefühlt als heute nacht hier oben auf dem Plateau. Stürmisch ging es hier zu, aufregend, und wenn man von der Natur lernen wollte, durfte man nicht getrennt von ihr sein. Das wußte jeder. Das hatte Mutter ihr gesagt, ihre Mutter, wenn sie Zeit und Muße hatte, wenn Uther nicht zu Hause war, doch sie hatte nicht danach gelebt. Das hatte sie anderen überlassen … Viviane …

Wollte sie ebenfalls fliehen wie ihre Mutter, sich der Verantwortung für sich selbst entziehen? Morgaine fröstelte. Der einfachste Weg bestände darin, sich ins Land der Elfen zu begeben … es war noch tiefer in den Nebeln versunken als Avalon. Es wäre wie ein ewiger Traum!

Sie spürte die Nässe des Regens nicht mehr.

In ihrer Vorstellung sah sie das stumpfe graue Wasser des Sees, das hohe Schilfgras, das die stillen Ufer säumte, die niedrighängenden Wolken und die Schlingpflanzen. Feenmusik beglückte sie, löste Wachheit in Trance auf – und lockte sie fort aus dieser Welt.

Wollte sie denn fort?

Aufrecht stand sie da, wie sie es bei der Hohenpriesterin gesehen hatte, die Arme über den Kopf erhoben, ausgestreckt, die Handflächen dem Himmel zugewandt.

Es war nicht mehr Nacht, sondern lichter Tag. Sie stieß schnell den Atem aus, ließ die Hände wieder sinken – und mit ihnen senkte sich der Nebel herab. Wie ein Laken legte er sich auf sie, dicht und undurchdringlich. Sie bedeckte ihr Gesicht mit den Händen und sandte einen stummen Ruf aus. Doch die Feenbarke kam nicht, um sie ins Land der Jugend davonzutragen, in dem Frieden und Geborgenheit herrschten und die Zeit anders floß …

Ein Gesicht tauchte in den wogenden Schwaden auf.

Nein, es waren zwei – drei!

Sie schwebten auf sie zu und bildeten einen Halbkreis vor ihr. Nichts Bedrohliches ging von ihnen aus, sie trugen Sommerblüten im Haar, und doch durchlief Morgaine ein jäher Schreck, gefolgt von einem Ziehen. Kein Zweifel, das waren trügerische Hags, die sie in die Finsternis locken wollten, Sendboten Balors, des Chaosbringers, deren schöner Schein ihre Häßlichkeit verbarg!

Doch dann erkannte Morgaine, daß die Gesichter einander auf seltsame Weise glichen. Die Ähnlichkeit war ungeheuer. Es waren drei Schwestern, Jungfrau, Mutter und Greisin, die Göttin in dreifacher Gestalt. Und sie erkannte, daß sie nicht nur einander glichen, sondern auch ihr. Die Göttin erschien Morgaine als ihr eigenes Spiegelbild! Sie, Morgaine, war Drei-in-Einer! Sie war Anfang, Fortgang und Ende, wobei das Ende wieder zu einem neuen Anfang führte, so daß sie mehr wurde, immer mehr, Drei-mal-drei, die Göttin in Vielfalt!

Leidenschaftliche Schwester des lebendigen Feuers, nimm unsere Liebe an, sang eine Stimme.

Ihr Blick ruhte auf den Gesichtern, die allmählich miteinander verschmolzen, bis sie ein einziges Rund bildeten, die Vollmondin, von einem roten Hof umgeben.

Und dann saß sie wieder reglos und mit verschränkten Beinen auf dem Berg der Weihung.

Regen prasselte herab, und sie hatte die Unterarme auf die Schenkel gestützt, genau wie die anderen Schwestern im Steinkreis und wie Viviane vor dem glänzenden Menhir. Blinzelte Eitche ihr nicht zu? Raven schien sie freundlich zu mustern. Wieder verkrampfte sich alles in ihr, und Hitzewogen durchliefen ihren Leib. Wie spät war es? War Mitternacht schon vorbei?

Das Gewitter war zu einem Dröhnen angeschwollen, doch wie durch ein Wunder hörte der Regen plötzlich auf. Es war, als hielte die Nacht den Atem an.

Zur mitternächtlichen Stunde öffnen meine Arme sich wie das Tor zum Himmel, flüsterte eine sanfte Stimme, *denn ich bin das Entzücken und die Freude der Frauen wie der Männer. Die Völker jubeln in mir!*

Morgaine schüttelte verwirrt den Kopf, doch die Stimme war noch immer in ihr. Sie spürte es genau. Erst die Feenwelt, dann die Göttin mit ihrem eigenen Gesicht. Was sollten nun diese Worte? Sie bedeuteten soviel, das spürte sie mit jeder Faser ihres Seins. Doch was bedeuteten sie? Ihr blieb nicht genug Zeit, darüber nachzusinnen, weil eine neue Schmerzwoge sie durchlief.

Höre, Tochter, die Mondin ruft dich! sang die Stimme weiter, schmeichlerisch und sanft. *Aus deinen Tiefen beschwöre ich dein eigenes rotes Blut hervor. Entspanne dich, Morgaine. Heute nacht sollst du träumen!*

Sie fühlte sich benommen. Waren das die Kräuter? Hatte das Räucherwerk sie so sehr benebelt, daß sie glaubte, die Große Mutter selbst sprechen zu hören?

Es mußte so sein. Weshalb hätte die Große Mutter sich unter all ihren Kindern gerade an sie wenden sollen?

Sie hörte sie wieder …

Laß zu, daß dein Blut hervorsickert, flüsterte es in ihrem Geist. *Spüre die Wellen des Begehrens in dir aufsteigen und blute. Du bist jetzt mit allen anderen Frauen verbunden, die bluten. Laß dein Blut fließen und gib dich unserer Gemeinschaft hin. Frau im Wandel – zum ersten Mal lege ich heute meine Hand auf dich. Du gehörst allein der silbernen Mondin.*

Morgaine begann zu verstehen.

Sie hatte ein Gesicht. Eines? Mehrere!

Und es war, als bräche in ihr ein Damm. Ihr Blut quoll hervor und machte sie zur Frau. War es das, was sie immer in sich gespürt und wonach sie sich so lange gesehnt hatte?

Fruchtbarkeit, Mutter Erde …

Wurde sie wirklich eins mit der Welt?

Ich höre dich, Ceridwen! dachte sie.

Und als sie den Namen nannte, stieg eine Erinnerung in ihr auf, flirrte durch Morgaines Geist, die Worte der Hohenpriesterin: *Es ist nicht leicht, meine Tochter, Ceridwen zu dienen. Sie ist nicht nur die Große Mutter, in deren Händen Liebe und Geburt ruhen, sie ist auch die Herrin der Dunkelheit und des Todes.*

Das hatte Viviane ihr gesagt, an jenem ersten Tag auf der Apfelinsel, der gläsernen Pforte zur Mondin, jener Muttergottheit, die über alles herrscht. Leben und Tod, zwei Seiten einer Münze …

Nie war ihr die Wahrheit dieser Worte deutlicher gewesen als jetzt.

Gleißend hell erstrahlte die Nacht, und das Donnergrollen erschien ihr wie eine ferne Stimme, der neuerlich prasselnde Regen wie eine Taube, die herabsteigt und ihre gewaltigen Schwingen über sie ausbreitet.

Ein Blitz fuhr in die mächtige Eiche am östlichen Rand des Plateaus, spaltete sie bis zur Würzel. Flammen loderten auf, fuhren himmelhoch und erloschen. Der schwelende Rauch wurde vom Regen zu Boden gedrückt.

Ceridwen taufte sie, die Muttergottheit legte ihre Hand auf sie, und Morgaine nahm ihre Bestimmung an.

Ja, sie wollte der Großen Mutter dienen, der Mondin, der Allheit, dem Tod und dem Leben …

Eingebettet in den ewigen Kreislauf.

Äußerlich unbewegt, hob sie die Hände zum Gebet.

Morgaine entglitt dem männlichen Sonnengeschehen von Alban Heffyn, des Mittsommers, und ergab sich der Großen Göttin, *ihrem* Mittsommer. Dem Mittsommer der Frau.

Ein Leuchten lag in ihren Augen, als sie sich erhob und im Kreis der Schwesternschaft umsah.

Das Gewitter hatte sich verzogen und der Regen aufgehört, und an die Stelle ihrer Verwirrung war freudige Erwartung getreten.

Das Leben begann. Die Welt gehörte ihr!

Sie hatte den Eindruck, gewaschen und mit Blumen geschmückt zu werden, einen Ring über den Finger gestreift zu bekommen. Blutrot loderte er auf. Sie feierten und tanzten und plauderten.

War es Einbildung? Oder hatten ihre Schwestern diesen weihevollen Moment durch Kräuter herbeigeführt?

Sie wollte nicht darüber nachdenken. Sie wollte das Glück genießen, endlich ihren Weg gefunden zu haben, eins mit der Welt zu sein …

Als die ersten Strahlen von Awen mit ihren Lichtfingern über den Horizont griffen, führten Eitche und Raven sie den heiligen Pfad hinab. Sie nahm die anderen um sich herum kaum noch wahr. Sie kannte jetzt ihren Weg, ihre Bestimmung. Eins mit der Welt sein, eins mit dem Leben. Und sie schritt wie in Trance dahin, wie in Trance …

Sie war glücklich.

Diana Gabaldon
und Samuel Watkins
DER KASTELLAN

Der Wind aus dem Norden brachte den Geruch von Regen und Schwefel mit. Trusellas schaute von den Berichten auf und sog die Luft tief ein. Es war noch früh im Jahr für richtigen Regen, doch dies verhieß einen heftigen Sturm. Der Gestank von Blitzen stach ihm in die Nase, aber …

»Wo bleibt der Donner?« Das rauhe Gemurmel war wie das Echo seiner eigenen Gedanken, und er blickte nach unten. Ivoire schlurfte an der Seite des Tisches entlang; blinzelnd hielt sie ihren Schnabel in den Wind, der durch das offene Fenster hereinwehte. Eine plötzliche Böe verwandelte sie in einen Ball aus weißen Federn, und sie sagte irgend etwas Derbes in der Rabensprache – einer Sprache, die sich besonders gut zum Fluchen eignete.

»Ungehobelter Vogel!«

Ivoires Schnabel schoß zur Seite und zupfte ein paar Haare von Trusellas' Unterarm. Jetzt fluchte auch der Kastellan, in seiner eigenen Sprache, und schlug nach ihr. Doch sie war gut in diesem Spiel und hüpfte geschickt beiseite, breitete ihre Schwingen aus und segelte über den breiten, steinernen Fenstersims nach draußen, wo sie dicht über die Köpfe der Soldaten im Hof hinwegglitt, die sich mit Würfelspielen die Zeit vertrieben.

Einer von ihnen zuckte bei dem plötzlichen *Wunsch* an seinem Ohr zusammen und drohte dem Raben mit der Faust, dann warf er einen finsteren Blick nach oben zum Fenster, wo Trusellas stand. Der Soldat starrte zu ihm herauf, ließ aber die Faust langsam wieder sinken. Trusellas war nicht beliebt, aber er genoß besonderen Schutz.

Der Kastellan blieb noch einen Augenblick am Fenster stehen –

lange genug, um angesichts der finsteren Blicke und des Gemurmels dort unten seinen Gleichmut zurückzuerlangen –, dann trat er zurück in den Schatten seines Zimmers.

Als Sohn eines menschlichen Vaters und einer Mutter jener alten Rasse, die sich Aelfen nannte, war sein Gehör weit schärfer als das der meisten Menschen, aber er brauchte gar nicht zu wissen, was dort unten gesprochen wurde – er hatte derlei Dinge schon viel zu oft gehört.

Es war unwichtig, daß sie ihn mit einer Mischung aus Eifersucht und Furcht ansahen und daß die Frauen auf der Burg ihre Kleider zusammenrafften, wenn er an ihnen vorbeischritt. Er war der Kastellan. Es war unwichtig, daß er kein Krieger war, daß er mit schwachen Augen im Sonnenlicht blinzelte, daß er sein Amt eher mit Klugheit und Raffinesse als mit Waffengewalt ausübte; er besaß dieses Amt, und er würde es behalten, solange der König ihm seine Gunst gewährte.

Er atmete die nach Sturm riechende Luft tief ein und setzte sich hin, um sich seiner Arbeit zu widmen.

Er war tief in dem Ärger über nachlässig geführte Bücher versunken, als ein *Wiisch* und ein weiches, gedämpftes *Bopp* Ivoires Rückkehr ankündigten. Er schaute nicht auf, schob nur ihren gespreizten rosafarbenen Fuß sanft von der Seite, die er gerade las. Sie wehrte sich und grub eine Kralle in das Buch, riß ein kleines Loch in das Pergament.

»Möchtest du gerne wissen, wieso du keinen Donner hören kannst?« fragte sie mit der süßesten Stimme, die ein Rabe zustande bringen konnte. Sie hüpfte näher, zupfte ihm die Feder aus der Hand und stellte sich darauf.

»Nein! Nimm deinen Fuß von meiner Feder.«

Sie pickte hämisch nach der bereits zerfetzten Federspitze.

»Igitt, woher hast du bloß dieses gräßliche Stück – von einem Geier?«

Trusellas ignorierte sie. Er nahm eine neue Schwanenfeder aus dem Becher und machte sich wieder an die Arbeit.

»Soll ich dich mit der Nase drauf stoßen?« fragte Ivoire hilfsbereit. Trusellas legte die neue Feder beiseite und schaute den Raben an. Der Wind von der See brachte die Pergamentseiten zum Rascheln; der Geruch nach Schwefel hatte inzwischen zugenommen.

»Also gut«, seufzte er. »Warum kann ich keinen Donner hören?«

»Weil es gar kein Gewitter ist«, erklärte der Rabe glücklich. »Es ist ein Drache.«

»Ganz ruhig«, sagte Trusellas zu dem Pferd. »Wir werden nicht zu dicht rangehen – noch nicht.«

Das Pferd schnaubte und legte die Ohren an, ein deutliches Zeichen dafür, daß es diese Aussage für nicht allzu beruhigend hielt.

»Mach dir keine Sorgen«, sagte Ivoire, während sie ihre Krallen in Trusellas' Schulter grub, um festen Halt zu finden. »Es ist ein blauer Drache; die speien Blitze, das ist ein richtig schneller Tod. *Zisch!* – und schon bist du verbrannt. Du merkst nicht das kleinste bißchen.«

Das Pferd scheute, und Trusellas verlor beinahe das Gleichgewicht.

Die Höhle war kaum mehr als ein dunkler Riß zwischen den Felsblöcken, die den Berg krönten. Die Anordnung der Felsen erschien Trusellas doch etwas zu symmetrisch, um natürlichen Ursprungs zu sein. Er blinzelte in den hellblauen Dunst, der wie Wolken über der Bergspitze hing. Ja, er hatte recht!

»Eine Bergfeste!« rief er. »Das sind die Überreste einer alten Bergfeste!«

»Großartig!« sagte Ivoire in deutlich sarkastischem Ton.

Trusellas achtete nicht darauf. Er hatte sich einmal – aus rein privatem Interesse – näher mit den Festungen beschäftigt, die einst von einem noch älteren Volk als seinem eigenen verlassen worden waren; einem Volk, das noch nicht einmal gewußt hatte, wie Metall bearbeitet wurde, sondern als einzige Spuren steinerne

Werkzeuge und Behausungen hinterlassen hatte. Er besaß eine ganze Sammlung von alten Steinen, dunklen Klingen und abgerundeten Axtköpfen – Dinge, die in ihrer ungekünstelten Wildheit primitiv wirkten, aber durchaus etwas Graziöses hatten.

In der Ferne erklang ein Rumpeln wie drohender Donner, und eine unheimliche Böe aus blauem Rauch quoll aus dem Riß zwischen den Felsen. Eine Steinaxt konnte gegen das, was sich darin befinden mochte, nicht viel ausrichten. Zumindest glaubte er das nicht. Wovor hatten sich die Erbauer der alten Bergfesten zu schützen versucht? Vor der gierigen Hand eines neidischen Nachbarn – oder vor etwas ganz anderem, viel Unheimlicherem?

»Ivoire«, fragte Trusellas nachdenklich, »wie alt sind Drachen?«

Der Vogel neigte den Kopf in seine Richtung. Seine Augen waren tiefrot, wirkten jedoch eher schwarz, wenn das Licht aus einem bestimmten Winkel einfiel.

»Woher soll ich das wissen? Ich habe ihn bisher noch nicht gesehen.«

»Nicht *dieser* Drache. Ich meine Drachen im allgemeinen.«

Ivoire klapperte einige Male mit dem Schnabel, doch Trusellas wußte nicht, ob sie eher gereizt oder nachdenklich war.

»Jedenfalls älter als du oder ich«, sagte sie schließlich und zuckte mit den Flügeln. Damit meinte sie, älter als die Menschen, die Aelfen oder auch das Geschlecht der Raben – selbst wenn die Küchenjungen und Knappen, die Ivoire gerne quälte, fest davon überzeugt waren, daß sie gar kein gewöhnlicher Rabe war, sondern ein verkleideter Dämon.

»Danke«, erwiderte er trocken, aber sie achtete nicht darauf. Unsicher hockte sie auf dem Kopf des Pferdes, klammerte sich mit den Krallen an seiner Mähne fest und blinzelte über Trusellas hinweg.

»Was machen *die* denn hier?« fragte sie.

Trusellas wirbelte im Sattel herum. Banner flatterten im Wind, und Trompetenklänge durchschnitten die stürmische Luft.

»Zumindest haben sie nicht vor, sich heimlich an ihn heranzu-
schleichen«, bemerkte der Vogel. »Wobei ich mich allerdings frage,
ob man sich mit zweihundert Mann überhaupt an irgend etwas
anschleichen kann.«

Trusellas gab eine eher derbe Antwort und wendete abrupt sein
Pferd, wodurch Ivoire den Halt verlor. Sie fiel herunter, fing sich
aber rechtzeitig und schlug mit den Flügeln, um sich von einer
Luftströmung nach oben tragen zu lassen.

Die Truppen traten aus einer engen Schlucht und marschierten
das Tal entlang auf den Berg zu, wo sich der Drache verbarg.
Lanzenträger und Reiterei – beinahe die gesamte Garnison der
Burg war hier versammelt, wie Trusellas grimmig bemerkte, als er
an der Kolonne vorbeiritt. Einige wenige Soldaten grüßten ihn;
ein paar mehr starrten ihn mit einer Mischung aus Neugier und
Verachtung an. Die meisten aber ignorierten ihn, hefteten ihre
Blicke auf die blauen Rauchfahnen, die in den bewölkten Himmel
aufstiegen und eins mit ihm wurden.

Nachdem Trusellas genug gesehen hatte, wendete er sein Pferd
wieder und galoppierte zurück zum Anfang der Kolonne.

»Halt!« rief er. Die Männer gehorchten immerhin und blieben
stehen; sie dampften förmlich in ihren Rüstungen. Trusellas ließ
sein Pferd einen Schritt zurücktreten und wendete es, so daß er
wieder den Berg anblicken konnte. Er wartete. Ivoire schwebte aus
der Höhe zu ihm herab und strich dabei so dicht über die Köpfe
der Männer hinweg, daß einige sich rasch duckten. Sie nahm
wieder ihren Platz auf dem Kopf des Pferdes ein und lachte leise
in sich hinein.

»Was könnte ein Drache verlangen?« Trusellas blinzelte in den
wogenden Nebel, der den Berg einhüllte.

»Drei ordentliche Schafe pro Tag, eine mit Juwelen gefüllte
Matratze und genug Gold, um ruhig Blut zu bewahren«, mutmaßte
Ivoire.

»Wen interessiert schon, was er will?« Rathen, der Hauptmann
der Wachen, hatte inzwischen sein Pferd an Trusellas' Seite

gelenkt. Er blickte den Kastellan, der für seine Selbstgespräche bekannt war, lustlos an.

»Kennen Drachen die Unterhändlerflagge?« fragte Trusellas sanft. »Ich frage mich, ob ich nicht einfach zu ihm gehen und mit ihm sprechen sollte.«

»Mit Drachen spricht man nicht«, antwortete der Hauptmann behutsam. Er mochte es hier zwar mit einem Idioten zu tun haben, aber Trusellas war immerhin des Königs ganz persönlicher Idiot. »Man tötet sie.«

»Das denkst *du*, Muskelprotz.« Ivoire wippte vor und zurück; sie gluckste leise. Der Hauptmann schaute sie voller Abneigung an, aber wie die meisten Menschen verstand er ihre Sprache nicht. Doch auch so begriff er nur zu gut, was sie meinte. Wäre er in der Lage gewesen, die Beleidigungen zu verstehen, die sie ihm entgegenschleuderte, hätte er sicherlich versucht, ihr den Hals umzudrehen – trotz seiner widerwilligen Achtung vor Trusellas' Stellung.

»Habt Ihr schon jemals einen Drachen getötet?« wollte Trusellas wissen. Es war keineswegs beleidigend gemeint; er war einfach nur neugierig. Hauptmann Rathen schien die Frage jedoch mißzuverstehen. Ohnehin von mächtiger Statur, blies er sich merklich auf und wurde leicht rot im Gesicht.

»Ich bin mein ganzes Leben lang Soldat gewesen«, antwortete er zwischen zusammengebissenen Zähnen hindurch.

»Ja, natürlich. Ich wollte ja nur ...«

»Ich habe Löwen und Bären getötet, Eber und Schlangen, Wölfe und Füchse ... und sogar ein Fabeltier!«

»Ja, sicher, aber ...«

Der Hauptmann redete noch immer, aber er hatte das Visier seines Helms heruntergeklappt, und seine Stimme klang jetzt gedämpft. Das war vielleicht auch besser so. Rathen riß den Kopf herum, und die Rubine auf seinem Helm blitzten auf. Er hob die gepanzerte Faust, und die Lanzenträger begannen, ihre Pferde in Position zu bringen.

Aufgeschreckt vom Stampfen und Wiehern der Streitrosse, schnaubte Trusellas' Pferd und floh trotz all seiner Bemühungen, es zum Stehen zu bringen, zurück in den Wald. Als er sein Reittier endlich wieder unter Kontrolle hatte und aus dem Dickicht aus Lärchen und Brombeersträuchern zurückkehrte, waren mindestens zwei Drittel des königlichen Heeres kampfbereit: Sie hielten Lanzen, Schwerter, Bögen, Fangseile und andere Waffen in den Händen und blickten aufmerksam zum Wald, der dicht vor ihnen aufragte. Doch immer wieder wanderten ihre Blicke nach oben zur in einiger Entfernung liegenden Bergspitze, von der blauer Rauch in den morgendlichen Himmel stieg.

Der Kastellan schwang sich von seinem Pferd, stolperte dabei beinahe über seine rote Robe. Hauptmann Rathen hatte sich an die Spitze seiner Männer gestellt und stand ruhig da, die Hand gelassen am Heft seines Adlerschwertes. Trusellas schritt langsam auf ihn zu.

»Schau dir nur diese lächerlichen Waffen an, die sie in den Händen halten; die sind gerade mal gut genug, um einen Vogel zum Lachen zu bringen«, kicherte Ivoire ihm ins Ohr.

»Du glaubst also nicht, daß sie viel nützen werden?« wisperte Trusellas.

»Möglicherweise kitzeln sie den Drachen ein bißchen, mit etwas Glück«, murmelte Ivoire. »Drachenschuppen sind härter als Stahl; so ein kleines Schwert prallt einfach von ihnen ab.«

»Willst du damit sagen, daß Drachen völlig unverwundbar sind?« fragte Trusellas. Seine Kehle fühlte sich trocken an, und er schluckte schwer.

»Nein, nicht völlig«, antwortete der weiße Rabe. »Aber ich habe nur von einer einzigen Stelle gehört, an der ein Drache verletzbar ist, und das sind seine Augen. Ich habe allerdings noch nie jemanden getroffen, der einem Drachen nahe genug gekommen wäre, um ihm in die Augen blicken zu können.«

»Achtung, Männer!« schrie Rathen und unterbrach damit Ivoires Belehrungen. »Der Drache kommt!«

Und der Drache kam tatsächlich. Trusellas schaute nach oben, zur halbzerfallenen Bergfeste, doch die Soldaten hatten recht gehabt. Ein lauter Donnerschlag ertönte aus dem Wald. Weitere Donnerschläge folgten. Kein Zweifel – der Drache kam eindeutig näher.

»Drachen *gehen?*« zischte Trusellas Ivoire zu.

»Sie haben Füße.« Der Rabe kauerte dicht am Stamm einer Espe und versuchte, mit der weißen Rinde zu verschmelzen.

Bösartiges Gebrüll hallte durch den Wald, und die Vögel flatterten voller Panik von den Bäumen auf.

Dann war der Drache da; die Erde erbebte unter seinen Schritten, und ein nervenzerreißendes Bersten und Krachen erklang, als er die letzten Bäume auf seinem Weg zerschmetterte. Er war gewaltig, und er war blau. Er maß mindestens vierzig Fuß und hatte die Farbe des Meeres und trüber Saphire. Ein langes silbernes Horn ragte aus seiner blauen Schnauze, und zwei weitere, so scharf wie Speerspitzen, standen von seinem Kopf ab.

Er riß das Maul weit auf und brüllte erneut, enthüllte dabei perlweiße Zähne. Drachen sind überaus reinlich, dachte Trusellas geistesabwesend. Obwohl es sich um ein fleischfressendes Ungeheuer handelte, konnte niemand leugnen, daß es einen prächtigen Anblick bot – so, wie sich das Sonnenlicht auf seinen Schuppen spiegelte.

Prächtig oder nicht, Hauptmann Rathen würde es töten.

»Speerwerfer!« Der Hauptmann zog sein Schwert und deutete damit nach vorn. »Angriff!«

Die Soldaten warfen ihre Speere auf den blauen Koloß; sie wußten nicht, daß es reine Verschwendung sein würde. Und das war es auch, denn die Speere prallten allesamt von den azurblauen Schuppen ab.

»Seine Augen!« Trusellas versuchte, die Schreie der Soldaten zu übertönen. »Zielt auf seine Augen!«

Die Soldaten warfen einen Blick auf Rathen, warteten auf seinen Befehl. Er nickte, und sie gehorchten. Doch unglücklicherweise verschaffte dieses kurze Zögern dem Drachen all die Zeit, die er brauchte. Ein kräftiger Schlag mit dem riesigen blauen Schwanz riß zwei Speerwerfer um und brachte sie in die Reichweite seiner Klauen. Der Drache schlug die beiden Pfoten gegeneinander und zermalmte so die Soldaten. Das Geräusch war kaum hörbar, aber der Kastellan war überzeugt, daß er den Drachen lachen hörte – es klang wie Metall auf Metall.

Die restlichen dreizehn Speerträger erstarrten voller Entsetzen. Zwei ihrer Kameraden waren gerade von einem Drachen getötet worden – würde ihnen das gleiche Schicksal widerfahren?

Zum Nachdenken blieb keine Zeit; der blaue Drache holte tief Luft und stieß einen blauen Blitzstrahl aus, der eine Spur aus verkohlten Leichen zurückließ. Dann leckte er die dreizehn Körper so genüßlich mit der Zunge auf, als würde er das eingelegte Fruchtfleisch einer Nuß aufschlürfen.

Einige Schwertkämpfer übergaben sich bei diesem Anblick; die Pferde der Lanzenreiter bäumten sich auf und wieherten laut. Der Drache beugte sich vornüber und spuckte die zerschmetterten Skelette der einstigen Soldaten grazil ins Gras.

Sich aufbäumende, durchgehende Pferde und qualmende Knochenhaufen – das war zuviel für die Soldaten. Sie gerieten in Panik und begannen wild durcheinanderzurennen, nahmen dabei kaum wahr, wie der Drache plötzlich seine Schwingen ausbreitete.

Aber Trusellas bemerkte es. Die Flügel waren riesig, aber von schier unglaublicher Anmut. So entsetzt er auch war, er staunte mit offenem Mund über die beinahe unerträgliche Schönheit des Drachen, als Sonnenstrahlen sich auf den herrlichen Schwingen spiegelten und der langgestreckte, schuppenbesetzte Körper sich schlängelnd in die Lüfte erhob. Um sich dann auf das Heer herabzustürzen.

Die Burg besaß nur fünf Bogenschützen; die meisten von ihnen hatten sich im Glauben, daß ihre Pfeile ohnehin nichts ausrichten könnten, im Hintergrund gehalten. Einer jedoch hatte Trusellas' Schrei gehört. Er nahm jetzt seinen ganzen Mut zusammen und schoß einen Pfeil direkt auf die bernsteinfarbenen Augen ab, dann noch einen und noch einen, die wie wütende Bienen durch die Luft schwirrten.

Der Drache schenkte seine ganze Aufmerksamkeit dem Blutbad, das er anrichtete. Dennoch bemerkte er den Pfeil rechtzeitig genug, um das Wort »Khachikiny!« ausstoßen zu können.

Trusellas kannte das Wort nicht, aber er ahnte dessen Wirkung … es war ein Zauber!

»In Deckung!« schrie er und warf sich auf den Boden. Die noch kampffähigen Männer folgten seinem Beispiel, während ein gewaltiger Feuerball über ihre Köpfe hinwegraste und die Pfeile verzehrte, die ansonsten schnurstracks ihren Weg in das Gehirn des Drachen gefunden hätten.

»Spielverderber!« sagte Ivoire, die sich unter das viel zu kleine Blatt einer Klette verkrochen hatte.

»So geht das nicht«, meinte der Kastellan zu seiner Gefährtin. »Haben Drachen nicht noch eine andere Schwachstelle?«

»Wenn ich mich recht entsinne … ja. Was war das?« Ein Schauer aus Kieselsteinen prasselte schmerzhaft auf Trusellas nieder, als die gewaltigen Schwingen des Drachen die Luft peitschten. Ivoire war kaum mehr als ein wirbelnder Ball aus weißen Federn, aber sie krächzte ihm direkt ins Ohr. »Die Flügel! Seine Flügel sind so weich wie Leder. Wenn man sie durchsticht, solange er fliegt, fällt er herunter.«

»Er fliegt aber nicht mehr.« Trotzdem kämpfte Trusellas sich auf die Beine, bahnte sich einen Weg zwischen gefällten Bäumen und herumliegenden Leichen hindurch, bis er Hauptmann Rathen erreichte.

»Hauptmann!« rief er. »Hört mir zu!«

Aber Rathen beachtete ihn nicht. Die Augen hinter den Schlitzen seines Visiers glänzten, als er mit gesenkter Lanze und einem Schlachtruf auf den Lippen losstürmte. Sein Streitroß preschte mit hoher Geschwindigkeit voran, und der Hauptmann beugte sich vor, die Lanze fest umklammert.

Der Drache erblickte ihn und ließ von dem Soldaten ab, den er gerade verschlang. Gelassen wartete er, bis Pferd und Reiter ihn beinahe erreicht hatten. Dann streckte er einen schlanken Arm aus und durchbohrte das Herz des Hauptmanns mit einer langen, scharfen Kralle. Der Drache hob den zuckenden Ritter aus dem Sattel, nahm ihm behutsam den Helm ab und verspeiste ihn, mit dem Kopf voran.

Trusellas warf sich hinter einen Felsen; ihm war speiübel.

Er nahm den Weg bergauf und war ausnahmsweise einmal dankbar für seine schwachen Augen, denn so konnte er unmöglich entscheiden, ob es sich bei den verkohlten Dingen am Wegesrand zuvor um Bäume oder Menschen gehandelt hatte. Der Geruch nach Rauch und der stechende Gestank von Blitzen wurde stärker, je höher er kam, bis jeder Atemzug in seiner Brust zu brennen schien. Er hatte seine Robe und die Rüstung inzwischen abgelegt – seine Augen mochten schlecht sein, doch sie waren gut genug, um ihn erkennen zu lassen, wie unwichtig es war, ob er sie trug oder nicht. Aber selbst in Hemd und kurzen Beinkleidern kam er atemlos und schweißgebadet auf dem Kamm des Berges an.

Die Kühle der dunklen Öffnung der Höhle war beinahe eine Erleichterung – aber nur beinahe. Direkt am Eingang blieb er stehen; er spürte, wie der Schweiß erkaltete und seinen Rücken hinabbrann. Er schaute zurück zur Welt außerhalb der Höhle; möglicherweise würde er sie nie mehr wiedersehen.

»Oh, da gibt es noch etwas Wichtiges über blaue Drachen«, flüsterte Ivoire ihm leise ins Ohr.

»Und das wäre?« All seine Sinne waren jetzt aufs höchste angespannt, aber nichts rührte sich in der vor ihm gähnenden Schwärze.

»Sie sind Gestaltwandler.« Der Rabe schwang sich von Trusellas' Schulter in die Luft und verschwand hinter der Bergkuppe, ließ ihn allein weitergehen.

Gestaltwandler, dachte er. Gut. Sehr gut. Also war der winzige blaue Salamander, der gerade seinen Weg kreuzte, möglicherweise ein feuerspeiendes Ungeheuer, und die Drossel, die dort in den Büschen ihr Lied sang, würde womöglich plötzlich ihren Schnabel ein bißchen weiter öffnen und ihn zu Asche verbrennen.

Unentschlossen fuhr er sich mit einer schweißfeuchten Hand durch die Haare.

Gewöhnlich trug er sein dichtes schwarzes Haar offen, damit es seine spitzen Ohren bedeckte, die ihn als Mischling auswiesen. Würde ein Drache sich darum scheren, was er war, oder ihn einfach nur als Futter betrachten? Soweit er wußte, hielten Drachen auch Aelfen für genießbar – aber er war sich nicht sicher. Wieso schrieben die Leute ihre Erfahrungen mit Drachen nicht nieder, als Anleitung für andere?

Möglicherweise, weil niemand eine Begegnung von Angesicht zu Angesicht mit einem Drachen lange genug überlebte, um darüber schreiben zu können. Die Vorstellung ließ ihn frösteln.

Ivoires Krallen schlossen sich um seine Schulter, und er spürte, wie ihre Federn an der Unterseite seines Kinns entlangstreiften, als sie den Kopf gegen seinen Hemdkragen drückte. Irgend etwas lief seinen Bauch hinab und kitzelte ihn. Im Glauben, es wäre ein Käfer, schlug er zu, und der harte kleine Gegenstand stieß schmerzhaft gegen eine Rippe.

»Hast du mal von diesen kleinen Fliegen gehört?« fragte Ivoire. Sie breitete die Flügel aus, flatterte auf einen verkohlten Zweig und balancierte wie eine weiße Wolke vor der geschwärzten Rinde auf und ab.

»Was für Fliegen?« Es war ihm gelungen, den Gegenstand aus den Falten seines Hemdes herauszuziehen. Ein abgerundeter Stein von der Größe eines Pfirsichkerns. Er wollte ihn schon voller Abscheu wegwerfen, als ein durch eine Felsspalte fallender Lichtstrahl das blaue Feuer im Innern des Steins zum Leuchten brachte. Er atmete tief ein; nie zuvor hatte er einen größeren Saphir gesehen.

»Wo hast du *den* denn her?«

»Geklaut«, antwortete der Vogel fröhlich. »Einer Elster, die ich kenne; sie wird ihn nicht vermissen. Aber diese Fliegen ...«

»Was ist mit ihnen?«

»Das Männchen fängt einen wohlschmeckenden Käfer und wickelt ihn wie ein hübsches Geschenk in Seide ein, reicht ihn dann dem Fliegenweibchen, auf das er ein Auge geworfen hat. Während sie damit beschäftigt ist, das Geschenk auszuwickeln, schlüpft er hinter sie, und ...«, Ivoire zwinkerte lüstern mit einem Auge, »... tut, was er tun will. Wenn er ihr aber kein hübsch eingepacktes Geschenk bringt, frißt sie *ihn.*« Ivoire wiegte den Kopf hin und her. »Und wenn das geschieht, gibt es keine kleinen Fliegenbabys – nein, nein, mein Herr.«

Trusellas atmete hörbar ein.

»Ich nehme an, du willst mir mit dieser anrüchigen Geschichte etwas sagen?«

»Drachen fressen keine Käfer.«

»Das weiß ich! Aber ...«

»Sie, äh, fressen Aelfen«, erklärte Ivoire vorsichtig. Sie drehte ihren Kopf wie einen Korkenzieher herum und blickte über die Schulter hinweg in die Tiefe der Höhle, wo blaue Rauchschwaden langsam über den Boden wogten. »Aber möglicherweise beschäftigt sie dieses kleine Spielzeug lange genug, damit du zu Wort kommst.«

Trusellas bemerkte, wie sich seine Hand fester um den Saphir schloß. Er schluckte.

»Äh ... ich danke dir«, sagte er.

»Gern geschehen«, erwiderte Ivoire höflich. Ihre Augen waren noch immer auf den hinteren Teil der Höhle geheftet. »Wenn ich du wäre, würde ich jetzt gehen – solange sie noch satt ist.«

Es war dunkel in der Höhle, aber die Luft war längst nicht so kühl und naßkalt, wie sie eigentlich hätte sein sollen. Sie war warm und trocken und roch kräftig nach Schwefel und Ozon. Trusellas blickte nach oben zur im Schatten liegenden Decke; er hoffte, daß sie nicht auf die Idee kam, hier drinnen Blitze zu speien. Der ganze Berg würde über ihnen zusammenstürzen.

Sie? Er war bereits ein gutes Stück in der Höhle, als er sich darüber zu wundern begann, woher im Namen des heiligen Michael der Vogel gewußt hatte, daß es ein weiblicher Drache war. Er hatte nichts gesehen, was Auskunft über das Geschlecht gegeben hätte; allerdings hatte er – in Anbetracht der Umstände – den Drachen auch nicht lange beobachten können. Aber vielleicht … dann machte der Gang eine Biegung, und es war keine Zeit mehr für Spekulationen.

Er spürte, wie ihm das Herz bis zum Hals schlug. Kein Salamander, aber erst recht keine Drossel. Die Frau stand ein paar Schritte von ihm entfernt. Haut und Haare glühten schwach blau, und nur deshalb konnte er sie trotz der Dunkelheit deutlich sehen. Ihre Augen waren nicht blau. Sie standen leicht schräg und waren von einem tiefen, leuchtenden Gold. Wie aufgehende Monde richteten sie sich auf ihn, ausdruckslos und ohne Pupillen – aber auf keinen Fall blind.

»Oh …«, sagte er.

»Wie geht's, Wurm?« sagte sie. Ihre Stimme hatte einen metallischen Klang.

»Ich bin kein Wurm«, entgegnete Trusellas leicht gereizt. »Ich bin der Kastellan.«

Die vollen Lippen wölbten sich; glücklicherweise konnte er keine Zähne erkennen, aber er wußte, daß sie lachte.

»Und ich bin Lunaris«, sagte sie. »Lunaris, und ein Wurm von nicht geringem Ruf.«

»Oh«, sagte er und begriff erst jetzt, daß sie ihn nicht beleidigt hatte, als sie ihn ebenfalls »Wurm« genannt hatte. »Ah ja. Erfreut, Euch zu treffen, Madame.« Er erinnerte sich an den Stein – und an Ivoires Geschichte von den Fliegen – und streckte ihr die geöffnete Hand entgegen. »Ich habe Euch … äh … ein kleines Zeichen meiner … Hochachtung mitgebracht.«

Ihre Finger glitten seinen Arm entlang, über sein Handgelenk und seine Handfläche – sie ließ sich Zeit und nahm Maß. Plötzlich schloß sie ihre Hand um seine, so daß der Saphir zwischen ihren Handflächen gefangen war.

»Oh«, sagte sie leise. »Das ist ein schöner Stein. Mit einer hübschen Stimme. Kannst du sie hören?«

»Sie hören?« echote Trusellas schwach. Er hörte nichts als das Rauschen des Blutes in seinen Ohren. Ihre Haut fühlte sich unter seinen Fingern wie eingeöltes Leder an, kühl und geschmeidig.

Ihre Hand verschwand wieder, mit dem Stein. Sie hielt ihn an ihr Ohr, und ein verträumter Ausdruck trat auf ihr Gesicht. Trusellas konnte den Blick nicht von ihr abwenden. Was sah sie nur, was hörte sie in diesem Traum, das sie so aussehen ließ?

»Dann höre.« Sie hielt ihm den Stein entgegen, dicht an sein eigenes Ohr. »Schließe die Augen. Lausche.« Gehorsam schloß er die Augen, und jetzt, ohne die Ablenkung durch dieses kühle blaue Gesicht, dachte er ... möglicherweise ... Ja, ganz schwach. Ein volles, kräftiges Geräusch, mehr ein Schwingen als ein Gesang, und so schwach, daß er sich anstrengen mußte, um es zu hören.

»Du kannst es also wirklich hören. Was bist du, Kastellan? Ich habe noch nie einen Menschen getroffen, der die Fähigkeit besaß, den Gesang der Steine zu hören.«

»Ich bin es nur ... zur Hälfte. Zur Hälfte Mensch, zur Hälfte Aelf. Ich lebe zwischen zwei Welten, und in diesem Zwischenbereich, Mylady, höre ich viele Dinge.« Vielleicht war es gar nicht so merkwürdig. Er konnte Vogelgezwitscher und das Gebrüll von Tieren *verstehen,* während Menschen zwar die Laute hörten, jedoch nicht ihren Sinn verstanden. Er hatte niemals darüber nachgedacht, aber warum sollten nicht auch Steine sprechen können? Genau wie Drachen.

Lunaris sprach jetzt, die goldenen Augen weit aufgerissen, ohne zu blinzeln.

»Als Geschenk, Kastellan, ist es ein wunderschönes Spielzeug. Als Lösegeld oder als Bestechung jedoch ...« Sie öffnete die Hand und ließ den Stein los.

Er fing ihn auf, noch bevor er auf dem felsigen Boden aufprallte, und drückte ihn gegen die Brust, als könnte der Edelstein beschädigt werden, wenn man ihn so roh behandelte.

»Ein Geschenk«, sagte er und streckte ihn ihr wieder entgegen. »Ihr könnt es auch Tribut nennen, wenn Ihr wollt. Eine kleine Huldigung Eurer ... Schönheit.« Eurer Blutrünstigkeit, hätte er auch sagen können; doch er war überzeugt, sie hätte auch das noch als Kompliment aufgefaßt. Aber sie lachte wieder dieses merkwürdig metallische Lachen und nahm ihm den Stein aus der Hand.

»Ich nehme es an«, sagte sie.

»Gut«, antwortete er. Er zögerte, aber schließlich war er aus einem ganz bestimmten Grund hierhergekommen. »Ihr spracht von Lösegeld«, meinte er unbeholfen. »Was ...?«

»Ich weiß es nicht«, sagte sie. Sie streckte sich wollüstig und gähnte. »Mein Bauch ist voll; im Moment brauche ich nicht noch mehr.« Sie rieb sich den Rücken an der Mauer, kratzte sich langsam, geschmeidig wie eine Katze. Er glaubte, das Scharren von Schuppen auf Fels hören zu können.

»Kannst du singen, Kastellan?«

»Ja.« Er hatte eine gute Stimme und kannte viele Lieder, es war sein einziges, wirkliches Talent. Trotzdem sang er eher selten – niemand singt nur zum eigenen Vergnügen.

»Dann komm«, sagte sie und wandte sich ab. »Komm und sing mich in den Schlaf. Ich mag Musik sehr gern.«

Er zog den Kopf unter einem tiefhängenden Felssturz ein und fand sich in einem Tunnel wieder; jetzt begriff er, warum sie ihre Gestalt verwandelt hatte. Das große Ungeheuer, das vor dem Berg gewütet hatte, würde niemals durch diese engen Gänge passen.

Die Höhle weitete sich abrupt, und dann befand er sich in einer riesigen Halle; Lichtstrahlen, die durch Risse in der Decke hereinfielen, und das Schimmern von Metall erhellten sie ein wenig. Es gab nicht viel in dieser Höhle, keinen jener großen Schätze, von denen er gehört hatte – aber sie war ja auch erst vor kurzem hierhergekommen und hatte nicht viel Zeit gehabt, um Dinge zusammenzutragen. Noch nicht. Er erhaschte einen Blick auf Rathens edelsteinbesetzten Helm, der auf dem Boden lag. Ein Lichtstrahl ließ die Rubine aufblitzen. Er schaute weg und schluckte schwer.

Seine Augen tränten angesichts der plötzlichen Helligkeit, und als er wieder aufschaute, entdeckte er sie zunächst nicht. Einen Augenblick lang fürchtete er, Lunaris hätte sich wieder verwandelt und würde gleich hoch über ihm aufragen, mit ledernen Schwingen und wiedererwachtem Appetit. Aber nein – sie stand ganz still da, ein bißchen weiter weg von ihm, neben einer Couch aus Gold.

Trusellas schluckte und hielt verstohlen nach Ivoire Ausschau. Sicherlich war Lunaris in der äußeren Höhle nicht nackt gewesen, oder? War es nur Drachenmagie, die ihm die Vorstellung von fließenden Stoffen beschert hatte, oder seine eigene Vorsicht? Er hörte ein schnarrendes, mißbilligendes Krächzen von irgendwo draußen, jenseits der Felsendecke. Er fand es beruhigend, daß Ivoire ihn im Auge behielt – auch wenn sie, falls er getötet werden sollte, niemandem von seinem Schicksal würde erzählen können; niemand auf der Burg besaß seine Fähigkeit, auch die Sprache der Tiere zu verstehen.

Lunaris sah ihn an, und er bewegte sich, ohne es zu wollen. Sie lächelte, legte sich auf die Couch und nahm seine Hand in ihre.

»Sing mir etwas vor, Aelf«, sagte sie.

»Was möchtet Ihr hören, Mylady?« Sein Herz pochte laut in seinen Ohren.

»Was du willst.« Die großen, goldfarbenen Augen ruhten auf ihm, und er sah, daß sie keineswegs leer waren. Kleine Strömungen verliefen darin, wirbelnde Strudel, die auseinandertrieben, zerflossen und so neue Muster bildeten. Es war, als würde man in den Schmelztiegel eines Goldschmieds schauen und der unbeschreiblichen Alchimie zusehen, wenn sich Metalle verflüssigten; eine Faszination, deren Wurzeln in der offensichtlichen Zerstörung der natürlichen Ordnung lagen – und in der Betrachtung jener wilden

Schönheit, die entsteht, wenn feste Stoffe sich auflösen, wenn aus Ordnung Chaos wird.

Er setzte sich neben sie – und er sang. Schlichte Melodien und einfache Lieder. Ein Abzählreim. Sanfte Wiegenlieder. Und dann die Lieder der Barden, Balladen, die er in den Nächten gelernt hatte, in denen die reisenden Musikanten ihre Stimmen im Hof erklingen ließen, Liebe sich wie ein Nebel in der Dunkelheit erhob und das Gemurmel von Pärchen in den Alkoven wie das Geräusch der Tauben in den Bäumen klang – Nächte, in denen er selbst ganz still und stumm, verborgen vor den anderen, mit brennendem Herzen in seinem Turm gesessen hatte.

Die Hand der Lady ruhte schwer auf seinem Knie; ohne nachzudenken, hielt er sie fest, damit sie nicht hinunterfallen konnte. Die goldenen Augen schimmerten unverwandt, schlossen sich aber nicht. Ihr Schimmer schien seltsam benebelt, und schließlich dämmerte es ihm, daß sie so schlief wie eine Schlange – mit einer durchsichtigen Membran über dem geöffneten Auge. Die Erkenntnis, daß sie ihn sogar im Schlaf beobachtete, hätte ihn beunruhigen müssen, aber das tat sie nicht; keine Frau hatte ihn jemals mit solcher Aufmerksamkeit beobachtet.

Er spürte nicht, wie die Trance ihn übermannte, und er hörte auch nicht, daß seine Stimme immer heiserer wurde; verzaubert saß er da und sang weiter.

Schließlich rüttelte ihn ein hartnäckiger Schmerz hinter einem Ohr auf. Irgend etwas zog kräftig an seinen Haaren. Er strich sich über das Haar, versuchte, die Strähne zu befreien, und wurde mit einem stechenden Schmerz in der Hand belohnt. Keuchend hörte er auf zu singen und wirbelte herum, sah einen blassen Fleck auf dem Fels hinter sich hocken.

»Du solltest endlich still sein und zusehen, daß du hier rauskommst!« verlangte sie mit leiser, schnarrender Stimme. »Hast du den Verstand verloren, einem schlafenden Drachen in die Augen zu blicken?«

Es kostete ihn Überwindung, sich nicht wieder umzudrehen; er spürte die See aus Gold hinter sich, wie sie mit dem Versprechen der Seligkeit an seine Füße schwappte. Allein der Gedanke … Flügel schlugen ihm stürmisch ins Gesicht, und er hob die Hände, um seine Augen zu schützen.

»Komm ENDLICH!« befahl ein aufgeregtes Krächzen in seinem Ohr, und scharfe Krallen bohrten sich durch den Stoff seines Hemdes.

Sie wippte auf seiner Schulter vor und zurück, drängte ihn mit aller Willenskraft weiter, als er halb blind den felsigen Korridor entlangstolperte. Er hätte sich am Eingang beinahe noch einmal umgeschaut, aber Ivoire trieb ihn wild hackend und laut krächzend weiter. Er stolperte über Felsbrocken, glitt aus und rutschte fast den Berg hinunter, doch als er endlich die Stelle erreichte, wo sein Pferd angebunden wartete, war der Zauber verflogen. Mit zittern- den Händen stieg er auf und ritt davon, zurück zur Burg.

Es war weit nach Mitternacht, als er allein an der Burgmauer ankam. Fackeln brannten, und weiße Gesichter schälten sich aus dem Dunkel um ihn herum, erschreckt, weinerlich, vorwurfsvoll und flehend.

»Es tut mir leid«, war alles, was er ihnen sagen konnte. »Es tut mir leid. Es tut mir leid.« Er wiederholte es noch immer, wenn auch inzwischen leiser, als er die Tür zu seiner Kammer aufschloß, sich aus seinen Stiefeln schälte – wobei er einen Schauer aus Erde und Kieselsteinen auf dem Boden verstreute – und auf sein Bett fiel.

Er öffnete den Schrank mit seinen Sammlungen – nicht, weil irgend etwas Wertvolles darin gewesen wäre, das einen Drachen verführen könnte, sondern weil die Gegenstände ihm Trost spen- deten. Helle, abgeworfene Vogelfedern, abgestreifte Schlangen- häute und andere banale Dinge, die auf seinen Reisen kreuz und quer durch seine Domäne seine Neugier geweckt hatten.

Er nahm eine Steinaxt auf, deren Griff sich schwer und fest in seiner Hand anfühlte. Mittendrin war ein Loch; es hatte etwas

Beruhigendes, den Daumen durch dieses Loch zu stecken und an denjenigen zu denken, der es gemacht hatte – der geduldig Tag um Tag damit verbracht hatte, mit einem kleinen Stück Eichenholz und etwas Sand die Öffnung zu erweitern. Diese Vorstellung hatte Trusellas immer gemocht – aber er wußte, daß sie ihn heute nicht beruhigen würde. Er legte die Axt behutsam zurück an ihren Platz und begann, andere Dinge in die Hand zu nehmen und wieder wegzulegen, als wäre er auf der Suche nach etwas.

Sein Blick fiel auf ein verziertes Messer, das aus dem Geweih eines riesigen Elchs hergestellt worden war. Die Klinge war zerbrochen, das ganze Messer von den Jahren und dem Wetter gezeichnet, doch das Muster auf der Oberfläche des Griffs war noch immer deutlich zu erkennen; eine geschmeidige Gestalt, deren Schuppen durch eine schwache Kreuzschraffierung angedeutet wurden. Keine Schlange; dieses Wesen besaß Klauen, mit denen es etwas – einen Menschen? ein Ungeheuer? – festhielt, das die Jahre auf nichts weiter als einen Flecken verblaßten Elfenbeins reduziert hatten. Der Drache hatte das Maul weit aufgerissen, und die Augen waren geöffnet, weich und rund wie die Opale in Hauptmann Rathens Dolchgriff.

Trusellas fuhr mit dem Daumen über die Oberfläche eines leeren Auges und dachte verträumt an Seen aus Gold und an den Gesang der Steine.

Ivoire stand auf dem Fensterbrett, sie duckte sich vor dem Wind, der von der See herwehte und den Geruch nach Verbranntem mit sich brachte.

»Was wirst du tun?« fragte sie, ohne sich umzudrehen. »Wirst du zurückgehen?«

»Habe ich denn eine Wahl?« Er stellte sich hinter den Raben und schaute nach draußen. Der Berg war zu weit weg, um ihn von hier aus sehen zu können, aber er wußte, er war da; vor seinem geistigen Auge konnte er jeden einzelnen Felsbrocken sehen.

Ivoire wandte sich um und schlug ungeduldig mit einem Flügel gegen seine Hand.

»Man hat immer eine Wahl«, sagte sie. »Schließ das Tor und bleib hier drinnen. Nicht einmal ein Drache kann hier eindringen.«

»Und was ist mit dem Land da draußen?«

»Was soll damit sein?«

»Du bist keine große Hilfe, weißt du das?« sagte Trusellas und blickte sie an. Die Augen des Raben waren schwarz und rund wie Perlen aus Jett.

»Entschuldige mich!« sagte sie, und schon war sie weg, schwebte ganz flach über den Boden des Innenhofs. Sie grabschte einen Laib Brot vom Tablett eines Bäckers und verschwand jenseits der Zinnen, ließ den Bäcker verwundert und fluchend zurück.

Schließlich schlief er ein, todmüde von unzähligen sinnlosen Plänen und Spekulationen. Er träumte; zuerst kleine, ganz normale Dinge – doch der Traum veränderte sich immer mehr. Er schwamm, wie es schien, in einem See aus Gold. Seine Arme und Beine waren nackt; sein Arm fiel herunter und glänzte, als er ihn wieder hochnahm, bis zum Ellbogen mit glühendem Feuer vergoldet. Die Strömung riß ihn mit, trug ihn fort, brachte ihn über schimmernde Wege zum Gesang der Steine, zu einem Ort der Liebe.

Sie umhegte ihn.

Er wachte abrupt auf und fand sich neben dem Bett wieder. Er war gerade dabei, völlig gedankenlos auf Händen und Knien zum Fenster zu krabbeln. Etwas Hartes lag unter seiner Hand, verursachte Schmerzen in der Handfläche. Mit schwirrendem Kopf saß er da, den harten Gegenstand fest umschlossen. Es war einer der winzigen Steine vom Drachenberg. Er schluckte schwer, schüttelte den Kopf, um den Traum loszuwerden, und warf den Stein mit aller Kraft gegen die Wand.

»Wonach suchst du?« Ivoire hockte auf seinem Schrank. Sie beugte den Kopf vor und drehte ihn von unten nach oben, um leichter einen Blick auf die Dinge im Schrank werfen zu können.

»Ich habe keine Ahnung.« Tatsächlich hatte Trusellas nicht

einmal gewußt, daß er überhaupt nach irgend etwas suchte. Es war eine Angewohnheit von ihm, sich seine Sammlungen anzuschauen, die Gegenstände in die Hand zu nehmen – es war eine Möglichkeit, den Geist zu beruhigen und das Nachdenken zu fördern. Doch Ivoire wußte es besser als er, wie er nun begriff; er suchte wirklich nach etwas. Er wußte nicht, was es war, aber irgend etwas hatte in seinem Traum Gestalt angenommen, und jetzt suchte er nach dem passenden Gegenstück, das irgendwo inmitten all der vielen Dinge vor ihm liegen mußte.

Aber was war es? Er seufzte und begann, den Schrank noch einmal ganz von vorn zu durchsuchen, immer ein Regalbrett nach dem anderen. Er nahm jeden Gegenstand einzeln heraus und legte ihn wieder zurück, wenn er nichts in ihm auslöste. Auf dem obersten Regalbrett lagen Perlen – aus Holz, Knochen, Stein, Elfenbein; zerbrochen, ganz, einzeln, aufgereiht. Hier war nichts.

Auf dem zweiten Brett lagen bearbeitete – geschnitzte, mit Gravuren versehene – Gegenstände; einige davon alt, andere sogar so alt, daß sie wie vom Wasser glattgeschliffen wirkten – die Linien waren inzwischen so verblaßt, daß man nur noch undeutlich erkennen konnte, was die Zeichnung einst bedeutet haben mochte. Er betrachtete sie voller Aufmerksamkeit, hoffte vielleicht auf etwas Ähnliches wie das Messer aus dem Elchgeweih – aber es waren keine weiteren Drachen da. Eber, Wölfe, Hasen, Pferde, Hunde, Mäuse … selbst ein uraltes Stück Silber, in das eine Art Grünmensch eingraviert war, eine jener furchtbaren Gestalten, die halb Mensch, halb Baum waren. Er war einmal in einem Wald einem Grünmenschen begegnet, und bei der Erinnerung daran zitterte er und legte das Stück wieder weg.

»Oh, der nun wieder.« Ivoire war auf dem Regalbrett gelandet und schob das Medaillon geringschätzig mit dem Schnabel weiter. Sie hatte den Grünmenschen auch nicht gemocht. Ein glucksendes Geräusch entstand in ihrer Kehle, und sie drehte sich herum und hob ihren Schwanz über das Stück, um ihre Meinung zweifelsfrei kundzutun. Trusellas wischte sie mit dem Handrücken zur Seite, und sie stürzte mit einem überraschten Schrei von dem Brett.

»Husch!« sagte Trusellas und widmete sich wieder seiner Arbeit.

Auf dem dritten Regalbrett lagen natürliche Dinge – die abgestreiften Häute von Schlangen, mumifizierte Kröten, Samenkapseln und getrocknete Wurzeln. Seine Hand verharrte einen Augenblick darüber, aber – nichts. Was immer er suchte, er glaubte nicht, daß es hier war.

Er hockte sich auf den Boden, um noch einmal das unterste Brett zu untersuchen, wo er die schweren Dinge aufbewahrte – alte Werkzeuge und Dinge aus Stein. Äxte, Schabmesser, Mühlsteine, Klingen … einen Gegenstand nach dem anderen nahm er in die Hand, hob ihn hoch, hoffte.

Ein klapperndes Geräusch lenkte ihn ab.

Ivoire hockte jetzt auf dem Boden in der Nähe des Fensters; sie spielte ein Spiel, in dem es darum ging, einen runden Stein gegen einen anderen zu stoßen, so daß der zweite davonschoß und von der Wand oder dem Tischbein abprallte. Sie blickte zu ihm auf, und Trusellas sah ihren berechnenden Blick. Er hob einen Fuß mit dem Ziel, ihn auf einen Stein zu setzen, aber sie war zu schnell – ihr Schnabel schwang vor, und der Stein schoß hoch, knallte gegen die Wand, prallte ab und traf Trusellas geradewegs zwischen den Augen.

»Tooooooooor!« gurgelte der Rabe, taumelte wie ein Federknäuel über den Boden, trunken vor Heiterkeit.

Mit zusammengebissenen Zähnen schluckte Trusellas einen Fluch hinunter, der seiner Stellung nicht würdig gewesen wäre, bückte sich und schnappte sich den Stein. Es war einer von denen, die er unachtsamerweise in den Falten seiner hohen Lederstiefel aus der Höhle des Drachen mitgeschleppt hatte. Es war ein ziemlich gewöhnlicher Stein, kein Edelstein. Und doch verliefen kleine, grünliche Äderchen darin – Serpentin, oder vielleicht Marmor. Die grünen Äderchen glänzten schwach im Licht, und der nagende Gedanke in seinem Hinterkopf gewann langsam Konturen.

Der Gegenstand lag ganz hinten auf dem untersten Regalbrett, war nicht auf Anhieb zu sehen. Er hatte ihn mitgenommen, weil er so ungewöhnlich war, ohne daß er seine Bedeutung hätte erkennen können: ein hauchdünner Steinsplitter, zu zerbrechlich, um als Werkzeug zu dienen, aber doch eindeutig mit großer Sorgfalt bearbeitet und geformt. Ganz sicher war er für einen bestimmten Zweck geschaffen worden – aber für welchen? Es war kein Schmuckstück und auch kein Zeremoniengegenstand; lediglich ein einfacher, schmuckloser Stein – aber mit den gleichen, dünnen Äderchen aus grünem Marmor.

Lang und dünn und zerbrechlich – aber sehr scharf. Seine Hand schloß sich behutsam um dieses Geschenk irgendeines alten Kastellans. Die Erinnerung an die wirbelnden Seen von Lunaris' Augen stieg in ihm auf, und von seinem Herzen her breitete sich Kälte in seinem ganzen Körper aus.

Es war beinahe dunkel, als er den Berg erreichte. Schon unten, am Beginn des Abhangs, begann er zu singen. Der wogende Nebel und die bei jedem Schritt aufwirbelnden Ascheflocken von dem halbverbrannten Wald dämpften seine Stimme, doch als er die letzten Bäume hinter sich ließ, hallte sie von den Steinen der alten Feste wider. Er blieb stehen und wartete.

»Komm«, sprach die Stimme des Drachen in seinem Geist, und Wärme und Sehnsucht erfüllten sein Inneres. Als er auf den Eingang der Höhle zuschritt, spürte er einen plötzlichen Stich und fuhr mit der Hand an den Kopf.

Ivoire ließ sich in der Astgabel einer Erle nieder und starrte ihn an; die Haarsträhne, die sie ihm ausgerissen hatte, hing ihr noch aus dem dunkelrosa Schnabel.

»Was soll das denn?« wollte er wissen.

Sie legte die Haarsträhne ab und stellte einen hellrosa Krallenfuß darauf, dann blickte sie ihn wieder an. Ihre Augen waren so schwarz wie der Ruß auf seinen Schuhen.

»Ein Andenken an dich«, sagte sie. »Ich werde es mit zur Burg nehmen und in mein Nest auf dem Turm einflechten. So wirst du zu einem Teil dieser Burg.«

»Ich komme wieder«, sagte er und hoffte, daß er um einiges zuversichtlicher klang, als er sich fühlte.

»Aber gewiß«, antwortete sie. Allzu zuversichtlich hatte er also nicht geklungen.

»Komm«, sagte Lunaris, und ihre Stimme riß ihn so abrupt aus seinen Gedanken wie das plötzliche Läuten einer Glocke. Er drehte sich um und betrat die Höhle.

Er fragte sich einen kurzen Augenblick, ob Drachen wohl Gedanken lesen konnten, aber er hatte vergessen, Ivoire danach zu fragen – falls sie es überhaupt wußte. Es spielte ohnehin keine Rolle. Es gab keinen anderen Weg.

Lunaris erwartete ihn in der inneren Kammer. Die Worte blieben ihm im Hals stecken, aber es waren auch gar keine Worte nötig. Diesmal wollte sie keinen Gesang. Sie stand neben ihrer Couch und lächelte.

»Komm«, sagte sie, und er ging zu ihr.

»Warum schließt du deine Augen?« fragte sie ihn etwas später.

»Eure Schönheit blendet mich, Mylady«, antwortete er und hielt die Augen fest geschlossen. Sie lachte, und er wurde von der weichen Umarmung großer Schwingen umfangen.

Als er seine Augen schließlich öffnete, war es still in der Kammer, und Lunaris schlief. Durch einen Spalt in der Decke sah er einen einzelnen Stern am Himmel stehen.

Er glitt vorsichtig von der Couch, aber sie rührte sich nicht. Im Dunkeln konnte er das schwache blaue Schimmern von Schuppen erkennen, die anmutigen Konturen, wo eine Schwinge sich über dem Boden ausbreitete. Ihr Gesicht war allerdings noch immer das einer Frau; goldene Augen, lebendig und träumend.

Er zog das uralte Werkzeug aus seinem Stiefel, den nadelspitzen

Steinsplitter, der so lang und zerbrechlich war, daß er sich nur für einen ganz bestimmten Zweck eignete. Die Kanten schnitten in seine Handfläche, als er die Spitze in ihr Auge stieß, aber es war nicht der Schmerz in seiner Hand, der ihn vor Qual aufschreien ließ.

Das Blut eines blauen Drachen ist grün, dachte er, als er wieder denken konnte. Das muß ... ich mir merken ... und es aufschreiben.

Am Eingang der Höhle lehnte er sich gegen den Fels, und die aufgehende Sonne tauchte die durchnäßten Stellen auf seiner Kleidung, seine stinkenden, blutverschmierten Hände in helles Licht. Er starrte in die Sonne, kümmerte sich nicht darum, daß ihm das Licht in den Augen brannte. Seine Augen tränten, seine Sicht verschwamm; er sah sie nicht, aber er spürte den Druck ihrer starken Krallen, als sie sich in seine Schulter bohrten.

»Komm nach Hause«, sagte sie, und er stolperte den Pfad entlang, fühlte sich plötzlich ertränkt in stinkendem Blut und Verzweiflung – so sehr, daß er nicht einmal sein Pferd lenken konnte. Das mußte Ivoire tun; sie hockte auf dem Kopf des Tieres und zupfte mal an dem einen, dann an dem anderen Ohr, um ihm den Weg zur Burg zu weisen.

Es war ganz und gar nicht das, wonach ihm der Sinn stand, aber es war seine Pflicht. Eines Tages mochte irgendein anderer Kastellan einem Drachen gegenüberstehen. Trusellas mußte niederschreiben, was geschehen war, mußte weitergeben, was er wußte. Er hatte zwei Tage und zwei Nächte geschlafen, und doch schmerzten seine Knochen noch immer vor Mattigkeit. Mit schleppenden Schritten ging er zu seinem Schreibtisch, wo er langsam eine frische Feder anspitzte und nach seinem Buch griff.

Die Tinte war frisch, das Pergament abgeschabt und gekalkt, das Löschpulver stand bereit. Es gab keinen Grund, die Arbeit weiter hinauszuzögern. Er tauchte die Feder in die Tinte und begann – ganz langsam – von Lunaris zu schreiben. Lunaris der

Schrecklichen, Lunaris der Lieblichen. Er schrieb über den Wurm, aber er dachte an die Frau.

»Sie hätte dich verschlungen, das weißt du.«

»Belästige mich nicht«, erwiderte er. Er starrte mit leerem Blick durch das Fenster, auf den Berg, der von hier aus nicht zu sehen war. Unten im Hof gärten Unruhe und Undankbarkeit, ein Meer aus unüberwindlichem Hader und Gezänk, das zwischen ihm und jenem Ort lag, dessen Wonnen nun dahin waren. Er mußte die Worte nicht hören, um zu wissen, was dort unten gesprochen wurde. Warum hatte er Truppen mitgenommen? Wieso hatte er zugelassen, daß die Männer getötet worden waren? Er hätte eher handeln sollen, er hätte warten sollen, er hätte, er hätte nicht …

»Vielleicht nicht deinen Körper, aber ganz sicher deine Seele. Drachen sind nicht nur auf Gold aus.«

»Sei still, Vogel«, sagte er.

Und doch standen die Unvernünftigen und Undankbaren unter seiner Obhut, laut königlichem Erlaß. Ob sie ihn wollten oder nicht, ob er sie wollte oder nicht – es war seine Aufgabe, die Burg und ihre Bevölkerung zu verteidigen, um welchen Preis auch immer. Er tauchte die Feder ein und schrieb ein Wort, zwei Worte, ohne die Buchstaben zu sehen, die er so sorgfältig formte. Er wußte nicht, daß er gesprochen hatte, bis er die Worte hörte.

»Warum ich?« fragte er.

Hinter ihm in der Dunkelheit erklang das Rascheln von Federn, aber es kam keine Antwort, und so schrieb er weiter, ein Wort, einen Buchstaben nach dem anderen. Und dann spürte er ganz allmählich etwas Warmes an seinem Rücken, als würde jemand hinter ihm stehen, die Kühle des kalten Steins vertreiben. Doch die Tür war verriegelt; er hatte sie selbst zugesperrt, um nicht gestört zu werden. Seine Nackenhaare stellten sich auf.

Er saß still da, wagte nicht, sich umzudrehen. Etwas berührte seine Wange, und eine Strähne silberweißen Haares fiel über seine Schulter, auf seine Brust. Eine hellrosa Hand legte sich auf die

Seite in seinem Buch, die Finger mit den Nägeln in der sanften Farbe der Abenddämmerung weit gespreizt. Die Tinte verwischte.

Dann ertönte eine Stimme an seinem Ohr, heiser und rauh wie das Lachen eines Raben.

»Kastellan«, sagte sie, »hat dir schon einmal jemand gesagt, daß du zu viele Fragen stellst?«

Michelle Sagara West
DIE HERRIN VOM SEE

Man konnte die Schreie über den ganzen See hören. Aber nicht die Schreie errichteten eine Mauer zwischen den Frauen, die sie hörten, und derjenigen, die sie ausstieß, sondern das Lachen, seine kehlige, aus tiefstem Innern kommende Freude, die von Macht sprach. Aus sicherer Entfernung legten sie mit einem Grimm und einer Herzenshärte, zu denen sich die Schwachen bekennen, Zeugnis ab: Nur der Tod erwartet jene, die einzugreifen versuchen.

Sie wußten, wie es enden würde, obwohl sie in der düsteren Farblosigkeit des gleichförmigen Himmels nicht über die Gabe des Sehens verfügten; sie verstanden die Furcht und den Schmerz und die Demütigung, die sie hörten. Schließlich waren sie auf genau dieselbe Weise gefallen wie Weizen unter einer gleichgültigen Sichel.

Sie wußten, daß das Entsetzen der Erschöpfung weichen würde und daß, wenn die Erschöpfung der Ruhe und der Heilung Platz machte, die Demütigung zurückkehren würde. Und sie kannten – sie *kannten* – den Zorn, der folgen würde. Kannten ihn aus erster Hand. Kannten ihn so gut, daß sie nur wie gebannt lauschen konnten, weil sie, als sie den Schrei hörten, wie angewurzelt im Angesicht ihrer *eigenen* Schreie, ihrer eigenen Stimmen, ihrer eigenen Vergangenheit dastanden.

Sie waren neun an der Zahl, diese Frauen, und sie waren eine nach der anderen von Händen zusammengeführt worden, die unendlich sanft waren im Vergleich zu jenen, die ihr jungfräuliches Leben zerstört hatten. Zusammengeführt und auf die Insel gebracht, die keines Mannes Fuß betreten durfte. Mit einer Ausnahme.

In der Dunkelheit machten sie sich bereit; sie kamen mit Fackeln, mit Decken, mit Salben und einem kräftigen, mit Kräutern versetzten Met, der das Blut gleichzeitig schneller fließen ließ und ihm Ruhe gab. Sie sprachen zueinander in diesem schrecklichen Wirbel der Betriebsamkeit, dieser stillen Qual, und aus der Entfernung hätte ein unachtsamer Lauscher vielleicht denken können, daß sie beteten.

In gewisser Weise taten sie das auch.

Elyssa war die erste der Gefallenen, wie sie einander bisweilen nannten; sie war jung und schön gewesen, erfüllt von der Ungeduld und den Forderungen der Jugend. Sie hatte in einem Dorf gelebt, neunzig Meilen entfernt von den stillen Wassern des verborgenen Sees, und an diesem Ort von Sonne und Heim und Hof war sie vom Kind zur Frau herangewachsen, was die Jungen in ihrer Bekanntschaft abwechselnd zum Gaffen gebracht, scheu gemacht und sich wie die Hähne hatten aufführen lassen. Sie war, obwohl sie sich selbst nicht daran erinnern konnte, jedenfalls nicht genau, zuerst erstaunt gewesen von der Aufmerksamkeit, die sie ihr schenkten, dann fasziniert; was es auch war, es gab ihr eine Macht, die sie nicht verstand. Macht. Ihre Mutter verstand diese Macht und ihr Vater – er hatte einerseits Angst davor und war andererseits erzürnt darüber.

Und dann war der Fürst gekommen mit seinen schön gerüsteten Rittern, seinem Gefolge aus Frauen und Pagen und Mägden und persönlichen Knappen: Und er war ein nobler, schöner Mann gewesen und frisch verheiratet. Seine Gemahlin erschien ihr kalt und abweisend, aber er war ein freundlicher Mann, mit Augen von der Farbe des Himmels zur Zeit des Erntemonds.

Dies war ihrer aller Geschichte, und Elyssa, die die erste war, war nicht die letzte: Er hatte sie für sich eingenommen und sie dann genommen und sie dann wie ein Spielzeug an seine Ritter weitergereicht. Sollten sie nach ihm kommen, in jedem Sinne des Wortes, sollten sie die Erde beflecken, sobald er sie das erste Mal beackert hatte. Er war kein freundlicher Mann; er beging seine Tat, wo das ganze Dorf es hätte hören können, wenn sie schrie; und sie schrie tatsächlich und weinte und flehte, weil sie noch nicht – noch nicht – der Kindheit entwachsen war, in der Tränen vielleicht etwas nutzen konnten.

Seine Frau, seine furchtbar kalte Frau, war in der Dunkelheit, nachdem die andere Dunkelheit endlich ein Ende gefunden hatte, zu ihr gekommen. Sie hatte geglaubt, daß diese Dame vielleicht roh und böse sein würde; sie hatte sich verkrochen wie ein verwirrtes Tier, hatte die Lumpen ihres Kleides über ihre Brüste gezerrt und Teile ihres blutenden Leibes bedeckt, die noch nie zuvor einer anderen Frau enthüllt worden waren.

Aber seine Gemahlin brachte schweigend eine Decke und eine Lampe und führte das Mädchen nach Hause.

Seine Tat hatte ihr Zuhause unwiderruflich verändert. Es dauerte nur Tage, wenige Tage, bis Elyssa dies begriff; ihre Mutter war in sich gekehrt und voller Angst, ihr Vater voller Zorn – auf ihre Mutter und den Fürsten und jeden, der in seine Nähe kam, *besonders* auf Elyssa, besonders auf sie.

Und die Jungen, die Jungen, über die sie diese seltsame Macht gehabt hatte, auch die veränderten sich. Einige mieden sie, und das tat weh, aber es linderte die Furcht, die so sehr zu einem Teil von ihr geworden war, daß sie es nicht ertragen konnte, in ihrer Nähe zu sein. Die anderen ... die anderen glaubten, sie könnten haben – und sie wußte es jetzt, erkannte es an dem Ausdruck ihrer Gesichter –, was die Ritter gehabt hatten: das befleckte, das gefallene Territorium, über das der Fürst so verächtlich hinweggeschritten war.

Und es hätte so weit kommen können.

Aber *er* kam, und obwohl sie eine namenlose Angst vor fremden Männern hatte, die sie mit Worten nicht beschreiben konnte, weckte er keinerlei Furcht in ihr. Er war, so dachte sie, wie ein Engel.

»Ich bin«, erklärte er ihr, nachdem er zwei Bauernjungen weggescheucht hatte, »ein Jäger. Mag sein, daß ich mich verirrt habe.«

Sie hatte ihm damals nicht geglaubt, und sie wußte inzwischen mit Gewißheit, daß er gelogen hatte, und beides schenkte ihr Trost.

»Wer seid Ihr? Gehört Ihr zu einer größeren Reisegesellschaft?«

»Ich? Nein. Der wahre Jäger bleibt allein.« Er hob die Hand und ließ sie beinahe unverzüglich wieder an seine Hüfte sinken. Sein Gesicht war hager, und eine weiße Narbe, die sich vom Kinn ums Auge herum bis zur Stirn erstreckte, zeichnete ihn. Sie hatte damals noch nicht gewußt, was eine Landkarte war – aber sie wußte es jetzt, und sie wußte, daß diese Narbe in gewisser Weise eine Landkarte seiner Vergangenheit war: sichtbar, wo ihre eigenen Narben verborgen waren.

»Ich heiße Elyssa«, sagte sie leise.

»Und ich? Du kannst mich … Merlin nennen. Nach dem Raubvogel.«

Jahre später sollte sie ihn fragen: »Warum Merlin? Warum nicht Habicht oder Adler oder sogar Falke?«

Und er lächelte, halb freundlich, halb bitter, wie bei ihm alles war. »Weil ich ein kleiner Vogel bin, eine Gefahr, die eben wegen der anderen Vögel, die du nanntest, übersehen wird. Aber Tod ist Tod, kleine Elyssa, und Rache ist Rache, und wenn ich auch noch so lange lauern muß bei meinen Fallstricken, ich bin und bleibe doch ein Jäger.«

Sie nahm ihn mit nach Hause, und in jener Nacht sagte sie den Ihren Lebewohl. Oh, es hatte kein Lebewohl sein sollen, nicht damals, aber zwischen ihrer Vergangenheit und ihrer Gegenwart lagen die schroffen Worte ihres Vaters und sein häßliches Verdikt wie eine scharfe Klinge. Ihre Mutter hatte nichts gesagt – sie hatte auf mehr gehofft, nicht weniger erwartet. Sie ließen sie allein, allein mit diesem Fremden.

Er sagte: »Aline hat mich zu dir geschickt«, und es ergab keinen Sinn, überhaupt keinen Sinn – bis ihr wieder einfiel, daß Aline die

Gemahlin des Fürsten war. »Und wenn du es erlaubst, Kind, werde ich dich in Sicherheit bringen.«

Welche andere Wahl blieb ihr? Sie folgte ihm – wie die anderen folgen sollten, eine nach der anderen –, und er führte sie meilenweit durchs Land, während der Stunden des Tages und in mondhellen Nächten, bis sie auf die Pfade kamen, die in die Sümpfe und zu dem Boot führten, jenem wunderbaren weißen Boot, das unbehandelt, ungeölt, unberührt von Wasser oder Zeit oder irgendeines Menschen Hand zu sein schien.

»Das ist der See«, sagte er, »der See des Kummers. Dieses Boot hat der See geschaffen. Hier können wir übersetzen, und dort drüben, dort in der Nacht, die du nicht deutlich sehen kannst, wirst du dein Zuhause finden. Ich werde dich nicht gefangenhalten; das kann ich nicht. Der See wird geben und der See wird nehmen, wie er es begehrt. Ich bin sein Hüter. Nein, ich bin weniger als das. Aber man hat mir unrecht getan, Elyssa, und ich werde dieses Unrecht wieder zu Recht machen. Ich habe zu dem See gebetet, und das war die Vision, die mir gewährt wurde.«

Er führte sie zu dem Boot. Half ihr, über das vollkommen geformte Süllbord zu steigen.

»Ich werde mit dir fahren«, sagte er leise, »wenn es der See gestattet.«

Er ließ sich neben ihr in das Boot sinken, und nach einem Augenblick des Schweigens begann das Boot übers Wasser zu gleiten, das so still war, daß es wie aus Glas zu sein schien – und sie hatte in ihrem bescheidenen Leben nur sehr wenig Glas zu sehen bekommen. Die Stille hätte ihr angst machen sollen, aber sie spürte den Frieden darin und das Versprechen.

Das Boot machte einmal halt – mitten auf dem See.

»Gib dem See«, sagte er leise, »deinen Namen.«

Aber er hätte nicht zu sprechen brauchen; sie hörte den See weinen, und sie begriff, daß er ihr in gewisser Weise, genau wie Merlin es getan hatte, seinen eigenen Namen nannte. Sie stand auf – und das Boot schaukelte nicht, kenterte nicht, machte nicht einmal die geringste Bewegung. »Ich bin Elyssa«, erwiderte sie.

Nach einem Augenblick akzeptierte der See den Namen, und das Boot setzte sich wieder in Bewegung. Aber sie sah es: ein Aufblitzen der Enttäuschung, das über die Züge ihres Retters huschte.

Er sagte nichts; sie, die nun Angst vor seiner Mißbilligung hatte, Angst, was ihr Ziel ihr bringen mochte, schwieg ebenso. Das Wasser strömte unter ihnen dahin, glatt und schwarz, bis auf die Stellen, an denen es Mond und Sterne auffing; das kleine Boot fuhr an Binsen vorüber, die es kaum erzittern ließ in seinem Kielwasser, so leicht schwebte es über die Oberfläche des Wassers. Schließlich fuhren sie in eine kleine, flache Bucht.

»Hier«, sagte er. Er erhob sich, ging ganz sachte von Bord und drehte sich um, um ihr die Hand hinzuhalten. Sie zögerte nur einen kurzen Augenblick, dann ergriff sie sie.

Er führte sie über einen gewundenen Weg zur Burg. »Es ist kein so bequemes Zuhause wie manches andere«, sagte er leise, »aber niemand wird dieses Wasser überqueren, der dir Böses will. Das ist das Gesetz des Sees und sein Versprechen. Du bist hier in Sicherheit.«

»Aber ...«

»Ich weiß. Aber du wirst hier nicht lange allein wohnen. Ich habe dir einiges mitgebracht, das dir das Leben erleichtern wird, und der Boden um die Burg herum ist der fruchtbarste Boden, den es in diesen Ländern gibt; um so mehr, als er niemals Krieg, niemals Feuer, niemals Brandschatzung gesehen hat.« Er verbeugte sich.

»Ich werde dich, wenn ich darf, besuchen kommen, und ich werde dich lehren, was mir gestattet ist, dich zu lehren, aber dieses Land duldet nicht gern die Berührung eines Mannes, und wenn ich auch geschmäht wurde, verletzt wurde, ebenfalls ... Demütigung erfahren habe, so betrachten der See und die Insel mich doch immer noch als Mann.« Er verbeugte sich abermals und mit verbitterter Miene. »Ich werde zurückkehren, Elyssa.«

Er hielt sein Versprechen.

Es war keine zwei Monate später, der Sommer schwand schon fast dem Herbst entgegen, und die Ernte war so nah, daß sie sie in den Gärten riechen konnte, die sie – mit großer Sorgfalt und allein – im Osten und Süden um die Burg herum angelegt hatte. An einem dieser Tage hörte sie plötzlich Schritte, die Schritte zweier Menschen, und sie blickte auf; das Haar fiel ihr über die Augen, und sie mußte blinzeln, um gegen die Sonne sehen zu können.

Ein junges Mädchen ging neben ihm her, das Gesicht übersät von dunklen Schwellungen und angetan mit einem ähnlichen schweren Reiseumhang, wie er ihn trug. Sie berührte ihn nicht; er berührte sie nicht; aber er ging voran und sie folgte, und ihre Augen waren so voller ängstlicher Scheu wie die Augen eines wilden Geschöpfes.

»Das«, hörte sie ihn aus einiger Entfernung sagen, »wird dein Heim sein, wenn du ein Heim begehrst.«

Sie hatte sich die Erde von den Händen gerieben und erhob sich nun, um diesen Neuankömmling zu begrüßen und den Jäger, der das Mädchen heimbrachte. Sie sah die Schatten im Gesicht des Mädchens und erkannte in ihnen dieselben Schatten, die ihr eigenes Gesicht zeichneten. Aber sie bot dem Mädchen an, was der Jäger ihr aus wohlberatener Klugheit nicht angeboten hatte: ihre Hand.

»Ich heiße Elyssa«, sagte sie leise. »Ich war die erste.«

Er blieb bis zum Abend. Er sah sich ihre Gärten an. Er brachte ihr Samen mit, die, wie er sagte, bis zum folgenden Jahr warten sollten. Die Nacht senkte sich herab, und mit dem Einbruch der Nacht verschwand das neue Mädchen, Anna, in der Festung. Elyssa verstand es gut, aber sie wartete einen Augenblick ab, um zu sehen, was der Jäger tun würde. Er lächelte bitter. Immer umgab ihn diese Bitterkeit; sie fragte sich, ob sie sich vielleicht in irgendeiner Hinsicht mit ihrer eigenen Bitterkeit vergleichen ließ.

Er verneigte sich. »Wir haben unser Werk zu tun, Elyssa.«

Sie fragte sich, was dieses Werk sei – aber sie war die erste; sie ging zurück zur Burg, um Anna mit ihrem neuen Leben bekannt zu machen.

Bei der Göttin, sie kamen.

Die dritte kam gegen Ende der Erntezeit, zerschunden und geschlagen, mit gebrochenem Arm. Sie war älter als Elyssa und Anna, und vielleicht war es härter für sie; sechs Monate lang war sie schweigsam und in sich gekehrt, noch lange nach der Ankunft des nächsten jungen Mädchens.

Im Winter gab es dann nur eine Neue, und sie war nicht so schlimm verletzt; der Fürst und zwei seiner Männer hatten sie überwältigt und keine Lust gehabt, sich lange in der Wildnis aus Frost und Schnee zu vergnügen. Aber mit dem Mädchen kamen Neuigkeiten: Aline, die Gemahlin des Fürsten, war verschieden. Sie war seine dritte Frau gewesen, und sie war wie ihre beiden Vorgängerinnen kinderlos gestorben. Der Fürst hatte keinen Erben.

Ohne einen Erben konnte vielleicht ein Lehensfürst, der ihm nicht gefiel, sein Land für sich fordern, zumindest sagte Merlin das; es war das erste Mal, daß Elyssa ein unverhohlenes Lächeln über sein Gesicht huschen sah; und wahrlich, es gefiel ihr nicht. Es erinnerte sie an ein anderes, raubtierhaftes Lächeln, und sie sah den Tod darin, das Verlangen nach Schmerz, die Macht. Sie fragte sich, ob ihr Gesicht sich auf dieselbe Weise verzerren würde, sollte sich dieser Fürst jemals einige Augenblicke lang in ihrer Gewalt befinden.

Die Antwort war ein Ja. Gewiß.

Der Winter überschritt seinen Höhepunkt. Der Frühling kam und mit ihm die nächste junge Frau und die nächste; ihre Gesichter waren dem ihren so ähnlich, ihr Schmerz so sehr wie ihr eigener, daß sie hätten Schwestern sein können, wenn eine derartige Erfahrung ein solches Band zu schmieden vermocht hätte. Die Insel war ein Ort der Stille, und das Setzen der Samen, das Umhegen und das Bewässern, das Beschneiden und Jäten – und die wachsame Abwehr der wilden Tiere, die sonst weit mehr gefressen hätten, als sie sich zu verlieren leisten konnten – gab ihnen einen Daseinszweck und sogar ein wenig Freude, ihnen, die nicht länger von Ehemännern träumten, von eigenen Familien, von Kindern, die sie umsorgen konnten.

Einige Träume waren ihnen genommen, andere ihnen gegeben worden, und die Wasser des Sees waren still und friedlich. Keine, die zu Elyssa und ihrer Insel kam, hatte je den Wunsch, sie zu verlassen.

Schließlich gelangte eine junge Frau zu ihnen, die lesen und schreiben konnte. Man hatte sie für tot gehalten und liegengelassen; sie war von allen Opfern am schlimmsten zugerichtet worden, denn sie hätte dem Fürsten große Schwierigkeiten bereiten können, hätte sie überlebt, um Zeugnis gegen ihn abzulegen. Aber sie hatte keinen Wunsch verspürt, ihr Leben in jener Welt aufs Spiel zu setzen; die Welt des Sees dagegen – wie die der Kreuzgänge des Klosters, für die sie bestimmt gewesen war – gefiel ihr. Es war nur eine Frage der Zeit, bevor sie begann, die anderen zu unterrichten – während der Wintermonate natürlich, wenn die Kälte und der Schnee sie in der Burg hielten und sie sich auf der Suche nach Wärme und Gesellschaft aneinanderschmiegten. So lernten sie lesen und schreiben. Lernten singen, zusammen und jede für sich.

Sie war die siebte der jungen Frauen.

Die achte war anders.

Ihr Name war Gwyneth, und sie war von großem Liebreiz; ihr Gesicht war ungezeichnet und ohne Schwellungen geblieben, obwohl ihre Arme und Beine mit langen Striemen bedeckt waren. Sie hatte nicht nur einen einzigen Abend in der Gesellschaft des Fürsten verbracht, sondern zwei lange Monate, und am Ende dieser Zeit war sie für ihr Versagen fortgejagt worden. Die Diener halfen ihr, einem Schicksal zu entfliehen, das möglicherweise eine unerfreuliche Existenz unter den Handlangern gewesen wäre, die direkt unterhalb der Tafel des Fürsten dienten, aber sie konnten ihr sonst nicht viel geben, und nach Hause zu ihrer Familie konnte sie nicht zurückkehren.

Erfüllt von Schmerz und Angst, war sie entdeckt worden – wie sie alle entdeckt worden waren – von Merlin. Sie kam zu ihnen, und Elyssa fand heraus, daß der Fürst jetzt so verzweifelt auf einen Erben erpicht war, daß er keine Gattin mehr genommen hatte – daß er geschworen hatte, keine Gattin mehr zu nehmen, bis er eine Frau geschwängert hatte.

Dies war nicht nach dem Geschmack des Adels, unter dessen Töchtern er zuvor seine Wahl getroffen hatte; nicht nach dem Geschmack der Kaufleute, die es sich ansonsten leisten konnten, sich eine Verbindung zum Adel zu kaufen, mit der ihre Geburt allein sie niemals ausstatten würde. Die Mädchen, die sonst als Ehefrauen in Frage gekommen wären, waren plötzlich verschwunden; ihm blieb nur noch, seine Wahl unter den jungen Frauen zu treffen, die seine Dörfer ihm liefern konnten, und er benutzte diese Frauen mit unverhohlener Verachtung. Sie alle kamen zu ihm, und die, die ihm passend erschienen, behielt er für seine eigenen Zwecke. Sie mußten natürlich unberührt sein, und sie mußten auch nach seiner ersten Begegnung mit ihm von anderen unberührt bleiben – aber dennoch war er kein sanfter Mann, und jene, die versagten, wurden durch die Hintertüren der Burg an seine Männer weitergereicht.

Und so ging es fort.

Das Muster war ein anderes, die Gewalttätigkeit dieselbe, der Zorn – der Zorn eines enttäuschten Mannes, eines mächtigen Mannes – eine wachsende Düsternis, vor der ihnen nur der See Schutz gewährte. Manchmal erwachte Elyssa in kaltem Schweiß gebadet, gehetzt von einem Traum von einem Heerlager, von aufgerichteten Speeren, von glitzernden Schwertern und funkelnder Rüstung auf den sumpfigen Uferwiesen. Zu anderen Zeiten erwachte sie aus einem Traum, in dem all diese Frauen, all diese jungen Mädchen, all diese zerbrochenen Träume von jenseits des Wassers herübergeholt und an einen Ort gebracht wurden, an dem sie Sicherheit, ein Dach überm Kopf und zu essen bekamen, ein Hafen, in dem keinem Mann bis auf einen einzigen Zutritt gewährt wurde.

Aber in der Nacht, in der die Herrin vom See zu ihnen kam, erwachten sie alle im selben Augenblick, ihre Träume ein zersplitterter Spiegel des Alptraums, der ihr Leben zerstört und sie hierhergeführt hatte. Sie erhoben sich, einige so neu auf der Insel wie Viviane, andere schon so lange da wie Elyssa, und sie trafen sich in der großen Halle, in der sie ihre winterlichen Lektionen abhielten.

Es war Elyssa, die sagte: »Sie kommt.«

Die anderen nickten. Aber sie wußten im voraus, was geschehen würde, und sie gingen einmütig, um am sumpfigen Ufer zu hören, was der See ihnen zu hören gestattete: die Schreie der Hilflosen, das Gelächter der Mächtigen – ein Echo der Dinge, die zu vergessen ihnen nicht gestattet war.

Sie versammelten sich am Ufer.

Elyssa ging oft dorthin, wenn die Ankunft einer neuen Frau erwartet wurde; die anderen kamen und gingen, wie es ihnen möglich war. Aber heute abend war es anders; die Luft war warm und windgeschwängert, und obwohl der Himmel klar war, konnte jeder, der sehen wollte, erkennen, daß ein Sturm bevorstand. Die Frauen musterten den Himmel, musterten ihn lange.

»Lyssa, sieh nur – das Boot.«

Sie nickte, nahm Annas Hand und hielt sie so fest sie nur konnte; sie spürte das Zittern der anderen, Haut auf Haut, und hätte später nicht sagen können, wessen Zittern es gewesen war. Das Boot war dasselbe Boot, das sie herübergebracht hatte, in jener Nacht, in der sie dieses gesegnete Ufer erreicht hatte. Ungeölt, makellos, unbeeindruckt von Wetter oder Wirklichkeit glitt es beinahe über das Wasser hinweg mit seinen beiden Passagieren: Merlin und der Neuen.

Sie war in einen für ihre schlanke Gestalt in der Schulter zu breiten und zu langen Mantel gehüllt. Sie kannten diesen Mantel gut, jene von ihnen, die im Winter gekommen waren – er gehörte ihm. Sie sah, dachte Elyssa, so aus, als fröre sie; sie zitterte.

Die Nachtluft war kaum kühl zu nennen.

Zu früh, dachte sie. *Wir mußten reisen; wir mußten lernen, wieder in der Welt der Menschen zu leben.* Aber sie sagte nichts. Die Hand, die in der ihren lag, faßte immer fester zu, bis sie spürte, wie ihre Finger taub wurden und kribbelten. Sie war beinahe dankbar für das Gefühl; es erinnerte sie daran, daß man Atem holen mußte.

Das Boot blieb stehen.

Wie es für Elyssa stehengeblieben war, wie es für eine jede von ihnen stehengeblieben war.

Die Gestalt, die, wie es schien, in Schwarz gewandet war – die Farben der Nacht, keine wirklichen Farben –, erhob sich zitternd. Sie hielt sich an der Seite des Bootes fest und stieß einen Laut aus, der beinahe ein Fauchen war. Sie alle hörten es; das Geräusch trug übers Wasser wie eine Kriegserklärung.

Merlin bot ihr keine Hilfe an; er ließ sich zurücksinken am gegenüberliegenden Ende des Bootes, dem Platz, der von dem ihren am weitesten entfernt war. Plötzlich begriff Elyssa, daß das Zittern, das sie mit angesehen hatte, weder Schock noch Kälte war; es war *Wut.* Er hatte ihnen einen Neuankömmling voller Zorn gebracht.

War sie auch so gewesen? Irgendeine von ihnen?

Sie hatte kaum Zeit, darüber nachzudenken.

Die Frau sprach, und ihre Stimme erhob sich zu einem Wort, nur einem einzigen. »Morganne.«

Aber das Boot bewegte sich nicht.

Sie hatte ihren Namen dargeboten; daran bestand kein Zweifel.

Allen Namen lag eine gewisse Wahrheit zugrunde, vor allem hier am Wasser, wo alle Heuchelei und alle Masken fielen. Aber das Boot lag vollkommen ruhig da; das Wasser bewegte sich von ihm weg in einem weiten Ring, als sei das Boot endlich weit genug eingetaucht, um die Oberfläche des Sees zu bewegen.

Sie beobachteten; sie warteten. Elyssa standen die Haare zu Berge, eine Gänsehaut überzog ihre Arme und griff schließlich nach ihrem Nacken.

»Warum kommt sie nicht?«

»Lyssa, was stimmt da nicht?«

»Pst«, sagte sie schroffer, als sie es beabsichtigt hatte.

»Aber Lyssa …«

Elyssa wandte sich der Jüngsten unter ihnen zu. »Sie hat die Frage nicht beantwortet.«

»Aber du hast sie *gehört* – sie sagte …«

»Sie hat einen einzigen Namen gesagt«, erwiderte Elyssa. »Ein einziges Wort.«

»Mehr haben wir alle nicht gesagt.«

Ja, dachte Elyssa, *mehr haben wir alle nicht gesagt.* Sie spürte es ganz scharf, ganz eindringlich, eine Dankbarkeit, um ihrer selbst willen, durchmischt mit einem so tiefen Mitleid, daß es beinahe an Entsetzen grenzte. Sachte, so sachte wie sie es nur über sich brachte, sagte sie: »Dieses Mädchen trägt bereits ein Kind unterm Herzen.«

Dieses Mädchen – das noch unsichtbare Mädchen, das verfluchte Mädchen – sagte ihren Namen abermals; sprach ihn laut aus, und er hallte in der schwer über ihnen lastenden Luft wider wie ein Donnerschlag. Der Blitz mußte gewiß bald folgen; Elyssa hatte ein derartiges Dröhnen schon früher gehört, ein solches Seufzen des Himmels selbst.

Und der Blitz kam tatsächlich, aber er war ganz dunkel, ein Geschöpf des Wissens, kein Geschöpf der Natur. Oder vielleicht ein Geschöpf einer bitteren Natur, eines häßlicheren Gottes, als der See sich jemals zu sein den Anschein gegeben hatte. Sie fluchte; sie konnten die Worte hören, deutlich und furchtbar. Aber das Boot bewegte sich nicht.

Elyssa sagte leise: »Es wird noch lange dauern, bis das Boot kommt.«

»Aber warum ...«

»Sie begreift, was es ist, das sie in ihrem Leib trägt, aber sie weigert sich, es anzuerkennen; sie weigert sich, ihm einen Namen zu gewähren.«

»Ich würde es auch nicht anerkennen«, sagte Viviane kalt.

»Wenn du keine andere Wahl hättest?«

»Welche Wahl hat denn *sie?* Welche Wahl hatte irgendeine von uns?«

»Keine. Gar keine«, erwiderte Elyssa. Die Nacht war kalt, kalt, kalt.

»Ich würde es zur Welt bringen – weil ich keine andere Wahl hätte. Aber nach seiner Geburt würde ich es nehmen, das widerwärtige Ding, und ich würde ihm den Kopf und die Genitalien abschneiden ...«

»Falls es ein Junge wäre.«

»Was könnte es denn sonst sein? Ich würde ihm beides abschneiden, und ich würde es ihm schicken ...«

»Nicht hier.« Elyssas Stimme klang scharf. »Du darfst seinen Namen hier nicht erwähnen.«

»Damit er es wüßte«, fuhr das Mädchen fort. »Damit er wüßte, daß er endlich seinen Erben bekommen hat.« Sie lachte, und das Lachen war heiser und bitter und furchtbar, ein so häßliches Geräusch wie nur je ein Lachen gewesen war. Elyssa hatte häßliches Lachen gehört. Sie alle hatten es gehört.

Und *sie* hörte es. Morganne.

Sie hörte es; sie hörte die Worte, die Viviane gesprochen hatte.

Da erhob sie sich, richtete sich zu ihrer vollen Größe auf und stieß ein einziges Wort aus: »Ja!« Und wie sie so dastand, grimmig und furchtbar, streifte sie sich die Kapuze des Jägerumhangs von ihrem geschwollenen, blutigen Gesicht und ihrem wirren, von

Dornen zerrissenen Haar; streifte sie ab von bloßgelegtem Fleisch zerschundener Haut. So stand sie da, vor der Nacht und dem See und der Versammlung der Frauen, und sie sprach das zweite Wort, das der Wind ihr entriß und so schnell an den Ohren der anderen Frauen vorbeipeitschte, daß es genausogut unausgesprochen hätte bleiben können. Bis auf eines: Das Boot bewegte sich.

Und dann kam der Blitz. Leuchtend, weiß, ein Streifen puren Glanzes, der den Himmel verwandelte. Das Boot machte einen Ruck nach vorn, und das Mädchen, das in seinem Bug stand, strauchelte. Aber der Jäger bot ihr keine Hilfe an; der See glättete nicht den Weg des Bootes; sie kam zu ihnen, ihr Zorn auf seinem Höhepunkt, ihr Schwur immer noch in der Nachtluft schwelend wie ein widerhallendes Echo von etwas, das niemals ganz vergessen sein wird.

So kam die Herrin vom See zu ihnen, bloße siebzehn Jahre alt, den Jäger hinter sich und vor sich die Zukunft, auf die sie alle gewartet hatten.

Seine Augen waren hell und glänzend, hart wie Glas, erfüllt von einem Licht, das sie nie zuvor in ihnen gesehen hatte. Er verweilte länger bei der Burg, als er es je getan hatte, und er konnte nicht länger als fünf Minuten stillstehen – *konnte* es nicht.

»Merlin?« fragte sie, und er fuhr beim Klang ihrer Stimme auf, als sei eine Stimme als solche etwas Wunderbares und Gefährliches, als könnten die Worte ihn einfangen, ihn umschlingen, ihn mit Fußriemen binden.

Sie machte einen Schritt zurück, als er herumwirbelte; er machte einen Schritt nach vorn.

Dann zwang er sich zur Ruhe, zwang sich, stillzustehen.

So, dachte sie, *siehst du also aus, wenn du jagst.* Aber nein, das war nicht die ganze Wahrheit. Sie hatte ihn jahrelang auf der Jagd gesehen; hatte ihn beobachtet, wie er bewußt auf den rechten Augenblick wartete. Dies hier war etwas Neues. Dies war anders. Ein Raubvogel? Sie hatte viel gelernt in ihren Jahren auf der

Burg, aber so etwas hatte sie nie gesehen: Dies war der Jäger *vor* dem Erlegen der Beute, wie er über seinem Opfer kreiste, auf den rechten Wind wartete, die rechte Bewegung, den rechten Augenblick. Die Krallen ausgestreckt, warmes Blut, nur ein sekundenlanges Herabschnellen entfernt, war dies der Ort, an dem der Vogel den Wind traf und ihn teilte und sich im Triumph erhob.

»Merlin«, sagte sie, und als er sich zu ihr umwandte, kam ihr zu Bewußtsein, daß sie ihn nie gefragt hatte – daß keine von ihnen ihn je gefragt hatte –, was ihm in dem Winter vor ihrem eigenen Verderben angetan worden war.

Während Morgannes Schwangerschaft kam er häufig zur Insel, obwohl er nie über Nacht blieb. Etwas in der Burg verwehrte ihm die Möglichkeit, hier zu schlafen – aber daran waren sie gewöhnt. Nicht gewöhnt waren sie an seinen Schatten am Ufer und den Klang seiner Stimme zu jeder Stunde des Tages, da das Sonnenlicht in seiner ausgeprägten Fähigkeit, jede Ecke und jeden Winkel zu finden, in die Innenhöfe und Türme fiel.

Waren sie eifersüchtig?

Vielleicht. Wenn Elyssa sich über die Schulter schaute, sah sie sie bisweilen dicht nebeneinander stehen, er ganz der aufmerksame und eifrige Hüter, und sie ungezähmter Zorn. Bei solchen Gelegenheiten fragte sich die erste der Bewohnerinnen der Insel, ob es das war, wonach er immer gesucht hatte: eine Schwangerschaft, ein bestimmtes körperliches Überbleibsel des Mannes, der das Leben einer jeden von ihnen zerstört hatte.

Bisher hatte er die Neuankömmlinge immer Elyssa überlassen.

Eines Abends erwartete sie ihn an den Uferwiesen.

»Elyssa«, sagte er, obwohl er nicht allzu überrascht schien.

»Ihr habt die Neuankömmlinge stets mir überlassen«, erwiderte sie, als hätte er ihr eine Frage gestellt, obwohl er nicht einmal die Freundlichkeit besaß, ihr diese Möglichkeit zu bieten.

»Ja«, sagte er. »Das habe ich.«

»Und was ist mit dieser hier?«

»Ich hatte gehofft, dir ihren Zorn zu ersparen.«

Sie war nicht das Mädchen, das sie einst gewesen war; inzwischen durchschaute sie eine Lüge. Die Nacht hüllte sie beide in ihren Mantel, aber der Mond glitzerte silbern auf dem Wasser. Ihr Schweigen war ihr Anklage genug.

Sein Schweigen war die einzige Antwort, die sie von ihm erwartete, und am Ende wandte sie sich ab, dem Weg zu, der zur Burg führte. Aber er überraschte sie, wie er es so oft tat.

»Du heilst zu sehr, Elyssa.«

»Wie bitte?«

»Ich meine die anderen – du nimmst sie an, und du gibst ihnen die Insel, und du lehrst sie, wie sie sich selbst heilen können. Sie arbeiten in deinen Gärten, in deinem Saal und in deiner Küche, sie plagen sich in deiner Burg und an deinen Webstühlen, sie lesen vor deinem Feuer, nachdem sie sich mit den Worten abgemüht haben, mit der Vorstellung der Worte. Die Neuankömmlinge – sie halten so lange an ihrem Zorn fest, wie es ihnen möglich ist, aber im Angesicht dessen, was du ihnen zu bieten hast, tun sie es niemals wirklich lange.«

»Ich beraube sie nicht ihres Zorns«, erwiderte sie sanft und mit gleichmäßiger Stimme. »Ich helfe ihnen, ihren Schmerz loszulassen.«

Plötzlich wandte er sich zu ihr um, als könne dieser körperliche Akt sie zwingen, vor dem Gespräch zu fliehen. Sie war nicht das Mädchen, das sie einst gewesen war, nein; sie blieb standhaft.

Vielleicht hatte sie aber noch sehr viel von diesem Mädchen, nur daß die Insel selbst ihr eine Sicherheit versprach, die sie nirgendwo anders im Land der Männer finden würde.

»Was«, sagte er, wobei er die Worte durch kaum geöffnete Lippen hervorstieß, »was glaubst du denn, *ist* der Zorn? Nimm den Schmerz weg, und du hast ihn zerstört.

Die anderen zählten nicht. Am Ende zählst nicht einmal du. Aber Morganne – sie ist *die eine*. Sie ist das Gefäß. Sie trägt unsere

Rettung in sich.« Er zitterte vor Gewißheit. »Und ich werde nicht zulassen, daß du sie zerstörst, bevor unser Werk getan ist.

Hast du verstanden? Du hast hier auf sehr kurzsichtige Weise gewirkt, und am Ende habe ich es zugelassen. Aber jetzt steht zu viel auf dem Spiel. Wir haben beinahe den Punkt erreicht, an den wir gelangen müssen. Das Ziel ist in unmittelbarer Reichweite. Die Kunde – die Kunde von dem Kind hat sich bereits verbreitet, und sie wird das Land mit seiner Wahrheit erfüllen, bevor sie an sein Ohr dringt. Er wird hoffen, Elyssa. Er wird hoffen – und wir werden alle Hoffnung zerstören, Stück für Stück, bevor er am Ende ist.

Er wird weinen.

Er wird schreien.

Er wird seinen einzigen Erben zugrunde gehen sehen.

Seine Herrschaft und seine Hoheit über diese Länder – sie werden an einen anderen fallen, an einen, der keinen Tropfen seines Blutes in sich trägt.« Er hielt in seiner Rede inne; die Inbrunst der Worte schien seine Kraft aufzuzehren, ihm Ruhe zu geben, ihn bluten zu lassen. »Das ist es, was uns zusteht, aber wir haben es nicht den Göttern überlassen, uns das Unsere zu geben; wir haben uns genommen, was rechtmäßig unser ist.« Er schwieg lange Zeit; das Boot bahnte sich nur langsam einen Weg durch die Binsen. »Jedenfalls werden wir es tun«, sagte er leise. »Wir werden es tun.«

Das Boot trug ihn, nachdem sein Schweigen sich über den See gesenkt hatte, geschwind davon. Sie sah den Wellen, die es im Wasser schlug, lange Zeit nach.

Am folgenden Tag blieb Merlins Besuch aus.

Seine Abwesenheit überraschte Elyssa; auch Morganne schien überrascht zu sein. Die Sonne hatte sich durch die Wolken geschoben, aber an diesem speziellen Tag schien sie keine Schatten zu werfen. Morgannes Leib wölbte sich schwer über dem Kind, und die Hitze war ihr unbehaglich – zumindest schien es so; keine einzige von ihnen hatte jemals ein Kind getragen, und keine einzige von ihnen würde es wohl jemals tun. Die Ereignisse, die sie hierhergebracht hatten, hatten sie fürs Leben gezeichnet.

Sie bedauerten sie; sie alle. Und es war offensichtlich, daß sie keine Verwendung für ihr Mitleid hatte. Keine Verwendung, um genau zu sein, für auch nur eine einzige der anderen Frauen auf der Insel. Aber am nächsten Tag kam Merlin wieder nicht und am übernächsten Tag ebensowenig; der Spätsommer schien ihn in Vorbereitung auf die Ernte verschlungen zu haben. Sehr langsam, aber stetig machte der Zorn der neuen Frau einer verbitterten Rastlosigkeit Platz.

Elyssa hatte dergleichen schon früher erlebt, auf verschiedene Art und Weise; achtmal hatte sie es bisher erlebt. Aber sie gab sich keinerlei Illusionen hin; keine einzige von ihnen hatte an dieser so furchtbar bitteren Erinnerung eines Kindes getragen, eines Kindes, das wie der Samen eines Dämons in ihrem Leib wuchs. Und doch.

Sie alle hatten Kinder wachsen sehen; sie alle hatten Kinder in den Armen gehalten. Sie alle waren das eine oder andere Mal gezwungen gewesen, auf Kinder achtzugeben, in der Stadt oder auf dem Feld. Die Tage wurden kürzer; die Nächte länger.

Merlin kam nicht.

Aber das Kind kam.

Elyssa war alt genug gewesen, um Geburten beizuwohnen. Neve war noch älter gewesen; sie hatte selbst bei Entbindungen mit Hand angelegt. Alle zusammen versorgten sie Morganne, mit Gwyneth als denkbar geduldigster Vermittlerin des nötigen Wissens.

Morganne gehörte nicht zu denen, die schrien. Es war beinahe so, als sollten die Schreie, die sie in jener ersten Nacht ihrer Ankunft ausgestoßen hatte, die einzigen bleiben, die je von ihr zu hören waren; sie ließ sich in ihren Schmerz fallen und gestattete ihm nicht, ihrer Kehle auch nur ein Wispern zu entlocken. Ihr Atem ging schneller und schärfer; sie brachten Wasser für ihre aufgesprungenen Lippen und ihre ausgedörrte Kehle und wuschen, so oft sie es gestattete, ihr Gesicht und ihren Leib mit einem Schwamm ab. Sie duldete ihre Hände nur widerwillig, bis ganz zum Schluß – aber am Schluß griff sie wie in tiefer Dunkelheit tastend aus, und ihre Finger krallten sich blind um alles, was sie zu fassen bekam, krümmten sich zitternd in der Luft.

Elyssa hielt ihr die Hände fest, wie von einem Instinkt getrieben; die anderen überließen ihr dies. Es war schließlich ihre Aufgabe; sie war ebensosehr die Hüterin der Insel wie Merlin, sie, die Erstgekommene. Das Baby kam, feucht und klebrig, zur Welt; die Nachgeburt folgte.

»Ein Junge«, sagte Viviane. Sie, die Neueste unter ihnen, diejenige, deren Zorn gerade erst in sich zusammenzufallen begann. Sie hatte die Hände zu Fäusten geballt, öffnete sie und ballte sie von neuem, wieder und wieder, als wären sie ihr Herz und schlügen.

Gwyneth nahm das Kind auf, hielt es hoch. Neve durchschnitt und verknotete die Nabelschnur, die sein Leben mit dem seiner widerstrebenden Mutter verbunden hatte; sie hielt den Knaben an den Fußgelenken in die Höhe, bis sein Gesicht purpurrot anlief und er Atem holte.

Seine Schreie waren schwach, aber deutlich.

»Was machen wir jetzt mit ihm?« sagte Gwyneth leise zu Neve.

»Wir – wenn er …« Sie nahm ihn aus Gwyneth' zitternden Händen entgegen. Sah ihn an, verzog das Gesicht und errötete. Blickte über ihn hinweg und sah seiner Mutter in die Augen. »Es tut mir leid«, sagte sie leise.

Morganne sagte nichts.

»Wenn du willst, daß dieses Kind dir auf die eine oder andere Weise als Waffe dient, wird es zumindest für eine kurze Zeit leben müssen, um diese Funktion zu erfüllen. Keine von uns kann ihm als Amme dienen.« Sie hob das Kind hoch und legte instinktiv eine Hand unter seinen Nacken, um den winzigen Kopf zu stützen.

Sie schwiegen, alle schwiegen sie. Die Nacht hatte sich schwer aufs Land herabgesenkt; sie wurden geleitet von Lampe und Fackel, von Mond und Sternen, eine Kabale der Gefallenen; wäre in diesem Augenblick der Winter gekommen, hätte er sie nicht schlimmer frieren machen können als die Geburt eines Knaben und das absolute Schweigen seiner jungen Mutter.

Nacht lag in ihren Augen, als sie langsam ihre Hände aus Elyssas löste. Sie streckte sie aus, die Arme steif und hart. Kein einziges Wort drang über ihre zu einer schmalen Linie verzogenen Lippen, aber ihre Absicht war klar. Neve zögerte nicht. Sie legte den Säugling in die Arme seiner Mutter.

Die Arme seiner Mutter waren nicht freundlich, nicht weich, nicht nachgiebig. Aber sie nahm das Kind; und sie begann es zu säugen, biß sich auf die Lippen, um die Berührung und die Nähe zu ertragen. Ihre Augen waren sehr, sehr kalt.

Seine ersten Wochen verbrachte er in einer Welt von Stille und steifen Bewegungen. Er hatte eine Wiege – von der stets praktischen Neve grimmig, aber flink zusammengehaut –, und sie legten ihn hinein, stellten ihn in ein Zimmer, von dem aus er sich mit seinen lautesten Schreien vernehmbar machen konnte. Wenn sie durch diese Schreie auf ihn aufmerksam gemacht wurden, brachten sie ihn zu seiner Mutter.

Sie war die ganze Zeit über teilnahmslos und wortkarg; das Kind schlief nicht gut. Wenn sie ihn stillte, dann waren ihre Arme so steif wie ihr Körper, und sie hatte den Blick auf den Boden oder die Mauer oder die Pflanzen im Garten geheftet – sie sah überall hin, nur nicht auf das Kind. Wenn er fertig war, holten sie ihn wieder ab; sie säuberten ihn, windelten ihn und brachten ihn zurück in die winzige Ummauerung seines Heims: die grob gefertigte Wiege. Niemand sagte ein Wort.

Welche von ihnen war es, fragte Elyssa sich, obwohl sie die Antwort bereits kannte. Welche von ihnen war es, die dieses Schweigen und diese Finsternis, diesen furchtbaren Zorn das erste Mal verraten hatte?

Wäre es Anna gewesen, hätte sie vielleicht etwas gesagt; wäre es Morganne gewesen, hätte sie gewiß geschwiegen. Neve hätte sie vielleicht in Ruhe gelassen, denn Neve war die Älteste und galt in vieler Hinsicht als die Klügste. Selbst Gwyneth mit ihrer Buchgelehrsamkeit und ihrem Wissen hätte vielleicht einen entschuldbaren Grund für ihren Fehltritt gehabt.

Aber es war das neueste Mädchen, Viviane. Es war Viviane, die sich den ersten Akt des Verrats zuschulden kommen ließ. Elyssa erinnerte sich deutlich: Das Kind, das zu dem Zeitpunkt einige Wochen alt war – beinahe zwei Monate –, hatte sie alle mit seinen wütenden Hungerschreien geweckt. Sie wechselten sich ab bei der Aufgabe, das kleine Ungeheuer zu holen, und diesmal war Neve an der Reihe. Sie ging ins Wiegenzimmer, kam mit dem Kind zurück und gab es seiner Mutter, die es ohne Widerstand entgegennahm. Dann schürte sie das Feuer; es war jetzt kalt und würde wahrscheinlich noch kälter werden, bevor sich die Wärme im Raum ausbreiten konnte. *Das Kind,* versicherten sie einander, *darf nicht sterben, bevor es seinen Zweck erfüllt hat.*

Aber nachdem er getrunken hatte, war der Säugling nicht in besserer Verfassung als zuvor, und er wimmerte und wimmerte und wimmerte, bis Morganne und ihre neun Helferinnen sich alle um ihn geschart hatten. Schließlich war es Viviane, die das Kind in wütendem Zorn an sich nahm und zu seiner Wiege zurücktrug. »Soll er sich doch in den Schlaf weinen – was geht es uns an? Er ist gefüttert worden, er ist gewindelt worden, sein Feuer brennt.« Sie protestierten nicht gegen ihre ärgerlichen Worte; sie konnten es nicht.

Sie nahm das Kind. Sie verließ den Raum. Neun Frauen verfielen in ihr gewohntes Schweigen, soweit es das Kind betraf; der Junge war wie eine Mauer zwischen sie getreten, ein Ding, das sie nicht zu übersehen oder zu ignorieren vermochten.

Und dann geschah etwas Merkwürdiges: Die Nacht war plötzlich erfüllt von Stille. Nur das: Stille. Die wütenden Schreie waren verstummt. Sie erstarrten wie Pfützen im Winter, wurden hart und gläsern. »Elyssa ...«, sagte Neve, und Elyssa schüttelte den Kopf; sie dachte, was sie alle gedacht haben mußten: *Viviane hat das Kind getötet.*

Niemand sagte ein Wort.

Aber Morganne erhob sich. Steif und schnell, die Augen weit aufgerissen und rund, *erhob* sie sich und ging zur Tür hinüber, wobei ihre Füße an Tempo gewannen, ihre Schritte raumgreifender wurden. Sie war ihrer aller Signal – daran sollte Elyssa sich später erinnern –, denn erst als sie sich bewegte, waren die anderen befreit von dem schrecklichen Zwang, ihm nachzugeben, diesem ...

Nenn es beim Namen. Nenn es beim Namen, Elyssa, und bring es hinter dich. Nenn es beim Namen.

Diesem Entsetzen, das sie alle erfaßt hatte.

Im Laufschritt erreichten sie das Zimmer, neun Frauen; Morganne stand wie ein Wächter an der Tür. Aus dem Zimmer konnte Elyssa ein Weinen hören, so leise, wie das des Jungen zuvor laut gewesen war. »Morganne«, sagte Elyssa, und Morganne trat ins Zimmer, nun an der Spitze der Frauen.

Sie ging zu Viviane hinüber, die mit untergeschlagenen Beinen auf dem kalten Steinboden saß; das lange Haar wallte ihr über die Schultern und schimmerte in dem Licht, das Neve – einzig Neve von ihnen allen – ins Zimmer mitzunehmen die Weitsicht besessen hatte. Morganne legte Viviane eine Hand auf die Schulter, eine zitternde, schlanke Hand und eine sehr sanfte, und Viviane blickte auf.

Elyssa glaubte, nie zuvor ein so schönes Gesicht gesehen zu haben, wie das von Viviane es in diesem Augenblick war; Tränen spiegelten den Lampenschein wider und leuchteten auf ihrem Gesicht, zogen eine Lichtspur von den Augen bis zum Kinn. Den Säugling – den Knaben – hatte sie so fest an ihre Brust gedrückt, daß man ihn hätte für tot halten können, wäre nicht der Umstand gewesen, daß sein Gesicht über ihrer Schulter emporragte; er sah sie alle durchdringend an, und sein Gesicht war so heiter und so ruhig, als hätte er sein ganzes kurzes Leben lang gerade auf diesen einen Augenblick gewartet.

Sie war ein sanftes Mädchen, dachte Elyssa, *muß* ein sanftes Mädchen gewesen sein. Es ließ sich schwer sagen, wie ein Mensch unter der Tragödie gewesen war, bis man den Schleier der Tragödie weit genug angehoben hatte, um klar zu sehen.

»Es tut mir leid«, sagte Viviane immer noch weinend. »Es tut mir leid, Elyssa. Es tut mir leid, Morganne. Ich dachte – ich dachte, ich könnte ihn töten. Ich dachte, wir könnten ihn töten.«

»Und wir können es nicht?« Annas Frage, Anna, die ebenfalls noch so jung war.

»*Ich* kann es nicht«, erwiderte Viviane. »Ich kann ihn nicht einmal hassen, und ich habe es versucht, ich habe es versucht. Aber er ist – ich kann nicht –, er ist so *allein* …«

Da wandten sie sich um, um Morganne anzusehen, nahmen sie in die Mitte ihres Kreises, neun Frauen und ein Säugling. Und Morganne sagte leise: »Gib mir mein Kind.« Es folgte ein kurzer Augenblick des Zögerns. Elyssa sah, wie Vivianes Arme sich unwillkürlich anspannten. Aber sie tat, was Morganne ihr befohlen hatte; das Kind wurde an seine Mutter weitergereicht. Seine Mutter hielt ihn einen Augenblick lang in steifen Armen. Und dann, eingehüllt in das Schweigen der anderen, sagte sie: »Ich dachte, du hättest ihn getötet.« Und sie hielt das Kind so fest, wie sie nur konnte, so fest, wie Viviane es getan hatte. Aber sie weinte nicht.

Die anderen weinten, die neun anderen.

Er war kein Engel. Er war kein vollkommenes kleines Geschöpf. Er war nicht, wie einige sich später erzählen sollten, ein Kind ohne jeden Makel; wie hätte er das auch sein können, großgezogen von zehn Müttern. Sie stritten ständig darüber, wie man ihn am besten behüten, am besten unterrichten könne, waren uneins darüber, *was* man ihm beibringen solle, auf einer Insel, auf die kein Mann außer einem seinen Fuß setzen durfte. Und jede der

Frauen tat, was alle Mütter tun: ihr Bestes, wie sie es für richtig erachtete.

Aber sie sprachen auch, zögernd zuerst, von seinem ersten Lächeln. Sie sprachen von dem ersten Tag, an dem er sich auf die Seite gedreht hatte, von seinem ersten Versuch, über den Boden zu krabbeln, von seiner ersten Begegnung mit Wasser und den Binsen am Ufer des Sees. Dieses Ufer faszinierte ihn; ihm war kein Weg zu lang, kein Gebüsch zu dornig, um irgendwo am See zu spielen, die Amseln mit den roten Flügeln zu beobachten, wie sie sich in die Luft erhoben, und fasziniert dem Flug einer Libelle zu folgen.

Am Ufer des Sees begegnete er Merlin zum ersten Mal. Er war vier Jahre alt, nicht ganz fünf; die Tradition von Morgannes Volk wollte es, daß einem Kind mit fünf Jahren sein Name gegeben würde. Wer ein Kind früher benannte, forderte damit die Götter heraus, lud den Tod ein, der den Müttern die meisten der kleinen Kinder stahl, und Morganne hatte ihn schon einmal bei seinem Namen genannt.

Aber er war seinem fünften Geburtstag nahe genug, um ein gutes Stück vor diesem Fremden, diesem so überaus merkwürdig gestalteten, merkwürdig sprechenden Neuankömmling den Weg hinaufzulaufen. »Mutter!« Dann fügte er lauter hinzu: »Gwyn! Neve! Da ist ein Fremder am Ufer ...«

Der Jäger wirkte zerlumpt; seine Augen glitzerten wie Stahl im Sonnenlicht, bis er eine Hand hob, um sie zu überschatten. Morganne, die als erste gerufen worden war, blickte zu Elyssa hinüber, um schweigend Rat zu suchen, und streckte dann die Hand aus – so wie sie es bei der Geburt des Knaben getan hatte, den sie insgeheim alle als den Ihren betrachteten. Gemeinsam erhoben sie sich aus dem nachmittäglichen Schatten und warteten darauf, daß der Junge sie erreichte. Erst als er nur noch um Armeslänge von ihnen entfernt und in Sicherheit war, rührte Neve sich, um ihn in ihre Arme zu ziehen – hastig. Er wehrte sich einen

Augenblick, bis ihr Griff kräftiger wurde, dann wandte er sich zu ihr um. Sofort fügte er sich, und Elyssa tat es leid, daß sie ihn erschreckt hatten, denn sie sah die Reglosigkeit und die Wachsamkeit, die sich nun in seiner Miene widerspiegelten, und sie wußte, daß ihm plötzlich aufgegangen war, daß sie alle, alle zehn Angst hatten.

Merlin wußte es ebenfalls. Keine fünf Meter von Morganne entfernt blieb er stehen, und als er sich endlich verneigte, fiel seine Verbeugung sehr knapp aus. »So«, sagte er.

»Ihr seid nicht mehr wiedergekommen«, erwiderte sie und antwortete auf die Anschuldigung, bevor sie erhoben werden konnte. Um ihren Sohn zu verschonen.

Er lachte; das Lachen war wild wie sein Gesicht, das eines Todgeweihten. »Glaubst du, das war *meine* Wahl?« Er warf die Arme hoch, eine kühne, eine zornige Geste. »Es sieht so aus, als hätte der See die Entscheidung getroffen. Oder die Insel. Das Boot wollte mich nicht tragen, das Wasser mein Gewicht nicht dulden. Ich war diese fünf Jahre und länger ein Gefangener des Wassers und seines Fluchs. Es wird mein Schicksal sein«, fügte er verbittert hinzu.

»Aber heute seid Ihr hier.« Elyssa trat ins Licht. »Und wenn Ihr die Natur der Insel besser verstündet, wüßtet Ihr, warum Ihr das Wasser nicht überqueren konntet. Ihr wolltet einem von uns Böses.«

»Belehr mich nicht, Elyssa. Ich verstehe den See sehr wohl.«

Sie tauschten einen Blick, diese Frauen, die sich ein Zuhause und ein Leben und einen Frieden aufgebaut hatten, wie es in den Ländern jenseits des Wassers kaum jemals möglich gewesen wäre. Morganne sagte: »Ihr seid zurückgekehrt. Der See hat es zugelassen. Warum?«

»Weil ihr, meine lieben Damen, in Kürze unter Belagerung stehen werdet. Die Kunde von eurem Kind ist zu guter Letzt dem Fürsten zu Ohren gekommen, der ihn für sich fordert. Er ist gekommen, um sich zu holen, was rechtmäßig sein ist, und ich bin als Vorhut gekommen, um euch zu warnen.« Dann drehte er sich um. Betrachtete den Jungen, den Neve in ihren Armen hielt, dieses stille, reglose Kind. Das Kind, das dem Haß und dem Zorn in Merlins Gesicht begegnete, ohne sich auch nur ein einziges Mal abzuwenden oder zurückzuschrecken. Er machte einen Schritt nach vorn und zeigte ihnen allen nun seinerseits eine flehentliche Miene – und das war das schlimmste daran, das Flehen, die furchtbare, wütende Sehnsucht, die hilflose Enttäuschung. »Es ist noch nicht zu spät. Begreift ihr das denn nicht? Er ist auf dem Weg. Es ist *noch nicht zu spät*. Kehrt um, wendet euch von diesem Gefühl ab.«

Morganne sah ihm in die Augen, und ihr Blick verhärtete sich. Sie öffnete die Lippen, um zu sprechen, und in dieser Sekunde erklang der Ruf von Hörnern, der wie ein Sturm durch die herbstliche Stille wehte. »Es ist Zeit«, sagte sie. »Komm, Neve. Nimm das Kind mit. Sehen wir uns die Armeen des Feindes an.«

Dies war ihr Alptraum. Sie erinnerte sich daran; der Traum hatte sie seit dem ersten Monat, da sie allein in der Sicherheit der Burgmauern geschlafen hatte, heimgesucht. Er hatte sie alle heimgesucht: Männer auf Pferden, in Rüstungen, die im Sonnenlicht funkelten; Speere. Lanzen. Schilde. Schwerter. Männer mit geringerer Rüstung und ohne Pferde, mit Waffen, die aus Holz und Eisen waren und die wie kleine Bäume unter ihnen aufragten. Vom einen Ende des Sees bis zum anderen erstreckte sich diese Armee, so weit das Auge reichte.

Entgegen ihren besten Absichten prallte Elyssa zurück; sie fand ihre Kraft erst wieder, als sie gezwungen war, Anna zu trösten. Viviane sagte nichts, aber ihre Lippen waren weiß; Gwyneth wuchs um zwei Zoll, und Neve, die den Jungen trug, schien im selben Maße kleiner zu werden. Da standen sie, gedemütigt von dem Banner und dem Wappen, das sie kannten: der Drachenfürst.

Nur Morganne zuckte mit keiner Miene. Sie holte Atem, richtete sich höher auf und warf sich ihr Tuch wie einen Umhang über die

Schultern. Die anderen neun sahen zu, wie sie an den Steg trat, der so selten benutzt wurde, daß er ihnen immer überflüssig erschienen war. Welch törichte Vorstellung, der See könne irgend etwas hervorbringen, ohne daß es einem Zweck diente.

»Wer seid Ihr?« sagte sie, und ihre Stimme erfüllte das Schweigen, »und warum habt Ihr Euer Leben riskiert, um zu der Insel zu kommen?«

Und ein Mann ritt vor, angetan mit der edelsten Rüstung von allen und einem Überwurf in den Farben des Drachen. »Ich komme«, sagte er, »um Anspruch auf mein Fleisch und Blut zu erheben, wie es mein Recht ist.«

»Auf diesem Land habt Ihr kein Recht, und Ihr habt keinen Anspruch auf Fleisch oder Blut.«

»Du hast einen Sohn. Das ganze Land spricht von ihm.«

»Wir haben ein Kind, ja. Und dieses Kind haben wir unbesudelt mit aus den Landen gebracht, die den Männern bekannt sind; wir haben den Jungen hierhergebracht, auf daß wir ihn großziehen können, ohne daß Euer Makel ihn befleckt. Wir sind die Herrinnen der Insel und die Herrinnen vom See, und wir weisen Eure Ansprüche zurück. Kehrt um, kehrt um, Drachenfürst. Vielleicht werdet Ihr dann Eure Narrheit doch noch überleben. Ich werde Euch kein zweites Mal warnen.«

Er lachte. Er lachte, aber die Männer, die nicht auf Streitrossen saßen, schwiegen unbehaglich.

»Geht«, sagte er zu den unberittenen Bauern, die er zusammengeschart hatte, um sie als Waffen zu benutzen. »Geht und holt mir meinen Sohn.«

Neve sah Morganne von der Seite an. Diese nickte, und Neve wandte sich um, um den Jungen eilig durch die Sümpfe in Sicherheit zu bringen. Aber der Junge streckte statt dessen die Hand nach seiner Mutter aus, und sein Gesicht war sehr ernst.

»Nein«, sagte seine Mutter, und ihre Stimme klang hart und kalt, »du *mußt* gehen.« Er schüttelte den Kopf; er war halsstarrig, und vielleicht hatten sie alle ihren Anteil daran gehabt, hatten das Kind verwöhnt und seinen Launen nachgegeben. Aber am Ende erlaubte sie, die so hart und kalt war wie die Rüstung seines Vaters, ihm zu bleiben und zu sehen.

Und so kam es, daß er zum ersten Mal Bekanntschaft mit dem Tod machte, denn einige der Bauern versuchten zu fliehen, und sechs wurden niedergemacht und ihre Köpfe auf Piken zur Schau gestellt, als Warnung für die übrigen. Darauf kamen die anderen zum Wasser und bahnten sich ihren Weg durch seine sumpfigen Untiefen – und auch sie schrien und starben. Zum ersten Mal statuierte der See ein so gewaltiges Exempel wie der Fürst selbst. Als nächstes rückten sie mit Flachkähnen an, was Merlin, der bis zu diesem Augenblick in Schweigen verharrt hatte, mit einem Lachen quittierte; Heiterkeit und Grausamkeit schwangen in diesem Lachen mit, und der Junge wandte sich um, um in Merlins Gesicht zu schauen, und schrak zurück vor dem, was er dort sah.

Die Tiere entkamen den Sümpfen; dafür waren sie dankbar. Die Männer, die sie ritten, entkamen nicht. Zu Anfang erfüllte sie dies in gewisser Weise mit boshafter Freude, aber nach einer Weile war das Schreien und Gurgeln einfach zuviel für sie – für alle bis auf Morganne, die in versteinertem, eisigem Schweigen lauschte. Ihr Sohn schaute ihr über die Schulter, betrachtete die bleichen Gesichter seiner neun anderen Mütter, und Elyssa sah, daß er weinte, als hätte er irgendwie die Tränen in sich aufgenommen, die seine Mutter nicht weinen konnte, um sie für sie zu vergießen.

»Ich wollte ihm ein Leid antun«, sagte sie, als der letzte der Ritter unter der stillen Wasserfläche verschwunden war und der Fürst keine weiteren mehr opfern wollte. »Ich wollte ihm ein Leid antun, weil ich Euch ein Leid antun wollte.

Aber er hat Besseres verdient; er ist mehr, als Ihr jemals sein werdet oder auch nur im Traum zu sein hoffen könntet. *Ich* bin Morganne, Morganne von der Insel und vom See, und ich heiße Euch und die Euren gehen. Euer Sohn wird sich niemals nehmen, was Ihr für Euch genommen habt; er wird niemals Anspruch auf die Länder erheben, auf die Ihr Anspruch erhoben habt. Er wird niemals beherrschen, was Ihr beherrscht habt, oder auf die Art und Weise herrschen, wie Ihr geherrscht habt. *Ich schwöre es.*

An diesem Tag hat er Blut gesehen, und er hat Krieg gesehen.« Dann hob sie ihn hoch, hob ihn hoch über ihren Kopf – und aus den Falten ihres Gewandes zog sie einen langen, einen schmalen Dolch.

Elyssa schrie auf und Neve ebenfalls, aber Gwyneth und Viviane und Anna schwiegen; sie hatten Vertrauen.

Und sie sagte: »Du, Kind, bist der Sohn der Insel, und dieser Ort wird dir Beistand und Kraft schenken, solange du lebst. Du hast Blutvergießen gesehen, und wenn deine Zeit gekommen ist, wirst auch du Blut vergießen. Doch dein erstes Blut soll hier fließen und jetzt.« Und der Junge in ihren Armen schrak nicht vor dem schrecklichen Wahn in ihrer Stimme, ihren Augen und ihrem Gesicht zurück, sondern öffnete seine geballten Fäuste und bot ihr die weiße, weiche Haut seiner Handfläche dar. Sie hob den Dolch und schlitzte die Haut auf, daß sie blutete. Ein jäher, dunkelroter Streifen zeichnete sich ab.

Der Fürst schrie auf vor Zorn; das Kind gab keinen Laut von sich. Aber sein Blut fiel auf den Steg und fiel, noch während sie ihn in ihren Armen hielt, ins Wasser, das die Insel umgab. »Du hast an diesem Tag das notwendige Alter erreicht, und ich gebe dir deinen Namen: Arturus. Laß die Legende aus dir machen, was sie will.

Ihr werdet ihn niemals kennen«, sagte sie zu dem Fürsten, »und Ihr werdet nie begreifen, was Ihr in Eurer Torheit verloren habt. Ich hätte denselben Verlust erlitten, in derselben Torheit und im selben Zorn befangen, aber mir wurde die Wahl geboten, und ich habe zwischen Eurer Art und meinem Sohn gewählt. So wie ich wähle, wird das Land wählen.« Sie hielt ihr Kind fest.

»So wie wir wählen«, fügte sie leiser hinzu, »*muß* das Land wählen.« Ein Schleier hatte sich über ihre Augen gelegt. Hoffnung oder Tod; Hoffnung oder Rache; Edelmut oder Brutalität.

Die Sonne schien auf sie herab, die Herrin und den Fürsten, den

See und das Kind; die Toten lagen zwischen ihnen, beinahe genauso schwer wie die Worte, die Morganne gesprochen hatte.

Und Elyssa, die erste, die an die Gestade der Insel gekommen war, war die letzte, die den Steg, das stille Wasser und die Gräber verließ. Sie sprach ihre Gebete für die Geister der Wasserwelt, und dann, als das Boot sie holen kam, überquerte sie den Fluß, um die Pferde zusammenzutreiben, die in den für die Menschen undurchquerbaren Sümpfen steckengeblieben waren.

Auf ihre Weise war sie ebenfalls eine praktisch veranlagte Frau, und die Pferde wurden gebraucht.

Kristen Britain
AVALONIEN

Nebel wogte und schlang sich um die Ruinen der alten Abtei wie faserige, gewundene Gazestreifen. Die Schwaden hatten das Tor schon lange der Sicht entzogen, doch einmal hatte sich ein Fenster aufgetan und einen kurzen, prickelnden Anblick des Turms aus dem vierzehnten Jahrhundert hoch oben auf dem Gipfel gewährt.

Die Feuchtigkeit setzte sich auf Anne Wilders Brille ab und trübte ihre Sicht noch mehr. Verärgert riß sie sich die Brille vom Gesicht und rieb die Gläser mit dem Ende ihres Schals sauber. Was war nur in sie gefahren, an so einem abscheulichen Tag Glastonbury zu besuchen? Selbst die Touristen, die gewöhnlich auf der Suche nach dem Zauber der Arthur-Legende in ganzen Busladungen angekarrt wurden, hatten heute die Einkaufsstraßen von London Glastonbury vorgezogen.

Sie war auf Anraten eines blinden Musikers gekommen.

Am Abend zuvor hatte sie in einem Pub weiter unten in der Straße, in der ihre kleine Pension lag, noch einen Happen gegessen. Während einer Pause im keltischen Repertoire der Band war der Musiker zur Bar gegangen und hatte dabei unheimlich geschickt das Chaos aus Tischen, Stühlen und Zuhörern umschifft, als bewege er sich auf einem gut ausgetretenen Pfad. Er setzte sich auf einen Hocker neben sie. Der Barmann schob ihm ein Pint dunkles, bitteres Ale zu, und instinktiv griff er danach, bevor er sich Anne zuwandte.

»Sie sind neu hier, nicht wahr?« sagte er. Es war weniger eine Frage als eine Feststellung.

Wie hatte er überhaupt merken können, daß sie neben ihm saß? »Ja. Woher wissen Sie ...«

»Und Ihrem Akzent nach Amerikanerin. Was führt Sie nach England?«

Anne wunderte sich über sein Interesse. Sie war bloß eine von Millionen Touristen, die jedes Jahr in Britannien einfielen. Er schien jedoch recht freundlich zu sein, und wenn er ein wenig plaudern wollte, so hatte sie nach ihren einsamen Reisen nichts dagegen.

»Eine Wanderung durch Schottland«, sagte sie. »Und Vogelbeobachtungen an der Küste, und …« Große Erschöpftheit war die Ursache ihrer Flucht gewesen, eine Last, die schwer auf ihren Schultern wog. Zu viele Schlachten hatte sie geschlagen und verloren. Sie zuckte mit den Achseln, dann fiel ihr ein, daß er sie ja nicht sehen konnte. »Ich nehme an, ich kam aus denselben Gründen hierher, aus denen jeder gern reist.«

»Hmmm.« Er nippte an seinem Ale, dann wandte er sich ihr wieder zu und musterte sie mit seinen blinden Augen. Sie waren verblüffend blau unter eisgrauen Brauen. »Sie suchen nach etwas Tieferem.«

»Was meinen Sie damit?«

Er beugte sich zu ihr vor und sagte: »Es drückt sich in Ihrer Stimme und in Ihren Worten aus, meine Liebe. Eine Sehnsucht, sich daran zu erinnern, daß die Wissenschaft nicht für alle Rätsel Antworten bereithält.«

Anne rutschte unruhig auf dem Hocker herum und vergaß ganz ihr Ale neben ihrem Ellenbogen. Rätsel? Seine Worte ergaben für sie keinen Sinn, obwohl er mit der Überzeugungskraft eines Propheten gesprochen hatte. Und Wissenschaft? Woher wußte er von ihrem Arbeitsbereich? Vielleicht war er ja ein Irrer. Sie schaute sich nach einem Fluchtweg um und versuchte, sich eine höfliche Entschuldigung zurechtzulegen.

Zu ihrem Entsetzen umklammerte der Musiker mit der Linken ihr Handgelenk, als wolle er verhindern, daß sie ging. Seine Knöchel waren knorrig vom Alter, wie polierte Baumwurzeln. »Besuchen Sie Glastonbury«, sagte er.

»Warum?«

»Ich habe das Zweite Gesicht, wissen Sie.« Er tippte sich mit seinem kräftigen Zeigefinger an die Schläfe. »Glastonbury wird die Erinnerung in Ihnen wachrufen, und Sie werden herausfinden, daß dieses Land eine Macht besitzt, die noch nicht vergangen ist. Ich weiß es.«

Anne hätte ihm fast ins Gesicht gelacht. Was für ein New-Age-Unfug war das nun wieder? Eine Reisebroschüre hatte behauptet, daß es sich bei Glastonbury um einen größeren Arthur-Fundort handele, als wäre König Arthur eine historische Tatsache und nicht bloß ein überlieferter Sagenkreis. Und doch lachte sie nicht, denn die Miene des Musikers war auf beklemmende Weise ernst.

Er sog Luft durch die Nase ein, als verriete ihm das etwas. »In Glastonbury werden Sie die Erinnerung wiederfinden. Glauben. Und vielleicht Ihre Bestimmung.« Dann nahm er ein, zwei Schlucke von seinem Ale und verließ sie, um sich wieder zu seiner Band zu gesellen.

Auch Anne atmete tief ein, ohne jedoch etwas anderes zu riechen als Zigarettenrauch, dampfendes Stew und ihr Ale. Der Musiker nahm seine Fiedel zur Hand, und die Band stimmte eine langsame, traurige Ballade an.

Anne atmete wieder tief ein. Die Luft war schwer von Feuchtigkeit; nicht nur die Feuchtigkeit der Luft, sondern auch von Schilf und Schlamm und ... nun ja, ein Sumpfgebiet eben. Der Legende nach stand die alte Abtei an der Stelle, die einmal die Insel Avalon gewesen war, doch nun gab es keinen See mehr, der sich um sie herum erstreckte.

Natürliche Entwicklung, dachte Anne. Ein seichter See oder Tümpel wird schnell zu Wiesenland. Terra firma, fester Boden unter den Füßen. Soviel wußte sie.

Doch als sie den nächsten Schritt machte, setzte ihr Fuß mit einem schmatzenden Geräusch auf. Ihre Schuhe waren durchnäßt.

Nun stand sie also an einem abscheulichen, feuchten und

nebelverhangenen Tag in Glastonbury, weil ein blinder Musiker mit dem Zweiten Gesicht ihr erzählt hatte, sie werde Erinnerung und Glauben finden. Und vielleicht ihre Bestimmung. Sie schnaubte verächtlich. Es gab hier Andenkenläden, Museen und die Ruinen. Ruinen und Museen übten keine große Anziehungskraft auf sie aus. Geschichte verwirrte sie, erst recht in einem Land wie diesem, wo die Historie wie bei einer Zwiebel Schicht auf Schicht lag – römische Wälle, mittelalterliche Burgen, mystische Steine. Und dann waren da noch die Völker – Sachsen, Pikten, Römer, Kelten und Bretonen ... Die Legenden machten das alles sogar noch verwirrender. Es war einfach zuviel.

Sie fand, sie sollte zu ihrer Unterkunft zurückkehren, um mit heißem Tee und Keksen gegen die Kälte anzugehen und vielleicht eine Wanderung ins Lake Country zu planen, wo sie weitere Vögel beobachten und die Landschaft in sich aufnehmen konnte. Sie wandte sich wieder der Abtei zu, doch der Nebel schloß sich enger um sie, ein dichter, undurchdringlicher Mantel. Sie versuchte, die Brille wieder zu reinigen, doch ohne Erfolg.

Anne strich sich mit den Fingern durch die langen und feuchten Locken. Obwohl sie keinerlei Anhaltspunkte mehr hatte und sich über die Richtung nicht im klaren war, verfiel sie nicht in Panik. In den wenigen großen Kathedralen, die sie besucht hatte, war sie sich verlorener, überwältigter vorgekommen als hier. Sie würde einfach irgendeine Richtung wählen und drauflosmarschieren. Irgendwann käme sie schon zu jemandes Haus, einem Pfad oder vielleicht zu der Abtei.

Vor ihr wirbelten die Nebelschwaden beim Geräusch flatternder Flügel auf. Sie ging entschlossen in diese Richtung und sah noch, wie ein Schwan mit seinen großen blassen Schwingen schlug, bevor er vollends im Nebel verschwand.

Ein Schwan, wo gar kein See ist ...

Sie blieb stehen, um ihre Fassung wiederzugewinnen, doch es wollte ihr nicht gelingen. Selbst an der Küste des nördlichen Neuengland, wo sie nun schon viele Jahre lebte, hatte sie selten so dichten Nebel erlebt. Aber ihre offensichtliche Abgeschiedenheit versetzte sie auch jetzt noch nicht in Panik, obwohl allmählich Unruhe in ihr aufkam.

Vielleicht ist dieser Nebel ja verwunschen, doch solche absonderlichen Gedanken waren mit ihrer Kindheit vergangen. Sie war nun ganz dem Reich der Wissenschaft und Fakten und nachprüfbaren Resultate verpflichtet. Keine Phantasien. Keine Geschichten. Keine Legenden.

Und doch kam sie nicht umhin, die Altehrwürdigkeit dieses Ortes und seinen Zauber zu spüren. Er schien geradezu dem Boden zu entströmen, durch ihre Beine den gesamten Körper hinauf. Seltsam, daß sie das nicht empfunden hatte, als sie in der ehrfurchtgebietenden Pracht der Kathedralen mit ihren vielfach unterteilten Fenstern und der detailreichen künstlerischen Ausführung stand. Sie war sich dort einfach nur klein und fremd vorgekommen und nicht lange geblieben. Statt dessen hatte sie das Land aufgesucht und historische Bauten aller Art seitdem gemieden.

Vielleicht lag es ja daran, daß sie sich mit dem Land verbunden fühlte. Bestanden ihre Heimat Neuengland und Teile von Britannien nicht aus demselben Fels? Ein geologisches Phänomen namens Formation, ein Stück der Kontinentalkruste, gebildet von Pangäa, als alle Länder eins wurden. Die Formation hatte den Namen *Avalonien* erhalten … Die Hügel, über die sie zu Hause ging, wiesen Merkmale derselben unglaublich alten Herkunft auf wie das Land, auf dem sie sich jetzt bewegte.

Selbst die Luft, die sie atmete, ließ sie das ehrwürdige Alter von Glastonbury spüren, die ganze Atmosphäre des Ortes. Die Legende lebt in den Nebeln … Der Musiker hatte gesagt, daß es Rätsel gebe, die der Wissenschaft für immer verschlossen blieben.

Sie ließ die faserigen Schlieren sanft vorbeistreichen, sich auf ihre Schultern herabsenken, ihre Wangen umschmeicheln. Sie leugnete seine Worte. Es war besser, sich mit Geologie auszukennen und die Namen der Vögel zu wissen. Es war besser, das

Verhalten der Säuger mit wissenschaftlichen Methoden zu ergründen. Diese Dinge existierten in ihrer Welt und waren greifbar. Die einzigen Rätsel, von denen sie etwas wissen wollte, waren jene, die man mit Hilfe der Wissenschaft lösen konnte.

Jedenfalls glaubte sie das. Gerade ihr Wissen verlieh ihr jedoch ein Gefühl von Leere, von Trauer und Verlust. Es ließ keinen Platz mehr für Träume oder für jene Geheimnisse, die der Musiker gemeint hatte.

Abermals putzte sie die Feuchtigkeit von ihren Brillengläsern und schloß die Augen, spürte, wie die Schwingungen des Landes sie durchströmten. Sie war Biologin, weil sie das Land und die Art und Weise liebte, wie alle Tiere, die darin lebten, miteinander verbunden waren. Sie wappnete sich mit Wissenschaft, Forschung und Fakten, um einen Kampf zum Schutz der Natur zu führen.

Offenbar einen verlorenen Kampf. Deshalb die Erschöpftheit, die Last auf ihren Schultern.

Wie sie dort stand, bildete sie sich ein, ein Pferd zu hören, und dann mehr als eines, die durch den Nebel galoppierten. Die Erde erbebte unter ihren Füßen, als sie vorbeizogen. Sie stellte sich die Schreie und Rufe der Männer vor, ein Klirren wie von Metall auf Metall; wie ein Schwert, das auf ein anderes Schwert trifft. Sie roch Eisen und Blut in der feuchten Luft.

Sie öffnete die Augen, doch der Eindruck blieb. Der Nebel wallte auf und wirbelte, formte Männer und Pferde um sie herum, grau und zeitlos, von einer ungewissen Stofflichkeit. Sie drehte sich unablässig im Kreis und versuchte, das, was sie sah, mit Sinn zu erfüllen, aber es gelang ihrem wissenschaftlichen Verstand nicht, überzeugende Schlußfolgerungen aus dem lichten Gefunkel zu ziehen, das von den Rüstungen und Waffen eines anderen Zeitalters ausging. Krieger kämpften und fielen rings um sie her, ihre Schreie ein verhallendes Echo.

Ein Krieger ritt mitten unter den anderen, ein königliches Stirnband an seinem Helm. Er war der Prächtigste von allen, sein Wappenrock blutverschmiert. In einer Hand hielt er ein herrliches, hell glänzendes Schwert. Damit deutete er auf Anne und sagte über die Entfernung hinweg, die sie trennte, mit ruhiger, sanfter Stimme, die das Gefecht und das Gemetzel um sie herum Lügen strafte: »Durch deinen Unglauben wirst du die Schlacht verlieren.«

Und bei Annes erstauntem Blinzeln vergingen der Krieger – der *König* – und die Schlacht ringsum wieder im Nebel.

Geister? Doch Anne glaubte nicht an Geister. Sie seufzte mit einem Schauder auf und wünschte sich, in ihrer kleinen Pension vor dem Kamin zu sitzen, wo es gemütlich und trocken war, mit nichts Ungewöhnlicherem um sie herum als viktorianische Möbel und dem Dröhnen eines Fernsehers im Gemeinschaftsraum.

Der Geruch des Sumpfgebietes trieb nun stärker zu ihr heran, befrachtet mit dem Duft nach Apfelblüten, obwohl der Frühling noch fern war. Sie hörte leises Plätschern wie von einem See, dessen Wasser ans Ufer leckt. Erneut drehte sie sich im Kreis, und da, unglaublich, teilte der Nebel sich und enthüllte den Rand eines Sees.

»Ich muß weiter gelaufen sein, als ich dachte«, murmelte sie und erinnerte sich nicht, auf einer der Hochglanzbroschüren über Glastonbury, die sie zur Hand genommen hatte, einen See gesehen zu haben.

»Wahrhaftig, sehr weit.« Eine Frau trat barfuß zwischen Schilf und Binsen ans Ufer. Es war eine ältere Frau mit rabenschwarzem Haar, das ihr locker geflochten den Rücken hinabfiel, und mit einem grünen Lorbeerkranz, der wie eine Krone ihre Stirn umgab.

Sie trug einen Schal und ein schlichtes Kleid aus blaugrüner Wolle. Ihr Blick war so bohrend wie der eines Turmfalken, dem nichts entging, und dennoch sanft. Sie näherte sich Anne, den Schal umklammert.

Eine weitere Erscheinung?

Als die Frau nur noch einen Schritt von Anne entfernt war, blieb sie stehen und streckte die Hand aus, die Innenseite nach oben, so daß deutlich die Linien zu sehen waren.

»Berühre meine Hand, Kind, und du wirst wissen, daß ich nicht einfach nur eine Erscheinung bin.«

Anne gehorchte und legte ihre Fingerspitzen leicht auf die Handfläche der Frau. Sie spürte die Wärme irdischen Fleischs – und noch mehr. Es war das vertraute Gefühl der Erde unter ihren Füßen, das ihr jetzt durch Adern und Herz loderte, und ein Geruch nach Lehm ging von der Frau aus, wie bei jemandem, der den Boden bearbeitet und als Gärtner grüne, sprießende Gebilde hervorbringt.

Widerstrebend zog Anne ihre Hand zurück, und ihr Herz pochte. Hier fand sie Einklang und Antworten, hier stieg Panik in ihr auf: ein Rätsel, Geheimnisse.

»Wer bist du?« fragte Anne. »Und – und wo bin ich?«

»Weißt du das denn nicht?« Die Frage klang traurig, aber nicht abfällig. »Ja, ich sehe, daß du es nicht weißt. Du hast so lange gekämpft, daß du den Anlaß aus den Augen verloren hast.« Die Frau richtete ihren bohrenden, wachen Blick auf Anne. »Du bist an einen Ort gekommen, den nur wenige erreichen können, denn der Weg dorthin ist schon fast ausgelöscht. Dein Kommen ist ein Zeichen der Hoffnung.«

Anne starrte sie sprachlos an, und die Frau kicherte.

»Du stammst von weit her«, sagte die Frau. »Dein Geist strahlt Frische aus. Ein Kind, das an einem Ort mit wilden, hohen Kiefern und Meeresgischt heranwächst.«

Woher wußte sie das? »Neuengland. Ich stamme aus Neuengland.«

Die Frau hob beide Brauen. »Wahrhaftig.« Doch ihre Stimme drückte kein Erstaunen aus.

Weil Schweigen sich zwischen sie legte und Anne das Bedürfnis hatte, es zu füllen, plapperte sie drauflos: »Ich bin dort Biologin in einem Schutzreservat.«

Die Frau seufzte, und es war wie ein Windhauch, der die Blätter zum Rascheln bringt. »Was sind das für Zeiten, in denen die Geschöpfe der Natur in Reservaten untergebracht werden müssen.«

»Täten wir es nicht«, sagte Anne zu ihrer Verteidigung, »wäre längst alles zerstört.«

»Wie ich schon sagte, was sind das für Zeiten.«

Sie schlenderten eine Weile schweigend am Ufer des Sees dahin, und die Kleider der Frau schleiften über den Boden. Anne hatte den Eindruck, als sprössen in ihrem Gefolge kleine weiße Blüten.

»Sag mir, Kind, wie ist es in diesem Reservat? Wie kümmert ihr euch um die, die ihr dort schützt?«

Nun hatte Anne wieder festen Boden unter den Füßen. Sie zitierte ihre Forschungen über Seevögelpopulationen. Sie sprach vom Überwachen der Fortpflanzungsrate und den Erfolgen und der Sterblichkeitsrate bei Meerschwalben, Papageientauchern und Tordalken. Sie sprach von Daten und Abhandlungen und Veröffentlichungen und von einem Doktorat in nicht allzu ferner Zukunft.

Als sie fertig war, ein wenig außer Atem, hatte sich die Miene der Frau kaum verändert. Sie blieb stehen und wandte sich Anne zu. Sie nahm Annes Hände in ihre, und wieder war da dieser Einklang, diese Verbundenheit.

»Weshalb tust du das, Kind?«

Anne zog verblüfft die Brauen zusammen. Sie hatte ihr doch gerade alles erklärt. »Damit wir verstehen, welcher Zusammenhang …«

»Nein, Kind.« Die Frau hatte ihre Stimme nicht erhoben. »Schau tiefer. Du hast einen Teil deines Geistes vernachlässigt. Sieh in den See und schau tiefer.«

Die Frau drückte ihr ermutigend die Hände und führte sie zum Rand des Sees. Sie spähte durch das Schilf ins seichte Wasser. Es war glasklar, und sie konnte bis zum schlammigen Grund blicken. Ein Frosch platschte neben ihr ins Wasser und verursachte ein Kräuseln, das sich in immer größer werdenden Ringen ausbreitete. Bläuliches Licht legte sich über die Wasseroberfläche, und allmählich konnte Anne sich selbst sehen …

Sie ist neun Jahre alt und besucht den Nationalpark Isle Royale

in Michigan. Sie zeltet mit ihrer Familie. Ein durchdringendes
Geheul zerreißt die Nacht, gefolgt von einem weiteren, einem
schauerlichen Chor. Es ist, als riefe jemand nach ihr, und sie spürt
jetzt noch seine Macht.

»Was ist das, Vater?« fragt sie.

Sein Kopf ist geneigt, er lauscht mit eigenartiger Miene. Alle
sind still, selbst ihr kleiner Bruder Matt.

»Wölfe«, sagt ihr Vater. »Sie sprechen miteinander.«

Sie schaudert.

Andere Bilder und Empfindungen fluten durch Annes Verstand:
kleine alpine Blumen, die hoch auf den Bergen wachsen; riesige
Mammutbäume, die sich, ehrfurchtgebietender als jede Kathedra-
le, dem Himmel entgegenrecken, der süße Duft von Kiefern an
einem heißen Sommertag; der Flügelschlag und die Schreie von
Wildgänsen, die sich in den bronzefarbenen Herbsthimmel erheben …

Diese und andere Erinnerungen erfüllten Anne, und als sie die
Augen öffnete, fand sie sich auf den Knien wieder, das feuchte
Erdreich durchnäßte ihre Hose, und ein Strom von Tränen lief ihre
Wangen hinab.

»Erinnerst du dich, Kind?«

»Ja«, flüsterte Anne. Sie hatte ihre Erinnerung wiedergefunden.
»Wer bist du?«

Die Frau lächelte freundlich. »Du hast die Nebel zwischen den
Welten durchschritten, nach Avalon. Einst kannte man mich in
beiden Welten. Der alte Glaube ist längst gestorben, nur nicht in
Avalon. Doch mir scheint, im tiefsten Inneren deines Herzens
kennst du mich.«

Anne rappelte sich auf und setzte die Brille ab, um sich mit dem
Schalende die Augen abtupfen zu können. »Avalon – bloß eine
Legende. Doch du …« Sie schüttelte den Kopf. »Nein, ich kann
nicht glauben, was du mich offenbar glauben machen willst.«

»Du warst vom Glauben abgefallen«, sagte die Frau.

»Ich habe keinen Glauben von der Art, den du mir nahezubringen versuchst«, sagte Anne. »Ich bewege mich in der Welt der Statistiken und Resultate, nicht in der von Mythen und Legenden. Ich glaube nur das, was ich auch sehe.«

»Was siehst du, wenn du mich anschaust?«

Ehe sie recht wußte, wie ihr geschah, sagte Anne schon: »Ich sehe den Regen und die Flüsse und die Seen. In deiner Stimme höre ich das Lied des Ozeans und des Windes. Ich sehe alle Lebewesen und ihre Stärke.«

Die Frau nickte und wischte Anne eine Träne von der Wange. »So ist es. Doch du solltest noch etwas sehen. Einen weiteren Aspekt des Glaubens, wenn du so willst.«

Ungebeten trat der Kriegerkönig aus dem Nebel, sein funkelndes Schwert jetzt fest gegürtet an seiner Seite, den Helm unter den Arm geklemmt. »Mylady«, sagte er. Er sank vor der Frau auf ein Knie.

»Erhebe dich, mein Kind.«

Und er tat es.

Anne schauderte. Die Frau verlangte zuviel von ihr; verlangte einen zu großen Glaubenssprung.

»Es gibt ihn nicht«, sagte sie. »Er ist nur eine Geschichte. Eine Legende.«

»Wahrhaftig?« Der König starrte Anne mit gebieterischer Haltung an. »Die Legende verleiht mir Leben. Und Glauben. Eine oft erzählte Geschichte, und mit jeder Schilderung verändert sie sich. Ich war Artorius, Artus und Arthur. Ich bin der Krieger, der ewig wiederkehrt.«

»Eine Legende lebt nicht.«

»Deine Weigerung verschließt dir nicht nur den Weg zu dieser Welt, sondern beraubt dich auch des Unerklärlichen, der Rätsel. Ein Verlust der Hoffnung.«

»Du hast deine Erinnerung zurück«, sagte die Frau, »doch allein dein Glaube kann Hoffnung und Träume erwecken. Ohne Hoffnung oder Träume hast du die Schlacht verloren, noch bevor sie begann.«

»Man gab mir dieses Schwert, damit ich Hoffnung bringe«, sagte der König. Er zog das Schwert und hielt es hoch in die Luft. »Ich verriet diese Hoffnung und muß nun stets von neuem auf das Schlachtfeld zurück, um Erlösung zu finden.«

»Der Weg zwischen den Welten schließt sich bald für immer«, sagte die Frau. »So wenige in deiner Welt glauben. Ohne Glauben werden alle Rätsel verschwinden. Das, was du liebst und wofür du kämpfst, wird vergehen, und du wirst mehr als eine Schlacht verloren haben.«

Anne konnte nicht sprechen. Diese Worte versetzten sie in ungeheuren Aufruhr. Sie war an eine gewisse Sicherheit in ihrer Welt gewöhnt. Es gab das Wahre und das Falsche. Phantasie und Wirklichkeit. Schwarz und Weiß. Und doch standen hier zwei Legenden vor ihr. Und es war kein Traum.

»Du mußt deine Bestimmung finden«, sagte die Frau.

»Meine Bestimmung?«

Die Frau rang vor ihr die Hände. »Du bist ein Kind des Landes. Deine Empfindungen sind stark – das ist eine Geistesgabe. Man braucht keine Mauern oder Burgen niederzureißen, um seinen Platz in der Welt zu finden. Dein Platz, deine Wurzeln sind hier.«

»Hier?«

»Der Geist von Avalon fließt in deinen Adern, Kind.«

Annes Nacken begann zu kribbeln.

»Ein Rest des alten Blutes ist in dir. Es hat dich hergeführt. Und du kannst bleiben, Kind, wenn du willst, denn Avalon ist eine Zuflucht. Doch erst mußt du glauben.«

Anne blickte von der Frau zum König. Beide wirkten sehr ernst. Beide standen so reglos wie Bäume an einem windstillen Tag.

Avalon fließt in deinen Adern, Kind. Anne war hierhergekommen, ohne eigentlich den Grund dafür zu kennen. Doch sie hatte ihre Erinnerung wiedergefunden, die Erinnerung daran, weshalb ihre Arbeit für sie so wichtig war, weshalb sie so energisch diese Schlacht schlug. *Das* hier hätte sie nie im Leben erwartet.

Ich kann es nicht erklären. Sie konnte auch die Magie von Wolfsgeheul in der Nacht nicht erklären oder das Gefühl, das sie verspürte, wenn sie das Nordlicht sah. *Vielleicht bin ich doch nicht bloß Fakten und Logik.*

»Ich glaube ja«, war alles, was sie sagte.

»Und bleibst du auch? Es wird dir nicht mehr möglich sein, wieder in deine Welt zurückzukehren.«

Anne fragte sich, was wohl hinter dem Nebel lag. Wenn sie blieb, war das dann so etwas wie eine Zeitreise? Welche Art von Magie war hier am Werk? Wie mochte Avalon sein? Neugier hatte sie zur Wissenschaftlerin gemacht, und sie schaute hinter die Frau und den König, als könnte eine Erscheinung ihr Avalon offenbaren. Doch der Weg war nur frei, wenn sie sich bewußt dafür entschied. »Wenn ich gehe, was wird dann aus dieser Welt?«

»Es wird mit ihr weitergehen wie bisher. Große Trauer steht ihr bevor – Düsternis. Ohne jemanden, der sich für sie einsetzt, wird deine Welt zugrunde gehen.«

Anne nickte. Die Neugier, die sie zur Wissenschaftlerin gemacht hatte, erinnerte sie auch daran, daß ihre Arbeit noch nicht abgeschlossen war. Sie konnte nicht einfach aufhören, aber sie konnte mit neuen Einsichten versehen an sie zurückkehren. Mit der Erinnerung daran, weshalb sie überhaupt mit alledem angefangen hatte. Wie konnte man der Lady größeren Respekt erweisen als dadurch, daß man eine Arbeit zu Ende führt, die hilft, wenigstens einen Teil der Welt zu bewahren, die sich so weit von Avalon entfernt hat?

Anne fuhr sich mit der Hand durch die Locken. »Ich muß meine Arbeit wieder aufnehmen. Ich bin jemand, der eine Zuflucht erschafft, keiner, der eine sucht.«

Die Frau lächelte. »Ich weiß, mein Kind. Und du gehst mit meinem Segen.« Sie küßte Anne zärtlich auf die Wange. »Vielleicht wird deine Arbeit einen neuen Weg nach Avalon eröffnen, denn selbst wenn dieser Weg versperrt ist, wird es Avalon noch geben. Und du wirst Orte finden, an denen die alte Macht ihre Wirkung tut, und mögen sie auch noch so weit entfernt sein wie jener mit den mächtigen, hohen Kiefern und der Meeresgischt.«

Die Frau wandte sich ab und ging davon, und die Nebelschwaden umwaberten und umschmeichelten sie, bis sie ganz verschwunden war.

Der König machte eine knappe Verbeugung. »Auch ich muß nun gehen. Meine Geschichte endet, wo deine beginnt. Ich bin über alle Maßen erschöpft.«

Und Anne sah es seinem Gesicht an. Zu viele Schlachten, zuviel Verrat. Das hier war nicht der Arthur aus den Geschichten, die von Ritterlichkeit, Ehre und höfischer Liebe wimmelten. Das hier war nicht der Arthur aus einem Dutzend seichter Hollywoodfilme.

Es geht tiefer.

»Ich überlasse das deiner Obhut.« Er reichte ihr das große Schwert, mit dem Knauf voran.

Sie erwartete, daß es schwer wäre und sich kalt anfühlte, doch nichts davon war der Fall. Es besaß eine ungeheure Leichtigkeit.

»Wenn du nicht mehr fähig bist, es zu tragen«, sagte der König, »wenn auch du zu erschöpft bist, bring es hierher und wirf es in den See.«

Auch der König wandte sich ab und verschwand im Nebel.

Lange Zeit stand Anne einfach nur da und kam sich plötzlich einsam und verlassen vor, als ihr bewußt wurde, welche Chance sie vertan hatte. Doch der dichte Nebel wurde dünner, und allmählich konnte sie die Umrisse der Kapelle der Herrin vom See auf der Anhöhe erkennen, und sie spürte, wie ihre Lebensgeister erwachten und sie nun, da sie ihre Erinnerung wiedergefunden hatte, von neuer Entschlossenheit erfüllt wurde. Von neuer Hoffnung, nun, da der Glaube in ihrem Herz erblühte.

Der Schwan schwebte aus dem Nebel herbei und zog einen Kreis über ihr, bevor er vor ihr landete. Er bog seinen langen, eleganten Hals und legte die Schwingen an.

Nicht alle Legenden waren in Avalon geblieben.

Dann warf der Schwan den Kopf zurück und wuchs in einer

einzigen fließenden Bewegung, verwandelte sich zur Gestalt eines Mannes – des blinden Musikers. Er streckte die Hand nach ihr aus.

Sie nahm sie in ihre und staunte darüber, wie leicht es doch war, zu glauben.

»Ich werde dich führen«, sagte der Musiker.

Anne lächelte froh in dem Wissen, daß sie auf dieser Seite von Avalon nicht allein sein würde. Und vielleicht würde sich der Weg nach Avalon eines Tages wieder öffnen, genau wie die Lady gesagt hatte, und dann würde sie dem Pfad folgen, der in die Nebel führt. Doch bis dahin würde sie, das Schwert in der Hand, wieder an ihre Arbeit gehen, in das Land mit der alten Seele zurückkehren, das denselben Ursprung hatte wie das Land, auf dem sie gerade wandelte: Avalonien.

Eric Van Lustbader
DER GESANG DES TODES

Guten Morgen, oder ist es Abend? Wenn man in mein Alter kommt, scheint das keine Rolle mehr zu spielen. Wirklich? Nun, es gibt vieles, was du noch nicht begreifst. Füge es einfach deiner Liste hinzu.

Also bist du doch noch gekommen. Ich gestehe, ich hätte es nicht geglaubt. Weshalb? Nun, zum einen hast du einen weiten Weg zurücklegen müssen – bis hierher an die Schwelle der Unterwelt. Zum anderen hatte ich große Zweifel, ob du das könntest. Ich meine, schließlich bist du nur ein Mensch. Das soll nicht heißen, daß ich euch geringschätze. Wie du weißt, gibt es niemanden, der die Menschen mehr schätzt als ich. Aber ich hatte unsere Verabredung auch schon völlig vergessen. Sie wurde vor so langer Zeit getroffen, und ich bin so furchtbar alt.

Zunächst einmal, kannst du mich verstehen? Gut. Walisisch war die erste Sprache, die ich mir aneignete – frag nicht nach meiner Geburtssprache, du wirst sie nicht mehr hören –, doch im Laufe der Jahre habe ich versucht, mein Englisch zu verbessern. Also. Ich nehme an, du hast tausend Fragen. Geduld, mein Kind! Mit der Zeit werde ich sie dir alle beantworten. Zeit. Ach, letzten Endes habe ich sie alle überlebt: Uther, Igraine, Morgause, Morgaine, Arthur und Elaine. Doch wie sie in meiner Erinnerung weiterleben! Deshalb bist du doch unter solcher Gefahr von so weit her gekommen, nicht wahr, um die Wahrheit zu erfahren? Ich hatte die Pflicht, König Arthur zu beschützen, und doch stand ich daneben und sah tatenlos zu, wie er von den Menschen vernichtet wurde, die er am meisten liebte. Du willst den Grund wissen? Nun ja, ich zweifle nicht daran, daß die Geschichte, die ich dir erzählen werde, dich nicht enttäuschen wird. Doch da du all die Legenden und Lügen gelesen hast, die sich in den Jahrhunderten, seit diese Menschen lebten und liebten, Pläne schmiedeten, sündigten und starben, herausbildeten, weiß ich, daß sie dich in Staunen versetzen wird. Ja, und wie sie das wird. Zur Hölle, mein Kind, die Wahrheit ist immer erstaunlich, hast du diese einfache Wahrheit noch nicht gelernt? Also sage ich dir, wappne dich, denn was du nun zu hören bekommst, wird dir vielleicht nicht gefallen.

Nun denn, mal sehen, wo soll ich beginnen? Nenn mich Myrddin; meine Mutter hätte mich so genannt, wenn ich eine gehabt hätte.

Ich erschien aus dem Stamm einer mächtigen alten Eiche, in die erst kurz zuvor der Blitz eingeschlagen war, so daß sie bis ins Mark hohl war wie der warme Schoß von Vulkans Gefährtin. An menschlichen Maßstäben gemessen war ich damals fünfzehn Jahre alt und der Himmel über den stürmischen britischen Inseln wahrlich finster. Das Schicksal wollte es, daß ich nahe genug an Tintagel geboren wurde und auf die folgenden Ereignisse einen gewissen Einfluß nehmen konnte.

Vielleicht ist Schicksal ein zu dunkles Wort für die Umstände meiner Geburt, denn ich wurde von Lady Igraine in dieses bestimmte Zeitalter und vor allem in die feuchte und schaurige Burg Tintagel gerufen. Zu jener Zeit war Igraine das Weib von Gorlois, dem damaligen Herzog von Cornwall, der einen ungestümen und blutigen Krieg gegen Aurelius und seinen Bruder Uther Pendragon führte.

Eine große Eule mit Ohrbüscheln geleitete mich nach Tintagel, und ich konnte sie über meinem Kopf fliegen hören, was einem Menschen entgangen wäre. Wir schritten durch die Marschen und Sümpfe, in denen es von winzigen Lebewesen wimmelte, gingen um Seen herum, in denen sich ungetrübt das Silberblau des Himmels spiegelte, über Schlachtfelder hinweg, die in das Blut und zerfetzte Fleisch tapferer Soldaten und törichter Könige getaucht waren. Durch einen geheimen Tunnel, den die Eule mir offenbarte, gelangte ich unentdeckt ins Innere der Burg, und dort, hoch oben in einem achteckigen Turmzimmer mit Fensterschlitzen, die zu jeder Stunde des Tages den Sonnenschein einließen, trat ich Igraine gegenüber. Sie war von ihren drei Töchtern umgeben: Morgause, Morgaine und Elaine. Ganz zu schweigen von zweihundert angezündeten Kerzen.

Ich sage dir, die Lady und ihre drei Töchter waren einander wie aus dem Gesicht geschnitten, als seien sie aus demselben prächtigen Edelstein gemeißelt. Sie waren auch auf gleiche Weise gekleidet.

»Ich hatte vorgehabt, dich Ambrosius zu nennen«, sagte Lady Igraine fast sofort, »doch nun, da ich dich in Fleisch und Blut sehe, glaube ich, daß Myrddin eher zu dir paßt.« Sie hatte eine kräftige Stimme, die wie eine Kirchenglocke im Zimmer widerhallte. Doch bei aller Schönheit ihrer Stimme sprach sie so schneidend und knapp wie ein General auf einem Schlachtfeld. Dies war eine Frau, die es gewohnt war zu bekommen, wonach sie verlangte. Nachdenklich legte sie den Kopf schräg, während ihr bohrender Blick mich musterte, als wäre ich aus bloßen Worten zusammengesetzt. Keine unpassende Vorstellung, denn schließlich hatte sie mich mit einem Zauber heraufbeschworen. »Ja, ich glaube, Myrddin paßt recht gut zu dir. Und weshalb auch nicht? Zur Zeit deiner Geburt hatte ich eher die krakeelenden Kelten im Sinn als die dekadenten Römer.«

»Wie kann ich Euch dienen, Lady?« Die Worte schienen mir offenbar ohne Zutun meines Verstands aus dem Mund zu fließen. Im einen Moment lauschte ich ihr noch, im nächsten waren sie einfach *da*.

»Komm und setz dich.« Sie hob den schlanken Arm und führte mich zu einem geschnitzten Holzstuhl. Ihr Lächeln war durchaus aufrichtig, doch es hatte eine Kälte an sich, die einen veranlaßte, die Schultern einzuziehen. »Trink einen Schluck Met.« Sie drückte mir einen ziselierten Silberkelch in die Hand, auf dem das Wappen des Herzogs prangte: ein einzelner schwarzer Drache, dessen Schwanz sich wie eine Schlange um das Gefäß wand. »Das ist ein

Getränk der Menschen; vielleicht findest du mehr Geschmack daran als ich.«

Es war kalt in dem Zimmer, trotz des Sonnenlichts und der Wandteppiche mit gewalttätigen Jagdszenen, die an den dicken Steinmauern hingen. Ich hätte etwas vorgezogen, was mich von innen heraus wärmt, doch ich kippte die dunkle Flüssigkeit hinunter, wie sie es offenbar von mir erwartete. Zäh, süß und in Gärung war sie, wie die Toten auf den Schlachtfeldern, an denen ich auf dem Weg hierher vorbeigekommen war. Als ich Igraine das sagte, lachten ihre drei Töchter wie eine Person auf, als verliehen sie der stummen Antwort im Geist ihrer Mutter Ausdruck.

»Und, magst du es«, fragte sie, »mehr als ich?«

»Wir werden sehen, Mylady.«

»Nein, werden wir nicht.« Sie tippte sich mit einem spinnenartigen Finger an die Stirn. »Du bist in voller Blüte meinem Geist entsprungen. Du fühlst, was ich fühle, du weißt, was ich weiß. Du gehorchst mir in jeder Hinsicht, als wärest du mein rechter Arm.«

»Ich verstehe, Mylady.« Dabei verstand ich ganz und gar nicht.

Igraine hatte die Augen geschlossen. Ihre blassen, kräftigen Hände waren im Schoß gefaltet, als wäre sie eine heilige Frau im Gebet. Sie hatte eine hohe Stirn und langes Kraushaar von der Farbe der mondlosen Nacht. Ihre Nase war ebenmäßig wie ein Schwert, mit eigenartig geblähten Nasenflügeln, die ihr mitunter den Anschein von Gefährlichkeit verliehen. Insgesamt wirkte sie hinreißend, ohne die Last der Schönheit. Ihr Gesicht drückte ein perfektes Gleichgewicht von tierischer Schläue und bemerkenswerter Intelligenz aus. In meinem Zustand unerfahrener Naivität machte diese Beobachtung natürlich großen Eindruck auf mich. Auch das entsprach ihrem Wunsch, doch das konnte ich damals noch nicht wissen. Erst viele Jahre später begann ich all die Facetten ihres Scharfsinns zu begreifen, einschließlich der Falschheit und Hinterlist.

Sie riß die Augen auf, und ihre Pupillen erweiterten sich im Licht. Sie nahm mir den Kelch wieder ab. »Nun, da wir auf unsere eigene kleine Weise dein Eintreffen gefeiert haben, wird es Zeit, sich an die Arbeit zu machen. Es muß nämlich viel geschehen.« Bei diesen Worten traten ihre Töchter von hinten an sie heran, als wären sie ein Umhang, den man ihr über die Schultern wirft. »Myrddin, wir beginnen hier mit einem großen Experiment. Meine Töchter sind die letzten ihrer Abstammung – außer dir, wie ich zu sagen wage, die letzten ihrer Art. *Unserer* Art. Gorlois hat mir fünf Töchter geschenkt.«

»Ich sehe hier nur drei«, sagte ich.

»Ich meine damit, es gibt noch fünf weitere.« Igraine lächelte, so daß zwischen ihren rosigen Lippen die Spitzen ihrer Zähne zu sehen waren. »Morgause, Morgaine und Elaine sind nicht die Frucht seiner Lenden, obwohl er das natürlich glaubt. Sie wurden gezeugt, wie du selbst gezeugt wurdest, Myrddin, durch Gedankenkraft und Beschwörung. Doch so kann man kein Volk am Leben erhalten. Schon sehe ich an diesen drei Mängel, die nicht einmal ich beseitigen kann. Wenn ich mit den Beschwörungen weitermache, werden die Mängel verheerende Ausmaße annehmen. Es muß also ein anderer Weg gefunden werden, um sicherzustellen, daß unsere Art nicht ausstirbt.«

»Mylady, wenn ich das fragen darf, von welcher Art sind wir überhaupt?«

Igraine hob eine Hand, und Morgaine kam herum, um sie zu ergreifen. Sie sah ihre Mutter an, während Igraine wieder die Augen schloß. Sofort begann Morgaines Gestalt zu wabern und zu zerfließen. An ihrer Stelle erschien die große Ohrbüscheleule, die mich nach Tintagel geführt hatte. Der Vogel krallte sich mit gelben Klauen um Igraines Handgelenk.

»Wenn Ihr erlaubt, Mylady, das ist doch nichts weiter als ein Taschenspielertrick.« Mit diesen Worten legte ich meine Hand auf Elaines Schulter. Bei der Berührung spürte ich sie am ganzen Leib erbeben, und in der Zeitspanne eines einzigen Herzschlags durchfuhr mich etwas Unerklärliches und völlig Unerwartetes. Sie wandte den Kopf, und ihre blauen Augen zeigten einen Ausdruck, der mir gänzlich unbekannt war. Dann hatte ich auch schon Worte ausgestoßen, die mir noch nie über die Lippen gekommen waren, ein Teil des sprachlichen Erbes, das mir sonst verschlossen war, und Elaines holde Gestalt flirrte und löste sich auf. Ein großer und grimmig dreinschauender Habicht umklammerte mein Handgelenk. Ich strich mit der Hand durch das Abbild des Habichts, und es zersprang wie eine Keramikvase. Elaine stand wieder neben mir. Ich nahm rasch meine Hand von ihrer Schulter, bevor mich noch einmal dieses beunruhigende Gefühl durchfahren konnte.

»Dafür hältst du mich also, für eine Gauklerin?« Igraine bedachte mich wieder mit diesem eigenartigen Lächeln. Sie machte eine Handbewegung, und die Mauern von Tintagel verschwanden. Wie eine Schar schneeweißer Reiher wurden wir von Luftströmungen nach oben getragen. Und zu fünft flogen wir über die Landschaft von Cornwall dahin, aus dem Sonnenlicht hinaus in einen merkwürdig farblosen Nebel, der, wie ich schließlich erkannte, über einem großen, kreisrunden See waberte. Als wir tiefer in den Nebel hinabsanken, sah ich wie zur Begrüßung eine Landmasse in der Mitte aufragen, und sofort wehte der Nebel um uns herum in alle Richtungen davon. Bei der Landung nahmen wir wieder unsere normale Gestalt an. Die Sonne schien stark aus einem wolkenlosen Himmel herab, und der Gesang zwitschernder Vögel erfüllte die Luft. Insekten summten in der einschläfernden Hitze. Über uns zog eine Anzahl Reiher in Formation dahin. Sie zeichnete sich deutlich vor dem Himmelsrund ab, doch der Horizont war auf allen Seiten in dichten Nebel gehüllt.

»Willkommen in Afalan«, sagte Igraine. Wir standen mitten in einem gewaltigen Apfelhain, der sich so weit zu erstrecken schien, wie der Blick reichte. Ich wußte, ohne daß sie es mir zu sagen brauchte, daß *afal* das walisische Wort für Apfel war. »Dies ist unser Land, alles, was noch davon übrig ist. Die Geißel der Menschheit, die in ihrem verderblichen Gepäck Krieg, Gottheiten und Teufel mit sich führt, hockt wie ein Eitergeschwür auf dem Rest.«

Sie ließ ihren glühenden Blick über die sauberen und ordentlichen Reihen prächtiger knorriger Bäume schweifen, bevor sie sich wieder mir zuwandte und mit schlecht verhohlener Verachtung zusah, wie ich mit den Händen über die Stämme der Bäume strich, eine Handvoll Erde zusammenklaubte und von ihrer seltsamen Süße kostete, um mich zu vergewissern, daß Afalan Wirklichkeit war und nicht bloß ein weiteres ihrer raffinierten Trugbilder.

»Ist es hier nicht einfach herrlich?« Elaine kam herbei und stellte mir diese Frage.

»Einen friedlicheren Ort kann ich mir nicht vorstellen, Mylady.«

»Friedlich, ja, genau.« Sie ließ die fruchtbare schwarze Erde durch ihre Finger rieseln. »Wenn ich hierherkomme, finde ich eine wunderbare Gemütsruhe, die mir bis ins Mark geht.« Ihre Augen funkelten hell und klar und irgendwie vertraulich, als sie mir ein scheues Lächeln schenkte. »Hier finde ich Frieden. Hier bin ich zu Hause.«

»Und so sollte es auch sein«, warf Igraine ein. »Wir sind das erste Volk, das die Erde bevölkerte, bevor die Menschen wie Heuschrecken auf uns herabregneten.« Ihre farblosen Augen schienen einen wütenden Schimmer anzunehmen, als Elaine und ich uns erhoben und wieder ein wenig voneinander abrückten. »Sie sind eine Plage, eine Schandtat wider die Natur, mit ihren endlosen Kriegen, ihrer rastlosen Bestialität, ihrer erstaunlichen Fähigkeit zur Grausamkeit und ihren eifersüchtigen, rachelüsternen männlichen Göttern. Sie sind unsere Nemesis.«

»Wenn wir wirklich im Krieg mit ihnen stehen, wird unsere Macht sicher ...«

Ihre Stimme war fast ein Aufheulen der Verzweiflung. »Was kann die Macht schon gegen eine Heerschar ausrichten, so groß wie die Menschheit?« Igraine schauderte. »Sie pflanzen sich wie die Kaninchen fort und bringen mit besorgniserregender Geschwindigkeit *männliche* Nachkommen hervor. Das ist etwas, was

uns nicht so leichtfällt. Ich brauchte viel Zeit, um dich heraufzu-
beschwören. Du kannst als Gleicher unter ihnen wandeln, während wir Frauen unsere Macht nur aus dem tiefsten Schatten
heraus ausüben können, weil sie uns sonst der Hexerei bezichtigen
und uns mit einem Streich ihrer Breitschwerter enthaupten.«

Sie trat so nahe an mich heran, daß ich ihren Atem riechen
konnte, der würzig roch, wie mit Nelken versetzt. »Und so kam ich
auf den Gedanken, Gorlois zu ehelichen, und durch die Frucht
seiner Lenden eine neue Rasse zu erschaffen – keine wie unsere,
keine wie ihre –, etwas Neues, anderes, was in der neuen Welt, die
durch das Kommen der Menschheit entstand, unsere Traditionen
fortführen kann.« Ihre Augen schlossen sich wieder, und als
witterten sie eine Gefahr, drängten ihre Töchter sich um sie.
»Fünfmal paarte ich mich mit der struppigen, stinkenden Bestie,
biß die Zähne zusammen, während ich die nötigen Anrufungen
durchführte, und fünfmal scheiterte ich.« Sie deutete mit dem
Daumen auf ihre Brust. »Mein Wesen ist in seinen Nachkommen
nirgends zu finden. Sie sind wie er, ein Klumpen Stein, mehr nicht.
Bald schon, bald werden sie ihm ins Grab folgen, wenn es in dieser
Welt noch Gerechtigkeit gibt.«

Plötzlich überkam mich ein Schwindelgefühl. Um mich herum
wurde es schwarz, und als ich erneut die Augen aufschlug,
befanden wir uns wieder im achteckigen Turm von Tintagel. Am
spitzen Winkel der Sonne erkannte ich, daß die Dämmerung
bevorstand. Zeit war verstrichen, doch wohin sie geraten war,
wußte ich nicht.

Igraine zündete die Kerzen wieder an, die in unserer Abwesenheit erloschen waren. Während eine jede aufflammte, wiederhol-
ten ihre drei Töchter die Beschwörungen des heiligen Segens.
»Doch nun habe ich dich, Myrddin«, sagte Igraine, als sie damit
fertig war. »Du wirst mir bei meinem Vorhaben helfen, *unseren*
Samen in der Menschheit zu verbreiten. Um sicherzustellen, daß
wir nicht aus der Geschichte verschwinden.« Sie blies die Flamme
am Kienspan aus. »Mir ist nun klar, welchen Fehler meine Über-

legungen aufwiesen. Gorlois ist der falsche Mann. Zwar wird er der Herzog über dieses ganze Land sein, doch ist er dazu verdammt, vom Pendragon-Geschlecht besiegt zu werden. Ich habe gesehen, daß die Pendragons ganz Britannien einen und das Land viele Jahre lang regieren werden. Schon habe ich seinen ewigen Platz in der Geschichte gesehen. Von *ihm* werde ich den Samen empfangen, der uns rettet.«

Sie nahm mich am Ellenbogen, als wir im Zimmer umhergingen, während die drei Mädchen zusahen und sich nicht vom Fleck rührten. »Das Problem sind die zwei Brüder, Aurelius und Uther. Sie sind unzertrennlich. Und besonders jetzt, da das Kriegsfieber sie fest im Bann hat, habe ich keine Chance, ihre Aufmerksamkeit zu erregen. Deshalb sollst du nun ins Kriegslager der Pendragons gehen. Mach dich den Königsbrüdern unentbehrlich, und wenn du das getan hast, verhäng einen Zauber über Uther – nimm Gorlois' Gestalt an und erschlage ihn. Das wird Aurelius in maßlose Wut versetzen, so daß er, wenn ich als Weib seines sterblichen Feindes zu ihm komme, wenn ich ihm erlaube, mich zu verführen, zügellos und erbittert sein wird, bereit, mich zu schwängern. Denn wahrlich, dies sage ich dir: Nichts versetzt die Männer unter ihnen in größere Wut als der Blutdurst und das Verlangen, an ihresgleichen Rache zu nehmen.«

Und so begann meine weihevolle Einführung in die Welt der Menschen. Welch ein Gestank von ihnen ausgeht! Ihre Leiber dünsten eine Vielzahl von Säure- und Schwefelgerüchen aus, wie ich es mir nie hätte träumen lassen. Und sie sausen wie Eintagsfliegen umher, vollziehen Handlungen ohne Sinn und Verstand. Sie reagieren instinktiv und nennen das Gerechtigkeit. Sie sind selbstgerecht in ihrer Wut. Und doch … und doch besitzen sie diese Fähigkeit zur Liebe, die eine Ehrfurcht in mir hervorruft, die ich nicht genau beschreiben kann.

Ich betrat das Kriegslager der Pendragons als voll entwickelter Zauberer. Ich behauptete, die Zukunft gesehen zu haben, und wurde Uther höchstselbst vorgeführt. Darin hatte Igraine recht gehabt. Wäre ich eine Frau gewesen, dann hätte dieselbe Behauptung lediglich bewirkt, daß man mir schnell und bestimmt den Kopf von den Schultern geschlagen hätte.

Doch so musterte Uther mich anfangs nur mit einem finsteren und argwöhnischen Blick. »Wo, sagtet Ihr doch gleich, kämt Ihr her, Zauberer?«

»Zufällig sagte ich das noch gar nicht«, erwiderte ich ernst. »Doch wenn Ihr schon fragt, ich komme von einer Insel, die als Afalan bekannt ist.«

»Avalon, sagt Ihr«, knurrte er und entstellte dabei den Namen ins Keltische. »Das ist ein Land, das sich meiner persönlichen Kenntnis entzieht.« Er schlich um mich herum, als wäre er ein Tier in einem Käfig. »Ich kann mich auch nicht entsinnen, daß meine Fährtensucher, Kartographen und Spielleute es jemals erwähnt hätten. Liegt es südlich von hier auf der anderen Seite des Wassers – vielleicht in Bretonien oder gar jenseits davon?«

»Oh, nicht so weit weg, mein Lord«, sagte ich. »Es liegt in Eurem eigenen Hinterhof.«

»Nun verhöhnt Ihr mich, das höre ich an Eurem Tonfall.« Er zog sein Schwert halb aus der Scheide. »Nehmt Euch in acht, Zauberer«, donnerte er. »Ich dulde keine Respektlosigkeit.«

»Ich höre Euer Gebrüll«, sagte ich und verbeugte mich leicht.

Uther erstarrte. Hatte ich ihn beleidigt? »Ja, wie Ihr richtig bemerkt, bin ich manchmal eine ziemliche Bestie.« Er warf den Kopf zurück, lachte und schlug mir kräftig auf den Rücken, während er sagte: »Zauberer, wenn Eure Magie auch nur halb so gewitzt ist wie Euer Sinn für Humor, wird es mir zum Vorteil gereichen, mit Euch Umgang zu haben.« Er legte seinen außergewöhnlich starken Arm um meine Schultern. »Kommt, machen wir einen Spaziergang!«

Wir verließen das Zelt, von zwei Bewaffneten gefolgt, die sich mehrere Schritte hinter uns hielten.

»Meine Männer sagten mir, daß du in die Zukunft sehen kannst,

Merlin.« Abermals entstellte seine keltische Zunge einen Namen. »Wenn das wahr ist, dann sag mir, was sie für das Haus Pendragon bereithält.«

»Den Sieg, mein Lord«, erwiderte ich ohne Zögern. »Einen äußerst süßen Sieg über Herzog Gorlois. Es ist das Schicksal von Pendragon, diese Inseln in einer Herrschaft nie dagewesenen Friedens und Wohlstands zu einen.«

»Eine kühne Prophezeiung, Zauberer. Doch ich möchte wetten, das gleiche bekäme ich von dem Verrückten zu hören, der fünf Meilen von hier entfernt in einer Höhle wohnt. Sollte ich ihn nicht auch fragen? Mir scheint, daß er in dieser Gegend einen besseren Ruf genießt als der junge Zauberer Merlin.«

»Mein Lord, ich gestehe, daß ich nichts von einem Ruf weiß.« Ich legte ihm die Hand auf die Schulter, und die zwei Soldaten sprangen herbei, zückten die Schwerter und setzten sie mir an die Brust. »Der Zeitpunkt des Vertrauens ist für Euch noch nicht gekommen.« Ich blickte ihm tief in die Augen. Die Augen der Nemesis, wie Igraine gesagt hatte. »Glaubt mir, Uther, wenn ich Euch sage, daß dieser Moment für Euch nur einmal kommt.«

Eine Weile tat Uther nichts. Die gierigen Schwerter warteten nur darauf, mich zu durchbohren, und mir wurde klar, daß Igraine noch in anderer Hinsicht die Wahrheit gesagt hatte. Trotz unserer Macht waren wir nichts im Vergleich mit der kolossalen Macht der Menschen, die zugleich weniger und mehr als wir waren.

Dann nickte der künftige König und sagte zu den Bewaffneten: »Steckt eure Schwerter weg. Dieser Mann ist ein Freund von mir und den Meinen.« Er warf ihnen einen kurzen Blick zu. »Nun geht. Sorgt dafür, daß mein Wunsch überall im Lager bekannt wird.«

Als sie fort waren, sagte Uther zu mir: »Jetzt ist der Moment gekommen, Merlin. Wir sind allein inmitten einer mächtigen Heerschar. Sprich freiheraus. Beweise mir, daß mein Vertrauen angebracht ist.«

Als Antwort strich ich mit der Hand über seine Augen, und sogleich wurden wir zum geheimen unterirdischen Eingang dicht vor den hochaufragenden Befestigungsmauern von Tintagel versetzt. Uthers Augen wurden so groß wie der Vollmond an einem wolkenlosen Himmel. Doch er sagte kein Wort, als wir den Tunnel betraten und in die Festung eindrangen. Als ein Trupp von Gorlois' Rittern in Sicht kam, wollte er sein Schwert ziehen, doch ich gebot ihm Einhalt.

»Nein, mein Lord. Bleibt ruhig. Ich habe einen Zauber über uns verhängt. Niemand wird unsere Anwesenheit bemerken oder auch nur unsere Stimmen hören, solange wir uns innerhalb Tintagels Mauern aufhalten.«

Uther rieb sich die Augen und sah mich mit so etwas wie Ehrfurcht an. »Merlin, von diesem Tag an stehe ich in Eurer Schuld.« Er schaute sich begierig um. »Bringt mich zu Gorlois. Ich will noch einmal einen Blick in die Bastardaugen meines Widersachers werfen.«

Ich führte ihn über den Haupthof, auf dem man eifrig Vorbereitungen für die Belagerung und einen wilden Krieg traf, und wahrhaftig fiel Uther auf, daß niemand auch nur im geringsten von uns Notiz nahm. Gorlois war erst kürzlich von einer Ratsversammlung mit seinen Generälen zurückgekehrt und gab sich nun, einen Kelch Met in der Hand, mit seinem Weib der Muße hin. Sie waren in ein Gespräch vertieft, als wir eintrafen, doch natürlich spürte Igraine uns und wandte den Kopf leicht in unsere Richtung. Als sie das tat, keuchte Uther auf und umklammerte wie jemand, der jeden Augenblick zu ertrinken droht, meinen Arm.

»Merlin, ist das Lady Igraine, von der ich schon soviel hörte?«

»Aye, mein Lord. Das ist die Gattin des Herzogs.«

»Ich will sie«, sagte Uther mit glasigem Blick.

Doch da hatte Igraine sich schon wieder dem Gespräch zugewandt. Ich sah, daß Uther viel zu hingerissen von ihr war, um zu merken, daß unsere Anwesenheit ihr keineswegs entgangen war.

»Ich muß sie haben, Merlin.«

»Mein Lord, hört auf meinen Rat. Bei Zauberern sollte man mit seinen Wünschen vorsichtig sein.«

Er wandte sich an mich, und ich las in seinem Gesicht, daß nichts, was ich vorbringen mochte, seine Gedanken noch von dem einmal eingeschlagenen Weg abbringen konnte. »Könnt Ihr das nicht einrichten? Ihr habt mich hierher mitten in die feindliche Festung gebracht, wie schwer kann es da für Euch sein, uns rasch zusammenzubringen?«

»Vielleicht ist sie ihrem Gatten treu ergeben, mein Lord. Und es könnte ja auch sein, daß sie an Euch überhaupt keinen Gefallen fände.«

»Aber ich bin ganz verrückt nach ihr. Mein Gott, Mann, ihr bloßer Anblick läßt mich in Flammen aufgehen«, sagte Uther. »Schnell, setzt Euren Zauber ein.«

»Das ist nicht so einfach.«

»Und weshalb nicht? Setzt ihn ein, Zauberer, welchen irdischen Nutzen habt Ihr sonst für mich?« Ein gerissenes Lächeln stahl sich in sein Gesicht. »Ah, Gorlois ist jetzt bei ihr. Ich verstehe. Verhängt also zu einem Zeitpunkt Eurer Wahl einen Zauber über mich, und wenn Ihr sie zu mir bringt, wird sie glauben, daß ich Gorlois sei. Dann wird sie sich mir bereitwillig hingeben, als befänden wir uns in ihrem eigenen Ehebett.«

Uther nahm heimlich die gegnerischen Streitkräfte in Augenschein, und dann verabschiedeten wir uns von dem reizlosen Tintagel.

»Merlin, wir kennen einander kaum«, sagte er hingelümmelt auf einen Holzstuhl mit Leindecke, »doch ich habe vor, das umgehend zu ändern.«

Ich hatte schon eine Stunde mit ihm und seinen Generälen verbracht, in der er seine Kenntnisse weitergab, die er in der feindlichen Festung gesammelt hatte. Klug wählte er eine erfundene Erklärung für diesen plötzlichen Reichtum strategisch wichtiger Informationen, indem er sie einem Spion in der Armee des Herzogs zuschrieb. Niemand widersprach ihm, bis auf seinen eigenen Bruder.

»Weshalb hören wir erst jetzt etwas von diesem Spion, Bruder?«

wollte Aurelius wissen. »Und wenn er uns unbekannt ist, wie sollen wir dann seinen Informationen vertrauen können? Was, wenn Gorlois ihn umgedreht hat? Wir könnten in eine gerissene Falle laufen, die der Herzog uns stellt.«

»Zum einen ist Gorlois zwar ein außergewöhnlicher General, aber so gerissen nun auch wieder nicht«, sagte Uther mit ruhiger, vernünftiger Stimme. »Zum anderen habe ich diesen Spion selbst angeworben. Seine Informationen sind unanfechtbar. Ich habe mit eigenen Augen den unterirdischen Gang gesehen, der uns Zugang zu Tintagel verschaffen wird.«

Doch Aurelius hörte kaum hin. »Und was sollen wir von diesem Zauberer halten, der wundersamerweise gerade zur rechten Zeit hier auftauchte? Ein Fremder in unserer Mitte, dem du bereits einen höheren Status einräumst, als er vielleicht verdient.« Er starrte mich finster an. »Sieh dich vor, Bruder! Womöglich ist der Mann, dem du in diesen gefährlichen Zeiten so bereitwillig deine Freundschaft zuteil werden läßt, ein Spion oder Attentäter.« Er hatte eine Narbe auf einer Wange, die zu einem trüben Auge hinaufführte, das wie ein verwundetes Tier hinter ständig zu Schlitzen zusammengepreßten Lidern lauerte. »Ich habe ihn mir angesehen, Bruder, und Männer, denen ich Gehör schenke, haben ihn sich angesehen, und wir stimmen in einer Hinsicht überein: Wir trauen ihm nicht.«

»Widersprecht Uther nicht«, sagte einer der Generäle und trat vor. Doch bevor er fortfahren konnte, versetzte Aurelius dem Mann einen mächtigen Hieb, der ihn sauber von den Füßen hob. Die anderen Generäle zeigten sich entsetzt, und ich zweifle nicht daran, daß ein furchtbares Handgemenge entbrannt wäre, wenn Uther nicht den Arm um seinen Bruder gelegt und ihn an sich gezogen hätte. Dabei zog er ihn von dem zu Boden Geschlagenen und der versammelten Menge fort und lotste ihn zum Ausgang des Zelts.

»Merlin hat sich bereits als treuer Freund erwiesen«, flüsterte er Aurelius ins Ohr. »Beruhige dich, Bruder. Laß uns in mein Zelt gehen, wo wir trinken und uns Geschichten aus der goldenen alten Zeit erzählen und jegliches böse Blut, das aufgekommen ist, hinunterspülen werden.«

So kam es, daß ich mit den Pendragon-Brüdern trank, während Aurelius Geschichten erzählte über die Gründung von Bath durch Bladud und die Ansiedlung von Leicester durch den großen tragischen König, der als Leir bekannt ist. Doch besonders redselig wurde er, als sie auf die Abstammung der Pendragons zu sprechen kamen, die er bis zum Ritterregenten Vortimer zurückführte, der erfolgreich die sächsischen Eindringlinge zurückgeschlagen hatte, nachdem sie mit Billigung des verhaßten Vortigern in den Besitz der Krone gelangt waren. Es war Vortimer gewesen, behauptete Aurelius, der die rechtmäßige Ahnenlinie der Könige Britanniens wiederhergestellt hatte, die nun auf die Pendragons gekommen sei. Uther seinerseits sprach von der Gründung der Britischen Inseln durch die Trojaner, von Brutus, dem Urenkel des Aeneas, und von Corineus, der Cornwall gegründet hatte. Uther schien besonders von Aeneas eingenommen zu sein, der der Legende nach den Fall Trojas überlebt hatte und mit der Sibylle den ganzen weiten Weg bis in die Unterwelt und zurück gereist war. »Aeneas hängt irgendwie mit dem Heiligen Gral zusammen«, sagte Uther. Als ich fragte, was das sei, lachte er gutmütig auf. »Wo seid Ihr hervorgekrochen, Zauberer, aus einem Baumstamm? Einerlei. Der Gral ist angeblich der Kelch Christi, aus dem der Erlöser während Seines Letzten Abendmahls auf Erden trank. Er ist überaus heilig. Wo Aeneas ihn entdeckte, steht nicht einwandfrei fest. Ich für meinen Teil glaube, daß es sich um ein Geschenk der Königin Dido von Karthago handelte, die sich in dem Augenblick in Aeneas verliebte, als er ihre afrikanische Stadt betrat. Auf jeden Fall geht aus den Texten zweifelsfrei hervor, daß Aeneas den Gral in seinem Besitz hatte, als er nach Rom zurückkehrte. Doch bald darauf wurde er gestohlen oder ging verloren, ich weiß nicht was, und schließlich tauchte er in den Königreichen des Mittleren Ostens wieder auf, näher an seinem Ursprungsort.« Er seufzte und nahm einen großen Schluck von der Flüssigkeit. »Wahrhaftig, ich sage Euch, ich würde gern gegen den Teufel selbst Krieg führen, um in den Besitz des Grals zu gelangen. Mit ihm in Händen könnten wir diese von Kriegen verheerten Inseln innerhalb von Monaten einen.«

Während ich zusah, glitt Aurelius immer weiter ins Vergessen ab, bis nur noch sein entstelltes trübweißes Auge offen war. Als er schlief, erhob Uther sich, ging schwankend durch das Zelt und legte zärtlich seine Hand auf die Stirn des Bruders. »Nun wißt Ihr die Wahrheit über ihn, Merlin«, sagte er leise. »Ihr seht vor Euch einen rechtschaffenen Mann. Unsere Priester bestehen darauf, daß das Pendragon-Geschlecht von Gott berührt wurde, daß unsere Mission rein und heilig ist. Wir wollen nur das Beste für dieses Land. Mein Bruder sehnt sich ebenso danach, daß das endlose Blutvergießen aufhört, wie ich, weiß Gott. Wenn er schroff und unnachgiebig ist, wenn er zuweilen schwierig ist, so sei's. Ich für meinen Teil liebe ihn seiner Fehler wegen nicht weniger, denn sie gehören so sehr zu ihm wie seine Gaben des unerschütterlichen Mutes und der Vision. Unsere Priester sagen uns, Gott habe den Menschen nach Seinem Ebenbild geschaffen. Dann habe der Mensch gesündigt und vom verbotenen Apfel des Wissens gegessen und wurde aus Eden in die Welt hinaus verbannt. Wir sind ein sündhaftes Volk, das nach Erlösung trachtet. Der Teufel selbst ist es, der uns bei jedem Schritt, den wir machen, in Versuchung führt, und Gott weiß, daß unsere Fehler uns verwundbar machen. Doch ohne diese Fehler wären wir weniger Mensch, und das, jede Wette, könnte ich nicht ertragen.«

Die Hand noch immer im feuchten Haar seines Bruders, wandte er sich mir zu. »Jetzt seid nicht verwirrt, Zauberer. Was die Lady von Cornwall angeht, werdet Ihr mir nun geben, was ich will, was ich haben muß?«

Nicht so, wie du es gern hättest, dachte ich. Nicht angesichts der maßlosen Abneigung, die die Lady gegenüber dem Herzog empfindet. Und außerdem hatte ebendiese Frau, nach der es Uther so fieberhaft verlangte, seine Ermordung angeordnet. Und ich, der Mörder, stand so ruhig neben ihm wie ein zufriedener Schäfer bei seiner Herde. Nur daß ich ganz und gar nicht zufrieden war. Tatsächlich erschien mir Igraines Anordnung nun, da ich einige Zeit mit Uther verbracht hatte, gewissenlos. Diese Menschen – jedenfalls dieser eine – waren nicht im geringsten so, wie sie sie dargestellt hatte. Statt Uther zu verabscheuen, stellte ich fest, daß ich meinte, ihn beschützen zu müssen, als wäre er mein verirrtes, aber geliebtes Kind. Ich erkannte auf einmal, daß ich ihn nie töten könnte. Seltsam, doch durch irgendein alchimistisches Verfahren, von dem Igraine nichts wußte, schien ich ebenso stark mit ihm verbunden zu sein wie mit ihr.

Seine Augen flammten auf. »Antwortet mir, verdammt!« Doch fast sogleich erstarb dieses Feuer wieder, und er glitt vor mir auf die Knie, die Stirn über meinen Schoß gebeugt. »Ach nein, ich darf nicht darum bitten. Gott verzeih mir, es ist falsch. Ich werde den Gedanken nicht los, daß sie vielleicht Teufelswerk ist, weil sie einem anderen gehört. Und doch ...« Er hob den Kopf, und ich sah Tränen in seinen Augen glitzern. »Und doch stelle ich fest, daß es mir nichts ausmacht«, flüsterte er heiser. »Ich liebe sie so sehr, mein Merlin.«

»Weil sie das kostbarste Gut Eures Feindes ist?«

»Ich sehe die Wahrheit in Euren Worten, Zauberer. Doch ich schwöre Euch, wenn das der ganze Reiz wäre, den ich verspüre, könnte ich sie leichten Herzens ziehen lassen.« Er schüttelte den Kopf, als sei er fassungslos über seine eigenen Worte. »Ihr seid der Herr der Mysterien. Kann es denn wahr sein? Kann ein Mann sich auf den ersten Blick in eine Frau verlieben?«

»Ja, mein Lord«, antwortete ich ihm. »So etwas halte ich für möglich.«

»O Merlin.« Uthers Gesicht verkrampfte sich in einer Gefühls-aufwallung. »Ich gestehe, daß ich außer unflätigem Hören-sagen nichts über Igraine weiß, und doch ist eben diese Leere ein Nesselschmerz in meinem Rücken, der mein Blut zum Sieden bringt und mich antreibt. Sie nistet hier« – er schlug sich mit dem Handballen an die Stirn – »in meinem Kopf, ein perfektes Abbild. Die perfekte Frau.« Seine Hand ballte sich zu einer weißen Faust. »Und auch wenn es Sünde ist, ich muß sie haben. Ich muß!«

Als ich sprach, wies meine Stimme ein seltsames Echo auf. »So sei es. Wer bin ich, daß ich es wagen dürfte, mich einer so großen Leidenschaft in den Weg zu stellen?«

In dieser Nacht schlief ich schlecht im Zelt an Uthers Seite. Möglicherweise faßte Elaine das als die Gelegenheit auf, auf die sie gewartet hatte, um mir einen Besuch abzustatten. Sie erschien mir erst in einer Vision, körperlos wie Rauch über einer Kohlenpfanne. Ihr Lächeln wirkte zaghaft, doch das war vielleicht nur ein Produkt meiner Einbildung.

Als ihre Gestalt real wurde, sagte sie: »Sieh dich vor, Myrddin. Ich bange um deine Sicherheit hier unter den Heerscharen des Pendragon. Ich wittere Täuschung und Verrat, und das behagt mir nicht.«

»Gleichst du denn so sehr deiner Mutter«, sagte ich und setzte mich in meiner Musselinbettstatt auf, »daß du so gering von den Menschen denkst?«

»Es sind nicht die Menschen, um die ich fürchte, Myrddin. Du bist es.«

»Bin ich dir dermaßen wichtig?«

»Weißt du es nicht?« Sie wirkte verdutzt. »Hast du nicht gefühlt, was ich fühlte, als wir einander berührten?«

Ich konnte nicht leugnen, was zwischen uns geschehen war, und doch erfüllte mich eine übermächtige Angst vor diesen Frauen. Ich wußte nicht, was sie vorhatten, oder auch nur, zu welchen Täuschungen sie fähig waren. »Ja, ich habe gefühlt, was du fühltest. Doch ich bin noch nicht lange genug auf der Welt, um das Wesen aller Dinge verstehen zu können, besonders nicht ein so grundlegendes Gefühl.«

»Das begreife ich nicht. Mein Geist leitet mich, und ich folge ihm bereitwillig und eifrig wie ein Kind.«

»Dann fürchte ich so sehr um dich wie du um mich. Gib besser auf deinen Geist acht, meine Liebe. Er ist seltener und kostbarer als jeder Edelstein, den ich nennen könnte. Wie ein Schwert sollte er in einer schützenden Hülle verwahrt und nicht unbedacht entblößt werden.«

Sie zog den dicken Kapuzenumhang enger um sich. »Nun habe ich dich gekränkt.«

»Nicht im geringsten. Und ich sage auch nicht, daß ich anders empfinde als du. Doch Tatenlosigkeit läßt die natürliche Ordnung der Dinge sich am ehesten offenbaren. Meiner ganzen Natur nach liege ich lieber verborgen im Schatten, beobachte und warte ab. Wenigstens eine Zeitlang.«

»Dann werde ich dir Zeit lassen«, sagte sie und wurde wieder so durchscheinend wie ein Nebelschleier. »Und ich werde mir deine Worte gut merken.« Was von ihr noch übrig war, wehte in einer Spirale aufwärts und löste sich in der Dunkelheit unter dem Zeltdach auf.

Zermürbt durch Elaines Auftauchen, dauerte es eine Weile, bis ich auf meiner Bettstatt wieder Ruhe fand. Mein Herzschlag hatte sich gerade soweit verlangsamt, daß ich hätte einschlummern können, als ich Morgaines Stimme hörte, die mir etwas zuflüsterte. »Ich weiß, was du vorhast, Myrddin.«

»Wie könnt Ihr meine Gedanken kennen«, sagte ich erstaunt, »wenn ich sie selbst nicht kenne?«

»Weil ich das gleiche will.« Sie saß dicht neben mir auf dem Rand der Bettstatt. »Du und ich, wir haben viel gemeinsam, Myrddin. Mehr, als ich beim ersten Blick auf dich vermutete. Wir leiden beide darunter, Igraine den Gehorsam zu verweigern.«

Ich gestehe, daß ich zurückschrak, versuchte mein Befremden jedoch durch rasches Leugnen zu verbergen. »Ich fürchte, darin irrt Ihr Euch, Lady.«

Sie achtete nicht auf meine Worte, sondern beugte sich zu mir vor und preßte ihren Mund auf meinen. Mitten in der Nacht trug sie lediglich ein dünnes Baumwollunterhemd, und ich konnte die Wärme ihrer Haut spüren, als hätte man mich in die Nähe des Brennofens eines Waffenschmieds gezogen. Ihre Lippen waren warm und feucht, und schon nach sehr kurzer Zeit spürte ich ihre Zungenspitze wie das Flirren von Wespenflügeln an meinen Lippen. Dann zog sie sich zurück und hielt mein Gesicht zwischen ihren Händen fest. »Du fürchtest dich nicht vor Igraine, und du bist auch nicht zu ihrem Werkzeug bestimmt«, wisperte sie. »Du hast deine eigenen Vorstellungen.«

»Ich habe nicht den Wunsch, sie …« Doch sie legte mir die Hand auf den Mund und ließ mich mitten in meinem Strom wenig überzeugender Proteste verstummen. Fast mit derselben Bewegung drückte sie mich auf die zerknitterte Decke hinab und breitete ihren Leib auf mir aus wie Nebel über seegesäumten Mooren. Ein vertrautes Beben durchlief meinen Körper, und das begehrliche Aufbranden von Energie, das ich verspürt hatte, als ich Elaines Schulter ergriff, fiel mir wieder ein. Morgaine bewegte sich auf mir, und sogleich erschlossen sich mir alle Erhebungen und geheimen Täler ihres Leibes. Ich stellte mir vor, am Rand eines Sumpfs zu stehen und langsam und unerbittlich hinabgezogen zu werden. Ihr Hemd teilte sich wie von Zauberhand und hüllte uns beide in den Geruch ihrer intimsten Bereiche. In diesem Moment verließ mich jede Entscheidungsfähigkeit. Ich konnte mich bloß noch der Süße ihres feuchten Leibes hingeben. Doch ich gestehe, daß mich, während mein entflammter Körper sich in ihrem verlor, Bilder von Uther und Igraine heimsuchten. Nun empfand ich sein Verlangen nach ihr, als wäre ich selbst der künftige König. Dann verblaßte auch das, um von Bildern Elaines ersetzt zu werden, wie wir uns erstmals begegneten und berührten, und anschließend von der Erinnerung daran, wie sie erst vor kurzem zu mir gekommen war.

Die tierischen Laute Morgaines, die ihre Leidenschaft hinausgrunzte, bewirkten, daß meine Gedanken sich auflösten wie schlichtes Metall in Säure. Ich wurde mir unserer Umgebung wieder brennend gewahr, und als ich mein Bewußtsein im Zelt herumstreifen ließ, spürte ich eine unfreiwillige Bewegung im dunkelsten Bereich der hintersten Ecke. Jemand beobachtete uns!

Ich erhellte die Finsternis mit meinem Bewußtsein gerade so sehr, daß ich die Gestalt erkennen konnte, die dort stocksteif wie ein Eisblock stand. Es war Elaine! Also war sie nicht gegangen, wie ich vermutet hatte. Eine klamme Kälte wie jene, die ich in Tintagel verspürte, befiel mich. Nun wünschte ich mir nur noch, Morgaine von mir herabstoßen zu können, doch sie lag so verschlungen auf mir, als wolle sie mich erdrosseln. Während sie heftig daran arbeitete, uns beiden die Erfüllung zu bringen, konnte ich lediglich Elaines Gesicht betrachten, wie es blasser und blasser wurde. Im selben Moment, als ihre Schwester ekstatisch aufschrie, wandte Elaine ihr weißes Gesicht ab. Meine eigenen Vernunfterwägungen kehrten mit Geißelschlägen zu mir zurück: Tatenlosigkeit hatte sich als ebenso verhängnisvoll wie ihr Gegenteil erwiesen. Wenn dies der natürliche Ablauf der Ereignisse war, so wollte ich nicht daran teilhaben. Dann hüpfte mir das Herz in der Brust. Vielleicht war noch nicht alles verloren.

Elaine! rief ich sie in Gedanken. *Du bist es, die ich liebe!*

Ach, Myrddin, du hattest recht, um mich zu bangen. Ich hätte meinen Geist in der schützenden Hülle lassen sollen. Mir bebte das Herz, als ich ihre Entgegnung traurig durch meine Gedanken hallen hörte.

Ich war ein Narr, dich fortzuschicken.

Wie du schon sagtest, es entspricht deinem Wesen.

Elaine, für dich würde ich die Sonne dazu bringen, nachts zu brennen. Ich würde Wasser dazu bringen, bergaufwärts zu strömen.

Selbst wenn du das Unmögliche möglich machen könntest, es ist zu spät. Es ist zu spät für uns alle. Ich war ein noch größerer Narr als du, daß ich glauben konnte, es ließe sich etwas ändern. Du hast mich mit meiner eigenen Schwester betrogen. Unser

Schicksal ist besiegelt. Nun werden Igraines Wünsche gewiß alle wahr werden.

Ich sah, wie ihr Abbild allmählich verblaßte, und schloß die Augen und weinte.

Morgaine hielt meine Tränen natürlich für einen Ausdruck der Verzückung. »Ach, Myrddin, nun, da unser Verlangen Früchte getragen hat«, wisperte sie noch immer auf mir, »schlage ich dir ein Bündnis vor. Du und ich, wir vermählen uns. Gemeinsam können wir es gegen Igraine aufnehmen. Du besitzt Kräfte, über die keine meiner Schwestern verfügt.«

»Und Ihr auch nicht, nehme ich an«, sagte ich trocken.

»Nun verhöhnst du mich.«

»Keineswegs«, log ich und entzog mich behutsam ihrer Umarmung. »Ich taste mich nur langsam durch die Dunkelheit.«

»Dann laß mich die Kerze für dich tragen. Ich werde deine Führerin sein, und du wirst mein starker Stab sein. Gemeinsam werden wir mehr Macht erlangen, als jemals einer von unseresgleichen sein eigen nennen durfte.«

Ich gestehe, daß ich ernsthaft in Versuchung geriet, denn ich sah eine Möglichkeit, Uther vor der Klinge des Schlächters zu bewahren. Doch ich wußte, wenn ich zustimmte, wäre ich so sehr an Morgaine gebunden, wie ich jetzt an Igraine gebunden war. Ein Mann mit einer unerträglichen Last hat wenig Veranlassung, eine Bürde gegen die andere einzutauschen.

»Ihr habt mir viel Stoff zum Nachdenken gegeben, Mylady«, erwiderte ich zweideutig. »Und Ihr werdet mir beipflichten, daß man nicht leichtfertig in ein solches Bündnis eintreten darf.« Mehr als alles andere benötigte ich jetzt Zeit, um mich aus dem Netzwerk, das diese Frau Faser für Faser für ihre ureigenen Zwecke wob, zu lösen.

Ihre Augen erhellten die Dunkelheit. »Das mag zwar zutreffen, doch wenn wir gegen Igraine antreten wollen, dürfte ein blitzschneller Schlag uns bessere Dienste leisten, als auf Katzenpfoten umherzuschleichen. Wir müssen das Überraschungsmoment zu unserem vollen Vorteil nutzen. Wenn sie argwöhnt, daß etwas nicht stimmt, bevor wir begonnen haben, ist es zweifelsfrei um uns geschehen.«

»Wie geht's voran, Myrddin?«

Ich hatte schon herausgefunden, daß Igraine ihren eigenen Spion im Kriegslager der Pendragons hatte, doch es wäre töricht von mir gewesen, ihr einen Hinweis auf mein Wissen zu geben. »Ich habe den Brüdern Pendragon meine Macht demonstriert, und infolgedessen drückten sie mich an ihren kettenhemdgepanzerten Busen.«

Sie lächelte ihr seltsames, reptilienhaftes Lächeln. »Deine spitze Zunge wird dir noch zu einem entsprechenden Ruf verhelfen, darauf möchte ich wetten.«

Wir befanden uns in ihren ausgedehnten Gemächern im Herzen von Tintagel, die bewußt dunkel gehalten waren und von brennendem Räucherwerk erhellt wurden. Wachskerzen standen an den Wänden aufgereiht und lieferten eine Vielzahl kleiner, leuchtender Strahlenkränze, die ihr Licht auf Holztruhen, Fellteppiche und so etwas wie Liegestühle warfen. Auf einer Truhe stand ein Miniaturboot, niedrig und lang, dessen beide Ruder und karmesinrotes Segeltuch mit einem weißen Reiher im Flug bemalt waren. Der Bug des Boots bog sich als anmutiger Schwanenhals aufwärts und lief in einem Frauengesicht aus. Das Ganze war so reich mit Schnitzwerk versehen, daß es eine wahre Pracht war.

»Du hast noch niemandes Blut vergossen«, sagte sie.

»Es ist wahr, daß Uther noch lebt, meine Lady.«

»Dann töte ihn rasch«, sagte sie schroff. »Ich will keine Zeit vertrödeln und schnellstmöglich von Aurelius begattet werden. Ich kann in Wochen vollbringen, wozu menschliche Frauen neun Monate benötigen. Und mit weitaus weniger Schmerzen, wie ich hinzufügen möchte.«

»Ich vertrödele keine Zeit, meine Lady«, sagte ich.

»Gut. Sag mir, was du zu tun gedenkst.«

»Gorlois muß außerhalb von Tintagels Mauern gesehen werden – wie er einen Stoßtrupp anführt, der vielleicht dazu dienen soll, die gegenwärtige Stärke der gegnerischen Armee herauszufinden. Das wird ihm sicher gefallen. Die Nachricht wird zu den Pendragon-Königen durchsickern, und ich werde sie zu unserem vollen Vorteil nutzen, wenn ich als Euer Gatte verkleidet Uther erschlage.«

Lady Igraine war die einzige Person, die mir jemals begegnete, die böse aussah, wenn sie lächelte. Durchaus möglich, daß ich der einzige war, der es sah, denn sie nahm wahrlich ihr Leben lang alle menschlichen Männer für sich ein. »Eine Lüge, die wie ein unschuldiges Baby in seine Windeln in den Mantel der Wahrheit gehüllt ist. Deine Art zu denken gefällt mir, Myrddin«, sagte sie, dieses Lächeln in voller Blüte. »Ja, sie gefällt mir wirklich.«

Und so verhängte sie ihren Zauber über Gorlois, der ihr in jeder Hinsicht, ob groß oder klein, gehorchte, so sehr war er ihr verfallen.

Schon am nächsten Tag brach er mit einem kleinen Trupp Ritter zu einem Raubzug auf. Dank meiner Hilfe dauerte es nicht lange, bis man Uther die Kunde von der Expedition überbrachte. Uther befahl seinen Spähern, den Trupp zu beschatten und sorgsam darauf zu achten, was sie alles beobachteten. Aurelius hegte natürlich den Wunsch, sie umgehend zu überfallen und Gorlois zu ermorden, doch Uther hatte andere Pläne. Er wollte Gorlois lebendig haben und ihn wissen lassen, daß man ihm Hörner aufgesetzt hatte – und wer es gewesen war. Erst danach, sagte er mir, würde er den Herzog erschlagen. Von diesen heimlichen Plänen enthüllte er nichts, nicht einmal seinem geliebten Bruder. Statt dessen führte er gerissen und logisch Argumente dafür ins Feld, Gorlois zu geben, wonach er verlangte – einen Blick auf die gegnerische Armee. Doch nur auf einen Teil davon. Gorlois würde dadurch, daß er die gegen ihn versammelte Armee für viel kleiner hielt, als sie in Wirklichkeit war, überheblich werden, und das würde sich rasch auf sein gesamtes Heer ausdehnen, wodurch es leichter zu besiegen wäre. Das war ein schlauer Plan, selbst Aurelius sah das ein, und so verstummte er schon nach kurzer Debatte.

Nun stand ich vor einer wahrhaft abscheulichen Wahl. Ich konnte einfach gehorchen und einen Mord begehen, soviel war klar. Doch ich wußte, daß ich nicht damit leben könnte, auf Igraines Geheiß so gehandelt zu haben. Uther zu ermorden hätte für mich bedeutet, einen Teil meiner selbst zu töten. Aurelius die Gurgel durchzuschneiden war auch nicht leicht. Die Tat lastet noch immer schwer auf meinen Schultern. Doch ich weiß, wenn Aurelius und Uther in jenem Herbst ihre siegreiche Armee gegen Tintagel geführt hätten, wäre eine Katastrophe unausweichlich gewesen. Denn beide Männer waren zu Herrschern geboren; keiner von ihnen war so beschaffen, daß er den Königstitel mit jemandem hätte teilen können. Sie hätten einander in Fetzen gerissen, bevor in dieser Frage Ruhe einkehrte. Letzten Endes konnte ich nicht ändern, was das Schicksal für sie bereithielt.

So stand ich denn in tiefster Nacht über Aurelius gebeugt da. Vor dem Zelt hörte ich das leise Klirren von Metall auf Metall, als seine Wachen einige geflüsterte Worte wechselten. Ich spürte Uthers Liebe zu ihm, als wäre sie eine Decke, die ihn schützend umgab. Doch das reichte nicht aus. Das Schicksal wollte es, daß Uthers Liebe in diesem Moment keine Rolle spielte. Während meiner letzten Vorbereitungen spürte ich die Gegenwart des Grals, als lebe ein Bruchstück davon in Aurelius oder Uther oder vielleicht auch in beiden. Doch was ihren Gott anging, so war er weit fort. Ich hielt Aurelius' Schwert hoch über meinen Kopf. Ich befahl mir, diesem Menschen die gleichen Gefühle entgegenzubringen, die Igraine der ganzen Menschheit entgegenbrachte. Als mir das nicht gelang, zwang ich mich beinahe erbost, überhaupt nichts zu fühlen. Ich zog das Schwert aus der Scheide und strich damit über seine Kehle, so daß eine Blutfontäne hervorschoß, die mich veranlaßte, einen Schritt zurückzuweichen. Doch selbst so spritzte noch etwas davon auf meine Lippen, und ehe ich mich versah, hatte ich das Blut schon verschluckt. Nun war die Lebenskraft des Pendragon ein Teil von mir. Es war ein greifbares Zeichen dessen, was ich von dem Moment an gewußt hatte, als ich Uther zum erstenmal sah – daß er und ich unauflösbar miteinander verbunden waren.

Doch nun war nicht die Zeit für tiefschürfende Gedanken. Auf der Flucht verwundete ich einen Wächter und sorgte dafür, daß er sich Gorlois' Gesicht gut einprägte.

»Ich sollte dich auf der Stelle umbringen!« Wütend war Igraine ein höchst unliebsamer Anblick. »Doch ich muß mich fragen, ob du lediglich töricht oder gefährlich halsstarrig bist.«

»Keines von beidem, Mylady«, sagte ich mit meiner kläglichsten Stimme. »Woher hätte ich wissen sollen, daß Aurelius im Zelt seines Bruders eingeschlafen war, während Uther sich unruhig und schlaflos auf einen nächtlichen Streifzug begeben hatte?«

Ihre Hände zitterten leicht, als sie sich von mir abwandte. Wir befanden uns wieder in ihren Räumen. Unten vom Hof drangen die Geräusche von Gorlois' Kriegsmaschinerie herauf, die sich auf das vorbereitete, was zweifellos der entscheidende Kampf mit der Heerschar des Pendragon werden würde. Lange Zeit stand sie stumm da, in den Anblick des Miniaturboots versunken. Kerzenschein glitzerte in ihrem Haar und machte daraus ein Medusennest, das lebendig und bösartig wirkte. Endlich seufzte sie und sagte mit weniger unbeugsamer Stimme: »Was kannst du mir über Uther erzählen, was ich noch nicht weiß?«

»Mylady, er ist von dem Verlangen erfüllt, den Heiligen Gral Christi sein eigen zu nennen. Als er mir das anvertraute, hatte ich sogleich eine Vision dieses Artefakts. Eines Tages wird der Heilige Gral ihm gehören; einer seiner Ritter wird ihn ihm überreichen. Ihr wißt bereits, daß dem Pendragon ein Platz in der Geschichte sicher ist. Nun wißt Ihr auch, daß Uther der Auserwählte seines Gottes ist.« Ich hielt für einen Moment inne, um zu sehen, welche Wirkung meine Worte auf sie haben machte, doch Igraines Stimmung blieb für mich weiterhin undurchschaubar. »Und dann ist da noch etwas, Mylady. Als ich ihn hierher nach Tintagel brachte, erblickte er Euch und verliebte sich sofort hoffnungslos. Er brennt darauf, Euch in Eurem Ehebett zu nehmen.«

Darauf wandte Igraine sich zu mir um. »Bring ihn her, Myrddin«, sagte sie ohne einleitende Worte und ohne jede Erklärung, was sie im Sinn hatte. »Bring ihn mir jetzt, und wenn alles gutgeht, gewähre ich dir vielleicht doch noch eine Begnadigung.«

Ich verbeugte mich und verließ sie. Im Kriegslager des Pendragon war Uther untröstlich. »Bringt mir gute Neuigkeiten, mein Zauberer«, sagte er mit Donnergetöse, als er mich sah, »oder geht mir aus den Augen, denn der schäbige und feige Herzog von Cornwall hat mir das genommen, was mir am teuersten war.«

Ich trennte ihn von seinem Gefolge. »Nun ist für uns der Zeitpunkt gekommen, um nach Tintagel zu eilen, mein Lord. Igraine erwartet Euch – oder vielmehr den Mann, den sie für ihren Gatten hält.«

»Dafür ist es zu spät.« Er knirschte wütend mit den Zähnen. »Ach, Gott, hätte man an seiner Stelle doch mich erschlagen! Ich sage Euch, Meriin, alle Gerechtigkeit ist aus dieser Welt verschwunden. Gott hat wahrlich sein Antlitz von der Sache des Pendragon abgewandt. Wie konnte mir gerade im Augenblick unseres größten Triumphs mein Bruder genommen werden?«

Seine Worte machten mich frösteln. »Diese Schlacht wird blutig ausfallen, doch Ihr werdet triumphieren, mein Lord. Ich habe es gesehen. Und das ist erst der Anfang der Triumphe des Pendragon. Faßt Euch nun wieder, sonst wird Euren Leuten, die zu Euch aufschauen, der Mut sinken, und Ihr werdet sie enttäuschen.«

Auf die gleiche Weise wie schon einmal brachte ich Uther in das Allerheiligste seines Todfeindes, wo Igraine ihn diesmal erwartete, mit Safranöl und aphrodisischen Gewürzen eingerieben und in einen Zauber gehüllt, wie nur sie ihn erschaffen konnte. Seine Verzweiflung machte ihn verwundbarer, und er erlag gänzlich ihrem Bann. Auf ein einziges Wort von ihr wäre er zum

Fenster hinausgestiegen und hätte sich frohen Herzens in den Tod gestürzt.

Igraine hatte seine Freude an ihm – weit mehr Freude, wie ich wußte, als sie an dem groben und störrischen Aurelius gehabt hätte. Wenn ich richtig verstand, mochte sie ihn gerade so sehr wie ein Stück erlesenen Hammelfleischs, das man gründlich durchkaut, bevor man es verschlingt. Und doch beschloß sie, mich dadurch zu bestrafen, daß sie mich zwang, ihnen zuzusehen, wie sie sich die Nacht über lange und geräuschvoll paarten. Die ganze Zeit zechte Gorlois in der Festungshalle der großen Ritter unmittelbar darunter mit seinen Generälen und feierte vorschnell ihren erwarteten Sieg am frühen Morgen.

Ich schloß für einen Moment die Augen – doch nur für einen Moment, denn Igraine würde es wissen und mich noch härter bestrafen, wenn sie spürte, daß ich ihr zuwiderhandelte. Allmählich wurde mir klar, daß keine dieser Frauen, bis auf Elaine, wußte, was es hieß zu lieben. Wenn sie die Fähigkeit zur Liebe besäßen, schien es mir, könnten sie nicht mehr so verächtlich auf die Menschen herabblicken. Sie hätten genau wie ich gute Eigenschaften an den Menschen gefunden und würden beginnen, sie für diese Eigenschaften, von denen einige uns durchaus fehlten, zu schätzen. Statt dessen waren sie alle ganz versessen darauf, sich mit diesen mächtigen Männern zu paaren, die für sie nicht mehr waren als die Tiere, von denen sie sich ernährten und aus deren Haut sie ihre Kleidung anfertigten. In ihrer Lust nach Sex, Macht und Vorherrschaft unterschieden sie sich nicht im geringsten von den Menschen.

Wut stieg in mir auf, als wäre ich ein leerer Becher, der gefüllt wird. Ich mochte ja ein Mörder sein, doch gewissenlos war ich nicht.

Von dem Augenblick an, da Arthur geboren war, schien Igraine wenig Gebrauch für ihn zu haben. Als erst einmal feststand, daß ihre Saat in dem Menschenkind aufgegangen war, überließ sie ihn

Morgause zur Erziehung. Das kam für mich nicht überraschend. Igraine war nicht gerade das, was man einen mütterlichen Typ genannt hätte. Außerdem gab es dringende Angelegenheiten, um die sie sich sofort kümmern mußte. Uther, der es sich nun in Tintagel bequem gemacht hatte, fiel es nicht sehr schwer, sich der Ergebenheit jener zu versichern, die noch von Gorlois' Armee übrig waren, nachdem die Heerschar des Pendragon ihre Burg erobert hatte. Was den Herzog anging, so hatte Uther selbst ihm in ebender dichtbevölkerten Ritterhalle den Garaus gemacht, in der Gorlois und seine Generäle erst wenige Stunden zuvor ihre voreilige Feier abgehalten hatten. Noch Wochen danach krönte das abgeschlagene Haupt des Herzogs eine seiner eigenen Piken im Hof von Tintagel, eine stumme, jedoch vielsagende Mahnung an jene, die sich Uthers Absicht, das Land zu einen, entgegenstellen wollten.

Igraine traf eifrig Vorbereitungen für ihre Vermählung mit Uther und schmiedete darüber hinaus Pläne, Morgause mit König Lot von Orkney zu verbinden, dem mächtigsten und gefährlichsten der Lehnskönige, die jetzt unter dem Banner des Pendragon vereint waren. Ich mochte König Lot nicht, und ich traute ihm auch nicht. Er war mir schon früh als derjenige General in Gorlois' Kreis aufgefallen, der es am meisten darauf abgesehen hatte, die Fehler von anderen anzugreifen, um sein eigenes Ansehen beim Herzog zu erhöhen. Es war meiner Aufmerksamkeit auch nicht entgangen, daß er sich als einziger von allen Generälen von der letzten Feierlichkeit ferngehalten hatte. Das ließ mich glauben, daß er etwas gewußt hatte, was sonst keinem im Gefolge des Herzogs bekannt gewesen war. Ich beschloß, wenn dies wahrhaft der Fall war, herauszufinden, wer ihn über Uthers bevorstehenden Sieg informiert hatte. Zu diesem Zweck erschlich ich mir sein Vertrauen, erst auf ganz beiläufige Weise, dann, als er mich um Rat ersuchte, durch immer privatere Methoden.

Lot war der geborene Blender. Darin stand er Morgause in nichts nach. Klein und bläßlich, hatte er die wilden, runden und glänzenden Augen eines Raben und einen dazu passenden Instinkt. Er war so vorsichtig, seine Gefühle stets im Zaum zu halten. Oft wirkte er in sich zurückgezogen und teilnahmslos, so daß seine Zeitgenossen leicht den Fehler begingen, ihn zu unterschätzen.

Uther, der damit beschäftigt war, seine Macht zu festigen, benötigte Lot. Er konnte es sich nicht leisten, ihm zu mißtrauen, also tat ich es für ihn. Ich brauchte nicht lange, um Lots Vertrauen zu gewinnen, und das erste, worum er mich bat, war, Arthur zu mir zu nehmen. Er behauptete, daß Morgause keine große Zuneigung zu dem Kind hege, was soweit der Wahrheit entsprach. Doch er konnte vor mir nicht seinen brennenden Wunsch verbergen, mit ihr ohne die Bürde eines angenommenen Kindes eine eigene Familie zu gründen. Allerdings bat er mich, Arthur in Räumlichkeiten unterzubringen, die nicht weit entfernt lagen. Das betrübte mich, weil ich mir sicher war, daß er selbst keine besondere Zuneigung zu Arthur empfand. Sechs Jahre lang entsprach ich seinem Wunsch, dann wurde ihnen das Kind endgültig zuviel. Da ich meinte, daß es mir an Rüstzeug mangele, mich selbst um einen Sechsjährigen zu kümmern, suchte ich Elaine auf, um sie um Beistand zu bitten, und mußte feststellen, daß sie ohne ein Wort zu ihren Schwestern oder mir Tintagel verlassen hatte. Doch Igraine wußte von ihrer Flucht.

Ich fand Igraine im Garten. »Sie hat beschlossen, den Schleier zu tragen. Sie ist nicht etwa nach Afalan gegangen, wo sie vielleicht Heilung hätte erfahren können, sondern zu den Priestern von Christus dem Erlöser.« Sie schaute mich melodramatisch an. »Nun habe ich Elaine an den Gott der Menschen verloren.« Fragend blickte sie mir in die Augen. »Sag mir, Myrddin, hast du eine Ahnung, weshalb sie auf einmal aus einer Eingebung heraus dem Kloster der Fünf Pfade beitreten sollte?«

»Nicht im geringsten, Mylady.«

Sie schenkte mir wieder dieses Lächeln. »Ein Jammer. Ich hätte gedacht, daß du mir in der Hinsicht von größerem Nutzen sein könntest.«

»Ich könnte mich selbst zum Kloster begeben und sie fragen«, bot ich ihr an.

»Glaubst du, du bekämst eine befriedigende Antwort?«

»Nicht in Euren Augen, Mylady«, sagte ich schweren Herzens. »In Euren Augen gewiß nicht.«

Wie schon bei Gorlois, machte Lot sich auch für Uther unentbehrlich. Er befand sich stets zu seiner Rechten und unterstützte Uther in allen Belangen. Doch eines mußte man ihm lassen, er war ein kühner Kämpfer und schlug sich tapfer auf dem Schlachtfeld der Ehre.

Eines späten Abends, als Arthur gerade neun war, ließ Igraine mich in ihre Gemächer rufen. Von den Kerzen, die an den Wänden der Räume standen, brannte nur eine und tauchte alles in ein düsteres Licht.

»Sie erlöschen, Myrddin«, sagte sie, als ich eintraf. »Trotz meiner größten Anstrengungen stehen uns schlimme Zeiten bevor.«

Ich antwortete nicht, sondern nahm die einzelne Flamme und ging damit durch den Raum, versuchte vergeblich, die anderen Kerzen anzuzünden. »Es hat keinen Zweck«, sagte sie. »Sie sind meine Kristallkugel. Die Kerzen habe ich von eigener Hand in Afalon gefertigt, wobei ich den ausgelassenen Talg des Einhorns verwendete. In ihnen nimmt das Wesen der Zukunft Gestalt an und wird mir offenbar. Und nun ist ihr Licht erloschen.«

Ich wandte mich ihr zu und sagte, während ich die Kerze zwischen uns hielt: »Was kann ich tun?«

»Kümmere dich um Arthur«, sagte sie. »Was immer auch geschieht, du mußt ihn vor jeglichem Schaden bewahren.« Ihre farblosen Augen musterten mich mit ungewohnter Aufrichtigkeit. »Wir hatten unsere Meinungsverschiedenheiten, Myrddin. Bisweilen hatte es den Anschein, als verfolgten wir gegensätzliche Ziele.« Sie hob die Hand, als ich etwas entgegnen wollte. »Oh, es hat keinen Sinn, das zu leugnen. Ich gebe zu, daß deine Ergebenheit gegenüber Uther mich beeindruckt.« Sie legte ihre Hand auf

meinen Arm. »Nun vertraue ich dir das Leben meines Sohnes an.«
Sie nahm mir die einzelne brennende Kerze aus der Hand. »Und
in dieser einen Hinsicht sind wir schließlich einer Meinung: In
Arthur liegt die Zukunft. *Unsere* Zukunft – unsere und die der
Menschen gleichermaßen. Wenn es zwischen uns und den Menschen überhaupt jemals Frieden gibt, so wird Arthur das Banner
dafür hochhalten. Und du mußt ihm stets zur Seite stehen, ihn
beschützen und leiten, weil es Mächte gibt, die sich gegen ihn
verschworen haben. Dunkle Mächte, von denen du dir keine
Vorstellung machst.« Ihr Blick wurde wild, und ihre Finger krallten
sich um meinen Arm. »Doch er darf es niemals erfahren. So eine
große Bürde ist zuviel für einen Menschen. Schwöre, daß du ihn
über dieses Schicksal im unklaren lassen wirst, ganz gleich, wie
groß die Versuchung sein mag.«

»Ich schwöre es Euch, Mylady«, sagte ich. »Doch Ihr seid seine
Mutter. Auch Ihr müßt ihm zur Seite stehen.«

Igraine wandte sich ab und berührte kurz den geschwungenen
Rumpf des Miniaturboots. »Wer weiß, wo ich in fünf Jahren sein
werde – oder auch nur in einem.« Als sie sich wieder mir zuwandte,
schien sie ruhiger zu sein, als ich sie jemals erlebt hatte. »Nun geh,
mein Myrddin. Du mußt deinem eigenen Schicksal begegnen.« Als
ich schon fast an der Tür war, rief ihre Stimme mich noch einmal
zurück. »Glaub auch nicht einen Moment lang, daß ich mir nicht
bewußt wäre, welche schwere Bürde du trägst.« Ich fuhr verdutzt
herum, um sie anzusehen, doch sie war schon im Halbdunkel der
Gemächer verschwunden. Lediglich die Flamme der einen Kerze,
die sie neben dem Miniaturboot abgestellt hatte, war noch übrig,
um die Dunkelheit fernzuhalten.

Ich gestehe, daß ich im Laufe dieser drei Jahre viele Male daran
dachte, das Kloster aufzusuchen, in das Elaine sich zurückgezogen
hatte. Ich hegte nicht den geringsten Zweifel daran, was sie
veranlaßt hatte, ihre Gedanken von der Welt abzuwenden. Was
zwischen uns geschehen war – oder genauer gesagt, *nicht* gesche-

hen war –, hatte nie aufgehört, mich zu beschäftigen. Wenn ich schlief, träumte ich von ihr – oder vom Heiligen Gral. So oder so erwachte ich stets mit der inständigen Bitte, daß dadurch, daß ich Aurelius ermordet hatte, der Kelch Christi nicht für immer verlorengegangen sei. Ich hatte Aurelius erschlagen und Elaines reine und schlichte Gefühle für mich mit Füßen getreten. Verzweifelt fragte ich mich, welche weiteren Sünden das Schicksal wohl für mich bereithalten mochte, bevor ich diese quasi unsterbliche Ebene ein für allemal verließ?

In jener Nacht weckte mich Igraines Schrei. Ich eilte zu den Gemächern des Königs und fand Uther vor, wie er mit ausgebreiteten Armen in den zerknüllten Bettlaken lag. Igraine und König Lot standen zu beiden Seiten neben ihm, zu gelähmt durch den Anblick, wie es schien, um etwas zu unternehmen. Ich schob mich an ihnen vorbei und kniete mich neben Uther. Nirgends konnte ich auch nur einen Fleck Blut entdecken.

»Vergiftet«, wisperte Igraine heiser. »In seinem eigenen Bett ermordet.«

»Wer würde so eine abscheuliche und verachtenswerte Tat begehen?« fragte Lot.

»Uther Pendragon hatte viele Feinde«, sagte Igraine.

»Ja, Lady«, erwiderte Lot und legte die Hand auf sein Schwert. »Sagt mir, wer, und ich werde ihn persönlich enthaupten, ohne Verhör oder Tribunal.«

»Sie sind *alle* schuldig«, schrie Igraine auf. »Ein jeder trägt das Stigma seiner feigen Ermordung.«

»Dann werde ich sie alle erschlagen!« rief er und stob aus dem Schlafgemach.

»Du hast ihn gehört.« Igraine starrte mich dumpf über den Leichnam ihres Gatten hinweg an. »Nun kommt die Dunkelheit. Nun werden wir in einen blutigen Krieg gestürzt.«

»Igraine, wir standen ihm beide so nahe.« Ich war bis auf den Grund meines Wesens aufgewühlt. »Wie konnten wir nur zulassen, daß so etwas geschieht?«

»Hast du meine Worte vergessen? Trotz all unserer Macht gibt es Zeiten, in denen wir gegen die Horden der Menschheit hilflos sind. Das Übergewicht ihrer schieren Anzahl, Myrddin! Uther hatte so viele Feinde.«

Sie stieg auf das kalte Bett und nahm Uthers leblose Hand in ihre. Sie flüsterte ihm kurz etwas zu, doch als sie ihre Stimme erhob, sprach sie zu mir. »Kümmere dich nun um Arthur, mein Myrddin. Wer immer Uther vergiftete, wird sich sicher auch gegen seinen Sohn wenden, um dem Geschlecht des Pendragon endgültig ein Ende zu bereiten.«

Obwohl ich den gefallenen König nur ungern verließ, gehorchte ich doch Igraines Weisung und holte Arthur aus seinem Bett. Ohne ein Sterbenswörtchen zu irgend jemandem wickelte ich ihn fest in sein Bettzeug, und als ich ihn wie einen Salamander eingemummelt in meinen Armen hielt, verließen wir Tintagel durch den geheimen Eingang. In äußerster Eile ritten wir durch die winddurchtoste Nacht zum Kloster der Fünf Pfade, wo mein Pferd uns erschöpft und schweißtriefend vor der schweren Pforte aus Eiche und Eisen des Klosters Sankt Angelus absetzte. Seine moosbewachsenen Steinmauern ragten vor uns auf, als griffen sie nach dem Himmel selbst.

Ich gestehe, daß die alte Mutter Oberin meinen Anblick nicht gerade guthieß. Mit ihrem aufmerksamen Blick erkannte sie sogleich, daß ich weder Ritter noch Lord war. Doch dann erspähte sie Arthur und wußte, daß wir eine Zuflucht suchten.

Sie wies uns einen Raum zu, der so karg und dürftig war wie ihr Gefühl für Barmherzigkeit. Doch ich hatte bereits erfahren, daß die Macht der Angst selbst die Gedanken jener verschließt, die Gott am nächsten sind. Von Elaine fehlte jede Spur. Sie war fast drei Jahre geblieben, gab die Mutter Oberin widerwillig zu, doch keine sechs Monate zuvor hatte sie sich ohne ein Wort davongemacht.

»Um ehrlich zu sein, kam ihr Verschwinden nicht überraschend«, meinte die Alte. Sie war dürr wie ein Spargel und gebeugt wie ein erlesener Eschenbogen. Ihr durchfurchtes Gesicht war von dunklen Flecken bedeckt, doch ihre Hände zitterten nicht, als sie in ihrer überfüllten Studierstube für uns starken schwarzen Tee braute. »Sie kam mitten in der Nacht zu uns, und auf die gleiche Weise verschwand sie wieder.« Sie schenkte den Tee in robuste Becher ein und bot mir Honig direkt von einer tropfenden Wabe an. »Dazwischen hielt sie gelegentlich Andacht. Oft fand ich sie vor, wie sie ausdruckslos aus ihrem Fenster starrte oder allein im Kreuzgang saß, wenn sie das Brevier lesen oder auf den Knien um Gottes Führung beten sollte.« Sie nippte bedächtig an ihrem Tee und ließ ein Stück Wabe hineinfallen. »Von Anfang an war mir klar, daß sie Kummer hatte, doch eigensinnig, wie sie war, verweigerte sie sich jedem Rat. Ich hoffte fieberhaft, daß Gott die Wunde heilen möge, die ihr Inneres davongetragen hatte, doch ich nehme an, sie war einfach zu tief.«

»Habt Ihr eine Ahnung, wohin sie gegangen sein könnte?« fragte ich.

»Zurück nach Hause wohl nicht«, sagte sie trocken.

»Nein. Von dort komme ich gerade.«

Sie zuckte mit den Achseln. »Dann kann ich Euch nicht weiterhelfen, fürchte ich.« Sie stand auf und gab dadurch zu verstehen, daß das Gespräch beendet war, ob ich meinen Tee nun ausgetrunken hatte oder nicht.

Ich wußte, daß noch Raum für Verhandlungen war. Die Alten trieben regen Handel mit Informationen – welche Währung hätte einem Geistlichen sonst auch von Nutzen sein können? Also sagte ich: »Sie lief vor mir davon. Es war eine Sünde, sie zurückzuweisen, und nun, da sie geflohen ist, muß ich sie wiederfinden.«

»Sie liebt Euch also, eh, junger Mann? Nun, jugendlicher Torheit darf man vergeben. Ich werde für euch beide beten.« Sie machte das Kreuzzeichen über mir, dann schien sie in einen Zustand tiefen Nachdenkens zu versinken. Ich fragte mich schon, ob ich genug für ihr Wissen bezahlt hatte, als sie auf einmal tief den Dampf einsog, der von ihrem Becher aufstieg, und die Hand hob. »Halt. Da war noch etwas …« Sie ging über den Steinboden des Zimmers und blieb vor einem geschnitzten Holzbildnis Christi am Kreuz stehen. »Mal sehen. Was sagte sie noch gleich zu mir? Es geschah in plötzlicher Gereiztheit, glaube ich. Weil ich sie müßig im Kloster vorfand, als sie zur Abendandacht in der Kapelle sein sollte, hatte ich sie neuerlich getadelt. Tränen stiegen ihr in die Augen, und sie sagte … Was war es noch gleich? … Ach ja. ›Ihr behandelt mich wie ein Tier im Käfig. Sogar noch schlimmer, weil man von mir erwartet, auf Essen und Schlaf zu verzichten und statt dessen zu beten.‹ – ›Du wirst noch lernen‹, sagte ich zu ihr, ›daß Gott dir Speis und Trank ist, wenn du dich ihm voll und ganz ergibst.‹ Doch sie war unerbittlich in ihrem Starrsinn: ›Ihr wollt mich doch nur zu Eurer Dienerin machen. Da könnt Ihr mich ebensogut nach Saltash Moor bringen.‹«

»Von Saltash Moor habe ich noch nie etwas gehört.«

»Es liegt sieben Meilen westlich von hier.«

»Glaubt Ihr, daß Elaine dort hingegangen ist? Doch weshalb? Hat es mit diesem Ort eine besondere Bewandtnis?«

»O ja.« Möglicherweise war sie nun doch müde. Ein nervöses Zucken hatte eingesetzt, das ihr rechtes Auge nach unten zog. »Saltash Moor hat in dieser Gegend eine lange und unangenehme Geschichte.« Sie hielt einen Moment inne, vielleicht, um die Zuckungen wieder in den Griff zu bekommen. »Ehrlich gesagt, wurde deshalb hier dieses Kloster gegründet, denn eine alte Geschichte erzählt, daß Saltash ein Schlupfwinkel des Teufels ist.«

Ich ließ Arthur in der Obhut der Mutter Oberin zurück und reiste über niedriges und ödes Land, mein Pferd im Galopp westwärts gewandt. Glaube nur ja nicht, daß ich Arthur in Sankt Angelus einfach sich selbst überließ. Bevor ich ging, verhängte ich noch einen Zauber über ihn, so daß ihn außer der Mutter Oberin niemand sehen oder hören konnte. Sollte die unwahrscheinliche Möglichkeit eintreten, daß unsere Feinde in Sankt Angelus nach ihm suchten, würden die Nonnen wahrheitsgemäß sagen, daß sie nichts von ihm wüßten, und selbst die genaueste Suche würde ihn jenen, die ihm Schaden zufügen wollten, nicht enthüllen.

Dieser Zauber hielt lediglich zweiundsiebzig Stunden vor, weshalb ich mich sputete, Saltash Moor zu erreichen. Es erschien mir eindeutig – ebenso wie der Mutter Oberin –, daß Elaine hierhergekommen war, um ihrem Leben ein Ende zu bereiten. Verzweiflung und Abscheu vor sich selbst sind die Todfeinde klaren Denkens. Daß dieses Gift in ihr schwelte, stand für mich außer Frage. Ich hoffte nur, daß ich noch rechtzeitig einträfe, um sie vor diesem teuflischen Schritt zu bewahren. Die Mutter Oberin gab sich der gleichen Hoffnung hin. Aus diesem Grund hatte sie hinter dem Bildnis des gekreuzigten Christus ein Schwert von ungewöhnlicher Länge und Schönheit hervorgezogen, das sie in meine Hände legte. Ein funkelnder schwarzer Stein krönte seinen Knauf, und auf der Klinge waren Goldrunen in einer Sprache eingraviert, die mir völlig unbekannt war.

»Die Nonnen, die dieses Kloster vor einem Jahrhundert erbauten, entdeckten diese Waffe bei ihren Ausgrabungen«, erklärte sie. »Sie wurde von einer Mutter Oberin an die andere weitergegeben, ohne daß wir mehr darüber wüßten als das, was in den apokalyptischen Schriften der Apostel steht.« Sie umschlang meine Finger mit ihren, die erstaunlich stark waren. »Wenn Ihr schon gegen den Teufel in die Schlacht zieht, so will ich Euch wenigstens die Mittel geben, Euch erfolgreich zu verteidigen.«

»Diese Runen«, sagte ich. »Kennt Ihr ihre Bedeutung?«

»Weil das Schwert gewissermaßen lebendig ist, gaben die Alten ihm einen Namen. Die Runen geben ihn wieder: *Caletuwlch*.«

Als erstes sah ich die stehenden Steine, diese schrundigen Felsfinger, deren flechtenbedeckte Spalten Geheimnisse bargen, die ihnen keiner jemals entreißen würde. Sie glühten in einem ätherischen Licht. Vor unvordenklichen Zeiten, die auch Igraine sich nicht mehr vorstellen konnte, waren sie heilig gewesen. Als solche waren sie ebenso schön wie furchteinflößend. Der Wind frischte von Westen her auf und trug den brackigen Geruch des wogenden Moorlands heran. Der Vollmond ruhte in gespenstischem Glanz hoch über meiner rechten Schulter, so daß es schien, als schwebe ich von einem Mondstrahl gehalten dahin, der die Gefilde vor mir beleuchtete, farblos und ohne Konturen.

Mein Gaul blieb am Rand des Moors stehen, schnaubte und stampfte mit den Hufen. Ich wollte schon einen Zauber verhängen, um ihn zu beruhigen. Das Mondlicht lag wie Rauhreif auf dem Moor. Kein Baum, keine Erhebung war auszumachen. Eine ödere, verlassenere Gegend war schwerlich vorstellbar. Mir war gerade durch den Kopf gegangen, daß nach allem, was ich bisher über den Teufel gehört hatte, diese Stätte wahrlich der ideale Wohnsitz für ihn war, als ich hysterisches Gelächter vernahm. Ein Schauder ging mir durch Mark und Bein, denn noch ehe ich mich umgewandt hatte, war mir schon klargeworden, daß es Elaine war, die da wie von Sinnen lachte.

Ich zerrte meinen Gaul herum und sah, wie sie über das Moor lief. Sie war nackt, und ihre weiße Haut leuchtete im Mondschein. Sie hatte ein so häßliches und unförmiges Wesen an ihrer Seite, daß man es nur als Scheusal bezeichnen kann. Wenn meine Erinnerung mich nicht trügt, hatte es die Brust und die Schultern eines Leoparden, das Hinterteil eines Löwen, die Hufe eines Hirschen und den Kopf einer Schlange. Als es mich erspähte, klaffte sein Maul weit auf, und das Geräusch bellender Hunde hallte durch die Nacht.

»Hast du also endlich zu mir gefunden, Myrddin.« Elaines einstmals schöne Stimme klang so schrill und hysterisch, daß sie mir in den Ohren gellte wie Nägel, die über Schiefer kratzen. »Welch ein Jammer, daß du zu spät kommst!« Das Wesen neben ihr bellte wieder, was eine erneute Salve unangenehmen Gelächters auslöste.

»Ich komme nicht zu spät, Elaine«, sagte ich und ließ mich aus dem Sattel gleiten. »Du lebst noch, und das allein zählt.« Ich streckte die Hand aus, als ich mich ihr auf den Flechten näherte. »Nun komm. Es ist höchste Zeit, daß du diesen Ort verläßt.«

Die Bestie an ihrer Seite schnappte nach mir, so daß ich zurückwich, um zu verhindern, daß meine Hand von meinem Handgelenk abgetrennt wurde.

»Sieh dich vor! Mein Kind ist wahrlich ein eifersüchtiger Wächter!«

»Dein Kind?« Ich stierte sie an. Ihre Haut war wächsern, und ihre Augen hatten einen seltsam glasigen Blick. »Was soll dieser Wahnsinn?«

»Kein Wahnsinn.« Sie packte den Wulst im Nacken des Scheusals. »Ich habe mich mit dem Teufel gepaart, und das ist sein Nachkomme. Ist er nicht entzückend, hinreißend schön?« Sie warf den Kopf zurück und lachte laut und lang.

Ich erlangte meine Fassung wieder und verhängte einen Zauber über die Augen der Bestie, und während sie verwirrt und geblendet war, erschlug ich sie mit dem Schwert Caletuwlch. Das Scheusal heulte vor Wut und Schmerz auf, als stoßweise schwarze Jauche aus seinen Wunden gischtete. Elaines Augen weiteten sich vor Entsetzen, dann verdrehten sie sich, bis nur noch das Weiße zu sehen war, und sie sank in meine ausgestreckten Arme.

Ohne einen weiteren Blick auf das Teufelsgezücht zu werfen, lief ich dorthin, wo mein Pferd auf mich wartete, doch jedesmal, wenn ich ihm nahe zu sein glaubte, flackerte sein Abbild auf, und es war wieder so weit entfernt wie einen Moment zuvor. Schwarze Magie war in diesem Moor am Werk, daran konnte kein Zweifel bestehen. Doch unter Beschwörungen schwang ich Caletuwlch in weitem Bogen nach vorn. Die unmittelbare Wirkung entsprach einem Sonnenstrahl, der sich einen Weg durch dichten und undurchdringlichen Nebel bahnt. Nun erkannte ich auch, daß ich unter einem Bann ständig im Kreis um mein Pferd herumgerannt war, ohne ihm jemals näher zu kommen. Ich hielt das Schwert vor mich ausgestreckt und lief geradewegs auf das Tier zu. Hinter mir vernahm ich ein unheiliges Aufheulen und nahm an, daß der Vater auf den häßlichen Kadaver seines Sprößlings gestoßen war. Ich legte Elaines schlaffe Gestalt über den Nacken meines Pferds, stieg in den Sattel, riß es herum und trieb ihm meine Fersen in die Flanken. Anders als vorhin gehorchte das Tier nur zu gern, und wir galoppierten weit ausgreifend in die Nacht hinein.

Ich hatte vorgehabt, sie umgehend zum Kloster zu bringen, doch mit jeder Meile spürte ich mehr, wie das Leben aus ihr entwich, geradeso wie die seltsame und unangenehme Jauche aus ihrem Kind. Ich führte alle erdenklichen Beschwörungen durch und hüllte Elaine in einen Heilzauber. Vergebens. Einmal glaubte ich noch, den Widerhall dieses gräßlichen Geheuls zu vernehmen, doch vermutlich war das nur in meinen Gedanken. Elaine lag im Sterben, daran zweifelte ich nicht. Und ich hegte auch keine Hoffnung, daß die primitiven Kenntnisse der Mutter Oberin heilsame Wirkung haben könnten. Noch nie zuvor hatte ich mich so hoffnungslos und allein gefühlt. Wenn Elaine starb, das wußte ich nur zu gut, würde ein gut Teil von mir mit ihr sterben. Was sollte ich tun? Wohin sollte ich mich wenden? Ich zermarterte mir das Gehirn nach einer Antwort. Und dann fiel mir etwas ein, was Igraine über ihre Tochter gesagt hatte: *Sie ist nicht etwa nach Afalan gegangen, wo sie vielleicht Heilung hätte erfahren können ...*

Afalan! Ich wandte mich zu dem großen kreisrunden See, der die verborgene Insel umgab. Die ganze restliche Nacht und den blutrot-goldenen Morgen hindurch ritt ich, den Blick zur Sonne gerichtet, während Tränen meine Wangen hinabbrannten. Als der Abend dämmerte, erreichten wir das Seeufer. Elaine war dem Tode nahe. Kein Blut schien mehr in ihr übrig zu sein. Ich spürte kaum noch ihren Puls unter meinen Fingerspitzen, und als ich mein Gesicht an ihres legte, war nur noch das allerschwächste Atmen zu spüren.

Erst jetzt, als ich in dem schlickigen Morast vom Pferd stieg, wurde mir das volle Ausmaß meiner Torheit bewußt. Selbst wenn noch genug Zeit bliebe, wie um alles in der Welt sollte ich sie über den See nach Afalan hinüberbringen? Ich verfluchte mich und zückte in ohnmächtiger Wut mein Schwert Caletuwlch.

Ich gestehe, daß mir vorschwebte, es mir in die Brust zu rammen, damit wir beide wenigstens im Tod vereint wären. Möglicherweise war es der Gedanke an meine Selbstsüchtigkeit, die meiner Hand Einhalt gebot – schließlich hatte ich mein Wort gegeben, Arthur zu beschützen. Jedenfalls waberte das Schwert, von seinem Futteral befreit, vor Energie. Die Energie züngelte geradewegs in Elaines Brust hinein, so daß sie mir entrissen wurde. Sie taumelte ans Flußufer und stürzte rücklings in den See.

»Nein!« schrie ich auf und watete zu ihr. Ich beugte mich über sie und strich ihr das Haar zurück, das im Wasser wogte. Ihr restlicher Körper war noch untergetaucht, und ich sah zu meinem Erstaunen, wie sich eine leichte Röte auf ihre Wangen legte. Fieberhaft überprüfte ich ihren Puls und stellte fest, daß er stärker schlug. Ich konnte sehen, wie ihre Brust sich hob und senkte, als erwachten ihre Lebensgeister wieder.

Ich jubelte und lachte vor Erleichterung, hob sie aus dem Wasser und begann, zum Ufer zurückzuwaten. Sogleich wich die Farbe wieder aus ihren Wangen, und ihr Atem stockte. Einen Moment lang verlor ich mit dem raschen und unerklärlichen Verebben ihrer Lebenskraft jeden Mut und sank auf die Knie. Abermals in den See getaucht, kam wieder Leben in Elaine. Das Wasser war für sie ein Stärkungsmittel. Es war also doch richtig gewesen, sie in Sichtweite ihres geliebten Afalan zu bringen.

Ich entkleidete mich vollständig und schwamm mit ihr ins tiefe Wasser, wo ich sie ganz untertauchte. Sie sackte wie eine Steinplatte lotrecht nach unten, als wolle etwas sie in den Grund des Sees treiben. Allmählich drohte sie mir zu entgleiten. Etwas zog sie in die Tiefe. Für einen kurzen Moment befürchtete ich, so weit gekommen zu sein, um sie nun an die raschen, kalten Strömungen des Sees zu verlieren. Doch dann sah ich, daß sie die Augen geöffnet hatte. Sie starrte zu mir hinauf und nickte.

Ich ließ sie los.

Tiefer und tiefer sank sie und verschwand im rätselhaften

blauen Abgrund des Sees. Ich wartete auf sie ... und wartete. Schließlich, bevor die Kälte mir alle Kräfte raubte, schwamm ich ins seichte Wasser zurück und nahm Caletuwlch an mich. Es erwärmte mich schon, das Schwert einfach nur wieder in der Hand zu halten. Ich starrte auf den See hinaus, auf dem der Nebel in dichten Schwaden wogte und hellgefiederte Seetaucher mit ihren Familien umherschwammen und Barsche sprangen, die geöffneten Mäuler um kleine, schwirrende Insekten schlossen, bevor sie wieder unter der Silberhaut des Sees verschwanden.

»Ach, Elaine«, wisperte ich, als eine Schar schneeweißer Reiher aus den Nebeln auftauchte. Sie kreisten über einer Stelle nicht weit entfernt und verschwanden dann wieder dort, von wo sie gekommen waren. Einen Augenblick später sah ich, daß das Wasser an dieser Stelle sich leicht kräuselte. Erst dachte ich, ein Schwarm Barsche hätte dort eine Futterstelle gefunden, doch dann nahm das Kräuseln zu und breitete sich aus, bis die Wellen meine Knie erreichten. Just in diesem Moment stieg Elaine aus den Tiefen auf und winkte mich herbei. Als ich zu ihr watete, sah ich, daß ihre Augen klar waren und leuchteten.

»Elaine, du lebst. Weißt du noch, was geschehen ist?«

Das Leben war in ihre Wangen zurückgekehrt, und als sie sprach, kündete nichts mehr von ihrer früheren Hysterie. »Nur so, wie man sich an einen Traum erinnert.« Sie streckte die Hände nach mir aus. »Doch ich weiß, daß ich einzig durch deine Liebe noch am Leben bin.«

»Ach, Lady.« Ich umarmte sie. »Ich wünsche mir lediglich, daß du mich nicht haßt.«

»Dich hassen? Wie könnte ich einer solchen Liebe mit Haß begegnen?«

Wie sie sagte, die unmittelbare Vergangenheit war nur noch ein Traum. Und deshalb war es besser, daß ihre eigenen Worte vergessen blieben, damit sie allmählich zu Asche zerfallen konnten. »Dich abzuweisen hat mir solche Schmerzen bereitet. Doch ich war Uther verpflichtet, und nun bin ich Arthur, seinem Sohn, verpflichtet. Doch dich so in meinen Armen zu halten läßt mich erbeben. Ich wünschte, ich besäße die Macht, es zu ändern.«

»O Myrddin, die Liebe in dir rauscht wie ein Fluß in der Frühlingsflut.« Sie streichelte meine Wange. »Wünsche dir nicht, es zu ändern. Es ist gleichermaßen dein Segen und dein Fluch, daß du die Menschen so sehr liebst. Wenn das Geschlecht der Pendragon überlebt, dann einzig deinetwegen. Und nun verstehe ich auch, daß ihr Überleben für uns alle das Leben bedeutet. Wären wir zusammen davongelaufen, wie ich selbstsüchtig ersehnte, wäre Arthur inzwischen kalt und tot, bestattet neben seinem Vater, und der Pendragon wäre nur noch eine Fußnote in der Geschichte.«

»Jetzt, da du dich in diesem lebenspendenden Wasser völlig erholt hast, begleite mich zurück. Wir werden gemeinsam für den jungen Arthur sorgen und ihn beschützen und unterrichten.«

Sie lächelte. »Oh, ich werde meine Rolle in Arthurs Leben spielen. Doch wenn wir den See verlassen, kann ich das nicht. Er ist nun mein Zuhause. Wenn ich ihn verlasse, sterbe ich. Was auch immer mir widerfuhr, nachdem ich Sankt Angelus verließ, es hatte dauerhafte Wirkung auf meine Befindlichkeit.« Ihr Lächeln verstärkte sich. »Doch du wirst oft hierherkommen, Myrddin, und immer, wenn du kommst, werde ich aus den Tiefen aufsteigen, und wir werden wieder zusammensein wie beim ersten Mal.«

Als sie das sagte, hallte ein letztes Mal das unirdische Geheul in meinen Gedanken wider und ließ mich erschaudern. »Nimm du nun dieses Schwert«, sagte ich, drückte es ihr in die Hand und preßte ihre Finger darum. »Caletuwlch wird dich beschützen, während du deine Kräfte sammelst und deine Macht zurückerlangst. Irgendwann werde ich kommen, um das Schwert zu holen.«

»Es ist nicht für dich.«

»Nein«, sagte ich. »Es ist für Arthur. Ich wußte es in dem Moment, als ich es zum ersten Mal benutzte. Er hat einen finsteren, qualvollen Weg vor sich, selbst wenn er die Königswürde erringt. Es wird immer jemanden geben, der sie ihm zu entreißen trachtet. Seine Krone wird niemals sicher auf seinem Haupt ruhen.«

»Ich fürchte, daß wir beide, noch bevor dies erreicht ist, Tränen über ihn vergießen werden, Myrddin.«

»Doch jetzt noch nicht. Seine Zeit liegt noch vor ihm«, sagte ich zu ihr und küßte sie lange und voller Zärtlichkeit. »Lebe wohl, meine Geliebte. Erfahre Heilung hier in diesem Land, in dem du das Licht der Welt erblicktest.«

Vier Jahre lang führte Lot, König von Orkney, seine Ruhmestaten aus. Er bat Igraine um den Titel des Herrschers und erhielt ihn auch, damit alle Welt wußte, daß der Königshof hinter ihm stand. Man mußte ihm jedoch lassen, daß er die Macht, die ihm sein neuer Titel brachte, in vollem Umfang zu nutzen verstand. Als Herrscher brachte er jeden König, Lehnsherrn, Herzog und Ritter, bei dem seine Spione auch nur den geringsten Verdacht auf Verrat festen-stellten, vor die Klinge des Scharfrichters. Er setzte Belohnungen aus und ermunterte sogar Brüder, über die Pläne von Brüdern zu berichten. An Tribunalen hatte der neue Regent aber kein Interesse, denn sein Herz schien sich danach zu verzehren, an Uthers vermeintlichem Mörder Rache zu nehmen. Und doch, als die Wochen zu Monaten wurden und die Monate zu Jahren und er weiterhin zügellos Krieg führte, da wurde klar, daß mit jedem Feind, den Lot hinrichtete, seine Macht und sein Einfluß wuchsen. Er begann einen Mantel zu tragen, der aus den Bärten derer gefertigt war, die er selbst erschlagen hatte, und dieser Mantel blieb nicht lange hüftlang, sondern reichte bald bis zu den Knien und schleifte schließlich beim Gehen auf dem Boden. Er bot einen furchterregenden Anblick, und selbst jene, gegen die er sich noch nicht gewandt hatte, begannen ihn zu fürchten.

Igraine war ganz versessen darauf, daß Arthur endlich gekrönt wurde, als einziger direkter Nachkomme von Uther Pendragon, doch wieder und wieder redete Lot es ihr aus. Solange auch nur ein einziger Feind von Uther übrig war, sei das noch zu gefährlich, sagte er ihr. Außerdem war er, solange im Land der Krieg tobte, nicht überzeugt davon, ob die Inselkönige des Nordens sich der

Führung eines unreifen Dreizehnjährigen unterordneten, der sich erst noch in der Schlacht bewähren mußte.

Auf diese Weise verstrichen vier Jahre, dann fünf. Und schließlich kehrte Lot im Triumph nach Tintagel zurück. Er bemächtigte sich des Pendragon-Throns und krönte sich selbst zum König.

Der Augenblick für Arthurs Kommen war da, und ich machte mich auf den Weg, um Caletuwlch für ihn zurückzuholen. Doch mir sollte eine unangenehme Überraschung bevorstehen. Als Elaine aus dem See um Afalan herum aufstieg, umarmte sie mich voller Entsetzen, denn kürzlich habe sie, wie sie sagte, ein schreckliches Heulen vernommen, selbst dort in den nassen Tiefen ihres Zuhauses.

»Es kommt mit jedem Tag näher«, sagte sie, »und mit jedem Tag wird meine Angst größer.«

Ich nahm ihre Hand und versuchte sie zu beruhigen. Das war nicht einfach, denn zu dieser Zeit herrschte auch in mir nicht gerade Gelassenheit. Der von mir gefürchtete Tag stand bevor. Ich wußte, daß ihr abscheulicher Gatte noch nach ihr suchte. Ich nahm Caletuwlch von ihr entgegen und machte mich mit umgeschnalltem Schwert wieder einmal auf den Weg nach Saltash Moor.

Ich traf dort im nebelverhangenen Abenddämmer ein. Feuchter Gestank stieg vom Boden auf, als sei das ganze Land ringsum tödlich erkrankt und mit gefährlichen Giften durchtränkt. Die abscheuliche Bestie, die ich vor vier Jahren erschlagen hatte, lag noch dort, wo ich sie zurückgelassen hatte, unverwest und still in einem Tümpel stinkender Jauche. Es war, als sei seit dem letzten Mal, da ich hier stand und Elaine vor ihrem verhängnisvollen Schicksal bewahrte, keine Zeit verstrichen.

Sogleich zog ich Caletuwlch heraus und näherte mich über das Moor, wobei ich das Schwert wie eine Fackel vor mich hielt. Bei jedem Schritt waberte der unnatürliche Nebel, als wäre er ein lebendiges Wesen. Ich lauschte, doch weder Vogelgezwitscher noch Insektenzirpen war zu hören, und wenn die Luft sich überhaupt bewegte, so nahm ich es nicht wahr. Völlige Stille herrschte; die Stille des Todes.

Da ich nichts fand, kehrte ich um, und als ich wieder an der gefallenen Bestie vorbeikam, trieb ich ihr Caletuwlch mit der Spitze voran in den Schädel, wobei ich die Klinge drehte. Unverzüglich hörte ich das vertraute Geheul, so nahe diesmal, daß meine Nackenhaare sich aufstellten und mich ein schlimmer Brechreiz überkam.

»Wer wagt es, mein Kind zu entweihen?« Die Worte schienen von überall gleichzeitig zu kommen.

»Ich bin es, Myrddin. Der, der dieses Scheusal überhaupt erst erschlug.«

Eine Zeitlang herrschte Stille. Dann wurde die Leere von Finsternis ausgefüllt, doch von einer, wie ich sie noch niemals erlebt hatte. Sie war gleichermaßen umfassend und drückend, als entwiche alle Luft aus der umgebenden Landschaft. Plötzliche Kälte legte Rauhreif auf Kräuter und Flechten, und ich hatte Mühe, nicht mit den Zähnen zu klappern. Ich sah davon ab, den Mantel enger um mich zu ziehen, um ihn nicht wissen zu lassen, wie verwundbar ich war. Statt dessen schwang ich Caletuwlch, und abermals vernahm ich das schauerliche Geheul.

Etwas schob sich heran, und ein gewaltiger Druck legte sich auf meine Trommelfelle, dann stand ich von Angesicht zu Angesicht dem Teufel gegenüber. Wie soll ich das Unbeschreibbare beschreiben? Wenn man Feuer und Eis zusammengibt, diktieren die Gesetze dessen, was die moderne Welt Physik nennt, daß das Ergebnis Dampf ist. Doch was, wenn Feuer und Eis nebeneinander bestehen könnten? Unmöglich, sagst du? Dennoch war an diesem Abend auf Saltash Moor eben das der Fall. Ich nehme an, der Anblick war lediglich ein gestaltgewordenes Sinnbild, denn alles an diesem Wesen blieb weiter in Bewegung. Es war ein leibhaftiger Widerspruch – eine Kreatur, in der auf abscheulichste Weise einander entgegengesetzte Kräfte existierten. Ich nehme an, es war eine sehr schmerzhafte Existenz, was wohl der Grund allen Übels ist. Bis auf das Feuer und das Eis war das einzige, was meine Augen sonst noch wahrnehmen konnten, ein Paar Flügel – genauer gesagt, die Stummel davon.

»Myrddin«, bellte dieses Grauen, »ich kenne dein Ende. Ich weiß alles über dich.«

»Dann weißt du auch, daß ich niemals zulassen werde, daß du dich Lady Elaine näherst.«

Das Geräusch einer großen Pferdeherde, die über das Moor galoppiert, erklang. Entsetzt wurde mir klar, daß dieser schreckliche Laut eine Art Lachen war. »Wenn ich den Wunsch danach hege, *wird* sie mir gehören.«

»Dann töte mich jetzt«, sagte ich.

»Dieses verfluchte Schwert … ich kann es nicht.«

»Dann wird sie nicht dir gehören.«

»Vergeltung!« kreischte das Grauen. »Ich will Vergeltung für ihr Leben!«

»Das kannst du halten, wie du willst«, sagte ich, »doch wisse, daß ich mich dir stets entgegenstellen werde.«

»Du kannst mir kein Leid zufügen. Ich wünschte zu sterben, doch diese Ruhe ist mir nicht vergönnt. Welche Ironie: Ich kann anderen den Tod bringen, doch mich selbst vermag ich nicht zu erlösen. Statt dessen verharre ich an Gottes Seite, denn ohne mich wird Er bedeutungslos.«

»Dann haben wir wohl ein Patt«, sagte ich.

»Ein Patt? Nein, nicht im geringsten. Denn ich habe wichtige Kunde für dich. Eine lange verborgene Wahrheit, ein finsteres und schreckliches Geheimnis, das du zu schätzen wissen wirst.« Der Mahlstrom aus Feuer und Eis wurde bösartiger, und ich hatte den Eindruck, das Grauen blecke seine Fänge. »Diese Menschen glauben, sie seien nach dem Ebenbild Gottes geschaffen, sie seien seine Kinder, in jedem von ihnen existiere ein kleiner Teil von Ihm.« Das dröhnende Gelächter brandete wieder auf, so daß mein Magen sich verkrampfte. »Eine törichte Annahme. Nein, Myrddin, die Menschen sind *meine* Nachkommen. Ja, sie sind Abkömmlinge eines

Engels, doch eines, der von Gottes Gnade abgefallen, aber deshalb nicht weniger wichtig ist. Ich habe gesündigt, und sie erbten meinen Hang zur Sünde. Sie schmähen, morden, plündern und vergewaltigen. Sie gieren nach Macht und hassen ihre Nachbarn. Sie sind stolz und unduldsam.«

Mir gefror das Blut in den Adern. »Nicht alle von ihnen.«

»Niemand ist perfekt; das ist die Grundlage meiner Existenz. Die Sünde lauert in ihnen allen, selbst in den besten von ihnen. Sie ist sichtbar gewordene Finsternis.«

»Du bist die Sünde in Person«, sagte ich. »Ich weise alles, was du von dir gibst, zurück.«

»Sag, was du willst, Myrddin. Du kannst den Beweis, der dir vor Augen steht, nicht widerlegen. Sieh dich doch um! Was siehst du anderes als Krieg, Mord, Haß und Verrat? Meine Worte haben lediglich bestätigt, was du im Herzen schon wußtest. Dein Volk war rein und frei von Sünde. Einst. Doch seitdem hat die Nähe zur Menschheit euch angesteckt. Und nun folgt der letzte Schritt zu eurem Verhängnis: Ihr habt euch erfolgreich mit den Menschen gepaart. Also, aus meiner Sicht ist das wahrhaft köstlich! Eure Reinheit ist befleckt. Nun seid ihr nicht besser als meine eigenen Kinder. Sind sie nicht unwiderstehlich? Natürlich sind sie das! Sie haben euch in ihren Sündenpfuhl hinabgezogen. Verstehst du, in welcher Lage ihr euch befindet, Myrddin? Es ist nicht nötig, daß ich euch ein Leid zufüge, denn das besorgt ihr schon selbst! Ich kann mich nun zurücklehnen und zusehen, wie die Dinge sich entwickeln. Wie du ohne Zweifel längst vermutet hast, bin ich sehr wohl fähig, diese Ironie in vollem Umfang zu würdigen. Wer sollte das besser können als ich? Ich *bin* die Ironie.«

Das schaurige Gelächter breitete sich wie eine Seuche über dem Moor aus. »Ausgerechnet dein kostbarer Arthur, den du gelobt hast zu beschützen, wird das Werkzeug zu eurem Niedergang sein. Durch ihn wird das Ende eurer Rasse kommen. Du siehst in ihm die Zukunft, doch er ist eine falsche Zukunft – eine Sackgasse für eure Rasse. Schon bald wird das Geschlecht der Menschen alles übernehmen, was an euch rein und frei von Sünde ist. Und dann wird deine Art wie eine Rauchwolke vergehen!«

»Ich werde schon dafür sorgen, daß das nicht geschieht«, sagte ich kühn, ignorant und halsstarrig.

»Oho, glaubst du das wirklich?« Offensichtlich bereitete ich dem Grauen Vergnügen. »Doch weißt du, dafür ist es längst zu spät, Myrddin. Während du hier die Zeit mit Wortgefechten vertrödelst, hat König Arthur Lots Weib verführt. Deshalb habe ich dich überhaupt hierhergeholt, damit er Gelegenheit erhält, eine möglichst große Sünde zu begehen. Arthur weiß nicht, daß Morgause seine Halbschwester ist – du warst sehr gut darin, ihm dieses Wissen vorzuenthalten. Zu seinem eigenen Besten, dachtest du. Nun wird das sein Verderben sein, denn Morgause wird ihm einen Sohn gebären, der außerdem sein Neffe ist. Ironisch, nicht wahr, daß Arthur durch Lug und Trug geboren wurde und seine künftige Nemesis einem ähnlichen Treiben entspringt.«

»Ich werde sicherstellen, daß Arthur alles erfährt, was sich hier zuträgt«, sagte ich.

»So einfach brichst du also den Schwur, den du Lady Igraine geleistet hast?«

»Ich kann ihn wenigstens vor dem Kind warnen.«

»Vielleicht warnst du ihn, doch laß dir von berufener Stelle sagen, daß dir das sehr zum Nachteil gereichen wird. Dieses Kind wird überleben und Arthur erschlagen und so das ganze Geschlecht von Pendragon stürzen.«

»Weshalb sagst du mir das?«

»Ich will Vergeltung üben! Das ist der Preis, Myrddin, den du für das Leben von Lady Elaine entrichten mußt.«

Ich wollte nichts mehr davon hören und versetzte dem Teufel einen mächtigen Hieb mit Caletuwlch. Sogleich verspürte ich einen schrecklichen Ruck, und jäher Schmerz durchzuckte mich. Die Klinge erbebte und vibrierte, hielt jedoch stand. Über mir wirbelte die Säule, geteilt wie ein Fluß aus Rauch, nur um sich unverzüglich wieder zu schließen. Hieb für Hieb versetzte ich dem

Teufel, doch das Ergebnis war jedesmal ein Schmerz, der sich zum vorigen gesellte und weiter aufbaute. Schließlich ertrug ich es nicht mehr und sank auf die Knie, vom Schwert gestützt, während mein ganzer Leib vor Anstrengung zitterte.

Als die Benommenheit wich und ich mich wieder erhob, stellte ich fest, daß ich allein auf Saltash Moor war. Das tote Scheusal war verschwunden, und selbst der Widerhall des gräßlichen Heulens, das mich seit seinem Tod verfolgt hatte, war verklungen. Ich schaute nach unten und entdeckte, daß ich das Schwert mitten in einen Felsblock hineingetrieben hatte, und diese Veränderung war es gewesen, die mich in meinem schwächsten Augenblick gestützt hatte. Ich wollte die Klinge schon wieder herausziehen, als mir eine Möglichkeit in den Sinn kam, wie Arthur seinen rechtmäßigen Anspruch gegenüber allen Königen der Inseln unter Beweis stellen konnte. Nicht einmal Lot der Thronräuber würde lange dem Mann widerstehen können, der das Schwert Caletuwlch aus einem Stein gezogen hatte.

Da das Schwert für Arthur bestimmt war, besaß nur er und er allein die Fähigkeit, es wieder aus seinem Steinbett zu befreien. In seiner Sprache wurde aus dem walisischen Caletuwlch die Verballhornung Excalibur. Er führte einen blutigen Krieg damit, besiegte den Thronräuber Lot, die anderen aufständischen Könige Englands, die Sachsen und zu guter Letzt auch die Kriegsherren der Nordinseln Irland und Schottland. Was Mordred angeht, seinen mit Morgause gezeugten Sohn und Neffen, so erließ er die Weisung, ihn mit allen königlichen Kindern, die an diesem Tag das Licht der Welt erblickt hatten, auf ein Schiff zu bringen – denn wegen des Schwurs, den ich Igraine geleistet hatte, konnte ich ihm lediglich mitteilen, und auch das nur als Prophezeiung getarnt, daß ein Kind, das an einem bestimmten Tag von königlichen Eltern geboren wurde, seinen Untergang herbeiführen werde. Aber am Ende sollte es trotzdem nach dem Willen des Teufels gehen, denn das Schiff geriet in einen mächtigen Sturm, und sein zersplitterter Rumpf strandete auf einem Riff, so daß eine Handvoll der Kinder, darunter auch Mordred, überlebte. Und so kehrte Mordred tatsächlich Jahre später an den Hof zurück und erschlug Arthur, wie der Teufel es vorausgesagt hatte.

Zu dieser Zeit war Arthurs Hof schon korrupt und verdorben, von Eifersüchteleien, Fehden und Verrat der übelsten Sorte heimgesucht. Auch darin hatte der Teufel also die Wahrheit gesprochen. Glücklicherweise lebte Igraine nicht mehr lange genug, um mit ansehen zu müssen, wie ihre Träume zu Asche zerfielen.

Ich gestehe, daß ich Arthur, statt ihn zu beschützen, seinem Schicksal überließ. Wäre es Uther gewesen, hätte ich das niemals über mich gebracht. Ich liebte Uther bedingungslos, so wie ein Vater seinen Sohn liebt. Doch Arthur und ich teilten diese Bande nicht. Wie gesagt, er wurde durch Täuschung gezeugt, und das war meinen Gedanken niemals fern. Es ist wahr, daß Uther Gorlois Hörner aufsetzte, doch er liebte Igraine aufrichtig, und wer war ich, gegen diese Liebe Einwände zu erheben? Arthur hingegen verführte Morgause lediglich deshalb, weil es in seiner Macht stand. Es war eine Laune, mehr nicht. Du siehst also, daß es zuletzt mehr als einfach war, aus der Mitte der Menschen zu verschwinden, die ich allzusehr lieben gelernt hatte und die mich allzu gründlich enttäuscht hatten. Mit Uthers Tod war eine Ära zu Ende gegangen. Arthurs Geburt legte schon die Saat zu Verderbnis, Zerfall und Auflösung. Er hatte der Erlöser sein sollen, war jedoch nur ein Mensch gewesen: käuflich, neiderfüllt, wollüstig und selbstsüchtig. Selbst wenn er all das nicht gewesen wäre, war es für mich doch zu spät. Das Wissen um den Ursprung der Menschheit war zu tief in mich eingedrungen, und das war eine Wunde, die nie mehr heilen würde.

So geschah es, daß ich mich nach Afalan zurückzog, wo Elaine und ich bis zu ihrem Tod lebten. Nun befinde ich mich an dem Ort, an dem wir uns trennen mußten – am Portal des Todes. Das ist wahrhaftig eine Ironie des Schicksals, denn dieser Tage besucht mich der Teufel, den ich viele Jahre nicht gesehen habe, oft. Näher wird er dem Tod, nachdem er sich so verzweifelt sehnt, niemals kommen. Und wie sehr er mich beneidet! Wieviel Schmerz er mir zufügte! Er ist weiß Gott ein leibhaftiger Widerspruch. Und weil er das nun einmal ist, kann ihn niemand vollends verstehen, selbst Wesen von meiner Art nicht.

Nun, sie sind jetzt alle Staub, jeder einzelne von denen, die unter meiner Obhut standen. Wahrlich, ich liebte die Menschen mehr, als gut für sie war. Vermutlich sehe ich noch immer das Gute in ihnen, obwohl sie alle Sünder sind. Doch wie sehr haben sie mich enttäuscht! Wie brennend war meine Liebe zu Uther; wie klein und schwach ist diese Flamme nun geworden.

Und doch ist sie noch nicht gänzlich erloschen. Deshalb habe ich mich auch hier mit dir verabredet. Jetzt weißt du alles, und wenn ich sterbe, mußt du die Flamme weitertragen. Du hast gesehen, daß sie ein zerbrechliches Ding ist, und ich zweifle nicht daran, daß der Teufel versuchen wird, sie bei jedem Schritt auszublasen. Doch das wirst du nicht zulassen, oder? Hier hast du jede Hilfe, derer du jemals bedürfen wirst. Ich habe es all die Zeit aufgehoben, einzig für diesen Moment.

Nein, es ist nicht das Schwert Caletuwlch. Letzten Endes gehörte es Lady Elaine. Sie hat es mit sich genommen, wohin auch immer sie gegangen ist. Nein, dies ist ein einfacher Kelch, doch er birgt in sich die Zukunft der Welt.

Du glaubst mir nicht? Nun, du bist noch jung. In den folgenden Jahren wirst du feststellen, daß ich die Wahrheit gesagt habe. Der Glaube, weißt du, ist ebenso zerbrechlich wie diese Kerzenflamme. Er mag schwanken, doch man darf niemals zulassen, daß er erlischt. Meiner starb in dem Augenblick, als ich den Ursprung der Menschheit herausfand, und so habe ich all die Zeit auf jemanden gewartet, dessen Glaube nicht an der Wahrheit zerbricht.

Bist du dieser Jemand?

Sag es mir!

Sag es mir jetzt, denn der Teufel naht auf leisen Sohlen.

BIBLIOGRAPHIE

Kristen Britain: AVALONIEN.
Originaltitel: »Avalonia«. Copyright © 1998 by Kristen Britain. Ins Deutsche übertragen von Michael Nagula. Abdruck mit freundlicher Genehmigung der Autorin und Baror International, Armonk, New York.

Cliff Burns: DIE SEELE EINES KÖNIGS.
Originaltitel: »A Gathering of Forces«. Copyright © 1998 by Cliff Burns. Ins Deutsche übertragen von Michael Nagula. Abdruck mit freundlicher Genehmigung des Autors.

Allan Cole: DIE TOCHTER DES SCHMIEDS.
Originaltitel: »The Blacksmith's Daughter«. Copyright © 1998 by Allan Cole. Ins Deutsche übertragen von Andreas Helweg. Abdruck mit freundlicher Genehmigung des Autors und Baror International, Armonk, New York.

Rosemary Edghill: DER SOHN DER EULENPRIESTERIN.
Originaltitel: »Prince of Exiles«. Copyright © 1998 by Rosemary Edghill. Ins Deutsche übertragen von Michaela Link. Abdruck mit freundlicher Genehmigung der Autorin und Baror International, Armonk, New York.

David Farland: UNTER DER SICHEL DES JUNGEN MONDES.
Originaltitel: »The Moon Calfe«. Copyright © 1998 by David Farland. Ins Deutsche übertragen von Michaela Link. Abdruck mit

Michelle Sagara West: DIE HERRIN VOM SEE.

Originaltitel: »Lady of the Lake«. Copyright © 1998 by Michelle Sagara West. Ins Deutsche übertragen von Michaela Link. Abdruck mit freundlicher Genehmigung der Autorin und Baror International, Armonk, New York.

Marion Zimmer Bradley & Diana L. Paxson: DAS HERZ DER FELSEN.

Originaltitel: »The Heart of the Hills«. Copyright © 1998 by Marion Zimmer Bradley & Diana L. Paxson. Ins Deutsche übertragen von Michaela Link. Abdruck mit freundlicher Genehmigung der Autorin und Baror International, Armonk, New York.